제왕업(상)

EMPEROR'S CONQUEST 1 (帝王業 1)

아름답고 사나운 칼

제왕업 上

帝王業

메이위저 지음　정주은 옮김

쌤앤파커스

왕현(王儇): 아명 아무(阿嬤). 명문세가 낭야왕씨(琅邪王氏) 가문의 딸. 어린 시절부터 궁궐을 내 집처럼 드나들며 권력의 속성을 깨닫는다. 거침없는 성격과 고귀한 미색을 갖춘 여인.

소기(蕭綦): 한미한 가문의 장수 출신이었으나, 돌궐과 오랑캐들의 반란 진압을 계기로 힘을 키운다. 황족이 아님에도 번왕(藩王)에 오르는 등 지략과 위엄을 갖춘 입지전적 인물.

자담(子澹): 사씨 가문 출신 사 귀비 소생의 3황자. 왕현과 어린 시절부터 연모하는 사이지만 왕씨 집안의 반대가 크다. 황실의 고귀한 기품을 이어받았으면서도 성정은 담백한 황자.

하란잠(賀蘭箴): 하란(賀蘭)족의 소주(少主). 돌궐과 하란 양쪽의 피가 흐르지만 모두에게 버림받은 비운의 왕자. 왕현에게 깊은 연민과 연모의 정을 느낀다.

진국공(鎭國公): 왕현의 아버지. 낭야왕씨 가문의 수장이자 황후의 오라버니로서 조정 최고의 권력자. 가문에 대한 깊은 책임감 때문에 가족조차 희생시킨다.

진민장공주(晉敏長公主): 왕현의 어머니. 황제의 누이이자 태후가 가장 총애한다. 딸 왕현이 자신과 달리 권력보다 행복을 찾아 살기를 바라는 자애로운 여인이다.

아숙(阿夙): 왕현의 친 오라버니. 동생에게 너그럽고 예술적인 재능이 많아 권력보다 다른 것에 관심이 많다. 훗날 동생 왕현을 도와 강하왕(江夏王)에 오른다.

황제: 낭야왕씨에 눌려 허수아비 황제 노릇에 비통해한다. 연모했던 사 귀비 소생의 자담을 태자로 마음에 두지만 실현하지 못한다. 황권을 위한 그의 노력은 번번이 실패한다.

황후: 왕씨 가문 출신으로 진국공의 동생이자 왕현의 고모. 자신의 소생 자융(子隆)을 태자 자리에 앉히는 등 끊임없이 권력을 좇지만, 훗날 자신도 권력의 비정함을 맛보게 된다.

1부

찬란하던 시절, 지나가다

햇살이 쏟아지다

금년 8월 열사흘날은 내 열다섯 번째 생일이자 계례(笄禮, 머리를 올리고 비녀를 꽂는 성년식)를 치르는 날이다.

진민장공주(晋敏長公主)가 주관하는 나의 계례에는 황후께서 주빈으로 참석할 터였다.

의식을 참관하려는 내명부와 도성 명문가 여인들이 구름처럼 모여든 까닭에 진귀한 말과 화려한 수레 들이 가문의 사당 앞에 구불구불 길게 늘어섰다.

동방(東房)에 들어 욕탕에 몸을 담그니 향긋한 내음이 피어올랐다.

길시(吉時)가 되자 예악(禮樂)이 그치고 예관(禮官)이 길게 아뢰는 소리가 들려왔다.

"상양군주(上陽郡主)는 계례를 행하시오――."

무늬 있는 예복을 곱게 차려입고 머리를 말아 두 개로 쪽 찐 채, 사례(司禮) 여관(女官)이 이끄는 대로 비단이 깔린 길고 긴 길을 천천히 걸었다. 정방(正房)에 이르니, 화려하게 단장한 태자비가 서계(西階)에 자리하고 있는 것이 보였다. 나는 상석에 있는 부모님과 주빈석에 자리한 황후 마마께 무릎을 꿇고 예를 올린 다음, 자리에서 일어나 남쪽을 향해 깊이 읍해 객들에게 사의를 표하고 예석(禮席)에 들어 바르게 앉았다.

나는 고개를 들어 단아하고 아름다운 태자비를 바라보며 살짝 입꼬리를 올려 빙긋 웃었다.

상냥한 눈빛의 태자비는 일말의 흐트러짐 없이 단정한 몸짓으로 쪽 찐 내 머리를 직접 풀어 내리더니, 쟁반에 놓인 옥빗을 들어 머리를 빗겨주었다.

빗질을 마친 태자비가 한쪽으로 물러서자, 주빈인 황후께서 손을 씻고 장공주와 함께 옥계(玉階)를 내려왔다.

숨을 죽인 채 눈을 내리깔고 있으니, 봉황 신발 한 쌍과 살구색 난새(鸞鳥) 문양이 수놓인 비단 치마가 눈에 들어왔다.

황후께서는 내 앞에 서서 장엄하게 축문을 읊었다. "좋은 달 길한 날에 비로소 어른의 원복(元服)을 입히나니 너는 이제 어린 마음을 버리고 성숙한 덕을 따르라."

그러고 나서 자리에 바로 앉은 다음, 장공주에게서 옥빗을 건네받아 내 머리를 높이 틀어 올려 모란 무늬가 투조된 금비녀를 꽂았다.

나는 서서히 고개를 들어 만백성의 어머니인 황후 마마를 바라보았다. 내 친고모이기도 한 황후 마마의 눈빛에는 봄날처럼 따스한 미소가 어려 있었다.

그리고 이마 앞에 흔들거리는 봉황 장식을 단 채 황후 마마의 곁에 서 있는 내 어머니, 진민장공주의 두 눈에는 눈물이 그렁그렁 차올라 있었다.

그렇게 첫 비녀를 꽂은 다음, 무늬 없는 짧은 윗옷과 치마를 입었다.

나는 무릎을 꿇어 부모님께 절하고 손님들에게 사의를 표한 뒤, 동쪽을 향해 바르게 앉았다.

다시금 옥계를 내려온 고모는 어머니에게서 여의연화수주잠(如意蓮

花垂珠簪)을 건네받아 내 머리에 꽂고 축원하였다.

나는 곡거심의(曲裾深衣, 몸을 돌려서 감싸는 형태의 상하의가 붙은 옷)를 입고 다시 절했다.

태도를 바로 하고 앉아 팔보연지금봉관(八寶連枝金鳳冠)을 올리고 소매통이 크고 옷자락이 긴 예복을 입고 나니, 다시 축원을 하고 절을 올리는 과정이 이어졌다.

거추장스럽고 화려한 예복으로 겹겹이 몸을 감싼 채 비녀를 꽂아 아래로 늘어진 옥돌이 이리저리 흔들거리는 관을 올리고 통이 넓고 길이까지 긴 치마를 뒤로 길게 늘어뜨리고 있자니, 여태껏 입던 가볍고 편한 나삼(羅衫)의 느낌이 전혀 없는지라 어쩐지 행동거지 하나하나를 조심해야 할 것만 같았다. 그 무게와 압박감을 견디기 위해 어쩔 수 없이 자세를 바로 하고 정신을 가다듬었다.

세 번째 비녀를 꽂고 세 번째 절을 올리고 나니 계례가 마무리되었다.

상석에는 웃어른들이 정좌해 있고, 뒤로는 높이 걸린 왕(王)씨 선조들의 초상화가 나를 내려다보고 있었다. 그림 속 얼굴 하나하나, 눈동자 하나하나가 왕씨의 영광과 고귀함을 드러냈고 소리 없는 애환을 하나로 엮어 백 년의 세월을 가로질러 나를 휘감았다.

예관은 모든 여인이 계례에서 경청해야 할 가르침을 소리 높여 음송했다. "어버이를 효로써 섬기고 아랫사람을 자애로 대하시오. 온화하고 바르고 순종할 것이며 공손하고 검소하고 겸손하게 행동하시오. 교만하지 말고 기만하지 마시오. 옛 가르침은 곧 본받아야 할 법이니 그대는 이를 잘 지키시오."

그 여음이 정방에 아득히 울리는 가운데, 내 마음속에서도 잔잔히 울려 퍼졌다.

"제가 비록 부족하지만 어찌 감히 받들지 않겠습니까!"

나는 숨을 죽이고 바로 꿇어앉아 두 손을 눈썹 위로 반듯이 든 다음, 깊이 고개를 숙이며 절했다.

그렇게 조상의 은덕과 비녀를 꽂아준 황후 마마, 그리고 부모님과 오라버니에게 감사의 절을 올렸다.

예를 마치고는 일어나서 천천히 몸을 돌렸다.

모든 공간에 화려한 색채가 수놓아져 있었고, 의식이 치러진 곳은 한없이 아득했으며, 주위는 숙연했다.

발밑의 옥돌은 머리를 높게 틀어 올려 쪽을 찌고 넓은 소매를 드리운 사람의 희미한 모습을 마치 거울처럼 비춰냈다. 그 모습이 어찌나 낯설던지 나는 문득 얼떨해졌다.

황후 마마와 장공주, 태자비가 차례로 축하해주었고 뒤이어 아버지와 오라버니, 그리고 손님들이 축하해주었다.

나는 축하해주는 이들에게 일일이 답례하였다. 그렇게 웃음기를 지우고 고개를 숙여 절한 다음, 다시 고개를 들어 사람들의 눈빛을 마주하며 휘황찬란한 빛의 한가운데 홀로 서 있었다.

어린 소녀가 하는 양쪽으로 쪽 찐 머리를 풀어 관을 올리고 비녀를 꽂고 심의를 입으니, 눈부신 광채가 오롯이 내 한 몸에 쏟아졌다.

나는 처음으로 부모님과 오라버니를 뒤에 두고 섰다. 이제 내 앞을 막아선 채 두 팔을 펼쳐 날 보호해줄 사람은 없을 것이다.

정방 앞의 옥계는 몹시도 아득해 한 치 앞을 내다볼 수 없는 기나긴 인생길로 끌고 가는 것만 같았고, 반대편에 있는 사람들은 내게서 너무나 멀리 있는 것 같았다.

그래, 잘 알고 있다. 이제 다시는 어린 시절로 되돌아갈 수 없음을
…….

다음 날 새벽, 일찍부터 깨워대는 서고고(徐姑姑) 때문에 날이 밝기도 전에 옷을 차려입고 화장을 하며 몸단장을 시작했다.

오늘은 성년이 되고 나서 처음으로 부모님께 문안 인사를 드리는 날이다.

서고고는 화장을 마친 내게 옥색 연지(連枝) 문양의 피백(披帛, 등만 덮을 만하게 걸쳐 입는 홑옷)을 걸쳐주었다. 그러고는 미소를 지으며 한쪽으로 물러나더니, 나를 전신 난경(鸞鏡) 앞으로 돌려세웠다.

거울 속에는 비스듬히 틀어 올린 머리에 떨잠을 늘어뜨린 채 흰색 치마와 연하(煙霞)색 웃옷을 입고, 허리끈을 바짝 조여 매고 옥대에 팔을 감싸는 장신구까지 한 사람이 서 있었다. 내가 웃으며 거울 앞에서 한 바퀴 돌자 옷고름이 날려 올라가며 은은한 향이 피어올랐다.

"오늘은 무슨 향을 쓴 거야?" 나는 소매를 들어 향을 맡아보았다. 여태까지 쓰던 향과는 사뭇 달라 몹시 의아했다.

서고고는 웃으며 말했다. "군주께서는 발밑을 한번 보세요."

진향리(塵香履, 고대 귀족 여인이 신던 신발) 위에 얇은 옥으로 꽃무늬가 장식되어 있고 신발 바닥에는 장미향 분이 있어 연꽃잎이 투각된 틈으로 아주 조금씩 분이 새어 나왔다.

"정말 기특한 생각이야!" 나는 몹시 들뜬 나머지 갑자기 장난을 치고 싶어져 치맛자락을 들고 바닥에 엷은 장밋빛 자국을 찍어댔다. 마치 수많은 꽃송이가 내 발걸음을 따라 회랑 쪽으로 순식간에 피어나는 것 같았다. 서고고와 시녀들이 종종걸음으로 뒤쫓으며 "군주, 좀 천천히 가세요" 하고 외쳤지만, 나는 못 들은 척 멀리멀리 앞서 달려갔다.

마침 비가 그치고 맑게 갠 터라, 이른 아침 산들바람에 회랑 밖에

핀 계화(桂花)가 어지러이 흩날려 자잘한 꽃술이 바닥을 뒤덮을 정도
로 떨어져 있었다.

동랑(東廊)을 돌자마자 칠사(漆紗, 옻칠을 한 검은색 깁)로 만든 작은 관
을 쓰고 소매통이 넓은 흰옷을 걸친 채, 코뿔소 뿔로 된 자루에 고라
니 꼬리털을 꽂아 만든 주미(麈尾)를 들고 기품 있게 걸어오는 오라버
니를 만났다.

오라버니는 회랑 아래서 발길을 멈춘 채 나를 이리저리 살펴보더
니, 비스듬히 위로 올라간 수려한 눈썹을 한껏 치켜세우며 말했다.
"뉘 집 딸이 이리도 고울까? 우리 집 말괄량이보다 훨씬 예쁘구나!"

나는 머리를 높이 처들고 오라버니처럼 눈썹을 치켜세웠다. "뉘 집
한량이 이리 거들먹거리는 것인고?"

"쯧쯧, 사납게 굴어도 보조개 짓는 미소는 곱기만 하고 흑백이 분
명한 초롱초롱한 눈동자는 참으로 어여쁘구나!" 오라버니는 자꾸만
거들먹거리면서 까만 눈동자에 웃음기를 가득 머금은 채 말을 길게
빼며 놀려댔다. "혹시 제나라 제후의 딸이자 위나라 제후의 아내요,
동궁 태자의 누이고……"

나는 주미를 빼앗아 오라버니에게 휘두르며 뒤이어 나올 헛소리를
막았다.

오라버니는 웃으며 피하면서도 농지거리를 멈추지 않았다. "위후
여, 위후여! 우리 아무(阿嫵)의 위후는 어디에 있을꼬?"

그 말에 나는 입술을 깨물었다. 귀 뒤쪽이 화끈거리고 두 뺨이 화
르르 달아올랐다.

"여기서 위후는 왜 찾아? 오라버니도 동궁이 아니잖아." 나는 꽃나
무를 돌아 오라버니에게 주미를 휙 던지며 말했다. "입만 열면 헛소리
야!"

"지금은 아니지만 머지않았지. 설마 네가 동궁의 누이가 아니란 거야? 혹시 자담(子澹)이⋯⋯."

그 이름에 가슴이 두근거려, 서둘러 오라버니 입에서 튀어나오는 미친 소리를 막았다. "아버님이 들으시면 경을 칠 소리를! 어디 비할 사람이 없어서 그런 박복한 사람에 갖다 대는 거야!"

오라버니는 문득 〈석인(碩人)〉에서 찬미한 미인 장강(莊姜)의 운명이 참으로 기구했던 것을 떠올리고는 황급히 입을 막았다. "송구하옵나이다!"

이 악당은 연신 잘못을 빌면서도 웃음을 거두지 않고 다가오더니 말머리를 돌렸다. "어제 이 오라비가 네 대신 점을 쳐보았는데, 올해 우리 아무의 홍란성(紅鸞星)이 움직이니 장차 낭군을 만날 것이다."

이에 내가 오라버니 옆구리로 손을 뻗어 간지럼을 태우려고 하자, 간지럼을 많이 타는 오라버니는 재빨리 몸을 피하며 나와 뒤엉켜 장난을 쳤다.

시녀들은 나와 오라버니가 이렇게 장난치는 데 익숙한 터라, 꺼리지도 않고 한쪽에 비켜서서 입을 가리고 웃기만 할 뿐이었다.

서고고는 난감함을 감추지 못하며 나를 말렸다. "군주, 장난은 그만하세요. 아버님께서 이미 돌아오셨어요."

그 틈에 오라버니는 한껏 거드름을 피우며 자리를 떠났고, 웃음소리만이 우수수 떨어지는 꽃잎 사이에서 점점 멀리 흩어졌다.

나는 소매를 떨치며 서고고에게 성을 냈다. "언제나 오라버니 편만 들지. 서고고가 가장 편애가 심해!"

서고고는 입을 가린 채 우아하게 웃으며 작게 속삭였다. "계례를 올리면 곧 시집을 가야 하는데, 떠났던 사람이 연말에 돌아올 터이니, 홍란성이 움직인다는 것이 혹⋯⋯."

그 말에 시녀들이 뒤에서 작게 키득거렸다. 어려서부터 내 시중을 들어온 금아(錦兒)만이 나를 놀리지 않고 잠자코 있었다.

나는 부끄러움에 말문이 막혀 발만 동동 굴렀다. "금아야, 무시하고 우리끼리 가자."

말을 마친 나는 몸을 홱 돌려 발그레해진 두 뺨을 감추며 어머니의 거처로 성큼성큼 걸어갔지만, 뒤통수 너머로 들려오는 웃음소리는 멈출 줄을 몰랐다.

"군주, 조심하세요!" 금아가 쫓아와 계단에서 나를 붙잡았다.

나는 금아의 손을 뿌리쳤다. 부끄럽고 분한 마음이 가시지 않은 채로 눈을 들었을 때, 문득 회랑 밖에서 조그맣고 노란 계화가 바람결에 분분히 지면서 짙은 꽃향내를 풍기는 광경을 마주했다.

올해는 계화가 일찍 핀 탓에 벌써 꽃잎이 지고 있었다.

그 순간, 계화가 피고 진다는 것은 이미 가을이 깊었다는 뜻이니 정말로 연말이 멀지 않았다는 생각이 들었다.

연말, 연말이 되면 정말 그가 돌아올까…….

비록 어머니가 황제 폐하께서 그를 일찍 불러들이고자 하신다는 말을 슬쩍 흘리긴 하였지만, 고모는 천하의 모범이 되어야 할 황자가 삼년상을 제대로 치르지 않고 돌아와서는 안 된다며 자담의 이른 귀환을 막고 있었다. 서고고는 어머니의 이야기만 듣고 고모의 말씀은 못 들었으니 사정을 알 리 없었다.

나도 구중궁궐에는 어찌할 수 없는 일들이 너무 많음을 알고 있지만, 사람들은 아직도 내가 아무것도 모르는 어린애인 줄로만 안다.

나는 멀리 어스레한 하늘빛을 멍하니 바라보며 한숨을 내쉬었다. 멀리 외진 곳에 있는 황릉은 첩첩이 솟은 산 너머에 자리하고 있어 지금쯤이면 이미 청량한 가을로 접어들었을 것이다.

문득 서글픔이 밀려왔다. 홍란성이 움직여서 낭군을 만나기는 무슨……. 내 낭군 될 이는 황릉에서 어머니 삼년상을 치르고 있는데 어떻게 돌아와서 나와 혼인한단 말이야?

3년, 얼마나 긴 시간인지!

내 곁에 서 있기만 하던 금아가 문득 작게 속삭였다. "군주, 전하께서는 결국 돌아오실 거예요."

그 말에 나는 또 얼굴이 달아올랐다. "금아 너까지 쓸데없는 소리 할 거야!"

금아는 곧 고개를 숙였지만, 내가 정말로 성을 내는 것이 아님을 알기에 사근사근하게 말을 이었다. "전하 말고 어느 누가 왕씨의 딸을 아내로 맞을 수 있겠어요?"

바람이 불다

나는 낭야왕씨(琅琊王氏) 가문의 사람이다.

어머니는 성상(聖上)의 손위 친누이이자 태후께서 가장 총애하는 진민장공주다.

고모는 황후궁에 들어 왕씨 가문에서 배출한 다섯 번째 황후가 됨으로써 후족(后族, 황후의 친족)으로 존숭을 받는 왕씨의 영예를 이어갔다.

내 이름은 왕현(王儇)이며 상양군주에 봉해졌다. 하지만 태후 마마부터 태자비까지 모두 나를 '아무'라는 아명으로 부른다.

나는 어릴 때도 황궁과 재상부 중 어느 곳이 진짜 우리 집인지 구분하지 못했다. 내가 기억하는 순간부터 어린 시절은 대부분 황궁에서 보냈고 지금도 봉지궁(鳳池宮)에는 내 침전이 그대로 남아 있다. 나는 아무 때고 중궁으로 달려가 어원(御苑)에서 마음껏 뛰놀고 황자들과 함께 공부하며 놀 수 있었다.

황제 폐하는 공주 없이 황자만 셋을 두었으며, 우리 어머니는 태후 마마의 유일한 딸이었다.

그래서 고모는 이런 우스갯소리를 한 적이 있다. "장공주는 궁궐에서 가장 아름다운 꽃이고, 군주는 꽃술 위에서 가장 눈부시게 빛나는 이슬방울이란다."

나는 태어나자마자 태후 마마의 품에 안겨 황궁으로 들어가 그 곁에 머물면서 외할머니, 어머니, 고모의 가없는 사랑을 받으며 자랐다.

황제 폐하와 고모는 공주를 몹시 바랐지만, 안타깝게도 고모의 슬하에는 자융(子隆) 오라버니 하나뿐이다. 황제 폐하는 태자보다 나를 더 어여삐 여겼다. 새카만 수염에 희고 보드라운 손을 가진 황제 폐하는 나를 무릎에 앉히고 그해에 새로 딴 귤을 먹여주고는 용포로 입을 닦아주었다. 또 상소를 읽을 때도 나를 옆에 뉘어 재웠는데, 그러면 고모가 와서 나를 소양전(昭陽殿)으로 안고 가 봉황 침상에 재웠다.

나는 고모의 봉황 침상이 참 좋았다. 깊고 부드러워 그 안에 쏙 들어가 있으면 아무도 나를 찾아내지 못했다. 어머니가 오라버니와 함께 와서 나를 재상부로 데려가려고 하면, 집에는 이런 봉황 침상이 없다며 나는 한사코 가지 않으려고 했다.

어린 나이에도 몹시 약았던 오라버니는 이렇게 놀려댔다. "아무는 부끄러움을 모르는구나. 황후 마마만이 봉황 침상에서 주무실 수 있는데, 설마 너 태자 형님께 시집가고 싶은 게냐?"

그러면 어머니와 고모가 모두 웃음을 터뜨렸다.

"아무가 울기 시작하면 얼마나 사나운데. 난 싫어." 태자 자융이 못되게 웃으며 내 머리카락을 잡아당기려고 하자 나는 손을 휘둘러 뿌리쳤다.

그때 나는 겨우 일곱 살이어서 시집이니 장가니 하는 것이 무엇인지 몰랐다. 그저 자융 오라버니가 걸핏하면 괴롭히는 것이 싫어 잔뜩 성을 내며 말했다. "나야말로 황후 되기 싫거든!"

그러자 고모는 내 얼굴을 어루만지며 미소 지은 채 한숨을 내쉬었다. "우리 아무가 옳아. 봉황 침상은 너무 깊어서 단잠을 자기 어려우니 황후는 아니 되는 것이 좋겠구나."

그런데 몇 년 지나지 않아 고모는 생각을 바꿔, 내가 계례를 올리고 나면 정말로 자옹 오라버니의 태자비로 맞을 생각을 하였다.

하지만 태후 마마와 황제 폐하는 물론이고 어머니까지 모두 반대하는 통에, 고모는 어쩔 수 없이 황제 폐하가 사씨 가문의 언니를 고르게 내버려두었다.

태자비 사완여(謝宛如)는 재색을 겸비했으며 정숙하고 온화하며 다정한 사람이었다. 나보다 다섯 살이 많았는데, 사(謝) 귀비 마마의 궁에서 나와 함께 거문고를 배운 적이 있었다.

사 귀비는 천하에 따를 자가 없는 거문고의 명수로, 셋째 황자 자담의 어머니이자 완여 언니의 고모였다.

사씨 가문 사람들은 하나같이 가늘고 보드라운 두 손과 부드럽고 맑은 눈동자를 타고났다.

나는 이런 사람이 좋은데 고모는 참 싫어했다.

태자 오라버니는 대례(大禮)를 올리고 나서도 완여 언니에게는 별다른 관심을 보이지 않고 동궁에 수많은 첩실을 두었다.

완여 언니가 아무리 현숙하고 상냥해도 결국 사씨 가문 출신이었다.

고모는 사 귀비를 비롯해 사씨 가문 사람이라면 다 싫어했는데, 그 중에서도 사 귀비의 아들인 셋째 황자 자담을 끔찍이 싫어했다.

하지만 나는 고모를 빼면 세상에 자담을 싫어할 사람은 없을 것이라고 생각했다.

자담은 그만큼 완벽한 사람이었다.

나는 태자 오라버니와 둘째 황자 자율(子律)보다, 심지어 내 오라버니보다 자담이 훨씬 좋았다.

나와 오라버니는 어려서부터 입궁해 황자들과 함께 공부하며 자랐기 때문에, 종실 여자아이 중에서 나보다 더 황자들에 대해 잘 아는 사람은 없었다. 어린 시절의 우리는 태후 마마의 지극한 총애를 등에 업고 하늘 높은 줄 모르고 까불었다.

아무리 큰 잘못을 저질러도 만수궁(萬壽宮)으로 도망쳐 외할머니 품에 숨기만 하면 어떤 벌도 다 막아주었다. 황제 폐하조차 어쩌지 못했다. 태후 마마는 마치 화개(華蓋, 왕후장상의 수레에 씌우는 일산)처럼 우리를 품 안에 폭 감싸 그 어떤 비바람도 걱정할 일이 없게 해주었다.

그 당시에 못된 꾀를 가장 많이 낸 사람은 내 오라버니였고, 말썽을 가장 많이 부린 사람은 태자 자용이었다. 태자는 몸이 약한 데다 괴팍하고 말수가 적은 둘째 황자 자율을 툭하면 못살게 굴었다. 가끔은 그런 태자가 꼴 보기 싫고 아니꼬워 자율 오라버니 편을 들어주기도 했다. 그럴 때면 결코 남과 다투는 법이 없던 자담이 가만히 다가와 나를 감싸며 시종일관 지켜주었다.

이 온화한 소년은 황실의 고귀한 기품을 이어받았으면서도 성정은 담백하기만 했다. 마치 연약하고 다정다감한 자신의 어머니처럼, 타고나기를 어떤 일이 벌어져도 결코 추태를 부리지 않을 것처럼 보였다. 다른 사람이 어떻게 굴든 자담은 그 맑고 투명한 눈동자로 가만히 바라보기만 하는지라 상대도 맥이 빠져 화를 내지 못했다.

내 눈에 자담은 언제나 최고였다.

그러나 아무 걱정 없던 그 시절은 바람처럼 흘러가버렸다.

풋풋하던 시절의 말괄량이 계집아이도 세월과 더불어 점점 커갔다.

언제부터인가 오라버니와 전하들이 나타나면 궁 안 여자들이 힐끔힐끔 쳐다보기 시작했다.

특히 우리 오라버니가 지나가면 항상 여자들이 회랑 아래나 휘장 뒤에 숨어서 슬그머니 훔쳐봤다.

연회가 열리거나 봄놀이를 가게 되면 그 교만하고 지체 높은 세가(世家)의 여식들이 오라버니의 눈빛 한번, 미소 한번 보기 위해 정성껏 단장을 하고 나섰다.

그러나 경사(京師, 수도)의 미소년 하면 왕씨 가문 아들은 두 번째고 셋째 전하 자담이 으뜸이라는 사실을 알 만한 사람은 다 알았다.

자담은 고귀한 황자 신분인 데다 용모가 준수하고 재주 또한 출중했다. 그런데도 오라버니처럼 여자들이 던지는 추파에 연연하지 않고 오직 나만 바라봤다.

자담은 내가 무슨 말을 하든 미소를 지으며 귀 기울였고, 내가 어디를 가든 함께 가주었다.

황제 폐하조차 그런 그를 두고 순정적이라고 놀릴 정도였다.

어느 해인가 황제 폐하의 수연(壽筵, 생일잔치)에서 우리 둘이 나란히 술을 올린 적이 있었다. 취기가 돈 황제께서는 손을 들어 눈을 비비다가 손에 든 금잔을 떨어뜨리고는, 곁에 있는 사 귀비를 보고 웃으며 이렇게 말했다. "보시오, 하늘의 선동(仙童)이 짐을 축하해주기 위해 속세에 내려왔구려."

사 귀비는 살며시 웃으며 우리를 바라보았다.

그러나 고모의 눈 속에는 북풍한설이 몰아쳤다.

수연이 끝난 뒤 고모는 나를 불러 타일렀다. 나도 점점 나이가 차고 남녀가 유별하니, 더는 황자들과 가까이 지내지 않는 것이 좋겠다는 말이었다.

하지만 나는 고모의 말을 귓등으로도 듣지 않았다. 태후 마마가 지켜주시겠거니 생각해, 고모 몰래 사 귀비의 궁에 거문고를 배우러 다니고 자담이 그림 그리는 모습을 지켜봤다.

연창(延昌) 6년 중추절에 효목태후(孝穆太后)가 돌아가셨다.

태어나서 처음으로 누군가의 죽음을 마주한 나는, 눈물범벅이 된 어머니가 아무리 달래도 이 사실을 받아들이려 하지 않았다.

국상(國喪)을 마친 뒤에도 나는 태후가 살아 계실 때처럼 날마다 만수궁으로 달려갔다. 나는 외할머니가 가장 아끼던 고양이를 안고 홀로 앉아, 외할머니가 내전에서 나오며 미소를 머금고 '아무야' 하고 부르기를 기다렸다.

나를 달래려고 궁녀들이 다가오면 나는 버럭 성을 내며 내쫓았다. 그들이 떠드는 소리에 외할머니의 혼백이 돌아오지 않을까 봐 아무도 안으로 들지 못하게 했다.

나는 외할머니와 어머니가 직접 심은 자등(紫藤) 옆에 앉아 가을바람에 낙엽이 흩날리는 모습을 멍하니 바라보았다. 원래 생명이란 이리도 쉽게 스러지는 것이라 눈 깜짝할 사이에 시야에서 사라지는구나……

가을날의 서늘함이 얇은 옷 사이로 스며들어 몸속까지 뚫고 들어왔다. 너무 추웠다. 손끝이 얼음물에 담근 것처럼 쩌릿쩌릿 시린데 내 몸 하나 기댈 곳을 찾을 수가 없었다. 그때 갑자기 어깨 위로 온기가 내리며 따스한 두 손이 살며시 나를 끌어안았다. 놀랍게도 나는 누군가가 내 뒤에 이를 때까지 전혀 눈치채지 못하고 있었다.

그렇게 얼이 빠져 있을 때, 익숙한 두 팔이 뒤에서 나를 안아 자신의 품 안으로 끌어당겼다. 그의 옷섶과 소매 사이에서 풍기는 옅은 목란(木蘭) 향이 내 세상에 가득 들어찼다.

나는 차마 몸을 돌릴 수도, 움직일 수도 없었다. 멍한 와중에 심장은 세차게도 뛰어대는데 온몸은 노곤히 힘이 빠졌다.

"할마마마는 안 계시지만 내가 있잖아." 그는 구슬프되 보드라운 음성으로 내 귓가에 대고 낮게 속삭였다.

"자담!" 나는 곧 몸을 돌려 그의 품 안에 뛰어들며 참고 있던 눈물을 쏟아냈다.

내 얼굴을 들어 올리고 시선을 내려 나를 바라보는 그의 눈 속에는 지금껏 본 적 없는 희미한 무언가가 담겨 있었다. 그의 옷자락에서 전해지는 친밀하면서도 낯선 '남자'의 느낌에 나는 어찌할 바를 몰랐다. 망연하기도, 당황스럽기도, 또 달콤한 것도 같았다.

"네가 울면 내 마음이 아파." 그는 내 손을 잡아 자신의 가슴에 갖다대며 말했다. "나는 아무가 웃는 모습을 보고 싶어."

나는 반쯤 넋이 나가 아무 말도 하지 못했다. 온몸이 그의 눈빛에 녹아버릴 것만 같았고, 귀 뒤쪽에서 뺨까지 후끈후끈 달아올랐다.

하늘하늘 날아내리던 낙엽 하나가 마침 내 귀밑머리 사이로 떨어졌다.

자담이 그 잎을 털어내던 중 기다란 손가락이 내 미간을 스치고 지나갔다. 그 순간, 이상야릇한 전율이 살갗을 통해 몸속으로 전해졌다.

"눈썹 찡그리지 마. 네가 웃는 모습이 얼마나 예쁜데." 자담의 얼굴도 나처럼 붉게 달아올랐다. 그는 살며시 내 귀밑머리에 뺨을 가져다댔다.

태어나서 처음으로 자담에게 예쁘다는 말을 들은 순간이었다.

자담은 내가 자라는 모습을 지켜보면서 나더러 착하다고도 하고 바보 같다고도 하고 말썽쟁이라고도 했지만, 예쁘다는 말은 한 번도 한 적이 없었다. 또 오라버니처럼 수없이 내 손을 잡고 묶어놓은 머리를 만졌지만 이런 식으로 나를 안은 적은 없었다.

그의 품은 따스하고 편안해 언제까지고 그 품 안에 머무르고 싶었다.

그날 자담은 내게 사람의 생로병사는 모두 운명이며, 빈부와 귀천에 상관없이 삶도 죽음도 그다지 괴로울 것이 없다고 했다. 그렇게 말하는 자담의 미목(眉目)에는 옅은 안개 같은 우울과 더불어 연민이 어렸다.

자담의 위로에 내 마음은 마치 샘물이 흘러간 듯 보들보들해졌다. 그러면서 가까운 사람이 내 곁을 떠난다는 두려움과 불안감이 점차 옅어졌다.

그때부터 나는 더 이상 죽음이 두렵지 않게 되었다.

외할머니가 떠나셨지만 너무 오래 슬픔에 잠겨 있지는 않았다.

그때만 하더라도 나는 아직 어렸기 때문에 아무리 큰 슬픔도 금세 털어냈다. 한편 철없는 감정이 슬그머니 자라면서 나는 진짜 비밀을 갖게 되었는데, 내 딴에는 주변 사람들이 그 비밀을 모를 것이라 생각했다.

얼마 후 오라버니가 약관의 나이로 조정에 들자, 아버지는 오라버니를 숙부에게 딸려 보내 경험을 쌓도록 했다. 숙부는 황제 폐하의 명으로 수로 정비를 위해 회주(淮州)로 가게 되었는데, 이때 오라버니도 부임지로 데리고 갔다.

오라버니가 떠나고 나니 갑자기 궁 안팎에 나와 자담, 두 사람만 남은 것 같았다.

따스한 춘삼월이 되자 궁궐 담장에 푸르른 버들잎이 늘어졌다. 어여쁜 소녀는 얇은 봄옷을 입고 눈앞에 있는 소년을 자꾸만 불러댔다.

자담, 그림 그리는 거 보여줘.

자담, 우리 어원에 가서 말 타자.

자담, 우리 바둑 한 판 더 둘까.

자담, 내가 새로 배운 곡을 들려줄게.

자담, 자담, 자담……

그럴 때마다 자담은 다정한 미소를 지으며 내 바람을 모두 들어주었다.

내가 너무 심하게 굴어 도저히 어찌할 수 없을 때는 짐짓 걱정스러운 듯 탄식했다. "이렇게 까불어서야 언제 커서 시집을 갈꼬?"

나는 부끄럽기도 하고 화가 나기도 해서 꼬리를 밟힌 고양이처럼 휙 돌아서며 외쳤다. "내가 시집가는 게 너랑 무슨 상관이야?"

그러면 뒤에서 자담의 작은 웃음소리가 들려왔는데, 한참이 지나도 그 웃음소리가 머릿속에서 떠나지 않았다.

다른 여자아이들은 모두 집을 떠나기 싫어한다. 계례를 올리고 나면 곧바로 시댁에서 혼담을 꺼낼 테고, 그러면 부모 곁을 떠나 한껏 몸을 낮춘 채 시부모를 모시고 남편을 돕고 자녀를 키우며 완여 언니처럼 우울하고 재미없게 살아야 할 테니 말이다. 생면부지의 남자를 남편으로 맞아 아침저녁으로 마주하며 죽을 때까지 함께 살아야 한다니, 생각만 해도 너무 끔찍했다.

다행히 나에게는 자담이 있었다.

태자와 둘째 전하는 이미 비를 들였다. 이제 권문세가의 여식 가운데 신분으로 보나 나이로 보나 자담과 어울리는 사람은 왕씨 가문의 여식뿐이었다.

또 반대로 보자면, 장공주와 재상의 여식에게 어울릴 만한 사람도 황자뿐이었다.

황제 폐하와 사 귀비 마마는 자담과 내가 친하게 지내는 것을 기꺼워하였다. 어머니도 말은 안 했지만 이미 오래전부터 내 마음을 인정하고 있었다.

고모와 아버지만 가타부타 말이 없었다.

어머니가 아버지 앞에서 에둘러 이 일을 언급하면, 아버지는 항상 얼굴을 굳히며 내 나이가 아직 어리다는 이유로 말을 피하였다.

나는 궁 안에서 자라 다섯 살 이전에는 아버지를 뵌 적이 별로 없는 터라, 아버지와 그다지 친밀하지 않았다. 크고 나서는 아버지도 나를 몹시 아낀다는 사실을 깨달았지만, 아버지는 정다움보다는 위엄이 넘쳤다. 아버지도 이를 어쩔 수 없다고 받아들이는 것 같았다. 하지만 내 혼사에 관해서는, 황제 폐하가 정한 혼처라면 누구도 거역할 수 없었다.

자담은 이미 열여덟 살로 비를 들일 나이가 되었다. 만약에 내가 이미 계례를 올린 상태였다면, 사 귀비 마마는 일찌감치 황제 폐하께 우리 두 사람의 혼인을 청했을 것이다.

도대체 언제쯤이나 열다섯 살이 되는지, 더디게 흐르는 시간이 야속하기만 했다. 이러다가 자담이 내가 다 자랄 때까지 기다리지 못하고, 사정을 모르는 황제 폐하가 다른 여인을 그의 비로 정하면 어쩌지? 걱정이 이만저만이 아니었다.

내가 열다섯 살이 되면 자담은 이미 스무 살로 약관의 나이가 된다.

나는 자담에게 물었다. "자담은 왜 이렇게 나이가 많아? 내가 다 자랄 때쯤이면 자담은 늙은이가 돼 있겠네?"

자담은 한동안 대꾸도 못 하고 어처구니없다는 표정으로 나를 쳐다보기만 했다.

그러나 내가 열다섯 살이 되어 계례를 올리기도 전에 사 귀비가 세상을 떴다. 세월조차 담묵으로 그린 듯 아름답던 그 여인의 몸에 흔적을 남기고 싶지 않았던 모양이다.

고모가 아무리 횡포하게 굴어도 사 귀비는 맞서지 않았고, 황제 폐하의 총애를 믿고 교만하게 행동하지도 않았다. 그저 언제나 조용하고 온유할 따름이었다.

　　그러던 사 귀비가 고뿔에 걸리더니, 병세가 급격히 악화되며 명의도 손쓸 수 없는 지경에 이르렀다. 결국 매년 봄이면 사 귀비를 위해 천 리 밖에서 진상되던 매실이 당도하기도 전에 서둘러 세상을 떠나고 말았다.

　　내가 기억하는 사 귀비 마마는 늘 몸이 약해 병을 달고 살며 침울해했다. 언제나 귀비궁 안에만 머무르며 거문고를 벗 삼아 지냈고, 황제 폐하가 아무리 총애해도 미소를 보이는 일이 드물었다. 사 귀비가 몸져누워 있을 때 어머니와 병문안을 갔었다. 사 귀비는 병상에서도 단정하게 화장을 하고 있었고, 내게 새로 배운 곡이 어떤지 묻기까지 했다. 어머니는 눈물을 보였지만, 사 귀비는 그윽한 눈빛으로 한참 동안 나를 바라보며 무슨 말을 하려다가 그만두었다.

　　훗날 자담에게 들으니, 눈을 감기 전까지 사 귀비 마마는 슬픈 내색 없이 그저 냉담하고 권태로운 기색만을 비친 채 영면에 들었다고 한다.

　　비가 추적추적 내리던 그 밤, 조종(弔鐘)이 길게 울리고 육궁(六宮, 황후와 비들이 사는 궁)이 곡을 했다.

　　홀로 영전을 지키며 오랫동안 꿇어앉아 있던 자담의 얼굴선을 따라 눈물이 흘러내렸다.

　　그 뒤에서 한참을 서 있었지만, 자담은 내가 비단 손수건을 내밀 때까지 누군가가 있다는 사실을 눈치채지 못했다.

30

그가 고개를 들어 나를 보는 순간 눈물이 내 손으로 떨어져 비단 손수건을 적셨다. 얇은 비단 손수건은 너무도 약했기에 물기가 닿자마자 구김이 가서 다시 펴지지 않았다.

내가 손수건으로 자담의 눈물을 닦자, 그는 나를 품에 안으며 울지 말라고 말했다. 그제야 내가 자담보다 더 많은 눈물을 쏟고 있었음을 깨달았다.

나는 자담의 힘없는 몸에 기대 꼬박 하룻밤을 함께 꿇어앉아 있었다. 그날 이후, 그 비단 손수건은 함 속 깊숙이 넣어두었다. 그 위에 구김을 남긴 것은 자담의 눈물방울이었기 때문이다.

이제 어머니를 잃었으니 그토록 큰 궁궐에 자담이 믿고 의지할 사람은 아무도 없었다. 나는 아직 어렸지만 황자에게 외가가 얼마나 중요한지 잘 알았다.

아버지가 재상으로 계시니 태자의 지위는 날로 공고해졌다. 사씨 가문은 태자비가 있었으나 완여 언니는 태자의 총애를 받지 못했다.

황제 폐하는 사 귀비를 총애하고 어린 자담도 몹시 아끼는 한편, 고모를 존중하면서 두려워하였다. 황제는 귀애하는 비를 위해 황후를 냉대할 수 있어도 동궁의 지위를 쉬이 흔들 수는 없었다. 태자는 곧 국본이었다.

후궁은 제왕의 집안일이나, 조정 두 권신(權臣) 가문의 힘겨루기는 나랏일이었다.

사씨 가문과 왕씨 가문은 수년간 서로 맞서왔고, 황궁에서 고모의 최대 맞수도 사 귀비였다. 그러나 사씨 가문은 결국 당해내지 못하고 힘을 잃었다. 예로부터 낭야왕씨에 맞선 사람치고 그 말로가 좋았던 자는 드물다.

낭야왕씨는 이 나라가 세워진 뒤로 줄곧 사족(士族)의 우두머리로 황실과 대대로 혼인을 맺고 권력을 쥐었으며, 세가 중에서도 그 명망이 가장 높았다. 또한 박학다식한 학자를 끊임없이 배출하며 문풍을 이끌어 선비들이 깊이 앙모하는 당대의 첫째가는 가문이었다.

왕씨 아래로 사씨, 온(溫)씨, 위(衛)씨, 고(顧)씨 등 4대 명문가가 나라의 기둥 역할을 하면서 사족 가문의 영광은 숙종(肅宗) 시기까지 이어졌다.

그러나 숙종 때 3왕이 황위를 찬탈하고 외적과 결탁해 반란을 일으켰다. 그 전쟁은 장장 7년 동안 이어졌는데, 사족 가문의 뛰어난 자제들이 열의를 불태우며 전장에 나섰다.

태평성세를 누리던 사람들 중 누구도 그 전쟁이 그토록 오래 이어질 줄 몰랐다.

그 전까지만 하더라도 풍족한 삶을 누리던 귀족 자제들은 전장을 누비며 불세출의 공적을 쌓으리라 다짐했다. 하지만 그들 중 얼마나 많은 준재가 끓어오르는 뜨거운 피와 펄떡펄떡 뛰는 생명을 전장에 바치고 불귀의 객이 되었던가!

큰 위기를 겪은 뒤, 사족의 기세는 크게 꺾였다.

연이은 출정으로 농토는 황폐해지고 백성은 살 곳을 잃은 상황에 근래 없던 큰 가뭄까지 덮쳤다. 굶주림과 전란으로 죽은 백성의 수를 헤아릴 수가 없을 정도였다. 권문세족의 자제들은 스스로 농사를 짓지 않고 대대로 전답을 소작 주어 생활을 영위했다. 그러나 갑자기 돈 나올 곳이 궁해진 세가는 방대한 가문을 지탱할 수 없어 하루아침에 몰락하고 말았다.

난세가 닥치자 한미한 가문 출신의 무장들이 전장에서 무수한 공을 세우며 순식간에 병권을 장악했다. 지난날 온갖 멸시를 받던 비천한 무인들은 점차 권력의 정점으로 다가서 권문세가와 어깨를 나란히 하게 되었다.

그 찬란하던 성세는 결국 다시는 되돌릴 수 없는 과거가 되어버렸다.

수십 년에 걸쳐 힘겨루기를 하는 동안, 수많은 세가가 잇달아 패해 다른 가문에 권세를 넘겨주었다. 마침내 왕씨, 사씨, 고씨, 온씨 등 몇몇 가문만이 살아남아 밖으로는 무인들과 싸우고 안으로는 서로 다퉜다. 그중에서도 특히 왕씨와 사씨 가문의 관계가 가장 복잡했다.

왕씨 가문은 그 세력이 매우 방대했다. 고향인 낭야에서 경사의 조정까지, 황궁 내전에서 변경 군막까지 왕씨의 세력이 뻗치지 않은 곳이 없었고 황실의 토대까지 깊이 뿌리내렸다. 특히 이번 대에 이르러서는 황후와 재상을 배출했고 병권까지 장악했다. 내 아버지는 2대에 걸쳐 조정의 중신으로 임하며 관직이 좌상에 이르고 정국공(靖國公)에 봉해졌다. 또 두 분 숙부 중 한 분은 금군(禁軍, 궁궐을 지키고 황제를 호위하는 군대)을 관할하는 무위장군(武衛將軍)이고, 다른 한 분은 운하와 소금 관리 업무를 대리해 멀리 강남을 지키고 있다. 조정 안팎은 물론이고 지방 곳곳에서도 아버지의 문하생들이 활동했다.

이런 우리 가문을 뒤흔들 자는 어디에도 없었다. 황제 폐하조차 우리 가문을 어쩌지 못했다.

내가 우리 왕씨 가문이 문벌가의 우두머리로서 횡포한 권세를 휘두른다는 사실을 진정으로 깨달은 것은 사 귀비 마마가 돌아가신 후였다. 고귀한 황자인 자담은 어머니가 돌아가시자마자 조서 하나에 궁 밖으로 쫓겨났다.

예법에 따라 어머니가 돌아가시면 삼년상을 치러야 했다. 그러나 지금까지 황실에서는 이 예법을 엄격히 지키지 않았다. 대개 황자가 궁 안에서 석 달 동안 상을 치르고 나면 일족 중 한 사람을 골라 황릉에서 나머지 기간 동안 상을 지키게 했다. 다만 혼인은 삼년상을 마쳐야만 치를 수 있었다.

그러나 사 귀비의 국상을 치르고 나서 공포된 의지(懿旨, 황후의 명)에 이르길, 자담이 효성이 깊어 황릉에 가서 어머니의 삼년상을 치르겠노라 자청했다고 했다.

고모가 이토록 횡포를 부리리라곤 짐작조차 못 했다. 이미 오래전부터 눈엣가시인 자담을 치워버리고 싶어 하던 고모는 사 귀비가 눈을 감자 더 이상 꺼릴 것이 없었다.

내가 소양전 밖에 꿇어앉아 빌고 또 빌어도 고모는 뜻을 꺾지 않았다.

나는 고모가 왕씨 가문의 딸을 자담에게 시집보낼 뜻이 없고, 사 귀비의 아들이 혼인을 통해 보호막을 얻기를 원하지 않는다는 사실을 잘 알았다. 그러나 자용 오라버니는 이미 태자였고 그 지위가 흔들릴 리 없는 저군(儲君, 황태자)이었다. 또 자담은 세상과 다툴 뜻이 없고 주제넘게 제위를 노릴 마음도 전혀 없는 사람이었다. 그런데도 어째서 고모는 이토록이나 자담을 꺼려 부황의 곁에 머물며 효를 다하는 것조차 용납하지 않고 기어코 멀리 쫓아내 내게서 멀어지게 하는지 도무지 이해할 수가 없었다.

태어나서 처음으로 나는 소양전에서 봉황관을 쓰고 있는 사람이 내 친고모라는 사실을 믿고 싶지 않았다.

내가 밤늦도록 소양전 밖에 꿇어앉아 있다는 소식에 놀란 어머니가 야심한 시각에 중궁을 찾고 나서야 고모는 내전 밖으로 나왔다. 고모의 고고한 자태에서는 지난날의 자애로움을 찾아볼 수 없었으며, 눈썹 꼬리와 눈 밑에서 보이는 것이라곤 시린 냉담함뿐이었다. 고모는 내 턱을 들어 올리며 말했다. "아무야, 고모는 너를 아낄 수 있지만 황후는 너를 아낄 수 없단다."

"그러면 한 번만 더 황후가 아닌 고모가 되어주세요!" 나는 차오르는 눈물을 꾹 참으며 덧붙였다. "이번 한 번만요."

그러자 고모가 차갑게 대답했다. "나는 열여섯 살에 이 황후관을 쓴 뒤로 단 하루도 벗을 수 없었다."

나는 뻣뻣하게 굳은 채로 하염없이 눈물을 쏟았다. 어머니가 눈물을 흘리며 타이르는데도 결코 자리에서 일어나지 않았다.

어머니에게 고개를 숙이는 고모의 표정은 잘 보이지 않았지만 나지막한 목소리가 들려왔다. "장공주, 설령 오늘은 아무가 나를 원망하더라도 언젠가는 내게 감사할 날이 올 겁니다."

어머니는 목이 메어 차마 말을 잇지 못하였다.

나는 소매를 떨치고 일어나 뒤로 몇 걸음 물러서며 고모와 어머니의 화려한 궁의(宮衣) 아래 드리워진 서글픔을 응시했다. 어느덧 이 차갑고 텅 빈 황가에 절망감이 차올라 더 이상 말을 잇지 못하고 고모를 향해 느릿느릿 고개만 저었다. '아니요, 고모를 미워하지도 않을 테지만 평생 감사하지도 않을 거예요!'

소양전을 떠나면서도 나는 마지막 희망의 끈을 놓지 않았다. 자담을 아끼고 나를 총애하는, 내 고모부이자 외삼촌인 황제 폐하가 있었기 때문이다.

나는 황제 폐하에게 자담이 경사에 머물 수 있도록 전교(傳教)를 내려달라고 간청했다.

황제 폐하는 나를 향해 지친 듯한 미소를 지으며 말하였다. "황릉은 안전한 곳이고 부모를 위해 삼년상을 치르는 것도 나쁜 일이 아니란다."

어안(御案. 황제의 서탁) 뒤에 앉으며 앙상한 몸을 용상(龍床)에 묻는 황제 폐하는 하룻밤 사이에 10년은 늙은 듯했다.

사 귀비가 돌아가신 뒤 황제도 와병으로 오랫동안 조정에 나오지 못했고, 아직까지도 다 낫지 않아 요양을 하는 중이었다.

나는 언제부터 황제 폐하가 음울한 노인이 되어버렸는지 기억나지 않았다. 나를 무릎 위에 앉히고 새로 딴 귤을 먹여주시던 그분은 어디로 가버렸는지, 나는 더 이상 황제 폐하의 시원시원하고 상냥한 웃음을 볼 수가 없었다. 황제 폐하는 황후도, 태자도 좋아하지 않았다. 그저 가끔씩 자담을 대할 때만 속을 알 수 없는 황제가 아닌 자애로운 아버지의 모습을 보였다.

그러나 이제 황제 폐하는 자신이 가장 사랑하는 아들을 황후가 내쫓는데도 두고 보기만 했다.

도대체 그는 어떤 아버지이고 어떤 황제인가? 나는 도무지 알 수가 없었다.

황제 폐하는 눈물에 젖은 내 눈을 보며 탄식하였다. "아무가 이토록 사랑스럽건만 안타깝게도 너 역시 왕씨구나."

그의 눈 속에는 스스로도 어찌할 수 없는 혐오감이 담겨 있었다. 그 눈빛은 내 남은 애원의 말을 산산이 부서뜨렸다.

자담이 경사를 떠나는 날, 나는 그를 배웅하러 가지 않았다. 내가 눈물을 흘리면 가슴이 아프다고 한 말 때문이었다.

나는 자담이 여태껏 그러했듯 미소를 띤 채 떠나길 바랐다. 내 마음속에서 가장 자랑스럽고 고귀한 황자인 그가 흘리는 눈물과 비통함을 그 누구도 볼 수 없기를 바랐다.

자담의 수레가 태화문(太華門)에 이르면 내 시녀인 금아가 그곳에서 기다릴 터였다.

나는 금아에게 작은 목함 하나를 내주며, 그 안에 든 물건이 나 대신 그의 곁을 지키리라는 전언과 함께 자담에게 가져다주라고 했다.

그가 성을 나설 때, 나는 조용히 성루에 올라 금아가 그의 말 앞에 꿇어앉아 목함을 바치는 모습을 멀리서 지켜봤다.

목함을 건네받은 자담은 그 안에 든 것을 보고 한참 동안 말을 세워둔 채 미동조차 하지 않았다. 나는 자담이 어떤 표정을 짓고 있는지 알 수 없었다.

이어서 금아는 그에게 절을 올렸는데, 울면서 무슨 말인가 하는 것 같았다.

자담은 돌연 채찍을 휘두르며 말을 재촉하더니 흙먼지만 남긴 채 뒤도 돌아보지 않고 떠났다.

비바람이 치다

　계례를 치르고도 예전과 다름없는 평화로운 날들이 이어졌고, 계화가 다 떨어져 어느덧 늦가을에 이르렀다. 황릉에서는 여전히 아무 소식도 들려오지 않았다. 오라버니가 말한 홍란성은 역시나 허튼소리였을 뿐이다.

　어머니는 예불을 드리러 또 절에 가면서 나에게 함께 가겠는지 물었다. 마침 겉만 화려할 뿐인 경사의 나날에 질린 터라 함께 가겠다고 했다.

　이날 어머니와 내가 산간에서의 거처를 어떻게 하고 어떤 물건들을 가지고 갈지 상의하고 있을 때, 아버지와 오라버니가 경사를 뒤흔든 소식을 가지고 퇴청하였다. 바로 전쟁에서 승리한 예장왕(豫章王)이 며칠 뒤 경사에 당도할 것이라는 소식이었다.

　한 달 전쯤, 남방으로 원정을 떠난 우리 군이 크게 이겼다는 승전보가 전해졌다.

　예장왕의 대군은 남쪽 국경으로 원정을 가는 내내 파죽지세로 남쪽 오랑캐 27개 부족을 격파했다. 오랑캐의 수장들이 잇달아 투항하면서 나라의 강토가 남쪽으로 천 리나 넓어져 해역까지 이르게 되었고 천하가 두려워 몸을 낮추었다. 이로써 수년간 정세가 불안했던 남쪽 변방이 마침내 평정되었다.

승전보가 전해지자 조정은 흥분을 감추지 못했고, 오라버니도 감정이 격앙되어 전쟁터의 상황을 생생히 들려주었다.

전쟁 때문에 한참 속을 끓이던 아버지는 승전보를 듣고 오히려 담담해졌다. 다행으로 여기기는 하되 뭔가 걱정이 남은 듯한 모습이었다.

나는 오라버니에게 그 까닭을 물었다.

이에 오라버니는, 아버지는 남쪽 변방이 평정된 것은 기쁘되 예장왕의 이번 승리로 한족(寒族, 한미한 가문) 무인들의 권위가 더 강대해질 것을 염려한다고 했다.

황상이 막 등극하였을 때만 하더라도 북방에서 돌궐(突厥)이 국경을 침범하고 남방에서 오랑캐가 소란을 일으켜 변방의 혼란이 끊이지 않았다. 조정의 국고는 비어갔고 전염병이 창궐했으며 각지의 관리들은 나라가 혼란한 틈을 타 사리사욕을 채우기에 바빴다. 살길이 막막해지면 극단적 선택을 할 수밖에 없는 터라, 결국 건안(建安) 6년에 10만 이재민이 난을 일으켰다. 사방에서 반란이 일어나자 황상은 각 번진(藩鎭)의 장군들에게 난을 평정하라 명하였다. 이에 무장들은 전쟁을 기회로 힘을 키웠다. 한족 무인 세력이 군대를 기반으로 자신의 지위를 높여 점차 권력의 수면 위로 모습을 드러냈다. 이들의 눈치를 봐야 하는 처지가 된 조정은 어쩔 수 없이 높은 작위와 권력으로 그들을 구슬릴 수밖에 없었다. 그들 중에서 가장 세력이 강한 자는 병졸에서 장수가 되고, 장수에서 다시 원수가 되었다. 그리고 다른 성씨는 왕에 봉해질 수 없다는 선례를 깨고 당대 최초로 황실과 성이 다른 번왕(藩王)이 되었다.

그가 바로 예장왕 소기(蕭綦)였다.

물론 나는 그 이름을 들어본 적이 있었다. 위로는 궁궐에서 아래로는 시정(市井)까지 예장왕의 혁혁한 위명(威名)을 모르는 사람은 없었다.

그는 호주(扈州) 평민 출신으로 열여섯 살에 군에 들어가 열여덟 살에 참군(參軍)으로 올라선 뒤 정원장군(靖遠將軍)을 따라 돌궐을 정벌했다.

삭하(朔河, 하투河套 지역) 전투에서는 철기병 백여 명을 이끌고 적의 후방을 기습해 군량과 마초, 군수품을 모조리 불태우고 홀로 적군 수백을 죽여 시체로 산을 쌓았다 했다. 비록 이때 열한 곳에 중상을 입기는 하였으나 살아 돌아왔다. 이 전투로 이름을 알린 소기는 정원장군의 신임을 얻어 일개 참군에서 비장(裨將)으로 신분이 높아졌다.

그는 3년 동안 변경을 지키며 돌궐의 침입을 백여 차례나 막아냈다. 전투에서 서른두 명의 돌궐 대장을 베어 죽였으며, 돌궐 왕이 아끼는 아들까지 죽여 돌궐의 기세를 크게 꺾어놓았다. 소기는 승리의 여세를 몰아 적군을 추격해 수년간 돌궐에 빼앗겼던 삭하 이북 3백 리 옥토를 되찾았다.

이리하여 소기는 북방에 널리 명성을 떨치며 영삭장군(寧朔將軍)에 봉해졌고, 북방 변경 백성에게 '천장군(天將軍)'으로 불렸다.

영안(永安) 4년, 전남 자사(滇南刺史)가 군사를 주둔시켜 힘을 키우고 백융(白戎) 부족과 결탁해 스스로 왕이 되었다. 황제의 명을 받들어 토벌에 나선 영삭장군 소기는 고산준령에 잔도를 내고 불시에 적군의 본거지를 습격해 반군의 장수를 죽였다. 백융 왕이 성안의 부녀자와 어린이를 인질로 잡자, 본래 투항을 권하려던 소기는 격분하여 성을 점령하고 백융 부족의 씨를 말렸으며 반군 수령은 모조리 효수했다. 이 전투로 소기는 남방을 평정한 공을 인정받아 정국대장군(定國大將軍)에 봉해졌다.

영안 7년, 전염병이 창궐한 남방에 또다시 반란이 일어나자 정국 대장군은 다시금 군대를 이끌고 남하했다. 그러나 도중에 수해를 당해 군량과 마초가 부족한 상황에서 악전고투를 이어가며 수차례 목숨을 잃을 뻔했으나, 결국 적군의 포위를 뚫고 소수의 병력으로 반군의 근거지를 습격해 하룻밤 사이 세 개의 진(鎭)을 함락시키고 적을 베어 넘겼다. 이에 혼비백산해 뿔뿔이 흩어져 도주한 반군은 수세를 지키며 진지에서 나오지 않았다.

소기는 전쟁터에서 공로를 치하하는 성지(聖旨, 황제의 명령)를 받고 예장공(豫章公)에 봉해졌다.

이듬해 대군을 재정비한 소기는 군대를 이끌고 위풍당당하게 남하하여, 남방 변경의 오랑캐와 반군의 결탁을 끊어내고 남은 반군을 끝까지 추격해 민(閩) 땅에서 모조리 섬멸했다. 소기는 이 뛰어난 공적으로 예장왕에 봉해져 유일하게 황족이 아닌, 성이 다른 번왕이 되었다.

지금은 남방 변경의 27개 부족도 모두 투항했다.

지난 10년 동안 예장왕은 대군을 이끌고 각지로 출정해 목숨을 걸고 위급한 국면을 타개하며 천하에 위명을 떨쳤다.

소기는 한족 무장 중에서 그 지위와 권세가 으뜸가는 사람이 되었다. 가문도 인맥도 없이 오로지 자신의 실력만으로 백골이 수두룩한 전장을 넘어 내 아버지보다 높은 자리에 올랐을 때, 그의 나이는 겨우 이립(而立, 서른 살)이었다.

도대체 어떤 사람이기에 이토록 불가사의하고 경이로운 일을 이루었을까?

그의 이름은 이미 오래전부터 아버지와 오라버니의 입을 통해 들려왔다. 두 사람이 그에 대해 이야기할 때면, 경외감을 자아내는 전쟁의 신처럼 말하기도 하고 혐오스럽기 짝이 없는 흉악한 사람으로 묘사하기도 했다.

심지어 조정의 일은 일절 말하지 않는 자담조차 진중한 말투로 소기의 이름을 언급한 적이 있다. 자담은 하늘이 그 사람을 낸 것은 나라에는 복이나 백성에게는 화라고 했다.

나는 진짜 '장군'을 본 적이 없었다.

숙부도 경사에 있는 수많은 사족 자제들처럼 명문가 출신 무장으로 위엄이 넘치고 사냥을 잘했지만, 내가 볼 때는 황실 의례에 쓰이는 온갖 금은보석을 가득 박은 검일 뿐 실제로 전장에서 적을 죽일 때 쓰이는 검이 아니었다. 그들 중 대부분은 죽을 때까지 전장에 서본 적이 없다. 그저 도성 밖 군영과 연무장에서 날마다 훈련을 하고, 의식이 있을 때면 근사하게 차려입고 나와 황실의 위엄을 돋보이게 할 뿐이다.

겨우 이립의 나이에 이미 천하를 정벌하고 수많은 적을 죽인 장군은 과연 어떻게 생겼을까?

아버지가 오라버니에게 하는 말을 들으니, 원래 이번에 예장왕이 돌아오면 황제 폐하가 직접 성 밖으로 나가 맞으려고 하였으나, 오래도록 병마에 시달려 용체가 불편한지라 태자에게 문무백관을 이끌고 나가 천자를 대신해 전군을 위로하고 포상할 것을 명하였다고 한다. 좌상인 아버지와 우상 대인도 태자를 모시고 함께 맞이하러 갈 것이라고 했다.

아버지는 오라버니에게도 성루에 나가 의식을 참관하며 예장왕 군대의 위세를 직접 보라고 일렀다.

바로 그때 곁에서 듣고 있던 나는 버럭 소리쳤다. "아버지, 저도 보고 싶어요!"

흠칫 돌아보는 아버지와 오라버니는 군대를 포상하는 데 관심을 가지는 계집아이에게 의아한 눈길을 던졌다.

창칼이 오가는 전쟁터는 남자들만의 세계라, 연지와 분이 놓인 온화한 규방과는 전혀 어울리지 않았다. 여자는 일평생 아버지와 오라버니, 남편의 그늘 아래 숨어 살아야 했기에 군마니 토벌이니 하는 것은 너무나 아득한 이야기일 뿐이었다.

나 자신도 왜 갑자기 그 광경이 보고 싶었는지 모르겠다. 아마 호기심 때문이었을 것이다.

아버지가 물었다. "가서 무엇을 보려 하느냐?"

나는 한참을 생각한 끝에 대답했다. "저는 전장에서 직접 적군을 죽인 장군과 전장에 나가본 적 없는 장군이 어떻게 다른지 보고 싶습니다."

아버지는 순간 멍한 표정을 짓더니 곧 의미심장하게 웃었다. "과연 우리 왕씨 가문의 여인은 웬만한 사내보다 훨씬 낫구나!"

닷새 후, 오라버니와 나는 군대를 치하하는 광경을 보러 갔다.

정오가 되자 내리쬐는 태양이 창공을 비추었다.

승천문(承天門)의 가장 높은 성루에서 내려다보면 예장왕이 입성하는 성대한 광경이 한눈에 보일 터였다.

수많은 백성이 일찌감치 나와 성으로 들어오는 길 주변을 빼곡히 에워쌌고, 성문을 볼 수 있는 누각은 인산인해를 이뤘다.

예장왕은 철기병 3천을 성 밖에 주둔시킨 채 의장(儀仗)과 위병(衛兵)으로 5백 기만 이끌고 입성한다고 했다.

나는 5백 기가 아주 적은 줄로만 알았다. 고모가 궁을 나와 향을 사르러 갈 때 수행하는 의장과 위병만도 5백이 넘었다.

그러나 묵직하고 근엄한 호각 소리가 울려 퍼지자 서서히 성문이 열리면서 질서정연하게 땅을 울리는 소리가 점점 가까워졌는데, 소리가 울릴 때마다 도성 전체가 흔들리는 것만 같았다.

정오의 눈부신 햇빛이 돌연 어두워지고 공기가 서늘하게 식었다. 찰나의 순간, 천지가 엄숙하고 경건한 기운에 휩싸였다.

나는 숨을 멈추고 눈을 부릅떴다. 이것은 환각인가? 눈앞에 믿을 수 없는 광경이 펼쳐졌다.

끝없는 흑철색의 물결이 태양 아래서 쇠붙이의 시린 빛을 번뜩이며 하늘 끝에서 몰려오고 있었다. 검은 바탕에 금색 테두리를 두른 거대한 수기(帥旗)가 하늘 높이 펄럭이는 와중에 강인하면서도 유려한 필체의 '소(蕭)' 자가 모습을 드러냈다. 검은 투구와 철갑으로 무장한 철기는 5열 종대로 장엄하게 서 있었다.

그리고 흰 술 한 무더기가 달린 투구에 중갑(重甲)을 걸치고 검을 찬 채 온몸이 칠흑같이 검은 군마 위에 검처럼 반듯하게 앉아 있는 사람이 눈에 들어왔다.

고삐를 잡은 채 서서히 앞으로 향하는 그의 뒤로 철기병이 순서대로 따르는데, 마치 전군이 한 사람인 듯 동시에 발걸음을 옮겼다. 그들이 한 걸음 내딛을 때마다 승천문 안팎에 걸음 소리가 울려 퍼지면서 지축이 흔들렸다. 그가 바로 소문에서 악귀니 신이니 떠들어대던 사람이었고, 그들이 바로 소문으로만 듣던 백전백승의 군대였다.

적의 피로 철갑을 씻고, 손에 쥔 장검으로 창공을 겨누고 변경 각지를 가로질러 궁궐까지 비춘, 황족과 성이 다른 유일한 변왕이자 빛나는 전공을 세운 정국대장군으로 세인에게 악귀나 신으로 불리는 사람.

예장왕.

이 세 글자는 마치 주문처럼 정벌과 승리, 죽음을 연상시켰다.

성 아래에서 예악이 일제히 울리고 금고(金鼓)가 세 번 울리자, 조복(朝服)을 입은 태자가 백관을 이끌고 승천문 안에서 걸어 나왔다. 황실의 눈부신 의장은 노란 화개(華蓋)와 우선(羽扇), 깃발을 받쳐 들고, 산뜻한 갑주를 걸친 채 2열 종대를 이룬 금군은 말을 멈추고 양측에 늘어섰다.

검은 갑옷을 입고 흰 술이 달린 투구를 쓴 장군이 고삐를 당겨 말을 세우고 오른손을 들자 그 뒤를 따르던 철기 5백 명이 곧바로 발걸음을 멈추는데, 그 동작이 자로 잰 듯 딱 맞았다.

장군은 홀로 말을 타고 앞으로 나아가다가 10장(丈) 밖에서 말에서 내려, 투구를 벗고 검을 든 채 한 걸음 한 걸음 태자를 향해 걸어갔다.

너무 멀리 떨어져 있어 생김새조차 제대로 볼 수 없었지만, 멀리서 보는 데도 숨이 막힐 듯한 압박감이 느껴졌다.

소기는 태자로부터 다섯 걸음 떨어진 곳에 멈춰 섰다. 그리고 갑주를 입은 채로 한쪽 무릎만 꿇고 앉아 살짝 고개를 숙이고 검을 드는 것으로 예를 표했다.

고개를 숙이는 모습조차 거만하기 짝이 없었다.

태자는 노란 비단을 펼쳐 군사의 공로를 치하하는 조서를 읽었다.

장엄하게 조복을 입고 선 태자는 훤칠한 자태에 찬란하게 빛나는 금관을 쓰고 있었다.

그러나 칠흑처럼 검은 철갑 앞에서 모든 빛은 숨을 죽였다. 오로지 눈처럼 새하얀 투구 깃털에만 빛이 몰린 듯, 정오의 햇살 아래 검은색과 흰색이 섬광을 번쩍이는 것이 마치 섬뜩한 빛을 뿜어내는 것만 같았다.

태자가 조서를 다 읽자 소기는 노란 비단 조서를 받아들고 몸을 일으키더니, 장수들 쪽으로 몸을 돌려 우뚝 서서 두 손으로 조서를 반듯하게 받쳐 들었다.

"황제 폐하 만세!"

위엄 있고 엄숙한 그 소리는 멀리 성루에 있는 내 귀에도 어렴풋이 들려왔다.

밀물처럼 몰려온 흑색 갑옷의 5백 철기병이 세 번에 걸쳐 외친 만세 소리는 천지를 울리고 경사 안팎에 메아리쳤다. 모두가 이 웅혼한 함성에 기가 질렸고, 빛나는 황실의 의장마(儀仗馬)조차 그 기세에 놀라 안절부절못했다.

좌우 금군은 하나같이 번쩍번쩍 빛나는 투구와 갑옷을 걸치고 산뜻한 색의 도검을 차고 있었지만, 흑색 철기병은 갑주의 먼지조차 씻어내지 않은 상태였다. 잘난 금군도 그들 앞에서는 무대 위의 꼭두각시 꼴이 되었다.

그들이야말로 만 리 밖에서 적의 뜨거운 피로 자신의 갑옷을 씻고 피투성이로 살아 돌아온 용사들이었다.

그 칼은 적을 벤 칼이었고 그 검 또한 적을 벤 검이었으며 그 장졸은 적을 벤 장졸이었다.

살기, 오직 전장에서 피를 뒤집어쓰고 수많은 전투를 치러 생사를 초연히 직시할 수 있는 사람만이 그토록 맹렬하면서도 중후한 살기를 내뿜을 수 있다.

선혈이 낭자한 수라도(修羅道)에서 걸어 나왔다는 소문의 그 사람은 지금 천신처럼 위풍당당하게 만인 앞에 우뚝 서 있었다.

세상에 이런 사람이 있을 줄이야!

황실의 위엄이니 묘당의 장엄함이니 하는 것은 내게 너무나 일상적이고 익숙했기에, 나는 두려움이라는 것을 모르고 자랐다.

그러나 이 순간, 나는 수십 장 밖에 있는 그 사람을 똑바로 쳐다볼 수 없었다. 그 사람에게서 쏟아져 나오는 한낮의 태양보다 강렬한 빛 때문에 멀리 떨어져 있음에도 눈을 뜰 수가 없었다.

 악귀니 신이니 말이 많던 소문의 그 사람이, 피바다와 백골을 헤치고 왔다는 그 사람이 바로 눈앞에 있는데도 차마 그를 바로 볼 수 없었다. 성루 위에 있는 내가 보일 리 없는데도 절로 어깨가 움츠러들었다. 그러다가 문득 상양군주인 내가 일개 무장을 두려워할 까닭이 없다는 사실을 깨닫고 다시 몸을 바로 했다.

 언짢은 마음에 입술을 앙다물고 그 사람의 얼굴을 똑바로 보려고 눈에 힘을 줬다. 과연 소문처럼 흉악하게 생겼는지, 사람을 밥 먹듯이 죽였다는 그 손은 도대체 어떻게 생겼는지 보고 싶었다.

 가슴이 미친 듯이 뛰었다. 알 수 없는 두려움과 더불어 희미한 기쁨이 솟구쳐 문득 성루 아래로 달려가 그의 코앞에 이르러 자세히 뜯어보고 싶은 충동이 일었다.

 태자 곁에 선 아버지는 예장왕에게서 단 몇 걸음 떨어져 있었다.

 생각이 여기에 이르자 갑자기 가슴이 답답해졌다. 아버지가 느낄 두려움이 전해져 손에 식은땀이 났다.

 나는 옆에 선 오라버니에게 기댔다가 오라버니의 몸도 약간 굳어 있음을 깨달았다.

 그런 오라버니의 모습은 여태껏 한 번도 본 적이 없었다. 오라버니는 성 아래 밀물처럼 늘어선 철기군을 뚫어지게 바라보며 얇은 입술을 깨물었고, 손마디가 하얗게 질리도록 난간을 짚은 손을 꼭 말아 쥐었다.

 의식을 다 보고 나서 수레에 올라 재상부로 돌아왔다. 대문 앞에 이르러 시녀들이 발을 걷어 올렸는데도 오라버니는 평소처럼 내가 탄 수레 앞에 와서 나를 맞아주지 않았다.

몸을 앞으로 내밀어 바라보니, 오라버니는 이미 말에서 내려 뭔가 생각에 잠긴 듯 비단 자색 고삐를 한 손으로 끌면서 다른 손으로는 말 갈기를 쓰다듬고 있었다.

"공자, 그만 정신 차리세요. 집에 다 왔어요." 나는 오라버니 앞에 이르러 시녀들이 하듯이 오라버니에게 몸을 굽혔다.

정신을 차린 오라버니는 채찍을 시종에게 내던지며 나를 흘겨봤다. "군대를 치하하는 광경을 보고 온 건데 그리도 기분이 좋은 게 냐?"

"기분이 좋기는 무슨……." 그 말에 순간 얼이 빠졌다가 다시 생각하니 조금 켕기는 구석이 있었다.

"다음에는 구경하러 가는 데 널 데려가지 않을 테다." 오라버니가 다시 나를 건드리기 시작했다.

"다음은 무슨, 날마다 이런 일이 있는 것도 아니잖아. 오라버니가 전쟁에서 승리하고 그 사람처럼 당당하게 돌아오지 않는 이상 또 볼 일이 있으려고!" 툭하면 오라버니와 입씨름을 했던 터라 나는 아무 생각 없이 이렇게 내쏘았다. 그런데 오라버니는 순간 넋이 나간 듯 내 말에 반박도 하지 않고 눈을 내리깔며 웃을 따름이었다.

오늘따라 오라버니가 참 이상했다. 나는 그대로 집 안으로 들어가는 오라버니를 바라보며 답답한 마음에 고개를 절레절레 흔들었다.

오라버니를 따라 뜰에 막 들어섰을 때, 궁의를 입고 쪽을 높이 틀어 올린 어머니가 외출을 하려는 듯 서고고와 시녀들과 함께 천천히 걸어오는 모습이 보였다.

나는 어머니에게 다가가 팔짱을 끼며 물었다. "어머니, 입궁하시는 길이에요?"

"아니, 방금 궁에서 돌아왔단다." 어머니는 미소를 지으며 손목을 들어 귀밑머리를 쓸어 넘기고는 말을 이었다. "아직 편한 옷으로 갈아 입지 못했구나."

"그런데 왜 이렇게 일찍 돌아오셨어요?" 이상한 일이었다. 고모는 항상 어머니에게 저녁을 들고 돌아가라고 붙잡았기 때문이다.

"오늘 밤 궁에서 열리는 연회로 황후께서도 바쁘시니 폐를 끼칠 수 없잖니." 어머니는 미소를 머금고 말하였다. "황후께서 나더러 네 아버지와 함께 궁중 연회에 참석하라시는데 내가 어디 그렇게 한가하더냐. 네 아버지만 참석하시면 될 일을."

어머니 말씀에서 이상한 낌새를 눈치챈 나는 잠시 생각하다가 물었다. "황제 폐하께서 예장왕을 위한 환영 연회를 베푸시는 건가요?"

어머니는 깜짝 놀라며 물었다. "너도 알고 있었니?"

나는 금세 기고만장해져 답했다. "알다 뿐이에요? 방금 전에 오라버니와 함께 가서 군대를 치하하는 광경도 본걸요!"

그 말에 어머니의 얼굴이 곧 굳어졌다. "정말이지 터무니없는 짓을 하는구나. 사람을 죽이고 싸움이나 하는 무인을 어디 너 같은 금지옥엽이 보러 간단 말이냐."

나는 잠자코 있는 오라버니를 쳐다보며 속으로 말을 삼켰다.

가장 고집스럽게 세가의 영예를 지키려는 사람은 다른 누구도 아닌 황가의 공주, 내 어머니였다. 어머니는 예전부터 한족을 싫어하고 거칠고 야만스러운 무인을 혐오하였다. 황제 폐하가 일개 무장을 왕으로 봉한 것도 어처구니가 없는 마당에, 궁중에서 예장왕을 위해 연회를 베풀고 존귀한 장공주에게도 참석하라고 하니, 어머니께서 이토록 기분이 언짢은 것도 당연했다.

"그냥 구경이나 하러 간 거예요……." 어머니의 화를 돋우고 싶지 않아 나긋나긋한 목소리로 애교를 부리는 한편, 오라버니에게 눈짓을 보냈다.

그런데 오라버니의 입에서 깜짝 놀랄 말이 튀어나왔다. "어머니, 이는 틀린 말씀입니다. 예장왕의 군용은 정연하고 위의(威儀)가 남달랐습니다." 오라버니는 어머니 앞에서 말대꾸를 하는 평소와 달리 정색을 한 채로 한 마디 한 마디 또박또박 말을 이었다. "저는 몹시 부끄럽습니다. 오늘에서야 대장부는 그래야 한다는 사실을 깨달았습니다."

나와 어머니는 모두 어안이 벙벙해졌다.

한참 뒤에야 어머니는 가느다란 눈썹을 찡그리며 내게 망연히 물었다. "네 오라비는 또 무슨 분별없는 소리를 하는 게냐?"

나는 서둘러 웃으며 말했다. "책벌레 기질이 또 도졌나 보죠. 신경쓰지 마세요."

어머니가 또 뭐라 말하기 전에 서둘러 끌고 가느라 오라버니에게 핀잔 줄 새가 없었다.

살짝 고개를 돌려 오라버니를 노려보았지만, 오라버니는 정말 넋이 나간 사람처럼 그 자리에 못 박힌 듯 서 있기만 했다.

그날 저녁, 궁중 연회에 참석한 아버지는 밤이 깊어서야 돌아왔다. 나는 어머니 방에서 함께 자수를 놓다가 조금 취한 아버지를 뵈었다.

부모님 방을 나오는데, 뚫어져라 쳐다보는 아버지의 눈길에 뒤통수가 따가웠다. 나는 무슨 잘못을 했는지 알 길이 없어 어리둥절했다.

그 후 며칠 동안, 음울한 비가 추적추적 내렸다. 단장하고 외출하기가 귀찮았기에 나도 그냥 집에 콕 박혀 있었다.

아버지는 늘 밤이 깊어서야 돌아왔고, 어머니도 문밖출입을 삼간 채 사경(寫經, 경문을 베끼는 일)에만 전념했다. 다 바쁜데 나만 할 일이 없어 무료하기 짝이 없는지라 오라버니를 찾아가 예장왕의 이야기를 들려달라고 졸랐다. 지금은 예장왕보다 더 신선하고 재미있는 이야깃거리가 없었지만, 듣는 것만으로는 호기심이 채워지지 않았다.

하지만 안타깝게도 오라버니 역시 예장왕을 직접 볼 기회가 없었다. 그날 밤 궁중 연회는 평상시의 가족 연회와 달랐기에 오라버니와 나는 참석할 수 없었다.

내가 예장왕의 생김새에 대해 묻자 오라버니는 깊이 생각해보지도 않고 대답했다. "얼굴은 넓적하고 귀는 크며 사자 같은 입에 호랑이 같은 수염을 가졌고 곰과 표범처럼 담이 크다."

분명 제멋대로 지껄인 헛소리임을 알았지만, 그 모습을 상상해보니 너무 웃겨 손에 들고 있던 비단 부채를 떨어뜨릴 정도로 깔깔 웃었다.

한번 내리기 시작한 비는 그칠 뜻이 없는지 갈수록 더 세차게 퍼부었다. 빗줄기가 가장 거세던 그날, 궁에서 고모가 나를 부른다는 전언이 왔다.

졸음이 밀려오던 차라 단장할 정신도 없어, 그냥 옷만 갈아입고 수레에 올라 입궁했다.

고모는 오늘 참으로 괴이쩍었다. 나더러 입궁하라 하였으면서 정작 자신은 소양전에 안 계셨다. 궁녀는 고모가 황상을 뵈러 갔다고 했다.

언제 돌아올지 모르는 고모를 기다리고 있자니 몹시 따분한지라, 완여 언니나 만나려고 동궁으로 향했다.

동궁에는 새로 진상된 매실이 있었다. 나는 매실을 씹으면서, 완여 언니와 몇몇 후궁에게 내 두 눈으로 지켜본 예장왕을 치하하던 장면을 생생히 들려주었다. 완여 언니와 후궁들이 아연실색할 정도였다.

"예장왕이 죽인 자가 수만 명이나 된다면서요." 위희(衛姬)가 가슴에 손을 얹어 진정시키며 혐오감과 두려움이 가득한 표정으로 말했다.

또 다른 후궁은 목소리를 낮추며 말했다. "어디 수만뿐이겠어요? 그 수를 헤아릴 수도 없을걸요. 듣자하니 사람의 피를 즐겨 마신다더라고요."

어처구니가 없어 내가 곧바로 대거리를 하려는데, 완여 언니가 고개를 가로저으며 말했다. "시정의 유언비어를 어찌 믿을 수 있나! 그 말이 참이라면 그 사람이 악귀란 말이 아닌가?"

이에 위희가 코웃음 쳤다. "수많은 살생을 자행하여 어짊과 너그러움을 저버렸으며 그 손에 피비린내가 진동하니 악귀와 무엇이 다르겠습니까?"

나는 태자의 총애를 등에 업고 시종일관 완여 언니에게 무례하게 구는 이 위희가 꼴 보기 싫었다.

나는 눈썹을 치켜세우며 위희를 한번 흘겨보고는 웃으며 말했다. "밖으로는 외적의 침입이 끊이지 않고 안으로는 나라가 어지러워 사방에서 봉화의 불길과 연기가 치솟는 지금 같은 때에 위 언니가 장군을 맡는다면, 굳이 전쟁터에 나가 적을 죽일 필요도 없이 어질고 너그러운 말 한마디로 적을 천 리 밖으로 몰아낼 수 있고 돌궐인이며 반군이며 고분고분 창칼을 내려놓게 만들 수 있겠네요."

위희는 새빨갛게 달아오른 얼굴로 내 말을 받아쳤다. "군주가 보시기에는 살생이 오히려 인자한 행위인가 봅니다."

나는 손에 들고 있던 매실을 내던지며 정색했다. "전쟁이 벌어지면 살생이 없을 수 없지요. 예장왕도 나라와 백성을 위해 칼을 휘두르는 것입니다. 만약 그가 적을 죽이지 않으면 적군이 우리나라의 백성을 죽일 텐데, 그가 어질고 너그럽지 않다면 도대체 누가 어질고 너그럽다는 말씀입니까? 예장왕이 변경을 피로 물들이지 않았다면 우리가

52

이토록 안락하게 지낼 수 있었겠어요?"

"옳은 말이다."

전각 밖에서 고모의 우아하고 차분한 목소리가 들려왔다.

모두가 서둘러 자리에서 일어나 예를 올렸다.

완여 언니는 한쪽으로 비켜서며 고모를 안쪽으로 맞이했다.

고모는 상석에 앉아 눈앞의 사람들을 훑어보고는 느릿하게 물었다. "태자비는 무슨 일로 이리 바쁜가?"

완여 언니는 태도를 바로 하고 눈을 내리깔며 공손히 대답했다. "모후께 아뢰나이다. 군주와 한담을 나누고 있었사옵니다."

고모는 미소 지었지만 그 눈에 웃음기라곤 없었다. "무슨 일이 그리도 재미있었을꼬? 어디 나도 한번 듣고 싶구나."

"저희는 군주께서 예……." 이럴 수가! 완여 언니는 조금도 돌려 말하지 않고 사실대로 아뢰려 했다.

나는 황급히 완여 언니의 말을 자르며 끼어들었다. "제가 봄놀이를 나갔을 때 겪은 재미난 일에 대해 들려주었어요. 고모, 올봄에 성 밖에 핀 꽃은 예년보다 훨씬 아름다웠어요!"

나는 이야기를 하면서 고모 곁에 다가가 꿇어앉으며 찻잔을 받쳐 올렸다.

고모는 나를 힐끗 보더니 완여 언니를 돌아보며 말하였다. "여인네들이 조정의 중신에 대해 의론하는 것이 동궁의 법도더냐!"

"잘못했사옵니다!" 세상에서 고모를 가장 무서워하는 완여 언니가 순식간에 백지장처럼 질린 얼굴로 황망히 무릎을 꿇자, 그 뒤로 나머지 후궁들이 잇달아 무릎을 꿇었다.

"제가 쓸데없는 말을 했어요. 다 이 아무 잘못이에요." 나도 꿇어앉았지만, 고모는 소매를 떨치며 막았다.

고개를 들어 마주한 고모의 눈빛에서 뭔가 이상한 기운이 느껴졌다. 그러나 고모는 곧 다른 쪽으로 고개를 돌려버렸다.

"태자비는 언행을 자중해야 한다. 다시는 이런 일이 있어서는 아니 될 것이야." 고모의 표정은 침울하면서도 위엄이 있었다. "모두 물러 가거라."

완여 언니가 다른 후궁들을 이끌고 머리를 조아리며 물러났다. 텅 빈 전각에 나와 고모만 남겨졌다.

"고모, 정말로 아무한테 화나셨어요?" 나는 고모 곁으로 다가가 조심스럽게 기색을 살폈다. 오늘 또 황제 폐하와 좋지 않은 일이 있으셨나? 황상과 황후의 사이가 안 좋다는 것은 만천하가 아는 사실이었으나, 고모가 나를 이처럼 엄하게 대한 것은 처음이었다.

고모는 아무 말도 없이 그저 나를 물끄러미 바라보기만 하였다. 평소와 다른 이상한 기색에 점점 더 불안해졌다.

"늘 네가 어린아이인 줄로만 알았는데 어느새 이처럼 어여쁘게 자랐구나." 고모가 입가에 억지웃음을 띤 채 부드러운 말투로 칭찬을 하는데, 나는 어쩐지 불안하기만 했다.

내가 대답하기도 전에 고모가 또 물었다. "요즘 자담한테서는 서신이 오느냐?"

고모가 갑자기 자담 이야기를 꺼내자, 나는 조마조마한 마음에 고개만 흔들 뿐 사실대로 고하지 못했다.

나를 빤히 들여다보는 고모의 눈빛에 애처로움과 애틋함이 묻어났다. "우리 아무의 마음을 이 고모가 어찌 모르겠니. 자담은 참 좋은 아이야. 다만 너는 왕씨 가문의 여인이란다. 이런 가문에서 태어났으니⋯⋯." 말을 하다 마는 고모의 눈빛에 놀랍게도 처량함이 감돌았다.

지금껏 거칠고 사나운 고모도, 얼음장처럼 차가운 고모도 본 적이 있지만 이런 표정의 고모는 처음이었다. 뭔가 범상치 않은 일이 벌어진 것이 틀림없었다. 스멀스멀 피어나는 불안감에 온몸이 굳어갔고 소리조차 새어나오지 않았다.

내 뺨을 어루만지는 그 손끝이 살짝 서늘했다. "고모에게 말해보렴. 지금까지 어떤 억울한 일을 당한 적이 있니? 네가 원치 않은 일을 해야 했던 적이 있니?"

순간 나는 멍해졌다. 억울한 일, 원치 않았던 일이라면 당연히 자담이 경사를 떠난 일이었다. 하지만 그 말을 고모 앞에서 꺼낼 수는 없었다.

고개를 숙인 채 가만히 생각해보았다. 그 일 말고는 평생 억울한 일이나 원치 않았던 일을 겪은 적이 없었다.

"있죠. 자용 오라버니가 절 얼마나 괴롭혔는데요." 나는 고모가 더는 이상한 말을 꺼내지 않게 천진난만한 척 말했다. 고모는 잠깐 손을 멈추더니 다시금 내 귀밑머리를 살살 쓸어내렸다. 그윽한 눈빛은 자애로운 가운데 안타까움을 토로했다.

나는 고모의 이런 눈빛이 두려웠다. 이전에 내가 자담을 쫓아내지 말라고 무릎 꿇고 빌 때도 바로 이런 눈빛을 보였다. 그런데 지금 고모는 그때보다 더 슬프고 안타까운 눈으로 나를 보고 있었다.

"이미 계례를 올렸으니 너도 이제 어른인데, 무엇이 원치 않는 일인지 모르는구나." 고모는 눈을 내리뜨며 참담한 미소를 지었다. "그때는 나도 너처럼 근심이 무엇인지 몰랐단다. 태어나서 줄곧 금지옥엽으로 키워지며, 무슨 일이든 다 내 뜻대로 이루어질 줄 알았고 평생 내가 원하는 대로 살 수 있으리라 생각했지…… 그러다 마침내 깨달았단다. 철없던 시절의 단꿈에서 깨는 날이 오면 사람은 누구나 자신의 운명을 짊어져야 하고, 누구도 영원히 가문의 비호 아래서 살 수 없음을 말이야."

고모의 말이 이어질수록 나는 정신이 아득해지고 가슴이 날뛰기 시작했다. 서서히 밀려든 얼음처럼 차가운 물속에 잠긴 듯, 가슴이 꽉 옥죄어왔다.

무슨 뜻이지? 단꿈에서 깬다는 말은 무슨 뜻이야? 자신이 짊어져야 할 운명은 또 무엇이란 말이야?

나를 똑바로 쳐다보는 고모의 눈빛이 숨 막힐 듯 맑고 차가웠다. "어느 날 고모가 네게, 몹시도 억울하겠지만 가장 소중한 것을 버리고 죽어도 원치 않는 일을 하라고 시킨다면, 심지어 이루 말할 수 없이 큰 대가를 치르게 한다면, 아무 너는 고모 뜻을 따를 테냐?"

너무 놀란 나머지 손끝이 차게 식었다. 머릿속에 오만 가지 생각이 스쳐 지나갔지만 엉망으로 뒤엉켜 그저 혼란스럽기만 했다.

나는 대답하고 싶지 않았다. 더 듣고 싶지도 않고, 그대로 몸을 돌려 도망치고 싶을 뿐이었다.

"대답하거라." 고모는 내가 머뭇거리며 대답을 회피하도록 내버려 두지 않았다.

그 순간 내가 생각할 수 있는 가장 억울하고 가장 원치 않는 일은, 당연히 자담과 헤어지는 일이었다. 고모는 자담이 왕씨 집안 딸과 혼인하는 것을 원치 않으시니, 결국 나는 다른 사람이 그와 혼인하는 것을 지켜봐야 한단 말인가?

"아니요! 따르지 않을 거예요!" 놀라움과 노여움, 당황스러움과 초조함이 한순간 치솟아 몸이 벌벌 떨릴 지경이었다.

"제게 가장 소중하다는 사실을 아시면서 어째서 기어코 포기하라시는 거예요?" 나는 떨리는 목소리를 애써 진정시키며 물었다.

"왜냐하면 네게는 그보다 더 중한 책임이 있기 때문이다." 고모의 눈빛은 물빛처럼 서늘했다.

"무엇이 더 중한 일인가요?" 나는 쏟아지는 눈물을 꾹 참으며 따졌다. "고모에게 중한 일이 꼭 제게도 중한 것은 아니에요!"

고모에게 중한 것은 황후의 자리며 권세, 태자의 지위뿐이다. 그런데 이런 것들이 나와 무슨 상관이며, 자담과 무슨 상관이란 말인가?

"사람마다 소중히 여기는 것은 다를 수 있지만, 또 별다르지 않을 수도 있다. 그러나 단 한 가지, 같은 것이 있지. 그것은 지난날의 내게도, 또 오늘날의 내게도 그러하며 대대로 바뀐 적이 없다. 무엇이 가장 중하고, 또 무엇이 가장 가치 있을까?"

고모는 내게 묻는 것 같기도 하고 스스로에게 묻는 것 같기도 했다. 서늘한 눈빛은 나를 꿰뚫고 지난날을 거슬러 올라가 머나먼 시절 어느 순간을 응시하는 것 같았다.

문득 고모의 목소리가 잠겼다.

"나도 무척 사랑한 사람이 있었단다. 한때 그는 내 삶의 가장 큰 기쁨이자 또 슬픔이었지. 그 기쁨과 슬픔은 나 혼자만의 것으로, 그것을 얻든 잃든 오롯이 나 혼자 감당해야 했단다. 그러나 또 다른 얻음과 잃음은 나 혼자만의 기쁨과 슬픔보다 훨씬 깊고 중하며, 살아 있는 한 거기에서 결코 자유로울 수 없는 것이었지. 그것은 바로 가문의 영예와 책임이었어."

가문의 영예와 책임.

낯선 글자는 하나도 없었지만 마치 처음 듣는 말인 듯 생소했다.

그 말을 듣는 순간, 마치 커다란 장도리가 가슴 한복판을 사정없이 내리친 듯 커다란 울림이 오래도록 퍼져 나갔다.

고모의 눈 속에는 투명한 눈물이 빛났지만, 그 눈빛 아래서 서릿발 같은 결연함과 단호함이 빛났다.

고모가 천천히 입을 열었다. "전쟁이 막 갈무리되던 당시 조정에서
는 각 계파가 세를 이루고 4대 세가가 한 치의 양보 없이 다투고 있
었다. 큰오라버니가 진민장공주와 혼인하면서 가문에 황실의 영예가
더해졌지만 조정 안팎의 세력 다툼에서 버티기에는 역부족이었지.
내 여동생은 자기보다 훨씬 나이가 많지만 병권을 쥐고 있던 경양왕
(慶陽王)과 혼인해야 했고, 나는 수많은 세가의 영애들을 제치고 태자
비가 되어 중궁을 차지해야 했어. 그래야만 우리 왕씨 가문의 명망과
권위를 떠받치고 숙적들의 기세를 꺾어 오늘날의 사씨 가문과 같은
몰락을 피할 수 있었으니까. 만약 그러지 않았다면 너희들이 어찌 오
늘날의 안락함과 영화를 누리고 비할 바 없는 영광을 누릴 수 있었겠
느냐?"

천지가 돌연 소리 없이 어둑해졌다. 한때 선경처럼 아름다웠던 세
상의 빛이 바래더니 그 밑에 깔려 있던 어둡고 음산한 색이 모습을 드
러냈다.

둘도 없이 아름다운 한 쌍인 부모님에게, 천하 백성의 어머니인 고
모에게 이런 사정이 있었을 줄이야…….

이제 보니 내가 나고 자란 곳은 유리처럼 깨지기 쉬운 꿈나라였구
나…….

유리는 가느다란 실금이라도 생기면 산산조각으로 부서지게 마련
이다.

나는 더 듣는 것도, 더 생각하는 것도 두려웠다. 하지만 숨통을 죄
는 고모의 눈빛을 바라보며 기품 있는 목소리에 서린 금석 같은 강인
함을 듣고 있을 수밖에 없었다.

"아무야, 너와 나는 태어나는 순간부터 가문의 영예에 휩싸여 시종
일관 밝은 빛 가운데 살았다. 공주를 제외하면, 천하에서 우리 왕씨

가문의 여인이 가장 존귀하지. 너는 그 사실조차 깨닫지 못한 채 자랐다. 오랜 세월 궁에 기거하며 동궁에서 소양전으로 거처를 옮기는 동안, 나는 구슬픈 헤어짐과 만남을 수없이 목도했고, 수많은 목숨이 나고 사라지는 것을 지켜보았단다. 신분이 천하고 가문이 세를 잃은 여인들이 이 구중궁궐에서 얼마나 비참한 삶을 살았는지 아느냐? 사람일진대 그 목숨 값이 미물보다 못해지는 것을 아느냔 말이다! 제아무리 떵떵거리던 세가 출신이더라도 가문이 쇠락하면 저 시정의 평민보다 못한 신세가 되는 것이야!"

고모는 내 두 눈을 뚫어지게 바라보며 한 마디 한 마디 내뱉었다. "네가 자랑스러워하는 신분과 용모, 재능은 모두 가문이 준 것이며 이 가문이 없으면 나와 너, 더 나아가 자손들까지 없는 것이다. 그러니 이 영예를 누렸으면 그에 맞는 책임을 져야 한다."

영예와 책임, 이제 보니 모든 행복에는 대가가 있었구나…….

앉은 채로 딱딱하게 굳어 있는데 점차 숨이 가빠졌다. 온몸이 뜨겁게 타오르다 차갑게 식기를 반복했다. 가슴속에서는 뜨거운 불길이 치솟는데 손발은 얼음물에 잠긴 듯 쩌릿쩌릿했다.

결국 나와 손을 잡고 궁궐을 거닐던 해맑던 시절의 그 소년은 나와 혼인할 수 없나 보다.

"자담이 어느 가문의 여인을 맞이하는 건가요?"

이미 절망했지만 고까움을 떨칠 수 없어 물었다. 대체 누가 그를 빼앗아 가는지 알고 싶었다.

"자담이 아니다."

고모의 눈빛에 슬픔과 냉혹함이 담겼다.

"예장왕 소기가 장공주의 딸을 비로 달라고 했다."

낭군을 만나다

궁문을 나선 난거(鸞車)는 재상부를 향해 길을 재촉했다. 수레는 가볍게 흔들렸고, 겹겹이 드리워진 화려한 발이 밖에서 들어오는 빛을 막았다.

어둠 속에 앉아 있자니 아무것도 보이지 않았다. 미약한 빛으로는 차갑게 얼어붙은 천지를 다 비출 수 없었다.

떠나기에 앞서, 나는 눈물 자국을 닦고 몸을 바로 했다. 고모의 배웅하는 눈빛 속에 태연하고 도도하게 한 발 한 발 동궁에서 걸어 나와 궁문을 거쳐 난거에 오를 때까지 머릿속에는 오직 한 가지 생각뿐이었다. 눈물을 흘려서는 안 돼. 부끄럽게 나약한 모습을 보여서는 안돼. 이윽고 수레의 발이 내려지고 어둠에 묻혀 나 홀로 남겨지자, 바짝 굳어 있던 몸이 제멋대로 흐트러지며 강대하면서도 소름 끼치게 차디찬 힘이 나를 짓눌렀다.

비단을 두툼히 깔아둔 수레 안에서 흐늘흐늘 몸을 뉘었다. 궁문을 내 발로 걸어 나오게끔 지탱해주던 마지막 남은 의지조차 연기처럼 흩어져버렸다.

머릿속이 텅 비고 정신이 혼미해졌다. 한 치 앞을 볼 수 없는 짙은 안개에 휩싸인 듯, 사방을 분간할 수 없고 어느 것도 붙잡을 수 없었다. 이미 궁에서 멀어졌음에도 고모가 한 이야기들이 귓가에서 떠나지 않았다.

한 마디 한 마디, 마치 날카로운 칼로 새긴 듯 아프고도 깊었다.

두 손을 꽉 움켜쥐어 손톱으로 있는 힘껏 손바닥을 눌렀다. 하지만 날카로운 통증도 물속에 잠긴 듯 숨이 막혀오는 것을 어쩌지 못했다.

숨을 깊이 몰아쉬어 보았지만 여전히 숨이 잘 쉬어지지 않았다. 마치 끝없는 어둠에 잠겨 익사할 것만 같았다.

무겁게 드리워진 발을 잡아 사력을 다해 걷어냈다. 갑자기 눈 안으로 빛이 쏟아져 들어왔다. 난거를 구경하려고 길옆에 모여 있는 사람들 사이에서 탄성이 터져 나왔다.

앞쪽에서 시위(侍衛)가 채찍을 휘두르며 길을 열고 몰려든 사람들을 쫓아내는 고함 소리가 들려왔다.

하지만 사람들은 수레 안에서 갑자기 발을 들어 올린 상양군주를 한 번이라도 보기 위해 시위가 휘두르는 채찍도 기꺼이 감수하며 물밀듯 몰려들었다. 그러나 양측으로 늘어선 삼엄한 의장 탓에 가까이 다가와도 내 얼굴을 자세히 볼 수는 없었다.

그런데도 앞다투어 몰려드는 사람들의 발길을 돌릴 수는 없었다. 마침내 수레 가까이 비집고 들어온 사내가 필사적으로 앞에 있는 사람들을 밀치고는 미친 듯이 고개를 쳐들고 까치발을 딛고 섰다.

내 손가락조차 본 적 없는 이 남자는 무엇 때문에 이토록 정신 나간 행동을 하는 것일까? '상양군주'라는 허울 때문에? 내가 왕씨 가문의 여인이기 때문에? 헛웃음이 났다. 그들에게 똑똑히 보여주고 싶었다. 보아라, 장공주와 좌상의 딸이자 황실과 왕씨의 피가 흐르는 천하제일 명문세족의 딸이 절망과 당혹감에 빠진 채 머리에는 비녀와 관을 쓰고 몸에는 궁의를 걸치고는 가소롭게 고귀한 척하며 자신조차 그 끝이 어디인지 모르는 길로 들어서는 모습을.

그들은 보지 못할 것이다. 그들의 눈에는 난거의 휘황찬란한 문장과 장식만 보일 테고, 저 높은 곳에 있는 내 그림자만 보일 것이다.

내가 누구인지, 어여쁜지 추한지, 울고 있는지 웃고 있는지, 어느 누구도 관심이 없다.

내가 왕씨가 아니고 이 가문에 태어나지 않았다면 이처럼 높은 난거 안에 앉아 있을 수도 없거니와, 수많은 사람들이 이렇게 앞다퉈 몰려들지도 않았을 것이다. 어쩌면 저기서 인파를 헤치며 까치발을 딛고 넘어다보는 꽃 파는 소녀나, 수레 뒤를 따르며 먼지를 뒤집어쓰는 어느 시녀와 같은 처지였을 수도 있다.

거리의 꽃 파는 소녀로 태어날지, 왕씨 가문의 딸로 태어날지는 내가 선택한 것이 아니다. 하지만 그로 말미암은 책임은 오롯이 나의 몫이었다.

떠들썩한 소리 한복판에서, 나는 빛이 온전히 쏟아져 들어오도록 발을 전부 들어 올렸다.

갑자기 주위가 조용해졌다.

나는 비단으로 둘러싸인 곳에서 몸을 드러냈다. 오랜 꿈에서 깬 나는 눈부신 가을 햇살 아래서 세상의 진실한 슬픔과 기쁨을 마주했다.

무리 속에서 더 열광적인 함성이 터져 나왔다. 천지를 뒤흔드는 요란한 소리에 묻혀버릴 것 같았다.

시종이 앞으로 비집고 들어오는 무리를 쫓아냈다. 시녀들은 허둥지둥 발을 잡아당겨 다시 나를 깊은 어둠 속에 꼭꼭 숨겼다.

나는 다시 부드러운 비단 깔개 위에 쓰러져 수레 벽에 기댄 채 눈을 감고 웃었다. 하지만 눈물은 단 한 방울도 나오지 않았다.

어떻게 집에 돌아왔고 또 집 안으로 들어섰는지 기억이 나지 않았다. 그저 아스라한 가운데 어머니가 보고 싶을 따름이었다.

지금은 어머니를 보고 싶은 생각뿐이었다.

앞뜰에서 내당에 이르는 길은 얼마 되지도 않는데, 나는 한참을 너무나 힘들게 걸었다.

마침내 어머니 방 앞에 이르렀을 때, 어머니의 모습은 보이지 않고 울음소리만 들렸다.

늘 온화하고 우아하던 내 어머니는 가슴이 미어질 듯 처량하게 울고 있었다.

나는 금아의 손에 기댔다. 발밑이 푹 꺼지고 천지는 흔들리는데 내 몸은 허공에 붕 뜬 듯했다. 눈앞의 익숙한 정원과 익숙한 문을 바라보면서도 감히 발을 내딛을 용기가 나지 않았다.

순간 와장창 소리에 놀라 부르르 몸을 떨었다.

어머니가 아끼던 쌍리청옥병(雙鯉靑玉甁)이 문밖으로 내던져져 조각조각 부서졌다. 이어서 어머니의 울부짖음이 들려왔다.

"당신이 그러고도 아버지예요? 그러고도 재상이냐고요!"

"근약(瑾若), 장공주인 그대라면 이것이 일개 가문의 일이 아니라 나랏일임을 알 것이오."

아버지의 목소리는 황량하고 무력했다.

나는 걸음을 멈추고 문 앞에 가만히 선 채 꼼짝도 하지 않았다.

금아가 옷깃을 당기는 손길에서 미세한 떨림이 전해졌다. 고개를 돌려 보니, 이 어린 소녀는 눈앞의 상황에 몹시 놀란 듯했다.

나는 금아에게 안심하라는 듯 차분하게 웃어 보였다. 하지만 혼란에 휩싸인 새카만 눈동자에 비친 내 모습은 금아보다 더 창백하고 참담했다.

평소의 온화함과 기품은 다 어디로 갔는지, 어머니의 목소리는 비통함에 젖은 채 잠겨 있었다. "공주고 나랏일이고 난 그런 거 몰라요. 나는 내가 아무의 어미라는 사실밖에 모른다고요! 부모 된 자라면 사리사욕보다 자식을 더 중히 여겨야 마땅하잖아요? 당신이 아무 아버지가 맞나요? 가슴이 미어지지도 않느냐고요!"

"이것은 사리사욕이 아니오!" 아버지의 목소리가 갑자기 높아졌다.

순간 정적이 감돌더니 아버지가 지치고 쉰 목소리로 나직이 말했다. "이는 나 한 사람의 사리사욕이 아니오. 이미 재상의 자리에 올랐는데 더 좋을 권좌가 어디 있겠소? 근약, 당신은 어미이기도 하지만 공주요. 나는 아무의 아비이기도 하지만 왕씨 가문의 가장이고 사족의 수장이오."

아버지의 목소리도 살짝 떨리고 있었다. "당신과 나는 딸도 있지만 가문도 있고 나라도 있소! 아무의 혼사는 단순히 우리가 딸을 시집보내는 것이 아니오. 왕씨, 더 나아가 사족과 권세를 쥔 장군의 연혼(連婚)이란 말이오!"

"내 딸로 군심을 사겠다고요? 그러면 당신네 문무백관은 뭘 하겠다는 거예요?" 어머니의 이 물음은 그야말로 촌철살인이었다. 맞아요, 어머니. 저도 그것이 가장 궁금했어요.

당신들은 황후고 재상이면서 어째서 열다섯 살짜리 여자아이에게 황후나 재상도 못 하는 일을 시키는지 말이에요.

아버지는 한참 동안 대답하지 않았다. 침묵, 숨이 꼴깍 넘어가게 만드는 침묵이었다.

나는 아버지가 끝내 대답하지 않을 줄 알았는데, 잠시 후 침통하고 무력한 목소리가 들려왔다. "당신은 지금의 사족이 아직도 예전처럼 대단하고 그전처럼 태평한 줄 아시오?"

이토록 노쇠한 목소리가 정말로 아버지의 목소리란 말인가? 영준하고 늠름하던 내 아버지가 언제 이토록 노쇠하고 무력해졌단 말인가?

"당신은 구중궁궐에서 태어나 재상부로 시집와 평생 아름답고 좋은 것만 보고 들었지. 하지만 근약, 당신은 정말로 조정의 고질병이 묵을 대로 묵었고 병권이 밖으로 새어 나갔으며 천하 곳곳에서 혼란이 일어나고 있음을 모르는 것이오? 그 옛날 나는 새도 떨어뜨리던 문벌가지만 지금은 세를 잃은 지 오래라오. 당신도 사씨 가문과 고씨 가문이 몰락하는 것을 직접 보지 않았소? 그중 권세가 하늘을 찌르지 않았던 가문이 있소? 황실과 인척이 아닌 가문이 있소? 당신은 왕씨 가문이 지금까지 명망을 유지한 것이 누구 한 사람의 희생으로 이루어진 일이라 생각하오? 그간 내가 사력을 다해 관계를 다지기는 하였으되, 만약 경양왕이 군에서 혁혁한 명망을 떨치지 않았다면 황상께서 태자를 세울 결심을 내리지 않으셨을 테고, 왕씨도 사씨 가문을 무너뜨리지 못했을 것이오."

아버지의 말씀에 나는 머리끝부터 얼음물을 뒤집어쓴 것처럼 얼어붙었다.

경양왕, 이미 세상을 뜬 지 5년이나 지났지만 그의 이름을 듣는 것만으로도 온몸이 떨렸다.

이 이름은 한때 황실 군대의 위세를 상징했다.

내 두 분 고모 중 한 분은 황후이고, 또 다른 한 분은 경양왕비였다.

다만 둘째 고모가 병으로 일찍 돌아가시는 바람에 나는 고모에 대한 기억이 별로 없다. 고모부인 경양왕은 늘 군중에 머물렀는데, 내 기억 속의 그분은 몹시 위엄 있는 노인이었다. 고모부가 돌아가실 때, 나는 겨우 열 살이었다. 나는 금군 전체가 그분의 죽음을 애도하기 위해 투구의 술을 흰색으로 바꿔 달았던 것만 기억날 뿐이다.

"경양왕이 세상을 뜨면서 군에서 황실과 사족의 세력도 쇠해 그 뒤를 잇는 사람이 나타나지 않았소." 아버지의 목소리는 침통함과 유감스러움에 잠겼다.

길고 긴 7년 전쟁이 끝난 뒤, 문인의 풍류를 숭상하고 태평한 삶을 즐기는 사족 자제는 더 이상 군에 들어가지 않았다. 하나같이 밤새도록 음주와 가무를 즐기고 시를 읊고 고상한 담론이나 나누며 평생 이렇다 할 일을 하지 않으면서도 관작과 녹봉을 세습했다.

군에 남아 전쟁에 참여한 사람들은 한족 평민이었다. 오로지 자신의 힘으로 공명을 얻은 그들은 이제 지난날의 경멸받던 무인이 아니었다. 한 걸음씩 기반을 다지며 올라선 예장왕 소기의 군중 위세는 그 옛날 경양왕을 뛰어넘었다.

"예전에 한족 자제들은 공명을 얻기를 바라지 않았소. 나면서부터 귀족이었던 사족은 시간이 흐를수록 군인이 될 뜻을 버려 그 뒤를 이을 자가 없게 되었으니……. 지금 사족은 쇠락하고 그 자제들은 나약하기 짝이 없어 쓸 만한 장수와 병사가 없소. 경사의 세가들을 한번 생각해보시오. 어디 전장에 나가 적을 죽일 수 있는 자가 있는지 말이오. 한족 무인이 목숨을 내걸지 않고 소기가 안팎의 적을 토벌하지 않았다면 세상은 진즉에 혼란에 빠졌을 거요. 황상께서 재차 그의 벼슬과 작위를 높여 종국에는 왕으로 봉하기까지 하셨는데, 이렇게 구슬리지 않으면 한족 무인들이 천자를 위해 목숨을 내걸 까닭이 있겠소? 왕씨 가문의 딸이 아니라 공주를 달라고 했어도 황상께서는 윤허하셨을 것이오!"

기진맥진한 아버지의 목소리를 들으니, 표정을 보지 않아도 아버지의 괴로움을 느낄 수 있었다.

어머니는 할 말을 잃은 채 애간장을 저미는 통곡만 쏟아냈다.

어머니의 울음소리에 가슴이 우그러졌다. 마치 보이지 않는 손에 꽉 잡혀 서서히 찢기는 것 같았다.

아버지가 무겁게 입을 뗐다. "근약, 당신은 정말로 이해하지 못하는 것이 아니라 그저 믿기 싫을 뿐이오."

그 말에 어머니가 울부짖었다. "싫어요. 난 믿을 수 없어요!"

나는 더 이상 참을 수 없어 이를 사리물고 문을 열려고 했다.

그때 갑자기 뒤에서 오라버니의 목소리가 들려왔다. "아버지, 여인의 혼사로 가문의 권위를 다지는 것은 대장부가 할 짓이 아닙니다!"

깜짝 놀라 고개를 돌렸다가 오라버니가 줄곧 내 뒤에 서 있었음을 알게 되었다.

오라버니의 준수한 얼굴은 백지장처럼 질려 있었지만 눈빛만은 흔들림 없이 내 뒤를 응시했다. 오라버니는 넓은 소맷자락을 휘날리며 나를 지나쳐 아버지 앞으로 걸어갔다.

당황스러운 마음에 손을 뻗어 오라버니를 잡으려 했지만 손끝이 오라버니의 옷자락만 스칠 뿐이었다. 오라버니를 부르고 싶었지만 꺼끌꺼끌한 목구멍에서는 소리가 나오지 않았다.

나는 생각하고 말 것도 없이 오라버니를 따라 방으로 들어갔다. 고개를 드는데 눈물이 앞을 가려 부모님의 표정을 제대로 볼 수 없었다.

오라버니는 의복의 앞자락을 들어 올리더니 허리를 곧게 펴고 무릎을 꿇었다. "아버님, 제가 종군(從軍)하겠습니다!"

일순 벼락이라도 맞은 듯 멍해졌다.

저기 서 있는 아버지의 가슴 앞까지 내려온 근사한 턱수염이 미세하게 떨렸고, 곧추선 우람한 몸이 삽시에 굽어지는 듯했다.

비틀거리던 어머니는 무너지듯 의자 위로 쓰러졌다.

나는 어머니에게 뛰어가 그 부드러운 몸을 꼭 끌어안았다.

어머니는 고운 눈을 크게 뜬 채 나를 뚫어져라 보다가, 다시 오라버니에게로 시선을 돌리며 입술을 바들바들 떨었다.

아버지는 손을 들어 올려 오라버니를 가리키며 무언가 말하려 했으나 한참 동안 말을 잇지 못했다.

늘 위엄이 넘치는 아버지를 어려워하던 오라버니는 고개를 쳐들고 아버지의 성난 얼굴을 똑바로 쳐다보며 한 치도 물러서지 않고 말을 이었다. "나라의 영예는 사내의 일이니 여인이 생을 희생할 까닭이 없습니다! 제가 종군하도록 허락해주십시오. 제가 비록 무능하나 경양왕을 본받아 변경을 지키겠습니다!"

"철없는 놈!" 아버지는 분을 참지 못하고 손을 들어 올렸다.

어머니는 나를 홱 뿌리치더니 앞으로 달려가 아버지의 소매를 잡아끌었다. 그러고는 고개를 들고 이를 갈며 차갑게 말했다. "당신이든 황상이든, 누구라도 내 딸을 빼앗아 가면 그 앞에서 죽어버릴 거예요!"

석상처럼 굳어버린 아버지의 눈가가 붉어지고 허공에 뜬 손은 부들부들 떨렸다.

"예장왕에게 시집가겠어요!"

나는 있는 힘껏 이 말을 내뱉은 다음, 무릎에 힘이 풀려 부모님을 향해 쿵 하고 꿇어앉았다.

오라버니는 번쩍 고개를 쳐들며 외쳤다. "아무야!"

고개를 돌려 나를 쳐다보는 아버지는 마치 내가 자신의 딸이 맞는지 의아해하는 표정이었다.

어머니는 핏기가 싹 가신 얼굴로 나를 똑바로 쳐다보며 잠꼬대처럼 물었다. "방금 뭐라 했느냐?"

나는 입술을 깨물고 몸을 바로 했다. "저는 오래전부터 예장왕을 흠모해왔고 영웅에게 시집가는 것이 꿈이었으니, 부디 두 분께서는 제 청을 들어주세요."

어머니는 앞으로 반 보를 디뎌 내게 다가오며 몹시 느리면서도 푹 잠긴 목소리로 다시 물었다. "누구에게 시집을 가겠다고?"

나는 크게 심호흡하고 대답했다. "예장왕 소기에게 시집가겠어요."

귓가에 짝 하는 소리가 울리며 뺨이 얼얼해지고 극렬한 통증에 눈앞이 캄캄해졌다. 어머니가 온 힘을 실어 내 뺨을 내리쳤고, 나는 그대로 바닥에 쓰러졌다.

차갑고 딱딱한 바닥에 쓰러져 있는데 세상이 빙글빙글 도는 것만 같았다. 눈앞의 사람 그림자도 어지럽게 흔들렸다.

오라버니는 나를 안아 일으켜 품 안에 감추고는 자신의 가슴에 기대게 했다.

어머니는 아버지에게 붙잡힌 채 몸부림치며 계속 내 이름을 불렀다. "아무, 네가 미쳤구나. 다 미쳤어……."

나는 미치지 않았다. 오라버니 품에 기대 있었으나 마음은 기이할 정도로 고요했고, 내가 무슨 짓을 하고 있는지도 분명히 알았다.

나는 오라버니를 향해 고개를 들고 살짝 웃으며 말했다. "오라버니, 아무는 잘못하지 않았어. 맞지?"

오라버니의 눈에서 흘러내린 눈물이 내 얼굴로 떨어졌다.

오라버니는 아무 대답도 하지 않은 채 점점 더 차갑게 식어가는 손으로 나를 힘주어 끌어안았다.

나는 오라버니 가슴에 얼굴을 묻고 눈을 감았다.

아버지가 다가와 몸을 굽히더니, 괴로운 눈빛으로 손을 내밀어 아직도 얼얼한 내 뺨을 어루만지려 했다. "아프냐?"

나는 고개를 돌려 아버지의 손을 피해버렸다. 아버지의 손에 닿고 싶지 않았다. 다시는 그 누구의 손에도 닿고 싶지 않았다.

황제가 길한 날을 골라 사혼(賜婚, 황제의 명에 따른 혼인)의 성지를 내렸고, 온 집안사람들이 무릎을 꿇고 맞이하며 은혜에 감사했다.

예장왕이 상양군주와 혼인한다는 소식은 경사 전체를 뒤흔들었다.

축하 인사를 하러 온 사람들은 예장왕은 일세 영웅이고 군주는 덕 높은 절세가인이라고 떠들어댔다.

영웅과 가인의 만남을 꺼리는 사람이 어디 있으며, 하늘이 맺어준 듯 잘 어울리는 한 쌍을 부러워하지 않는 사람이 어디 있겠는가? 사람들은 하나같이 이 천생연분을 찬탄하고 부러워했다.

자담을 입에 올리는 사람은 아무도 없었다. 한때 셋째 전하와 상양 군주는 세상에서 가장 잘 어울리는 가인들이라고 떠들어대던 일을 하룻밤 사이에 모조리 잊어버린 듯 말이다.

나도 잊어야 한다고 생각했다.

그는 내 운명의 짝이 아니었고 하늘은 나와 자담의 인연을 끊은 지 오래인데, 나만 그 사실을 모르고 있었을 뿐이다. 이제야 깨달은 바지만 부부의 연은 나와 아무 상관이 없는, 또 그와도 아무 상관이 없는, 그저 가문이나 조정과만 상관있는 일이었다. 서로의 이해만 맞으면 그만이지, 가문이 서로 엇비슷할 필요도 없었고 두 사람의 감정 따위는 조금도 중요치 않았다.

그렇다면 평생을 해로할 사람이 누구든 상관없었다. 기뻐할 까닭도, 슬퍼할 까닭도 없었다.

예장왕비가 되든 다른 누군가의 왕비가 되든 꺼릴 이유가 없었다.

그들이 어떻게 보든, 또 뭐라 하든 나는 아무 관심도 없었다.

아버지, 어머니, 오라버니…… 모두가 내게 많은 말을 했지만 언뜻 기억나기도 하고 기억나지 않기도 했다.

황제 폐하와 황후 마마를 뵈었을 때, 두 분도 무어라 말씀했지만 별로 기억나지 않았다.

예장왕이 보낸 예물은 그와 나의 신분에 걸맞게 성대했다. 궁에서
내린 하사품도 눈을 뗄 수 없을 지경이었다. 이 밖에 황후가 하사한
혼수도 사흘 내내 문턱을 넘어 들어왔다. 혼례복부터 봉황관, 진기한
금은보화 등 눈부시게 빛나는 혼수들이 재상부에 산처럼 쌓여갔다.
경사에서 이토록 성대한 혼례가 치러진 것은 참으로 오랜만이었다.
지난해 둘째 황자의 대례도 이토록 호화롭지는 않았다.

나를 보러 온 완여 언니는 먼저 태자비의 신분으로 축하 인사를 건
넸다. 이윽고 시녀들을 물리고 우리 두 사람만 남겨지자 완여 언니는
울기 시작했다.

완여 언니는 처연하게 눈물을 흘렸다. "자담은 군주가 혼인한다는
것도 몰라."

나는 눈을 내리깔며 조용히 입을 열었다. "곧 알게 되겠지."

자담이 알면 또 어떤가. 할 수만 있다면 나는 내가 다른 사람에게
먼저 시집가느니 차라리 자담이 먼저 다른 여인에게 장가들기를 바
랐다.

완여 언니는 내게 줄 혼수가 담긴 옥함을 열었다. 불세출의 명장이
천년교주(千年鮫珠)를 박아 만들었다는 숨이 턱 막힐 만큼 아름다운
봉잠이 들어 있었다. "이 봉잠은 원래 군주가 자담과 대례를 올리는
날 직접 꽂아주려고 했던 거야."

완여 언니는 흐느끼며 말했다.

나는 그 봉잠을 한동안 넋 놓고 바라보았다. 문득 눈앞에 자담과
내가 대례를 올리는 행복한 광경이 그려졌다.

나는 옥함을 닫으며 담담히 말했다. "고마워, 언니. 하지만 이 봉잠
은 나중에 자담의 왕비에게 전해줘."

하지만 완여 언니는 고개를 내젓고는, 봉잠을 손에 올려놓고 자세히 뜯어보며 처연히 말했다. "누가 되었든 군주는 아니잖아."

일순 숨이 막혔다. 한참 뒤에야 억지로 웃음을 지으며 말했다. "어쩌면 나보다 훨씬 나은 사람일 수도 있지."

완여 언니는 눈물을 뚝뚝 흘리며 말을 잇지 못했다.

갈수록 수척해지는 완여 언니를 보면서 문득 어린 시절 천진난만하게 웃던 그녀가 떠올랐다. 동궁에 들고 나서는 날로 빛을 잃어가는 듯해 돌연 비통함이 차올라 물었다. "언니, 왜 어린 시절 한결같이 바라던 것과 크고 나서 얻는 것은 항상 다를까? 왜 아무리 절친했던 벗이라도 종국에는 헤어져야 하고 하나하나 멀어져 각자의 길을 가야만 하는 걸까?"

완여 언니는 대답하지 못한 채 고요히 눈을 들었다. 그러고는 눈물이 그렁그렁 차오른 눈으로 물었다. "정말로 자의로 예장왕과 혼인하겠다고 한 거야?"

"자의든 타의든 무슨 차이가 있겠어." 나는 이를 사리물며 가슴속의 슬픔과 괴로움을 억누른 채 눈을 내리깔고 웃었다. "나와 자담의 인연은 결국 여기까지인 거지……. 예장왕은 일세 영웅이니 그에게 시집가는 것도 나쁘지 않아."

내가 기꺼이 원한 일이라고 완여 언니가 믿게 하지 뭐. 세상 사람들이 다 그렇게 믿고 내가 사랑을 저버렸다고 생각하게 하지 뭐.

자담은 완여 언니에게서 내 말을 전해 듣겠지.

자담은 나를 원망하고 미워하다가 결국에는 나를 잊겠지.

자담은 아름답고 현숙한 왕비를 들이겠지.

자담은 그녀와 서로 아끼고 공경하면서 길고 긴 세월을 함께 늙어가겠지.

자담, 자담, 자담…… 빙글빙글 도는 세상에 온통 그의 이름과 얼굴뿐이었다.

얽히고설킨 통증은 날카롭지 않으나 마음 저 깊은 곳 연약한 살점 속으로 서서히 파고들어 울적한 둔통을 일으켰다.

"그렇다면 군주를 축하해야겠네."

완여 언니의 눈물이 눈 속에서 엉겼다. 소매를 들어 내 머리에 봉잠을 꽂아주며 내 눈을 바라보는 그녀에게서 웃음기가 엷어졌다.

그 후로 대례를 치를 때까지 완여 언니는 두 번 다시 찾아오지 않았다.

혼례 날이 코앞으로 다가왔다.

예장왕은 경사에 오래 머물 수 없었다. 돌궐인이 북쪽에서 호시탐탐 기회를 엿보는 탓에 다시 영삭으로 돌아가 북방 변경을 지켜야 했다.

식을 치르고 나면 나는 경사에 있는 예장왕부에 머물고, 그는 북방 군영으로 돌아갈 것이다.

나에게는 그저 재상부에서 예장왕부로 거처가 바뀌는 것뿐이고 그를 볼 날도 많지 않을 테니 대례만 잘 치르고 그날 밤만 견디면…… 한 번만 참으면 다 끝나 있을 것이다. 서고고는 이렇게 말했다.

서고고는 궁궐의 나이 든 궁녀와 함께 혼인하는 여인이 알아야 할 '그' 일에 대해 가르치기 시작했다.

원래는 어머니가 가르쳐주어야 했지만, 내 일로 화병을 얻은 어머니는 가르치는 것은 고사하고 문을 닫아걸고 만나주지도 않았다. 내게 이럴진대 아버지와 고모에게는 두말할 나위도 없었다.

내 혼사는 어머니의 고집과 쓸데없는 반항에도 아무런 차질 없이 착착 진행되어갔다.

혼례를 앞둔 신부인 나는 대례와 관련한 예의를 익히는 것만으로도 녹초가 되었다.

혼돈과 분주함 가운데 시간은 속절없이 흘러갔다.

나는 형 집행을 기다리는 죄인처럼 혼례 날을 기다렸다.

잠시 넋을 놓고 있으면 항상 청삼(靑衫)을 걸친 기품 있는 모습이 눈앞에 나타났다. 자담일 리 없음을 알면서도, 그가 갑자기 나타나 나를 데리고 멀리 도망가는 상상을 하게 되었다. 그저 꿈이었다. 어느 날 밤 웃으며 잠에서 깨게 만드는 달콤한 꿈⋯⋯.

꿈속에서 자담은 단 한 번 만났을 뿐인데 다른 사람은 세 번이나 만났다.

꿈속의 그 사람은 멀고 아득했지만 이상하리만치 분명한 이름을 가지고 있었다. 소기⋯⋯. 그의 모습은 무척 흐릿해 얼굴은 보이지 않았지만 군대를 치하하는 의식에서 얼핏 본 그 순간이 자꾸만 눈앞에서 어른거렸다. 처음에는 피 칠갑을 한 모습으로, 그다음에는 태산처럼 큰 거인으로, 마지막에는 말을 채찍질하며 내게로 달려왔다. 그가 꿈에 나올 때마다 나는 식은땀에 흠뻑 젖은 채로 깨어나 날이 밝을 때까지 얼이 빠져 있었다.

소기, 이제 이 이름은 나와 평생 엮일 것이다.

나는 더 이상 상양군주가 아니라 예장왕비라는 새로운 신분으로, 일면식도 없는 남자와 어디로 흘러갈지 알 수 없는 삶을 살게 될 것이다.

내가 시집가는 날, 온 경사가 들썩거렸다.

대례는 공주의 예에 따랐다. 깊은 밤부터 화장을 시작해, 합환광계(合歡廣髻)로 머리를 틀어 올리고 비녀와 귀걸이에 떨잠까지 꽂은 다음, 비단옷을 입고 황색 인끈을 달았다.

날이 밝기 전에 부모님 앞에 꿇어앉아 은혜에 감사하는 인사를 올리고 나서 작별 인사를 했다. 그 뒤 입궁해서 감사의 인사를 올렸다. 황문(黃門, 내시)이 선지(宣旨, 황제의 명을 널리 선포함)하고 나서 가마에 올라 궁을 나서자 종소리와 북소리가 울려 퍼졌다.

의장이 지나는 곳에는 비단 백자장(百子帳, 백 명의 아이들이 노는 모습이 수놓인 커튼)을 쳐두었는데, 붉은색의 엷은 비단으로 된 휘장에 푸른 깃털로 된 보개(寶蓋)가 씌어 있었다. 나는 보정(寶頂)을 얹고 여섯 마리 봉황으로 장식한 난여(鑾輿)에 타 있었다. 내가 탄 난여를 6백 명이나 되는 궁녀와 의장, 시위가 앞뒤로 에워싸고 한 마리 용처럼 구불구불 길게 늘어서서 가는 내내 뿌려댄 금가루와 꽃잎이 온 하늘을 붉게 물들였다.

겹겹의 비단으로 된 혼례복이 육중한 갑옷처럼 나를 짓눌렀다. 머리에 얹은 봉황관은 백여 알의 남해진주(南海眞珠)를 금실로 이어 물총새의 깃털로 만든 점취(点翠)에 비춰 영락(瓔珞, 목이나 팔에 두르는, 구슬을 꿰어 만든 장신구)으로 장식했으며, 금실로 된 봉황의 양 날개는 양쪽 귀밑머리의 주전(珠鈿, 주옥으로 만든 비녀)과 이어졌다. 거기에 이마 앞으로는 구슬을 드리우고 관 뒤로는 긴 비녀를 꽂아 시선을 덮어버리니, 나는 가만히 고개를 숙이고 자세를 바로 한 채 두 손에 쥔 합환단선(合歡團扇) 뒤로 몸을 숨길 수밖에 없었다.

신랑 측까지 신부를 후행하는 의장과, 신랑 측에서 신부를 맞이하는 의장은 그 끝이 보이지 않을 만큼 길게 이어졌다.

나는 이렇게 예장왕부로 보내졌다.

넋이 나간 가운데 사람들이 이끄는 대로 꿇어앉아 절을 하고 몸을 일으키고, 움직이다가 멈추고, 앞으로 나아가다가 뒤로 물러나는 등 번거롭기 짝이 없는 의식을 치렀다. 한 치의 실수도 없이 공손하고 장중하게 의식을 치르느라 진즉에 녹초가 되어버린 몸뚱이는 내 것이 아닌 것만 같았다.

단선(團扇)에 얼굴이 가려졌고, 연지와 분에 피로가 감춰졌다.

화촉을 밝히는 밤에 어찌 얇은 부채로 화려한 차림을 감추었나.

혼례 내내 신부의 얼굴을 가리는 데 쓰이는 비단 부채를 치우려면, 신방에 신랑과 단둘이 남을 때까지 기다려야 했다.

마침내 그가 내 앞에 섰지만 나는 그를 제대로 볼 수 없었고, 그도 내 모습을 볼 수 없었다.

그저 부채 밑으로 그의 예복 아랫자락에 빽빽이 수놓인 용무늬와, 구름무늬를 놓아 만든 운두화(雲頭靴) 끝이 보이며 부채 너머로 아릿하게나마 위풍당당하게 우뚝 선 장대한 기골이 보일 뿐이었다. 그날 멀리서 보는 것만으로도 두려움에 떨게 하던 사람이 지금 내 눈앞에서, 내 남편이 되어 경사의 모든 고관이 지켜보는 가운데 나와 맞절을 올리고 백년해로를 맹세했다.

신이니 악귀니 하며 세인들의 두려움을 자아내다가 홀연히 내 인생에 끼어든 이 사람은, 마침내 내 곁에 가까이 섰다.

이제 보니 그 또한 피와 살로 된 몸뚱이를 가진 평범한 사람이었구나!

이제 더는 두렵지 않았다.

무서워서 벌벌 떠느니 마음을 편히 갖는 편이 나았다.

은촉(銀燭)이 높이 비추는 신방에 단정히 앉아, 신랑이 들어와 합근례(合졸禮, 신랑과 신부가 술을 나누어 마시는 절차)를 올리기를 기다렸다.

밖에서 울리는 흥겨운 악기 소리가 안뜰까지 들려왔다. 축하연은 밤늦도록 이어졌다.

신부를 시중드는 시녀들이 나를 빙 둘러싸고 저마다 덕담을 건넸다. 아무래도 번잡한 예식 절차는 도무지 끝날 기미를 보이지 않는 것 같았다.

이제 조금만 지나면 내 인생에서 가장 떨리는 순간을 맞이할 것이다. 그러나 그 사람을 떠올리는 순간, 나는 갑자기 가슴이 오그라들고 피곤함이 싹 가셨다.

나는 가까스로 정신을 가다듬었다. 첫날밤에 피곤에 찌든 모습을 보여 기가 눌리기는 싫었다. 시선을 드니 시중드는 시녀들이 머리를 맞대고 속삭이고 있었다. 뭔가 심상치 않은 일이 벌어진 것 같았다.

잠시 멍해 있다가 문득 밖에서 들려오던 음악 소리가 언제 멎었는지 더 이상 들리지 않음을 깨달았다.

나는 곁에서 시중들던 금아를 쳐다보았다.

금아도 어떻게 돌아가는 상황인지 전혀 모르는 듯 작게 속삭였다. "군주, 안심하세요. 제가 나가 살펴보고 올게요."

"기다려라."

나는 고개를 젓고 나서 잠시 기다렸다. 그러고는 일어나서 무거운 봉황관을 벗으려고 했다.

그러자 시녀들이 황급히 나를 말렸다. 그렇게 나를 만류하는 사이 문밖에서 잰걸음 소리가 들리더니, 시녀 하나가 "군주, 군주!" 하고 외치며 신방으로 뛰어들었다. 그 시녀는 너무 급한 나머지 예의조차 잊어버린 듯 대충 반절을 올렸다.

눈살을 찌푸리며 보니 어머니를 모시는 시녀였다. 재상부에서 몇 해를 보내 결코 세상 물정을 모르지 않을 그녀를 이토록 당황시킨 일이 도대체 무엇일까? 얼굴이 흙빛으로 변한 시녀는 입을 열자마자 이렇게 외쳤다. "군주, 큰일 났습니다. 장공주께서 격노하시어 정신을 잃으셨습니다!"

나는 크게 놀라 외쳤다. "어머니께서 왜?"

시녀가 벌벌 떨며 대답했다. "그것이, 그것이…… 예장왕께서……
예장왕께서 방금 혼례식장에서 돌궐의 대군이 변경을 침범했다는 급
보를 전해 들으시고는…… 그 자리에서 혼례복을 벗어 던지시더니
곧바로 경사를 떠나 출정하시겠다고 합니다!"

순간 내가 잘못 들은 줄 알았다. "그러니까, 예장왕이 떠난다고?"

시녀는 고개만 끄덕일 뿐 대꾸하지 못했다.

나는 머릿속이 텅 빈 듯 멍해졌다.

시중들던 시녀들은 모두 대경실색해 서로의 얼굴만 힐끔거렸고 신
방은 쥐죽은 듯 조용해졌다.

뜻밖의 변고에 첫날밤은 산산조각이 나버렸다.

새신랑이 첫날밤도 치르지 않고 전장으로 달려간 예는 없었던지라
사람들은 모두 어찌할 바를 모른 채 꿀 먹은 벙어리가 되었다.

신방에 화촉이 밝혀진 그 밤, 내 남편은 신방 문턱도 넘어보지 않
고 떠나려 했다.

나는 남편 될 사람의 얼굴도 목소리도 모른 채 신혼 첫날밤 홀로
신방에 버려졌다.

곧바로 경사를 떠나 출정한다고? 설령 돌궐이 국경을 침범해 화급
을 다툰다고 해도 얼굴을 마주하고 작별을 고하는 데 얼마나 걸린다
고! 아무리 발등에 불이 떨어졌다고 해도 작별을 고할 시간조차 없단
말인가!

잘나신 예장왕, 다른 누구도 아닌 그 자신이 왕씨 집안의 딸을 달
라고 했고 우리 가문과 연혼을 맺고 싶어 했다.

그의 의도가 무엇이었든, 이 혼인에 신경을 쓰든 안 쓰든, 그 자신

이 원한 바였다.

울분을 참고 대국을 위해 나 자신을 희생한 대가가 이런 치욕이었다니!

그는 군에서 전한 급보 하나에 사정조차 설명하지 않고 그냥 떠나버리려 했다.

그가 나와 첫날밤을 보내는지, 내 체면을 세워주는지는 관심 없었다. 그러나 내 부모님을 능멸하고 내 가문을 업신여기는 자는 그 누구라도 용납할 수 없었다.

나는 자리에서 일어나 얼굴을 가린 단선을 던져버리고 문 앞으로 걸어갔다.

시녀들이 왕비니 군주니 불러대며 하나둘씩 꿇어앉더니, 대례가 끝나기 전에 신방을 나서는 것은 예의에 어긋나고 불길한 일이라며 한사코 막아섰다.

나는 소매를 떨치며 버럭 성을 냈다. "모두 물러나라!"

시녀들은 모두 흠칫하며 입을 다물었다.

채색 비단이 매이고 붉은 종이가 붙은 신방 문을 열어젖히자, 명주실로 짠 붉은 혼례복이 밤바람에 사르륵사르륵 휘날렸다.

신방 문턱을 지나 총총걸음으로 전당(前堂)으로 향했다. 구슬 장식들이 급한 걸음을 따라 이리저리 흔들리며 부딪쳤다.

하인은 혼례복 차림으로 뛸 듯이 걸어오는 나를 보더니, 새파랗게 질린 채로 멍하니 뒤로 물러날 뿐 막아서지 못했다.

혼례식장의 손님들은 모두 흩어지고 시종들은 우왕좌왕하고 있었다. 썰렁하다 못해 스산한 광경이었다.

문득 식장 앞에 갑주를 걸치고 칼을 찬 무사 몇몇이 눈에 들어왔다. 그중 앞에 서 있던 사람이 뛰어 들어오려 했으나, 사람들이 막아 서는 바람에 들어오지 못하면서 일순 혼란이 일었다.

"장군께서는 갑주에 보검까지 차고 계십니다. 날카로운 병기는 아주 흉한 것이므로 신방 가까이 들일 수 없으니 그만 발길을 멈추시지요."

"나는 왕야(王爺, 왕 작위를 받은 사람에 대한 존칭)의 명으로 왕비를 직접 뵙고 말씀을 올리러 왔다!" 군장을 한 사람의 목소리는 인정머리 라고는 없이 횡포하기 짝이 없었다.

나는 전각에 서서 차갑게 물었다. "누가 나를 만나고자 하느냐?"

소란이 한순간에 잦아들었다. 사람들은 고개를 돌려 나를 발견하고는 모두 멍하니 얼어붙었다.

일신에 갑옷을 걸친 그 사람은 꿇어앉아 절을 올리지도 않고 그저 칼을 손으로 잡으며 고개를 숙이더니 안쪽을 향해 몸을 굽히고 보고 했다. "소장 송회은(宋懷恩), 왕비 마마를 뵙습니다. 왕야께서 상황이 긴박하니 모든 일을 변통하여 처리하라 하셨으므로 갑주를 걸치고 뵙는 것을 용서하여주십시오."

나는 차가운 시선을 던지며 물었다. "예장왕께서 어떤 분부를 내리셨느냐?"

그는 잠시 침묵하더니 딱딱하게 답했다. "왕비께 아룁니다. 왕야께서 변경에서 온 봉인된 전서를 받으셨는데, 기주 자사(冀州刺史)가 일으킨 반란에 3진이 함락되어 북방 변경의 상황이 매우 급박하다 하옵니다. 이에 왕야께서 바로 회군하셔야 하는 고로 왕비를 직접 뵙고 작별을 고할 시간이 없어 소장에게 말씀을 전하라 하셨으니, 왕야께서 반란을 평정하고 돌아오시면 직접 왕비께 사죄드린다고 하셨습니다. 대국이 중요하니 왕비께 용서를 구합니다!"

참으로 잘나신 예장왕이 아닌가! 직접 작별을 고하기는커녕 대신 말을 전하라 한 수하 장수조차 이토록 무례하고 오만 방자하다니!

아버지 말씀이 백번 옳았다. 군사를 길러 지위를 높인 상스러운 무인들은 세가나 황실에 티끌만큼의 공경심도 없었고 교만하기 짝이 없었다.

이제 나는 이 흉포한 무인들 틈에 끼게 되었다. 나는 이리도 방약무인한 장수의 집안으로 시집가는 것이었다.

차디찬 밤바람이 옷 사이로 파고들었다. 나는 주먹을 꽉 쥐었다. 절망의 잿더미 속에서 불꽃이 일어 활활 타오르기 시작했다.

나는 느릿느릿 문 앞으로 걸어가 밝은 촛불 아래 서서 꼼짝도 하지 않았다.

봉황관에 짓눌린 목이 너무 아파 더는 견딜 수 없었다. 그들은 입을 여는 족족 대국을 생각하라며 용서를 구했다.

"좋다. 대국을 위해 변통하라 하시니 이러한 허례도 필요 없겠구나!"

나는 봉황관을 떼어내 있는 힘껏 바닥에 내던졌다. 내팽개쳐진 봉황관에서 떨어진 구슬들이 사방으로 튀었고 영락 옥 조각도 깨져 흩어졌다. 사방으로 튄 구슬들이 데구루루 굴러 무인들의 가죽신에 부딪치고 갑옷과 보검에 부딪쳐 내는 팅팅 소리가 한없이 이어졌다. 내가 성을 내며 봉황관을 내던지고 봉두난발을 한 채로 서 있는데도, 그는 고개를 숙여 시선을 피하지 않고 내 얼굴을 뚫어져라 쳐다봤다.

나는 노기 띤 눈으로 그와 시선을 마주했다.

나와 시선이 마주치는 순간, 그의 눈빛이 크게 흔들렸다.

"황공하옵니다!"

그제야 그는 고개를 숙이고 한쪽 무릎을 꿇었다.

뒤에 서 있던 사람들도 잇달아 무릎을 꿇자, 일신에 걸친 차고 단단한 철갑이 부딪치는 소리가 절그럭절그럭 울렸다.

주위에 있던 왕부 하인들도 놀라서 하나둘 꿇어앉았으며, 연신 "왕비 마마, 고정하시옵소서!" 하고 외쳐댔다.

나는 눈앞에 꿇어앉은 사람들을 냉랭한 시선으로 둘러보고는, 차갑게 빛나는 갑옷을 걸친 채 석상처럼 미동조차 없이 꿇어앉아 있는 장수를 응시했다. 이 사람이 바로 예장왕의 친위(親衛)로구나. 그는 자신이 송회은이라고 했다.

그의 주공이자 나의 남편인 '예장왕 소기'는 이런 식으로 자신의 횡포함과 오만무례함을 깨닫도록 했다.

나는 두 손의 떨림을 애써 진정시키며 머리를 묶었던 끈을 풀었다.

신부의 머리를 묶은 오색 빛깔 긴 끈을 첫날밤에 남편이 직접 풀어주는 것을 결발(結髮)이라고 한다.

"상투 틀고 쪽 찌어 부부가 되니 은혜와 사랑 서로 의심치 않으리." 나는 성을 내지 않았다. 오히려 웃으며 손을 들어 올려 오색 끈을 송회은의 발밑으로 던졌다. "혼인은 예의 근본으로 위로는 종묘를 모시고 아래로는 후대를 잇는 일이라 군자는 혼례를 중시한다. 무릇 신중히 혼인 관계를 맺어야 그 끝이 온당해지는 법. 장군께서는 이것을 왕야께 전하고, 내가 그의 수고를 대신해 이 끈을 풀었다고 전해주시오!"

시녀들이 황급히 만류하며 예에 맞지 않는다느니 불길하다느니 떠들어댔다.

"예장왕은 불세출의 영웅이니 하늘이 그를 도울 터, 이런 낭군을 맞아 장수의 가문에 시집을 가는데 불길이 웬 말이냐!" 나는 냉소했다. 신랑도 떠나고 봉황관도 내동댕이쳐진 마당에 끈을 풀든 말든, 쪽을 찌든 말든 무슨 차이가 있을까!

"소장이 어찌 그리하겠습니까! 왕비께서는 이것을 거두어주십시오. 소장이 응당 왕비 마마의 뜻을 왕야께 전할 터이니 왕비께서는 보중하시옵소서!"

고개를 숙인 채로 비단 끈을 주워 두 손으로 받쳐 올리는 송회은의 마지막 말에서 방금 전의 강경함은 찾아볼 수 없었다.

나는 웃으며 차갑게 말했다. "혼례식장에 뛰어드는 것도 서슴지 않는 장군께서 이깟 사소한 일을 두려워하시오?"

송회은은 붉게 달아오른 얼굴로 한 손으로 칼을 짚고 고개를 깊이 숙이며 말했다. "소장이 잘못했사옵니다!"

잘못한 것은 그가 아니었다.

날카로운 기세가 완전히 꺾인 채로 꿇어앉아 있는 이 젊은 무인을 보고도 전혀 통쾌하지 않았다. 설령 소기의 기세를 꺾은들 무엇이 달라질까? 일은 이미 벌어졌고 혼인은 무를 수 없으며 운명도 바꿀 수 없는 것을……

이 문벌 귀족과 무인의 연혼에 품었던 마지막 한줄기 희망마저 볼썽사납게 와르르 무너져 내렸다.

나는 끝이 보이지 않는 컴컴한 밤하늘을 바라봤다. 고개를 드니 귀밑머리는 이미 흩어졌고 긴 머리는 두 어깨 위로 풀어헤쳐져 밤바람에 이리저리 흩날렸다.

"장군, 그만 돌아가세요. 배웅은 않겠습니다."

나는 몸을 돌려 여전히 촛불이 밝게 비추고 비단이 높이 걸린 혼례식장을 지나 천천히 후당으로 걸음을 옮겼다.

너무도 긴 혼례복 자락에 걸음을 옮길 때마다 기운이 빠져나갔다.

이날 밤, 나는 신방에 틀어박혀 그 누가 간청해도 문을 열어주지 않았다.

서고고가 달려왔고, 마음이 갈기갈기 찢어지도록 통곡한 내 어머니가 왔고, 오라버니와 아버지도 예법을 따지지 않고 달려왔다.

나는 어느 누구도 안으로 들이지 않았다. 아무도 보고 싶지 않았다.

우습게도 시녀들은 내가 목숨이라도 끊을까 두려웠는지 방 안 물건 중에서 딱딱하고 날카로운 것은 모조리 거둬 갔다.

정말이지 쓸데없는 걱정이었다. 나는 상심하지도, 분노하지도 않았다. 그저 몹시, 아주 몹시 지쳤을 따름이다.

더 이상 누구 앞에서도 억지로 도도한 척 미소 짓고 싶지 않았다. 용과 봉황이 수놓인 붉은 명주에 금색 술이 드리워진 침상 위에 쓰러져 비단 혼례복으로 몸을 감싼 채 연지로 붉게 화장한 얼굴로 휘장 꼭대기의 연리지와 서로 목을 비비는 원앙 한 쌍, 날개를 나란히 하고 날아가는 기러기를 망연히 바라보고 있자니, 황량함인지 적막함인지 모를 쓸쓸함이 찾아들었다. 가슴에 손을 올려보았지만 두근거림이 느껴지지 않는 듯했다. 그저 내 그림자만이 눈부신 비단과 어우러진 텅 빈 신방처럼 마음속이 텅텅 비어버린 듯했다. 어렴풋한 와중에도 문밖에 지키고 선 금아가 누군가에게 흐느끼며 건네는 말소리가 들려왔다. "군주께서 쉬시는 듯하니 주무시게 두세요. 더 이상 괴롭히지 마시고……."

잘했다, 금아야.

안쪽으로 돌아누워 비단 휘장의 짙은 그림자 속으로 파고드니 마음속에 따스한 기운이 번져 나갔다.

꿈속에는 그 누구도 없었다. 부모님도, 오라버니도, 자담도…….

그저 나만 홀로 빛 한줄기 들지 않고 끝도 알 수 없는 습하고 음산한 안개 속을 맨발로 걸을 뿐이었다.

변고가 생기다

세월은 사람을 쉬이 버리기 마련인지라 눈 깜짝할 사이 3년이 흘렀다.

나는 회랑 아래 모로 누워 춘사월의 따스한 봄바람에 취해 있었다. 바람에 날려 얼굴 위로 떨어진 꽃잎 하나가 사락사락 살갗을 간질였다.

취기가 아직 가시지 않아 나른하니 몸에 힘이 들어가지 않았다. 손을 뻗다가 문득 스친 옥주전자가 계단 아래로 데굴데굴 굴러가 마지막 남은 술을 쏟아내니 바람에 짙은 술 향기가 더해졌다.

보름 전에 오라버니가 경사에서 가져온 청매주(靑梅酒)는 이미 다 마셔버렸다. 오라버니는 언제쯤에나 다시 휘주(暉州)로 나를 보러 올까……. 느른한 몸을 일으켜 '금아야! 금아야!' 하고 불렀지만 아무도 대답하지 않았다.

이 계집애도 경사를 떠나 이곳에 온 뒤로 게으름만 늘어갔다.

몸을 일으켜 맨발에 명주신을 신고 느릿느릿 회랑을 지나다가 문득 정원에 있는 목련에 시선을 돌렸다. 그런데 하룻밤 사이에 눈처럼 흰 꽃을 흐드러지게 피워놓았지 뭔가!

나는 정신이 흐리멍덩한 가운데 어찌어찌 난정(蘭庭)으로 돌아갔다.

"군주, 드디어 깨셨네요. 술에 취하셔서 한나절이나 주무셨어요.

겉옷도 걸치지 않고 나가시다니, 그러다 고뿔 드십니다." 금아가 끊임없이 잔소리를 쏟아내며 내 어깨에 장옷을 걸쳤다.

나는 난간에 기대 말했다. "집에 있는 백목련도 필 때가 되었구나. 올해는 어떤 모습일지……."

"경사는 이곳보다 날이 따뜻하니 꽃도 더 일찍 필 거예요." 금아가 한숨을 내쉬다가 곧 낭랑하게 웃으며 말했다. "이곳이 춥기는 하지만 경사보다 맑은 날이 많고 비가 자주 내리지 않으니, 전 이곳이 더 좋아요."

이 아이는 갈수록 듣기 좋은 말을 잘했다. 내가 입술을 다물고 미소만 지을 뿐 대답하지 않는 것을 보고, 금아는 내게 살짝 기대앉으며 나직이 속삭였다. "휘주에서만 지내기가 지겨우시면 경사에 한번 다녀오시지요. 떠나온 지 3년이나 되었으니 군주께서도 집 생각이 간절하실 거잖아요."

나는 정신을 가다듬고 자조에 찬 미소를 지으며 허리를 쭉 폈다. "집에 있는 청매주 생각은 좀 나는구나. 하지만 이곳에서의 신선놀음을 관두고서까지 돌아가고 싶지는 않아."

말을 마치고는 자리에서 일어나 앞섶에 떨어진 꽃을 털어냈다. "날이 참 좋구나. 우리 나가서 구경이나 하자."

금아가 쫓아오며 다급히 외쳤다. "어제 왕야께서 보내신 사자가 아직도 군주…… 왕비께서 답신을 주시기를 기다리고 있어요!"

나는 발걸음을 멈췄다. 귀찮은 마음이 스쳤다.

"네가 대신 보내줘." 나는 고개도 돌리지 않고 무심하게 말했다. "가서 이번에는 또 뭘 보냈는지 보렴. 재밌는 것은 남겨두고, 귀중한 것은 뒀다가 서의관(徐醫官)에게 내주고, 남은 것은 네 마음대로 처리해."

이틀 후 또 서의관이 올 테니 귀중한 선물을 준비해 뇌물로 써야 했다.

어머니가 또 서신을 보내와 어째서 내 병이 호전되지 않아 경사에 돌아오지 않는지 추궁하자, 서 의관은 더 이상 숨길 수 없을 것 같아 전전긍긍했다. 부모님 곁에서는 오라버니가 내 편이 되어 사실을 잘 숨겨주고 있고, 담이 작기는 하나 재물에 환장하는 서 의관에게 뇌물을 넉넉히 먹이면 입을 봉할 수 있었다. 이리하면 어머니 쪽은 그럭저럭 잘 넘어갈 수 있었다. 고모가 황후의 이름으로 의지를 내려 경사로 불러들일까 봐 걱정이었다.

경사로만 돌아가지 않는다면 어떻게 되든 상관없었다.

나는 두 번 다시 경사에 발걸음하고 싶지 않았다. 다시는 그 악몽 같은 날로 돌아가고 싶지 않았다.

지난 3년 동안 휘주에 처박혀 요양하며 신선처럼 유유자적 지낸 것도 다 나의 그 낭군 덕분이었다.

대례가 있던 날 밤, 내 낭군은 신방 문턱조차 넘지 않고 서둘러 전장으로 떠났다.

남쪽 변경이 어느 정도 잠잠해지자, 이번에는 북쪽 변경에서 변란이 일어나고 돌궐이 침입해 봉화가 중원(中原)까지 이어졌다.

예장왕 소기는 그날 밤으로 군대를 거느리고 북방으로 돌아갔다. 천하의 명운을 짊어진 소기는 말을 달려 변경의 혼란을 평정했다. 이 소식을 들은 조정 안팎에서는 종묘사직을 생각하고 국사를 우선시하는 그를 경모해 마지않았으며, 예장왕비가 대의를 안다고 찬탄했다. 아버지는 자신의 사위가 작별 인사도 고하지 않고 떠난 것을 탓하기는커녕 조정에 상소를 올려 예장왕에게 큰 상을 내려달라고 청했다. 고모도 큰 상을 내렸다.

이처럼 대단한 대의명분을 들이미는 통에, 도무지 이 상황을 받아들이지 못하는 어머니와 볼썽사나운 꼴이 된 나에 대해 언급하는 사람은 아무도 없었다. 그러나 그럴수록 뒤에서 손가락질하고 조롱하는 소리는 더욱 매서웠다.

상양군주가 예장왕비가 된 첫날밤에 어떻게 신랑에게 버림받았는지, 직접 듣지 않아도 있는 말 없는 말 덧붙여가며 생생하게 전하는 그들의 목소리가 들리는 듯했다.

지난날 경사에서 첫손으로 꼽히던 꽃 중의 꽃이 실의에 빠진 모습은 얼마나 많은 사람들을 통쾌하게 했을까?

대례를 치른 다음 날, 나는 홀로 성장을 차려입고 조용히 입궁해 감사 인사를 올렸다.

내 뒤를 좇는 시선들, 실의와 비탄에 잠긴 내 모습을 기대하는 사람들은 아마 뜻을 이루지 못했을 것이다.

그 후로 나는 깨가 쏟아지는 신혼 재미에 푹 빠진 다른 여인들처럼 상서로운 화복(華服)을 입고 예나 다름없이 대단한 권세를 과시하며 행차하고 연회를 베풀기도 했다.

그러기를 보름째, 나는 갑작스레 풍한(風寒)이 들어 쓰러지고 말았다.

나 자신조차 당혹스러웠다. 마치 모든 기운을 다 소진해 바람 한줄기도 견디지 못할 빈껍데기만 남은 듯, 겨우 풍한으로 앓아누운 나는 두 달이나 병상에서 일어나지 못했다. 그렇게 온종일 기침만 해대며 앙상하게 말라갔다.

가장 위중했던 그 밤, 태의(太醫)는 내가 소생하기 어려울 것이라고 했다.

그날 밤 불당에 꿇어앉아 기도하던 어머니는 눈물범벅인 얼굴로 아버지에게, 내가 이대로 죽으면 평생 용서하지 않겠노라며 악에 받쳐 외쳤다.

아버지는 한마디 대꾸도 없이 밤이슬에 옷이 젖도록 밤새 내 방문 앞을 지켰다.

날이 밝을 무렵 정신을 차린 나는 그사이 늙고 초췌해진 어머니를 보았고, 아버지가 아직 문밖에 계신다고 속삭이는 금아의 소리를 들었다.

그 순간 내 마음속에 쌓였던 울분이 눈 녹듯이 사라졌다. 나는 어머니의 손을 잡고는 대례 이후 처음으로 눈물을 쏟았다.

내가 깨어났다는 사실에 기뻐 눈물을 흘리는 어머니를 보고 있자니 그저 몹시 피곤할 뿐, 더 이상 누구를 원망하거나 참고 싶지 않았다. 그저 어딘가에 숨고만 싶었다.

마침내 부모님과 피붙이들이 얼마나 살얼음판을 걷듯이 조심하고 있는지 보이기 시작했다. 모두 나만 보면 죄스러운 마음을 숨기지 못했다.

차라리 예전처럼 나무라고 훈계하는 것이 백번 낫지, 이 요상한 답답함은 도저히 견딜 수 없었다.

경사에 장마가 찾아왔다. 풍한이 들고 나서 오랫동안 기침이 낫지 않았다. 태의는 장마철의 습한 날씨는 건강을 회복하는 데 이롭지 않다며, 나를 따뜻한 남방으로 요양 보내라고 부모님께 진언했다. 휘주에는 숙부가 휘주 관리로 있을 때 산중에 지어둔 별업(別業, 별장)이 있었다. 다 지어질 때쯤 다른 곳으로 발령을 받는 바람에 지금까지 비워둔 곳이었다. 휘주는 기후가 좋고 경치가 아름다운지라 요양하기에 알맞았다.

부모님은 내키지 않아 했지만 내 건강을 위해 결국 나를 이곳으로 보냈다.

처음 휘주에 왔을 때는 부모님이 보낸 하인과 호위만 1백여 명에 의원까지 더해져 작은 별업이 터져 나갈 듯했다. 휘주 자사도 부인을 대동하고 인사를 하러 오는 통에 귀찮아 죽을 지경이었다. 결국 소란스러운 무리를 경사로 쫓아 보내고 시녀와 의원 몇 명만 남겨두니 그제야 주변이 조용해졌다.

지내보니 숙부가 지은 이 별업은 참으로 별천지였다. 깊은 산속이라 고즈넉했고, 대나무가 쭉쭉 뻗은 사이로 샘 아래 또 다른 샘이 이어졌다. 아침에는 산중의 운무를, 저녁에는 아름다운 저녁놀을 감상할 수 있으며 뜰에는 푸르른 나무와 온갖 꽃이 자랐다. 깊은 못 위로 새들이 날아다니고 누각은 특별한 정취가 느껴졌다. 경사에서 흔히 보던 원림(園林)보다 훨씬 아름다운 것이 내 마음에 꼭 들었다.

무엇보다 흡족한 것은, 숙부가 오래 묵은 좋은 술을 토굴에 숨겨두었다는 사실이다.

휘주는 이토록이나 멀고, 천지는 또 이리도 컸다. 한발 물러나니 마치 환골탈태를 한 듯, 새롭게 태어난 느낌이 들었다.

부모님은 내가 마음속 응어리를 풀고 건강을 회복하면 얼마 지나지 않아 곧 돌아오리라고 생각했다. 그렇지만 휘주에 와보니 아무런 구속도 받지 않고 유유자적할 수 있는 이곳이 퍽 마음에 들었고, 나는 그냥 눌러앉았다. 오라버니가 나를 도와 태의를 매수하고 부모님이 나를 경사로 불러들이지 않도록 안팎으로 힘썼다.

지난 3년 동안 새해와 부모님의 생신에만 잠시 경사로 돌아가 며칠 머물고, 몸이 불편하다는 핑계로 곧 휘주로 돌아왔다.

예장왕부에는 대례 이후 다시는 걸음하지 않았다.

예장왕도 계속 북방 변경의 영삭에 주둔하면서 경사로 돌아가지 않았다.

　혼인한 지 3년이나 되었는데, 나는 아직 낭군 되는 자의 얼굴도 모르고 있다.

　그는 변경에, 나는 휘주에, 이렇게 천 리 멀리 떨어져 각자의 삶을 살아갈 따름이었다.

　봉황관을 내던지고 그의 부하에게 비단 끈을 가져가라 내주던 그 밤, 나는 끓어오르는 화에 원망까지 더해져 당장이라도 그와의 인연을 끊고만 싶었다.

　그가 간곡한 어투로 진심 어린 사과를 담아 보낸 친필 서신은 하필 내가 몸져누워 있을 때 전해졌다.

　그 후로 몇 달에 한 번씩 사람을 보내 서신을 전하면서 산더미 같은 금은보화까지 보내왔다.

　그에 대한 감정도 차츰 변했다. 처음에는 혐오스럽고 같잖기만 했지만, 이제는 익숙함을 넘어 이 데퉁스러운 무인이 흥미롭기까지 했다. 설마 내게 미안한 마음에 성심껏 마련한 금은보화로 나를 부양하는 것이 낭군 된 도리라고 생각하는 것일까? 거칠고 아둔하기가 시정 장사꾼이나 매한가지지만, 그 진심만은 높이 사줄 만했다. 서신이라고 해봐야 짧은 안부 인사가 전부였다. 늘 한 사람이 쓴 듯 비슷한 문장에 그의 관인을 찍었으니 가서(家書)로 볼 수 있었다. 그러나 필체조차 그 자신의 것인지 알 수 없는 노릇이었다. 일개 무인인 그의 손에서 이토록 호방한 글씨가 나올 리 만무했다. 뭐, 이러나저러나 이것만으로도 그가 영 예의를 모르는 사람은 아니고 부부의 체면을 조금이라도 생각하거나, 어쩌면 양심의 가책을 약간이나마 느끼고 있다고 볼 수 있었다.

다만 나는 한 번도 그에게 답신을 보내지 않았다. 몇 마디 안부조차 전하지 않았다.

내가 예장왕비라는 신분으로 이렇게 살아가는 것만으로도 할 도리는 다 한다고 생각했다.

처음에는 공문이나 다름없을 정도로 판에 박힌 듯한 내용의 그 가서들을 들여다보기라도 했지만, 시일이 지날수록 뜯어볼 마음조차 들지 않았다.

하늘을 찌르는 권세를 자랑하고 병권까지 움켜쥔 위풍당당하신 예장왕이, 아내까지 살뜰히 챙겨주는 데다가 괜스레 눈앞에서 알짱대며 귀찮게 하지 않아주는 것만으로 충분했다. 시집간 후에 기껍지 않은 마음을 죽이고 억지웃음으로 시부모를 봉양하며 자식과 살림을 돌보고, 남편과 서로 깍듯이 존중하는 척하며 가문에 영광을 더하는 여인들이 얼마나 많던가! 완여 언니만 해도 그렇다. 존귀한 태자비이면서도 첩들과의 총애 다툼을 참아야만 하지 않는가.

차라리 내 신세가 낫다. 마음에도 없는 것을 꾸며낼 필요가 없으니 평안하지 않은가. 이렇게 별일 없이 그럭저럭 한평생을 사는 것도 나쁘지 않았다.

그러니 이 혼인에, 또 이 낭군에 나도 만족해야 하지 않나 싶었다.

처음 이곳에 왔을 때는 입추 언저리였는데, 노랗게 물든 잎이 모두 지고 나니 흰 눈이 세상을 뒤덮고, 그 눈이 녹고 봄이 오는가 싶더니 이내 녹음이 짙어졌다. 그렇게 세월은 살처럼 흘러갔다. 하루 또 하루, 한 달 또 한 달, 한 해 또 한 해가 흐르는 사이 나는 나 자신이 점차 변하고 있음을 깨달았다.

마음속 저 밑바닥 가장 연한 데서부터 점차 굳은살이 박여 단단해졌고 메마르고 담담해졌다.

　지난날 부모님 슬하에서 마냥 응석을 부리던 어린 아무는 사라지고, 지금은 한 남자의 아내인 왕현만이 남았다.

　한번 변하면 다시는 예전 모습으로 돌아갈 수 없는 것들이 있다.

　그러나 오라버니만은 예나 지금이나 한결같았다. 오라버니에게 나는 예장왕비도 상양군주도 아닌, 그저 늘 자신의 뒤를 졸졸 따르며 장난을 치던 어린 소녀일 뿐이었다. 다만 이미 관직에 나아가 공무로 바쁜 탓에 나를 자주 보러 올 수 없었다. 서신이나 왕래할 뿐, 얼굴을 보는 일은 한 해에 고작 몇 번인 것이 아쉬울 따름이었다.

　꿈속에서 자담을 못 본 지도 한참이나 되었다.

　자담은 삼년상을 다 치르고도, 황릉을 만들고 종묘를 보수하는 일을 감독하라는 황명에 따라 계속 황릉에 남게 되었다. 황릉을 보수하는 일은 기한이 없는지라 자담이 언제쯤에나 경사에 돌아갈 수 있을지 알 수 없는 노릇이었다.

　예전에는 황제 폐하가 자신이 끔찍이 아끼는 자담이 고모에게 내쫓겨 황릉으로 향하는 것을 두고 보기만 하는 까닭을 이해하지 못했다. 하지만 이제는 황제 폐하의 마음을 이해할 수 있었다.

　자담을 궁에서 멀리 두는 것이야말로 그를 진심으로 아끼고 보호하는 길이었다. 권세의 소용돌이 속에서는 한 발만 헛디뎌도 갈가리 찢기고 만다. 오라버니는 그 당시 황상께서 태자를 바꾸려 한 탓에 고모와 극심한 갈등을 빚었고, 하필이면 동궁의 지위가 가장 위태롭던 시기에 사 귀비가 급작스레 세상을 떠났다고 말해주었다. 사 귀비의 죽음으로 황제 폐하는 큰 충격을 받았다. 뿐만 아니라 왕씨와 태자의 힘이 이미 막강해졌음을 깨닫고는 막강한 군사력을 지닌 권신의 지지를 얻고자 소기와의 연혼을 더 적극적으로 원하게 되었다.

이제 태자를 바꾸는 것은 불가능했다.

아버지로서 황상이 할 수 있는 일이라곤 자담이 목숨이나마 부지할 수 있게 되도록 궁에서 멀리 떠나보내 황후의 우려를 불식시키는 것뿐이었다. 나는 이제야 황제 폐하의 고심을 알았지만, 자담은 아니었다. 그는 처음부터 알고 있었다.

그래서 싫다는 말 한 번 하지 않고 묵묵히 경사를 떠난 것이다.

이번 생은 인연이 다하여 이미 다른 사내의 여인이 되어버렸으니, 그저 가끔 깊은 밤 꿈에서 깨어나 멀리 황릉에 있는 자담이 무탈하길 기원할 수밖에……

휘주는 남북의 요충지에 자리했다. 사통팔달한 교통로와 편리한 수로를 갖추고 있어 예로부터 장사꾼이 몰리는 풍요로운 땅이었다.

이곳 날씨는 툭하면 비가 내리고 여름이면 후텁지근하며 겨울이면 음습하고 한랭한 경사와는 달라도 너무 달랐다. 사계절이 분명했고, 사시사철 눈부신 햇살이 대지를 비췄으며, 하늘이 쨍하고 깨질 듯 푸르고 맑았다.

오랜 세월 남북 양쪽의 백성이 끊임없이 이주해 들어와 어울려 산 까닭에, 이곳 사람들은 활달하고 질박한 북방 사람의 기질과 온화하고 기민한 남방 사람의 기질을 모두 지녔다. 또 온 나라에 기근이 들어도 천재지변이 이곳만 비껴간 듯 늘 풍요로운 편이었다.

휘주 자사 오겸(吳謙)은 아버지가 키운 문하생이자 지난날 세상에 이름을 떨치던 수재로 아버지가 몹시 아끼셨는데, 지난 4년 동안 휘주를 다스리면서 훌륭한 치적을 쌓았다. 내가 휘주를 찾은 이후 줄곧 오 대인은 나를 정성껏 돌봐주었다. 오 부인도 수시로 찾아오며 티끌만한 미흡함도 없게끔 성심을 다해 비위를 맞춰줬다. 나는 원래 여인네들이 뭔가를 바라고 권세에 빌붙어 아첨하는 것을 싫어했으나, 오 부인의 정성만은 차마 거절할 수 없었다.

오겸은 치적이 훌륭할 뿐 아니라 아버지가 이끌어주기도 하여 앞길이 창창한 터라 굳이 내게 이리 잘해줄 까닭이 없었다. 다만 슬하의 외동딸이 오랜 세월 부모를 따라 휘주에서 지낸 탓에 성년이 다 되도록 경사의 높은 가문 자제와 친분을 쌓지 못했다. 딸의 혼기가 차올수록 오씨 부부는 속이 바짝바짝 타들어갔다. 두 사람은 딸이 좋은 혼처를 찾아 경사로 시집가고 좋은 가문과 연을 맺기만을 바랐다.

부모는 자식을 이리도 걱정하는구나…….

나 또한 오 대인의 딸을 위해 좋은 혼처를 구해주고 싶었지만, 경사의 그 빈둥거리기만 하는 세가자제들 중에 누가 그나마 괜찮을지 판단이 서지 않았다.

요 이틀 성안의 가장 떠들썩한 구경거리는 단연코 '천연회(千鳶會)'였다.

봄날에 연(鳶)을 날리는 것은 원래 경사의 풍속으로 세가 여인들 사이에서 유행했다.

경사의 사족 여인들은 매년 삼사월이 되면 솜씨 좋은 장인을 찾아가 아름답고 화려한 연을 만들었다. 그리고 친척과 친구들을 초대해 교외로 나가 답청(踏靑, 청명절에 교외를 거닐며 자연을 즐기는 풍속)과 주연, 연날리기와 노래 감상을 즐겼다. 휘주에는 원래 이런 풍속이 없었으나, 내가 온 뒤로는 해마다 오 부인이 직접 나서 성안 명문가의 여인들을 모두 불러 모으고 4월 초아흐레에 경화원(瓊華苑)에서 천연회를 열었다.

금아는 그 여인들이 명사를 사귈 속셈으로 이런 허례허식을 벌인

다며 뒤에서 비웃었다.

하지만 나는 오 부인이 애써 이런 활동을 마련해준 덕분에 경사에 대한 그리움이 조금이나마 가신 것에 고마움을 느꼈다. 이러나저러나 그녀가 마음을 써준 것은 사실이었다.

휘주에서 하는 연날리기는 외딴 거처에 홀로 지내는 내게 크나큰 기쁨이자 위안거리였다.

예전에 경사에서 지낼 때는 오라버니가 가장 솜씨 좋은 장인에게 내 연을 만들게 한 다음, 자신이 가장 잘 그리는 사녀도(仕女圖)를 직접 그리고 내가 지은 시가(詩歌)를 써넣었다. 우리 두 사람은 하늘 높이 연을 띄우고 연이 제멋대로 날아가도 신경 쓰지 않았다. 우연히 이 연을 주운 사람은 귀한 보물로 여기고 사람들은 앞다퉈 높은 가격을 부르며 사들이려고 했는데, 당시 사람들은 이 연을 일러 '미인연(美人鳶)'이라 했다.

올해 오라버니는 뉘 댁 규수를 위해 미인연을 그릴까?

금아 말이 옳았다. 아무래도 집이 그립긴 그리운 모양이었다.

이 봄이 지나면 그만 집에 돌아가야 할 것 같았다.

4월 초아흐렛날, 경화원에서 봄놀이가 열렸다.

봄날의 꽃들이 흐드러지게 핀 가운데, 휘주에서 나름 신분과 지위가 있다는 가문의 규수는 모두 경화원에 모였다.

그 자리에 모인 젊은 여인들은 대부분 오 부인과 마찬가지로, 천연회에서 고운 자태로 예장왕비의 눈에 들어 높은 가문과 연을 맺을 생각으로 찾아온 것이었다.

그 여인들에게 나는 도저히 올려다볼 수 없는 귀인이자, 자신들의 운명을 단번에 바꿀 수 있는 사람이었다.

그녀들은 귀인이 자신들의 운명을 바꿔주길 간절히 바랐지만, 사실 나도 다른 사람이 정해준 운명을 살고 있음을 모르고 있었다.

나는 오 부인과 여러 귀부인의 시중을 받으며 경화원으로 들어섰다. 뭇 여인들이 허리를 굽혀 예를 표했다.

한번 슥 둘러보니, 봄날처럼 어여쁜 소녀들이 저마다 곱게 단장한 채 아름다움을 다투고 있었다.

3년 전의 나도 저렇게 어여쁘게 꾸몄더랬다. 날이면 날마다 머리 모양을 바꾸고 새 옷을 입어 궁 안 여인들이 다투어 따라 하는 것을 보고 흡족해했더랬다. 하지만 휘주에 온 뒤로는 갈수록 게을러져 연지고 분이고 장신구까지 다 거추장스럽기만 했다. 오늘 연회에 오면서도 유운(流雲) 무늬의 비단 심의(深衣, 윗옷과 치마가 이어져 몸을 감싸는 형태의 의복)를 입고 흰 비단으로 된 넓은 끈을 맨 채 머리는 아래로 쪽을 졌을 뿐이다. 완여 언니가 선물한 봉잠을 제외하고는 아무런 장신구도 달지 않았다.

그런 채로 활짝 핀 꽃 같은 여인들 사이에 있자니, 불현듯 이제 내 나이도 적지 않다는 생각이 들었다.

예를 행하고 나서 본격적으로 연회가 시작되었다. 음악이 울리자 비단 옷을 입은 무희들이 줄지어 나와 나풀나풀 춤을 추기 시작했다.

음악과 춤이 이어지는 가운데 정원에서 금가루가 뿌려진 진홍색 나비연이 바람을 타고 사뿐 날아올랐다. 그 모양이 몹시도 화려해 우아한 기품은 없었으나, 적잖은 품을 들인 것으로 보아 오씨 가문 금지옥엽의 솜씨가 분명했다.

나는 살며시 웃으며 말했다. "촉촉한 나비 날개가 석양빛 아래 은은히 빛나고 어여쁜 꽃을 찾아다니느라 항시 분주하구나!"

"왕비께 여식의 못난 솜씨를 보여 부끄러울 따름입니다." 오 부인은 고개를 숙이며 겸손하게 말했지만 그 얼굴에는 기쁜 기색이 역력했다.

그 말과 함께 노란 저고리를 입고 앉아 있던 소녀가 자리에서 일어나더니 나에게 사뿐히 절을 했다.

오 부인이 웃으며 말했다. "제 여식 혜심(慧心)이온데 오래전부터 왕비 마마를 흠모해왔습니다."

나는 미소를 머금고 고개를 끄덕였다. 그리고 그 소녀를 가까이 부르면서, 속으로는 예에 따라 무엇을 상으로 내려야 할지를 고민했다.

담황색 나삼(羅衫)을 입고 고개를 숙인 채 걸어오는 소녀의 자태가 몹시 고왔다. 그녀는 바람결에 하늘하늘 날리는 얇은 면사로 얼굴을 가리고 있었다.

남쪽 지방에는 출가하지 않은 여성이 외출을 할 때 면사로 얼굴을 가리는 오랜 풍속이 있다는 말을 들은 적은 있으나, 휘주에 아직까지 이런 풍속이 남아 있는 줄은 몰랐다. 오씨 가문의 여식도 면사로 얼굴을 가린 것을 보니, 아무래도 가정교육이 매우 엄한 모양이었다.

아무튼 그 소녀를 이리저리 살피며 쳐다보고 있는데, 문득 호각 소리가 들리더니 취록(翠綠, 남파랑을 띤 초록)색 제비연이 바람을 타고 정원 공중으로 솟구쳤다. 무척이나 민첩한 연이 이리저리 획획 나는 모양새가 마치 어린 제비가 숲을 드나드는 것 같았다. 그것을 자세히 살펴볼 틈도 없이 붉은 바탕에 금박 무늬가 있는 잉어가 날아올랐고, 이어서 선도(仙桃), 연꽃, 매미, 잠자리 등 수많은 연이 줄지어 날아오르며 삽시간에 온 하늘을 오색찬란하게 물들여 눈을 뗄 수 없는 장관을 선보였다.

사람들은 너도나도 고개를 들어 하늘을 올려다보며 탄성을 쏟아냈다.

오씨 가문 여식은 낭창낭창한 걸음으로 여린 버들가지가 바람에 한들거리듯 서서히 내 앞으로 다가와 사뿐히 절했다.

"참으로 어여쁜 낭자군요." 고개를 돌려 오 부인에게 웃으며 말을 건네는데, 그녀의 기색이 영 이상했다. 오 부인은 눈앞의 소녀를 뚫어지게 쳐다보며 무슨 말을 하려는 듯 입술을 달싹였다. 하지만 갑작스레 들려온 날카로운 호각 소리에 말소리가 묻히고 말았다.

그런데 이번에 들려온 호각 소리는 방금 전과 달리 귀를 찢을 듯 괴이한 소리를 냈다.

뜻밖의 상황에 놀라 시선을 들자, 정원 밖 동남쪽에서 회색빛 형체가 일어나 거센 바람을 타고 날아오르는 모습이 보였다. 자세히 보니 거대한 청색 연이었다. 참매 형상으로 활짝 펼친 두 날개의 길이가 한 장에 달해 사람보다 더 큰 그 연은 정원을 지나쳐 내 쪽으로 곧장 날아왔다.

느낌이 안 좋았다. 나는 곧바로 자리에서 일어나 뒤로 물러났다.

눈앞의 노란색 형체가 일순 흔들리더니 오씨 가문 여식이 앞으로 불쑥 다가왔다. 귀신처럼 날랜 몸놀림으로 손을 뻗어 내 어깨를 붙잡더니 다섯 손가락이 살 속으로 파고들 정도로 꽉 움켜쥐었다. 뼈가 부서질 듯한 통증에 순간적으로 몸에 힘이 빠졌다.

"넌 혜심이가 아니야! 누구냐?" 공포에 질린 오 부인의 날카로운 비명 사이로 노란색 저고리를 입은 소녀가 착수(窄袖, 좁은 소매)를 들추자, 서릿빛 검광(劍光)이 번뜩이더니 목에 차디찬 칼날이 닿았다. "다가오는 자가 있으면 왕비를 죽이겠다!"

그 말이 떨어짐과 동시에 청색 연이 거대한 그림자를 드리우며 날아들었다.

온 천지가 까마득한 어둠에 짓눌렸다.

나는 이를 악물고 발버둥 쳤지만, 그녀가 손바닥을 들어 내 목을 세게 내리치는 순간 극심한 통증과 함께 눈앞에 어둠이 내렸다. 정신을 완전히 잃기 전에 '군주!' 하는 금아의 외마디 비명이 어렴풋이 들렸고, 이어서 엄청난 힘에 몸이 붕 뜨더니 귓가로 쉭쉭 바람 소리가 들렸다.

하란 賀蘭

깜깜하고, 이리저리 흔들리고, 갑갑했다.

다그닥다그닥 울리는 말발굽 소리를 들으며 정신을 차렸다. 한바탕 악몽을 꾼 줄 알았는데 아니었다. 나는 옴짝달싹할 수 없는 상태였다. 입에 천이 물려 소리조차 낼 수 없었으며, 눈앞은 어두컴컴하니 빛 한줄기 보이지 않았다. 이건 꿈이야. 악몽을 꾸는 것이 분명해. 깨어나야 해. 어서!

컴컴한 어둠 속에서 어떻게든 눈을 부릅뜨려 애썼지만 여전히 아무것도 보이지 않았다.

사력을 다해 힘을 줘보았지만 사지에 힘이 들어가지 않고 손가락 하나 까딱할 수 없었다.

금방이라도 가슴을 뚫고 튀어나올 듯 쿵쾅쿵쾅 거세게 뛰는 심장 소리가 갑갑하고 캄캄한 공간 속에서 메아리쳤다.

숨이 턱턱 막혔고, 식은땀에 옷이 금세 젖어들었다.

이곳은 어디지? 나는 어디에 있지?

들리는 것이라곤 다급한 말발굽 소리뿐이었다. 때때로 삐걱삐걱 마찰음이 들렸고, 쉴 새 없이 이리저리 흔들렸다. '달리는 마차 안에 있는 것은 분명해. 앞뒤며 좌우가 다 널빤지로 된 길고 비좁은 상자

같은 것 안에 있는 듯한데…… 설마, 관?

죽은 사람이나 누울 관에 누워 있다는 생각이 들자, 갑자기 온몸에 한기가 돌면서 내가 아직 살아 있는 게 맞는지 의심이 들었다.

하지만 사지가 단단히 묶여 저릿저릿 아픈 것 말고는 달리 다친 느낌이 들지 않았다. 아직 죽지는 않은 모양이었다.

감히 누가 나를 해치려는 것일까? 아버지의 정적과 숙적일까? 아니면 역당의 무리일까? 나를 납치한다고 그들에게 어떤 이득이 있을까?

놀랍고 두려우면서도 성이 났다.

오만 가지 생각이 머릿속에 얼기설기 타래를 지으면서 온몸이 부들부들 떨리고, 두려움과 외로움이 덮쳐왔다.

칠흑 같은 어둠과 숨 막힐 듯한 답답함 속에서 미친 듯이 몸부림치기 시작했다. 결박을 풀려고 있는 힘껏 버둥거리던 나는 문득 부드럽고 따뜻한 물건에 부딪혔다. 아니, 물건이 아니었다. 사람…… 어두컴컴하고 비좁은 관 속에 나 말고도 한 사람이 더 있었다!

혼비백산한 나는 두려움에 질려 살려달라고 외치려 했다.

그때였다. "쉿."

옆에서 서늘한 목소리가 울렸다.

"조용히 해."

일순 나는 목석처럼 굳었다.

"자는데 깨우지 마. 다시…… 나를 깨우면……." 거기까지 말하고 멎은 목소리는 연신 숨을 몰아쉬며 괴이할 정도로 낮고 약해졌다. 뒤이어 갑자기 죽은 사람처럼 차디찬 손이 뺨을 어루만지는 느낌에 온몸이 벌벌 떨렸다.

그 손은 내 입술과 턱을 지나 목에 가 멈추더니 서서히 조여왔다. "네 목을 졸라버릴 거야."

누구지? 사람이야, 악귀야?

입술을 앙다물었지만 떨림은 잦아들지 않았다.

그때 어둠 속에서 기침 소리가 급하게 터져 나왔다. 옆에 누워 있는 사람은 곧 숨이 넘어갈 것처럼 기침을 해댔다.

이에 급하게 달리던 마차가 속도를 늦추는 듯싶더니 밖에서 근심 어린 목소리가 들려왔다. "소주(少主), 괜찮으십니까?"

그 말에 옆에 누운 사람이 갈라진 목소리로 버럭 소리를 질렀다. "누가 멈추라 했느냐! 달려라, 어서!"

마차는 곧바로 속도를 높여 날듯이 달리기 시작했다. 심하게 흔들리는 탓에 이리저리 부딪쳐 온몸이 아팠고 세상이 빙빙 도는 느낌도 들었다. 내 옆에 누운 악귀도 몹시 고통스러운 듯 낮게 신음했다. 얼음장 같은 손으로 내 몸 여기저기를 짚더니 극심한 고통을 참는 듯 내 옷깃을 꽉 붙들었다.

마치 한 마리 독사에게 친친 감긴 느낌이었다.

그 순간 춥고 허기지면서도 두렵고 불안하고 정신이 혼미했다.

마차는 잠시도 쉬지 않고 미친 듯이 달렸다. 나는 정신을 가다듬으려 애쓰며 밖에서 들려오는 소리에 귀 기울였다. 물소리, 사람들의 떠들썩한 소리, 비바람이 몰아치는 소리까지……. 그렇게 바깥의 소리에 집중하면서 까무룩 정신을 놓았다가 마차의 흔들림에 정신을 차리기를 반복했다. 얼마나 지났을까? 시간이 흐를수록 추위와 허기는 더해갔다. 정신이 몽롱한 가운데 곧 죽을 것만 같았다.

다시 깨어났을 때, 탁 소리와 함께 갑자기 눈부신 빛이 쏟아져 들어와 눈을 뜰 수 없었다.

"소주, 소주!"

"조심해! 어서 소주를 꺼내드려!"

어지러운 말소리와 형체들 속에서도 그들이 내 옆에 누워 있던 사람을 부축해 들어 올리는 것이 보였다.

나는 아직 정신이 혼미한 상태였는데, 누군가가 나를 일으켜 관에서 끌어내더니 차갑고 딱딱한 바닥에 내던졌다. 온몸이 부서질 듯 아프고 목구멍이 따끔거렸으며 옴지락거릴 기운조차 없었다.

"이 젊은 여자 상태가 이상한데? 곧 죽을 것 같으니 어서 전(田)씨를 불러와야겠어. 데려오자마자 숨이 끊어지면 안 되잖아."

"전씨는 지금 소주의 상처를 치료하고 있어. 토굴에 던져두고 나물죽이나 한 그릇 먹이면 죽지는 않을 거야."

말을 꺼낸 사람은 말투가 탁하고 무거운 것이 중원 사람 같지 않았고, 뒤이어 쌀쌀맞게 대답한 목소리는 놀랍게도 여인의 것이었다.

서서히 주변에 눈이 익으니 어렴풋하게나마 무너진 들보와 켜켜이 쌓인 먼지와 흙이 보였다. 아무래도 낡은 민가 같았다.

눈앞에는 체구가 제각각이나 하나같이 북방 유목민 차림을 한 사람들이 몇 명 서 있었다. 모전(毛氈, 솜털로 짠 모직물)으로 만든 모자에 가려 생김새는 분간할 수 없었다.

누군가 내 손을 묶어둔 끈을 풀고 입을 막은 낡은 천을 빼낸 뒤, 차가운 물 한 그릇을 뿌렸다.

몸이 부르르 떨릴 정도로 깜짝 놀라고 나니 어느 정도 정신이 들었다. 뒤이어 건장한 사내 둘에게 일으켜져 비틀거리며 어떤 문안으로 들이밀어졌다.

그들은 건초를 깔아둔 축축한 땅바닥에 나를 내던졌다.

잠시 후 또 한 사람이 들어와 바닥에 무언가를 내려놓더니, 곧 돌아 나가며 문을 닫았다.

나는 그대로 건초 더미에 엎드려 있었다. 온몸이 뻣뻣하게 굳고 꽁꽁 얼었으며, 마디마디가 다 저리고 기운이 하나도 없었다.

뭔가 기이한 냄새가 코끝에 와 닿자 갑자기 허기가 느껴졌다.

태어나서 처음으로 느껴보는 허기였다. 마치 수많은 원숭이가 폐부를 손톱으로 긁어대는 느낌이랄까?

세 발자국 멀리 떨어진 곳에 회색빛의 찐득찐득한 무언가가 반쯤 담긴, 이가 빠진 질그릇이 놓여 있었다.

기이한 냄새…… 곡식의 기이한 냄새는 바로 이 그릇에서 풍겨왔다.

폐부를 긁어대는 '원숭이의 손톱'이 더 급하게 움직였다. 나는 남아 있는 힘을 쥐어짜 몸을 일으키고 손을 쭉 뻗었다. 그러나 손가락은 아슬아슬한 거리만 남긴 채 그릇 언저리에서 멎었다.

눈앞이 점점 흐려졌다. 바닥에 엎드린 채로 사력을 다해 기어간 끝에 그릇에 닿았다.

나는 그릇에 담긴 찐득찐득한 음식을 크게 꿀꺽하고 삼켰다. 안 그래도 깔깔하던 목구멍을 거친 곡식의 껍질이 긁고 지나가니 몹시도 아팠다. 그대로 토해내고 싶었지만 자꾸만 속을 긁어대는 '원숭이의 손톱' 탓에 억지로 한입 또 한입 삼키자니 목이 메어 눈물이 나왔다.

입안에서 짜고 쓴 맛이 느껴진 것은 볼을 타고 흘러내린 내 눈물이 겨와 함께 목구멍을 넘어갔기 때문이다.

그릇이 바닥을 보이고 목구멍이 살살 아팠지만, 혀끝에서 사르르 퍼지는 곡식의 달큼한 맛이 지난날 맛본 그 어떤 산해진미보다 훌륭하게 느껴졌다.

한입 남은 마지막 쌀죽을 삼키고 손등으로 입술을 닦은 다음, 건초 더미에 가만히 엎드려 서서히 기력을 되찾고 제정신이 돌아오기를 기다렸다.

그제야 나는 세상에 살아 있는 것만큼 중요한 일은 없다는 사실을 깨달았다.

나는 살아남을 것이다. 살아서 이곳을 빠져나가, 살아서 집에 돌아갈 것이다.

내 마음속의 목소리는 끊임없이 나 스스로에게 다짐했다. 낭야왕 씨 가문의 여인이 연유도 모른 채 이런 토굴에서 죽을 수는 없다.

아버지와 오라버니가 틀림없이 나를 구하러 올 것이다. 자담이 나를 구하러 올 것이고, 고모가 나를 구하러 올 것이다. 또 어쩌면……예장왕도 나를 구하러 올 것이다.

예장왕.

그 이름이 머릿속에 떠오르자, 차갑고 자욱한 안개가 드리워진 듯 흐릿하던 눈앞에 한 형체가 어렸다. 군대를 치하하던 그날, 철갑을 걸치고 검은 투구에 흰 술을 단 채로 말을 채찍질하며 검을 들고 우뚝 선 모습이었다. 군마를 타고 오랑캐의 시신을 밟으며 깃발을 펄럭여 온 천지를 '소(蕭)' 자로 뒤덮는…… 전쟁의 신과 같은 그 사람은 내 낭군이자 천하를 정복할 수 있는 영웅이었다!

됐다. 천하를 평정할 수 있는 일세의 영웅 내 낭군에게 이깟 역당 몇몇을 물리치는 것쯤이야 식은 죽 먹기일 터!

축축하고 차가운 땅바닥에 엎드려 있는 가운데 순간 전율이 일더니, 마음속 깊은 곳에서 솟구친 강렬한 희구(希求)가 이내 힘으로 바뀌어 전신으로 퍼져 나갔다.

만약 예장왕의 부인이 다 죽어가는 짐승처럼 맨땅을 기고 있는 모습을 누군가가 본다면……. 안 돼! 약한 모습을 보여서는 안 돼. 이런 치욕을 당할 수는 없어. 문득 없던 힘도 생기는 듯했다. 나는 서서히 몸을 일으키고 뻣뻣하게 굳은 두 다리를 움직이며 벽에 기대어 앉았다.

이윽고 눈이 어둠에 익숙해지면서 토굴의 윤곽이 어렴풋이 보이기 시작했다.

이곳은 무척 음습했다. 하지만 끔찍하던 관에 비하면 고대광실이 부럽지 않았다.

적어도 바삭바삭 마른 건초 더미가 있었고, 천지가 흔들리지도 않으며 갑갑하지도 않았다. 또 독사처럼 음산하고 차갑던 그 사람이 달라붙어 있지도 않았다.

사람들에게 '소주'라고 불린 그 사람과 냉혹하게 목을 조르던 손을 떠올리니, 나도 모르게 몸서리가 쳐져 몸을 웅크린 채 건초 더미 속으로 파고들었다.

순간 집이 그리워 견딜 수가 없었다. 부모님이, 오라버니가, 자담이 너무 보고 싶었다. 나를 걱정하고 있을 가족의 이름과 얼굴을 하나하나 떠올릴수록 용기도 커져갔다.

마지막으로 떠올린 사람은 소기였다.

성루에서 멀리 바라본 그 형체가 가장 든든한 버팀목이 되어주었다.

문득 걷잡을 수 없는 피로가 몰려왔다. 정신이 혼미한 가운데, 청삼을 걸친 채 자등나무 꽃 아래 기품 있게 선 자담이 뻗어오는 손을 보았다. 그 손을 잡고 싶었지만 도무지 닿지 않았다. 아니, 꼼짝도 할 수 없었다.

나는 애타게 외쳤다. "자담, 이리 와. 어서 내 곁으로 와줘!"

자담이 다가왔다. 한 발 한 발 거리는 가까워지는데 얼굴은 안개 속에 묻혀 점점 모호해졌고, 몸에 걸친 청삼은 어느 순간 차디찬 빛을 발하는 갑옷으로 바뀌었다.

놀란 나는 황급히 뒤로 물러섰다.

그는 검은빛의 거대한 용처럼 사나운 말 등에 앉아 있었고, 군마는 성난 콧구멍을 벌름거리며 불길을 내뿜었다.

말 등에 탄 사람이 몸을 기울여 손을 뻗어왔지만 얼굴은 또렷하지 않았다.

깊은 잠에서 막 깨어났을 때였다. 자물쇠 돌아가는 소리가 들리더니 누군가가 나를 세게 잡아당겼다.

그 사람은 나를 토굴 밖으로 끌어내 다 쓰러져가는 나무 집으로 끌고 갔다. 거기에서 그날 노란 저고리를 입고 있던 고운 자태의 '오혜심'을 다시 보았다.

그녀는 두꺼운 솜두루마기에 모전으로 만든 모자를 쓴 남장 차림이었다. 아리따운 생김새와 달리 표정은 몹시 간악했다. 그리고 뒤에 서 있는 장대한 기골의 사내들보다 신분이 더 높아 보였다.

하나같이 건장한 체구를 가진 사내들은 목이 높은 장화를 신고 검을 찼으며, 구불구불한 구레나룻을 기르고 머리를 땋고 있었다. 겉모습만 보아도 중원인이 아님을 알 수 있었다.

내가 그녀를 똑바로 쳐다보자 '오혜심'은 사납게 노려보며 외쳤다. "주제 파악도 못 하는 천한 년!"

나는 그녀의 말을 무시한 채 시선을 돌려 방 안을 둘러봤다. 창과 문은 굳게 닫혀 있고 비딱하게 기울어진 탁자와 의자 말고는 아무것도 없는 것으로 보아 버려진 민가 같았다. 안쪽에 문이 하나 있었는데, 가리개가 빈틈없이 쳐진 안쪽 방에서 코를 찌르는 약 냄새가 풍겨왔다.

지금이 낮인지 밤인지 알 수는 없었으나, 바깥에서 날카로운 바람 소리가 들려왔다. 중원에 이런 바람이 불 리 없으니 이곳은 아마도 북쪽 변경 어딘가일 것이다.

뒤쪽에 있는 누군가가 나를 미는 바람에 비틀거리며 그 문 앞으로 몇 걸음 옮겼다.

"소주, 데리고 왔습니다."

"들여보내." 익숙하면서도 싸늘한 목소리가 들려왔다.

등이 굽고 수염을 기른 노인이 가리개를 들어 올리더니 나를 머리 끝에서 발끝까지 훑어보았다.

방 안쪽은 더 어두컴컴했다. 바로 마주 보이는 구들장 위에 어떤 사람이 반쯤 몸을 일으킨 채로 누워 있었다.

약초 달인 냄새가 온 방에 가득했다. 그 사이로 그날 관 속에서 맡은, 죽음을 연상시킨 차디찬 냄새가 섞여 있었다.

뒤쪽에 선 노인이 가만히 물러 나가더니 다시금 가리개를 내렸다.

구들장에 누운 사람은 부상을 입은 것인지 병이 든 것인지, 두꺼운 목화솜에 둘러싸여 아랫목에 기댄 채 나에게 차가운 시선을 던졌다.

"이리 와." 낮고 약한 목소리였다.

나는 손을 들어 머리를 매만진 다음, 천천히 그의 침상 앞으로 걸어가면서 두려운 기색을 내비치지 않으려고 애썼다.

창틈으로 새어 들어오는 희미한 빛을 따라 새까맣고 차가운 두 눈동자가 내 시야에 들어왔다.

생각 밖의 젊고 준수한 사내였다. 얼굴은 백지장처럼 창백했고, 얼굴선은 깎아낸 듯 날렵하고 긴 눈썹이 비스듬히 위로 날아올랐다. 꽉 다문 얇은 입술에는 핏기 하나 없었지만 형형한 두 눈만은 바늘 끝처럼 서슬이 퍼랬다. 그 눈이 내게 향하니 마치 얼음 침에 찔린 것만 같았다.

이렇게 생긴 이가 바로 나를 납치한 비적의 두목이자 관 속에서 내 옆에 누워 있던 그 흉악한 악귀였다.

그의 눈빛이 내 몸을 거침없이 훑었다.

"마차에서 만져본 네 몸이 하도 부드러워 어찌 생겼나 보고 싶었다. …… 과연 천하절색이구나. 소기가 여복이 있군." 요사스러운 눈빛과 창기에게나 쓸 법한 말투라니. 그리하면 날 모욕할 수 있을 줄 알았나?

나는 이 비열한 작자에게 경멸의 눈빛을 보냈다.

그는 멸시가 담긴 내 눈빛을 마주하며 소름 끼치는 웃음을 지었다. "여기 누워서 내 몸 좀 따뜻하게 데워줘. 이곳은 너무 춥거든."

나는 역겨움을 꾹 참으며 냉담하게 말했다. "황천길을 눈앞에 둔 터라 아녀자를 욕보이는 것 말고는 할 수 있는 일이 없는 모양이군."

내 말에 그의 표정이 굳었다. 창백하던 얼굴이 분노로 붉게 달아오르더니, 돌연 구들에서 몸을 뻗어 귀신같이 빠른 손놀림으로 나를 잡아채려 했다.

그의 손가락은 내 목에 거의 닿을 만한 거리까지 뻗쳐왔다.

나는 황급히 몸을 뒤로 물렀다.

기력이 쇠한 그는 구들 가장자리를 짚고 몸을 구부리더니, 숨을 헐떡이며 기침을 할 정도로 웃어댔다. 그가 입고 있는 스산한 백의 위로 금세 선홍빛 핏자국이 점점이 번졌다. 그는 흡사 피를 뒤집어쓴 귀신 같았다.

"담이 꽤 크구나."

매서운 눈을 들어 올려 전혀 삼가는 기색 없이 무엄하게 나를 노려보는 그의 눈빛에는 경멸과 음미만이 담겨 있었다.

"과찬이오." 나는 고개를 빳빳이 들고 그와 눈을 마주쳤다.

그는 여전히 웃고 있었지만 웃음 사이로 점차 음산함이 서렸다. "너는 고양의 앞의 쥐 신세다. 아무리 말솜씨가 좋은 쥐라도 결국에는 고양이의 먹이가 될 뿐이니, 어떻게 죽는 것이 좀 더 재미있을지 고민해봄이 어떠하냐? 옷을 벗겨 말뚝 위에 걸어두어 모래바람에 피부가 찢기고 살이 터져 죽게 하는 것이 나을까? 아니면 한밤중에 늑대 굴에 던져 넣어 늑대들이 한 입 한 입 그 살을 물어뜯게 하는 것이 좋을까? …… 그렇지, 늑대는 여인을 먹을 때 얼굴부터 먹어 결국에는 머리카락이 달린 머리 가죽만 남기는데, 난 그것이 참 마음에 들더군."

폐부가 울렁거리고 등줄기가 서늘해졌다. 나는 이를 악물고 아무렇지 않은 척 여상한 말투로 느릿느릿 입을 열었다. "다 마음에 들지 않는군. 나를 죽이려거든 내 지아비 앞에서, 예장왕이 지켜보는 앞에서 직접 죽여라."

그의 냉소가 입가에서 굳어졌다. 그는 무시무시한 눈길로 나를 바라보며 입을 열었다. "내가 그를 두려워할 줄 아느냐?"

"네가 나를 북방으로 납치한 목적이 바로 그것이지 않느냐?" 나는 핏기 하나 없는 얼굴이 노기로 일그러지는 것을 경멸의 눈으로 바라보며 십중팔구 내 추측이 들어맞았음을 깨달았다. 그는 소기의 적이 분명했다. 그가 소기의 이름을 입에 올릴 때, 원한에 찬 목소리로 이를 갈았기 때문이다. 나만 해칠 생각이었다면 천연회에서 단칼에 죽일 수 있었을 텐데, 굳이 관에 숨기기까지 하면서 변경 근처 북방으로 데려왔다. 그의 목표는 내가 아니라 소기가 분명했다.

아마 나는 소기를 꾈 인질이나 미끼일 것이다.

"내가 꽤 쓸모가 있을 테니 당장은 죽이면 안 되겠지."

나는 담담하게 걸음을 뒤로 물렸다. 낡은 의자 앞에 이르러 의자에 쌓인 먼지를 털어내고 털썩 앉았다.

그는 마치 사냥감을 살피는 맹수처럼 눈을 가늘게 뜨고 날카로운 시선을 보냈다.

그 눈빛을 마주하자니 두 팔의 살갗이 서늘해졌다.

"네 말이 맞다. 넌 꽤 쓸모가 있어. 하지만 어찌 쓸지는 내 마음이지."
악랄하게 웃는 그의 시선이 내 머리끝부터 발끝까지 훑고 지나갔다.

나는 말없이 주먹만 움켜쥐었다. 마음 깊은 곳에서 분노가 치솟았다.

"영웅 행세를 하는 네 낭군이, 제 손으로 그 씨를 말리고 개돼지처
럼 학살한 하란(賀蘭)족 사람에게 제 왕비가 정조를 잃었다는 사실을
알게 된다면……." 그의 눈 속에 도깨비불 두 덩이가 일렁이고 입가
에 비릿한 미소가 떠올랐다. "대장군 소기의 기분이 어떨 것 같으냐?"

날벼락을 맞은 기분이었다.

하란, 그의 입으로 자신이 하란족이라고 했다.

하란씨, 세인들의 기억에서 거의 잊힌, 소기가 제 손으로 강토에서
지워버린 부족이었다.

백여 년 전, 힘없는 유목 민족이었던 하란부는 점차 세력을 키워
스스로 영토를 일구고 하란국을 세웠다. 하란국은 해마다 우리나라
에 공물을 바치고 통상을 해왔다. 수많은 하란족 출신이 중원인과 혼
인하고 점차 중원의 예교(禮敎)를 받아들이면서, 언어와 예의도 중원
과 다를 바 없어졌다.

그러나 도처에서 전란이 일어난 틈을 타고 돌궐이 침략하자 하란
국은 제 나라를 지키기 위해 돌궐에 귀순했다. 그러고는 우리나라의
진수사(鎭守使)를 참살하고 중원의 행상을 죽이고 약탈함으로써 우리
의 적국이 되어버렸다.

이후 돌궐은 수년간 북방 변경을 차지했으나, 삭하 전투에서 소기
에게 무참히 패하고 3년을 대치한 끝에 결국 대막(大漠, 고비 사막)으로
쫓겨 갔다.

그 전투에서 하란 왕은 소기의 투항 권고를 거절하고 소기의 서신을 전한 사자를 죽였다. 그러고는 돌궐 편에 서서 출병해, 우리 군의 군량과 마초를 운반하는 길목을 지키고 있다가 습격해 모조리 불태웠다. 당시 영삭장군 소기는 크게 노해 정예병 1만만 데리고 하란 왕성을 포위해서 수원과 식량을 끊었다. 다급해진 하란 왕은 돌궐에 원군을 요청했다. 그러나 돌궐은 소기의 주력군에 쫓기며 맹렬한 공격을 받고 있던 터라 하란의 사정까지 돌볼 여력이 없었다.

하란 세자(世子)는 대세가 기울었음을 깨닫고 반란을 일으켜, 자신의 부왕을 겁박해 자진케 하고 성문을 열어 소기에게 투항했다.

하란족의 투항을 받아들인 소기는 세자를 새로운 왕으로 세웠다. 하란의 새 왕은 우리나라에 충성을 맹세했다.

이후 소기는 하란성에 주둔할 수장(守將)을 남긴 채 곧바로 군대를 이끌고 북쪽으로 향해 돌궐을 협공했다.

그러나 하란씨 왕족은 소기가 떠나자마자 다시금 반란을 일으켜 수장을 죽였다. 그리고 철기군 1만만 데리고 대막으로 떠난 소기를 돌궐과 연합해 공격하려고 했다. 그러나 그들은 소기의 최정예 군사를 얕봐도 한참 얕본 것이었다. 하란족이 온 나라의 군사력을 다 끌어모아 5만 군사를 이끌고 떠났지만, 하란의 군대는 이틀 밤낮으로 혈전을 치른 끝에 소기의 1만 정예군에게 거의 몰살당했고, 살아남은 군사 5천만이 왕성으로 패주했다. 새 왕은 다시금 항복을 청했으나, 소기는 사신이 바친 투항서에 눈길조차 주지 않았다. 소기는 곧바로 성문을 부수고 들어가 하란 왕족 3백여 명을 모조리 죽였다. 그리고 맹약을 저버린 배덕 행위에 대한 벌로 새 왕의 목을 직접 잘라 열흘 동안 성문에 걸어두었다.

나는 대막에서 벌어진 이 피비린내 나는 학살의 전모에 대해 속속들이 다 기억했다.

황상께서 사혼을 명한 뒤, 아버지는 사람을 시켜 수년간 조정에서 소기의 전공을 치하한 문서를 모조리 베끼게 했다. 내게 보여주기 위해서였다.

아버지의 고심을 알기에 나는 한 글자도 허투루 넘기지 않았다. 한 번 본 것은 결코 잊지 않는 타고난 기억력이 없더라도, 손에 땀을 쥐게 하는 그 놀라운 이야기들을 잊기는 어려울 터였다. 지금까지 소기의 얼굴을 본 적도, 그의 목소리를 들은 적도 없지만 그가 평생 겪은 크고 작은 전투는 두 눈으로 직접 본 것처럼 잘 알고 있었다.

"왕비께서는 당신 낭군의 그 혁혁한 전공들이 어찌 세워졌는지 아는가? 예장왕의 영예가 얼마나 많은 원혼과 백골을 쌓으며 이루어졌는지 아는가 말이다." 살아남은 하란씨의 한 명일 그는 몸을 기울여 나를 노려보았다. 번뜩이는 칼날 같은 눈빛과 핏기 하나 없는 창백한 얼굴이 무섭기까지 했다. "나라가 망하는 날, 3백여 명이나 되는 왕족이 모조리 죽임을 당했다. 갓난아이조차 살려두지 않았지! 백성들은 모조리 그놈의 말발굽에 짓밟혔다. 개미 새끼들처럼 짓밟혀 죽었단 말이다!"

나는 입술을 꽉 다문 채 미동조차 하지 않았다. 손발은 차디차게 얼어붙는데 귀 뒤쪽에서 뺨으로 뜨거운 열기가 번졌고, 눈앞에 핏물이 강을 이루는 참혹한 전경이 펼쳐졌다.

성을 점령하고 부족을 멸했다는 이야기를 글로 읽을 때는 그저 무섭기만 했다. 그런데 정신이 나간 듯 쏟아내는 피맺힌 절규를 직접 들으니, 차디찬 심연에 처박힌 것만 같았다.

그의 두 눈 밑에서 타오르는 원망과 독기 서린 불덩이들이 곧장 내게로 덮쳐왔다. "금지옥엽이신 왕비께서는 아비 잃은 아이들과 지아비 잃은 아녀자들이 얼어 죽고 굶어 죽고 길가에 고꾸라져 죽어 그 시체마저 들짐승에게 뜯기는 광경을 본 적이 있는가? 백발의 노인이 비참하게 죽은 아들과 손주를 제 손으로 묻는 것을, 마을이 눈 깜짝할 사이에 불바다로 변한 것을 본 적이 있는가? …… 나라가 망하고 가족이 죽어가는 광경을 두 눈 뜨고 지켜보는 심정을 아는가?"

"세상에서 가장 끔찍하고 고통스러운 일일 테지." 나는 떨리는 목소리를 가다듬고 눈을 감아 눈앞에 펼쳐진 핏빛 환영을 몰아내며 천천히 입술을 떼었다. "그때 하란 왕이 맹약을 어기지 않았다면 나라가 망하고 비참한 화를 당할 일이 없었을 것임을 알고 있다."

순간 옷자락이 일으킨 바람이 느껴지더니 눈앞이 캄캄해졌다. 어느 틈에 구들장에서 벗어난 그가 실성한 사람처럼 덮쳐오며 나를 의자 깊숙이 짓눌렀던 것이다.

그는 내 목을 꽉 조이며 온몸으로 눌러왔다. 딱딱한 의자 등받이에 맞닿은 등이 끊어질 것처럼 아팠다.

목을 졸리니 움직이기는커녕 숨조차 쉴 수 없었다. 고통에 찬 비명도 지를 수 없었다.

그 와중에 시뻘겋게 충혈된 두 눈이 숨결까지 느껴질 만큼 가까이 다가왔다.

"네 말인즉 어엿한 하란 왕족이 가만히 앉아 죽기만을 기다렸어야 하는데 반항을 했으니 죽어 마땅하다는 뜻이냐?" 그가 노성(怒聲)을 터트리며 두 손에 힘을 주자 숨이 막혀 죽을 것만 같았다. 순간 낡은 나무 의자가 위에서 가해지는 무게를 견디지 못하고 우지끈 소리와 함께 부서졌다. 나는 그와 함께 땅바닥에 쓰러졌다.

그 틈에 그의 손아귀에서 벗어난 나는 숨을 헐떡이며 몸을 일으키고는, 손에 잡히는 대로 나무 막대기를 들어 그를 향해 내리쳤다.

"천한 것!" 그는 나를 힘껏 잡아당겨 벽에 밀어붙이고 몸을 붙여왔다.

나는 온몸이 뻣뻣하게 굳는 가운데 어디서 그런 힘이 나왔는지 두 팔꿈치를 들어 올려 몸 앞을 막고 그의 가슴을 들이받았다.

그가 컥 소리를 내면서 내 몸을 누르던 힘을 풀었다.

나는 바닥에 쓰러져 그가 비틀거리며 뒤로 물러나는 것을 바라봤다. 가슴을 짚은 손 사이로 보이는 백의에서 붉은 핏줄기가 번졌다.

그가 매섭게 나를 노려봤다. 백지장처럼 창백한 얼굴로 몸을 부들 부들 떨며 돌연 피를 내뿜으니 입가가 시뻘겋게 물들었다.

내 옷자락에 점점이 붉은 핏방울이 뿌려졌다.

나는 손으로 입을 가리며 비명을 삼키고 나서 놀란 걸음을 창문 밑 까지 물렸다. 가슴이 세차게 두방망이질해댔다.

그는 구들 가장자리에 기대 허물어지듯 쓰러지면서 입을 벌렸지만 소리는 내지 못했다.

문밖의 시선은 가리개에 막혀 있었다. 설령 방 안의 기척이 들렸다 고 하더라도 그가 나를 모욕하는 소리와 내 옷자락이 찢어지는 소리, 의자가 넘어지고 내가 몸부림치며 헐떡이는 소리만 들렸을 것이다. 이 순간 방으로 뛰어들어 그들이 모시는 소주의 '좋은 일'에 초를 치 는 자는 없었다.

창문은 단단히 못질이 되어 있었지만 구들 위에는 비수가 하나 놓 여 있었다.

나는 일말의 망설임도 없이 곧바로 뛰어가 비수를 손에 쥐었다. 칼 집에서 빠져나와 시린 빛을 번뜩이는 것이 바다 밑 정철(精鐵)로 만든 오라버니의 보검과 다를 바가 없었다.

이를 악물고 비수를 휘둘렀다. 쇠도 두부처럼 자를 듯 날카로워 보 이는 칼날을 휘두르자 두세 번 만에 창문이 짜개졌다.

그때 구들 옆에 쓰러져 있던 그 사람이 누군가를 부르려는 듯 급히 숨을 몰아쉬며 입을 벌렸다.

다급한 마음에 몸을 돌려 그에게 다가간 다음 손에 쥔 비수를 들어 그의 가슴에 칼끝을 댔다.

병이 깊어 반항할 기운도 없는 그의 목숨을 취하는 것은 손놀림 한 번이면 충분할 일이었다.

나는 입술을 꽉 깨물고 손을 벌벌 떨며 원망과 독기는 있을망정 두려움이라곤 없는 눈빛을 마주했다.

그의 가슴팍 옷자락에 스며들던 핏자국은 이미 크게 번져 있었고, 목에서는 낮게 잠긴 신음 소리가 새어 나왔다. 허약한 몸뚱이는 고통에 못 이겨 갓난아이처럼 움츠러들었고, 얼굴색은 투명하리만치 창백해졌으며, 새카만 눈동자에는 내 손에 들린 비수가 비쳤다. 죽음을 앞에 둔 상황에서도 그의 눈 속에는 들불처럼 커져가는 증오만이 담겼을 뿐, 연약함이나 두려움 따위는 찾아볼 수 없었다. 악인이지만 그 용기만은 탄복할 만했다.

아니, 그는 악인인가?

그를 칼로 찌르려던 순간 망설여졌다.

어엿한 왕족이 가만히 앉아 죽기만을 기다렸어야 하는데 반항을 했으니 죽어 마땅하다는 뜻이냐는 그의 말이 떠올랐다.

그가 내게 타민족 잔당이듯, 나 또한 그에게 민족이 다른 불구대천의 원수이지 않겠나?

왕족이든 백성이든 결국은 한 목숨일 뿐이었다.

손에 든 비수를 서서히 내려놓고 얼음처럼 시린 그의 눈을 보고 있자니 문득 딱하고 가여웠다.

그 또한 멀쩡히 살아 있는 사람이었다.

타민족 오랑캐이나 고고하고 청정하기까지 한 아름다운 용모를 지녔다. 눈서리 같은 이 고고함과 청정함은 내 마음 깊은 곳에 자리한 사람이 내게 남긴 가장 깊은 인상이었다. …… 자담, 자담, 지난날 병중에 있던 그도 이 사람처럼 병약하고 무력했다.

이 사람의 날카로운 눈빛은 눈서리 같은 자담의 눈빛과 겹쳐져 내 마음속 가장 약한 곳을 찔렀다.

됐다. 관두자.

나는 비수를 가로로 뉘어 그의 목에 갖다 대며 입술을 악물었다. "예장왕이 네 부족을 죽인 것은 나라를 위해 적을 없앤 것뿐이니 그에게는 잘못이 없다. 네가 네 나라의 복수를 하는 것도 잘못이 없다. 그러니…… 널 죽이지 않겠다."

그는 가만히 나를 응시했다. 처절하던 눈동자에 문득 비탄과 망연함이 깃들었다.

부서진 창문을 밀어젖히자 북풍 한줄기가 들이닥쳤다.

밖은 누런 풀들이 어지럽게 자라 있는 목초지였다. 다시금 이를 악물고 조심스럽게 부서진 창문 틈으로 몸을 들이민 다음, 그대로 뛰어내렸다.

푹신한 풀 무더기 위로 떨어졌다가 비틀비틀 일어나자마자 미친 듯이 달리기 시작했다. 그러나 얼마 가지 않아 옷고름에 발이 걸려 바닥에 엎어지고 말았다. 눈앞이 캄캄할 정도로 무릎이 아팠다.

그런데 캄캄한 어둠 사이로 눈처럼 새하얗게 빛나는 칼날이 보였다. 심장이 다시 쿵 하고 심연으로 떨어졌다. 나는 이를 악물며 느릿느릿 일어나 앉았다.

"밖에 있는 십수 명이 다 눈뜬장님인 줄 알았더냐? 마음만 먹으면 도망칠 수 있을 줄 알아?" 굵고 탁한 사내의 목소리가 껄껄 웃어젖혔다.

그가 손을 뻗어 나를 끌어당겼다.

그에게서 고개를 돌리며 차갑게 내뱉었다. "내 몸에 손대지 마라. 내 발로 직접 갈 것이니."

"허, 성깔 있는 계집일세!" 그 사내는 다시 손을 뻗어 나를 잡으려고 했다.

나는 홱 고개를 쳐들고 차갑게 노려보며 외쳤다. "무엄하다!"

내 일갈에 그는 순간 얼이 빠졌다.

나는 몸을 일으켜 태연히 옷매무새를 가다듬고는, 뒤로 돌아 방금 전 도망친 그 방으로 걸어갔다.

안으로 발을 들이고 제대로 서기도 전에 눈앞에 사람 형체가 흔들하더니 귓가에 짝 소리가 울렸다. 뺨이 금세 홧홧하니 달아올랐다.

그 남장 소녀가 내 뺨을 후려친 것이었다. "천한 것이 감히 소주께 무례를 범하다니. 그러고도 살기를 바라느냐!"

눈앞이 캄캄해지고 입안에서 피비린내가 느껴졌다. 이를 악물고 마주 노려보는데 귓가가 윙윙 울렸다.

소녀가 재차 손을 올렸을 때, 불호령이 떨어졌다. "멈춰라, 소엽(小葉)!"

등이 굽고 수염을 길게 기른 노인이 문 뒤에서 가리개를 들어 올리며 나타나 무거운 목소리로 말했다. "소주께서 해하지 말라는 분부를 내리셨다."

"소주께서는 어떠십니까?" 소녀는 내게 신경 쓸 겨를도 없이 노인을 잡아끌며 다급히 물었다.

노인은 담담한 눈으로 나를 슬쩍 볼 뿐 물음에 대답하지 않았다.

나는 다시 토굴에 갇혔다.

이번에는 도망치지 못하게 할 요량인지 손과 발을 굵은 밧줄로 꽁꽁 묶었다.

토굴 문이 쿵 하고 닫혔다. 칠흑 같은 어둠 속에서 나는 쓴웃음을 지었다.

도망쳐도 소용없음을 진작 알았다면, 차라리 단칼에 그 사람을 죽여 내 목숨 값이라도 받을 것을······.

하룻밤이 지났다. 소엽이라고 불리던 남장 소녀가 나를 끌어내 후원으로 데려가더니 유르트로 밀어 넣었다.

그곳에는 김이 모락모락 오르는 따뜻한 목욕물과 깨끗한 무명옷이 준비되어 있었다. 생각지도 못한 호사였다.

나는 흡족한 마음에 긴 한숨을 내쉬었다. 저들이 무슨 목적으로 나를 잡아두었든 따뜻한 목욕물 하나로도 충분히 기꺼운 마음이 들었다.

나는 깨끗한 옷으로 갈아입고 젖은 머리를 말려 쪽을 찐 다음, 산뜻한 기분으로 유르트를 나섰다.

소엽 낭자는 말없이 다가와 다시 내 두 손을 묶었다. 유난히도 밧줄이 바짝 당겨진 듯했다.

나는 아픔을 참으며 미소를 지었다. "그대에게는 남장보다 그날 입었던 노란색 저고리가 훨씬 잘 어울리네요."

그녀는 얼굴을 굳히며 내 겨드랑이 밑을 세게 꼬집었다.

고모는 여인을 괴롭히는 방법을 더 잘 아는 이는 사내가 아니라 여인이라고 했다.

나는 다시 그 소주라는 사람의 방으로 끌려갔다.

침상에 기대 누운 그의 얼굴빛은 전보다 더 파리했다. 잠시 내 얼굴을 바라보던 음침한 눈길이 이내 내 손으로 향했다.

"누가 너를 묶은 것이야?" 그가 미간을 찡그렸다.

"가까이 와." 그는 몸을 앞으로 내밀며 손을 뻗어 내 손목에 묶인 밧줄을 풀었다. 쇠꼬챙이처럼 깡마른 긴 손가락에서는 온기가 느껴지지 않았다.

"멍들었군." 그가 내 손목을 쥐었다.

나는 그에게 잡힌 손을 빼내고 한 발짝 물러나며 냉담한 눈길을 보냈다.

그도 한동안 가만히 나를 바라보더니 눈을 가늘게 뜨며 물었다. "날 죽이지 않은 것을 후회하는가?"

"상관없소. 또 기회가 있을지 모르니." 나는 그가 능청을 떨면서 또 어떤 새로운 방법으로 나를 모욕할지를 기다리며 미소 지었다.

그가 목청껏 웃었다. "소기는 그 손에 묻힌 피가 천하를 덮고도 남을 텐데 그의 왕비는 어질기가 보살이 따로 없으니 재미있구나. 참으로 재미있어!"

나는 빙그레 웃으며 말했다. "장군이라면 마땅히 나라를 위해 적을 죽여야 하오. 내 비록 손에 피를 묻히고 싶지는 않으나, 어쩔 수 없는 상황이라면 굳이 마다하지 않소."

그가 차갑게 웃었다. "그대는 이토록 낭군 편을 드는데 예장왕은 여인을 아낄 줄 모르니 안타깝군. 이같이 아름다운 여인을 3년이나 독수공방하게 하다니 말이야."

혹여 그가 낭패한 기색을 읽을까 봐 입술을 앙다물며 마음속의 수치심과 분을 억누르고 차갑게 쏘아붙였다. "집안일에 어찌 외부인이 말을 섞는 것이오!"

"천하가 다 왕비의 억울한 사정을 아는데 구태여 체면을 세울 까닭이 있는가?" 그가 고소하다는 듯 웃었다.

"그대는 내가 아닐진대 어찌 내가 억울하다 생각하시오?" 나는 눈썹을 치키며 웃었다. "내 낭군은 나라를 위해 전장을 누비는 떳떳한 영웅이오. 누구처럼 정정당당하지 못하게 아녀자나 괴롭히는 자가 아닌데 억울할 게 뭐 있겠소?"

순간 그의 눈에 시린 빛이 들며 만면에 노기가 떠오르고 웃음에 악랄함이 스몄다. "기꺼이 낭군에게 버림받기를 원하다니, 참으로 비천하군!"

화가 머리끝까지 치솟았지만 도리어 웃으며 말했다. "적에게 이런 아내가 있다고 질투할 것 없소."

번득이는 눈빛으로 나를 노려보는 그의 가슴이 위아래로 오르내리는 것이 꼭 극에 달한 분노를 억누르는 듯했다. "꺼져. 내 눈앞에서 사라지라고!"

위험천만한 길을 가다

나는 여전히 토굴에 갇힌 채 낮에는 그의 방으로 끌려가 시중을 들었다.

시중이라 하였지만 약을 올리고 물을 건네는 것 말고는 그저 구석에 가만히 앉아 그의 말이나 들으면서 수시로 모욕을 당하는 것이 전부였다.

나는 쓸데없는 반항을 하지 않고 묵묵히 시키는 대로 따르면서 도망칠 기회를 엿보았다.

그의 병세는 수시로 오락가락했다. 성정도 변화무쌍해 때로는 내가 원수의 아내라는 사실을 잊은 듯 그저 조용히 대수롭지 않은 화제를 들먹이며 말을 걸었고, 또 때로는 몹시 침울해져 버럭 화를 내며 툭하면 수하들을 질책하고 심한 벌을 내렸다.

깊은 잠에 빠졌을 때는 마치 딴사람처럼 가끔 잠꼬대를 중얼거리며 무력하고 여린 모습을 내보였다.

그런데도 그의 수하들은 충성스럽기 그지없었다. 아무리 그가 질책해도 불평 한마디 없었으며 공손하기 이를 데 없었다.

수하들이 그러든 말든 그 사람은 거만하고 예민하기가 이루 말할 수 없을 정도였고, 사람들이 자신을 동정하는 것을 끔찍이 싫어했다.

곁에 있는 사람이 좋은 마음으로 더 살뜰히 보살피면 자신을 동정한다고 생각해 버럭 성을 냈다.

세찬 바람에 창호지가 금방이라도 찢어질 듯 직직거렸다. 바람 소리는 갈수록 날카롭고 거세졌다.

날짜를 셈해보니 벌써 이레가 지났다. 이곳이 어딘지는 모르나 춘사월임에도 수시로 세찬 바람이 불었고, 요 이틀 사이에는 폭풍우가 휘몰아쳤다. 차디찬 바람이 쉭쉭 들이쳐 대강 고쳐둔 창문이 흔들리는 듯했다. 창문을 꽉 닫으려고 손을 뻗는 순간 그만 소매가 나무오리에 걸려버렸고, 힘껏 끌어당기다가 나무 가시에 긁히는 바람에 손등에 피가 났다.

"아직도 도망갈 생각을 하나?"

그는 언제 깨어났는지 구들에 기대 누워 비스듬히 흘겨보고 있었다. 아마 내가 또 창문을 부수고 도망치려는 줄 알았던 모양이다.

대답하는 것도 귀찮아 있는 힘껏 창문을 꽉 닫고 미간을 구긴 채 핏방울이 새어 나오는 상처를 바라봤다.

"이리 와!" 그가 버럭 소리쳤다.

내키지 않는 걸음을 옮겨 그에게서 한 발 떨어진 곳에 조심스럽게 섰다.

그는 내 손을 붙잡아 한 번 보더니, 갑자기 고개를 숙이고 입을 벌려 상처에서 새어 나오는 피를 빨기 시작했다.

사내의 입술에서 전해진 온기가 손등에 닿자, 나는 깜짝 놀라 화급히 손을 거두고는 무의식적으로 손을 털었다.

그는 얼굴을 굳히며 나를 쏘아봤다. "호의도 모르는군!"

그러나저러나 나는 얼굴이 화끈거리고 부끄럽고 분하고 난처해,

고개를 숙인 채 손등만 바라봤다. 그의 입술이 닿았던 자리가 불에 덴 듯 홧홧해 도려내고 싶을 정도였다.

그는 내가 하는 양을 지켜보다가 뜬금없이 으하하 웃기 시작했다.

"소주?" 문 가리개를 걷으며 안으로 몸을 들이밀던 소엽은 갑작스러운 웃음소리에 놀라 의아한 표정을 지었다.

그때 그가 노성을 질렀다. "나가! 누가 들어오라 했느냐!"

소엽은 문 옆에 멍하니 서서 속에 가득한 말을 차마 하지 못하는 표정으로 그를 바라봤다.

그러나 그는 벌컥 성을 내며 구들 옆에 놓인 약사발을 집어 들어 문가로 내던졌다. "꺼져!"

두려움에 얼굴이 새파랗게 질린 채 물러나는 소엽의 눈에서 얼핏 눈물이 비친 듯했다.

나는 방구석으로 멀리 피해 우리에 갇힌 짐승 같은 그를 바라보았다.

지난 며칠간 그의 상태가 급속히 호전되었다. 아직 완전히 나은 것은 아니었으나 원기가 대충 회복된 모양새였다.

병으로 야위었을 때는 그나마 측은한 구석이 있었다. 그러나 원기를 회복하고 나니 날이 갈수록 성정이 괴팍하고 종잡을 수 없어졌으며, 아무 이유 없이 벌컥벌컥 성을 냈다.

소엽을 꾸짖어 내쫓고 나서도 분이 풀리지 않는지 초조한 기색이 점점 더해졌다.

"약은 어디 있어? 약을 마셔야겠다!" 그가 사납게 물었다.

나는 몸을 돌려 문밖으로 향했다.

그러자 벽력같은 고함이 들렸다. "빌어먹을! 내가 너더러 나가라고 했느냐?"

나는 고개도 돌리지 않은 채 문 앞에서 발을 멈췄다. "방금 당신이 약사발을 깼잖소. 약을 마시려면 그릇은 있어야 하지 않겠소?"

등 뒤에서 한동안 침묵이 흐르더니, 이윽고 차가운 목소리가 전해졌다. "내가 더러운가?"

뜬금없는 말에 나는 잠시 어리둥절했다. 그러나 이내 내가 화급히 손을 턴 일에 대해 말하는 것임을 깨달았다.

"남녀가 유별한데 어찌 몸을 맞댈 수 있겠소." 이리 대답할 수밖에 다른 도리가 없었다.

그는 아무런 대꾸도 하지 않았다.

뭔가 바스락거리는 소리에 고개를 돌리려는데, 갑자기 허리에 두 팔이 둘러지고 그의 품에 갇히게 되었다.

"이런 것을 말하는 건가? 이 정도는 되어야 몸을 맞댄다고 할 수 있지……." 그가 내 귓가에 입을 바짝 갖다 대고 악랄하게 웃었다. "아무래도 왕비께서는 아직 소기를 이같이 시중든 적이 없나 보오?"

나는 놀라기도 했거니와 노여움이 치솟아 몸이 부들부들 떨렸으나 그의 품에 갇혀 꼼짝도 하지 못했다.

목소리가 목구멍에 걸려 밖으로 나오지 않았다. 그간의 모든 슬픔과 괴로움, 분노와 억울함이 삽시간에 가슴속 저 밑바닥에서 터져 나왔다.

맨 처음에는 청천벽력 같은 사혼이 내려졌고, 뒤이어 작별 인사도 없이 떠난 신랑을 신방에서 홀로 기다려야 했으며, 지금은 괴한들에게 납치되어 위험에 빠졌다. 이 모든 알 수 없는 액운이 얼굴 한 번 본 적 없는 낭군 덕분에 닥친 일들이었다. 그리하여 나는 이 같은 수모를 당하고 있는데, 지금 그는 어디 있단 말인가? 납치를 당한 지도 어언 열흘이 넘었다. 멀리 경사에 있는 부모님은 나를 구하고자 해도 당장 방법이 없을 터, 그러나 어엿한 대장군의 신분으로 북방 변경을 지키는 그는 자신의 아내조차 지키지 못했다.

죽을힘을 다해 온갖 모욕을 참으며 그가 구하러 오기를 기다렸지만 지금까지는 별다른 희망이 보이지 않았다.

그런 와중에 또다시 이 사람의 희롱과 능욕을 참아야만 한다.

분노가 온몸을 휘감았다.

나는…….

"이름뿐인 왕비께서는 설마 아직도 옥처럼 순결하게 정절을 지키고 있는 처녀의 몸이신가?" 그가 내 몸을 휙 돌리더니 고개를 들어 자신을 바라보게 했다.

나는 온 힘을 다해 짝 소리가 날 정도로 그의 뺨을 후려쳤다.

흠칫 몸을 굳힌 그의 고개가 옆으로 돌아갔고, 창백한 뺨 위에는 붉은 손자국이 떠올랐다.

그는 서서히 고개를 바로 하며 차가운 시선을 던졌다. 그의 입가에 떠오른 미소에 소름이 쫙 끼쳤다.

"예장왕비께서 얼마나 절개가 굳은지 한번 봐야겠군!"

순간 가슴 앞이 바짝 조이며 천 찢어지는 소리가 들리는가 싶더니 그의 손에 앞섶이 찢겨 나갔다.

온몸이 부들부들 떨렸다. "너도 뜨거운 피가 흐르는 남자라면 전장에서 소기와 정정당당히 겨뤄라! 여인네 하나 욕보이는 것이 무슨 복수라고, 하란씨 선조들이 안다면 수치스러워 통탄할 것이다!"

그의 손이 내 가슴 앞에서 멈칫했다. 준수한 얼굴이 서서히 일그러졌고, 분노의 불길이 치솟은 눈빛이 시뻘겋게 변해갔다.

"선조들이 알아?!" 그가 킥킥거리며 웃어젖혔다. "하란씨는 20년 전부터 나를 수치로 여겼는데, 오늘 하루가 더해진다고 무슨 상관이 있겠느냐?"

그가 내 가슴 앞의 속옷을 확 끌어 내렸다. 그의 두 손이 내 맨살을 따라 미끄러졌다.

"파렴치한 같으니!" 죽기 살기로 몸부림치는 통에 쪽 찐 머리가 흐트러져 머리에 꽂은 유일한 봉잠이 빠졌다.

나는 떨어진 봉잠을 움켜쥐고는 절망 가운데 온 힘을 다해 그에게 찔러 넣었다. 비녀 끝이 살갗을 뚫고 들어가는 순간 여린 살의 느낌이 확연히 전해졌는데, 더 깊이 들어가지 않았다.

그에게 단단히 붙잡힌 손목이 너무 아파 그만 비녀를 놓치고 말았다.

그의 눈이 살기로 뒤덮었다.

손목뼈가 부러질 것 같은 극심한 통증에 식은땀이 줄줄 흘러내렸고, 나는 결국 참지 못하고 비명을 질렀다.

그가 손을 돌려 자신의 목 언저리에 꽂힌 금비녀를 뽑아내자, 시뻘건 피가 그의 목을 타고 구불구불 흘러내렸다.

그가 꽉 잠긴 목소리로 말했다. "역시 너는 나를 죽일 생각이군."

나는 한스러운 목소리로 답했다. "더 일찍 너를 죽이지 않은 것이 후회스러울 따름이다."

그의 눈동자가 점점 작아지면서 눈빛이 얼음처럼 차갑게 식어갔다. 그 눈빛은 살기 같기도 하고 절망 같기도 했다.

나는 눈을 감고 가만히 죽음을 기다렸다.

그런데 갑자기 어깨에 뜨거운 숨이 내리더니 날카로운 통증이 전해졌다. 말도 안 돼! 그가 내 맨 어깨를 깨문 것이었다!

"눈에는 눈, 이에는 이인 법! 네가 내게 상처를 내면 그대로 네게 돌려주겠다." 손등으로 입술에 묻은 핏자국을 닦아내는 그의 얼굴에 음산한 웃음기가 떠올랐다. 그는 이글이글 타오르는 눈빛으로 내 목을 살살 어루만지며 말했다. "이 상처는 표식이다. 앞으로 네 주인은 나, 하란잠(賀蘭箴)이다."

이틀 밤낮을 토굴에만 갇혀 있었다. 식사를 가져다주는 사람 말고
는 찾아오는 사람도 없었다.

하란잠을 생각하면 아직도 식은땀이 흐를 정도로 두려웠다.

그날은 요행히 그의 능욕을 피했지만 다음에는 어떤 식으로 나를
괴롭힐지 알 수 없는 노릇이었다.

그가 증오하는 사람은 소기였지만, 그는 마음속 악의를 모조리 내
게 쏟아냈다. 그는 제정신이 아니었다.

정말로 나를 미끼로 소기를 꾀어낼 생각이었다면, 아무래도 이제
그에게는 실망할 일만 남았을 것이다. 나보다 더.

하루하루의 기다림이 무위로 끝날수록 어쩌면 예장왕은 내가 죽든
말든 전혀 관심이 없는 것이 아닌가 하는 생각이 들었다.

나는 그저 문벌가와 인척 관계를 맺는 데 필요한 장기짝이었을 뿐,
내가 죽으면 다른 여인과 다시 혼인하면 그만이었다.

토굴에 웅크린 채 스스로에게 다짐했다. 만약 살아서 이곳을 빠져나
간다면 당장 예장왕을 만나 휴서(休書. 이혼장)를 달라고 할 것이다. 차라
리 혼자 늙어 죽는 것이 예장왕비 노릇을 하는 것보다 나을 터이니.

한밤중에 어수선한 소리에 놀라 깼다.

토굴 문이 열리면서 소엽이 은밀히 들어오더니 손에 든 옷을 내게
던졌다.

"바꿔 입어라!" 그녀는 마치 내 얼굴에 구멍 두 개를 파내려는 듯
무시무시한 눈길로 나를 노려봤다.

사실 내가 걸친 옷은 이미 형편없이 망가져 두루마기 한 벌로 몸을
가리고 있을 뿐이었다.

그녀가 내던진 옷을 주워 들어 보니 알록달록한 오랑캐의 옷이었다.

내가 옷매무새를 가다듬고 나자, 소엽이 직접 내 머리를 양 갈래로 땋아 어깨에 늘어뜨리고는 화려한 색감의 두건까지 씌워 얼굴의 반을 가렸다.

그녀는 나를 토굴 밖으로 밀더니 문밖으로 데리고 갔다.

지난번에 도망칠 때는 경황이 없어 주변을 제대로 보지 못했는데, 지금은 밤중임에도 등불이 환히 밝혀져 뚜렷이 볼 수 있었다.

어렴풋하게나마 보니 이곳은 상당히 북적거리는 병영이었다. 멀리서 타오르는 모닥불 두 무더기 주변에는 허름한 흙집들이 늘어섰고, 가까운 곳에는 수레 여러 대가 세워져 있었으며, 그 주변으로 사람들이 분주히 오갔다. 사람들은 대부분 국경 밖 차림이었고, 한 곳에 잡혀 잔뜩 웅크리고 있는 몇몇 여인들은 나처럼 오랑캐 복색이었다.

하늘빛이 희미하게 밝아오며 동이 터오는 기미가 보이고 서늘한 기운이 뼛속까지 스몄다. 대략 오경(五更, 새벽 3시에서 5시 사이)을 넘은 듯했다.

장부 두 명과 소엽이 나를 그중 한 대의 마차로 잡아끌었다. 두꺼운 가리개가 쳐진 마차는 출발 준비를 마친 듯했다.

문득 여인네가 흐느끼며 통곡하는 소리가 들리더니, 이어서 욕설과 채찍질 소리가 들렸다.

"어르신, 제발 자비를 베풀어주세요. 집에 젖먹이 아이가 있어요. 어미가 없으면 곧 죽는다고요. 제발 집으로 돌려보내주세요!"

"닥쳐라! 네 남편이 번쩍이는 은자를 받고 널 팔았단 말이다. 고분고분 장사를 하면 한 10년쯤 지나 보내줄 수도 있다. 하지만 말을 안 들으면 이 자리에서 때려죽일 테다!"

한 마차 앞에서 수레의 채를 꼭 붙잡은 채 죽어도 올라타려 하지 않던 젊은 여인은 뒤에 서 있는 건장한 사내가 내리친 채찍에 처절하게 울었다.

순간 오싹한 한기가 들어 나도 모르게 어깨를 움츠리는데 누군가가 내 팔뚝을 잡았다.

뒤에 서 있는 하란잠도 오랑캐 차림을 한 채 담담한 표정으로 나를 냉담하게 바라봤다.

"저들은 다 사창(私娼)이다. 모두 영삭으로 끌려가 군기(軍妓)로 팔릴 것이다."

소름이 쫙 끼쳤다.

"어서 타. 나까지 널 채찍으로 다스리게 만들지 말고." 그는 웃는 듯 마는 듯 나를 마차로 끌어 올렸다.

가리개가 내려지고 마차가 앞으로 질주하기 시작했다.

마차 벽에 기댄 채 급한 말발굽 소리를 듣고 있자니 머릿속도 어지럽게 뒤엉켰다.

이제 보니 이들은 사창을 운영하는 거간꾼 행세를 하며 나를 이 군기들 사이에 끼워 넣어 영삭성으로 잠입할 생각인 듯했다.

병영으로 보내는 군기는, 관례대로라면 군량과 군수품 뒤를 따라 한꺼번에 호송되었다.

군량을 전방으로 원활히 운송할 수 있도록 병부에서 특별히 수여한 통관 영부(令符)가 있어 가는 길마다 검문을 받을 필요가 없었다.

여인을 데리고 가는 데 군기를 매매하는 사창 무리에 섞이는 것보다 더 안전한 방법이 어디 있겠는가.

영삭에 이르면 소기의 턱 밑에 이른 셈이니 드디어 소기와 칼날을 마주하게 될 터였다.

소기, 나의 낭군이자 천하를 굽어보는 대장군이 과연 나를 구하러 올까? …… 나는 팔에 얼굴을 묻고 무릎을 웅크린 채 쓰게 웃었다.

"왜 웃지?"

돌연 손을 뻗어 내 턱을 들어 올리는 하란잠의 말투가 이상하게 온화했다.

그를 상대하고 싶지 않았기에 고개를 비스듬히 돌렸다.

"이제 영삭에 이르면 낭군과 재회할 수 있을 텐데, 기쁘지 않은가?"

그의 차디찬 손가락이 내 뺨을 만지작거리자 몸이 부르르 떨렸다.

나는 한마디도 대꾸하지 않고 그가 뭐라 하든 더 이상 거들떠보지도 않았다.

그도 입을 다문 채 더 치근거리지 않고 그저 가만히 나를 바라보기만 했다.

그때 갑자기 마차가 덜컹하는 바람에 앞으로 몸이 확 쏠려 마차 벽에 부딪히고 말았다.

하란잠이 손을 뻗어 나를 부축했다.

나는 몸을 뒤로 움츠리며 쌀쌀히 그를 피했다.

"내가 그토록 미운가?" 그는 나를 보며 영문 모를 자조적인 웃음을 지었다. "내게 잘못이 없다고 하지 않았나? 그날 네 말을 듣고 무척이나 기뻤다. …… 어머니 말고 내게 그런 말을 해준 사람은 네가 처음이었어."

분명 그런 말을 한 적이 있다. 나라를 위해 복수하는 것은 잘못이 아니라고.

별 뜻 없이 건넨 말이 왜 그에게는 그토록 의미심장했을까?

그는 흐릿한 미소를 떠올리며 중얼거렸다. "예전에는 내가 무슨 일을 하든, 무슨 말을 하든 늘 조롱을 받고 책망을 들었어. 누가 나를 때렸을 때 되받아치는 것도 내 잘못이었지. 오직 어머니만이 그럴 때마다 나를 안고 말씀하셨어. 잠아, 네 잘못이 아니야……."

어째서 뜬금없이 옛일을 거론하는 것인지 알 수는 없었으나, 눈살을 찌푸린 채 듣고 있자니 마음이 조금 쓰리고 아팠다.

그가 아득한 눈빛으로 말을 이었다. "그날 네게서 그런 말을 들으니 어머니가 생각났어. 마치 어머니가 내게 말씀하시는 것 같았지."

나는 살짝 든 생각에 나직이 물었다. "자당(慈堂)께서는 그대가 지금 하는 일에 대해 아시오?"

그는 흠칫 몸을 굳히더니 냉랭하게 말했다. "세상을 뜨신 지 오래다."

나는 무슨 말을 해야 할지 몰라 잠자코 눈을 내리깔았다.

"어머니는 항상 나를 '잠아'라고 부르셨지." 그가 갑자기 물었다. "네 어머니는 너를 뭐라고 부르나?"

"아무." 나는 사실대로 답했다가 곧 후회했다.

그가 긴 눈썹을 살짝 치키며 웃자, 눈 속에 깔린 먹구름이 일시에 걷히며 봄물처럼 아름다운 눈동자가 드러났다.

"아무, 아무라……." 나직이 내 아명을 두 번 부르는 그의 목소리가 몹시 부드러웠다. "참으로 듣기 좋은 이름이군."

순간 가슴이 울렁거리고 불안해졌다. 눈앞에 있는 이 부드러운 남자와 걸핏하면 성을 내는 음험하고 흉악한 소주 중에서 어느 쪽이 진짜 하란잠인지 알 수가 없었다.

영삭으로 가는 내내 하란잠과 나, 둘만이 함께했고 별다른 일은 벌어지지 않았다.

곱슬곱슬한 구레나룻이 있는 건장한 사내가 앞에서 마차를 몰았고, 나머지는 다른 마차를 타고 뒤를 따랐다.

역참에 잠시 머물러 말에게 먹이를 줄 때마다 소엽은 군기 행세를 하며 내 곁에서 한 발짝도 떨어지지 않았다.

신경을 바짝 곤두세우고 살폈지만, 기회를 봐서 도망치기는커녕 경고를 하거나 도움을 요청할 기회조차 없었다.

날마다 북쪽으로 길을 달렸으니, 영삭이 이제 멀지 않았으리라.

예전에 황여강산도(皇輿江山圖)에서 골백번도 더 본 곳이었다. 그러나 내가 정말로 이 땅을 밟게 되는 것이, 하필이면 이런 상황에서일 줄은 꿈에도 몰랐다.

변경에 자리한 이 군사 요충지의 지명은 원래 영삭이 아니었다.

당시 아직 영삭장군이었던 소기는 이곳에서 돌궐을 대파한 전투로 하루아침에 이름을 알렸다. 여러 해 동안 이어진 북방 변경의 전란에 종지부를 찍고 북방 사막 지대에 널리 위명을 떨쳤다. 조정에서는 이같은 놀라운 공훈을 치하하기 위해 이곳의 이름을 영삭으로 바꿨다.

이 성은 피땀이 흥건한 전설이 뒤엉킨 곳이었다.

소기는 40만 대군을 이끌고 수년간 영삭에 주둔하며 북방 변경을 철통같이 지켰다.

돌궐의 철기군조차 영삭에서 바람 한 점 일으키지 못했다. 그런데 하란잠은 단 십수 명만 이끌고 호랑이 굴로 찾아들었다.

도대체 어떤 음험한 음모로 소기에게 복수하려는 것일까? 영삭에 가까워질수록 점점 더 좌불안석이었다. 내가 영삭 땅을 밟는 것이 어떤 결과를 불러올지 차마 상상할 수조차 없었다. 소기, 나와 그는 어떤 상황에서 대면하게 될까? 그는 하란족의 복수에 어떻게 대응할까? 나는 어떻게 대할까?

밤이 되자 산길에 짙은 안개가 자욱이 깔렸다. 그렇잖아도 마차가 지나기 힘든 길이 더 험해지자, 일행은 어쩔 수 없이 근처 장풍역(長風驛)에서 쉬어 가기로 했다.

이 역참을 지나 한나절만 더 가면 영삭이었다.

마차에서 내리자마자 소엽은 나를 방에 가두고 그림자처럼 따르며 감시했다.

지난 며칠간 나는 더 이상 반항하지 않고 시키는 대로 고분고분 따르며 말을 아꼈다. 하란잠에게도 때때로 부드럽게 말을 건넸다.

내 고분고분한 태도 때문인지 하란잠도 나에 대한 적의를 조금 거두고 오는 내내 나를 살뜰히 보살펴주었다.

하지만 소엽만은 기회가 있을 때마다 사나운 기색으로 독설을 퍼부었다. 아마도 내 추측이 맞는다면, 그녀는 하란잠을 사모하는 것이 틀림없다.

밖에서 식사를 가져왔다. 오늘은 고기를 잘게 다져 부추와 함께 끓인 죽이었다. 탁자 앞에 앉아 나무 숟가락을 들었다가 소엽이 손으로 툭 치는 바람에 떨어뜨리고 말았다.

그녀는 차갑게 식은 만두 두 개를 내던지며 말했다. "네까짓 것한테 고기죽이 가당키나 할까? 네 몫은 이 만두야." 그녀가 던진 만두는 내 몸을 맞고 데구루루 굴러 탁자 아래로 떨어졌다.

나는 천천히 눈동자를 들어 그녀를 쳐다봤다.

"갈보 같은 년이 보긴 뭘 봐! 그 눈을 파버리기 전에 눈 돌려!"

"그래. 어디 한번 파봐." 나는 웃으며 말했다. "내 눈알을 하란잠에게 바치면 너희 소주께서 어떤 상을 내릴지 궁금하구나."

소엽은 자리에서 벌떡 일어났다. 새빨갛게 달아오른 얼굴은 잔뜩 악에 받친 표정이었다. "감히 네까짓 게 말끝마다 소주를 입에 담아? 내가 모를 줄 알고? 이 천한 년, 황천길을 눈앞에 두고도 소주를 호릴 망령된 생각을 해!"

"과연 누가 누구를 두고 망령된 생각을 하는지 네가 직접 보지 못한 것이 안타깝구나." 나는 담담히 그녀를 훑어보았다.

부아가 잔뜩 치밀어 얼굴이 시뻘겋게 달아오른 소엽은 눈에서 칼날을 쏘아낼 것만 같았다.

"이 뻔뻔한, 뻔뻔하기 이를 데 없는 천한 년!" 소엽은 화를 못 참고 온몸을 바들바들 떨었다. "사흘 안에 네가 어떻게 죽는지 꼭 지켜볼 테다."

사흘!

일순 가슴이 떨렸다.

설마 그렇게 빨리 손을 쓴다고?

"어쩌면 하란잠이 생각을 바꿀지도 모르지." 나는 눈썹을 치키며 그녀의 부아를 돋웠다. "어쩌면 내가 마음에 들어 차마 나를 죽이지 못할 수도 있어."

소엽은 얼굴이 일그러질 정도로 킥킥 웃어댔다. "네까짓 게 소주의 복수를 막을 수 있다고? 소기는 우리나라를 멸망시켰다. 우리 소주와는 불구대천의 원수란 말이다! 개 같은 너희 부부는 우리 하란족에게 목숨을 바쳐야 해!"

날카롭게 울리는 그녀의 웃음소리에는 복수로 인한 쾌감이 가득했다.

더 이상 대꾸하지 않았지만 마음속 깊은 곳에서부터 한기가 솟아올랐다. …… 사흘 뒤, 성에 들어가자마자 이들은 손을 쓸 모양이었다.

탁자 위 등잔불이 밝아졌다 어두워지기를 반복했다. 멀지 않은 곳에 있는 침상은 벽 구석이 드리운 음영에 거의 덮여 있고, 그 위에는 솜이불이 어지러이 쌓여 있었다.

이것은 마지막 기회였다. 더 이상 사태를 관망하며 기다릴 여유가 없었기에, 목숨 걸고 한번 시도를 해보는 수밖에 달리 도리가 없었다.

나는 묵묵히 허리를 굽히고 바닥에 떨어진 만두를 집었다.

소엽이 콧방귀를 뀌며 말했다. "천한 년, 네게 줏대란 것이 있는데도 그것을 먹을까!"

나는 아랑곳하지 않고 만두를 등잔불 가까이 가져가 만두에 묻은 먼지를 세세히 털어냈다.

"이리 좋은 만두를 버리면 쓰나." 나는 고개를 돌리고 그녀를 향해 웃으면서 등잔을 들었다. 그리고 구석의 침상 쪽으로 있는 힘껏 던졌다.

등잔불이 솜이불에 떨어지고 등잔 기름이 흩뿌려지면서 확 하고 불이 붙었다.

깜짝 놀란 소엽은 황급히 달려들어 불이 붙은 솜이불을 탁탁 내리쳤다.

기후가 건조한 북쪽 지방에서는 한번 불이 붙으면 바로 타올라 불길이 금세 지붕까지 덮치는데, 불길을 쉽게 잡을 수 있을 리 만무했다. 불을 끄는 사이 그녀의 옷가지에도 불길이 옮겨 붙어 옷자락이 타들어가기 시작했다. 당황한 소엽이 화급히 솜이불을 한쪽으로 던지자 불길이 이리저리 날뛰며 탁자와 의자를 집어삼켰고 삽시간에 걷잡을 수 없이 타올랐다.

나는 몸을 굽힌 채 문을 박차고 밖으로 나갔다.

하란잠을 비롯한 다른 일행은 왼쪽 방에 머물고 있었다. 나는 이것저것 따지지 않고 오른쪽 복도를 따라 미친 듯이 달렸다.

금세 뒤에서 다급한 외침이 들려왔다. "불이야! 불이야!"

순식간에 역참은 비명 소리에 잠기며 큰 혼란에 빠졌다.

누군가가 내 옆으로 달려갔고, 또 다른 사람이 불을 끄기 위해 물통을 들고 달려왔다.

　나는 고개를 숙이고 머리를 흩트려 얼굴을 가린 채 혼란을 틈타 대문 쪽으로 내달렸다.

사지 死地

역참 대문이 바로 앞에 있었다. 그러나 사람들이 어지럽게 뒤섞여 아군과 적군을 구별할 수 없는지라 무턱대고 도움을 청할 수 없었다.

문밖에 어둠이 깊게 내리고 짙은 안개가 자욱해 더 이상 머뭇거릴 여유가 없었다. 이를 악물고 문밖으로 달렸다. 그때 갑자기 누군가가 모퉁이에서 튀어나왔다. 일순 눈앞이 캄캄해지면서 우람한 몸집이 내 위로 그림자를 드리웠다.

깜짝 놀라 고개를 쳐드니 그 사람이 한 손으로 내 입을 막으며 처마 밑 외진 곳으로 끌고 갔다.

"왕비께서는 경거망동하지 마십시오. 속하(屬下)는 예장왕의 명을 받들어 왕비 마마를 안전히 모셔야 합니다."

믿을 수 없는 상황에 놀라 두 눈을 부릅떴다. 사방에 깔린 어둠 탓에 그의 생김새를 확인할 수는 없었으나, 관외 말투가 강한 그 목소리는 어디선가 들어본 듯했다.

내가 놀란 정신을 수습하기도 전에 이 사내는 내 허리를 잡아 어깨에 둘러메더니 왔던 길을 성큼성큼 되돌아갔다.

나는 그의 어깨에 매달린 채 꼼짝할 수 없었다. 가슴이 쿵쿵 뛰고 오만 가지 생각이 머릿속에 거미줄을 쳤다.

뜰 안으로 들어서자마자 그가 소리 높여 외쳤다. "도망친 것이 뉘 집 창기든 이 몸이 붙잡았으면 내 사람이다!"

"이런 젠장, 이년이 은혜도 모르고!" 구레나룻을 기른 사내의 목소리가 울렸다. "이년을 잡아줘서 고맙소, 형씨. 하마터면 괜한 은자만 날릴 뻔했소!"

눈앞이 빙그르 하면서 나는 구레나룻을 기른 사내에게로 던져졌다. 그가 내 두 손을 비틀어 쥐었다. 얼마나 세게 비틀었는지 어깨뼈가 부서지는 것만 같았다.

나는 절망한 척 몸부림치면서 방금 전 나를 붙잡았던 사내를 힐끗 살폈다.

회색 옷을 걸치고 장화를 신은 사내가 낄낄거리는 소리가 들렸다. "별말을 다 하는구려. 하지만 이렇게 펄떡펄떡 살아 있는 사람을 그냥 넘겨줄 수는 없지."

구레나룻 사내는 웃는 낯으로 소매에서 은자를 꺼냈다. "내 성의니 술값으로 쓰시오. 우리는 초행길이니 앞으로도 여러모로 살펴주시오."

회색 옷의 사내가 은자를 받아 들고는 땅바닥에 침을 퉤 뱉으며 콩 소리를 냈다. "꽤나 고운 계집이니 좋은 가격에 팔 수 있을 거요."

구레나룻 사내는 손에 힘을 꽉 주며 태연히 내 앞을 가로막고 서더니 킥킥 웃었다. "이년은 실성한 년이라 팔리기만 해도 다행이라오. 큰 벌이는 기대하지도 않소. 거래가 이루어지면 형씨에게 크게 한턱 내리다."

회색 옷의 사내는 하하 웃으며 가까이 다가와 군침이 도는 표정으로 나를 바라봤다. "얼굴 한번 곱구먼. 실성한 게 대수인가…… 거, 감시 잘하쇼. 요 이틀 안에 거래가 있을 듯한데 괜히 손에 쥔 은자 헛되이 날려버리지 말고!" 그가 말을 하면서 손을 뻗어 내 턱을 잡았다.

구레나룻 사내는 웃으면서 나를 끌고 돌아갔다.

뒷짐결박된 두 손이 끊어질 듯 아팠다. 그 사내가 떠나기 전에 한 말을 떠올리니 슬프면서도 기뻤다.

그는 '요 이틀 안에 거래가 있을 듯한데'라고 말하며 손을 뻗어 내 턱을 쥘 때 뚫어져라 내 눈을 바라보았다. 아마도 요 이틀 안에 나를 구해낼 계획임을 암시하는 듯했다.

정말로 소기가 그를 보냈다면, 소기는 이미 하란잠의 행적과 그가 사흘 뒤에 손을 쓸 것임을 알고 있을 것이다.

이제 보니 소기가 보낸 사람은 진즉에 은밀히 잠입해 하란잠의 일거수일투족을 주시하며 적들을 제압할 기회만 엿보고 있었다.

예장왕 소기, 내 낭군은 결국 나를 실망시키지 않았다.

긴장한 탓에 손에서 땀이 났고 가슴이 마구 울렁거렸다. 결국은 그가 나를 구하러 온 것이다.

원래 고립무원의 사지에 몰린 줄로만 알고 누군가가 구해줄 것이라는 기대를 접었었다. 그런데 가장 절망하고 있을 때, 갑자기 쏟아진 빛줄기가 눈앞의 짙은 어둠을 몰아냈다. 가장 기대하지 않았던 그 사람이, 가장 긴박한 순간에 나타난 것이다.

나는 입술을 깨물며 괴롭고도 기쁜 마음을 꾹 눌렀다. 이제 더 이상 아무것도 두렵지 않았다.

회색 옷을 입은 사내의 생김새와 목소리가 머릿속에 맴돌았다. 분명 어디서 본 적이 있고 들은 적이 있는데……. 머리를 쥐어짜며 기억을 더듬다가 번뜩 떠올랐다!

그 사람이었다!

출발하는 날, 울며불며 매달리는 여인을 채찍질한 사람! 바로 그 사람이었다.

온몸은 뻣뻣하게 굳는데 무릎은 힘이 풀렸다.

이제 보니 초원에서부터 소기의 사람이 이들을 지켜보고 있었구나!

내가 변경으로 납치되었을 때부터 소기는 이미 이들의 행적을 알고 있었다.

하란잠의 사람들이 군기를 매매하는 사창 무리에 끼기 위해 백방으로 애쓸 때, 소기는 숨을 죽인 채 그들이 손아귀에 들어오기만 기다리고 있었다.

소기는 대체 무슨 생각인 걸까? 진즉에 나를 구해낼 수 있었음에도 잠자코 있었던 연유가 무엇일까?

내가 위험한 지경에 빠져 언제든지 능욕과 괴롭힘을 당할 수 있음을 알고 있었을까?

그런데도 내 안위는 전혀 개의치 않고, 이름뿐이나 그의 정실인 내가 적의 수중에서 곤경을 겪도록 내버려두었단 말인가!

몸서리가 쳐졌다. 구름 위로 던져졌다가 다시 심연으로 곤두박인 기분이었다.

불길은 벽에 어지럽게 그은 흔적만 남긴 채 사그라졌다.

구레나룻 사내는 나를 하란잠의 방으로 밀어 넣었다.

모두 한자리에 모여 두 손을 늘어뜨리고 공손히 서 있을 뿐, 숨소리조차 내지 않았다.

하란잠은 스산한 기운을 뿜어내는 백의를 걸친 채 아무 표정 없이 의자에 단정히 앉아 있었다.

소엽은 바닥에 꿇어앉아 있었다. 머리는 흐트러지고 얼굴은 그을음에 더러워져 꼴이 말이 아니었다. 귀밑머리 사이에는 불길에 덴 흔적까지 있었다.

하란잠은 내게 눈길조차 주지 않고 그녀만 훑어보았다. "소엽, 저년이 어찌 도망친 것이냐?"

고개를 들고 나를 노려보는 소엽의 눈에서 핏방울이 뚝뚝 떨어지는 듯했다.

"제가 감시를 소홀히 한 틈에 불을 질러 방을 태우고 혼란을 틈타 도망쳤습니다." 소엽이 입술을 깨물었다.

하란잠은 나를 힐끗 보며 성내는 대신 미소를 지었다. "참으로 독한 여인이군. 좋아. 마음에 들어."

나는 차갑게 그의 시선을 마주했다. 마음이 차분히 가라앉아 더 이상 두렵지 않았다.

하란잠은 소엽을 쏘아보며 말했다. "네 순간의 부주의로 내 대업을 망칠 뻔했다."

소엽은 머리를 푹 조아리며 말했다. "제 죄를 아나이다. 소주께서는 벌을 내려주십시오."

하란잠은 얼굴을 굳혔다. "쓸모없는 것. 너를 벌한들 무슨 소용이 있겠느냐!"

소엽은 바닥에 엎드려 오들오들 떨었다.

하란잠은 무심하게 말을 이었다. "내가 널 아끼지 않는 것이 아니다. 쓸모없는 것은 어찌 되는지 모두가 알아야 하지 않겠느냐……. 색도(索圖), 팔 하나를 잘라라."

소엽의 몸이 부들 떨렸다. 그녀는 얼굴이 흙빛으로 변해 텅 빈 눈으로 하란잠을 바라봤다.

구레나룻 남자가 어두운 얼굴로 앞으로 나서 매 발톱 같은 손으로 그녀의 어깨를 잡더니, 다른 쪽 손으로 칼을 꺼내 서슬이 시퍼런 칼을 높이 들어 올렸다.

"안 돼, 안 돼! 저는 계속 소주를 모셔야 합니다. 제발 제 팔을 자르지 말아주십시오." 소엽은 악몽에서 퍼뜩 깨어난 듯 구레나룻 사내의 손아귀에서 빠져나가 앞으로 달려갔다. 그러고는 하란잠의 옷자락을 붙들고 쿵쿵 섬뜩한 소리가 나도록 바닥에 머리를 찧어댔다.

사내가 그런 그녀의 머리카락을 잡아채 오른쪽 팔을 뒷짐 지우는 것을 보니, 기어코 팔을 자르려는 모양이었다.

"멈춰!" 나는 버럭 소리를 질렀다. "하란잠, 네가 할 수 있는 일이라곤 무고한 이에게 분풀이를 하고 여인을 괴롭히는 것뿐이더냐!"

하란잠이 머리를 모로 기울이며 차가운 시선을 던졌다.

"불은 낸 사람은 나다. 소엽과는 상관없는 일이야. 네가 직접 지켰더라도 나는 도망쳤을 것이다." 나는 눈썹을 치키며 그를 노려봤다.

그는 얼음장같이 시린 눈으로 잠깐 나를 바라보더니 음산하게 웃기 시작했다. "좋다. 내가 직접 너를 감시하지."

그는 자신이 말한 것은 반드시 행동에 옮기는 사람이었다. 하란잠은 정말로 나를 자신의 방으로 데려가 직접 감시했다.

같은 방을 썼으나 하란잠은 더 이상 나를 괴롭히지 않았다. 그는 사람을 시켜 바닥에 솜이불을 깔고는 그 위에서 가부좌를 틀고 눈을 감더니 입정(入定)했다. 나는 차마 그의 침상에서 잠들 수 없었기에 반쯤 자다 깨다 하며 한껏 경계하면서 하룻밤을 보냈다.

하늘빛이 밝아오자마자 길에 올라 영삭으로 달렸다.

정오 무렵 마차는 점점 속도를 늦췄다. 밖에서 사람 말소리와 말울음소리가 들리는 것이 얼핏 북적북적한 곳에 이른 듯했다. 마차에 가리개가 드리워져 아무것도 볼 수 없었고, 뭐라고 하는지 정확히 알아들을 수 없을 만큼 시끌벅적했다.

나는 몸을 기울여 바람 한 점 통하지 않는 가리개에 귀를 갖다 대며, 한 줄기라도 좋으니 이 바짝 마르고 차디찬 공기 속에서 친근한 숨결을 느끼기 위해 숨을 깊이 들이마셨다.

이곳이 바로 영삭, 소기가 있는 곳이었다.

그 생각만으로 갑자기 용기가 나고 안심이 되었다. 이제 더는 혼자가 아니었다.

설령 늑대 무리에 둘러싸여 있더라도 저 멀리 어렴풋하게나마 불빛이 보였다. 멀리서 밝게 비추는 그 불빛은 소기, 바로 이 이름이었다.

마차 바퀴가 데굴데굴 굴러 나를 영삭성 아래, 그가 있는 이 땅으로 데려오는 동안 나는 처음으로 기대라는 것을 품었다. 어디에서든, 어느 때든, 어떤 상황에서든 그를 만날 수 있기를 간절히 바랐다.

말소리가 아련해진 곳에 이르자 마차에서 떠밀어 내리게 하더니 곧바로 두건을 씌웠다.

그 짧은 순간, 멀리 병영을 본 듯했다.

수없이 많은 문턱을 넘고 좌로 우로 이리저리 꺾어 돈 끝에 걸음을 멈췄다. 두건이 벗겨지니 깨끗하고 산뜻한 별채가 눈에 들어왔다. 문밖에는 푸른 기와가 얹힌 흰 벽으로 둘러싸인 작은 뜰이 있었다.

의아한 마음에 고개를 돌려 둘러보았다. 하란잠은 보이지 않고, 소엽만이 싸늘한 기운을 풍기며 눈앞에 서 있었다. 하루 종일 소엽이 그림자처럼 곁을 따르고 문밖에서는 호위가 지킬 뿐, 하란잠은 그림자도 비추지 않았다.

겉으로는 평온하기 그지없어 보이나, 보이지 않는 곳에서는 세찬 물살이 용솟음치고 있을 터였다.

밤이 되자 나는 옷을 입은 채로 잠자리에 누웠다. 소엽은 칼을 들고 입구에 서 있었다.

변경의 달빛이 창을 뚫고 들어와 바닥에 흩뿌려지는 모습이 서리처럼 차가워 보였다.

"온종일 서 있기 힘들지 않소?"

한참을 잠 못 이루고 뒤척이다가 아예 자리에서 일어나 소엽에게 말을 걸었다.

내 말을 들은 척도 하지 않는 소엽이 여전히 시리도록 차가운 눈빛을 보냈다.

나는 한숨을 내쉬었다.

"네 신세를 한 번 졌으니, 죽기 전에 소원이 있으면 말해보아라." 그녀가 냉랭하게 입을 열었다.

웃고 싶었으나 웃음이 나오지 않았다. 일순간 그 어떤 소원도 떠오르지 않았다.

눈앞에 오라버니, 부모님, 그리고 자담의 모습이 스쳐 지나갔다. 나는 무릎을 끌어안고 고개를 저으며 살짝 쓴웃음을 지었다.

"소원이 없어?" 소엽이 이상하다는 듯 고개를 돌려 나를 쏘아봤다.

지난 18년 동안 온갖 부귀영화를 누리며 금지옥엽으로 살아왔는데, 바라는 것 하나 없고 소원도 없다니…….

내가 어느 날 갑자기 이 세상에서 사라진다면 부모님과 오라버니, 자담은…… 당연히 몹시 슬퍼할 것이다. 하나 잠시 슬퍼한 뒤에는 슬픔을 잊고 계속 살아갈 것이며, 평생 부귀영화를 누린 뒤 평온하게 눈을 감을 것이다. 내가 있든 없든 이는 달라지지 않을 사실이다.

"소주를 뵙습니다!"

문득 문밖에서 기척이 느껴졌다.

나는 황급히 솜이불을 끌어당겨 미처 가다듬지 못한 옷매무새를 가렸다.

문이 열린 사이로 하란잠이 뒷짐을 지고 들어섰다. 그의 뒤로 내리는 연한 달빛에 비춰진 백의가 눈보다 희게 빛나 더 스산하게 느껴졌다.

하란잠은 방에 들어서서도 아무 말이 없었다. 이불을 껴안고 침상에 앉아 있는 나를 바라보기만 할 뿐이었다. 얼굴이 어둠에 가려 귀신인지 사람인지 분간할 수 없었다.

이윽고 그가 침상 앞으로 다가오더니 소매를 떨치며 말했다. "모두 물러가라."

"소주!"

소엽이 다급히 무릎을 꿇고 앉았다. "감히 아뢰옵건대, 소주께서는 복수의 대업을 중히 여겨주소서!"

하란잠이 고개를 숙여 소엽을 보며 말했다. "뭐라 했느냐?"

소엽의 몸이 흠칫 움츠러들더니 떨리는 목소리로 말했다. "저는 목숨이 아깝지 않나이다. 소주께서는 그간 제가 소주를 모신 점을 생각하시어 이 말을 마치도록 윤허해주십시오!" 소엽이 고집스럽게 고개를 들더니 눈물을 머금고 말했다. "복수를 위해 그토록 많은 날을 기다리고 수많은 사람이 목숨을 바친 끝에 오늘에 이르렀습니다. 이제 내일 있을 거사에 성패가 결정될 것입니다……. 그런데 소주께서 여색에 미혹되어 복수의 대업을 망치신다면, 어찌 하란씨의 피맺힌 원한 앞에 떳떳하실 수 있겠습니까!"

하란잠은 말이 없었다. 달빛에 비친 그의 얼굴이 무섭도록 파리했다.

이내 그가 담담히 입을 열었다. "충심을 바쳐주어 고맙구나."

그러나 말이 채 끝나기도 전에 돌연 손바닥을 뒤집어 날린 일장(一掌)에 소엽이 멀리 나가떨어졌다.

그대로 벽 구석에 부딪힌 소엽은 시뻘건 피를 토하며 흐늘흐늘 바닥에 쓰러졌다.

나는 너무 놀란 나머지 몸에 딱 붙는 홑옷만 입고 있다는 사실도 잊고 침상 아래로 뛰어 내려가 황망히 소엽을 일으켰다.

붉은 피가 소엽의 입가로 흘러내렸다. 그녀는 누렇게 변한 얼굴로 부들부들 떨기만 할 뿐 아무 말도 하지 못했다.

"하란잠, 당신……." 나는 놀라움과 노여움에 말을 잇지 못했다. 세속에 물들지 않은 듯 달빛처럼 새하얀 백의를 걸친 채 자신에게 충심을 바치는 연약한 소녀를 죽이려 하다니, 나는 내 눈앞에서 벌어진 광경을 믿을 수 없었다.

그런데도 하란잠은 소매를 툭툭 털고는 이렇게 말했다. "여봐라, 끌고 가라."

문밖의 호위가 들어와 소엽을 끌고 나갔다.

그렇게 끌려가면서도 소엽은 흐트러지는 눈빛으로 서글프게 하란잠을 응시했다.

하란잠은 침상 곁으로 다가오며 방금 소엽을 때린 손으로 내 얼굴을 어루만졌다.

나는 바짝 얼어붙었다. 뒤로 물러날 수도 없는 상황에서 온몸에 한기가 일었다.

"사실 사람을 죽이는 건 큰일이 아니야." 그는 웃음을 지으며 내 얼굴 앞으로 흘러내린 헝클어진 머리카락을 옆으로 치웠다. "얼마나 많은 사람을 죽이든 상관없어. 하지만 내일이면 너를 죽여야 한다고 생각하니 영 내키지가 않아."

달빛 속에서 괴이하게 빛나는 새카만 두 눈동자에는 분명 슬픔이 가득했다.

"하늘은 내게 좋은 것을 줬다가 늘 내 눈앞에서 망가뜨려버리지. 좋아할수록 더 가질 수 없어." 내 코앞까지 다가온 그는 내 눈을 들여다보며 점점 더 가까이 다가왔다. "그렇지. 나는 날 때부터 저주를 받은 불길한 사람이야. 내가 사랑한 것은 어느 것이나 내 눈앞에서 부서져버려."

그의 눈빛이 실성한 사람처럼 비탄에 젖었다.

그러나 그의 입에서 나온 '사랑'이라는 말에 나는 그만 멍해지고 말았다.

"너는 내 여인이 될 만해. 사납고 아름답고 못됐지." 그가 내 턱을 들어 올리며 넋 나간 표정으로 바라봤다. "만약 내가 하란씨의 왕자가 아니고 너희의 적이 아니라면, 너는…… 이렇게까지 나를 싫어하지 않았겠지?"

"내가 당신을 싫어하는 것은 당신의 신분과 상관이 없소." 나는 기이할 정도로 아름다운 그를 바라보았다. 과연 일국의 왕자다운 용모였다. "나는 그저 약한 자를 괴롭히고 무고한 자에게 분풀이를 하며 오직 살육과 보복만 생각하는 당신이 싫을 뿐이오."

그는 내 말에 성을 내는 대신 슬픈 눈빛을 보였다. "나는 날 때부터 이런 사람이었고 이런 운명을 타고났다."

나는 그의 말에 반박하고 싶었지만 어떻게 반박해야 할지 몰라 입을 다물었다. 도대체 그가 어떤 처참한 운명을 타고났는지 아는 바가 전혀 없었기 때문이다.

그의 눈빛이 내 얼굴에 머물렀다.

"내가 어찌 살아남았는지 아느냐? 독해지지 않고 먼저 손을 쓰지 않았다면 죽는 것은 바로 나였을 테지. 내게 너그러운 사람은 아무도 없었어. 어머니와 너를 빼고는." 그가 시선을 내리며 쓰게 웃었다. "너희는 모두 너그러운 마음씨를 가지고 있지."

평소에 보던 지독한 사내는 온데간데없고 의지가지없는 아이 같은 모습의 하란잠은 몹시도 낯설었다.

"그날, 칼을 들고 나를 죽이려던 너는 전혀 두려워하지 않았다. 너는 사람을 죽일 수 있는 사람임을 알고 있다……. 그러나 너는 나를 죽이지 않았지. 그때 네가 보인 그 여린 눈빛은 내 어머니처럼 아름다웠다. 그때는 네 칼에 죽어도 괜찮겠다 생각했음을 아느냐?"

그는 내 어깨를 붙잡고는 천천히, 아주 천천히 나를 자신의 품에 안았다.

그의 가슴팍 아래서 미칠 듯이 뛰는 심장 소리가 들렸다.

나는 몸부림치며 반항하는 대신 가만히 그가 하는 대로 내버려두었다. 그리고 그의 마음이 가장 약해졌을 때 부드럽게 그의 이름을 불렀다. "하란잠, 당신에게 잘해주려는 사람이 없는 게 아니오. 당신이 평온한 삶을 살기 위해 노력한다면 나긋나긋한 여인들이 그런 당신과 함께하려 줄을 설 거요."

그는 내 말을 자르며 미소를 머금고 나를 응시했다. "그렇게 많은 여자는 필요 없어. 내가 원하는 건 너야. 그리고 네 남편의 머리지."

머리끝부터 발끝까지 치미는 한기에 한동안 굳어 있던 나는 이내 차갑게 웃어 보일 수밖에 없었다. "소기를 죽이더라도 당신 나라는 되찾을 수 없소. 더 많은 하란씨가 당신을 위해 목숨을 갖다 바칠 뿐이오."

그의 새카만 눈 속에서 잔인하고도 냉랭한 웃음이 밤안개처럼 서서히 퍼져 나갔다.

"이야기를 하나 들려주지." 그가 침상 곁에 앉으며 말했다.

"하란국에는 아름답고 고귀한 공주가 하나 있었다. 어쩌나 고귀한

지 쳐다보는 것조차 그녀에 대한 모욕이 될 정도였어."

그가 눈동자를 내리깔며 나를 쳐다봤다. "넌 그녀와 많이 닮았어."

"하란 왕은 그녀를 하란씨에서 가장 고귀한 용사에게 시집보냈다. 그런데 혼례식 날, 예식에 참석했다가 그녀의 미모에 반한 돌궐 왕자가 모두가 보는 앞에서 그녀를 빼앗아버렸지. 돌궐의 노여움을 살까 두려워한 하란 왕은 두 눈 멀쩡히 뜨고 그녀가 치욕 당하는 것을 두고 볼 수밖에 없었어. 그녀는 나약한 여인일 뿐이었기에 감히 반항할 용기가 없었지. 그렇게 돌궐 왕자에게 능욕을 당한 공주는 남녀 쌍둥이를 낳았다."

하란잠은 마치 옛날 옛적의 이야기를 들려주는 듯했다. 흥미진진하게 이야기를 들려주는 그의 입가에 웃음이 걸린 듯했다.

"왕족은 그녀와 쌍둥이를 크나큰 치욕으로 여겼어. 그 후 하란 왕은 그녀의 신분을 빼앗고 아이들과 함께 궁 밖으로 쫓아냈다. 오직 그녀에게 충성을 바친 호위장만이 계속 따르며 그녀가 두 아이를 기르도록 돕고, 그녀의 아들에게 글과 무예를 가르쳤다."

하란잠의 수려한 옆얼굴을 바라보는데 문득 아릿한 통증이 일었다.

"그녀의 자식들은 무럭무럭 커갔어. 세 사람이 서로를 의지해 곤궁하고 고된 삶을 이어갔지. 그러던 어느 해, 딸이 병에 걸려 오늘내일 하는지라 그녀는 아들을 데리고 황족을 찾아가 딸을 구해달라고 빌었다. 하지만 그들은 사내아이더러 더러운 씨라고 욕하며 그녀를 쫓아냈어. 그런데 사람 앞일은 아무도 모른다더니, 몇 년 뒤 돌궐 왕자가 사람을 보내 그녀의 아들을 강제로 빼앗아 갔다."

그 말에 내가 불쑥 외쳤다. "왜 그랬소? 그 전까지만 하더라도 모른 척하지 않았소?"

그가 냉소했다. "그 왕자의 유일한 아들이 전장에서 죽어버렸거든.

후사가 없으니 하란에 버려둔 더러운 씨가 기억난 거지."

나는 아무 말도 할 수 없었다.

"그 아이가 끌려간 지 얼마 지나지 않아 중원과 돌궐 사이에 전쟁이 일어났다. 양국 사이에 끼인 하란의 백성은 참혹한 전쟁에 신음하고 도탄에 빠지는 신세가 되었지. 돌궐에 있던 그 아이는 가족이 온갖 고난을 겪고 있음을 알면서도 아무것도 할 수 없었다."

그가 고개를 들자 차마 삼키지 못한 눈물이 흘러내렸다.

"하란성이 무너지기 전, 돌궐도 패해 북방으로 달아났다. 그 아이는 돌궐 왕자에게 죽기를 각오하고 간청한 끝에야 호위병을 이끌고 어머니를 구하러 하란으로 달려갈 수 있었다." 거기까지 말하고는 말을 멈춘 그의 동공이 갑자기 수축하더니, 이내 그의 입에서 가장 잔혹한 대목이 흘러나왔다. "그런데 늦고 말았어. 겨우 하루였는데……. 하란 왕성은 이미 소기의 발아래 떨어져, 하란족의 시체가 산을 이루고 그들이 흘린 피가 내를 이루고 있었다. 왕족이란 왕족은 모조리 죽임을 당했지. 아녀자고 갓난아이고 살아남은 자는 하나도 없었어. 그래도 그는 내심 마지막 희망을 놓지 않았다. 그의 어머니는 이미 왕가에서 축출되었으니 그들과 함께 죽임을 당하지는 않았으리라고……. 하지만 그가 어머니가 살던 마을에 당도했을 때, 온 마을은 이미 불길에 휩싸여 있었다. 그는 무너진 담장 안쪽에서 시커멓게 그을린 시신 두 구를 발견했다. 어머니가 그의 여동생을 꼭 안은 채로 불에 타 죽어 있었지."

그의 이야기를 들을수록 숨이 가빠졌다. 차마 눈 뜨고 볼 수 없는 그 참혹한 광경이 눈앞에 펼쳐지며, 절망감에 광분해 폐허 속에서 처절하게 울부짖는 소년이 보이는 듯했다. 전쟁에 휩쓸리면 사람의 목숨은 한낱 파리 목숨보다 못해진다. 위로는 황족부터 아래로는 평민까지 누구도 재앙을 피할 수 없다. 소기가 평민을 학살하지 않더라도, 고래 싸움에 새우 등 터지듯 평민도 그 해를 고스란히 받아 가장 심각한 피해를 입게 된다. 장군치고 손에 피 한 방울 적시지 않은 자가 어디 있으며, 백골을 쌓아 올려 그 전공을 높이지 않은 자가 어디 있으랴!

여전히 고개를 쳐들고 있는 하란잠은 마치 그대로 굳어버린 듯했다.

내 손을 꽉 움켜쥔 그의 손가락은 온기 하나 없이 차디찼다.

"내가 세상에서 마음에 걸려 하던 얼마 안 되는 것들이 그날 모두 잿더미로 변해버렸다. 그 순간부터 나는 나라도, 부족도, 집도 없는, 돌아갈 곳 없는 외로운 넋이 되었다. 어머니의 호위장이었던 색도가 나를 찾아내, 요행히 도망친 궁인들을 데리고 나를 소주로 모시며 하란씨를 위해 복수하겠다고 목숨을 걸고 맹세했지."

그의 눈 속에 괴이한 광증이 번뜩였다. "웃기지도 않아. 내가 왜 하란씨를 대신해 복수를 해야 하지? 친족에게 버림받은 돌궐의 더러운 씨가 무슨 소주야? 뭐, 상관없어. 그런 것이 다 무슨 상관이야! 더러운 씨면 어떻고 소주면 또 어때? 어머니와 여동생의 복수만 할 수 있다면 못 할 것이 없지! 두 사람을 죽인 사람은 반드시 그보다 백배는 더 처참한 대가를 치르게 될 거야!"

어떤 대꾸도 할 수 없었다. 그저 씁쓸하고 괴로울 따름이었다.

어디 하란잠뿐이겠는가……. 전쟁으로 고통을 받은 백성들 가운데 부모 형제 없는 이가 어디 있을까! 처량하게 홀로 남아 분노를 터뜨리던 그 소년에게 어머니와 여동생은 아마 유일한 행복이자 근심이었을 것이다.

상처투성이인 그가 가엾지 않은 것은 아니다.

그러나 그가 원한을 품은 대상은 내 낭군, 내 나라였다.

그리고 나는 이미 그의 복수를 위한 장기짝이 되어 있었다.

섬뜩한 기다림

고모는 누구나 가장 소중한 과거를 마음속에 품고 있다고 했다.

이 순간, 나는 고모의 말을 떠올렸다.

선하든 악하든, 사람은 누구나 지키고자 하는 것과 소중히 여기는 것이 있는 법이다. 그것이 누군가에게 침범당하면 목숨을 내걸고 온 힘을 다해 지키는 것이 당연했다. 만약 내가 사랑하는 가족이 이같이 참담한 화를 당하는 광경을 목도했다면, 나 또한 남은 생을 모두 바쳐 복수할 것이다.

"누군가를 원망한 적이 있나?" 그가 냉담한 눈빛으로 나를 들여다 봤다.

"없소." 나는 눈을 내리깔며 쓸쓸히 웃었다. "내게는 원망할 사람이 없소."

살아오면서 나를 등지고 버린 이는 가족과 낭군뿐이었다. 하지만 어찌 그들을 원망할 수 있겠는가!

나는 고개를 들어 그의 두 눈을 마주 보며 말했다. "언젠가 당신이 대군을 이끌고 중원을 정벌한다면 우리 중원의 아녀자와 어린아이, 노인은 살려줄 테요?"

나를 빤히 응시하는 그의 눈빛이 갈피를 잡지 못하고 오락가락했다.

하란잠은 그렇게 한참을 고개만 기울인 채 아무 대꾸도 하지 않았다.

나는 그를 뚫어져라 바라보며 말했다. "당신이 나를 죽이는 것 또한 무고한 목숨을 죽이는 것이 아니오? 당신에게 어머니와 여동생이 있었듯, 내게도 부모님과 오라버니가 있소. 자기가 원치 않는 것은 남에게도 강요하지 않는 법, 당신이 지금 하는 짓을 소기와 비하면 어떤 것 같소? 소기는 나라를 위해 전쟁을 했지만 당신은 사사로운 원한을 갚으려는 것뿐이오. 당신 자신에게 잘못이 없다고 생각한다면, 그날 소기는 어떤 잘못을 저질렀단 말이오?"

"닥쳐라!" 격노한 하란잠이 손을 들어 올렸다. 손바닥이 일으킨 바람이 뺨을 스쳤지만 내 뺨 위로 손바닥이 떨어지지는 않았다.

심중의 포악한 기운을 애써 억누르는 듯, 그의 두 눈은 살기로 붉게 물들었다. "너는 소기를 위해 변명만 늘어놓을 뿐, 죄를 뉘우칠 줄 모르는구나. 너희 중원인은 하나같이 위선적이고 간사해서 사내는 모조리 죽여야 하고 여인은 하나도 믿을 수 없어! 언젠가는 내 반드시 남만(南蠻)을 모조리 죽이고 중원을 철저히 짓밟을 것이다!"

그에게 방구석까지 몰리다가 등이 벽에 닿아 더 이상 물러날 수 없게 되었다.

실성한 사람처럼 일그러진 그의 얼굴을 보며 나는 한 가지 분명한 사실을 깨달았다. 두 민족 사이의 피맺힌 원한이 대를 이어 전해져 살육이 멎을 날이 없겠다는 것을……

전장에는 승자와 패자만 있을 뿐, 옳고 그름은 없다.

내가 적을 죽이지 않으면 적이 나를 죽일 뿐이다.

백성들이 누리는 태평하고 안락한 삶은 장군이 국경을 피로 물들인 덕에 얻어낸 삶이었다.

예장왕이 10년 동안 전장을 누비며 나라를 지키지 않았다면 수많은 중원의 부녀자와 어린아이도 다른 민족에게 능욕을 당했을 것이다.

"하란잠, 당신은 틀림없이 후회할 것이오." 나는 오만하게 웃었다. "소기와 적이 된 것을 말이오."

하란잠의 눈동자가 수축하는 것이 보였다. 그는 몸을 굽히며 다가와 내 턱을 쥐었다.

"자기 여인조차 못 지키는 자가 무슨 영웅이란 말인가? 소기는 그저 인간 백정일 뿐이다!"

나는 그에게 붙들린 채 몸부림치며 말했다. "나는 죽어도 상관없으나 당신이 바라는 대로 되지는 않을 것이오."

하란잠은 손에 힘을 주며 쇠 집게로 조이듯 내 목을 꽉 쥐고는, 내가 고통에 못 이겨 눈을 감자 내 귓가로 몸을 내리며 냉소했다. "그래? 그러면 두 눈 크게 뜨고 똑똑히 지켜봐!"

그가 내 옷자락 속으로 손을 집어넣어 천천히 옷고름을 벌리며 입술을 내 귓가에 갖다 댔다. "차라리 너부터 내 여인으로 만드는 것이 낫겠어. 그러면 내가 소기를 죽여도 수절할 필요가 없을 테니 말이야."

문득 입속에 피비린내가 퍼졌다. 입술을 하도 세게 깨물어 찢어진 것이었다. 그러나 그 아픔도 치욕을 당하는 데서 오는 분노에 지워졌다.

그는 나를 침상에 넘어뜨리고 힘껏 짓눌러왔다.

나는 몸부림치지도, 그를 때리지도 않았다. 그저 고개를 들고 경멸에 찬 미소를 지었다.

"하란잠, 네 어머니가 지금 하늘에서 너를 보고 계실 것이다."

순간 뻣뻣하게 굳은 하란잠은 하던 짓을 멈췄다. 그의 가슴팍이 빠르게 오르내리고 얼굴이 무서울 정도로 파리해졌다.

그의 눈빛과 표정은 볼 수 없었다.

모든 것이 죽은 듯 그대로 멈췄다.

그렇게 한참이 지난 뒤, 하란잠은 천천히 몸을 일으키더니 내게는 눈길 한 번 던지지 않고 방을 떠났다. 그의 뒷모습은 마치 생기를 잃고 죽은 사람처럼 뻣뻣하고 음산했다.

또 하루가 지났다.

셈을 해보니 그들은 오늘 밤 움직일 터였다. 그런데 하란잠 쪽도, 소기가 보낸 사람도 이렇다 할 움직임을 보이지 않았다.

그 후로 누구도 나를 찾아오지 않았고, 식사나 물을 가져오는 사람도 없었다. 나는 홀로 이 작은 방에 갇혀 있었다.

밤이 되자 방 안으로 시커먼 어둠이 내렸다.

나는 침상 머리맡에 웅크린 채 요 며칠 동안 괴롭힘을 당하면서 생긴 무수한 상처들을 가리기 위해 옷깃을 꽉 여몄다. 그러나 아무리 옷깃을 꽉 여며도 치욕의 흔적은 가릴 수 없었다.

나는 이렇게 초라하고 망측한 모양새로 소기를 만나고 싶지 않았다. 설령 그가 보는 것이 내 시신일지라도 깨끗하고 보기 좋은 모습이었으면 했다.

그때 문득 문어귀에서 빛 한 줄기가 스며들었다.

언제 왔는지 하란잠이 문 앞에 서 있었다. 일신에 걸친 흑의와 바닥에 끌리는 피풍(披風, 망토)이 그의 뒤로 보이는 시커먼 어둠과 하나가 된 모습이었다.

그의 뒤를 따르는 구레나룻 사내는 철갑으로 무장한 병사 여덟을 이끌고, 머리부터 발끝까지 피풍으로 가린 채 귀신처럼 문밖을 지키고 서 있었다.

"때가 되었소?" 나는 태연히 몸을 일으키며 흐트러진 머리를 매만졌다.

하란잠이 돌연 내 얼굴을 들어 올렸다.

달빛 아래서 본 그의 얼굴은 눈처럼 창백했고, 손가락은 얼음처럼 차디찼으며, 얇은 입술은 살짝 떨리고 있었다.

"오늘이 지났을 때, 너도 죽지 않고 나도 죽지 않았다면…… 너를 대막으로 데려갈 것이다……." 그의 눈은 아쉬운 듯 아련함이 가득했다.

"설령 시신뿐이더라도 소기가 거둬 갈 테니 당신은 아무것도 가져가지 못할 것이오." 나는 담담히 답했다.

그가 흠칫 손을 굳히며 눈도 깜빡이지 않고 나를 응시했다. 활활 타오르던 눈빛이 차디차게 식어갔다.

구레나룻 사내가 들어와 검은 함 하나를 하란잠 앞에 바쳤다.

한 손을 그 함 위에 얹은 하란잠의 눈가가 살짝 움찔거리는 듯했다.

"소주, 지체해서는 아니 됩니다." 구레나룻 사내가 나직이 재촉했다.

하란잠의 얼굴빛이 방금 전보다 더 창백해졌다. 그는 손을 떨면서 함 뚜껑을 확 들어 올렸다.

함 속에는 평범한 옥대가 놓여 있었다.

그가 느릿느릿 옥대를 꺼냈다. 아무래도 내 허리에 맬 모양인 듯했다.

나는 그의 손이 닿지 않도록 뒤로 몸을 뺐다. 어쩐지 그 옥대가 독사같이 나를 옭아맬 위험한 물건처럼 보였다.

구레나룻 사내가 앞으로 나오더니 나를 붙잡았다.

하란잠이 두 손을 내 허리에 두르는 순간, 탁 소리와 함께 옥대가 채워졌다. 손바닥으로 살며시 매만지는 느낌이 났다.

"지금부터 함부로 움직이지 않는 게 좋을 거야." 미소를 띠었지만 서리가 내린 듯 차디찬 얼굴이었다. "옥대에 아주 지독한 폭약이 숨겨져 있다. 일단 기관을 건드리면 불길이 치솟아 한 장이 넘는 거리로 퍼지면서 그 안에 있는 모든 것을 잿더미로 만들어버릴 것이다."

나는 숨결조차 얼어버린 듯 뻣뻣해졌다.

"내가 단번에 소기를 죽이기를 하늘에 기도해라. 그래야 너도 죽음을 면할 테니." 가볍게 내 얼굴을 어루만지는 하란잠의 미소가 점점 더 차가워졌다.

하란잠은 내게 검은 피풍을 씌웠다. 달빛을 받은 피풍 위로 눈에 익은 주홍색 호랑이 모양 휘장이 눈에 확 들어왔다.

주홍색 호랑이 표장은 병부 흠차사(欽差使)의 휘장이었다.

설마 이들이 병부 흠차사의 호위인 척 병영으로 잠입할 생각인가?

그렇다면 보통 심각한 상황이 아님에 가슴이 덜컥 내려앉았다. 생각하고 싶지도 않은 무시무시한 상황이 어렴풋이 그려졌다.

깊이 생각할 겨를도 없이 하란잠에게 손목을 단단히 잡혔다. "날 따라와. 자칫 잘못하면 온몸이 불길에 태워진다는 점을 잘 새겨두고."

손발이 차갑게 굳고 얼이 빠진 채로 그를 따라 한 발 한 발 문밖으로 나섰다.

변경의 차디찬 밤바람에 소매가 펄럭였다. 아스라이 병영의 불빛이 보였다.

달은 하늘 한가운데 휘영청 떠 있고 밤이 깊어 사위가 고요한 이때, 나는 이미 죽을 길에 올라 되돌아갈 수 없게 되었다.

하란잠은 움직이기 시작했지만 소기는 여전히 아무 기색도 보이지 않는 듯했다.

정원에는 명을 기다리는 수하들이 있었다.

얼굴빛이 파리한 소엽도 건장한 사내 둘에게 붙들려 그 가운데 끼여 있었다. 중상을 입은 듯 금방이라도 고꾸라질 것 같았다. 그런데 소엽의 차림새가 심상치 않았다. 온갖 장신구로 치장하고 삼단 같은

159

머리를 높이 쪽 찐 채 궁의를 걸친 모습이 영락없는 명문가의 귀부인이었다.

순간 가슴속에 한기가 차올랐다. 아마 소엽은 나로 가장해 소기에게 다가가려 할 것이다.

사방을 밝힌 병영의 불빛은 멀리까지 이어졌다.

구레나룻 사내가 맨 앞에 섰고, 하란잠이 내 뒤에 서서 나를 직접 호송했다. 하란잠 무리가 수없이 늘어선 병영을 지나는 동안, 순찰 돌던 병사들은 멀리서 우리를 발견하고는 공손히 길을 양보했다. 관문을 지날 때마다 구레나룻 사내가 주홍색 영패(令牌)를 내보이면 막힘없이 지나갈 수 있었다.

내 추측이 맞는다면 그것은 병부 흠차사의 인신(印信)이 분명했다.

봉랍한 호분령(虎賁令)을 보니 병부 흠차사가 친히 왕림한 듯했다.

과연 관문을 통과하자, 흠차사의 호랑이 휘장 아기(牙旗, 대장의 군영에 세우는 깃발로, 깃대 끝을 상아로 장식함)가 사령기 옆에 우뚝 세워져 주홍색 호랑이 문양이 펄럭펄럭 불빛을 비추고 있었다.

마지막 관문을 넘고 나니 북방 변경 대병영의 연무장이 나타났다.

연무장은 산 밑에 지어졌는데, 연무장 밖에는 산자락으로 통하는 광활한 숲이 펼쳐져 있었다. 연무장 안에는 이미 높이가 몇 장에 달하는 봉화대가 세워져 있고, 봉화대 앞 30장 밖에는 대장군이 올라 열병하는 장대(將臺)가 있었다.

숙부께서 말씀하시길, 병부 흠차사가 변경 관문을 순찰할 때마다 열병 훈련을 거행하는데, 연무장에 봉화를 피우고 대장군의 지시에 따라 주장(主將)이 장대에 올라 구령을 내리면 육군(六軍)의 장졸이 대열을 정렬하고 훈련을 실시해 흠차사에게 용맹한 군위(軍威)를 보인다고 했다.

고개를 들어 올려다보니 봉화대에는 이미 층층이 쌓인 장작더미가 탑처럼 우뚝 솟아 있었다.

어둠이 내린 가운데, 맞은편에서 마찬가지로 검은색 피풍을 걸친 무리가 다가왔다. 그들의 피풍에는 흠차사 호위의 휘장이 있었다.

"연무장에 함부로 들어선 자가 누구냐?"

"우리는 흠차사 대인의 명으로 일부러 살펴보러 온 사람들이오." 구레나룻 사내가 영패를 내보였다.

한 사람이 앞으로 나서 영패를 받아 자세히 들여다보더니 나직하게 물었다. "왜 늦었소?"

구레나룻 사내가 대답했다. "삼경 일각이니 늦은 것이 아니오."

그 사람은 동료와 시선을 주고받더니 고개를 끄덕이고는 영패를 받았다.

"귀하께서 하란 공자이십니까?" 그 사람이 몸을 숙이며 말했다.

보통 호위처럼 꾸미고 내 옆에 선 하란잠은 피풍으로 얼굴을 가린 채 아무런 반응도 보이지 않았다.

"주상께서는 따로 중요한 일을 하셔야 하니 먼저 가실 것이오." 구레나룻 사내가 나직이 속삭였다. "우리는 응당 명에 따라 움직일 것이오."

그 사람이 고개를 끄덕이며 말했다. "사람들은 이미 적절한 곳에 심어두었습니다. 일단 거사가 벌어지면 곧바로 호응할 것입니다."

"대인께서 수고하셨습니다!" 구레나룻 사내가 공수(拱手)한 채 몸을 숙였다.

나는 그들이 나를 스쳐 지나 귀신처럼 어둠에 섞여드는 것을 바라봤다.

일순 온몸이 서늘해지면서 사방팔방에서 한기가 살갗을 뚫고 들어왔다.

역시 내통하는 자가 있었어. 설마 그 사람이 흠차사의 부하일 줄이야!

어쩐지 휘주를 쉽게 빠져나오고, 군수품을 호송하는 무리에 섞여들고, 대낮에 영삭 병영에 들어서기까지 하더라니…….

하란잠이 어떻게 이토록 비범한 재능을 가졌는지 줄곧 의아했는데, 이제 보니 내통자가 있었던 것이다.

소기와 왕씨 가문에 맞서는 것도 마다치 않고 하란의 잔당과 결탁해 왕비를 납치하고 예장왕을 해치려고 하다니, 대체 어떤 자가 이리도 담이 크단 말인가? 하란잠은 또 무엇으로 이자가 목숨까지 내놓게 만들었단 말인가?

정말로 하란잠에게 이같이 비범한 능력이 있단 말인가? 아니면 또다른 주모자가 있는 것인가?

내통자는 흠차사의 수하로 잠입한 자일까? 아니면 흠차사 자신일까?

나는 그들에게 끌려 연무장을 벗어나 연무장 밖 숲으로 들어섰다.

숲 속의 드넓은 공간에는 병풍처럼 박아둔 수많은 말뚝부터 기기괴괴한 형상의 공격용 물체까지 있었는데, 진법(陣法) 훈련을 위한 것들로 보였다.

사경(四更)을 지나면서 순시 준비를 하는 병사들이 사방으로 바쁘게 오갔지만, 어느 누구도 '흠차사'의 사람들인 우리를 막아서지 않았다.

순시병이 지나갈 때마다 내가 조금이라도 이상한 낌새를 보이면 하란잠은 곧바로 손을 뻗어 내 허리에 매인 옥대에 걸었다.

타인의 손에 생사가 달린 까닭에 도움을 청할 수도 없고 도망칠 기회는 더더욱 없었다. 그저 때가 오기만을 애타게 기다릴 수밖에 없었다.

하란잠은 나를 높은 곳에 설치된 망루로 데려갔다. 수행하던 자들은 은밀한 곳에 몸을 숨겼다.

하늘이 밝아오면서 병영 주변 모닥불이 하나둘 꺼졌고, 연무장도 새벽빛을 받으며 점차 뚜렷한 윤곽을 드러냈다. 하늘가에 머물던 마지막 한 줄기 어둠까지 가시고, 햇빛이 구름을 뚫고 쏟아져 내리며 가없는 대지를 비췄다.

돌연 낮고 묵직한 호각 소리가 몇 리에 달하는 대병영에 울려 퍼졌다.

둥둥둥 전고(戰鼓)가 울리고 호각이 일제히 울렸다. 만 갈래 노을빛이 구름을 뚫고 모습을 드러내고 하늘가에 바람과 구름이 일렁이는 기세가 몹시도 웅혼했다. 대지가 살짝 흔들리며 미약한 새벽빛 사이로 연무장 사방에서 먼지가 뭉게뭉게 일었다.

별안간 연무장 사방에서 대열을 갖춘 채 무장한 군사들이 나타나 질서정연하게 전진하자, 군화 소리가 지면을 뒤흔들면서 황룡 같은 먼지구름이 일었다.

나직하고 위엄 있는 북소리가 세 번 울리더니 대장군이 지휘를 시작했다. 장대 위에 검은 바탕에 금색 테두리를 두른 수기(帥旗)가 불쑥 솟아 바람에 펄럭펄럭 휘날렸다.

수기가 펄럭이는 곳에서 두 줄로 늘어선 철기군이 말 두 필을 에워싼 채 나란히 내달려 높은 대 위에 올랐다.

맨 앞에서 검은 준마를 타고 가는 사람은 눈에 익은 흰 깃이 달린 검은 투구를 쓰고 번왕의 복색인 반룡(蟠龍, 아직 승천하지 않고 땅에 서려 있는 용) 전포(戰袍)를 걸치고 있었다. 말고삐를 쥐고 검을 찬 외관이 퍽 자신만만해 보였고, 검은색 창의(氅衣)가 바람에 휘날렸다. 그 옆에 나란히 선 사람은 털빛이 붉고 갈기가 검은 말을 탄 채 주홍색 포(袍)를 입고 높은 관을 쓰고 검을 차고 있었다.

소기였다. 경사 성루에서 처음 보았을 때처럼 다시금 멀리서 그의 모습을 눈에 담았지만, 그때와 지금의 느낌은 전혀 달랐다.

문득 눈앞이 흐려지면서 눈물이 솟구쳤다.

"대장군 승장(升帳)──."

호각 소리가 낭랑하게 울리자 육군의 장수와 병사가 일제히 내지르는 고함 소리에 천지가 흔들렸다.

중갑을 걸치고 검을 찬 대장 아홉이 먼저 말을 타고 장대 앞으로 나와 검을 잡으며 예를 행했다.

소기가 군사들을 내려다보며 손을 살짝 들어 올리자, 연무장에 있는 병사 수만 명이 곧 숙연해지더니 쥐 죽은 듯 고요히 귀를 기울였다.

위엄 있고 묵직한 목소리가 멀리까지 퍼졌다. "흠차사 서수(徐綬)가 황제 폐하를 대신하여 북방을 순찰하기 위해 친히 영삭을 찾아 국사에 힘써 변경을 위로하였다. 금일 연무장에서 부대를 사열하니 군사들은 내 호령에 따라 진용을 갖춰 우리 군의 위엄을 드높임으로써 황은에 보답하라!"

수만 군사가 일제히 병장기를 높이 들고 내지르는 우렁찬 함성에 가슴이 쿵쿵 뛰고 귓가가 윙윙 울렸다.

둥둥둥 울리는 북소리는 대지를 흔들면서 가슴속으로 파고들었다.

전령대(傳令臺) 위에서 각기 동서남북 사방을 향해 선 네 명의 병사는 영기(令旗)를 펄럭펄럭 휘둘렀다.

호각 소리가 나고 징과 북이 일제히 울리는 가운데 북소리가 점점 급해졌다.

검은 갑옷을 입은 철기대가 먼저 연무장 안으로 뛰어들었다. 그들은 질서정연하고 거침없이 연무장을 누비며 장교(將校)의 손에 들린 홍기(紅旗)를 따라 구궁진(九宮陣)을 훈련했다. 이어서 중갑영(重甲營), 보기영(步騎營), 신기영(神机營), 공거영(攻車營)…… 각 영마다 장교 한 명의 통솔하에 전투 진영을 펼치고 능숙하게 훈련을 이어갔다.

순식간에 사방에서 흙먼지가 날아오르고 깃발이 허공을 가르며 우레와 같은 함성이 울려 퍼졌다.

실제 전쟁이 벌어진 것도 아닌데, 보고 있자니 간담이 서늘해졌다. 지난날 경사에서 본 것과는 비교도 안 되는 웅장한 기세에 눌려 내가 얼마나 위험한 상황에 놓였는지조차 잊을 정도였다.

곁에 있던 하란잠은 칼자루를 힘껏 움켜쥐었다. 눈썹 끝은 날카롭게 치솟고, 낯빛은 점점 무겁게 가라앉으며 스산해졌다.

사방에서 뭉게뭉게 흙먼지가 이는 통에 멀리 시선을 던져 봐도 펄럭이는 깃발과 날붙이가 내뿜는 서늘한 빛밖에 보이지 않았다.

높은 누대에 선 소기가 팔을 흔들어 창의 자락을 들어 올리고는 커다란 활을 건네받아 활시위를 보름달처럼 휘는 순간, 불화살 한 대가 허공을 가르며 날아가 봉화대에 쌓인 장작더미에 꽂혔다. 곧이어 봉화가 활활 타오르자 호각이 다시 울리기 시작하며 우렁찬 소리가 하늘가에까지 가 닿았다.

연무장을 가득 메운 병사들이 천지를 뒤흔드는 우렁찬 함성을 일제히 쏟아냈다.

누대 위에서 소기가 검을 뽑아 들더니 허공에 서늘한 빛을 뿌리며 하늘가를 가리켰다. 그가 올라탄, 온몸이 새카맣고 우람한 준마가 길게 울부짖으며 발굽을 높이 쳐들었다가 바로 섰다.

연무장 안의 대열은 물길이 갈라지듯이 양쪽으로 일사불란하게 물러나, 한가운데로 곧게 쭉 뻗은 큰 길을 냈다.

소기가 앞장서고 흠차사 서수가 그 뒤를 따르며 나란히 연무장 안으로 말을 몰았다.

하란잠과 몰래 내통한 자가 서수일까?

서수가 소기 뒤를 따르는 것을 보니 가슴이 바짝바짝 타들어갔다. 할 수만 있다면 한달음에 달려가 소기에게 위험을 알려주고 싶었다.

그때 옆에 있던 하란잠이 냉소를 흘리며 손을 내 허리에 갖다 대고는 나지막이 말했다. "소기와 한날한시에 죽고 싶은 것이 아니라면 경거망동하지 마라."

나는 소리를 삼키며 입술을 깨물었다.

하란잠이 목소리를 낮추며 음험하게 웃었다. "잘 봐둬. 잠시 후면 과부가 될 터이니."

나는 연무장 쪽으로 고개를 홱 돌렸다. 이미 연무장 한가운데 이른 소기 뒤로 대장(大將) 아홉 명이 따르고 있었다. 그의 뒤에 있던 전령관이 영기를 휘두르며 양쪽을 각각 가리키고는 흑갑 기병대는 신속히 나오라고 명령했다.

이때 소기가 갑자기 말 머리를 돌리더니 오른쪽으로 내달렸다. 뒤에 있던 철기병이 일자 횡으로 갈라지며 중장보병(重裝步兵)이 앞길을 끊었다. 진형이 구불구불 지면을 훑으며 내달리는 한 마리 뱀처럼 빠르게 바뀌면서 눈 깜짝할 사이에 소기와 서수를 좌우 양 날개로 갈라놓았다.

소기는 왼쪽 날개를 이끌고 놀랍게도 우리가 몸을 숨긴 숲을 향해 달려왔다.

서수는 왼쪽 날개에 둘러싸여 말고삐를 쥐고 빙글빙글 사방으로 돌 뿐, 앞뒤가 모두 막혀 옴짝달싹하지 못했다. 그 와중에 무장한 병사들이 사방에서 밀물처럼 몰려들어 진형을 좁혀가며 서수를 한가운데로 몰았다. 서수는 몇 번이나 말을 달려 퇴로를 뚫으려 했으나 이미 독 안에 든 쥐 신세였다.

하란잠이 저도 모르게 낮게 외쳤다. "일이 틀어졌다!"

혼비백산 魂飛魄散

문득 굉음이 울리며 지축이 흔들리고, 흙먼지가 휘날리면서 연무장 가운데에서 불빛과 검은 연기가 치솟았다. 굉음 탓에 눈앞이 아찔하고 귀가 먹먹해 몸을 가누지도 못할 지경이었다.

찰나의 순간에 상황이 급변했다. 연무장 안은 휘날리는 흙먼지로 한 치 앞을 분간할 수 없었다. 군사들의 함성 소리와 놀란 말들이 울부짖는 소리가 한데 엉켜 정신을 차릴 수가 없었다.

서수가 말을 멈추고 선 자리에 거대한 구덩이가 푹 패어 있었다!

그를 둘러싸고 있던 군사들은 비록 부상을 입고 바닥에 쓰러진 자들이 있기는 하였으나, 방패로 몸을 막은 덕분에 사상 정도가 심각하지는 않은 듯했다. 그러나 서수와 그가 탄 말, 그의 주위에 있던 심복과 호위들은 구덩이 한가운데 있었으므로 사지가 찢겨 나가 형체를 알아볼 수 없게 되었을 것이다.

방금 전까지도 멀쩡히 살아 있던 사람이 이렇게 내 눈앞에서 사라져버렸다. 머릿속이 텅 빈 듯 멍해지고 가슴속에는 경악과 공포가 들어찼다. 식은땀에 옷이 젖어들었다.

그때 자욱한 연기 속에서 검은색 바탕에 금색 테가 둘러진 수기가 우익군 사이에서 높이 솟아올랐다.

수기가 펄럭이는 가운데 검은 군마가 발굽을 쳐들며 뛰어올랐다. 말 등에 탄 소기가 칼집에서 칼을 뽑아 들자 번개가 창공을 가르는 듯했고 서늘한 검광에 눈이 부셨다. 태어나서 처음으로 느껴보는 울렁임에 혈기가 불끈 치솟는 듯했다.

하란잠이 무시무시한 기세로 명령했다. "적들을 죽여라!"

구레나룻 사내가 다급히 외쳤다. "소주, 안 됩니다! 소기가 이미 방비하고 있었으니 아무래도 덫에 걸린 것 같습니다!"

"그래서 어떻다는 것이냐?" 하란잠이 내 어깨를 쥔 손에 갑자기 힘을 주자 어깨가 떨어져 나갈 것만 같았다.

나는 비명을 지르지 않기 위해 입술을 깨물었다.

구레나룻 사내가 한스럽다는 듯이 말했다. "지금은 상황이 좋지 않으니 바라옵건대 소주께서는 속히 군대를 퇴각시켜주십시오!"

"이 하란잠은 평생 퇴각이란 말을 모르고 살았다!" 하란잠이 사납게 웃었다. "기껏해야 원수와 동귀어진(同歸於盡)밖에 더하겠느냐!"

그의 뒤에 있던 군사들은 이미 죽기를 각오한 듯 한목소리로 외쳤다. "속하는 소주와 함께할 것입니다!"

뻣뻣하게 굳은 채 서 있던 구레나룻 사내가 마침내 긴 한숨을 내쉬며 말했다. "속하는 죽어도 소주를 따를 것입니다."

그때 문득 연무장에서 묵직하고 스산한 호각 소리가 뿌우우 울렸다.

소기의 위엄 있고 진중한 목소리가 혼란을 뚫고 멀리서 들려왔다. "적들이 암살을 기도하였으니 죽어 마땅하다!"

그의 목소리가 퍼지자 연무장 안의 군사들이 삽시에 숙연해졌다.

소기만이 검을 들고 말을 탄 채로 벽력같이 외쳤다. "군사들은 들어라! 사방을 봉쇄하고 적을 발견하면 무조건 죽여라!"

군사들이 일제히 소리쳤다. "죽여라――."

우레같이 울리는 함성과 함께 날카로운 칼들이 칼집을 빠져나왔다.

바로 이때, 또다시 상황이 급변했다.

귀가 찢어질 듯한 날카로운 소리와 함께 소기가 탄 말 앞으로 불빛이 번뜩이자, 소기가 다급히 말 머리를 돌려 뒤로 물러났다. 불빛이 땅바닥에 떨어지자마자 뇌화탄(雷火彈)이 터지듯 산산이 부서진 석판이 사방으로 날아갔다. 거의 동시에 주변에 있던 병사들 중 몇몇 인영(人影)이 유령처럼 스윽 움직였다. 검은 인영 하나가 공중으로 솟구쳐 올라 소기의 정면에서 희뿌연 가루를 흩뿌리자 석회 가루가 공중을 뒤덮었다. 그 즉시 좌우의 두 사람이 말 앞으로 구르면서 날카로운 검광이 말굽을 가로질렀다.

석회 가루가 온 천지에 날리는 가운데 검광만이 번뜩였다. 얼기설기 뒤엉킨 살기가 소기 한 사람을 향해 천라지망(天羅地網)을 펼쳐갔다.

모든 일이 믿을 수 없을 정도로 짧은 동안에 벌어졌다.

그러나 이보다 더 빨랐던 것은 벽, 그것도 방패로 이루어진 벽이었다. 마치 하늘의 군사들이 내려온 듯, 서늘한 빛을 발하는 방패 벽이 쟁쟁 낭랑한 소리를 울리며 모습을 드러냈다.

혼란스러운 전장에 느닷없이 나타난 중갑병들은 전광석화처럼 날랬다. 그들은 쟁쟁 소리와 함께 손에 든 검은 방패를 벽처럼 이었다. 그리고 창칼이 뚫지 못할 철벽으로 아찔한 순간에 소기 앞을 가로막아 첫 번째 공격을 막아냈다.

암살에 실패한 자객 여섯은 곧바로 방향을 바꿔 포위망을 돌파하려고 했다. 이에 호위병들의 함성과 함께 방패들이 갈라지고 검광이 일시에 폭발하더니, 삽시에 자객들을 에워싸고 혈전을 벌이기 시작했다.

돌연 성난 말 울음소리가 창공을 가를 듯 길게 울리고, 소기가 말을 달려 두터운 포위망을 뚫고 나왔다. 자객 두 명이 새된 고함을 지르며 몸을 날려 추격하자, 나머지 자객들이 모조리 목숨을 내놓고 호위병들에게 바짝 달라붙어 칼날을 맞댔다. 그 두 사람에게 길을 터주기 위해 나머지 네 명이 동귀어진의 각오로 호위병들에게 엉겨 붙었다. 두 사람은 소기를 찔러 말 아래로 떨어뜨리려고 소기의 좌우에서 창으로 허공을 가르고 장검을 휘둘렀다.

나는 죽음이 엄습하는 그 순간을 똑바로 보지 못했다. 그저 한 줄기 벼락, 한 조각 설광(雪光), 한 가닥 눈부신 스산함만이 보였다.

자객의 검은 보잘것없으나 장군의 검은 천하를 호령하는 법.

순식간에 이루어진 일격 이후 소기는 말을 타고 높이 도약해 허공에 창의를 휘날렸다.

그 뒤로 피가 비처럼 흩뿌려지며 몸통과 머리가 나뉜 두 자객의 시체가 바닥을 뒹굴었다.

아직까지 바닥에 내려앉지 못한 허공의 희뿌연 석회 가루가 시뻘건 핏빛과 뒤섞였다. 그렇게 바람결에 흩날리다 떨어지면서 바닥을 희고 붉게 물들였다.

매복, 기습, 교전, 돌파, 일격, 그리고 자객의 죽음이 모두 찰나의 순간에 일어났다.

"예장왕비가 여기 있는데 누가 감히 경거망동하느냐!"

연무장에 쩌렁쩌렁 울린 이 소리가 들려온 곳은 봉화대 아래였다.

화들짝 놀라 봉화대를 바라보니, 붉은 옷을 입고 포박당한 채 나타난 여인의 목에 누군가가 칼을 들이밀고 있었다.

순간 출발하기 전 궁의 차림을 하고 있던 소엽이 떠올랐다. 가짜 왕비를 내세워 판 함정이라니, 분명 독을 품은 미끼였다!

그가 사납게 외쳤다. "개만도 못한 소기 놈아! 왕비의 목숨을 구하고 싶다면 홀로 나서서 나와 승부를 겨뤄라!"

병사들은 이미 밀물처럼 몰려가 봉화대 주변을 겹겹이 에워싼 뒤, 한가운데로 소기가 탄 말 앞에 이르는 길을 텄다.

소기가 말고삐를 잡고 똑바로 섰다. "왕비를 풀어주면 네 시신만은 온전히 남겨주마." 냉정한 말투에 스산한 살의가 넘쳤다.

봉화대에 선 자는 미친 듯이 웃어댔다. "나를 죽이기 전에 네 처가 먼저 죽을 것이다!"

나는 참지 못하고 있는 힘껏 외쳤다. "아니야, 그건 가짜……"

거기까지 말한 나는 더 이상 소리를 낼 수 없었다. 하란잠이 휙 하고 내 턱을 그러쥐었기 때문이다.

하란잠은 무시무시한 기운을 내뿜으며 내 귓가에 입술을 바짝 갖다 댔다. "소기를 구하고 싶으냐? 나야말로 참 궁금하군. 과연 소기가 목숨을 내걸고 '너'를 구하려고 할까?"

나는 거칠게 고개를 돌리며 하란잠의 손을 깨물었다.

하란잠은 통증을 참으며 반대쪽 손으로 나를 때렸다.

입안에 피비린내가 번졌다. 휘청거리다가 바닥에 쓰러지자 하란잠이 나를 자신의 품에 가뒀다.

"대단하군. 과연 널 구하러 갔어." 하란잠이 냉소했다.

하란잠의 일격에 세상이 빙빙 돌고 눈앞이 캄캄해지던 차에 들려온 말에 나는 문득 가슴이 울렁거려 남은 힘을 짜내 고개를 쳐들었다. 과연 소기가 홀로 봉화대를 향해 말을 몰아가고, 봉화대 위에 선 자객은 그를 향해 똑바로 활을 겨누고 있었다.

안 돼! 그건 가짜야, 내가 아니란 말이야!

다급한 마음에 현기증이 일었다. 나는 하란잠의 품에서 죽을힘을 다해 몸부림쳤다.

그런데 군진 양쪽에서 별안간 지축을 뒤흔드는 고함 소리가 들려왔다. 거대한 돌덩이 네 개가 군진에서 날아올라 봉화대 네 귀퉁이로 향하면서, 지나는 곳마다 돌을 부서뜨리고 기둥을 무너뜨리며 처절한 비명 소리를 남겼다. 군진에 이미 투석기가 설치돼 있었던 것이다. 그 와중에 방패를 든 중갑병들이 방패를 겹쳐 소기의 앞을 막아섰다. 네 귀퉁이에 매복한 궁수들이 튀어 오르는 돌 조각에 맞아 봉화대에서 떨어져 죽거나 다쳤으며, 쏟아지는 창칼 아래 이내 형체조차 알아볼 수 없는 고깃덩어리로 변했다.

부스러진 돌 조각이 사방에서 날아다니는 극도로 위험한 상황에서 그 '왕비'도 죽었는지 살았는지 알 길이 없었다. …… 그가, 결국은 손을 썼구나.

소기가 멀리 봉화대를 가리키며 단호하게 외쳤다. "공격해라. 가차 없이 죽여라——."

그 말에 가슴이 쿵 내려앉고 벌벌 떨려왔다. 그의 단호함 때문에, 또 냉혹함과 무정함 때문에…….

차라리 내 것을 잃을지언정 적의 협박에 굴하지는 않겠다는 것인가……. 참 대단한 인물 납시었다.

그러나 그것은 그의 '왕비', 바로 '나'였다. 그는 '나'의 안위 따위는 조금도 개의치 않은 것이다.

"너까지 가차 없이 죽이려 드는군……." 하란잠이 악랄한 웃음을 담아 원한 섞인 말을 내뱉었다. 그는 억지로 내 얼굴을 돌려 앞을 보게 했다. "역시 넌 소기가 세도가를 구슬릴 목적으로 택한 장기짝일 뿐이었어. 살려서 구해내든 죽여서 구해내든 상관없다는 거지!"

그가 내뱉는 한 마디 한 마디가 맹독이 묻은 날카로운 침처럼 가슴

한복판을 찔러왔다.

맞는 말이다. 나는 그저 장기짝에 지나지 않았고, 내 생사는 그다지 중요한 문제가 아니었다.

문득 눈앞이 흐릿해져 이를 악물고 눈물을 참았다.

이때 군중의 대열이 바뀌었다. 대열 뒤쪽 궁수의 엄호를 받으며 좌우에서 단도를 든 정예병들이 돌격대처럼 신속하고 용맹하게 공격하기 시작했다. 하란의 전사들이 죽기 살기로 막았으나 결국은 맹렬한 공격에 하나둘 목숨을 잃었다.

가짜 왕비는 옆에 선 자에게 붙들린 채 한 발 한 발 뒤로 물러났고, 그녀를 붙잡은 사람은 소리 높여 외쳤다. "왕비가 내 손 안에……."

그때였다. 흰 깃이 달린 낭아전(狼牙箭, 화살촉이 이리의 이빨처럼 예리한 화살) 한 대가 그의 말을 끊었다. 날카로운 화살촉이 그의 목구멍에 날아가 박힌 것이다.

그 활을 쏜 사람은 말 등에 꼿꼿이 앉아 활시위를 당겼고, 화살이 허공을 가르는 소리가 높은 하늘을 찢었다.

3년 전 군대를 치하하는 날 처음 본 것도, 멀리서 한 번 본 것도 이처럼 용맹하고 위엄 있는 모습이었다. 오늘의 모습과 그날의 모습이 이 순간 하나로 겹쳐졌다.

휘이잉휘이잉 세찬 바람에 머리카락이 어지러이 흩날렸다. 눈을 감자 슬픔과 괴로움에 가슴이 먹먹해졌다.

하란의 전사들은 모조리 목숨을 잃었다.

맨 앞에서 공격하던 병사가 조심스럽게 그 '왕비'를 데리고 내려왔다.

소기가 호위도 없이 말을 몰고 앞으로 향했고, 은갑을 입고 긴 창을 든 군사 한 명이 그 옆을 바짝 따랐다.

하란잠이 내 목을 꽉 쥐었다.

소리를 낼 수 없는 그 순간, 문득 비참하게도 소기가 나를 모른다는 사실이 떠올랐다. 그는 내가 어떻게 생겼는지 한 번도 본 적이 없었다.

'왕비'를 부축한 병사가 그녀를 말 앞으로 데려갔다. 그녀와 소기의 거리는 한 장 남짓에 불과했다.

소기가 말을 멈추자, 그 '왕비'는 휘청거리며 부축에서 벗어나 옷자락과 머리카락을 바람에 흩날리며 그를 향해 걸어갔다.

그녀가 고개를 쳐들며 양팔을 들어 올렸다.

"왕비가 아닙니다!" 소기의 곁에 있던 은갑을 입은 장군이 돌연 소리치며 말을 몰아 앞으로 튀어 나갔다. 붉은 술과 쇠창이 허공을 가르자 은빛 빛줄기가 쟁강 소리를 내며 어떤 물체를 튕겨냈다. 왕비 행세를 하던 소엽이 물러나기는커녕 앞으로 달려 나가며 손을 들어 올리자 서늘한 빛 두 줄기가 뿜어져 나왔다. 은갑 장군이 미처 피하지 못한 상황에서 검광이 번뜩이더니 소기가 휘두른 검에 비도가 바닥으로 떨어졌다. 은갑 장군은 손을 뒤로 뻗어 창으로 소엽을 찔렀다.

"목숨은 붙여둬라!" 소기가 외쳤다.

좌우의 군사들이 우르르 몰려들어 소엽을 사로잡으려고 했다.

소엽은 처량하게 한번 웃더니 손목을 꺾어 마지막 비도를 자신의 가슴에 찔러 넣었다. "소주, 부디 보중하시길——." 말을 채 끝맺지 못하고 소엽이 바닥에 고꾸라지며 누런 모래에 붉은 피를 흩뿌렸다.

눈앞에서 일어난 상황을 제대로 보기도 전에 몸이 바짝 굳은 채로 공중으로 날아올랐다. 하란잠이 나를 말 등으로 끌어 올린 것이었다.

그는 나를 자신의 앞에 바짝 끼운 채 말을 몰아 연무장으로 내달렸다.

놀란 나를 사이에 둔 채 말은 울부짖고 바람은 세차게 불어댔다.

아침 햇살이 철갑을 환하게 비추자 병장기가 위엄을 과시하고 흑철(黑鐵) 같은 물결이 눈앞에 가로놓였다.

그 물결 한가운데 신처럼 위풍당당한 소기의 모습이 아침 햇살을 맞으며 점점 가까워졌다. 수만 군사를 넘어, 생사의 갈림길을 넘어 마침내 그의 형형한 눈빛이 나와 마주했다.

투구 아래 생김새는 제대로 보지 못했지만 그 눈빛은 가슴속 깊은 곳에 아로새겨졌다.

돌연 군진이 한데 합쳐지며 보병과 기병 등 중갑병은 뒤로 물러나고, 창을 든 군사들이 앞으로 나서며 일제히 고함을 지르더니 나를 겹겹이 에워쌌다.

수천 개의 화살이 사방에서 이곳을 겨누고 있었다. 화살은 시위에 매겨지고 검은 칼집에서 나와 있으며, 쇠붙이의 날카로운 날에 굴절된 서늘한 빛이 눈으로 쏟아져 들어왔다.

소기가 손을 들어 올리자 삽시에 쥐 죽은 듯 고요가 내렸다.

내게 딱 붙은 채 뻣뻣하게 굳은 하란잠은 이 순간 살짝 떨고 있었다.

그에게 남은 패는 나뿐인데 침착함을 잃었으니 이미 절반은 진 셈이었다.

"예장왕, 그간 잘 지냈소?" 하란잠의 목소리는 얼음처럼 냉랭했다.

"하란 공자, 오랜만이오." 소기는 무표정한 얼굴로 하란잠을 차갑게 훑어본 뒤 내 얼굴로 시선을 돌렸다.

소기는 하란잠 따위는 안중에도 없다는 듯 그에게는 눈길 한 번 주지 않고 나만을 응시했다.

내 턱을 쥔 손바닥에 땀이 맺히고 손끝이 떨렸지만 하란잠은 거만하게 웃었다. "이번에는 진짜인지 가짜인지 똑똑히 보시오. 죽일지 살릴지 그대의 뜻에 달렸으니."

소기의 눈빛은 그의 검광보다 더 날카로웠다.

나는 그를 제대로 보려고 애썼지만 갑자기 눈에 물기가 차올랐다.

3년 만의 첫 만남이 하필 이런 식이라니……. 지금 그는 나를 어떤 눈으로 보고 있을까? 왕비? 아내? 아니면 그저 장기짝……? 이런 것은 이제 중요하지 않았다. 그의 뜻에 내 생사가 달려 있을 따름이었다.

네 개의 눈동자가 얽히는 순간, 차마 다 할 수 없을 만큼 많은 말이 침묵이 되어 돌아왔다.

하란잠은 서슬이 퍼런 비수를 내 목에 가져다 댔다.

소기 뒤에 있는 궁수는 진즉에 활시위를 팽팽히 당기고 있었다.

"왕비……." 은갑을 입은 장군은 차마 말을 잇지 못했으나, 그마저도 소기가 손을 들어 막았다.

그가 누군지 알 것 같았다. 바로 혼례식 날 식장에서 내게 질책을 들은 사람이었다. 송회은이라는 그의 이름까지 기억하고 있었다.

나는 그에게 살며시 웃어주었다.

소기의 깊은 눈빛이 내 얼굴에 닿자, 여름날 한낮에 눈을 뜰 수 없을 만큼 강렬한 햇빛 아래 서 있는 것처럼 타는 듯한 쾌감이 느껴졌다.

"어쩔 생각인가?" 소기가 담담히 입을 열었다.

이렇게 묻는다는 것은 하란잠의 협박을 받아들여 그와 협상하겠다는 뜻이었다.

하란잠이 한 자 한 자 분명히 내뱉었다. "하나, 남문을 열되 뒤를 쫓지 마라. 둘, 네 여인을 되찾고 싶거든 너 혼자 와서 나와 일전을 치르라."

소기가 낮게 가라앉은 목소리로 물었다. "그것뿐이냐?"

하란잠은 콧방귀를 뀌며 말고삐를 한 번 털더니 채찍질을 하며 뒤로 몇 보 물러났다. 내 목에 닿아 있는 비수가 서늘한 빛을 번쩍였다.

육군을 앞에 두고, 수많은 눈동자가 주시하는 가운데 소기는 말을 몰고 앞으로 나서서 천천히 오른손을 들었다. "남문을 열어라."

남문 밖으로는 험준한 숲이 이어져 있어 일단 도망치면 추격하기가 어려웠다.

하란잠은 칼을 쥔 채로 나를 자신의 앞에 끼우고 서서히 말을 몰아 뒤로 물러난 뒤, 살아남은 무리와 함께 남문으로 향했다.

삐걱 소리와 함께 영문(營門)이 올라갔다.

차디찬 칼날이 목에 바짝 닿아 있었다. 생사를 오가는 순간, 고개를 돌려 흘깃 보았지만 소기의 모습을 제대로 눈에 담지는 못했다.

이미 말 머리를 돌려 영문 밖으로 나온 하란잠은 맨 앞에서 산속 오솔길로 내달렸다.

죽음의 문턱

숲으로 들어가니 수풀이 우거져 해가 보이지 않았고 험한 산길이
이어져 있었다.

하란 병사들은 스무 명 남짓 살아남았고, 숲으로 뛰어 들어와 몇몇
씩 무리를 짓더니 제각기 남쪽으로 내달렸다. 홀로 쏜살같이 내달린
하란잠은 남쪽으로 도망가지 않고 구불구불한 산속 오솔길을 따라
더 깊은 곳으로 달렸다. 구레나룻 사내가 옆을 따르고 나머지 두 사람
이 뒤를 끊으며 산길을 내달리는 하란잠을 호위했다.

앞을 가로막는 자도, 뒤를 쫓는 자도 없는 것으로 보아 소기가 제
약조를 지킨 것이 분명했다.

구불구불 어지럽게 이어지고 얼기설기 뒤엉켜 있는데도 하란잠은
익숙한 길인 듯 거침없이 달렸다. 일찌감치 이 길을 퇴로로 정해둔 모
양이었다.

"소주, 소기가 산 아래 갈림길까지 따라왔다가 갑자기 종적을 감췄
습니다." 구레나룻 사내가 말고삐를 놓고 앞으로 나섰다.

하란잠이 고삐를 잡아당기며 말 머리를 돌려 멀리 내다봤다. 그러
나 보이는 것이라곤 울창한 숲과 깎아지른 절벽뿐, 사람은 그림자도
찾을 수 없고 세찬 산바람 소리만 횡횡 끊임없이 들려올 따름이었다.

"설마 소기가 죽음이 두려워 따라오지 않는 것은 아니겠지요?" 구레나룻 사내가 긴장한 채 묻는 것이 당황한 듯 보였다.

"소기는 반드시 올 터이니 매복에 유의해라." 하란잠이 차갑게 답했다.

그렇다. 나 또한 그리 믿는다. 소기는 반드시 올 것이다.

나는 입술을 앙다물고 소란스러운 마음을 가라앉혔다.

이 지경에 이르면 죽음도 무섭지 않고, 그 무엇도 놀랍거나 두렵지 않을 줄로만 알았다. 그러나 소기는 살아날 수 있다는 희망과 함께 불안감과 두려움까지 안겨줬다.

이 순간 내 목숨이 위태로운 것은 조금도 두렵지 않았다. 그러나 나는 버려질까 봐 두려웠다.

"소주……" 구레나룻 사내가 입을 열려고 할 때, 갑자기 하란잠이 손을 들어 소리를 내지 말라는 뜻을 보이며 주변의 소리에 귀를 기울였다.

횡 하고 산바람이 귀를 스치며 모든 소리를 덮어버렸다.

하란잠의 기색이 영 심상치 않았다. "모두 방심하지 말고 신중하게 방비해라."

구레나룻 사내가 대답했다. "앞에 응취욕(鷹嘴峪)과 비운파(飛雲坡)만 넘으면 절벽의 흔들다리가 나옵니다. 우리 측 사람들이 다리 밑에서 기다리고 있습니다. 이 지역은 물살이 빨라 강을 따라 내려가면 반 시진 안에 변경을 넘을 수 있습니다."

하란잠이 고개를 끄덕이고는 채찍을 휘둘러 말을 재촉하며 쏜살같이 내달렸다.

산길은 갈수록 험해졌다. 칼날처럼 세찬 바람이 매섭게 뺨을 할퀴고 지나갔고, 그 바람결에 머리카락이 어지러이 흩날렸다.

하란잠의 품 안에서 그의 피풍 아래 싸여 있는데 문득 그의 목소리가 들렸다. "꽉 잡아."

이 말에 나는 그만 얼이 빠지고 말았다……. 2월의 봄바람이 불던 어느 날 소년과 함께한 시간이 떠오른 것이다. 그 시절 자담과 함께 말을 탈 때, 백의를 흩날리던 그 소년도 내 귓가에 고개를 숙이고 같은 말을 했었다. "겁내지 마. 꽉 잡아."

순간 멍해지면서 참을 수 없는 서러움이 밀려왔다.

방향이 갑자기 바뀌면서 눈앞이 환해지고 절벽 위에 잔교 하나가 높이 걸려 있는 것이 보였다. 절벽 아래로 물살이 벼랑을 때리는 소리가 들리는 것으로 보아 물살이 몹시 급한 듯했다.

구레나룻 사내가 말고삐를 놓고 앞으로 나와 잠시 살펴보더니 고개를 돌리며 말했다. "바로 이곳입니다. 밧줄은 이미 준비되어 있으니 제가 먼저 내려가 돕겠습니다."

하란잠이 말고삐를 당기며 말했다. "조심해라."

구레나룻 사내가 말에서 내려 흔들다리 근처의 밧줄을 살피는 것을 보니 더 이상은 참을 수가 없었다. 설마 이대로 변경 밖으로 끌려가 중원 땅에서 죽는 것조차 불가하단 말인가! 소기는 왜 아직도 오지 않는 것이야? 그가 날 버릴 리 없어. 그는 그런 겁쟁이가 아니야!

하란잠이 내 귓가에 대고 이를 갈았다. "그가 널 원치 않으니 나를 따라가는 것도 괜찮을 것이다."

가볍게 건넨 그 말이 내 마음속의 말 못 할 고통을 자극해 일순 증오심이 사나운 불길처럼 터져 나왔다.

나는 이를 악물고 한스럽게 말했다. "오늘 소기가 너를 죽이지 못하더라도 언젠가는 내 손으로 직접 너를 죽이고 말 것이다!"

하란잠이 크게 웃어젖혔다.

그러나 웃음소리가 그치기도 전에 쉭 하는 날카로운 소리가 허공을 갈랐다.

이윽고 처참한 비명 소리와 함께 피가 튀었다.

활을 지고 있던 활솜씨가 뛰어난 종자 한 명이 말에서 떨어져 땅바닥을 굴렀다.

흰 깃이 달린 낭아전 한 대가 그의 목을 꿰뚫은 것이었다. 화살 끝에 달린 흰 깃은 아직도 떨리고 있었다.

새빨간 피가 그의 입과 코에서 꿀럭꿀럭 뿜어져 나왔다.

죽어가는 그는 입과 코를 일그러뜨리며 두 눈을 퉁방울처럼 부릅떴다.

"소주, 조심하십시오!"

구레나룻 사내가 큰 소리로 외치며 몸을 날려 말 등에 뛰어오르더니 하란잠의 앞을 막아섰다.

거의 동시에 하란잠이 몸을 숙이며 나를 꽉 누르고, 이내 칼을 뽑으며 버럭 고함을 질렀다. "동남쪽에 있다!"

구레나룻 사내는 손을 돌려 화살을 꺼내더니 동남쪽을 겨냥해 활시위를 당겼다.

나는 필사적으로 외쳤다. "조심해요——."

세 발의 화살이 쉭쉭쉭 연달아 울창한 숲 속으로 날아들었으나 아무런 기척도 들리지 않았다.

동남쪽에는 산비탈 아래로 비스듬히 난 작은 오솔길밖에 없었고, 그 앞은 낮은 수풀에 가려 보이지 않았다.

"저기다!" 호위 몇 명이 말을 내달렸다.

그러자 구레나룻 사내가 놀라 외쳤다. "돌아와!"

그러나 그의 말이 채 끝나기도 전에 또 한 번 쉭 하는 소리가 들리더니, 맨 앞에서 달리던 사람이 말 등에서 떨어지며 머리부터 바닥에 곤두박였다. 그의 목을 꿰뚫은 것도 흰 깃의 낭아전이었다.

성난 말의 긴 울부짖음 소리만이 하늘을 갈랐다. 온몸이 새카만 그 준마는 비탈 꼭대기에서 거침없이 뛰어내리며 발굽을 쳐들고 내닫는 곳마다 진흙을 흩뿌렸다. 말 등에 올라탄 소기는 손에 검을 쥐고 시린 빛을 번뜩이는 갑옷을 걸친 채 매가 날개를 펼친 것처럼 새털 옷을 펄럭였다.

홀로 말을 타고 달려오는 소기는 지옥에서 올라온 듯 맹렬한 기세를 뿜어냈다.

그가 아직 이르기도 전에 살기가 먼저 퍼졌다.

"소주, 먼저 가십시오!"

구레나룻 사내가 채찍질을 하며 말 머리를 돌리더니, 긴 구환도(九環刀)를 꺼내 들고 나서며 벽력같이 소리쳤다. "이 원수 놈아, 나와 싸우자!"

하란잠은 말을 타고 훌쩍 뛰어 말 한 필이 겨우 지나갈 만한 잔도를 타고 잔교로 내달렸다.

소기와 그 구레나룻 사내가 맞붙었다.

좁고 가파른 산길에서 두 사람이 말을 타고 싸웠다. 날카로운 검이 부딪치면서 나는 금속성이 창공을 갈랐다.

갑자기 시뻘건 핏줄기가 뿜어져 나오는데 누가 흩뿌리는 피인지 알 수가 없었다.

심장이 멎을 듯 두려운데 보이는 것이라곤 차디찬 검광뿐, 한데 엉겨 격전을 치르는 두 사람의 모습은 자세히 보이지 않았다. 순간 꽉 붙들려 있던 몸이 느슨해졌다.

하란잠이 나를 놓고 말을 세우더니, 제자리에서 손을 뒤로 돌려 시위에 화살을 얹고 소기를 겨눴다.

소기는 구레나룻 사내와 칼을 맞대느라 등 뒤가 비어 있었다.

끝까지 당겨진 활시위는 당장이라도 활을 쏘아 보낼 것 같았다.

나는 그대로 달려들어 있는 힘껏 하란잠의 손목을 깨물었다.

통증에 활시위를 놓치는 바람에 화살이 빗나갔다.

그 화살은 소기의 옆얼굴을 비스듬히 스치고 날아갔다.

잇새로 피비린내가 진동했다.

"천한 년!"

하란잠이 미친 듯이 화를 내며 손바닥을 뒤집어 내 등에 일격을 가했다.

그 순간 폐부가 뒤틀리는 듯하더니 목구멍에서 달짝지근한 맛이 나며 시뻘건 피가 뿜어져 나오고 눈앞이 캄캄해졌다. 찰나의 순간, 말을 엇갈려 몸을 돌리는 소기의 손에서 검광이 폭발하며 시린 빛줄기가 허공을 가르는 것이 보였다.

온 하늘에 피 비가 흩뿌려지며 구레나룻 사내의 머리가 말 아래로 굴러 떨어졌다.

소기는 그대로 말을 내달렸다. 피 비가 내리는 허공을 가르는 사이, 투구에 달린 흰 깃이 선홍색으로 물들었다.

간담이 오그라드는 장면을 목도하니 오히려 정신이 번쩍 들었다.

피비린내와 열기가 목구멍 위로 솟구치면서 또다시 피를 내뿜었다. 숨을 한 번 들이쉴 때마다 폐부가 끊어지는 듯 고통스러웠다.

하란잠은 이미 잔교 가장자리까지 물러나 나를 낀 채 칼을 들고 섰다.

다리 어귀는 높은 곳에서 내려다보는 위치였고, 잔도는 겨우 한 사람이 지나갈 만한 너비였다.

하란잠에게 붙들린 나는 더 이상 서 있을 기운이 없어 금방이라도 고꾸라질 것만 같았다.

"나와 일전을 치르기로 하지 않았나?" 소기가 말 등에서 뛰어내려 서서히 검을 들더니 깔보는 듯 냉소했다.

정오의 햇살이 그가 반듯이 든 검날 위로 쏟아져 짙은 살기를 흩뿌리는 통에 눈을 뜰 수 없었다.

하란잠은 손가락 마디가 하얗게 질릴 정도로 내 어깨를 꽉 잡았다. 뻣뻣하게 굳은 몸 구석구석에서 살기가 흘러넘치는 것 같았다.

두 사람이 마주 선 사이로 횡횡 산바람이 불었다. 쏴쏴 하고 숲에서 이는 바람 소리가 마치 병사들의 교전 소리처럼 들렸다.

하란잠은 서늘하게 웃었다. "이 여인의 목숨인가? 아니면 내 목숨인가? 네가 정해라."

소기는 태산처럼 우뚝 서 있을 뿐 미동조차 하지 않았다. 정오의 햇빛이 그의 눈에서 쏟아져 나오는 빛과 검 끝에서 뿜어지는 시린 빛을 어렴풋이 한 줄기로 이어놓았다.

"본 왕은 둘 다 원한다."

그 말에 하란잠은 손끝에 힘을 주며 크게 웃었다. 웃음소리에서 퍼지는 살기에 산바람조차 차디차게 굳어갔다.

소기가 팔목을 떨쳐 장검을 털었다.

하란잠의 손이 내 허리 사이로 미끄러져 내려와 옥대의 기관을 움켜쥐었다.

순간 등골이 오싹해져 다급히 외쳤다. "다가오지 마요!"

말이 떨어지자마자 두 사람이 동시에 움직였다.

날붙이의 서늘한 빛이 서로 갈라지며 칼끝이 내 귀밑머리를 스치고 지나갔다.

서릿발 같은 검기에 눈썹마저 시릴 지경이었다.

그러나 그 무엇도 허리에서 가볍게 울리는 딱 소리만큼 공포스럽지는 않았다.

하란잠은 칼을 휘두르는 척 나를 자신의 앞에 세우면서 뒤로 물러나 순식간에 내 허리에 있는 옥고리를 건드렸다. 그러자 은사 한 가닥이 옥고리에서 툭 쏘아져 나왔다. 반대쪽은 하란잠이 꼭 쥐고 있었다.

아, 그런 것이었구나…….

동귀어진이 어쩌고 하면서 옥대에 지독한 폭약이 숨겨져 있어 한 장 안의 모든 것을 잿더미로 만들어버릴 것이라고 하더니, 실은 은사를 기관과 연결해 자신이 몸을 날려 잔교를 뛰어넘으면 은사가 저절로 끊어지면서 폭약이 터지게 해놓았다. 폭약이 터지면 잿더미로 변한 나와 소기를 뒤로하고 저 자신은 도망칠 셈이었던 것이다.

획 하고 고개를 들었다가 시리도록 차가운 하란잠의 눈동자와 마주쳤다.

"아무, 다음 생에 다시 만나자!" 하란잠은 처절한 눈빛으로 은사를 단단히 잡더니 몸을 훌쩍 솟구쳐 뛰어내렸다.

나는 이를 악물고 남은 힘을 짜내 팔을 벌려 그를 껴안았다.

순식간에 공중으로 몸이 떠오르면서 귓가에 쉭쉭 바람 소리가 스쳐 지나갔다.

"왕현——."

소기가 다리 근처로 몸을 날려 허공에서 내 소매를 붙들었다.

비단이 찢어지면서 옷이 뜯겼다.

순식간에 공중에 붕 떴다가 하란잠을 따라 다리 밑 밧줄에 매달렸다.

더 이상 떨어지지 않은 것은 파리하게 질린 하란잠이 한 팔로 매달린 덕이었다.

내 옷소매 반쪽만 붙잡은 소기는 제 안위도 돌보지 않고 몸을 아래로 내밀어 내 손을 잡으려고 했다.

"건드리지 말아요! 폭약이 설치되어 있어요!" 고개를 들어 그를 바라보며 떨리는 목소리로 말했다. "어서 가요. 나는 이자와 함께 죽을 터이니!"

소기는 낯빛을 바꾸며 있는 힘껏 손을 뻗었다. "함부로 움직이지 말고 내 손을 잡으시오!"

나는 단호히 고개를 저었다.

"생사를 함께하려는 부부라니, 천생연분이구나!" 하란잠이 미친 듯이 웃으며 손을 들어 은사를 끌어당겼다. "되었다. 황천길에서 다시 승부를 겨루자!"

나는 아연실색했다. 허리의 은사가 빠르게 죄어들고 기관이 곧 작동할 것 같았다.

소기가 몸통을 다 내밀며 버럭 소리쳤다. "손을 주시오!"

피 칠갑을 한 소기는 위엄이 넘쳤고 맹렬한 눈빛은 거역을 불허했다. 생사의 갈림길에서 결심을 굳힌 나는 있는 힘껏 그의 손을 맞잡았다. 허리 쪽에서 팅 하고 은사가 끊어지는 소리가 들렸다. 바로 그 순간, 눈앞에서 한 폭의 비단이 넘실대듯 검광이 허공을 갈랐다!

뼈가 끊어지는 소리도 자기가 깨질 때 나는 소리처럼 낭랑함을 처음 알았다.

뜨겁고 시뻘건 것이 내 얼굴로 흩뿌려졌다.

하란잠의 비명 소리는 사람의 소리가 아닌 듯 너무도 끔찍했다. 도깨비불 같은 진녹색의 맹렬한 불꽃이 뒤쪽에서 터져 나오더니 하란잠의 처참한 비명 소리와 함께 끝을 알 수 없는 다리 밑으로 떨어져 내렸다.

나를 붙잡은 큰 손에 불끈 힘이 들어가더니 위쪽으로 끌어 올렸다.

억세게 당기는 힘에 소기와 함께 벌렁 나가떨어지고 말았다.

단단하면서도 포근한 품속으로 넘어져 강한 팔뚝에 안겼다.

허리에 매인 옥대는 멀쩡했다. 다만 은사의 한 끝이 손목까지 잘린 손과 이어져 있을 따름이었다.

소기가 은사를 잡은 하란잠의 손을 일검에 잘라버린 것이었다.

"왕비, 이제 괜찮소."

소기의 나직한 목소리가 귓가에 울렸다.

이미 기력을 소진해버린 탓에 말을 하려고 입을 벌려도 선혈만 쏟아질 뿐이었다. 눈을 크게 뜨고 그의 얼굴을 제대로 보려고 해도 보이는 것이라곤 시뻘건 피뿐이었다. 세상이 온통 핏빛이었다. 이윽고 시커먼 어둠이 나를 덮쳤다.

불, 활활 타오르는 불이 천지를 뒤덮고 휙휙 바람 소리가 귓가를 스치고 지나갔다. 느닷없이 흰 검광이 번뜩이더니 시뻘건 피가 금방이라도 나를 먹어 치울 듯 거대한 물결처럼 출렁출렁 밀려왔다……. 피바다 속에서 오르내리며 허우적거릴수록 정신은 점점 또렷해지는데 도무지 눈을 뜰 수가 없었다. 마치 세차게 타오르는 불길 한복판에 있는 것처럼 온몸이 끔찍하게 아프고 힘이 들어가지 않았다. 살짝만 움직여도 심장이 우그러지고 폐부가 찢기는 듯 아팠다.

혼몽한 가운데 깨어나고 다시 까무룩 정신을 놓기를 반복했다.

꿈속에서 번쩍이는 불빛을 담은 묵직한 눈동자가 가슴속 깊이 박히는 듯했는데, 따뜻한 손이 내 이마를 어루만지는 듯도 했는데, 누군가가 나직이 말을 건네는 듯도 했는데…… 그가 뭐라고 하는지 알아들을 수는 없었지만 목소리만 듣고 있어도 점점 편안해졌다.

다시금 깨어났을 때, 흐릿한 빛줄기가 눈꺼풀 사이로 들어오며 마침내 서서히 눈이 떠졌다.

침상에는 휘장이 드리워져 있고 촛불이 이리저리 흔들리는 가운데 코를 찌르는 약 냄새가 진동했다. 나는 천천히 숨을 내쉬었다. 부드럽고 따스한 금침이 살에 닿고 나서야 꿈이 아님을 깨달았다.

마침내 그 악몽에서 깨어난 것이다. 편안하게 침상에 누워 있는 지금, 나는 안전했다.

꿈속에서의 핏빛과 검광, 생사의 갈림길…… 온몸이 허공으로 날아올라 붕 뜬…… 아찔한 순간, 귀밑머리를 스치고 지나간 칼끝, 황천길을 앞에 둔 나를 다시 이 세상으로 데려온 따스하고 단단한 손…… 문득 소스라치게 놀랐다. 아직도 입속에서 피비린내가 느껴지고 목이 찢어질 듯 깔끄러워 절로 신음 소리가 새어 나왔다.

드리워진 휘장 밖에 서 있던 사람의 그림자가 흔들리더니 아주 먼 곳에서 들려오는 듯 묵직한 사내의 목소리가 이어졌다. "왕비께서는 깨어나셨느냐?"

"왕야께 아룁니다. 왕비 마마의 상태가 많이 호전되어 이제 목숨에는 지장이 없으나 의식은 아직 돌아오지 않았습니다." 나이 지긋한 목소리가 대답했다.

"이미 이틀이나 지났다. 내상을 입고 경맥을 다쳤는데 진정 목숨에는 지장이 없단 말이냐?" 초조한 기색이 역력한 그 목소리는 놀랍게도 소기의 것이었다.

"급소를 다치기는 하셨으나 심맥(心脈)이 상한 정도는 아니었습니다. 왕비 마마의 맥이 미약하여 너무 급하게 약을 쓰다가는 도리어 상태가 나빠질 것입니다."

짙은 약 냄새가 진동하는 가운데 한참 동안 밖에서는 아무 소리도 들리지 않았다. 가까스로 손을 들어 올린 나는 휘장을 걷으려고 하였으나 그럴 기운까지는 없었다.

나지막한 탄식이 이어졌다. "하란잠이 자비를 두지 않았다면 왕비는 이미 이 세상 사람이 아닐 것이다."

"왕비께서는 선한 분이라 하늘이 도울 테니 흉사를 만나도 복으로 바꾸실 수 있을 것입니다." 이 목소리는 또 누구의 것인지, 방금 전 그 노인은 아닌데 왠지 모르게 귀에 익었다.

"이번에 경솔하게 적을 얕본 것을 생각하면 간담이 서늘해진다. 하마터면 왕비가 죽을 뻔하였어." 소기의 나직한 목소리에 죄책감이 어렸다. "전장을 내달리며 반평생을 전투에 바치고도 저처럼 연약한 여인이 그런 고초를 겪게 하다니……."

"이제 왕비께서는 무사하시니 왕야도 그만 마음을 놓으시지요. 요 며칠 밤낮으로 왕비를 지키시며 쉬지도 못하지 않으셨습니까."

"왕비가 깨어나지 못하고 있으니 마음이 놓이지 않는다."

"왕야, 이는……."

소기가 낮게 웃었다. "회은, 또 무슨 말을 하려다 마는 건가?"

"소장은 그저 너무 마음을 쓰면 생각이 어지러워진다는 사실만 알 따름입니다."

그 말을 끝으로 밖에서는 아무 소리도 들려오지 않고 한동안 정적이 이어졌다.

침상 휘장 너머로 어렴풋하게 병풍에 비친 곧은 형체가 보였다. 튀어나오고 들어감이 분명한 옆얼굴의 윤곽이 몹시도 의연해 보였다. 미동조차 없이 서 있는 그 형체는 마치 병풍 너머에서 내가 있는 내실을 응시하고 있는 것만 같았다.

나는 혹여 달아오르는 얼굴을 들킬까 봐 숨을 죽였다.

너무 마음을 쓰면 생각이 어지러워진다는 말이 머릿속을 맴도는데 기분이 이상야릇했다.

애증 愛憎

주렴이 흔들리며 차르륵차르륵 주옥끼리 부딪치는 소리가 들렸다. 그의 발걸음 소리가 내실 안으로 들어서고 침상 휘장 위로 그의 그림자가 또렷이 비쳤다.

가슴이 세차게 쿵쾅대기 시작했다.

그는 말없이 침상 앞에 오랫동안 서 있기만 했다. 마치 흰 휘장 너머에서 나를 지켜보는 것 같았다.

5월에 접어들어 가볍고 보드라운 흰색 연연라(軟煙羅, 매우 얇고 부드러우며 가벼운 비단으로 창이나 휘장으로 쓰임)로 휘장을 바꿔 다니 자욱한 안개 속에 들어앉은 기분이었다.

내게 그의 모습이 흐릿한 형체로만 보이듯 그 또한 내 모습을 분간하기 어려울 것이다.

시녀가 조용히 물러난 뒤, 정적이 내린 내실에는 약 냄새만 가득했다.

손을 들어 올린 그는 머뭇머뭇 비단 휘장을 매만지기만 할 뿐 차마 걷어 올리지 못했다.

나는 어찌할 바를 몰랐다. 가슴이 쿵쿵 뛰어 순간 숨을 멈췄다.

"왕비, 이미 깨어났음을 알고 있소……." 소기가 나직하고도 느릿하게 말을 이었다. "당신에게 진 빚을 차마 용서해달라고 하지는 않겠소. 내게 보상할 수 있는 기회를 주려거든 말씀하시오. 그럴 수 없거든, 나도 더 이상 당신을 귀찮게 하지 않고 상처가 낫는 대로 경사로 보내줄 터이니 그곳에서 몸을 돌보도록 하시오."

가만히 듣고만 있었지만, 가슴속 저 깊은 곳에서는 이미 폭우가 내리기 직전처럼 세찬 돌개바람이 휘몰아쳤다.

내가 책망하고 추궁하기도 전에 그 스스로 내게 '빛'을 졌다고 고하며 몸을 낮췄다. 아직 지난날의 은원(恩怨)을 어찌할지 생각도 정리하지 못한 내게 그는 다짜고짜 선택지를 내밀었다. 나는 그저 입을 열지 침묵할지, 용서할지 떠날지, 양단간에 마음을 정하기만 하면 되는 것이었다.

나는 휘장 너머로 그를 응시했다. 지금 내 가슴속을 메우는 이 쓸쓸함이 그에 대한 원망에서 비롯된 것인지 나조차 알 수 없었다.

그는 침상 앞에 서서 뒷짐을 진 채로 말없이 기다렸다.

빛이 내리쬐는 길을 따라 음영이 진 고요한 내실에는 침향만이 감돌았다.

용서하든지 떠나든지 양단간에 결정하라니…… 이 얼마나 단호하고 무도한 자인가! 그는 일말의 모호함도 용납하지 않았다.

나는 그의 이런 작태에 분노해야 마땅했다. 그러나 그가 내게 건넨 선택지는 하필 내가 생각했던 것과 다를 바 없었다. 내게는 소기를 용서하는 것과 원망하는 것, 단 두 가지 선택지밖에 없었다. 우리 두 사람의 생각이 이리도 똑같다니…….

그는 이미 한참을, 내가 입을 열어 그를 부르든지 아니면 계속 입을 다물고 있든지 선택하기만 기다리고 있었다.

낯설고도 친숙한 눈앞의 형체를 바라보고 있자니 주체할 수 없을 정도로 감정이 북받쳐 도무지 입이 떨어지지 않았다.

오히려 한숨을 내쉰 쪽은 그였다. 소기는 쓸쓸함을 감추지 않고 잠시 굳은 채로 서 있더니 이내 몸을 돌려 말없이 떠나려 했다.

"소기." 작게 그의 이름을 불렀다.

목이 쉬고 기운이 없는 탓에 나조차 내 목소리가 제대로 들리지 않았다.

소기는 내가 부르는 소리를 듣지 못했는지 저벅저벅 걸어 나가 곧 병풍 너머로 사라지려 했다.

노여움이 솟구쳐 목소리를 한껏 높였다. "거기…… 서요!"

순간 멈칫하며 발을 멈춘 소기가 어안이 벙벙한 듯 멍하니 고개를 돌렸다. "당신 지금 서라고 했소?"

남은 기력을 다 짜내 말을 내뱉는 통에 가슴의 상처가 울렸는지 일순 너무 고통스러워 말이 나오지 않았다.

그가 한달음에 뛰어와 침상의 휘장을 걷어 올렸다.

앞이 환해지자 시선을 들었다. 깊이를 알 수 없는 형형한 눈동자가 내 눈 안에 담겼다. 바로 이 눈이었다. 절벽 위에서 내 마음을 송두리째 뒤흔든, 정신을 잃고 있던 내게 한없는 힘과 평안함을 안겨준 바로 그 눈…….

바라볼수록 더 시커멓게 물들고 그 깊이를 헤아릴 수 없는 눈에 일순 넋을 놓았다.

지금 내 몰골은 몹시도 흉측할 게 분명했기에 나도 모르게 그에게서 고개를 돌렸다. 그가 이런 내 모습을 보는 것이 부끄러웠다.

"움직이지 마시오." 그가 미간을 찌푸리며 몸을 숙여 내 어깨를 짚더니 다급히 의원을 불렀다.

의원이 잰걸음으로 들어오고 나서 삽시간에 방 안에 들어찬 사람들이 저마다 약을 올리고 물을 따라주고 진맥을 하고 안부를 묻느라 정신이 없었다.

약을 가져온 시녀가 나를 일으켜 먹여주려고 했다. 그러자 소기가 시녀에게서 약사발을 건네받아 침상 옆에 앉더니, 몹시 조심스러운 손길로 나를 일으켜 자신의 가슴에 기대게 했다.

낯설면서도 강렬한 사내의 숨결이 나를 에워쌌다. 옷 너머로 어렴풋이 그의 온기까지 느낄 수 있었다.

"이리하면 편하시오?" 그가 내 어깨를 부축한 채로 고개를 숙여 나를 바라봤다. 부드러운 눈 속에 나만을 오롯이 담은 채로.

갑자기 얼굴이 달아올라 시선을 내렸다. 도저히 그를 마주 볼 수가 없었다.

그가 웃으며 말했다. "당신과 나는 진즉에 혼인한 사이니 부끄러워하고 격식을 차릴 필요 없소."

그것 좀 아팠다고 이렇게 겁쟁이가 되어버린 것인가? 문득 노여움이 일고 건방진 마음이 들어 고개를 쳐들었다. 그리하여…… 마침내 그의 모습을 똑똑히 눈에 담았다. 위로 치켜 올라간 짙은 눈썹 하며 깊은 눈매, 얇은 입술, 그리고 가만히 있어도 절로 뿜어져 나오는 위엄까지, 이제 보니 범상치 않은 기세의 호남이었다.

"똑똑히 보았소?" 그가 빈정거림을 숨기지도 않고 나를 향해 말했다.

귀 뒤쪽까지 홧홧해지는 것이 아무래도 얼굴은 이미 새빨갛게 달아올랐을 것 같았다. 그냥 대범하게 머리끝부터 발끝까지 보고 싶었다.

"어떻소?" 그가 미소를 지으며 나를 바라봤다.

나는 담담히 고개를 돌리며 말했다. "그저 두 손 두 발 달린 보통 사람이네요."

그가 큰 소리로 웃었다. 그리고 약사발을 내 입가로 가져다 대고는 내가 약을 마시는 모습을 지켜보며 가볍게 등을 두드려주었다. 토닥이는 손길은 몹시 조심스러우면서도 서툴기 짝이 없었다.

고개를 숙이고 약을 마시는데, 등 뒤로 느껴지는 그의 따뜻한 손길에 왠지 가슴 안쪽이 몽글몽글해지는 것이 꼭 어딘가로 내려앉는 것 같았다.

약이 몹시 쓴지라 나는 미간을 찌푸리며 다 마시자마자 고개를 돌리고 물었다. "밀락(蜜酪)은?"

"뭐요?" 소기가 깜짝 놀라 되물었고 나 또한 멍해졌다. 예전에 경사에서 살 때, 어머니는 쓴맛을 싫어하는 내게 약을 먹이고 난 다음에는 얼른 설련(雪蓮)과 봉밀(蜂蜜)로 만든 밀락을 건넸더랬다. 하지만 이곳에서 밀락을 어찌 구하겠는가? 순간 어머니, 아버지, 오라버니가 떠오르고, 경사 집이 떠올라 고개를 푹 숙였다. 못나게도 눈물이 솟구쳤다.

뺨을 타고 눈물이 흘러내려 그의 손등을 적셨다.

그토록 험한 일을 겪으면서도, 목숨이 경각에 달린 순간에도 눈물을 보이지 않았건만…… 지금 이 순간, 그의 앞에서 바보같이 눈물을 떨구고 말았다.

소기는 약사발을 내려놓고 내 눈물을 닦아주었다.

고개를 숙이고 피했는데도 굳은살이 박인 그의 손가락이 눈꼬리를 어루만지고 지나가는 것을 느낄 수 있었다.

그가 부드럽게 말했다. "원래 좋은 약은 입에 쓰다지 않소. 한숨 자고 일어나 상처가 나으면 더는 아프지 않을 거요."

입안의 쓴맛은 가시지 않았지만 가슴속은 그다지 씁쓸하지 않았다. 오히려 점점 따스하고 편안해졌다.

"더 주무시오." 소기는 나를 베개에 눕히고는 내 손을 쥐었다. 따스한 온기가 그의 손바닥을 통해 전해졌다.

갑자기 정신이 가물가물해졌다. 약효가 돈 탓인지 일순 착각이 들었는지 아련하게 어린 자담의 모습이 보이는 것 같았다. 자담은 어린 시절처럼 침상에 엎드린 채 까치발을 딛고 손을 뻗어 내 이마를 어루만지며 내 귓가에 대고 가만히 속삭였다. "아무야, 얼른 나아."

눈을 뜨자 자담의 얼굴이 점점 흐릿해지면서 소기의 모습으로 바뀌었다.

이 순간 내 이마를 쓰다듬고 내 손을 꽉 잡은 사람은, 이미 3년 전에 나와 혼인하였으나 이제야 처음으로 얼굴을 마주한 낭군이었지, 더 이상 자담일 수 없었다.

그 생각에 돌연 가슴을 메운 씁쓸함은 상처로 인한 아픔보다 더 견디기 어려웠다.

그 후 며칠 동안 약에 취해 온종일 정신없이 잠만 자는 사이, 내상은 하루가 다르게 나아갔다.

가끔 정신이 들었을 때는 시녀에게서 소기의 소식을 들을 수 있기를 고대했다.

하지만 소기는 찾아오지 않았다. 그날 내 방을 나선 뒤로 단 한 번도.

소기의 명을 받은 송회은이라는 장군만이 날마다 찾아와 의원에게 내 상태를 묻고 돌아가 보고할 뿐이었다. 그의 말에 따르면 왕야께서는 군무로 몹시 바쁘며 나더러 몸조리에 힘쓰라 했다고 한다. 잠자코 듣기만 했지만, 말로 표현할 수 없는 가슴속의 이 감정을 실망이라고 부를 수 있는지 알 수 없었다.

어쩌면 애당초 기대라는 것을 품지 말았어야 했을지도 모른다. 어쩌면 변한 것은 아무것도 없을지도 모른다. 소기는 여전히 소기였고 나는 여전히 나였다.

다만 나는 경사에서도 내가 위험한 상황에서 벗어났다는 사실을

195

아는지, 부모님이 마음을 놓았는지가 궁금할 따름이었다.

또 하나, 하란잠이 어떻게 되었는지도 궁금했다.

그날 팔목이 잘린 채로 절벽에서 떨어지던 하란잠의 처참한 모습이 아직도 눈에 선했다.

그와 함께 떨어질 때는 '그래, 함께 죽자!' 하는 원망의 마음뿐이었다.

생각해보니 나는 그를 원망하는 것이 맞았다. 그동안 내가 받은 온갖 모욕과 괴롭힘은 다 그에게서 비롯된 것이었고 지금까지도 온몸에 상처가 남아 있었다. 또 그날 그에게 맞아 생긴 내상은 아직까지 다 낫지 않았다. 정신이 혼미한 가운데 꾸던 악몽 속에서 수시로 백의를 걸친 스산한 형체를 보았고, 온몸에 피를 뒤집어쓴 채 끝이 보이지 않는 심연으로 떨어지는 그를 보았다. 그렇게 높은 절벽에서 팔목까지 잘린 채로 떨어졌으니…… 아마도 벌써 백골이 되었을 것이다.

하지만 광분한 상태였음에도 그는 혼신의 힘을 다하지 않고 손속에 사정을 둔 일장을 날렸다.

그 일장을, 그날 있었던 일들을 떠올릴 때마다 그에 대한 원망은 옅어지고 가엾은 마음만 들었다.

그날 하루 동안 얼마나 많은 사람이 목숨을 잃었던가…….

연무장에서 피와 살점이 튀는 살육전이 있고 나서, 산속의 잔도에서 뒤를 쫓는 소기에게 연달아 세 사람이나 죽임을 당했다. 목구멍을 꿰뚫은 화살, 몸뚱이와 떨어진 머리, 잘린 팔, 뜨거운 피…… 태어나서 한 번도 본 적 없고 생각조차 해보지 않은 광경이었다.

예전에 어원에서 사슴 사냥이 있었을 때, 첫 번째 사슴을 쏘아 맞힌 사람은 오라버니였다. 오라버니는 그 사슴을 어전에 바쳤다. 태자비 사완여는 죽은 사슴을 보자마자 정신을 잃었다. 황상께서는 그 모습을 보고 태자비가 어질고 너그럽다며 감탄했지만, 고모는 그렇게 생각하지 않았다.

그러고 보면 나는 어질고 너그러운 것과는 거리가 먼 것이 분명했다. 그토록 피비린내가 진동하는 장면을 직접 보고도 혼절하지 않았으니 말이다.

흠차사가 하란의 잔당과 결탁해 왕비를 납치하고 예장왕을 암살하려다가 실패해 죽었다. 이토록 엄청난 일이 일어났으니 조정이 발칵 뒤집어지고 경사가 들썩거렸을 것이다. 이에 대해 소기는 어떻게 보고했고, 아버지는 어떻게 대응했으며, 고모는 또 어떻게 처리했을까?

정신은 흐릿했으나 이것만은 분명히 알 수 있었다. 여태껏 일어난 일들을 곰곰이 되짚을수록 꺼림칙하게도 뭔가 엄청난 흑막이 감춰진 듯했다. 그런데도 나는 아무것도 모르는 채 그들 손에 놀아나고 있었다.

소기가 오지 않으니 곁에 있는 의원과 시녀들에게 물을 수밖에 없었다. 그러나 이들의 입에서 나오는 말이라곤 '분부 받잡겠습니다'라거나 '소인은 아는 바가 없으니 죽여주십시오' 따위의 말뿐이었다. 그나마 얼굴이 둥그스름하고 눈이 큰 계집아이가 어리고 활달한 편이라 가끔 나와 한담을 나눴는데, 그마저도 내가 묻는 말에 답을 하는 정도였다.

갑갑한 마음에 갈수록 금아가 그리웠다. 휘주에서 납치당하면서 헤어진 금아가 아직도 휘주에 있는지, 경사로 돌려보내졌는지 알 길이 없었다.

밤중에 침상 머리에 기대 책을 읽다가 문득 피로가 몰려와 막 눈꺼풀을 내리는데 밖에서 무릎을 꿇고 절을 올리는 소리가 들려왔다.

저벅저벅 장화 소리가 곧장 내실로 향하면서 소기의 목소리가 병풍 밖에서 울렸다. "왕비께서는 주무시느냐?"

"왕야께 아룁니다. 왕비께서는 아직 책을 보고 계십니다."

나는 소기의 갑작스런 방문에 당황한 나머지 순간 어찌해야 할지 몰라 급히 책을 내려놓고는 눈을 감고 잠든 척했다.

"무엇을 하려던 것이냐?" 밖에서 소기가 발걸음을 멈췄다.

"왕아께 아룁니다. 왕비 마마의 약을 바꿔드리려고 하였습니다."

"약을 이리 주거라." 소기가 잠시 머뭇거리고는 말을 이었다. "모두 물러가라."

시녀들이 모두 물러가자 그렇지 않아도 조용한 방에 숨소리까지 들릴 정도로 고요가 내려앉았다.

휘장이 걷어지며 소기가 침상가에 앉았다. 바로 내 옆에.

눈을 감고 있는데도 전신을 꿰뚫을 것 같은 시선을 느낄 수 있었다.

갑자기 어깨가 서늘해졌다. 소기가 이불을 들춘 것이었다. 소기는 내 속옷의 깃을 들추고는 손가락으로 어깨 부위의 상처를 매만졌다.

그의 손가락이 살에 닿는 느낌에 흠칫 몸이 떨렸다. 온몸의 피가 순식간에 머리로 몰리고 두 볼이 홧홧 달아올랐다. 소기가 나지막한 목소리로 놀렸다. "자면서도 얼굴을 붉히는 사람이 있었군."

마지못해 눈을 떴다가 그의 눈빛에 온몸이 달아올라 머리끝부터 발끝까지 불에 덴 듯 뜨거워졌다.

부끄럽기도 하고 노여움이 일어 그의 손길을 피하고는 이불로 가슴을 가렸다.

그는 거리낌도 없이 나를 향해 웃다가 갑자기 눈빛을 굳히더니 팔을 뻗어 내 손목을 붙잡았다.

나는 너무 아파 미간을 찡그렸다. 그의 손아귀에 잡힌, 울긋불긋 멍이 든 손목의 상처가 욱신거렸다.

소기가 얼굴의 웃음을 거두고 서늘한 목소리로 물었다. "그들이 당신을 고문했소?"

"가벼운 외상일 뿐입니다. 별것 아니에요." 손을 빼내며 눈을 들어 올리니 짙은 살기를 내뿜는 서릿발 같은 눈빛이 보였다.

나는 한기에 얼어붙기라도 한 듯 더 이상 아무 말도 하지 못했다.

"좀 봅시다." 소기가 갑자기 나를 끌어안으며 단번에 내 옷깃을 열 어젖혔다.

나는 너무 놀라 그대로 굳어버렸다. 살을 에는 듯한 시린 눈빛이 쏟아지니 반항할 생각조차 들지 않았다.

등불의 그림자가 흔들렸다. 순식간에 그의 눈앞에서 발가벗겨진 내 살갗을 가린 것이라곤 손바닥만 한 속옷뿐이었다.

내 몸에 더 이상 다른 상처가 없는 것을 확인하고 나서야 소기는 찌푸렸던 미간을 펴며 내 옷을 입혀주고는 담담히 말했다. "괜찮다면 되었소. 만약 그가 당신을 고문했다면 그 열일곱 명 하란족도 곱게 죽 이지 않았을 것이오."

그는 아무렇지 않게 말했지만, 듣는 나는 심장이 쿵 하고 내려앉았 다. 잠시 멍해 있다가 나지막이 물었다. "그 하란족 결사대는 모두 추 포했나요?"

그날 소기는 하란잠에게 삼군이 추격하지 않을 것이라고 분명히 약속했었다.

"겨우 도망친 잔당을 잡는데 삼군을 움직일 필요가 뭐 있소." 소기 가 담담히 말했다. "진즉에 국경을 막고 있던 돌궐의 군사들이 그들이 도망치게 됐을 리 없지."

"하란잠은 돌궐 왕의 아들이 아닌가요?" 내가 깜짝 놀라 물었다.

소기가 피식 웃으며 답했다. "맞소. 그러나 애석하게도 돌궐에는 하란잠의 종형(從兄)이자 돌궐 왕의 조카로 전투에 능한 홀란(忽蘭) 왕 자도 있소."

"당신, 돌궐인과⋯⋯." 너무 놀란 나는 입을 가린 채 차마 뒷말을 잇지 못했다.

긴긴 세월 돌궐과 목숨을 건 전투를 벌여온 예장왕 소기가 적국의 왕자와 손을 잡았다는 사실을 어찌 믿을 수 있겠는가!

그러나 그 회색 옷을 입은 사내가 줄곧 뒤를 따랐으니, 이치대로라면 행적은 알 수 있었을지 몰라도 하란잠의 계획까지 알 수는 없었으리라. 이제 보니 진짜 내통자는 그들 내부에 있었다. 하란잠을 팔아넘긴 사람은 바로 그의 종형제이자 그와 왕위를 다투는 홀란 왕자였다.

순간 소름이 끼쳤다.

하란잠은 흠차사가 안에서 도와줄 것이라고만 생각했지, 소기와 홀란 왕자가 손을 잡았으리라고는 꿈에도 생각지 못했을 것이다.

내딛는 걸음걸음 음해와 살기에 푹푹 빠진다. 한 걸음이라도 잘못 내딛으면 그대로 온몸이 바스러져 뼈도 못 추리게 된다.

모두 얼마나 무시무시한 음모 속에서 살아가고 있는 것인지⋯⋯.

내 눈에 비친 소기의 눈은 너무나 깊어 무엇이 담겨 있는지 도무지 알 수가 없었다.

그 또한 나를 응시했다. "내가 두렵소?"

방금 전까지도 매서운 한기가 감돌던 눈동자가 눈 녹듯이 부드럽게 풀어졌다.

3년 전, 철기군 3천을 이끌고 조양문(朝陽門) 안으로 들어서던 그를 멀리서 보았을 때는 두려웠다. 그렇지만 지금의 나는, 그와 생사의 갈림길에 함께 서보고 그가 내 앞에서 사람을 죽이는 모습까지 보았다.

나는 눈썹을 치키고 그를 바라봤다. 지난 일들이 하나하나 떠오르면서 몇 마디 말로 다 할 수 없는 숱한 감정이 가슴속에 들어찼다.

"당신을 증오해요." 입술을 앙다물었지만 귀 뒤가 홧홧했다.

순간 그가 눈빛을 굳히더니 이내 웃음을 터뜨렸다. "확실히 내가 가증스럽기는 하지."

단 한마디 변명조차 하지 않고 시원스레 인정해버리니 오히려 내가 말문이 막혔다.

"제게 할 말이 있나요?" 나는 입술을 깨물며 한결 풀어진 마음으로 물었다. 이미 상황이 이 지경에 이르러버렸으니 서로에게 물러날 자리를 마련해주는 것이 현명할 터였다.

"무엇이 알고 싶소?" 그런데 오히려 그가 이렇게 되물었다.

갑자기 노여움이 불쑥 치솟아 홱 하고 눈을 돌리니, 그가 온몸에서 눈부신 빛을 발하며 환히 웃고 있었다.

첫날밤에 일언반구도 없이 떠난 일에 대해, 그는 내게 제대로 된 해명을 한 적이 없다. 그가 어떻게 보상할지는 관심 없었다. 그러나 이 해명은 내 존엄, 그리고 내 가족의 존엄이 달린 것이었다. 바로 이 문제가 3년 동안 시름하면서 가장 내려놓을 수 없었던 것이다.

나는 그의 미소 띤 얼굴을 보고 성을 내기는커녕 같이 미소를 지으며 느릿느릿 입을 뗐다. "당신에게 빚진 것이 있는데 지금 돌려드릴게요."

소기는 살짝 의아한 표정을 지었으나 미소는 거두지 않았다. "그것이 무엇이오?"

나는 그에게 몸을 가까이 하고는 눈썹을 치키며 옅은 미소를 지은 채 그의 뺨을 후려쳤다.

있는 힘껏 휘두른 손바닥은 그의 왼쪽 뺨에 그대로 떨어지며 짝 소리를 냈다.

피하지도 않고 뺨을 내준 그가 타는 듯한 눈동자로 나를 응시했다. 소기의 얼굴에 붉은 손자국이 피어올랐다.

"원래 혼례식 날 밤에 드렸어야 하는데 이리 오래도록 빚을 지고 있게 될 줄은 몰랐네요." 그를 똑바로 바라보며 말했다. 손바닥이 쩌릿쩌릿했지만 마음은 통쾌했다. 오랜 세월 묵혀둔 울분이 마침내 풀린 듯했다.

"고맙소, 왕비. 이제 우리는 서로에게 진 빚을 모두 갚았소." 그가 입꼬리를 살짝 올리며 저릿한 내 손바닥을 잡아 뒤집더니, 붉게 부어오른 손바닥을 보며 웃는 듯 마는 듯 말했다. "이미 있던 상처가 채 낫기도 전에 새 상처가 생겼구려."

그의 손을 뿌리치지 못하고 있던 나는 문득 그의 시선이 내 얼굴에서 미끄러져 내려가 가슴으로 옮겨 가는 것을 보았다. 맙소사! 그제야 벌어진 옷깃 사이로 드러난 흰 살결을 그 앞에 내보이고 있다는 사실을 깨달았다.

"당신, 고개 돌려요!" 부끄러움에 머리가 하얘질 지경이었지만, 아무리 힘을 줘도 그에게 붙들린 두 손을 빼낼 수가 없었다.

그가 한 손으로 나를 끌어안더니 다른 손으로 고약을 집어 들었다. "계속 바동거리면 옷을 다 벗기고 약을 바를 수밖에 없소."

그는 스스로 내뱉은 말은 행동으로 옮기는 사람이 분명했기에 나는 더 이상 바동거리지 못하고 입술만 꽉 깨물었다.

그가 손가락으로 고약을 덜어내 내 어깨와 손목 상처에 꼼꼼히 발랐다. 상처는 이미 아물어 더 이상 아프지 않았다. 하지만 그의 손가락이 내 살결을 오가며 가만가만 고약을 펴 바르니 자꾸만 간질간질한 느낌이 이는데…… 어째서인지 소기가 웃음을 머금고 나를 쳐다보고 있었다.

시녀들이 약을 바를 때는 이처럼 귀찮게 굴지 않았다. 이제 보니 소기가 일부러 나를 놀리는 것이었다.

그를 쏘아보면서도 기가 차서 말을 잇지 못했다.

그는 몹시 의미심장하게 나를 바라보며 이렇게 말했다. "이토록 사나우니…… 잘됐군. 무장의 아내가 될 운명이었겠소."

화복 禍福

촛불이 가물거리자 침상 휘장에 비친 그의 옆모습이 선명했다 흐려지기를 반복했다.

나는 할 수 없이 그에게서 고개를 돌린 채 더 이상 바동거리지도 않고 그가 약을 바르도록 내버려두었다.

깊은 한밤중 침상에 휘장이 드리워지고 촛불은 곧 꺼질 듯한데 내실에는 나와 소기, 단 두 사람만이 마주하고 있었다. 이런 상황에서 하필이면 옷도 제대로 갖춰 입지 않은 채로, 심지어 그와 살을 맞대고 있다니……. 아무리 부부의 연을 맺은 지 3년이나 되었다지만, 긴장되고 당혹스러운 기분을 주체할 수 없어 슬그머니 손가락으로 이불자락을 틀어쥐었다.

소기는 말없이 약을 바르며 이따금 나를 쳐다봤다. 그 웃는 듯 마는 듯한 표정에 더욱 당혹스러워 귀 뒤쪽이 불이라도 붙은 듯 홧홧해졌다.

"내려와서 걸어보시오." 소기가 다짜고짜 나를 침상에서 안아 올렸다.

발이 바닥에 닿는 순간, 온몸이 힘없이 늘어지는 바람에 소기의 팔뚝을 잡을 수밖에 없었다.

"너무 오래 누워 있었소." 소기가 웃으며 말했다. "내상은 이미 다

나았으니 조금씩 움직여보시오. 누워만 있으면 오히려 해롭다오."

의아하면서도 신선한 기분에 그를 쳐다봤다. 나는 어려서부터 몸이 약했다. 그래서 내가 가벼운 감기에 걸리거나 살짝 열만 나도 주변 사람들은 발을 동동 구르며 꼼짝 말고 쉬라고만 했지, 소기처럼 대수롭지 않게 대하는 사람은 없었다. 그런데 그 편이 오히려 내 성질에 꼭 맞았다.

그는 나를 부축해 창문 앞으로 데려가더니 곧 긴 창을 밀어젖혔다. 순식간에 쏟아져 들어온 밤바람에 진흙의 산뜻한 냄새와 엷은 초목의 향기가 배어 있었다.

나는 어깨를 움츠렸다. 춥기는 했지만 탐욕스럽게 숨을 깊이 들이마셨다. 이처럼 신선한 밤바람을 마지막으로 맞아본 것이 언제였는지…….

그때 문득 어깨에 온기가 내렸다. 소기가 자신의 창의를 벗어 나를 꼭 감싼 것이었다.

나는 목석처럼 굳은 채 그의 팔뚝 안에 갇혀 두터운 창의 아래 감싸였다. 그렇게 나는 그의 몸에서 배어나는 강렬하면서도 특이한 사내의 냄새에 푹 파묻혔다.

나는 사내의 몸에서 이런 냄새가 풍길 줄 몰랐다. 무어라 정의를 내릴 수 없는 냄새였다. 따스하면서도 몹시 강건하여 한낮에 이글이글 타오르는 태양, 말가죽과 쇠붙이, 사방에서 휘몰아치는 모래바람을 떠올리게 하는 냄새였다.

오라버니와 자담의 냄새는 이와 달랐다. 오라버니는 두약(杜若)을 특히 좋아했고, 자담은 목란만 찾았다. 두 사람이 움직이면 항상 은은한 향기가 뒤따랐다. 경사의 권세 있는 가문들은 모두 멀리 서역(西域)에서 진상한 향료를 쌓아두고, 향을 제조하는 일만 하는 어리고 아리따운 시녀들을 따로 두었다.

하란잠 같은 이민족 사내의 옷에서도 향냄새가 났었다.

그런데 소기에게서는 아무런 향도 나지 않았다. 그에게서는 티끌만큼의 보드라움도 찾아볼 수 없었다. 그를 이루는 모든 것은 강하고 사납고 날카롭고 또 묵직하기만 했다.

달은 밝고 바람은 맑고 사람은 말이 없었다.

빠르게 콩닥거리는 내 심장 소리가 들리는 듯하고 살짝 혼몽해졌다.

"춥지 않아요." 나는 용기를 내서 말을 꺼내며 그의 품 안에서, 떨리고 당황스러운 이 순간에서 벗어나고자 했다.

고개를 숙이며 나를 바라보는 그의 눈동자는 깊이를 가늠할 수 없을 만큼 깊었다.

"어째서 요 며칠 내가 어딜 갔었는지 묻지 않는 것이오?" 그가 웃는 듯 마는 듯 물었다.

방금 전 몹시 고단한 기색으로 들어서는 그를 봤을 때부터 먼 길을 나섰다가 돌아온 것임을 짐작했더랬다. 아마도 그것이 며칠 동안 나를 찾아오지 않은 이유일 터였다.

그러나 내게 알릴 마음만 있었다면 그 전에 언제라도 알릴 수 있었을 텐데, 굳이 지금에 와서 묻는 것은 나를 떠보기 위함인가?

나는 뒤돌아보며 말했다. "왕야께서 군무로 바쁘심은 당연지사인데, 감히 제가 왕야의 행방을 따져 물을 수 있겠습니까?"

소기가 입꼬리를 당기며 말했다. "나는 겉과 속이 다른 여인을 좋아하지 않소."

"그러셨나요?" 나는 웃으며 고개를 쳐들고 밤바람에 얼굴을 내맡겼다. "저는 스스로 대단한 줄 아는 사내들은 하나같이 겉과 속이 다른 여인을 좋아하는 줄 알았지요."

순간 멍해졌던 소기가 이내 큰 소리로 웃어젖혔다. 호탕한 웃음소리가 고요한 밤에 메아리쳤다.

나도 빙그레 웃으며 가만히 그를 올려다봤다. 이상하게 기분이 싱숭생숭했다.

그의 턱에 거뭇거뭇하게 자란 수염을 보니 더욱 호방하게 느껴졌다.

그에게 덧씌워진 휘황찬란한 빛을 거두고, 대장군이니 예장왕이니 하는 감투를 벗겨내고 풍채와 기개만 놓고 보더라도 그는 몹시 출중한 사내였다.

만약 그때 황상의 명으로 혼인한 사이가 아니었다면, 이제야 처음 만나는 것이 아니었다면, 그 전에 자담을 알지 않았다면…… 우리는 첫눈에 서로에게 마음을 빼앗겨 영웅과 미인의 만남이라는 미담의 진정한 주인공들이 될 수 있었을까?

하지만 세상의 농간 탓에 이 혼인은 어긋난 채로 시작되었다.

나는 입술을 앙다물었다. 수천 번 떠올렸던 그 생각들을 차마 말로 꺼낼 수가 없었다.

이전의 일에 대해서는 함구한 채, 지금 이 순간부터 모든 것을 다시 시작해도 될까?

밤바람이 더욱 서늘해졌다.

소기가 창가로 걸어가 창을 닫고는 나를 등진 채로 서서 무심히 입을 열었다. "요 이틀 동안 변경에 있는 외딴 마을에 다녀왔소."

나는 탁자 옆에 앉았다. 잠시 생각해보니 어떻게 된 사정인지 대략 알 것 같았다.

"아주 특별한 적을 만나러 가셨나요?" 미간을 찡그리며 그를 바라봤다.

소기가 미소를 띤 채 뒤돌아서며 물었다. "특별한 적이라니, 무슨 말이오?"

나는 눈을 내리깔았다. 그에게 내가 생각한 바를 말해도 될지 몰라 잠시 머뭇거리다가 결국은 천천히 입을 열었다. "때로는 적이 벗이 되기도 하고, 벗이 적이 되기도 하는 법이죠."

"그 말이 맞소." 고개를 끄덕이며 미소 짓는 소기의 말투에는 칭찬이 담겼다. "그자는 내 적이 분명하오."

과연 홀란을 만나러 갔었구나. 어쩐지 며칠 동안 코빼기도 보이지 않고, 왕부 사람들도 그가 외부로 순시를 떠났다고만 알 뿐 어디로 갔는지는 모르더라니……. 대장군이 몰래 적의 수장을 만났다는 사실이 알려지면 적과 내통하고 반역을 저질렀다는 대역죄가 씌워질 테니, 이번에 그가 어디를 다녀왔는지는 결코 밖으로 새어 나가서는 안 될 기밀이었다.

나는 미간을 찡그렸다. "서수는 이미 죽었고, 하란인도 모두 죽임을 당했으며, 모든 죄증이 명백한데도 그를 만날 필요가 있었나요?"

그는 아무런 대답도 하지 않았다. 그러나 뭐가 놀랍고 기쁜지 눈속에는 이해할 수 없는 웃음이 담겨 있었다.

나는 도무지 이해할 수 없었다. 설령 홀란 왕자가 다른 중요한 죄증을 가지고 있다고 하더라도 밀서를 보내면 그만일 텐데, 구태여 위험을 무릅쓰고 그 돌궐 왕자를 직접 만나러 갈 까닭이 무엇이란 말인가?

혹여 또 다른 계략이 있는 것일까?

"반은 맞혔소. 그런데 사람을 잘못 짚었소." 소기가 웃으며 말했다. "특별한 적은 홀란이 아니오."

멍해진 내 귀에 소기의 담담한 목소리가 들려왔다. "홀란은 용맹하고 잘 싸우기는 하니 전장에서 쉽게 만날 수 없는 적수요. 그런데 용맹함에 비해 지략이 모자라 계략에서는 결코 하란잠의 적수가 못 된다오."

촛불이 소기의 옆얼굴을 비추자 깎은 듯 얇은 입술로 어렴풋하게 비웃음이 떠올랐다. "그 멍청이가 하란잠이 쳐놓은 가짜 덫을 잘못 전하는 바람에 내가 대비할 때를 놓치고 말았소. 그렇지 않았다면 당신이 하란잠의 손에 떨어지는 일은 없었을 것이오."

소기가 코웃음 쳤다. "앞으로 하란잠과 맞붙었을 때, 홀란을 기다리는 것은 오직 처참한 죽음뿐일 거요."

나는 너무 놀라 벌떡 일어났다. "그 말은, 하란잠이 아직 살아 있다는 뜻인가요?"

고개를 기울이며 나를 쳐다보는 그의 눈동자에 번뜩이는 빛이 스쳐 지나갔다. 소기는 웃기만 할 뿐 아무 말도 하지 않았다.

"하란잠을 만나러 갔군요!" 그야말로 혼이 나갈 만큼 놀랐다. 팔목이 잘려 절벽 아래로 떨어졌는데도 죽지 않았다는 사실은 그렇다 쳤다. 내가 아연실색한 진짜 이유는, 소기가 그를 죽이라고 사람을 보내기는커녕 남몰래 그를 만나고 왔다는 사실이었다.

한없이 깊은 그의 눈을 마주하니 온몸에 한기가 돌고 오스스 소름이 돋았다.

"그를 만났을 뿐만 아니라 심복을 시켜 그를 돌궐로 안전히 호송케하고 홀란의 추격병을 격퇴했소." 소기가 얼음장처럼 시린 미소를 지으며 느릿느릿 말을 이었다. "앞으로는 하란잠의 능력에 달렸소. 부디내 노고가 헛일이 되지 않도록 그가 무사히 왕성으로 돌아가길 빌 뿐이오."

나는 고개를 떨구었다. 머릿속이 바쁘게 돌아가며 원인과 결과가 이어지고, 복잡다단하게 얽혀 있던 생각들이 갑자기 명료하게 풀렸다. 소기는 홀란 왕자와 손잡고 하란잠을 제거하려 했고, 그들의 계략을 역이용해 서수 일당까지 제거하려 했다. 그러나 하란잠은 요행히 목숨을 건지고 서수는 이미 제거된 지금, 소기는 생각을 바꿔 하란잠을 죽이지 않고 오히려 그가 돌궐로 돌아갈 수 있도록 도와줬다. 하란잠의 성격으로 볼 때 틀림없이 홀란에게 이를 갈 테니, 그렇잖아도 치열한 왕위 다툼이 더욱 치열해질 터였다. 이렇게 왕위 계승자들이 서로 아귀다툼을 벌이면, 돌궐은 큰 혼란에 빠질 것이 불 보듯 뻔했다.

순식간에 정신이 혼미해지며 얼떨한 가운데, 다시 3년 전 조양문 위에서 군대를 치하하는 장면을 처음 본 그때로 돌아갔다. 당시 소기는 위엄이 넘쳤고, 영웅의 기세를 떨쳤다. 예장왕 소기는 내게 그저 소문으로만 전해 듣는 인물일 뿐이었다. 그에게 시집을 왔으나 3년 동안 독수공방하느라 여전히 그에 대해서는 아는 바가 없었다.

영삭에서 다시 만나 생사의 갈림길에서 혼비백산하고 그가 피 칠갑을 한 채로 적을 죽이는 모습을 두 눈으로 직접 보았다. 그러고 나서야 그의 혁혁한 위명이 창칼을 휘둘러 뒤집어쓴 피로 이루어낸 것임을 알게 되었다.

지금 이 순간, 그는 내 앞에서 마치 부부 사이에 흔히 오가는 한담을 나누듯 아무렇지도 않게 말하고 있었다. 그러나 그가 손을 한번 휘두르는 사이 이미 정세는 요동치기 시작했고 거대한 판이 짜였으니 …… 이미 조정과 변경, 돌궐 왕정, 양국의 백성까지 모두 이 요동치는 판에 말려들었다. 이로써 얼마나 많은 사람의 운명이 바뀔지는 모를 일이었다.

일개 무장이 어찌 이 모든 것을 해낼 수 있단 말인가!

지금 내 앞에 서 있는 사람은 단순한 전장의 영웅이 아니었다. 정세를 뒤흔들고 생사여탈권을 손에 쥔 번왕이자 뛰어난 장군이며 권신이었다. 달빛 아래 서 있는 그는 기세등등하게 천하를 노리는 일대

(一代) 영웅 같았다. 그런 생각에 지레 놀라 가슴속에 폭풍이 일었다.

그러나 악독하기 그지없는 하란잠에 생각이 미치자, 나도 모르게 다음 말이 튀어나왔다. "그 사람은 당신을 뼛속 깊이 증오하고 있어요. 그런데 그런 호랑이를 산으로 돌려보냈으니, 앞으로 또 무슨 악독한 간계로 당신을 해칠지 모를 일이네요."

소기가 담담히 웃으며 말했다. "지기(知己)는 만나기 어려운 법, 이같은 호적수를 만난 것이 얼마나 기쁘오?"

영웅이라면 마땅히 이래야 할 터.

"그를 풀어준 것은 응당 그를 다시 제압할 수 있다는 자신이 있었기 때문이겠지요. 호랑이를 산으로 돌려보낸 것은 호랑이를 잡기 위함이 아니라 길들이기 위함일 터이니." 나는 절로 감탄을 내뱉었다.

미소를 띤 채 아무런 대꾸도 하지 않고, 그저 뒷짐을 지고 나를 뚫어져라 쳐다보는 소기의 눈동자에 흡족한 기색이 역력했다.

"규중 여인이 이 같은 식견을 지녔다니……."

그에게서 칭찬의 말을 들으니 얼굴이 살짝 달아올랐다.

예전에 오라버니는 항상 내가 오만불손하고 안하무인이라고 했다. 하지만 오라버니가 모르는 사실이 있었다. 나는 오만불손한 것이 아니라 진심으로 탄복할 만한 기개와 포부를 지닌 자를 만난 적이 없었을 뿐이다.

그랬던 내가, 오늘에야 그럴 만한 사람을 만났다.

고개를 숙인 채 넋을 놓고 있는데, 어느 틈에 바로 앞까지 걸어온 소기가 손을 뻗어 내 얼굴을 들어 올렸다.

"하란잠이 내게 해를 끼칠까 걱정이오?" 웃음기를 머금은 그의 눈빛이 참으로 의미심장했다.

나는 무언가에 덴 듯 화들짝 놀라 황급히 고개를 돌리며 그의 손을 피해버렸다.

아직 5월이 분명한데도 이상하게 자꾸만 열이 나고 방 안 공기가 숨이 막힐 만큼 답답했다.

"차를 드시겠어요?" 너무나 어색한데, 당황한 모습을 어떻게 숨겨야 할지 몰라 엉뚱하게도 동문서답을 해버렸다.

찻잔을 가지러 가기 위해 몸을 돌렸는데도 등 뒤로 꽂히는 타는 듯한 시선을 느낄 수 있었다.

나는 떨리는 가슴을 애써 가라앉히며 찻잔을 꺼내 묵묵히 차를 따랐다. 그러나 쿵쿵대는 심장 박동 탓에 바르르 떨리는 손목은 감출 수 없었으니……. 대체 어떻게 된 일이지? 살면서 이토록 추태를 부린 적은 없었다.

별안간 손에 힘이 꽉 들어갔다. 그가 등 뒤에서 내 손을 붙잡은 것이었다. 그제야 내가 빈 주전자를 잘못 집어 들고 한참 동안 차를 따르는 모양새를 하고 있었음을 깨달았다.

그는 아무 말 없이 웃기만 하며 내 손에 들린 찻주전자를 가져가고 새 잔을 꺼내 다시 차를 따랐다.

나는 부끄러움에 얼굴을 들지 못하겠는데, 소기는 아무렇지도 않게 차를 따르고는 미소와 함께 찻잔을 건넸다.

"아무래도 내가 왕비의 시중을 드는 것이 나을 듯하오." 나직하고 느린 목소리에 따스한 웃음기가 서렸다.

찻잔은 미동도 없이 그의 손에 들려 있었으나 나는 손을 뻗어 받지 않았다.

나는 가만히 그를 올려다보며, 그의 눈에 담긴 감정의 얼마쯤이 참이고 또 얼마쯤이 거짓인지를 가늠했다.

눈동자 네 개가 마주치고 일순 정적이 감돌았다.

그의 눈빛은 무척이나 그윽했다. "술 대신 차로 혼례 날 당신 앞에서 용서를 구해야 했던 일을 대신 사죄하려 하오."

그의 눈을 빤히 들여다보았다. 새록새록 떠오른 지난 기억은 여전히 고통스러웠다.

내게 혼례식 날 밤 일어난 일은 평생 잊을 수 없는 치욕이었다.

흔들리는 촛불이 소기의 얼굴을 비추자 그의 표정이 뚜렷이 보였다.

입술을 꼭 다문 그는 어떻게 말을 꺼내야 할지 모르는 듯 한동안 침묵하더니, 낮게 가라앉은 목소리로 말했다. "그날은 부득이한 사정이 있었으나 나 또한 몹시 미안하였소."

오늘에 이르러서도 이 사람은 '부득이한 사정'을 운운하며 교만하고 무례했던 그날의 잘못을 인정하지 않았다.

나는 눈을 치뜨고 차갑게 쏘아봤다. "설령 돌궐이 국경을 넘어 서둘러 출정했다손 치더라도 직접 그 말을 전할 겨를조차 없진 않았을 텐데요."

그런데 아주 괴상한 소리라도 들은 듯, 소기의 눈에 이상한 빛이 스치고 지나갔다.

너무 화가 나다 보니 웃음이 났다. "왜 그러시죠? 설마 왕야께서는 그 일을 벌써 잊어버리셨나요?"

소기는 입을 다물었다. 당황했던 기색도 순식간에 사라지고 없었다.

"좌상…… 장인어른께서 그날 다른 말씀은 하지 않으셨소?" 그가 나지막이 물었다.

"무슨 말씀이시죠?" 갑작스러운 말에 놀라 그를 응시했다.

소기의 미간이 좁아지고 눈빛이 무섭도록 가라앉았다. "그 후로도 좌상께서는 계속 그리 말씀하셨소?"

그 말과 소기의 표정에 내 가슴속에서 한기가 차올랐다.

고개를 든 나는 가까스로 마음을 진정시키고 그를 마주 봤다. "제가 어리석어 무슨 뜻인지 모르겠으니 왕야께서는 분명히 말씀해주시지요."

순식간 방 안에 긴장감과 싸늘함이 감돌았다.

우리 두 사람은 서로를 마주한 채 누구도 먼저 입을 열지 않았다. 하지만 그의 분위기가 심상치 않음은 느낄 수 있었다.

순간 심지에서 틱 소리와 함께 불티가 튀자, 붉은 초가 쓸데없이 타오르던 그날 밤이 떠올랐다. 이루 말할 수 없는 비참함이 차올라 숨이 턱 막혔다.

나를 그윽하게 바라보는 소기의 눈빛에 담긴 기색을 읽을 수 없었다. "진정 내가 분명히 말해주길 바라오?"

"그렇습니다." 입술을 앙다물며 그를 똑바로 쳐다봤다.

소기가 서서히 입을 열었다. "그도 나쁘지 않지. 당신이 받아들일지 여부와는 상관없이 진상은 알아야 공평할 터이니."

나는 입술을 깨물며 고개를 끄덕였다.

소기는 천천히 창가로 걸어가더니 나를 등지고 선 채로 이야기를 시작했다. "혼례식 날, 좌상 대인이 친히 내린 명령이 없었다면 내가 어찌 왕씨 손안에 있는 경사의 금군을 움직여 그날 밤으로 경사를 떠날 수 있었겠소?"

느닷없이 휘갈겨진 채찍에 얻어맞은 것처럼 가슴 언저리가 지끈거렸다.

"말씀 계속하세요." 등을 곧게 펴고 눈앞의 촛불을 뚫어지게 바라보았다.

그는 대수롭지 않은 말을 건네듯 잔잔하게 이야기를 이어갔다. "황상께서는 고집 센 태자와 권력을 독점한 외척을 눈엣가시로 여겨 진즉부터 태자를 바꿀 뜻을 가지고 계셨소. 그런데 태자는 왕씨 세력을 등에 업고 있으니, 태자를 바꾸려면 외척부터 제거해야 했소. 요 몇 년 동안 황후와 그대의 부친은 조정의 반을 손아귀에 넣었으나, 우상 온종신(溫宗愼)과 황족 측근은 외척이 정사에 간여하는 것을 막고 태자를 바꾸려는 황상의 뜻을 은밀히 지지해왔소. 두 세력이 줄곧 팽팽히 맞서면서 조정 문벌가도 잇달아 그 싸움에 끼어들었지. 그 탓에 변경의 군무는 돌보지 않고, 영토를 지키고 넓히는 일은 오로지 나 같은 한족 무인들에게 맡겨버렸다오. 그러다가 내가 변경을 평정하고 홀로 40만 대군을 거느리게 되자 그제야 조정에서도 나를 꺼리기 시작했소. 우상 온종신은 무인의 병권을 빼앗을 것을 강하게 주장하면서도 변경이 흔들릴까 두려워 섣불리 손을 쓰지 못했소. 그러나 그는 황후와 좌상이 이미 또 다른 계략을 꾸미고 있음을 몰랐다오."

그가 잠시 말을 멈추었으나, 나는 그가 뜻하는 바가 무엇인지 알 수 있었다.

마치 차디찬 빙설을 머리끝부터 뒤집어쓴 것처럼 삽시에 온몸이 얼어붙었다. 이제 보니 아버지와 고모는 이미 그때 소기와의 혼인을 염두에 두었던 것이다.

어쩐지 고모가 나와 자담의 일을 줄곧 반대하고, 아버지는 내게 오는 혼담을 모두 거절하더라니……. 그중에는 경사의 명문가도 적지 않았고 왕씨와 어깨를 나란히 하는 고관대작도 있었다. 그때 어머니는 웃으며 탄식했더랬다. "네 아버지 눈에는 황자 말고는 금지옥엽에게 어울리는 사내가 없는 모양이다."

그때는 나도 그렇게 생각했다. 그런데 아버지가 일찌감치 마음에 담아둔 사윗감은 그저 신분만 존귀할 뿐인 자담이 아니었다. 설령 훗날 자담이 황위에 오르더라도 아버지는 황제의 장인이라는 이름뿐인

자리에 만족하지 않았을 것이다.

더욱이 고모는 다른 사람이 자기 아들의 황위를 빼앗아 가는 것을 두고 볼 리 없었다.

왕씨는 조정과 황실을 제외한 더 큰 세력이 필요했고 군부의 지지가 절실했다.

처음부터 두 사람은 소기를 점찍었고, 소기도 왕씨를 선택했던 것이다.

놀랍게도 웃음이 나왔다. 나는 웃으면서 소기를 바라봤다. "황상께 혼인을 청한 것은 당신의 뜻인가요? 아니면 황후의 뜻을 따른 것인가요?"

뒤로 돌아 나를 마주 보는 소기의 눈에 난처한 기색이 어렸다. "내가 황후와 좌상을 은밀히 만났을 때 상의한 일이오."

그가 솔직히 말하지 않아도 알 수 있었다. 그나마 남아 있던 자부심을 지탱할 것이 무엇도 남지 않았음을……

"그렇다면 혼례식 날은 뭐가 어떻게 된 일이었나요?" 나는 서서히 입을 열고, 목소리가 떨릴까 봐 한 자 한 자 또박또박 말을 이었다.

소기가 미간을 찌푸리며 나를 바라봤다. 얼핏 괴로운 기색이 내비치는 눈빛은 그렇게 한동안 내 얼굴에 머물러 있었다.

나는 고개를 들고 고집스레 그를 응시하며 그가 말을 잇기를 기다렸다.

"내가 어전에서 남쪽 변경을 평정한 공으로 왕씨의 딸을 달라고 청하자 황후가 윤허했고, 황상도 어쩔 수 없이 혼인을 명하셨소. 이에 불안해진 우상 일당은 곧바로 황상과 비밀리에 모의하여, 내가 경사에 돌아와 혼례를 치를 때 몰래 다른 사람을 영삭으로 보내 군권을 장악하게 하려 했소. 황상께서는 혼례를 마친 나를 경사에 묶어둠으로

써 병권을 잃게 할 셈이셨지. 황상과 우상이 함께 모의한 일은 은밀하고 신속하게 진행되었고, 내가 그 사실을 안 것은 혼례식 당일이었소. 좌상은 곧바로 결단을 내려, 금군을 동원해 그날 밤으로 성문을 열어 내가 경사를 떠날 수 있도록 했소. 때마침 돌궐군이 북쪽 국경을 침략했으니 하늘이 나를 도운 셈이었지. 그리하여 내 병권을 뺏으려던 조정의 계략은 물거품이 되었소. 그 후 나는 돌궐이 국경을 넘본다는 이유로 영삭을 지키며 3년 동안 돌아가지 않은 채 좌상과 안팎으로 호응해 황상이 어찌할 수 없도록 한 것이오."

나는 그가 한 말을 하나하나 곱씹으며 이 모두가 거짓이라고 반박할 허점을 찾으려 했다. 그러나 아무 소용이 없었다. 허점을 찾기는커녕 생각할수록 모든 것이 명확해졌다. 그간 잊고 있던 사소한 부분들을 떠올려보니 하나하나 그의 말과 딱 맞아떨어졌다. 심지어 어떤 일들은 그 당시 나도 꺼림칙해서 의문을 품었다. 다만 그때는…… 이 모든 일이 나와 가장 가깝고 가장 신뢰하는 가족이 한 짓이라곤 꿈에도 생각지 못했다.

그럴 리도, 감히 그럴 수도 없었다.

아버지와 고모, 다른 사람도 아니고 어떻게 그들이 나를 속일 수 있단 말인가? 나를 속이고 이용하고 지금까지도 내게 숨겨 모든 잘못을 소기에게 떠넘겼다. 내가 영원히 외로움과 원망과 분노에 사로잡힌 채 또 하나의 고모가 되어, 곁에 가까운 사람 하나 없이 그저 가족에게만 기대고 충성하며 내 평생을 가문에 바치게 만들 작정이었던 것이다.

그러나 그들이라니, 다른 사람도 아니고 하필이면 그들이라니…….

다른 사람은 얼마든지 나를 속일 수 있지만 나 자신은 더 이상 속일 수 없었다.

모든 것이 명명백백히 밝혀졌다. 더 이상 의문 따위는 없을 정도로.

때는 이미 5월이었으나, 나는 차가운 얼음물에 처박힌 것만 같았다. 추웠다. 뼛속까지 시릴 정도로 너무나 추웠다.

소기가 내 어깨를 끌어당기며 자신의 품에 꼭 안았다.

그의 품은 참 따뜻했다. 마치 가여움이 가득 담긴 그의 목소리처럼. "떨고 있구려."

나는 고개를 쳐들었다. 문득 가슴속에서 터져 나온 오기에 있는 힘껏 그의 품에서 벗어났다. "떨다니요? 누가요! …… 내게 손대지 말아요."

아팠다. 온몸이 너무 아파 그 누구의 손길도 허락할 수 없었다.

"나가요." 나는 탁자 가장자리를 짚고 가까스로 서 있었다. 더는 전신의 떨림을 참을 수 없었다.

그는 말 한마디 없이 나를 바라보기만 했다. 미안함과 죄책감이 가득한 눈빛이 번뜩이는 칼날처럼 내 몸을 찔러댔다.

나는 그를 돌아보지 않고 힘없이 말했다. "전 괜찮아요. 혼자 쉬고 싶어요."

그는 대답하지 않았다. 한참 후에야 그가 뒤돌아 나가는 소리가 들렸다. 저벅저벅 발걸음 소리가 문가로 이어졌다.

나는 더 이상 버티지 못하고 힘없이 탁자 위로 무너져 얼굴을 손안에 묻었다. 머릿속이 텅 비어 아무것도 생각나지 않고 아무 말도 나오지 않았다. 그저 하염없이 눈물만 흘렸다.

갑자기 몸을 휘감는 온기에 눈물을 닦는 것도 잊은 채 고개를 돌렸다.

몸을 숙여 자신의 창의를 내 어깨에 덮어준 소기는 단 한 마디만 건넸다. "밖에 있겠소."

그대로 몸을 돌려 나가는 그를 보자 갑자기 두려워졌다. 마치 이

넓은 세상에 나 혼자만 남은 것같이 외로워서.

"소기……." 잠긴 목소리로 그를 불렀다.

뒤돌아섰던 소기는 그대로 몸을 돌려 나를 끌어안았다.

"다 지나갔소." 그가 내 머리칼을 매만졌다. "그 일들은 다 지나갔소."

그가 나를 너무 꽉 끌어안은 탓에 상처가 그의 팔뚝에 눌렸다.

나는 아픔을 꾹 참은 채 신음 소리 하나 흘리지 않았다. 혹 소리를
냈다가는 이 따뜻한 품을 잃을 것만 같았다.

그의 턱이 내 뺨에 닿자 삐죽삐죽 솟은 수염에 찔려 따가우면서도
편안했다.

"다 지난 일이기는 하나 당신도 언젠가는 알아야 할 일이었소. 평
생 가족의 비호 아래 살 수는 없을 테니 말이오." 그가 내 눈을 뚫어져
라 바라보며 한 자 한 자 분명히 내뱉었다. "오늘 이후로 당신은 나의
비이자 나와 이번 생을 함께할 여인이오. 나약함은 용납할 수 없소."

까닭 모를 분노

외로운 시간 속에서 나를 지탱해준 힘은 오직 가족에 대한 근심과 신뢰였다. 그런데 진상이 밝혀지면서 그 힘이 무너졌다.

티 하나 없이 완벽하기만 한 그 유리로 만든 세계는 혼례식 날 이미 모든 빛을 잃었고, 지금은 끝내 저 높은 하늘에서 구렁텅이로 떨어져 산산조각 나버렸다.

이제는 예전과 다를 바 없이 호화롭기 그지없는 궁궐일지라도 내기억 속의 황궁, 그 현실감 없이 마냥 아름답기만 하던 황궁은 아닐 것이다.

모든 것이 다 달라져버렸다.

그토록 형편없이 흐트러질 정도로 울어본 것은 처음이었다.

외할머니가 돌아가셨을 때도 마음이 아프기는 하였으나, 가슴이 무너져 내릴 듯한 아픔도 있다는 사실은 알지 못했다. 그때는 자담도 있었고 가족도 있었지만…… 지금은 낯선 품 하나뿐이었다.

그날 밤 내가 무슨 말을 했는지, 또 소기가 무슨 말을 했는지는 하나도 기억나지 않았다. 그저 그의 품 안에서 어린아이처럼 한없이 울던 것만 기억났다. 그의 품 안에 웅크리고 있자니 그의 숨결에 점점 마음이 가라앉아 움직이고 싶지도, 눈을 뜨고 싶지도 않았다.

깨어났을 때는 이미 이튿날 새벽이었고, 소기는 어느 틈에 갔는지 조용히 떠난 뒤였다. 침상에 누워 그가 이불 위에 덮어둔 창의를 쥐어 보았다. 어쩐지 꿈속에서도 그가 곁에 있는 것 같더라니…….

갑자기 가슴속이 텅 빈 기분이 들었다. 마치 뭔가를 잃어버린 것처럼. 시녀들이 몸단장을 해주고 식사 시중을 들 때도 넋 놓고 그네들이 하는 대로 내버려두었다. 가슴속이 몹시도 허했다.

얼굴이 둥그스름하고 눈이 큰 시녀 하나가 두 손으로 쟁반을 받든 채 침상 앞에 한쪽 무릎을 꿇고 앉아 약을 올렸다. 이 어린 시녀는 혼례를 올리기 전의 나보다 더 조그마했다.

그녀를 가만히 보고 있자니 순간 마음이 좋지 않아 손을 들어 올려 일어나게 했다.

아이는 머리를 더 깊이 숙이면서 조심조심 일어났지만, 손에 든 쟁반이 기울어지면서 약사발이 엎어지는 바람에 탕약이 내 몸에 쏟아졌다.

당황한 시녀들이 너나없이 허둥지둥 몰려와 난장판이 된 것들을 치우며 하나같이 '죽여주십시오' 하고 외쳤다.

그 어린 시녀는 바닥에 엎어져 계속해서 머리를 조아렸는데, 너무 놀란 모양인지 말조차 입 밖으로 꺼내지 못했다.

"일어나거라." 뭘 어찌할 수 있는 일이 아니었으니, 옷에 묻은 얼룩을 보며 한숨을 내쉬었다. "아직도 목욕물을 준비하지 않고 뭘 하고 있니."

나는 내 앞에서 벌벌 떨고 있는 시녀들을 보다가 내 처지가 떠올라 나도 모르게 고개를 숙이고 쓴웃음을 지었다. 그네들이나 나나 똑같이 꽃다운 나이의 여인이었다. 길바닥에 굴러다니는 돌멩이만도 못한 팔자를 타고났음에도 그네들은 열심히 살 궁리를 하는데, 내가 자포자기할 까닭이 어디 있단 말인가.

병상에 누운 뒤로 침상에서 내려간 적이 없었다. 날마다 시녀들이
몸을 닦아주기는 하였으되 목욕물에 몸을 못 담근 지 여러 날이 되었
다. 그나마 북방 지역의 날씨가 서늘했기에 망정이지 날이 더웠다면
더 견디기 힘들었을 것이다.

요 근래 거울을 들여다본 적이 없는지라 지금 꼴이 어떨지 모를 노
릇이었다. 아무리 가족이 나를 저버리고 가까운 사람들이 나를 아끼
지 않더라도…… 나만큼은 스스로를 소중히 여겨야 할 터였다.

김이 자욱하게 서린 탕에 앉아, 살짝 고개를 들고 웃으며 눈물이
물기와 함께 흘러내리게 했다.

누구도 내 눈물을 볼 수 없을 것이다. 그저 혼례식 날 이후로 그랬
듯이 꽃처럼 아름답게 웃는 내 모습만 볼 수 있을 것이다. 그때도 그
렇게 웃으며 지냈듯이 앞으로도 찬란하게 웃으며 지내야 한다.

향기로운 온천도, 향긋한 향료도 없이 그저 나무통에 뜨거운 물이
담겨 있을 뿐이었으나 외려 산뜻하고 깔끔했다. 먼지와 때를 깨끗이
씻어내니 온몸이 가볍고 정신도 맑아졌다.

시녀들이 올린 옷가지를 보니 어처구니가 없었다. 하나하나 눈부
시게 화려한 비단으로 지은 옷인데 입을 만한 것이 없었다.

"이것은 모두 누가 준비한 것이더냐?" 손에 잡히는 대로 붉은 모란
꽃 금수가 놓인 장의(長衣)를 고르고 나서, 쟁반에 비취 팔찌가 놓인
것을 보고는 깜짝 놀라 웃음을 터뜨렸다. "이리 차려입고 창극에 오르
면 좋으려나?"

시녀는 어여쁜 얼굴을 붉히며 황망히 무릎을 꿇고 잘못을 빌었다.

"되었다." 손을 들어 계집아이를 말리고는, 옷과 장신구를 더 쳐다

보기도 싫어 말했다. "수수한 것으로 하나 고르면 된다."

몸을 돌려 탕 속에서 나온 나는 젖은 머리를 늘어뜨린 채 천천히 거울 앞으로 걸어갔다. 거울에 비친 사람은 눈처럼 새하얀 비단옷을 걸치고 먹색 비단을 두 어깨 아래로 늘어뜨린 듯 긴 머리를 풀어헤치고 있었다.

새하얀 피부와 풍성한 머리카락, 그린 듯 아름다운 눈썹은 예나 다름없었다. 턱이 뾰족해지고 얼굴이 창백한 것이 지난날보다 많이 수척해지긴 하였으나 생김새는 변함이 없었다.

그러나 두 눈은 달랐다. 여전히 눈매가 깊고 속눈썹은 길게 뻗어 있었으나 분명히 어딘가 달랐다.

딱 잘라 어디가 달라졌다고 말할 수는 없었지만, 거울에 비친 새까만 눈동자는 티 하나 없이 맑기만 하던 예전과는 달리 물안개가 피어오른 듯 흐릿했다.

내가 웃자 거울 속 여인도 웃었지만, 두 눈동자에서는 웃음기를 찾아볼 수 없었다.

"왕비 마마, 이 옷은 어떠신가요?" 시녀 하나가 옷가지를 받쳐 든 채 쭈뼛쭈뼛 고개를 숙였다.

그 아이를 돌아보니 나도 모르게 빙그레 미소가 지어졌다. 그녀는 소매가 넓은 감색 비단옷에 흰색 추사(縐紗)로 된 어깨걸이를 골랐는데, 청아하면서도 수수한 것이 내 마음에 꼭 들었다.

"네 이름이 무엇이냐?" 나는 몸단장을 하고 옷을 갈아입으면서 그 시녀를 훑어보았다.

아이는 계속 눈을 내리뜨고만 있을 뿐 감히 올려다보지 못했다. "옥수(玉秀)라 하옵니다."

"몇 살이지?" 내가 담담히 물으며 옥비녀 하나를 집어 젖은 머리를 느슨히 틀어 올렸다.

"열다섯이옵니다." 아이가 모기 소리만큼이나 작은 목소리로 대답했다.

그 아이에게 시선을 두고 자세히 살펴보는데, 문득 가슴속에 한 차례 시린 바람이 불었다. 이제 열다섯이라…… 내가 혼례를 올린 나이였다.

자세히 보니 그 시녀는 금아처럼 보기만 해도 사랑스럽고 호감을 불러일으킬 정도는 아니었으나, 생김새가 어여쁘고 꽤 총기가 흘렀다.

금아를 떠올리니 방금 전에 꾹꾹 눌러둔 서글픔과 씁쓸함이 다시금 차올랐다. 엄밀히 따지면 주종 관계였으나, 어려서부터 함께 자랐기 때문에 금아와는 서로에 대한 정이 남달랐다. 그러나 지금 나는 내 몸 하나 제대로 돌보지 못한 채 정처 없이 떠돌며 금아가 어디에 있는지조차 몰랐다.

문득 숨이 막힐 듯이 답답해졌다.

말없이 창가로 걸어가니 아름다운 뜰 안 풍경이 눈에 들어왔다. 나뭇가지 사이로 가닥가닥 내려온 햇살이 방 안에 들어찼다.

이런, 봄도 이제 막바지에 이르고 여름이 코앞이라는 사실조차 모르고 있었군.

"방 안이 너무 답답하구나. 나와 함께 나가서 좀 걷자꾸나." 나는 다른 사람은 다 물리고 옥수만 따르게 했다.

문밖으로 나서자 부드러운 남실바람이 얼굴을 스치고 따스한 햇살이 온몸을 감쌌다. 높이 솟은 기둥과 하늘을 향해 들린 처마가 눈에 들어오고 짙푸른 정원수를 마주하니 눈앞이 확 트이는 것 같았다.

"왕비 마마…… 겉옷을 더 걸치시지요. 밖은 서늘합니다." 잰걸음으로 달려오는 옥수의 손에는 겉옷이 들려 있고 얼굴에는 염려가 넘쳤다.

그런 옥수를 돌아보며 가슴이 뭉클했지만 그저 웃으며 말했다. "이런 때에 어찌 겉옷까지 걸치겠니?"

예전에는 여름을 가장 좋아했더랬다. 경사의 여름은 몹시 무더워, 봄이 저무는 5월이 되면 황실 여인들은 모두 속이 훤히 비치고 하늘하늘한 사의(紗衣)로 갈아입는다. 그 옷을 입고 움직이면 소매가 나풀나풀 휘날리고 옷고름이 바람에 흩날려 누구라도 아리따운 선녀처럼 보였다.

옥수는 선망 가득한 얼굴로 내가 들려주는 이야기를 귀에 담았다.

걸으면서 보니 정원이고 회랑이고 단순하고 소박한 것이 평범한 북방 저택 같으면서도 관아와 비슷한 구석이 있었다.

"왕야께서는 평소 이곳에 머무르시느냐?" 뒤돌아 옥수에게 물었다.

옥수는 잠시 생각하더니 머뭇대며 고개를 끄덕였다. "때로는 군영에 머무르시기도 합니다."

무슨 말인지 대충 알 것 같았다. 보아하니 그간 소기는 관아를 거처로 삼고 따로 왕부를 마련하지는 않은 모양이었다.

한족 출신은 검소하다는 소문이 있더니, 아무래도 참인가 보군. 오라버니였다면 이처럼 누추한 곳에 머물렀을 리 없다.

순간 호기심이 일어 옥수에게 물었다. "왕야께서는 평소 왕부에서 무엇을 하시느냐?"

"왕야께서는 늘 바쁘십니다. 왕부로 돌아오셔도 늘 한밤중까지 바쁘셔요." 옥수가 고개를 갸웃하며 잠시 생각하더니 말했다. "가끔 한가하실 때는 송 장군, 호(胡) 장군과 술을 드시며 바둑을 두기도 하시고 홀로 책을 보시거나 검술 연습을 하시는 것 말고는…… 달리 하시는 일이 없습니다." 소기를 입에 올린 옥수는 얼굴에 두려움이 가득했고 말도 점점 많아졌다.

나는 고개를 숙이고 입술을 다문 채 설핏 웃었다. 온종일 그렇게 재미없게 보내다니, 참 고루한 사람이구나 싶었다.

"그럼 왕부에 가희(歌姬)조차 없더냐?" 농담처럼 꺼낸 말이 채 끝나기도 전에 깔깔대는 여인들의 웃음소리가 들려왔다.

그 자리에 멈춰 시선을 올리니 앞쪽 회랑 아래서 여인 몇이 나타났다.

나를 발견한 모양인지 그녀들은 그 자리에 붙박인 채로 멍하니 나를 바라보기만 했다.

그중 한 명이 황망히 꿇어앉으며 '왕비 마마' 하고 외치자 나머지도 다급히 꿇어앉았다.

자세히 보니 앞에 선 두 여인은 권속(眷屬) 차림이었다. 그중 한 사람은 소매가 좁고 살굿빛보다 붉은 홑옷을 입었는데, 생김새가 곱고 자태가 아름다웠으며 머리에 한들한들 흔들리는 진주와 비취를 꽂고 있었다. 또 다른 사람은 옷차림이나 장신구가 수수한 편이었고, 나이나 모습이 어려 보였으나 생김새는 훨씬 더 어여뻤다.

평범한 시녀와는 다른 차림새를 보자마자 그들이 누구인지 알 수 있었다.

뭔가가 가슴을 쥐어짜는 듯 숨이 막히고 목구멍이 옥죄는 듯했다.

그렇구나, 이걸 잊고 있었어.

붉은 홑옷을 입은 여인이 내 앞으로 다가와 말문을 열었다. "옥아(玉兒)가 왕비 마마께 문안드리옵니다."

그렇게 말하며 눈꼬리를 들어 내 옷자락을 훑고는 고개를 숙이는 그녀의 귓가에서 비취 귀걸이가 반짝 하며 광채를 발했다. 그 귀걸이를 보니 방금 전에 본 비취 팔찌가 떠올랐다. 아무래도 두 장신구가 한 짝인 모양이었다.

순간 그 화려한 옷가지와 장신구를 마련한 사람이 누구였는지 알 것 같았다.

"옥아야." 미소를 지으며 물었다. "내가 이곳에 온 뒤로 지내는 데 필요한 것을 준비한 이가 너였더냐?"

그녀가 눈꼬리를 살짝 쳐들더니 말했다. "왕비 마마를 모시는 것은 시녀로서 마땅히 해야 할 일이온데 아랫사람이 아둔하여 왕비께 누를 끼쳤을까 염려되옵니다."

어쩌면 이리도 청산유수인지, 여주인이 손님에게 말하는 투가 아닌가.

하도 어처구니가 없어 나도 모르게 웃음이 새어 나왔다.

내가 웃는 것을 본 그녀는 더욱 대담해져 아예 고개를 들고 나를 보았다.

나와 마주한 채로 넋을 잃은 그녀의 눈에 놀라움과 부러움이 스쳤다.

"참으로 어여쁜 계집종이로구나." 나는 살며시 웃었다. "마침 곁에 영리한 아이가 없어 걱정이었는데 내일 내 거처로 와서 옥수가 하는 양을 따르거라."

옥아는 굉장한 모욕이라도 당한 듯 얼굴이 새빨갛게 달아올라 목소리를 높였다. "왕비께 아뢰옵니다. 저는 왕야를 모시고 있습니다."

나는 눈썹을 치키며 말했다. "아, 왕야를 모시는 시녀는 데려다 쓸 수 없는 것이더냐?"

그 말에 옥아가 뻣뻣하게 굳었다. 곱던 얼굴은 순식간에 백지장처럼 창백해졌다.

나는 미간을 구기며 옥수에게 물었다. "왕부에 이 같은 법도가 있더냐?"

옥수가 낭랑한 목소리로 답했다. "왕비께 아뢰옵건대 그런 법도는 들어본 적이 없사옵니다."

부끄럽고 분한 기색을 그대로 드러내며 고개를 숙인 채로 이를 악문 옥아는 어깨를 부들부들 떨었다.

그녀의 뒤에 있던 그 어여쁜 여인이 다급히 고개를 조아리며 말했다. "소인들이 잘못했사옵니다. 옥 언니가 경솔하고 무지하였으나 왕비 마마를 거스를 뜻은 없었으니 부디 용서해주십시오."

나는 그녀를 힐끗 훑어보며 담담히 웃었다. "나는 분수를 아는 이를 좋아한다. 내일 너도 함께 오려무나."

바닥에 꿇어앉은 채 벌벌 떨며 서로를 힐긋대던 시녀들은 점점 더 납작 엎드릴 뿐, 입도 뻥긋하지 않았다.

나는 그대로 뒤돌아 자리를 떠났다.

회랑을 돌아 사람이 없는 곳에 이르자, 옥수가 더는 참지 못하고 웃음을 터뜨렸다. "정말 잘됐어요. 왕비 마마께서 오셨으니 이제는 방자하게 굴지 못할 거예요!"

나는 발을 멈추고 입을 꾹 다문 채 얼굴을 굳혔다.

옥수는 내 눈빛을 보고 움찔하더니 더 이상 입을 열지 않았다.

가슴속에 불덩이가 들어앉은 듯 속이 부글부글 끓고 센바람이 휘몰아쳤다.

진즉에 생각했어야 했는데, 내가 어리석었다. 집안에 첩을 두지 않은 자가 어디 있단 말인가! 더군다나 소기처럼 지위와 권력을 가지고 홀로 외지에 머무는 한창때의 남자가 말이다. 존귀한 번왕이야 말해 무엇 하겠는가. 평범한 관청의 하급 관리조차 첩실을 들이는 마당이고, 우리 오라버니 같은 풍류남은 더 말할 것도 없는데……

오라버니는 혼인을 하기 전에 이미 애첩을 셋이나 들였다. 올케가 시집오면서 데리고 온 첩만 네 명이 더 있었다. 그로부터 2년 뒤에 올케가 병으로 죽자 다시 정실을 들이지는 않았으나, 그 후로도 어여쁜 첩을 몇 명 더 들였다.

어머니는 존귀한 장공주임에도 시집온 뒤로 아버지가 첩실을 두는 것을 용인했다. 그 한(韓)씨라는 사람이 내가 태어나기도 전에 죽고 나서 아버지는 첩을 새로 들이지 않고 어머니와 금실 좋은 부부로 지냈다.

이런 일들은 당연하기 그지없었다.

그러나 오라버니와 아버지를 떠올리든, 이 세상에 얼마나 많은 사내가 첩실을 들였든, 한번 끓어오른 노여움을 가라앉힐 길이 없었다.

이처럼 엉망인 기분의 정체가 노여움인지 경멸인지, 그도 아니면 다른 무엇인지 알 수가 없었다.

이런 기분은 처음이었다. 예전에 자담은 내 곁에 있으면서 단 한 번도 다른 여인에게 눈길을 주지 않았다. 태자 오라버니가 양옆으로 첩실을 끼고 살면서 첩실들끼리 총애를 다투느라 동궁에 바람 잘 날 없었던 것과는 판이하게 달랐단 말이다. 그때는 아직 철이 없었지만 언젠가 시집가면 절대로 다른 여인을 들이지 못하게 할 거라고, 결코 내 낭군을 다른 사람과 나누지는 않을 거라고 다짐했었다.

하지만 그 다짐은 내 죽마고우인 사람, 바로 자담이기 때문이었다. 내 눈 속에 오직 그만 있듯이, 그의 마음속에도 나 하나뿐이어야 했다.

소기는 다르다.

나와 그는 서로 은애하는 사이도 아니고 어려서부터 천진난만하게 어울린 사이도 아니다. 그는 그저 이름뿐인 내 낭군이자 아버지가 '나'라는 패를 내걸어 맞바꾼 맹우(盟友)였다.

혼인하고도 3년 동안 얼굴 한 번 보지 못한 채 홀로 외지에 머물렀으니 첩실을 둔 것은 너무나도 당연했다. 첩실을 몇이나 들이든 그의 사정이지 나와 무슨 상관이란 말인가…….

생각이 여기에 이르자 자조 섞인 웃음이 나왔으나 속은 말이 아니었다. 딱히 뭐라 꼬집어 말할 수는 없지만 왠지 씁쓸했다.

나는 회랑 기둥에 기대 가슴을 쓸며 쓰게 웃었다.

당황한 옥수가 황급히 말을 이었다. "소인이 말실수를 하였습니다. 왕비께서는 노여움을 푸시옵소서. 행여 노여움에 몸이 상하기라도 하시면……."

"아니, 마음에 두지 않았다." 나는 고개를 가로젓고 웃으면서 나 자신조차 믿기 어려운 말을 했다.

"소인이 괜히 쓸데없는 말을 해서, 모두 소인의 불찰이옵니다!" 어쩔 줄 몰라 하는 옥수는 곧 눈물이라도 쏟을 것만 같았다.

안절부절못하는 표정을 보니 진실로 나를 염려하는 마음이 보이는지라 더욱 속이 아려왔다. 내 낭군이 있는 이곳은 명의상으로 내 집이 분명하며 시키는 대로 따르는 하인이 수없이 많은데도 내 기분을 신경 쓰는 것은 이 계집종뿐이었다.

회랑 기둥에 기대 멍하니 주변을 둘러보니, 모든 것이 볼수록 더 낯설기만 했다. 이것이 무슨 집이란 말인가.

집으로 돌아가고 싶었다.

하지만 어디가 집이란 말인가……. 경사, 휘주, 아니면 이곳?

가슴속이 한겨울 들판처럼 황량해 뼛속까지 시렸다.

고개를 숙이고 얼굴을 가린 채 처량한 기분을 삼키고 나약한 눈물을 참았다. 옥수가 아무리 불러도 고개를 들지 않았다.

그런데 옥수가 갑자기 내 소매를 홱 잡아끌더니 황급히 내 옆에 꿇어앉았다.

고개를 드니 회랑 끝에 소기가 뒷짐을 진 채로 서 있고, 그 뒤로 장수 몇이 난처한 듯 한쪽으로 물러나 있는 것이 보였다.

그가 성큼성큼 걸어왔다. 나는 순간 정신이 얼떨하여 눈가에 남은 눈물 흔적을 닦는 것도 잊어버렸다.

오늘 그는 갑옷 대신 옷섶과 소매 폭이 넓은 흑포(黑袍)를 입고 머리를 높이 올려 관으로 고정해 기품 있고 준수해 보였다.

"어째서 밖에 나온 것이오?" 미간은 찌푸렸으나 다정한 말투였다. "북방은 날씨가 차니 풍한이 들지 않도록 조심해야 하오."

배려가 깃든 말을 들으니 더욱 가슴이 지끈거려 무심히 눈길을 내렸다. "왕야께 심려를 끼쳐드렸습니다."

순간 소기는 입을 다물었다.

뜰 밖에서 바람이 불어와 옷자락을 펄럭이니 옷 속으로 서늘한 기운이 스며들었다.

나를 그윽하게 바라보는 소기는 뭔가 할 말이 있는 듯했으나 한동안 침묵만 지켰다.

지척에 있되 마음이 멀리 있으니 무슨 말을 해도 소용이 없었다.

나는 고개를 숙여 예를 표하고는 뒤돌아서 그 자리를 벗어났다.

방으로 돌아와서도 가슴이 답답하고 숨이 찼다. 잠깐 눈을 붙이려 누웠으나 도무지 잠을 이룰 수가 없었다.

눈을 감으니 소기의 모습이 스쳐 지나가기도 하고 부모님의 모습이 떠오르기도 했다.

고모를, 또 고모가 한 말을 떠올렸다. 가족의 품을 떠나면 내게는 아무것도 남지 않는다는……

과연 가족의 품을 떠난 나는 홀로 떠돌면서 영욕과 화복은 물론이고 생사까지 한 사람의 손에 떠맡긴 신세가 되었다.

언제부터인가 나는 더 이상 세상의 모든 총애를 한 몸에 받던 군주도, 부모님 슬하에서 천진난만하고 제멋대로 굴던 철없는 딸도, 자담이 살뜰히 떠받들어주던 아무도 아닌 사람이 되어버렸다. 앞으로 다시는 그런 나로 돌아갈 수 없었다.

혼례식장에 발을 들여 예장왕비가 된 그날부터 나는 이 사내의 곁에서, 그의 성을 내 이름 앞에 달고, 그에게 이끌려 알 수 없는 미래로 향할 수밖에 없는 운명이 되었다.

차디찬 바람이 휘몰아치는 북방 변경의 황량한 사막에서 내가 가진 것이라곤 이 사내뿐이었다.

그가 원한다면 나를 위해 새로운 세상을 만들어줄 수도 있을 것이다.

그가 떠난다면 내 세상은 또다시 순식간에 무너져버릴까?

이리저리 몸을 뒤척이는 가운데 씁쓸함과 무력감이 온몸을 짓눌렀다.

가족조차 등을 돌리고 떠나는 마당에 과연 누가 있어 내 곁을 지켜줄까…….

그가 어젯밤에 한 말이 귓가에 아스라이 맴돌았다. '오늘 이후로 당신은 나의 비이자 나와 이번 생을 함께할 여인이오. 나약함은 용납할 수 없소.' 잊을 수 없는 말이었다.

할 수만 있다면 믿고 싶었다. 그가 입에 담은 '이번 생'을……. 그러나 이번 생은 이리도 길기만 한 것을…….

이번 생에는 나와 그, 두 사람 말고도 상관없는 사람들과 일들이 가로놓여 있다.

상관없는, 원래는 상관이 없는 줄로만 알았다.

현실에 존재하는 그 여인, 그의 시첩, 그의 여인이 내 앞에 서기 전까지만 하더라도……. 어찌 상관이 없을 수 있을까…….

그렇게 얼이 빠진 채로 누워 있는데, 밖에서 가만가만 말소리가 들려와 더 짜증이 일었다.

"누가 소란을 피우는 것이냐?" 자리에서 일어나 미간을 찌푸리며 귀밑머리를 쓸어 올렸다.

옥수가 서둘러 아뢰었다. "노(盧) 부인이 옥아와 청류(靑柳) 낭자를 데리고 와 밖에서 왕비 마마를 기다리고 있습니다."

나는 얼굴을 굳히며 처음으로 아랫사람에게 역정을 냈다. "이 왕부에 법도라는 것이 있기는 한 것이냐? 내 침소에도 사람들이 멋대로 드나들다니 말이다."

시녀들은 황망히 바닥에 꿇어앉아 벌벌 떨며 감히 대답하지 못했다. 옥수가 겁에 질린 목소리로 답했다. "왕비께 아뢰옵니다. 노 부인이 왕야의 명을 받았다며 두 낭자를 데려와 왕비께서 깨실 때까지 이곳에서 기다린다고 고집을 부리는지라, 소인이…… 소인이 감히 막을 수가 없었사옵니다."

새로이 등장한 '노 부인'이라는 사람 때문에 심중의 답답함이 일시에 까닭 모를 분노로 화했다. 차라리 잘되었다. 이 허울뿐인 왕비를 얕잡아보는 방자한 아랫것들이 이곳에 얼마나 더 있는지 한번 보고 싶었다.

"방금 소란을 떤 자들더러 뜰 앞에 꿇어앉아 기다리라고 전해라." 나는 발을 걷고 일어나 옷을 갈아입고 몸단장을 했다.

당신과 나 사이

찻잔을 들고서 말없이 찻물 위로 떠오른 찻잎을 덮개로 천천히 치웠다.

대청 아래 꿇어앉은 여인은 새 비단으로 지은 겹옷을 입고 손목에 금팔찌를 차고 있었다. 새파랗게 질린 그녀는 고개를 숙인 채 땅바닥에 꿇어 엎드려 있었다.

앞서 이 노씨라는 여인은 두 시첩과 뜰 앞에 한참을 꿇어앉아 있었으나, 나는 두 시첩은 계속 밖에 꿇려둔 채 그녀만 안으로 들라 했다. 그녀가 내게 예를 올리고 나서도 나는 고개를 숙인 채 차만 마실 뿐 아무 말도 하지 않고 그녀를 꿇어앉은 채로 두었다.

방금 옷을 갈아입고 단장을 하면서 옥수에게 대충 들은 이야기로 왕부 내 사람들에 대한 파악은 끝났다.

이 노풍(盧馮)씨는 원래 소기를 모시는, 노(盧)씨 성을 가진 참군(參軍)의 후처였다.

소기는 군무로 바쁘고 곁에 있는 막료들은 모두 사내뿐이었으니 오랫동안 왕부 내의 일을 돌볼 여인이 없었다. 이에 노 참군은 자신이 영삭에서 새로 맞은 후처를 잠시 왕부로 들여 일을 돌보도록 추천했다. 노풍씨는 부잣집 출신으로 글을 알 뿐만 아니라 영리하고 노련해

234

왕부를 살뜰히 돌봤다. 소기는 왕부 내의 일에 관여하지 않고 일상적인 일을 모두 노씨에게 맡겼기에 노씨는 왕부의 총관(總管)이나 다름없었다.

2년 전에 노씨가 친척 중에서 미색이 뛰어난 여인 둘을 물색해 왕부로 데려왔다. 소기 곁에서 시중을 들게 하기 위해서였다. 옥수의 말에 따르면, 소기는 늘 타지로 출정을 나가는 까닭에 둘을 가까이하는 일이 매우 드물다고 했다. 이들 옥아와 청류는 소기의 잠자리 시중을 들기는 하였으나 딱히 신분이 없었다. 다만 내가 멀리 휘주에 머문 탓에 왕부에 다른 여자 권속이 없는지라, 저희들이 주인 행세를 하며 훗날 측비(側妃)에 봉해져 하루아침에 신분 상승을 이루기만 학수고대했다고 한다.

소기의 나이나 신분으로 보았을 때 영삭으로 오기 전에도 다른 시첩이 있었을 것이다.

그러나 그에게 자식이 있다는 말은 들어본 적이 없다.

옥수에게 물어보니, 옥수는 아직 어리고 철이 없는 탓에 얼굴만 붉힌 채 답을 하지 못했다.

나는 쓴웃음을 지었다. 권문세가와 황궁에서 태어나, 다른 것은 몰라도 첩실들이 총애를 다투고 후계 싸움을 하는 것은 이골이 날 정도로 보아왔다.

대청 앞은 쥐 죽은 듯 조용했고, 모두가 고개를 숙인 채 입을 봉하고 있었다. 땀을 비 오듯 쏟으며 꿇어앉은 노씨의 얼굴에서는 처음 만났을 때 보인 오만한 기색이 사라지고 없었다.

나는 찻잔을 내려놓으며 덤덤히 물었다. "무슨 일로 나를 만나고자 하였느냐?"

노씨가 서둘러 머리를 조아리며 말했다. "왕비께 아룁니다. 소인은 왕야의 명으로 두 낭자를 데려와 잘못을 빌고 벌을 내리시기를 기다렸사옵니다."

"내가 언제 벌을 내리겠다고 한 적이 있느냐?" 나는 너그럽게 웃으며 말했다. "어찌 말이 그리 전해졌지?"

노씨의 눈빛이 번뜩이는 것을 보며 나른하게 말했다. "두 사람을 데리고 가거라. 이곳에서는 받을 벌이 없으니."

핏기가 가신 얼굴로 노씨가 머리를 조아렸다. "소인이 잠시 노망이 났나 봅니다. 왕야께서는 원래 왕비의 시중을 들라고 시녀 둘을 보내신 것이온데…… 소인 스스로 시녀들을 잘못 가르친 것이 부끄러워, 외람되이 이 둘을 데려와 죄를 청하고 왕비께서 내리시는 벌을 달게 받고자 하였나이다."

나는 노씨에게 차가운 눈길을 보냈다. 이제 보니 문제를 축소시켜 내게 벌을 받는 것으로 이 일을 그냥 넘어가고 마지막 희망의 불씨를 남겨두려는 속셈이었다. 배포가 두둑하긴 한데 안타깝게도 이 노씨라는 여인은 엄포에 약해, 돌아가는 형세가 이상함을 눈치채자마자 옛 주인을 버리고 황급히 내 편으로 돌아섰다.

"그런 것이었군." 나는 느긋하게 바로 앉으며 미소를 머금고 물었다. "왕야께서는 뭐라 하셨느냐?"

노씨가 목소리를 낮추며 작게 대답했다. "왕야께서는…… 왕비께서 두 시녀를 원하시니 그냥 보내면 된다고 하셨사옵니다."

나는 그대로 입을 다물었다. 가슴속에서는 만감이 교차했다.

전에 두 시첩을 꾸짖은 것은, 두 사람이 내게서 억울한 일을 당하면 틀림없이 소기를 찾아가 하소연할 것이라 생각하였기에 일부러 그런 것이었다. 이 일로 소기가 어찌 나올지 한번 지켜볼 셈이었다. 그런데 지금 보니 소기는 이 두 여인에게 티끌만 한 관심도 없는 모양이었다.

이것 또한 예상했던 바다.

소기는 그렇게 정이 많은 사람이 아니니, 고작 시첩 둘을 위해 고귀한 신분의 정비와 얼굴을 붉힐 리 없었다. 그러나 시첩을 대하는 박정한 태도에는 절로 가여운 마음이 들었다. 미색이 시든 이를 내치는 것은 말할 나위도 없고, 한창 아끼는 중에도 내키는 대로 버릴 수 있는 노리개에 불과했던 것이다.

노씨는 내가 입을 다물고 있는 것을 보고 살살 웃으며 말했다. "그 두 계집은 이미 잘못을 뉘우쳤으니 어찌 처분할지 왕비께서 알려주십시오."

"왕부 밖으로 쫓아내라." 나는 담담히 말했다.

노씨는 화들짝 놀라 예의도 잊은 채 고개를 쳐들고 나를 올려다봤다. "왕비 마마의 말씀은……."

나는 더 이상 한마디도 하지 않고 차갑게 시선을 내렸다.

"알겠사옵니다." 노씨는 흙빛이 된 얼굴로 뻣뻣하게 머리를 조아리면서 떨리는 목소리로 말했다. "지금 바로 분부 받잡겠사옵니다."

노씨는 내가 왕비의 위세나 부리며 두 시녀를 벌주고 모욕하는 것으로 끝낼 줄 알았나 보다. 어쨌든 소기의 사람을 시녀로 부리라고 준 것만으로도 내 체면을 충분히 세워준 셈이니, 기껏해야 벌이나 받고 고생 좀 하고 나서 내 화가 풀리면 틀림없이 제자리를 찾을 기회가 오리라고 여긴 것이다. 어쩌면 소기도 내가 투기를 하고 처첩들이 총애를 다투는 것일 뿐이라고 여겼을지도……. 나는 고개를 숙이고 잘 손질된 손끝을 뚫어지게 쳐다보며 슬며시 자조 섞인 웃음을 흘렸다.

다시는 그에게 나를 얕볼 기회를 주지 않을 것이다.

두 시첩은 내 방문 안으로 발 한 번 들여보지 못하고 끌려 나갔다.

뜰 밖에서 옥아와 청류가 울부짖으며 몸부림치는 소리가 들려왔으나, 내 거처에서 멀어질수록 소리도 작아졌다.

문가로 걸어가 한동안 그 자리에 가만히 서 있다가 다시 몸을 돌려 내실로 걸음을 옮기려는데, 문득 불어온 바람 한 줄기에 옷자락이 펄럭였다. 뒤돌아 뜰을 바라보니, 여름날의 녹음이 점점 짙어지고 늦봄의 마지막 꽃잎들은 산들바람에 하늘하늘 떨어지고 있었다.

시든 꽃은 미인처럼 박명(薄命)했다.

팔자를 잘못 타고났고, 길을 잘못 택했고, 사람을 잘못 만났다.

팔자를 잘못 타고나도 운명에 순응하고 자신의 처지에 만족하며 일생을 편안하게 보낼 수 있다. 가장 가엾은 것은 두 가지 경우다. 하나는 품은 뜻은 높지만 타고난 팔자가 더없이 기구한 것이고, 다른 하나는 자신도 어찌할 수 없는 상황에서 걸음마다 가시밭길이 펼쳐져 뚫고 나가지 못하면 그 자리에 갇혀 죽는 수밖에 없는 것이다.

나는 수많은 눈동자 앞을 느릿느릿 지나쳤다. 내 걸음이 이어지는 곳마다 사람들의 고개가 숙여졌다.

옆에 늘어선 시녀 무리는 아까부터 숨소리 한번 크게 내지 못하고 있었다. 그들은 지난날 왕부를 주름잡던 두 사람이 왕부에서 쫓겨나기까지 한나절도 걸리지 않은 이 사태를 지켜봤다.

지금껏 사람들이 내가 시키는 대로 따르고 누구나 허리를 굽힌 것은 내 신분이 두려웠기 때문이다. 그러나 이제 그녀들이 두려워하는 것은 바로 나 자신이었다. 피도 눈물도 없이 잔인한……. 나는 원래 선량한 사람이 아니었다. 애초에 권문세가의 냉혹한 피를 타고난 내가 무슨…….

이제 이 왕부에서 나의 존엄을 얕보고 내 뜻을 거스를 자는 없을 것이다. 소기도 내가 첩들과 총애를 다투는 꼴을 볼 생각일랑 접어야 할 것이다.

이 성씨와 이 몸 안에 흐르는 피는 내가 그런 모욕을 받는 것을 용납하지 않는다.

더욱이 여인으로서의 자존심은 내가 다른 사람과 한 남자를 나누는 것을 용납하지 않는다. 어디 한번 두고 볼 셈이다. 잘나신 예장왕, 대장군, 나의 낭군께서는 내 결정에 어떤 반응을 보이시려나?

어느새 탁자에는 구겨진 종이만 가득 쌓였다. 한 장도 제대로 그리지 못했다. 종이 위에 그려진 물가의 정자와 누대, 진녹색 파초, 새빨간 앵두에는 여전히 지난날의 풍경이 살아 있었다. 눈앞의 어지러운 먹물 자국을 멍하니 바라보고 있자니 더 이상 평정심을 유지할 수 없었다.

5월은 앵두를 나눠 먹는 때이기도 하니…… '나무 아래서 앵두를 나눠 먹네. 발갛고 연한 자줏빛이 도는 것을 고르나니 사내가 덜 익은 것을 좋아해서가 아니라 아무를 웃게 하기 위함이라.' 이는 경사의 소년과 소녀들이 즐겨 부르던 노래였다. 언젠가 그런 소년이 나와 함께 앵두를 나눠 먹었더랬다.

문득 얼이 빠져 손목이 절로 떨리는 바람에 붓끝에서 짙은 먹이 떨어져 종이 위에 번졌다.

"또 망쳤군." 몸을 바로 일으키며 붓을 내려두고는 쓸쓸히 탄식했다.

서예는 마음을 가라앉히고 그림은 기분을 좋아지게 한다 했는데, 지금의 마음으로는 무엇을 그리든 심기가 더 어지러워질 뿐이었다.

온종일 방구석에 틀어박혀 서화에만 몰두하는 나를 보며 사람들은 참 유유자적한다고 생각할지도 모른다. 그러나 진정 유유자적하는지 속이 끓어 그러는 것인지는 나만이 아는 일이었다.

며칠이 지나도록 소기는 아무런 반응도 보이지 않았다. 시첩들이 쫓겨나도 그와는 아무 상관도 없는 것처럼. 내가 무슨 짓을 해도 개의치 않는 듯했다. 더 이상 이 일에 관심을 가지는 사람도 없었다. 마치 깊은 못에 던져진 돌멩이처럼 소리 없이 가라앉아버렸다.

심지어 지난 며칠 동안 소기와 단 한 마디도 나누지 않았다. 가끔 나를 보러 와서도 잠깐 얼굴만 비치고 돌아갔다.

이틀은 한밤중에 조용히 찾아왔으나 내가 이미 잠자리에 든 뒤였다. 분명 내실에 아직 촛불을 밝혀둔 채 베개에 기대 책을 읽고 있었는데도, 소기는 시녀에게 말을 전하지 않고 잠시 뜰에 서 있다가 곧 돌아갔다.

그가 밖에 있다는 사실을 알고 있었다. 옥수가 감히 말을 올리지 못한 채 끊임없이 밖으로 눈길을 돌렸다. 그런데도 모르는 척 등불을 끄고 모로 누워 잠을 청했다.

그는 내가 고개를 숙이길, 먼저 입을 열고 해명하길 기다리고 있는 것뿐이었다.

나는 창가에 멍하니 앉아 종이와 먹을 앞에 두고 반나절 동안 넋을 놓고 있었다. 그러다 보니 어느새 해가 서쪽으로 뉘엿뉘엿 기우는 시각이 되었다.

옥수는 시녀들이 식사 준비를 하는 것을 챙기고 있었다. 요 근래 나와 부쩍 가까워지면서 담이 커진 옥수는 더 빠릿빠릿해졌다. 열다섯 살짜리 아이가 이토록 야무지고 눈치 빠르게 굴 수 있는 것은 하도 고생을 많이 한 탓이라 생각되어 더욱 측은했다.

"모두 물러가라. 내가 시중들면 될 터이니." 옥수는 노련한 말투를 흉내 내며 시녀들을 내보냈다.

우스운 마음에 옥수를 흘깃 쳐다보는데, 옥수가 좌우를 두리번거리더니 슬그머니 찬합을 열었다.

"왕비 마마, 보셔요. 제가 좋은 것을 찾아왔어요!" 눈매가 휘게 웃는 옥수의 살짝 들린 코끝이 참으로 귀여웠다.

순간 콧속을 파고드는 짙은 술 향기에 깜짝 놀랐다가 기쁨에 겨워 외쳤다. "술을 찾았구나!"

"목소리를 낮추세요. 다른 사람이 들으면 큰일 나요!" 옥수가 황망히 고개를 돌려 문밖을 내다보고는 슬그머니 입을 가리고 말했다. "주방에서 훔쳐 왔어요."

그 모습이 어찌나 웃기던지 장난기가 확 동했다. 훔친 술을 마셔본 적은 없는지라 금세 흥이 솟았다.

영삭에 온 이후로 다친 몸을 수습하는 내게, 의원은 절대 술은 안 된다고 거듭 당부했었다. 지금은 몸이 거의 다 나았는데도 술 한 모금 입에 대지 못하고 있었다. 그러던 와중에 맑은 술 향기를 맡으니 기분이 날아갈 듯하고 가슴속에 들어찬 울적함도 잠시 잊을 수 있었다.

나는 다른 시녀들을 모두 보내고, 옥수와 함께 탁자를 뜰 앞의 꽃그늘 아래로 옮겼다. 그러고는 옥수를 붙잡아놓고 나와 함께 술을 마시게 했다.

그런데 웬걸, 이 어린 계집애가 이토록 술을 좋아할 줄이야! 옥수는 술기운이 돌자 점점 얼굴이 붉어지고 말이 많아졌다.

옥수는 술에 환장한 아버지가 취하기만 하면 자신을 때리고 욕했다고 했다.

"네 아버지는 지금 어디 계시니?" 나도 취기가 올라 이마를 짚은 채 눈썹을 찡그리며 물었다.

"진즉에 돌아가셨어요. 어머니도요……." 탁자 위로 엎어진 옥수는 이미 혀가 꼬부라져 있었다. "가끔은 다시 아버지의 욕을 듣고 싶은데 찾을 수 없는 곳으로 가버리셨네요. 저만 홀로 남겨두시고……."

멍하니 내 아버지를 떠올리니 몹시도 슬프고 가슴이 저렸다. 옥수에게 다시 물으려 했는데 이미 쿨쿨 잠든 뒤였다.

깊은 밤 꽃그늘 아래서 술기운에 얼굴이 발그레 달아오른 옥수는 아직도 어린아이였다. 나는 웃으며 고개를 젓고는, 반쯤 남은 술병을 들고 일어나 꽃 그림자가 곱게 진 곳으로 비틀비틀 걸어갔다. 아무도 없는 고요한 곳에서 홀로 남은 술을 마시고 싶었다.

쥐 죽은 듯 고요한 가운데 풀밭에서 귀뚜라미 울음소리만 들려왔다. 새하얀 달빛이 쏟아지는 변경의 하늘에는 별도 구름도 드물었다. "나무 아래서 앵두를 나눠 먹네. 발갛고 연한 자줏빛이 도는 것을 고르나니 사내가 덜 익은 것을 좋아해서가 아니라 아무를 웃게 하기 위함이라." 나도 모르게 이 노래를 흥얼거렸다. 순간 허공을 밟은 듯 휘청거려 옆에 있는 흰 바위에 기대앉았다. 쪽 찐 머리는 느슨하게 흘러내린 지 오래였다. 나는 아예 비단신을 벗고 술병을 입에 댄 채로 고개를 젖히고 마셨다.

오늘처럼 깊은 밤중에, 똑같이 새하얀 달빛 아래서 나와 함께 술에 취한 이가 있었더랬다. 나는 그 이름을 떠올리지 않으려고 안간힘을 썼으나, 새하얀 옷을 입은 형체는 자꾸만 눈앞에서 어른거리며 사라지지 않았다.

눈앞이 점점 더 흐려졌다. 환상임을 분명히 알고 있지만 조금이라도 더 가까이 다가가고 싶었다. 그러나 순간, 모든 환상이 사라지면서 더없이 짙은 꽃 그림자만 남았다. 밤은 깊고 인기척은 없었다. 나는 씁쓸히 웃으며 술병을 들어 내 얼굴에 쏟아 술로 술기운을 지웠다.

병이 점점 비어가자 고개를 들고 마지막 한 모금을 마시려고 했는데, 갑자기 손에 든 술병이 사라져버렸다.

"장난치지 마, 자담……." 나는 눈을 감고 슬며시 웃으며 환상 속에 잠겼다.

다시 눈을 뜨기도 전에 허리가 바짝 조이며 몸이 공중으로 붕 떴다. 누군가 내 허리를 잡고 안아 올린 것이었다.

간들간들한 것이 꿈속에 있는 것만 같아 나도 모르게 중얼거렸다. "난 이미 다른 사람과 혼인했어, 모르는 거야……?"

그러나 그의 팔은 나를 더 꽉 끌어안았다.

눈물이 흘러넘쳤다. 감히 자담의 얼굴을 마주 보지 못하고 두 눈을 꼭 감은 채로 서글프게 입을 열었다. "그는, 그는 내게 잘해줘…… 그러니 이제 가……."

그가 잠시 멈칫하더니 두 팔을 꽉 조이는 통에 꼼짝도 할 수 없었다.

나는 절로 손을 뻗어 그를 밀었다. 그런데 손에 닿은 것은 차디찬 철갑이었다.

화들짝 놀라 눈을 쳐들었다. 놀란 마음에 취기가 단번에 가시고 정신이 돌아왔다. 그리고 마주한 것은…… 소기의 격노한 얼굴이었다.

한순간 넋이 나간 나는 한마디도 하지 못했다. 그저 온 세상이 빙글빙글 도는 듯했다.

소기도 일언반구 없이 나를 내실로 안고 가더니 몸을 숙여 침상에 내려놓았다. 아직 불을 밝히지 않아 어둑어둑한지라 그의 표정을 제대로 볼 수는 없었으나, 달빛 때문에 옆얼굴을 따라 시린 서리가 내린 듯했다.

순간 가슴 앞이 허전해졌다. 소기가 옷자락을 잡아 벌리는 바람에 겉옷이 반절이나 어깨 밑으로 내려가 있었다. "싫어!" 나는 퍼뜩 정신을 차리고 옷섶을 여미며 황급히 침상 모서리 쪽으로 몸을 피했다.

차갑게 내려다보는 그의 눈 속에 서슬이 스치고 지나가는 듯했다.

"무엇이 싫단 말이오?"

일순 숨이 쉬어지지 않고 가슴이 두방망이질했다. 나는 그저 미친 듯이 고개를 저으며 침상 모서리에서 바들바들 떨고만 있었다.

그가 다시 몸을 숙여오자 놀라 도망치려고 몸을 일으켰는데 그에게 손목이 잡혀버렸다.

"온몸이 술에 젖었는데도 벗지 않겠다는 거요? 내가 뭘 하려는 줄 아는 거요?" 그가 벌컥 성을 내며 두 팔을 벌리더니 축축해진 내 웃옷을 잡아 속옷까지 함께 끌어내려버렸다.

나는 그대로 굳은 채, 옷이 다 벗겨져 새하얀 피부가 고스란히 그의 앞에 드러나는 것을 바라보고 있었다.

처음으로 그에게 옷이 벗겨진 것도, 처음으로 그 앞에 몸을 드러낸 것도 아니었다. 나는 이미 그의 아내였으니 그가 내 몸 어디를 보든 이상할 것이 없었다. 그러나 이렇게는 아니었다. 이렇게 무례한 방식은 아니란 말이다!

그가 다시금 몸을 숙여 내 치마를 벗기려는 순간 그의 뺨으로 손바닥을 날렸다.

"나는 당신의 남편이오." 그는 고개도 들지 않고 내 손목을 꽉 붙든 채 말했다. "당신이 마음대로 손댈 수 있는 사람이 아니오."

그는 차디찬 시선을 내리며 입술을 얇은 칼날처럼 앙다물었다. "내 여인은 오만할 수는 있으나 제멋대로 굴어서는 아니 되오."

숨을 들이마시자 훅 하고 술기운이 올라오면서 며칠 동안 꾹꾹 눌러온 분노와 억울함까지 솟구쳤다.

"나도 당신의 아내이지 당신의 적이 아니고, 당신이 길들일 사나운 말이 아니에요!" 나는 그를 똑바로 쳐다보았다. 입 밖으로 말을 꺼내자마자 목이 메며 눈물이 제멋대로 흘러내렸다.

나는 입술을 깨물며 고개를 돌렸다. 이 멈추지 않는 눈물이 내 나약함을 드러낸 것이 속상했다.

그는 잠시 침묵을 지켰다. 이윽고 내 손목을 놓더니 겉옷 한 벌을 가져와 나를 감싸고는 손을 들어 내 뺨을 어루만졌다.

나는 그의 손을 홱 뿌리치고 발끈해서 외쳤다. "내가 제멋대로 굴었다면, 어찌 당신이 나를 모욕하는 대로 참고만 있었겠어요? 혼인하고 3년 동안 홀로 휘주에 머물면서 당신에게 미안할 짓은 단 한 번도 한 적이 없어요. 하지만 당신은 이곳에서 시첩들과 즐거이 보냈더군요. 소기, 가슴에 손을 얹고 물어보세요. 진실로 나를 당신의 아내로 여긴 적이 있는지 말이에요!"

멍하니 나를 쳐다보는 소기의 눈빛이 무슨 뜻을 담고 있는지 헤아릴 길이 없었다.

"당신이 무엇을 위해 나와 혼인했든, 당신이 나를 아내로 여기든 말든 상관하지 않아요. 이전의 일은 이제 갈무리해요. 나도 당신을 원망하지 않겠어요!" 비 오듯 눈물이 쏟아지며 목소리까지 떨렸다. "앞으로 당신이 시첩을 얼마나 들이든 상관하지 않겠어요. 당신은 영삭에서, 나는 경사로 돌아가서 각자 평안하게 잘 살기로 해요. 당신은 예장왕으로 살고, 나는 군주로 살아요. 한 이불 속에서 다른 꿈을 꾸느니 차라리……"

"닥치시오!" 소기가 버럭 소리쳤다.

그가 턱을 거칠게 움켜쥐는 바람에 더는 말을 이을 수 없었다.

사람을 태울 듯 밝게 빛나는 두 눈동자가 달빛 아래서 내 모습을 또렷이 비춰냈다. 내 눈 속에도 그의 모습만이 담겨 있을 것이다.

이 순간, 우리 두 사람의 눈은 다른 무엇도 없이 오롯이 서로만 담았다. 천지가 다시 맑아졌다. 누구도 입을 열지 않았으나, 나는 떨리는 몸을 가누지 못했다. 귀밑머리로 떨어진 눈물이 뺨을 따라 흐르다가 이내 그의 손바닥으로 떨어졌다. 나조차 내가 이토록 눈물이 많은지 몰랐다. 마치 지난 3년 동안 꾹꾹 눌러온 슬픔을 이 순간 다 흘려보내듯, 하염없이 울었다.

그는 오래도록 나를 응시했다. 노기가 가라앉아가는 눈 속에 차오른 것은 뜻밖에도 서글픔이었다.

오랜 침묵 끝에 그가 나직이 탄식했다. "부부의 인연을 끊는다는 그런 말을 잘도 꺼내는구려."

나는 순간 숨을 멈췄다. 얼핏 그에게서 '부부의 인연을 끊는다'는 말이 들리자 뭔가에 얻어맞은 듯 더 이상 말이 나오지 않았다.

"진정 상관없소?" 그가 나를 뚫어지게 쳐다봤다. 깊은 눈 속에는 평소의 날카로움 대신 침울함이 담긴 듯했다.

그 말 한마디에 가슴이 쩌릿했다.

나는 진정 개의치 않을까? 이 혼인을, 이 사내를……. 이미 내 인생을 비틀어버렸는데, 그런데도 개의치 않는다고 자신을 속이려 드는 것인가?

서늘한 달빛이 내린 그의 눈이 한없이 드넓어 보였다. 문득 이 순간의 소기가 다른 사람처럼 느껴졌다. 천하를 호령하는 대장군도, 조정 안팎을 뒤흔드는 예장왕도 아니라, 그저 외로운 사내로 보였다.

이 사내도 외로움을 느낀다고? 믿을 수 없었지만 그의 눈에 담긴 것은 분명 지독한 외로움과 실의였다.

달빛이 물로 화해 서서히 내 가슴에 흐르는 것 같았다. 가슴속 깊은 곳이 몽글몽글해지면서 살짝 에이는 듯했다.

소기는 나를 꿰뚫을 듯 쳐다봤다. "상관하지 않는다면서 시첩 둘 때문에 마음을 다칠 까닭이 무엇이오?"

순간 노여움이 치솟아 나오는 대로 소리쳤다. "누가 마음이 상했대요! 나는 그저 당신에게 화가 났을 뿐······." 순간 실언을 했음을 깨달았으나 이미 엎질러진 물이었다. 난감함에 멍하니 입술을 깨물며 그와 시선을 마주했다. 문득 그의 눈에 따스함이 번졌다.

"왜 내게 화가 났단 말이오?" 그가 몸을 숙이며 가까이 다가오더니 웃는 듯 마는 듯한 표정으로 나를 응시했다. "내게 다른 여인이 있는 것이 화가 났소? 아니면 내가 모른 체한 것이 화가 났소?"

그가 잇달아 쏟아내는 질문들에 내 속마음이 고스란히 드러나버려 쥐구멍에라도 들어가고 싶을 만큼 부끄러웠다.

나는 그를 매섭게 노려보고는 그의 두 팔에서 벗어나려고 안간힘을 썼다. 그러나 이 가증스러운 사내는 껄껄 웃어젖히고는 나를 두 손으로 붙잡으면서 베개 위로 넘어뜨렸다. 그가 몸을 숙이고 나를 바라봤다. 바로 앞에 있는지라 따스한 그의 숨결이 목덜미를 스쳤다. "당신이라는 여인은 늘 좋게는 말하지 않고 끝까지 몰고 가야만 진짜 성질을 드러내는군."

화가 머리 꼭대기까지 나서 내 꼴이 어떤지 돌아볼 겨를도 없이 발길질을 해댔다.

그러자 소기는 내 귓가에 대고 낮게 웃으며 말했다. "암, 이래야지. 사납고 억세야 그날 절벽에서 불같은 속내를 내보인 그 여인이지!"

마침 오른손을 빼내 그를 향해 손바닥을 날리려던 나는 '절벽'이라는 단어를 듣자마자 가슴이 철렁했다. 멍하니 손을 뻗은 채로 그를 때리지 못했다. 생사를 함께한 그 순간이 눈에 선했다. 그의 손, 그의 검, 그의 얼굴······. 그는 내 손을 자신의 가슴에 갖다 댔다. 서늘한 철갑에 닿은 손이 시렸다.

나는 멍하니 그를 쳐다봤다. 가슴속이 보들보들해 더 이상 화가 나지 않았다.

"어째서 갑옷을 입고 있나요?" 나직이 물었다. 이렇게 늦은 시각에 갑옷이라니, 또 어딜 가려는 것인가?

그가 담담히 웃으며 말했다. "군영을 순시하려고 했소."

"이미 자시(子時, 밤 11시부터 오전 1시)가 넘었는데……." 미간을 찌푸렸다가 문득 요 근래 그가 계속 바빴던 것을 생각하니 가슴이 쿵 하고 내려앉았다. "혹 무슨 일이 생긴 건가요?"

"아니오. 군무는 하루도 방심해서는 아니 될 뿐이오." 미소를 짓는 그의 미간에 다시금 평소의 숙연함이 깃들었다. "늦었으니 이만 쉬시오."

나는 무슨 말을 해야 할지 몰라 시선을 내리고 고개만 끄덕였다. 뒤돌아 떠나려는 그를 보고는 퍼뜩 생각이 나서 급히 일어나며 그를 불렀다.

"기다려요! 당신 창의가 아직 여기 있는데…… 밤이라 서늘하니……."

형형하게 빛나는 그의 눈길을 받으니 나도 모르게 목소리가 자꾸만 작아지고 귀 뒤가 홧홧해 더 이상 말을 잇지 못했다.

그도 아무 말 없이 뒤돌아서더니 내 손에서 자신의 창의를 가져갔다.

나는 차마 그를 마주 볼 수 없어 고개만 숙이고 있었다.

그가 갑자기 내 얼굴을 들더니, 내가 무슨 일인지 깨닫기도 전에 입술을 덮쳐왔다. 순식간에 세상이 빙글빙글 돌았다. 마치 이글이글 타는 듯한 폭풍에 휩쓸린 듯 강렬한 사내의 숨결이, 거부할 수 없는 힘이 나를 덮쳤다. 적의 성을 습격하듯이 강하고 사납게 곧바로 치고 들어오며 일말의 머뭇거림도 없이 내 가슴속 가장 은밀한 곳에 있는 마음을 가차 없이 공략했다.

아주 오래전에, 거의 잊어버릴 만큼 너무나 오래전에 한 소년이 내게 따스한 입맞춤을 건넸다. 요광전(搖光殿)의 구불구불한 회랑 아래서 맑은 바람이 옷깃을 스치고 눈썹 같은 버드나무 잎이 나던 그때, 봄물처럼 온화하고 기품 있던 그 소년은 고개를 숙여 내 입술에 살며시 입을 맞췄다.

간질간질하면서도 따끈따끈하고 이상야릇해 두 눈을 크게 떴더랬다.

그 첫 입맞춤의 기억은 남녀 간의 일에 대해 아는 바가 없는 나의 비명 소리와 함께 끝났다. "아야, 자담, 날 깨물었잖아."

자담, 자담.

몸을 지탱하던 힘이 한순간에 사라지는 바람에 휘청거리자 그가 한 손으로 내 허리를 안았다. 이 강인한 팔은 소기, 내 남편의 것이었다. 지난날로 돌아갈 수는 없다. 그 온화하고 기품 있던 소년은 이미 내 지난날과 함께 멀리, 꿈처럼 아득한 곳으로 멀어졌다.

소기는 깊이 잠기되 강경한 목소리로 입을 열었다. "당신과 나 사이에, 이제 다른 사람은 없소."

나는 흠칫 떨며 고개를 숙인 채 눈을 감았다. 그가 알고 있었다. 어쩌면 나와 혼인할 때부터 알고 있었는지도 모른다. 지난날 경사에서 상양군주와 셋째 전하가 천생연분임을 모르는 이가 없었거늘……. 방금 전, 술에 취해 한 말도 모두 들은 그였다.

갑자기 끼친 싸늘한 기운에 추위를 느끼고 나서야, 내가 맨발로 찬 바닥을 딛고 서 있었음을 깨달았다.

소기는 산발한 채 맨발로 서 있는 내 꼴을 보고서도 빙긋이 웃으며 다시 나를 침상으로 안아 올렸다.

그가 나를 가만히 응시했다. 미간에 칼로 새긴 것 같은 한 줄기 주름을 만든 채로 부드럽게……. "앞으로 다시는 다른 여인을 두지 않겠소." 그가 담담히 웃으며 몸을 일으켰다. "당신과 나 사이에도, 이제 다른 사람은 없소."

그는 뒤도 한 번 돌아보지 않고 그대로 걸어 나갔다. 나는 멍하니 그의 뒷모습을 바라보았다. 그렇게 한참이 지났는데도 여전히 그의 숨결이 주변에 감도는 것 같았다.

진퇴 進退

노씨가 정성스럽게 생강차를 올리고는 두 손을 드리운 채 옆에 공손히 시립해 있었다. 내가 미간을 찌푸리며 한 모금만 마시는 것을 본 노씨는 황급히 비굴한 웃음을 지으며 말했다. "왕비께서는 맛이 강한 것을 즐기지 않으시니 소인이 다시 내오라고 이르겠습니다."

나는 손을 내저으며 그저 냉담히 물었다. "잘 마무리 지었는가?"

"청류의 집에는 혼수로 쓰기에 충분할 만큼 은냥(銀兩)을 보냈으나 옥아는 사리 분간을 못 하고 날마다 소란을 피우는지라……." 노씨가 입을 삐쭉대며 말을 이으려고 하자, 내가 말을 잘랐다. "그래도 한때나마 왕야를 모셨던 아이니 박대해서는 아니 될 걸세."

"왕비께서 이토록 인자하시니 저희 아랫것들의 복이옵니다." 노씨가 급히 몸을 숙이며 말했다.

미소로 답하긴 하였으나, 어째 '인자'라는 표현이 몹시도 비꼬는 말처럼 들렸다.

노씨에게 묻고서야 시첩들이 자식을 갖지 못한 것이 결코 우연이 아니었음을 알게 되었다. 노씨의 말에 따르면, 소기는 시침을 들 때마다 시첩에게 약을 내렸다고 한다. 노씨는 아마도 소기가 신분이 비천한 시첩에게서 자손을 보는 것을 꺼린 탓이리라고 짐작했다.

그러나 나는 그렇게 생각하지 않았다. 세가의 자제라면 그러려니 하겠으나 소기는 그럴 사람이 아니었다.

이 노씨라는 사람은 영리하고 말하는 것이 하나하나 다 사리에 맞는 데다 눈치가 비상했다. 그녀는 내가 왕야의 일상생활에 관심을 보이고 이것저것 묻는 것을 보고는, 나를 몰래 훔쳐보면서 미소를 지으며 가까이 다가와 나직하게 말했다. "요 근래 왕야께서는 늘 홀로 주무십니다. 왕비께서 이미 쾌차하셨는데도 왕야를 가까이 모시지 않는다면, 아무래도 예에도 어긋나고……."

나는 열이 잔뜩 오른 얼굴을 감추려 고개를 돌렸다.

그런데도 노씨는 갈수록 못 들어줄 말을 해댔다. "왕야께서 밤마다 왕비를 보러 오시지 않습니까. 비록 왕비께서 성정이 정숙하시기는 하나, 부부 사이의 일은……."

나는 귀뿌리가 달아오른 채로 차갑게 내쏘았다. "노 부인, 자네가 왕부의 일을 맡아온 지도 꽤 되었으니 말 한 마디 행동거지 하나도 여러 아랫사람의 본이 되어야지. 주인과 하인의 분별을 몰라서는 아니 되네."

노씨는 순식간에 얼굴이 질려 한편으로 물러나 입을 다물었다.

나는 미간을 구긴 채 그녀를 바라봤다. 노씨는 아첨을 잘하고 마음 씀씀이가 바르지 못하니 곁에 오래 둬서는 안 될 것 같았다. 생각이 들었을 때 그녀도 함께 내쫓고 싶었으나, 나이도 지긋한 데다 그간 왕부의 일을 돌보느라 고생한 것을 생각하면 차마 모질게 굴기가 어려웠다.

아무튼 이런 생각을 하는 와중에도 뺨이며 귀에 오른 열기는 도무지 가라앉지 않았다. 노씨의 말이 경망스럽고 저속하기는 하였으나 영 이치에 맞지 않는 말은 또 아니었다.

요 근래 들어 소기는 점점 더 바빠져 온종일 얼굴도 안 비치는 날이 많아졌고, 왕부에 돌아와서도 공무를 논하느라 장수들이 끊임없이 드나들었다. 그런데도 여전히 밤마다 나를 보러 와서 잠깐이라도 대화를 나눴으며, 기어코 내가 잠든 것을 보고서야 돌아가는 날도 있었다.

그날 밤 이후로 다시는 경박하고 무례한 행동을 하지 않았다. 가끔 몹시 친밀하게 굴 때도 정도를 벗어나는 행동은 하지 않았다.

옥수까지 얼굴을 붉히며, 어째서 왕야는 주무시고 가지 않느냐고 물은 적이 있다.

노씨와 옥수는 모를 테지만 나는 그 까닭을 알고 있었다. 소기는 그저 기다리는 것이었다. 자부심이 대단한 사람인지라 내키지 않는데 마지못해 따르는 것을 결코 용납할 수 없는 것이다. 이 점에서 우리는 합이 딱 맞는 부부였다. 그는 내가 다른 사람의 그림자를 깨끗이 지우고, 그의 말처럼 그와 나 사이에 다른 사람이 없는 채로 기꺼이 그에게 안기기를 기다리고 있었다.

나는 회랑 아래에 망연자실 서 있었다. 서리서리 얽힌 서글픔을 어떤 말로 형용할 수 있겠는가.

소기는 모를 것이다. 그는, 다른 사람이 아니라 바로 자담이었다. 자담과 나 사이에는 너무 많은 정이 얽히고설켜 있었다. 남녀의 정을 차치하더라도 우리는 남매였고 지기(知己)였으며, 그 아름답던 세월을 함께한 사이였다. '다른 사람'이라는 말로 모든 것을 깨끗이 지워버리더라도 내 생에 새겨진 그 기억들만은 평생토록 지울 수 없으리라…….

오후에 잠시 쉬려는데 시녀 하나가 총총히 달려왔다. "왕비께 아뢰니다. 왕야께서 방금 전 왕부로 돌아오셨사온데 왕비께서는 지금 바로 서재로 납시옵소서."

나는 살짝 얼떨했다. 이곳에 온 이후로 그의 서재에 발을 들인 적이 없는지라 괜스레 불안했다.

따로 단장할 겨를이 없어 귀밑머리만 한데 모으고 서둘러 서재로 향했다. 가는 내내 불안함을 떨칠 수가 없었다. 어쩐지 뭔가 일이 생긴 것만 같았다.

서재 앞에 이르자, 나는 다급한 마음에 시위가 아뢰기도 전에 살짝 닫혀 있는 방문을 밀어젖혔다.

그러나 한 발 디디자마자 그 자리에 얼어붙고 말았다. 서재에는 소기 외에 다른 사람도 있었다. 뒷짐을 지고 서서 골똘히 지도를 응시하는 소기 뒤로 두 명의 장수가 보였다. 소기의 좌우에 각각 선 그들은 내가 들어오는 것을 보고 어리둥절한 표정을 지었다.

나는 공무를 논하는 그들을 방해했음을 깨닫고 겸연쩍게 웃으며 뒤돌아 나가려 했다.

그때 등 뒤에서 위엄이 넘치면서도 웃음기를 머금은 소기의 목소리가 들려왔다. "어딜 가시오?"

어쩔 수 없이 다시 뒤돌아 태연히 안으로 들어서서, 두 장수에게 살짝 고개를 숙이며 웃어 보였다. 왼쪽에 서 있는 수염이 짙고 기골이 장대한 장수는 멍하니 나를 보다가 황망히 고개를 숙였는데 난처한 기색이 역력했다. 오른쪽에 서 있는 훤칠하고 젊은 장군은 내가 들어오는 것을 보고도 고개를 숙여 시선을 피하지 않았으나 기품 있는 얼굴에 어울리지 않는 얼떨떨한 표정을 띠었다.

나는 시선을 내리고 입꼬리를 살짝 올리며 소기에게 몸을 굽혀 예를 표했다.

소기는 웃음기를 거두고 나지막이 말했다. "왕비께서 오셨으니 그 대들은 이만 물러가보게. 이 일은 내일 다시 논의하지."

"명을 받잡겠습니다." 두 사람이 한목소리로 답했다. 호방한 장수는 살짝 몸을 굽히고는 뒤돌아 나갔지만, 기품 있는 장군은 잠시 넋놓고 있다가 다급히 몸을 돌려 물러갔다.

나는 더 참지 못하고 웃음을 터뜨렸다. "도대체 예의라곤 모르는 장수들뿐이군요."

소기가 웃으며 고개를 저었다. "자신은 경솔히 굴면서도 다른 사람의 무례함을 탓하다니, 이처럼 막무가내인 여인이 어디 있단 말이오?"

나는 눈썹을 치키며 그를 쳐다봤다. "내 낭군을 보러 오는데도 누군가에게 예를 갖춰야 하나요?"

그 말이 기꺼웠는지 소기는 웃음기가 가득한 얼굴로 내 손을 잡더니 그 커다란 지도 앞으로 데려갔다.

"이것은 황여강산도인가요?" 지도상의 광활한 영토에 시선을 사로잡힌 나는 두 눈을 크게 떴다.

소기가 담담히 웃으며 손을 뻗어 지도를 가리키고는 자랑스럽게 말했다. "이것은 내가 반평생을 전장에서 보내며 백만 대군과 함께 지키고 넓힌 강산이라오."

그의 표정에 덜컥 겁이 났다. 이 순간의 소기에게서 천하를 노리는 기색이 엿보이는 듯했기 때문이다. 그가 가리키는 곳을 따라 시선을 옮기며 지도상에 이어진 금수강산을 보고 있자니 가슴이 울렁거려 한동안 말을 잇지 못했다.

요 근래 들어 딱히 어떤 소문이 들려온 것도 아닌데, 어찌 된 일인지 예사롭지 않은 긴장감이 느껴졌었다. 장수들이 바삐 드나든 것도 그러하고, 논의가 밤새 이어졌던 것도 그러하며, 눈앞에 거대한 지도

까지 펼쳐져 있으니…… 뭔가 일이 벌어졌음이 분명했다.

영삭에 온 지 달포밖에 되지 않았는데, 평안하고 고요한 날들은 어느새 지나가버렸다. 지금에 와서 생각하니 문득 근심이 밀려왔다.

나는 한숨을 내쉬고 시선을 들어 소기를 바라보며 그가 입을 열기를 기다렸다.

소기가 나를 응시하며 물었다. "온종신을 기억하오?"

그 말에 깜짝 놀랐다. 그의 입에서 현 조정의 우상으로 아버지와 어깨를 견주는 권신이자, 유일하게 왕씨와 대적하는 자이며, 아버지의 오랜 적수인 온종신이라는 이름이 나올 줄은 생각지도 못했기 때문이다. 나도 모르게 활짝 웃으며 물었다. "어찌하여 갑자기 우상의 이름을 거론하시나요?"

소기가 덤덤한 표정으로 뒤돌아 탁자 뒤로 걸어가다니 고개를 모로 기울이며 말했다. "그는 이미 우상이 아니오."

순간 무슨 뜻인지 알 수가 없어 멍하니 물었다. "우상께서 따로 봉작을 받으셨나요?"

"아흐레 전 온종신은 죄를 받아 파면되었고, 이레 전 온씨 가문 전체가 하옥되었소." 소기의 목소리는 차갑기 이를 데 없었다. "밀서가 전달되는 시간을 고려해 셈하면 사흘 전에 참수되었을 것이오."

순간 다리에 힘이 풀려 뒤로 몇 발자국이나 물러나 병풍에 등을 기댔다. 눈앞에 익숙했던 얼굴이 스쳐 지나갔다. 기개가 드높고 준수하며 오만했던 당대의 명사이자 일인지하 만인지상의 자리에까지 올랐던 인물이 이미 관 속에 누인 시체가 되었단 말인가?

발끝부터 뼛속까지 시린 한기에 휩싸여 한동안 정신을 차릴 수가 없었다. 나는 작게 중얼거렸다. "경사에 무슨 일이 생겼나요? 고모, 아버지, 어머니에게…… 무슨 일이라도……." 경사에 큰일이 일어났을 수도 있다는 생각에 심란함을 감출 수 없었다. 그간의 모든 원망은 다 잊어버리고 오로지 가족이 변을 당하지는 않았는지 걱정되었다.

소기가 내게 손을 내밀며 부드러운 목소리로 말했다. "이리 오시오."

나는 얼이 빠진 채로 그가 내민 손을 잡았고 그의 팔에 안겨 멍하니 그의 눈을 바라보았다. 그의 눈에는 뭔가 기이한 힘이 있는 듯, 보고 있자면 마음이 편안해졌다. 차차 심란함이 가셨다.

"그대도 언젠가는 이런 일들에 대해 알아야 할 터, 겨우 이만한 일로 심란해 마시오. 앞으로 그대가 짊어져야 할 일은 훨씬 많을 것이니." 소기가 침착하게 웃으며 흐트러진 내 머리카락을 쓸어 올렸다. "하늘이 뒤집히더라도 내가 당신 곁에 있을 터이니 두려워할 것 없소."

5월의 변경이 이토록이나 추웠다니…….

소기는 우상이 실각한 사건의 전말을 간략히 설명했다. 그의 말을 듣는 내내 손끝이 차게 식고 사방에서 한기가 엄습했다.

서수가 죽임을 당하고 하란이 패퇴한 것으로 모든 위기가 끝났다고 생각했건만…… 그것이 또 다른 살육의 시작이 될 줄은 꿈에도 몰랐다.

경박하고 부덕한 태자는 이미 황상의 눈 밖에 난 지 오래였고, 어린 나이에 황상과 혼인한 고모는 총애를 받지 못했다. 오랜 세월 황상은 줄곧 사 귀비만 총애하고 자담만 아꼈으며 황후 마마와의 사이는 갈수록 멀어졌기에 한때 태자를 바꿀 생각까지 하게 되었다. 사 귀비가 병으로 세상을 떠나고 자담이 쫓겨난 뒤, 안에서는 고모가 정사에 간섭하고 밖에서는 아버지가 권력을 독점한 데다 내가 소기와 혼인까지 하면서 바야흐로 왕씨는 권력의 정점에 섰다.

황실과 외척의 갈등은 소기가 북방으로 돌아가면서 돌이킬 수 없는 지경으로 악화되었다. 마침내 황상은 더 이상 태자를 건드릴 수 없음을 깨달았다. 소기가 무사히 경사를 빠져나가 북방으로 돌아가면서 40만 대군과 북방 육군이 모두 소기의 손아귀에 들어갔다. 소기가 있는 한 왕씨를 무너뜨리는 것은 불가했다.

이제 태자가 즉위하는 날이면 왕씨 천하가 펼쳐질 참이었다.

황상은 경사에 고립되었다. 황실의 왕들은 각지에 봉해졌는데, 북방을 다스리던 왕들은 진즉에 전란의 소용돌이에 휘말려 세력을 잃었다. 멀리 강남에 분봉된 왕들은 운 좋게 상당한 힘을 유지하였으나, 멀리 떨어져 있는 탓에 그 힘을 경사로까지 미치지 못했다.

태자를 폐위하고자 하는 황상의 뜻을 지지하는 우상 온종신만이 조정에서 아버지와 대립하며 은밀히 강남의 왕들과 일을 꾸몄다.

소기는 혼례를 치른 뒤에 영삭으로 돌아가 고모와 아버지의 지지를 받으며 순식간에 북방 변경 육진(六鎭)을 장악하고, 군무가 화급을 다툰다는 이유로 여러 차례 경사로 돌아오라는 황명을 거슬렀다. 그러나 조정에서도 40만 대군을 손에 쥔 소기가 두려워 별다른 수를 쓰지 못했다.

태자는 안으로 외척의 세력을 등에 업고 밖으로는 막강한 군대의 지지를 받았다. 따라서 태자를 폐위하려면 가장 먼저 소기의 수중에 있는 병권을 빼앗아야 했다.

소기가 대놓고 황명을 거스르자, 마침내 황상도 마음을 모질게 먹고 우상 온종신과 흉계를 꾸미기에 이르렀다. 바로 천자를 대신해 순수(巡狩, 나라 안을 두루 살피며 돌아다니는 일)한다는 명분으로 황상이 신임하는 장군 서수와 병부 좌시랑(左侍郞) 두맹(杜盟)을 영삭으로 보내, 기회를 노려 소기를 제압하고 병권을 빼앗으려 한 것이다.

그러나 야심만만한 서수는 이 기회에 소기의 자리를 대신할 욕심에 사사로이 하란잠과 결탁했다. 제 손에는 피 한 방울 묻히지 않고 남의 손을 빌려 소기를 제거한 뒤, 모든 책임을 하란씨에게 넘겨 후환거리를 없앨 셈이었다.

그러나 소기가 누구던가! 일찌감치 적의 간계를 파악한 소기는 차라리 서수의 속셈을 역이용해 일석이조의 효과를 노리기로 했다. 즉 밖으로는 서수를 죽여 하란을 무너뜨리고 안으로는 서수 뒤에 있는 온종신, 더 나아가 온종신 뒤의 진정한 주모자인 황상에게 반격을 날리기로 한 것이다.

거사가 실패하면서 서수는 목숨을 잃었고 두맹은 도망쳤으며, 사로잡힌 하란족 자객 10여 명은 옥에 갇히면서 죄상을 입증할 수많은 증거를 남겼다.

소기는 조정에 상소를 올려, 확실한 증거를 열세 가지나 대며 온종신이 외적과 결탁해 역모를 꾀했다고 탄핵했다. 이와 동시에 아버지는 경사에서 각 부의 대신들과 함께 탄핵 상소를 올려, 온종신 일당을 하옥하고 법에 따라 참수하라고 황상을 압박했다.

이에 우상 일당은 죽기 살기로 맞서 왕씨 외척 세력이 권력을 독점했다고 탄핵하고, 역으로 소기가 강력한 병권을 믿고 황명을 거슬렀다고 비난했다.

황상은 아버지와 고모의 압박에 온종신을 버릴 수밖에 없었다. 결국 황상은 온종신을 희생양으로 삼아 옥에 가두고 심문하였다. 중죄인이 된 온종신은 삭탈관직되고, 그의 가문은 영남으로 유배당했다. 이것으로 황상은 이미 참패한 셈이라 외척에게 고개를 숙일 수밖에 없는 상황이었다. 그런데 어째서인지 아버지는 고모가 말리는데도 한사코 온종신을 참수할 것을 고집했다.

결국 아버지는 자신의 뜻을 굽히지 않고 독단적으로 황명을 고쳐

형부에 온종신을 죽일 것을 명했고, 이리하여 온종신은 사흘 전에 참수되었다.

"그럴 리가 없어요!" 나는 더 들을 수가 없어 소매를 홱 떨치며 일어났다. 그러나 서릿발처럼 차디찬 소기의 눈빛을 마주하자 온몸이 얼어붙어 무너지듯 의자에 주저앉고 말았다. 소기는 이제 나에게 아무것도 숨기지 않았다. 그는 아버지와 주고받은 밀서를 하나하나 내 앞에 펼쳐 보였다. 아버지의 필체였다. 더없이 익숙한……

아버지와 고모가 뒤에서 나와 소기를 혼인시킬 계략을 꾸몄다는 사실을 알게 된 날에는 그저 실망스럽고 마음이 아팠다. 그러나 이 순간 소기의 입에서 들은 좌상은, 점잖고 온화하며 비범하기가 적선(謫仙, 인간 세계로 쫓겨 내려온 선인) 같은 아버지와 한 인물로 생각할 수 없었다.

아버지의 발호 때문인지, 아니면 다른 원인이 있는 것인지, 내 기억에 늘 유약하고 다정했던 천자가 결국은 막다른 곳까지 몰려 내 가족에게 격노하고 왕씨와 결전을 다짐하기에 이를 줄은 아무도 몰랐을 것이다.

아버지가 방금 전에 보내온 밀서에는 매끈하고 힘 있는 행해(行楷, 행서行書와 해서楷書의 중간 서체) 정자로 간담이 서늘해지는 글이 쓰여 있었다. 그 내용인즉 며칠 전에 황상께서 태자를 폐위하여 자담을 새 저군(儲君)으로 세우고, 건녕왕(睿寧王)을 태자소보(太子少保)로 봉했으며, 건녕왕에게 곧장 북쪽으로 향해 황릉에서 저군을 모시고 경사로 입성하라는 조서를 내렸다는 것이다!

강남의 건녕왕은 황상의 종형으로, 여러 번왕 중에서 소기를 제외하고는 가장 많은 15만 대군을 거느리고 있었다. 이 같은 상황에서 황상이 건녕왕에게 경사에 들어 자담을 보좌하라고 한 것은 이미 외척에게 선전포고를 한 것이나 다름없었다.

아버지와 고모는 곧바로 황궁을 봉쇄한 뒤, 황상께서 병이 위중하여 태자가 대신 국무를 살필 것이라고 밝혔다. 그와 동시에 숙부는 금군 5만을 집결시켜 개미 새끼 한 마리 드나들지 못하도록 경사를 굳게 지켰다. 고모는 궁정의 금위군을 황릉으로 보내 자담을 유폐했다.

지금 조정은 황실파와 외척파로 양분되어 일촉즉발의 상황이었다.

일단 건녕왕이 출병하면, 소기가 군대를 이끌고 남하해야 경사의 위기를 해결할 수 있었다.

아버지의 밀서는 소기에게 원군을 요청하는 것이었다. 즉 서둘러 군량과 마초를 준비해 남쪽에 군대를 주둔시키고 임전 태세를 갖추라는 뜻이었다.

나는 서서히 그 거대한 지도를 돌아보았다. 방금 전까지도 지도상에 그려진 붉은 선들이 무엇인지 몰랐는데 이 순간 모든 것을 깨달았다. 시뻘겋게 표시된 곳은 바로 소기군의 전략이 펼쳐질 장소였다. 영삭에서 삼관(三關)을 나서 장하(長河)를 건너고 중원 한복판으로 진격해 남북의 요충지를 끊고, 임양관(臨梁關)에서 군사를 세 길로 나눠 동, 서, 남쪽에서 쳐들어오는 적을 막아 마치 고립무원의 성처럼 경사를 그의 수중에 틀어쥘 계략이었던 것이다!

나는 그 지도만 뚫어져라 쳐다봤다. 손끝부터 한 마디 한 마디 차디차게 얼어붙었다.

이미 상황이 이 지경에 이르렀으니 전투는 피할 수 없을 터였다.

하나 이 싸움에 휘말린 사람들은 모두 나의 피붙이였다.

언제 다가왔는지 소기가 내 뒤에 서서 두 어깨를 눌렀다. 그제야 내가 온몸을 벌벌 떨고 있었음을 깨달았다.

그는 아무 말도 없이 나와 함께 그 거대한 지도를 응시하더니, 한참 만에 담담히 입을 열었다. "지도를 볼 줄 아시오?"

나는 고개를 끄덕이며 그의 물음에 딱딱하게 대답했다. "네, 오라버니가 수도(水道) 지도 그리기를 즐겼던지라……."

"과연 왕씨 가문의 여식은 재능과 식견이 남다르군." 그가 미소를 지으며 뒤에서 나를 끌어안았다. 태연자약한 태도가 마치 일상의 한담을 나누는 듯했다. "사실 진즉에 당신에게 이런 일들에 대해 말해야 했으나, 몸도 성치 않은 당신에게 괜한 근심거리를 더할까 싶어 말하지 못했소."

너무 침착하고 가볍게 건네는 말에, 이것이 내 친족의 생사존망과 천하의 분쟁에 관련된 큰일이 아니라 조금 번거로울 뿐인 사소한 일이었나 하는 착각이 들 정도였다. 나는 멍하니 그를 쳐다봤다. 이 순간에도 그의 얼굴에 미소가 걸려 있다는 사실을 보고도 믿을 수가 없었다.

그는 일단 군사를 일으켜 남하하면 생사를 건 악전고투가 기다리고 있음을 알기나 하는 걸까? 이제 그는 나의 친족과 함께 운명의 끝자락에 서서 한 발짝만 뒤로 물러나도 천 길 낭떠러지 밑으로 떨어지게 될 것이다.

"도대체 무엇 때문인가요?" 나는 힘없이 얼굴을 가렸다. 당혹감과 두려움을 더는 감출 수 없어 흐느꼈다.

이 모든 일이 무엇 때문에 일어났는지 알 수가 없었다. 가을바람이 산들 불고 가랑비가 내리던 경사는 너무나도 아름다웠더랬다. 그랬던 경사가, 지극히 사랑하고 아끼는 내 가족이…… 이제 다시 피어나기 시작한 천지까지도 모두 이 분쟁으로 무너질 것이다. 나와 내 주변의 모든 사람은, 어쩌면 이 일로 변하게 될지도 모른다. 이 황당하고 두려운 모든 일이 도대체 무엇 때문에 일어난단 말인가?

"무엇 때문에 태자를 폐해야 하고, 무엇 때문에 전쟁을 해야 하죠?"
나는 떨리는 목소리로 중얼중얼 물었다.

"무엇 때문에라……." 그는 담담히 내 물음을 곱씹더니 입술 끝을
살짝 올리며 대답했다. "달리 무엇 때문이겠소. 제왕(帝王)의 패업(霸
業)을 이루기 위해서지."

나는 번쩍 고개를 들어 그를 쳐다보았다. 너무 놀라 말을 이을 수
없었다.

예로부터 얼마나 많은 영웅이 이 '제왕 패업'이라는 네 글자 앞에
무너졌던가!

"일단 이 길에 들어선 이상 승자가 아니면 패자가 될 때까지 계속
나아가는 수밖에, 되돌아갈 방법은 없소." 놀랍게도 그는 미소를 머금
은 채로 나를 바라보며, 이 순간 내 마음속에 떠오른 말을 담담히 내
뱉었다.

나는 소기를 똑바로 응시했다. 순간 생각이 어지럽게 얽혔다. 그는
이 순간 내가 무슨 생각을 하는지 알 것이다. 내가 그가 말한 '제왕 패
업'에 담긴 뜻을 알듯이. 만약 시간을 되돌릴 수 있다면 나는 어머니
처럼 평생 안락하게 부귀영화를 누리는 규중의 유약한 여인이 되기
를 원할까? 아니면 여전히 그의 곁에 서기를 원할까?

가만히 내 대답을 기다리는 그의 눈이 점점 실의에 잠겼다.

"좌상께서 당신에게도 가서(家書)를 보내셨소." 그가 침착하게 뒤돌
아서서 탁자에 놓인 작은 상자에서 우리 집안의 휘장이 찍히고 봉랍
으로 봉해진 서신을 꺼냈다.

영삭에 오고 나서 아버지에게 처음으로 받아보는 가서였다.

소기와는 그토록 밀서를 주고받았으면서도, 시집간 딸은 진즉에
잊었다는 듯 내게는 서신 한 번 보내지 않았다.

어쩌면 아버지는 내가 소기에게서 진상을 듣고 나면 결코 아버지를 용서하지 않을 것임을 알고 있었을지도 모른다.

아버지의 서신을 건네받고는 가만히 시선을 내렸다. 암담했다.

소기도 아무 말 없이 돌아서서 창가로 가더니, 뒷짐을 지고 서서 내가 홀로 서신을 읽기를 기다렸다.

나는 우뚝 솟은 외로운 뒷모습을 바라보며 아버지의 서신이 구겨지는 줄도 모른 채 꽉 쥐었다.

"기왕지사 부부가 되었으니……." 나는 가볍게 탄식하며 말했다. "어디라도 당신과 함께하겠어요."

창살을 뚫고 들어온 오후의 햇살이 그의 어깨 위로 얼룩덜룩 흩뿌려져 우뚝한 그의 형체를 바닥에 길게 비추었다. 그가 더욱 외로워 보였다.

등을 보이고 뒤돌아 서 있는 탓에 그의 표정은 볼 수 없었다. 소기는 한참 후에야 나직하게 한마디를 뱉었다. "좋소."

나는 고개를 숙이고 아버지의 필체를 뚫어져라 쳐다보며 넋을 놓고 있었다.

갑자기 그가 나를 불렀다. "아무."

"응." 목소리를 늘이며 대답하다가 문득 멍해졌다. 그가 내 아명을 불렀기 때문이다.

갑자기 뒤돌아선 소기는 환히 웃으며 나를 바라봤다. "당신 이름이 아무였군."

소기가 이토록 밝고 따스하게 웃는 것은 처음 보았다. 담담한 빛이 그의 눈에서 뿜어져 나오는 것 같아 순간적으로 얼이 빠졌다.

"집에서 부르는 제 아명을 어찌 알았나요?" 그렇게 묻자마자 내 손에 들린 서신에 아버지가 '아무 친전(親展)'이라고 써둔 것이 보였다. 나도 모르게 빙그레 미소가 떠올라, 고개를 들어 그와 마주 보며 웃었다.

서재 안에 은은하게 피어오른 묵향이 5월의 햇살 속에 퍼져, 문득 지난날의 어느 화창한 봄날로 돌아간 듯했다.

그에게 이런 시선을 받는 것이 점점 더 거북해져 고개를 푹 숙인 채로 아버지의 편지를 뜯었다.

그때 갑자기 그가 내 손목을 붙들고 순식간에 편지까지 빼앗아 갔다. 소기는 내가 연유를 묻지 못하게 내 입술에 자신의 손가락을 갖다 대더니 나지막이 웃으며 말했다. "돌아와서 보시오. 일단 나와 어디 좀 갑시다!"

영문도 모른 채 어리둥절해진 나는 다짜고짜 그에게 이끌려 서재를 벗어났다. 회랑과 정원에 수많은 시위와 하인이 있었지만, 소기는 사람들이 있든 말든 내 손을 꽉 붙든 채로 태연히 성큼성큼 지나쳐 갔다. 오히려 놀란 하인들이 황급히 시선을 돌렸다. 처음에는 부끄러움에 어찌할 바를 몰랐으나, 이상하게도 점점 기분이 붕 떠 호기심 가득한 발길을 경쾌히 놀렸다. 도대체 소기가 나를 어디로 데려가는 것인지 몹시 궁금했다.

그는 커다란 손으로 한 손에 다 쥐어지는 내 손을 꼭 붙잡았다. 슬쩍 그의 옆얼굴을 힐끗거리다가 딱 들키고 말았다.

"다 왔소." 그가 웃으며 가리킨 곳은 뜻밖에도 마구간이었다. "어서 가서 말을 고르시오!"

"말을 고르라고요?" 도무지 무슨 상황인지 알 길이 없어 어이없는 표정으로 눈썹을 치키며 그를 쳐다봤다. "설마 나를 데리고 전투라도 하러 가실 셈인가요?"

소기가 하하하 웃음을 터뜨렸다. "무슨 말이 그리도 많소? 말을 고르라고 하면 말만 고르면 될 것을, 말을 고르고 나면 하인에게 당신이 입을 호복(胡服)을 구해 오라 하겠소."

그제야 상황을 파악한 나는 놀랍고도 기뻐 외쳤다. "미복(微服) 차림으로 밖에 나가는 건가요?"

그가 나를 쏘아보며 말했다. "또 한 번만 큰 소리로 떠들면 이 성안에 왕비가 밖에 나가는 것을 모르는 사람이 없을 거요."

그때 문득 청아한 말 울음소리가 들리며 마구간에서 가장 눈에 띄는 커다란 흑마가 우리 쪽으로 다가왔다. 먹처럼 시커멓고 윤기가 자르르 흐르는 털 하며 길고 탄탄한 네 다리, 바람결에 휙휙 흩날리는 갈기까지, 몹시도 훌륭하고 위풍당당했다.

"묵교(墨蛟)라오." 소기가 미소를 지으며 내 손을 놓더니 자신의 애마를 맞이하러 갔다.

말을 대하는 것이 꼭 사람을 대하듯 정성스러운지라 괜히 심술이 나고 장난기가 일어 손가락을 입술 사이에 끼고 '휙!' 하고 짧게 휘파람을 불었다. 이것은 조마사(調馬師)들이 말들에게 경고할 때 자주 쓰는 신호였다. 어린 시절에 태복사(太僕司, 황제가 타는 말과 수레를 관리하는 일을 맡아보던 관청)에서 가장 뛰어난 목승(牧丞)을 졸라 한참을 배운 끝에 겨우 습득한 기술이었다. 과연 마구간의 말들이 모두 깜짝 놀라 일제히 나를 돌아보았다. 묵교도 살짝 고개를 돌려 나를 쳐다봤다.

소기는 깜짝 놀란 표정으로 돌아보며 웃었다. "그런 것도 할 줄 아시오?"

나는 살포시 웃고는 눈썹을 치키며 그를 쳐다봤다. "칼을 휘두르고 행군하며 싸우는 것을 빼면, 당신이 할 줄 아는 것을 제가 못 할 까닭이 없지요."

매혹하다

노을빛이 광활한 대지를 비추었다. 웅혼한 기상을 드러낸 먼 산에
희미하게 운해가 솟아오르고 산봉우리를 따라 노을이 그린 금빛 테
두리가 엷게 떠올랐다. 눈앞에 짙푸른 녹음이 널리 펼쳐졌다. 하늘 끝
까지 온통 진녹색으로 뒤덮인 듯했다. 이 변경의 초원이 이토록 드넓
을 줄이야! 황실의 수렵장은 감히 비할 바가 아니었다. 설령 제왕이
라 하더라도 이 천지의 가없음과 산천의 장엄함을 모두 손에 넣을 수
는 없으리라······.

소기가 나를 데리고 성을 나선 것은 이 장엄하고 광활한 변경을,
가없는 광야를, 그리고 제 손으로 일군 영토를 보여주기 위해서였다.
10년 전까지만 하더라도 우리가 밟고 선 땅은 돌궐의 땅이었고, 이
비옥하고 아름다운 녹지를 차지한 이는 다른 민족이었다. 그러다가
영삭 전투로 소기가 돌궐을 대파하면서 우리나라의 강토를 곽독봉(霍
獨峰) 아래까지 북쪽으로 6백여 리나 넓혔다.

나는 태어나서 처음으로 천지의 아름다움에 미혹되었다. 이제 보
니 구중궁궐 밖에 황실의 위엄보다 더 사람을 무릎 꿇게 만드는 힘이
있었구나!

소기가 채찍을 들어 먼 곳을 가리켰다. "저것이 바로 북방에서 가

장 높은 산봉우리인 곽독봉이오. 산꼭대기에는 만년설이 쌓여 있고 산허리보다 높은 곳에는 사람의 발길이 미친 적이 없소. 북방의 유목민들은 저 산꼭대기에 신령이 깃들어 있으므로 보통 사람이 더럽혀서는 안 된다고 여긴다오."

"저렇게 높은 곳은 한 번도 올라본 적이 없어요." 무한한 황홀감에 사로잡혀 진심 어린 탄성을 내질렀다.

"나도 산허리까지밖에 못 가봤소." 그가 시원스레 웃으며 말을 이었다. "내가 이 세상에서 유일하게 두려워하는 것이 바로 천지의 힘이라오."

그가 이처럼 대역무도한 말을 내뱉은 것이 처음은 아니었다. 처음에는 몹시 놀랐으나 이번에는 나도 그러려니 여겼다. 만약 다른 사람이 이 같은 말을 했다면 제 분수도 모르고 경망스럽게 군다고 여겼을 테지만, 소기가 아무렇지 않게 내뱉으니 너무 당연한 말처럼 들렸다.

"저 높은 산을 넘으면 곧바로 대막(大漠)이라오. 사방에 온통 누런 모래뿐이고, 높은 언덕이 눈 깜짝할 사이에 평지로 바뀌고 유사(流砂)의 골짜기는 바닥을 알 수 없을 만큼 깊지. 북쪽으로 수백 리를 더 가야만 초목이 자라는 녹주(綠州)를 볼 수 있고, 거기서 다시 북쪽으로 가면 돌궐의 땅이 펼쳐진다오."

그가 채찍을 들어 가리킨 방향을 따라 시선을 돌리며 저 멀리 펼쳐져 있을 북쪽 사막을 떠올리니 설렘으로 가슴이 울렁거렸다.

거센 바람이 쉭쉭 불어와 그의 창의를 펄럭이고 내 긴 머리를 잔뜩 흐트러뜨렸다.

우리는 나란히 서서 천천히 말을 몰았다. 시위도 시종도 없이, 복잡한 세상사를 한편으로 치운 채, 오직 둘이서만 고요한 광야 사이에서 한가로이 말을 몰았다.

하늘이 높아질수록 마음은 느긋해지고 서로의 사이는 가까워졌다. 하늘 끝에 걸린 해가 사라지기 직전, 마지막으로 찬란한 빛을 뿌려 천지 만물을 황금빛으로 물들였다.

하늘 끝에서 타오르는 붉은 해를 보고 있자니 문득 호기(豪氣)가 치솟아, 소기를 향해 고개를 돌려 눈썹을 치키며 웃었다. "왕야, 저와 기마술을 겨뤄보지 않겠어요?"

소기가 소리 높여 웃으며 말고삐를 당겨 말을 멈춰 세웠다. "당신에게 3백 보를 양보하리다!"

나는 대답도 하지 않고 채찍을 들어 올려 그가 타고 있는 흑마를 향해 거침없이 휘둘렀다. 아마 이 묵교라는 녀석은 다른 사람이 내리치는 채찍 맛을 본 적이 한 번도 없었을 것이다. 성질이 흉포한 묵교는 느닷없는 채찍질 한 번에 곧바로 발굽을 쳐올리며 노성을 내질렀다. 소기가 깜짝 놀란 사이, 나는 그가 제지하려고 손을 뻗기도 전에 말의 복부를 강하게 조이며 말을 재촉해 앞으로 튀어 나갔다.

내가 탄 '경운(驚雲)'이라는 이름의 백마도 보통 말이 아니었다. 온몸이 눈처럼 희고 서리처럼 희고 긴 갈기를 가진 경운을 타고 질주하자 마치 바람을 타고 구름을 밟는 것 같은 기분이었다.

소기가 이내 말을 몰아 쫓아왔다. 과연 묵교는 비범하기 이를 데 없었다. 어찌나 빠른지 벼락이 치는 듯했다.

흑마와 백마가 점차 나란히 달리기 시작했다. 고개를 돌려 나를 보는 소기의 눈에 놀라움이 가득했다. 그는 낭랑하게 웃으며 말했다. "도대체 재주가 얼마나 많은 것이오?"

나는 웃음으로 답하고는 채찍을 휘둘러 말을 재촉했다. 거센 바람에 몸을 내맡기니 옷자락이 펄럭이고 긴 머리가 휘날려, 마치 끝없는 녹음이 펼쳐진 들판에서 바람을 타고 날아오르는 것만 같았다. 바람결에 섞인 진흙 냄새와 싱싱한 풀 내음에 정신마저 황홀했다.

나는 어려서부터 숙부에게 직접 기마술을 배워서 자담조차 기꺼이 승복할 정도로 말을 잘 탔다.

그러나 소기의 기마술은 탄성이 절로 나올 정도였고, 묵교도 경운보다 한 수 위였다. 힘에 부쳐 헉헉거리는 나나 경운과 달리, 소기는 여전히 느긋해 보였고 묵교는 갈수록 힘이 넘치는 듯했다.

"그만하죠. 당신이 이겼어요!" 나는 숨을 깊이 몰아쉬었다. 푸르륵거리는 말을 더는 다그칠 수 없어 웃으며 채찍을 소기에게 던졌다.

"왕비께서 양보하시니 받아들이겠소." 소기는 미소를 머금고 몸을 숙이더니, 말고삐를 당기면서 서서히 다가와 부드러운 눈길을 보냈다. "지쳤소?"

나는 살짝 웃으며 고개를 젓고는 귀밑머리를 쓸었다. 그제야 우리가 너무 멀리 왔음을 깨닫고 깜짝 놀랐다. 사방에 끝없는 광야가 펼쳐져 있고 날도 어두워져갔다. 땅거미가 내리는 사이로 향기로운 들꽃들이 푸른 들판 여기저기에 활짝 피어 있었다. 멀리 유르트와 나무집 몇 채가 보였는데, 유목민들이 이미 모닥불을 피우고 밥을 짓고 있었다. 소와 양의 무리가 목동이 모는 대로 집으로 돌아가고 있고, 흥겹고 듣기 좋은 목가(牧歌) 소리가 양 떼 사이에서 들려왔다.

"여기가 어디죠? 세상에, 이렇게 멀리 와버렸다니!" 나는 화들짝 놀라며 웃음 사이로 탄식을 흘렸다.

소기가 정색을 하고 말했다. "아무래도 오늘 밤에는 돌아가기 그른 것 같으니 노숙을 하는 수밖에 없겠소."

나는 혀를 쏙 내밀면서 무서워 벌벌 떠는 척했다. "늑대가 있으면 어쩌죠?"

"늑대는 없소." 소기는 웃는 듯 마는 듯한 표정으로 나를 쳐다보면서 말했다. "그런데 사람이라면 하나 있지."

순간 귀 뒤가 화끈거려 못 알아듣는 척 고개를 돌리면서 뒤돌아섰지만, 나도 모르게 웃음을 터뜨리고 말았다.

땅거미가 지고 있었기에 아예 유목민들의 거처로 향하다가, 마침 뒤늦게 귀가하는 한 유목민과 만났다. 여인네들은 진한 냄새를 풍기는 고깃국을 끓이고, 김이 모락모락 오르는 뜨끈한 양젖을 담아두었다.

예고도 없이 들이닥친 불청객인데도 친절하고 순박한 유목민들은 우리를 몹시 반겨주었다. 아무도 우리가 누구인지 묻지 않았다. 그저 가장 좋은 술과 고기를 내오며 귀한 손님처럼 대접했다. 몇몇 소년은 묵교와 경운을 둘러싸고 와와 감탄사를 내질렀다. 여인네들은 부끄러워하거나 어색해하는 기색 없이 호기심 가득한 표정으로 우리 주변에 모여들어 악의 없이 장난치며 시시덕거렸다. 그녀들은 내 피부가 우유처럼 희다는 둥 머릿결이 비단처럼 매끄럽다는 둥 생김새를 두고 탄성을 내뱉었다. 그녀들이 건네는 말은 내가 들어본 찬사 중에서 가장 꾸밈없으면서 귀여웠다.

거나하게 취한 사람들은 모닥불을 둘러싸고 노래를 부르며 춤을 추기 시작했다. 그들은 내가 처음 보는 악기를 연주하고 알아들을 수 없는 노래를 불렀다.

소기가 내 귓가에 대고 웃으면서 말했다. "저건 돌궐 말이오."

어느 정도 눈치를 챈 나는 작게 속삭였다. "저들 중에는 중원인이 아닌 자도 있지요?"

소기가 웃으며 고개를 끄덕였다. "예전부터 북방 지역에서는 여러 민족이 섞여 살았고 서로 혼인을 했소. 유목민은 대부분 호인(胡人)이라 풍속이 중원과는 전혀 다르다오."

고개를 가볍게 끄덕이는데 문득 감개무량했다. 돌궐과 오랜 세월 전쟁을 벌여 서로에 대한 양국의 원한이 몹시 깊은데도 백성들은 여전히 정답게 어울린다는 사실이 놀라웠다. 이들은 백여 년이 넘는 시간 동안 서로 혼인하기도 하면서 함께 이 땅에서 살아왔다. 강토는 창칼로 나눌 수 있으나 핏줄과 풍속은 결코 쉽게 나눌 수 없었다.

소기가 탄식했다. "호족과 한족은 원래 순망치한의 관계요. 수백 년에 걸쳐 서로 죽고 죽이는 싸움을 이어오는 동안, 누가 이기든 백성들은 항시 고초를 겪었소. 나라의 국경을 없애 핏줄이 서로 섞이고 예의와 풍속이 서로 스며들어 너와 내가 뒤섞이므로 우애 있고 화목한 하나의 민족으로 합쳐질 때만이 근본적으로 살육을 멈출 수 있소."

여인들이 커다란 쟁반에 기름기가 잘잘 흐르는 소고기와 양고기를 썰지도 않고 통째로 담아 우리 앞에 내려놓았다. 불길에 잘 익어 쩍 벌어진 고기 껍질 아래로 핏줄과 힘줄이 이어진 것이 보였다. 여인 중 하나가 내게 먹으라고 손짓을 했는데, 얼굴에 놀리는 기색과 기대감이 가득했다.

나는 도움을 구하는 눈길로 소기를 쳐다봤다.

소기는 소매 밑에서 시린 빛을 내뿜는 단검을 꺼냈다. 번뜩이는 칼날을 보며 여인들은 낮게 소리를 질렀고 사내들은 놀라며 부러워했다.

도검에 문외한인 나조차 보기 드문 귀한 칼임을 한눈에 알 수 있을 정도였다.

그런데 소기는 이 귀한 단검을 고기 써는 용도로 쓰고 있었다. 그는 손 가는 대로 쓱 하고 고기를 썰더니, 얇고 부드러운 고기 한 점을 들어 내 입가에 갖다 댔다.

나는 순간 멍해졌다. 칼끝에 놓인 고기를 받아먹어본 적은 없었기 때문이다.

무시하는 듯한 웃음이 너무도 밉살스러웠다.

눈앞에 이른 칼끝과 기름이 뚝뚝 떨어지는 고기를 보며 숨을 깊이 들이마셨다. 그리고 몸을 기울여 입으로 받아 질겅질겅 씹고는 그대로 삼켜버렸다. 고소하고 달짝지근한 맛이 혀끝에서 살살 녹았다.

그때 소기가 몸을 굽히며 다가오더니 내 귓가에 대고 나직이 속삭였다. "이것은 사람을 죽인 칼이오."

순간 목구멍이 콱 막혔으나, 고기는 이미 목구멍을 타고 넘어간 뒤였다.

그가 살뜰하고 시기적절하게도 물그릇을 건넸다.

자세히 볼 겨를도 없이 대뜸 물그릇을 받아 꿀꺽 마셨다가 그릇에 담긴 것이 독한 술임을 깨달았다. 홧홧한 기운이 입을 타고 폐부와 온몸으로 퍼져 나갔다.

눈물이 날 정도로 급하게 콜록거리는 와중에 보니, 소기는 터지는 웃음을 참지 못하고 있었다.

사람들은 떠들썩하게 웃어젖혔다.

나는 술 사발을 들고는 남은 술을 한 번에 마셔버렸다.

유목민들은 손뼉을 짝짝 쳐대며 좋다고 소리쳤다.

소기가 웃으며 술 사발을 뺏고는 내 등을 살살 토닥이며 어루만지기에 툭 하고 내쳤다.

"바보 같기는, 잘난 척할 걸 해야지." 소기는 팔을 오므려 나를 더 꽉 끌어안았다.

그가 놀리는 게 싫어 빠져나오려고 하는데, 볼이 불그스레한 낭자 하나가 술 사발을 들고 와 소기에게 척 하고 건넸다. 주변에 있던 남녀는 하나같이 웃음을 터뜨리며 좋은 구경이라도 난 듯 나를 쳐다봤다.

그들의 풍속을 모르는 나와 달리, 소기는 나를 한 번 보더니 웃으며 고개를 저었다. "내게는 이미 이 여인이 있소."

그 낭자는 부끄러워하기는커녕 고개를 쳐들며 도발하듯 나를 훑어보고는 어색한 한족 말로 물었다. "당신은 이 사내의 여인인가요?"

"나는 이 사내의 아내예요." 나는 그녀의 눈빛을 마주 봤다.

그녀는 눈동자를 반짝이며 나를 쳐다봤다. "그와 춤을 추고 싶은데 허락해줄 수 있나요?"

이제 보니 그냥 춤을 추겠다는 것이었군. 순간 멍해져 나도 모르게 웃음을 터뜨렸다.

고개를 돌려 소기를 쳐다봤다. 그가 춤추는 모습을 한번 보고 싶기도 했다. 그 장면을 상상만 해도 절로 웃음이 나왔다.

그의 눈에는 긴장감과 기대감이 가득했다.

나는 웃음을 참으며 고개를 돌리고 정색했다. "허락할 수 없어요."

"왜죠?" 그녀의 눈빛은 몹시 사나웠고 거리낌이 없었다.

나는 그녀를 똑바로 쳐다보며 미소를 지었다. "나라의 강토 안에 적이 발을 들이미는 것을 용납할 수 없으며 내 남편에게도 다른 사람이 손가락 하나 대는 것을 허락할 수 없어요."

내 말에 그녀는 얼빠진 표정을 지었다.

주변도 삽시간에 조용해졌다.

그렇게 잠깐 넋을 놓고 있던 그녀는 발을 구르더니 엄지손가락을 내밀었다. "당신, 참 굉장하군요!"

유목민들은 박수를 치면서 우리를 향해 술잔을 들어 올렸다. 기골이 장대한 청년 하나가 일어나더니 그 낭자를 보며 내가 알아듣지 못하는 노래를 부르기 시작했다. 열렬하고도 멋들어지는 노랫소리에 그녀가 얼굴을 붉혔다. 아마 내 얼굴도 그녀보다 별반 나을 바가 없었을 것이다.

노란 불빛 아래서 소기가 근사한 미소를 머금고 나를 뜨겁게 응시했기 때문이다. 활활 타오르는 눈빛에서 튀어나온 불꽃에 델 것만 같았다.

그가 내 귓가에 나직이 속삭였다. "이곳의 풍속에 따르면, 사내가 춤을 추자는 여인의 청을 받아들이면 그녀의 정인이 되어야 하오."

나는 깜짝 놀라 물었다. "이미 아내가 있더라도요?"

그가 득의양양하게 웃으며 고개를 끄덕였다.

나는 눈을 가늘게 뜨고, 모닥불을 둘러싸고 노래를 부르며 춤을 추는 유목민들을 쳐다봤다. 그중에는 건장하고 젊은 사내가 상당히 많았고 춤을 멋지게 추는 사내도 있었다. "그러면 나도 저 중 한 사내에게 함께 춤을 추자고……."

"감히 어디서!"

나는 하하 웃음을 터뜨렸다.

그의 눈빛에 숨이 막히는 듯했다. 술을 그다지 많이 마시지도 않았는데 머리가 어질어질했다.

밤이 깊어지자 우리는 친절한 유목민들에게 작별을 고하고 성 쪽으로 말을 몰았다.

아득한 밤하늘에 별이 총총히 떠 있었다. 고요한 광야에서 들리는 소리라곤 다그닥다그닥 말발굽 소리뿐, 천지 만물은 온화한 밤의 품에 안겼다.

고개를 들어 밤바람에 달아오른 얼굴을 맡겼지만 두근거림은 잦아들지 않았다.

"이리 오시오." 소기가 팔을 내밀어 나를 끌어안더니, 다짜고짜 나를 자신의 말 위로 끌어다 앉힌 뒤 창의로 감쌌다.

내가 그를 올려다보자 그도 고개를 숙여 나를 내려다봤다. 그윽하고 부드러운 눈빛이었다. "이곳이 마음에 드시오?"

"마음에 들어요." 나는 미소를 머금고 그를 쳐다봤다. "이렇게 아름다운 곳은 처음이고, 이렇게 즐거운 것도 참 오랜만이에요."

소기의 웃음이 짙어졌다. 그는 내 귓가에 대고 부드러운 목소리로 말했다. "전쟁이 끝나면 세상 곳곳을 유람시켜주겠소. 드넓은 동해(東海), 험준한 서촉(西蜀), 수려한 전남(滇南), 살구꽃과 안개비…… 천지의 크기와 강산의 아름다움은 당신이 상상하는 최고의 경지를 뛰어넘는다오."

전쟁, 이러니저러니 해도 결국 이 두 글자를 피할 수 없었다. 나는 그의 가슴에 기대 소리 없는 탄식을 내뱉었다. 이 밤 내내 우리 두 사람은 그 일을 입 밖에 내지 않았다. 전쟁이 코앞에 닥쳤음을 잘 알고 있음에도 근심과 분쟁을 잊으려 애썼다. 반나절이라도 좋으니 근심 걱정 없이 보내고 싶었다.

나는 눈을 감으며 미소를 지었다. "좋아요. 그때가 되면 우리 천하를 돌아다녀요. 그림처럼 풍광이 아름다운 곳을 찾아 작은 뜰을 일궈 해가 뜨면 일하고 해가 지면 쉬면서……" 소기가 나를 힘껏 끌어안으며 나직하게 속삭였다. "세상에서 가장 아름다운 뜰을 만들어주겠소. 그곳에는 그대와 나 둘뿐, 누구도 우리를 방해할 수 없을 것이오."

나는 하늘을 올려다보았다. 그저 이 밤이 너무 아름답고 이 생이 그윽하게 느껴졌다. 어느덧 눈가가 축축이 젖어들었다.

그가 내 허리에 두른 손을 천천히 조이며 얇은 입술을 내 귓가에 가볍게 갖다 댔다. 따스한 숨결이 목덜미를 스치자 마치 좋은 술을 마신 듯 이상야릇한 나른함이 번졌다. 나는 살짝 몸을 떨었으나, 더 이상 그의 숨결을 피할 기력이 없어 나도 모르게 고개를 들어 그의 입술이 내 목덜미에 닿도록 했다.

"꽉 안으시오." 그가 나지막이 말했다. 평소와 다름없이 차분한 말투였으나 목소리에서 냉기가 흘렀다. "무슨 일이 생겨도 절대로 손을 놓지 마시오."

심상치 않은 기운에 눈을 부릅떴다. 갑자기 온몸에 소름이 끼쳤다. 사방의 야경은 여전히 그윽했으나, 소기에게서 살을 에는 듯한 한기가 전해졌다. 살기였다. 칼집에서 뽑혀 나온 도검처럼 시린 살기였다. 우리를 태운 묵교도 뭔가 이상한 낌새를 눈치챘는지 발걸음을 늦추며 경계하듯 귀를 쫑긋 세웠다. 묵교 뒤를 따르던 경운은 불안한 듯 낮게 울었다.

소기는 정신을 가다듬어 검을 잡으면서 나를 안은 팔에 지그시 힘을 주었다.

묵교가 서서히 앞으로 향했다. 다각다각 말발굽 소리가 내 가슴을 밟고 울리는 소리 같았다.

언제부터인지 짙은 구름이 하늘을 뒤덮고 바람결에 축축한 기운이 실려 오더니, 5월의 밤하늘에 비가 쏟아질 기미가 보였다.

우리는 이미 초지 가장자리에 이르렀다. 낮은 구릉이 오르락내리락 이어지는 가운데, 성 외곽 촌락의 등불이 어렴풋이 보이기 시작했다. 길옆의 들쭉날쭉한 풀 더미가 어둠 속에서 희미하게 스쳐 지나갔다.

가슴이 은근히 뻐근했다. 갈수록 불길한 예감이 들었다. 방금 전 훤히 트인 드넓은 벌판에서는 시야를 가리는 것이 전혀 없어 새 한 마리조차 소기의 눈을 피할 수 없었다. 그러나 초지의 가장자리는 지세가 완전히 달랐다. 사방에 산재한 낮은 구릉과 풀 더미 때문에 주변을 제대로 파악할 수 없었다. 마치 거대한 짐승이 어둠 속에 웅크린 채 사람을 골라 물어뜯을 준비를 하고 있는 것만 같았다.

음침한 천둥소리가 우르릉 하늘 끝을 구르고 바람은 갈수록 급해졌다. 곧 비가 쏟아질 것 같았다.

나는 두 손을 소기의 허리에 둘렀다. 손가락이 혁대의 금고리에 조각된 짐승 머리에 닿자 쇠붙이의 서늘함과 단단함이 마음속을 파고들면서 불안감이 점차 가라앉았다. 그때 묵교가 갑자기 걸음을 멈추더니 고개를 숙이고는 푸르륵푸르륵 급하게 콧김을 내뿜었다. 나는 숨을 죽였다. 소기는 나를 더 꽉 끌어안고는 침착하게 말을 몰아 앞으로 나아갔다.

차디찬 빗방울이 흩뿌려져 얼굴을 적셨다. 결국 비가 내리기 시작했다.

우측 앞에서 청록색 반딧불 몇 개가 떠다니는 듯하더니 갑자기 사방으로 흩어졌다.

"숙이시오!" 갑자기 소기가 낮게 외치며 내 몸을 안장 위로 눕혔다. 아무것도 보이지 않는 상황에서 귀청을 찢을 듯한 날카로운 소리가 울리더니, 이내 한 줄기 세찬 바람이 얼굴을 스치고 지나갔다. 온몸에 식은땀이 흘렀다. 그제야 나는 방금 전에 스쳐 지나간 것이 비단 바람뿐이 아니라 '죽음'이었음을 깨달았다.

묵교도 바로 그 순간에 갑자기 벼락처럼 몸을 날리더니 반딧불 뒤쪽의 풀 더미를 향해 맹렬히 돌진했다.

휙휙 바람 소리와 함께 모든 것이 찰나의 순간에 시야 뒤편으로 사라졌다. 귓가에 소기의 침착하고 고른 숨소리가 들렸다. 그는 나를 단단히 끌어안은 채 한 손으로 검을 만졌다. 검이 스릉 하고 울부짖더니 펄럭이는 비단 폭처럼 시린 빛을 뿜으며 짙은 어둠을 갈랐다.

소기가 뽑아낸 검에서 쏟아진 검광이 한 장 남짓 거리를 비춘 순간, 귀신처럼 스르륵 다가서는 흐릿한 검은 인영이 보였다!

갑자기 눈앞이 캄캄해졌다. 소기가 창의를 확 펼쳐 나를 자신의 팔뚝 아래로 완전히 가려버린 것이다. 마지막으로 본 것은 바로 코앞까지 다가온 검은 인영이 복면 아래로 무시무시한 안광을 쏘아내고, 허공을 가르는 도광(刀光)이 푸르스름한 빛을 내뿜으며 머리 위로 떨어지는 것이었는데……. 검광이 번쩍이며 그 도광을 삼켜버렸다. 광풍이 휘몰아쳐 천군만마를 휩쓸어버리듯이 말이다!

눈앞에 시커먼 어둠이 내리고 나서는 아무것도 보지 못했지만 코끝에 비릿한 내음이 남았다. 방금 전 그 찰나의 순간에 무언가가 내 얼굴에 흩뿌려진 것이다. 우르릉 쾅쾅 천둥이 울리고 빗소리가 급해졌다. 묵교가 내달리며 놀라 울부짖었다. 검풍(劍風)이 날카롭게 웅웅거리고 귓가에 폭우처럼 사납고 기이한 소리가 울렸다. 쇠붙이가 맞부딪치는 소리가 간간이 들렸고, 뜨거운 피가 뿜어져 나올 때의 촤악소리와 뼈와 살이 갈릴 때의 묵직한 탁성이 끊임없이 이어졌다. 하란족과의 일을 겪은 탓에 사람을 죽고 죽이는 이런 소리가 낯설지 않았다. 밤공기 사이로 퍼진 짙은 피비린내가 코를 찔렀다.

나는 소기의 가슴에 뺨을 바짝 붙인 채 창의에 폭 싸인 대로 가만히 있었다. 옷자락 너머로 강인하면서도 침착한 소기의 심장 소리가 또렷이 들렸다. 그의 팔뚝, 몸, 살결에 힘이 들어가면서 세상의 모든 것을 부숴버릴 만큼 무시무시한 괴력이 터져 나왔다.

묵교가 바람을 타고 날듯이 필사적으로 질주했다. 묵교가 어디로 내달리는지 알 수 없었으나, 눈앞의 어둠이 전혀 두렵거나 당혹스럽지 않았다. 내 평생 이토록 침착하고 태연한 적은 없었다. 내 뒤에 버티고 있는 단단하고 따스한 가슴을, 그가 나와 함께 있음을 떠올리니 설령 지금 이 길이 저 깊은 심연의 지옥으로 이어진다 하더라도 망설임 없이 내달릴 수 있었다.

죽고 죽이는 쇠붙이 소리는 사라졌으나 피비린내는 아직 가시지 않았고, 비바람 소리는 더욱 거세졌다. 빗줄기에 창의가 젖으면서 내 옷에도 빗물이 스며들어 눅눅한 한기를 불러왔다. 하지만 차디찬 옷자락 너머로 그의 몸에서 따스한 온기가 전해졌다. 그의 가슴에 기대고 있으니 여전히 온몸이 따스했다. 고개를 들었으나 눈은 뜨지 못했다. 세찬 바람에 섞인 빗줄기가 얼굴을 때려 눈썹이고 머리카락이고 순식간에 젖어버렸다.

"소리 내지 마시오." 소기가 내 허리를 두른 팔뚝에 갑자기 힘을 준 순간, 내 몸은 이미 허공에 붕 떠서 그의 품에 안긴 채로 말안장에서 굴러떨어지고 있었다.

길가로 굴러떨어졌지만 마침 바닥에는 보드라운 풀 더미가 깔려 있었다. 소기가 몸을 뒤집고 일어나더니, 나를 안고 재빨리 몸을 웅크린 채 풀 더미 뒤로 숨었다. 묵교와 경운은 바닥에 떨어진 우리를 거들떠보지도 않고 앞으로만 내달렸다. 가슴이 싸하게 식는 찰나, 어지러운 말발굽 소리가 사방으로 물을 튀기며 뒤쪽에서부터 달려와 묵교와 경운을 뒤쫓았다.

소기는 미동조차 하지 않았다. 한순간도 내 허리에서 떨어진 적 없는 그의 왼팔은 줄곧 나를 단단히 끌어안고 있었다. 빗물이 풀 더미를 따라 흘러내려 온몸을 적셨으나 춥다는 생각조차 들지 않았다. 나는 숨을 죽인 채 소기의 손을 꽉 붙잡았다. 그가 손바닥을 뒤집어 내 다섯 손가락을 꽉 잡으며 말없이 달래주었다.

뒤쫓는 말발굽 소리가 멀어지자 소기의 가라앉은 목소리가 들려왔다. "따라오시오."

그는 내 손을 붙잡고 비바람 속으로 뛰어들었다. 온 세상이 물에 잠긴 듯 내딛는 걸음마다 흙탕물이 사방으로 튀는 어두컴컴한 밤길을 내달렸다. 그러던 중에 커다란 풀 더미와 나무 말뚝 뒤에 가려진 가옥이 희미하게 눈에 들어왔다.

소기는 문을 걷어차며 비바람을 안고 안으로 뛰어들었다. 캄캄한 어둠이 내린 집 안에는 향긋한 건초 내음만이 가득했다.

나는 서둘러 몸을 돌려 문을 닫았다. 얇디얇은 나무 문이었지만 잠시 매서운 비바람을 막기에는 충분했다.

이곳은 버려진 건초간이었다. 소기는 전에 건초 창고를 순시하다가, 창고지기가 당직을 서기 위해 이 허술한 집을 지어놓았던 것을 어렴풋이 기억해냈다.

소기는 화절자(火折子, 불을 밝히거나 피우는 휴대용 도구)를 밝혔다. 그리고 창문이 꽉 닫혀 밖에서는 불빛을 볼 수 없음을 확인하고는, 바닥을 파서 만든 화로에 남아 있는 숯에다 불을 붙였다. 북방은 날씨가 춥기 때문에 사람들은 종종 이처럼 바닥을 파서 만든 화로로 방을 데웠다. 방 안에는 낡아빠진 나무 탁자 하나와 어지럽게 쌓아둔 건초밖에 없었다.

나는 그 나무 탁자에 기대 추위 때문인지, 아니면 뒤늦게 찾아든 두려움 때문인지 잘게 몸을 떨었다. 자객들의 시선이 잠시나마 다른 곳으로 옮겨 갔다. 방금 전 소기는 혼자서 수많은 암살자를 해치우고 주도면밀하게 파놓은 함정을 빠져나왔다. 만약 그의 곁에 나라는 걸림돌이 없었다면 겹겹의 포위쯤 우습게 뚫을 수 있었을지도……. 나는 시선을 들어 그를 쳐다본 순간 화들짝 놀랐다. 흠뻑 젖은 그의 창의 아래로 계속해서 떨어지는 물방울이 바닥에 구불구불 흘러 끔찍하게도 검붉은 물줄기를 이뤘던 것이다.

"다쳤군요!" 나는 너무 놀라 그의 창의를 들추고는 정신없이 다친 곳을 찾아 시선을 옮겼다.

내 손을 꾹 누르는 소기의 얼굴에 이 와중에도 웃음이 떠올랐다. "어딜 더듬는 것이오? 남녀가 유별하거늘."

그런 것은 신경 쓸 새가 없어 황급히 물었다. "도대체 어디를 다친 거예요? 괜찮아요?"

소기는 말없이 나를 들여다보았다. 창의는 흠뻑 젖었고 그 밑의 겉 옷도 축축해졌으며 핏자국이 얼룩덜룩했지만 다친 곳은 보이지 않았 다. 한순간 팔다리의 힘이 풀려버렸다. 하지만 그를 붙잡은 손은 놓지 않았다.

"다치지 않았소." 나지막한 목소리는 부드러웠다.

그제야 한숨 돌렸으나 목이 메어 아무 말도 할 수 없었다.

"모두 자객들의 피요." 그는 내가 믿지 않는다고 생각했는지 서둘 러 창의를 벗었다.

나는 넋 놓고 그를 바라보기만 할 뿐 한마디도 꺼내지 않았다. 우 는 것인지 웃는 것인지 모를 표정을 지은 채, 여전히 방금 전의 두려 움에서 정신을 차리지 못하고 있었다.

"많이 놀랐나 보오. 낯빛이 창백해졌소." 탄식하는 그의 눈에 따스 한 온기가 가득했다. "바보 같기는, 내가 죽을까 봐 무서웠소?"

그의 입에서 '죽음'이라는 말이 나오자 가슴이 뻐근해져 멍하니 그 의 얼굴만 쳐다봤다. 정말로 그가 죽어버린다면 나 홀로 남아 예장왕 비라는 감투를 쓰고 사는 것이 무슨 의미가 있을까? 이번 생에는 그 의 아내가 되어버렸으니 그와 동고동락해야 할 터, 최악의 경우라도 생사를 함께하는 수밖에 다른 길은 없었다.

나는 억지로 침착한 웃음을 지어냈다. "과부가 되기는 싫어요. 백 년 후에도 내가 먼저 죽을 테니 당신이 홀아비로 사세요."

소기는 얼굴을 구기며 팔을 뻗더니 내가 숨도 못 쉴 만큼 세게 끌어안았다.

"좋소. 백 년 후에는 당신에게 한발 양보하리다." 그가 내 귓가에 대고 웃으며 나직이 속삭였다. "그 전에는 내 곁에서 검은 머리가 파뿌리 되기까지 함께해야 하오. 설령 머리털이 다 빠지고 이까지 흔들리는 노구가 되더라도 서로 마다하지 맙시다."

중과부적으로 자객들에게 쫓기는 와중에 소기는 주저 없이 말을 버린다는 결단을 내렸다. 묵교와 경운을 이용해 자객들의 시선을 돌리기로 한 것이다. 그사이 우리는 어둠을 틈타 이곳에 몸을 숨겼다. 세찬 빗줄기가 발자국을 지운 데다 자객들은 이곳 지리를 잘 모를 테니, 결코 우리가 숨은 곳을 찾아낼 수 없을 것이었다.

우리는 화로 곁에 서로 기대앉았다. 소기는 피에 젖은 겉옷을 벗고 속옷만 입은 채였기에 그의 탄탄한 가슴이 은근히 드러났다. 나는 차마 그를 마주 볼 수 없어 눈동자를 내렸다. 소기는 몸을 굽혀 화로 속 숯을 헤치며 뭔가를 깊이 생각하느라 내 난감한 기색을 눈치채지 못했다.

가볍게 헛기침을 하며 탄식했다. "이제 어쩌죠? 설마 이대로 날이 밝기를 기다려야 하나요?"

소기가 미소를 지었다. "날이 밝기 전에 원군이 구하러 올 것이오."

나는 깜짝 놀라 그를 향해 눈동자를 굴렸다.

소기는 차분한 표정으로 나를 보며 웃었다. "우리가 밤새 돌아오지 않으면 회은이 분명 괴이히 여기고 군사를 이끌어 찾으러 올 것이오. 묵교를 돌려보냈으니, 길을 알고 내 냄새를 기억하는 녀석이 이곳으로 회은을 데려올 것이오. 이곳은 성 외곽에서 멀지 않으니, 날이 밝기 전에 틀림없이 당도할 것이오."

나는 길게 한숨을 내쉬며 조금이나마 안도했으나, 소기의 낯빛은 딱딱하게 굳어갔다.

그가 담담히 말을 꺼냈다. "자객들이 우리의 행적을 알고 움직이다니…… 왕부에 첩자가 숨어들었나 보오."

순간 가슴이 철렁 내려앉고 등줄기에서 한기가 솟았다. 나와 소기가 미복 차림으로 성을 나섰다는 사실을 아는 사람은 왕부에서도 우리를 가까이 모시는 하인 몇몇뿐이었다. 바로 곁에 있는 사람 중에도 첩자가 있으니 과연 누구를 믿어야 한단 말인가…….

"설마 또 하란……." 나는 잠깐 침음(沈吟)을 흘리고는 미간을 찌푸렸다. "아니에요. 지금 돌궐인과 하란잠은 제 한 몸 돌보기도 벅찰 텐데 우리에게 손쓸 여력이 어디 있겠어요."

소기는 입꼬리를 올렸으나 표정 어디에서도 웃음기를 찾아볼 수 없었다. 날카로운 빛이 흐르는 그의 눈은 깊이를 가늠할 수 없었다. "그대가 볼 때, 이 순간 내 목을 가장 원하는 자가 누구일 것 같소? 또 누가 자객 수십 명을 데리고 영삭에 숨어들 수 있을 것 같소?"

몸을 굽혀 숯을 헤치려던 나는 그 말을 듣는 순간 손이 덜덜 떨려 하마터면 집게를 놓칠 뻔했다. 흠뻑 젖은 옷이 몸에 달라붙어 한기를 전한 탓인지 부들부들 몸이 떨렸다. 화로 쪽으로 몸을 가까이 했지만 온몸의 떨림은 잦아들지 않았다.

"이래도 춥소?" 소기가 등 뒤에서 나를 끌어안고는 축축이 젖은 소매를 잡더니 단호하게 말했다. "이대로는 안 되겠소. 벗으시오!"

순간 몹시 당황했으나 그의 두 팔에서 벗어날 수 없었다. 이전에 두 번이나 그에게 옷이 벗겨진 일을 생각하면 지금도 얼굴을 들 수 없었다. 그런데 또다시 그가 내 옷고름을 풀려고 하니 부끄럽고 노여워

284

다급히 외쳤다. "됐어요. 춥지 않아요……."

그가 두 팔에 힘을 주더니 몸을 굽혀 내 귓가에 입술을 바짝 갖다 대고 나직이 말했다. "어째서 늘 나를 두려워하는 것이오?"

순간 숨을 멈췄다. 갑자기 입이 바짝바짝 마르고 온몸이 불에 덴 듯 달아올라 말까지 더듬거렸다. "그, 그런 적 없어요……."

그는 아무 말 없이 가만히 나를 안고만 있었다. 귀 뒤로 따스한 숨결이 스쳤다.

화로에서 이따금씩 불꽃이 튀었다. 분명히 방금 전까지만 해도 추웠는데, 지금은 온몸의 맥이 후끈후끈 달아오르는 것 같았다.

"아무." 소기가 나직이 내 이름을 불렀다. 가라앉은 목소리는 몹시도 부드러웠다. "나는 이미 3년이나 당신을 놓쳤소."

그가 내 귓불로 입술을 내리더니, 가만히 내 귓가에 대고는 목선을 따라 잘게 입을 맞추며 내려왔다.

나는 두 눈을 꼭 감은 채로 꼼짝도 할 수 없었다. 아니, 숨조차 내쉴 수 없었다. 가슴이 금방이라도 튀어나올 것처럼 미친 듯이 뛰었다.

혼례를 치르기 전, 궁 안의 나이 든 궁녀가 부부 사이의 일에 대해 가르쳐주었다. 심지어 그보다 더 오래전에 태자 오라버니와 고모의 시녀가 몰래 정을 나누는 장면을 무심코 본 적도 있었다. 그래서 남녀가 정을 나누는 일을 떠올리면 부끄럽기도 하고, 자세한 방법은 몰랐으나 그렇다고 전혀 무지한 것은 아니었다.

그의 얇은 입술이 내 목의 살결 위에서 뜨겁게 달아오르자 온몸이 찌르르 저려왔다. 그의 품에 안겨 있자니 온몸의 힘이 빠져 나른해졌다. 마치 끝없이 넓고 따뜻한 조수(潮水)에 빠져 이따금 떠올랐다가 가라앉기를 반복하며 서서히 떠다니는 것만 같았다.

그의 숨이 점점 거칠어지면서 내 허리를 둘렀던 손이 서서히 위로 올라오더니 긴 손가락이 내 옷자락을 벌렸다. 얇은 비단옷 하나를 사이에 두고 손바닥이 따스하게 덮여왔다. 마치 더할 나위 없이 귀중한 보물을 움켜쥐듯 지극히 가볍고 부드러운 손놀림이었다.

나도 모르게 숨을 몰아쉬며 떨리는 목소리로 그의 이름을 낮게 부르고는, 그와 손가락을 꽉 맞잡았다.

그가 손길을 멈추고 내 몸을 돌리더니, 고개를 들어 그의 눈을 똑바로 쳐다보게 했다. 나는 멍하니 그를 바라보았다. 그의 귀밑머리, 눈매와 눈썹, 입술, 어느 곳 하나 시선을 붙잡지 않는 곳이 없었다. 나는 그의 목에 손을 갖다 댔다. 목울대를 손가락으로 가볍게 긁어보고 칼날처럼 얄팍한 입술을 매만지는데…… 그가 갑자기 팔뚝 안에 나를 눕혔다. 비녀가 떨어지면서 긴 머리가 흩어져 얇은 비단이 밑으로 드리워지듯 그의 팔 위로 깔렸다. 소기는 나를 부드러운 건초 위에 눕히고는 몸을 숙여 흐릿한 눈빛으로 뜨겁게 응시했다.

그의 손길에 옷이 한 겹 한 겹 벗겨져 나갔다. 처녀의 희디흰 몸을 가리던 것이 모두 사라졌다.

화로 속 숯이 작게 탁탁 소리를 냈다. 따사로운 불빛이 비바람이 몰아치는 어두운 밤의 싸늘함을 가로막았다.

3년이나 늦게 첫날밤의 화촉을 밝혔다. 왕부의 호화로운 규방이 아닌 변경의 오두막 안 화롯가였고, 신부 시녀들에게 둘러싸인 게 아니라 자객들의 야습을 받았지만…… 그가 나를 만나고 내가 그를 만났기에 이런 일이 일어난 것이었다. 어쩌면 우리는 거친 파도 속에서 함께 걸어가야 할 운명이었는지도 모른다. 이것이 바로 우리의 숙명이고 우리의 삶이었을지도…….

다시 놓치지 않으리라

밖에서는 여전히 세찬 비바람 소리가 들려왔지만, 숯불이 이 허름한 오두막을 따스하게 데워준 덕분에 안은 봄날처럼 훈훈했다.

나는 가만히 소기의 품에 누워 미동조차 하지 않았다. 그의 가슴 앞에 흩어져 있는 긴 머리카락 중에 땀에 젖은 몇 가닥은 벌거벗은 그의 가슴에 달라붙어, 구릿빛 피부를 어지럽게 덮은 흉터와 한데 엉켰다. 그의 몸에 이토록 오래된 흉터가 많을 줄은 몰랐다. 그중 칼자국 하나는 어깨를 가로질러 거의 등을 관통할 정도였다. 비록 아문 지 오래라서 옅은 흔적만 남았지만, 보고 있자니 가슴이 선뜩했다.

지난 10년간 전장에서 목숨을 건 전투를 얼마나 많이 치르고, 얼마나 많은 사람의 시신을 밟고 나서야 피바다를 헤치고 한 발 한 발 오늘에 이를 수 있었을까……. 그가 10년 동안 홀로 걸어온 그 나날들을 차마 그려볼 엄두가 나지 않았다.

뜨거운 밤을 보내고 나를 안은 채 눈을 감고 누워 있는 그는 마치 깊고 평온하게 잠든 것처럼 보였다. 하지만 눈매는 여전히 매섭고 입은 꾹 다물려 있었다. 칼집에서 꺼낸 장검을 손 옆에 두고 있어, 뭔가 이상한 낌새가 느껴지면 그 즉시 검을 들고 벌떡 일어설 것이었다. 소기는 단 한순간도 긴장을 풀 수 없는 사람이었다. 소기의 평온하게 잠든 얼굴을 한동안 바라보고 있자니, 가슴이 아릿한 가운데 코끝이 살짝 시큰해지는 달콤함이 느껴졌다.

나는 손을 뻗어 그의 미간에 자리한 흉터를 손끝으로 살살 매만졌다. 그는 눈을 감은 채 움직이지 않았으나, 꾹 다물었던 입가가 슬며시 풀어지며 보일 듯 말 듯한 미소를 그렸다. 나는 몸을 앞으로 내밀어 대충 마른 겉옷을 끌어다 그의 맨가슴을 덮었다. 바로 그 순간, 소기가 갑자기 내 허리를 낚아채더니 홀랑 몸을 뒤집어 내 위로 올라탔다.

한 마디 노성이 입 밖으로 터져 나오다가 입술 끝에 걸렸다. 소기가 날카로운 눈빛으로 얼굴을 굳히며 검은 쥔 채 무릎을 꿇고 서서 자신의 몸으로 나를 감쌌다. 나는 숨을 죽인 채 움직이지 않았다. 분명 아무 소리도 들리지 않았지만 어렴풋이 뭔가가 다가오고 있음을 느낄 수 있었다. 소기가 눈빛을 바꾸며 돌연 손목을 떨쳐 검 끝을 기울이니, 시린 빛을 내던 장검이 내는 웅웅거림이 고요한 밤공기를 가르며 나지막이 울렸다.

오두막 밖에서도 똑같은 웅웅거림이 들리더니, 곧바로 낭랑하고 묵직한 사내의 목소리가 들려왔다. "속하가 늦어 왕야를 놀라게 하였으니 죽어 마땅합니다!"

그제야 긴장이 풀렸으나 곧바로 부끄러움이 덮쳐왔다. 서둘러 겉옷을 걸치고 일어나 소기의 옷을 정리해주고 관을 씌워주었다.

소기는 검을 거둬 칼집에 넣으며 담담히 미소 지었다. "훌륭하군. 날로 움직임이 빨라져."

"황공하옵니다." 밖에 있는 사람은 공손히 대답하며, 밖에 머무른 채로 더 가까이 오지 않았다. 어쩐지 목소리가 귀에 익었다.

"자객은 어디로 갔는가?" 소기의 목소리는 차갑고 위엄이 넘쳤다.

"자객은 동쪽 교외에서 저희와 마주쳐 일곱이 죽고 아홉이 부상을 입었으며, 나머지 열둘은 성 밖으로 도주했습니다. 당경(唐競) 장군이 이미 군사들을 이끌고 추격에 나섰으며, 송 장군은 성 전체를 봉쇄하고 수색을 벌이고 있습니다. 속하는 시간을 허비할 수 없어 곧바로 왕야를 맞이하러 달려왔습니다." 차갑고 딱딱한 목소리에 변경 밖 말투가 강하게 섞여 있는 것이…… 변경 밖이라고? 순간 불쑥 떠오르는 것이 있었다.

소기가 문을 열자 비가 섞인 찬바람이 들이쳤다. 갑작스런 추위에 몸서리가 쳐지는데, 빗줄기가 쏟아지는 문밖에 철갑으로 무장한 장수가 고개를 숙인 채 서 있고 그 뒤로 10여 기가 몇 장 밖에 공손히 서서 송진 횃불을 들고 비바람에 몸을 맡긴 채 미동조차 않고 있는 것이 보였다. 송진이 듬뿍 밴 횃불은 바람결에 흔들리며 시커먼 연기를 뿜어내면서도 꺼지지 않고 타올랐다.

뒷짐을 진 채로 검을 들고 서 있는 소기의 모습을 역광으로 보니 오만무례함이 엿보였다.

시위 하나가 공손히 우산을 받쳐 들고 앞으로 다가왔다. 소기는 우산을 건네받고는 미소를 지으며 뒤돌아 내게 손을 내밀었다.

나는 귀밑머리를 쓸어 올리고는 느릿느릿 그의 곁으로 다가가, 그의 손바닥 위에 내 손을 올리고 그를 따라 비바람 속으로 걸어 나갔다. 빗줄기가 쏴쏴 우산을 때리고 차가운 바람에 머리칼이 흩날렸지만, 그의 어깨가 비 내리는 밤의 소슬함을 막고 끊임없이 온기를 보내왔다.

우리가 오두막 밖 공터에 이르자, 그 10여 명의 기병이 동시에 몸을 날려 말에서 내리더니 한쪽 무릎을 꿇고 소기에게 고개를 숙였다. 철그렁철그렁. 서늘한 철갑에서 나는 소리는 비바람 속에서 더 큰 두려움을 자아냈다.

역시나 시위들의 뒤를 따라온 묵교와 경운은 우리를 보자 무척 흥분해서 날뛰었다.

나는 고개를 돌려 철갑을 입은 우람한 체구의 장군을 쳐다보았다. 마침내 그의 얼굴을 똑바로 마주한 순간, 그도 슬쩍 눈을 들어 나를 쳐다보기에 회심의 미소를 보내주었다. 역시 그였다. 역참에서 나를 도와준 회색 옷을 입은 사내였다.

왕부에서 우리의 행적을 가장 잘 아는 이는 옥수와 노씨였다.

왕부로 돌아온 소기는 상황을 아는 하인들을 모조리 잡아 가두고, 시녀와 마부를 비롯해 몇 사람을 하옥하고 심문하라고 명했다.

시위들이 자신을 잡으러 왔는데도 옥수는 한마디도 하지 않았다. 울고 소리치는 대신 고집스럽게 입술만 깨문 채 끌려갔다. 문가에 이르렀을 때, 옥수가 갑자기 고개를 돌려 나를 보았다. 작고 깡마른 몸이 시위들이 잡아끄는 대로 비틀거리면서도 두 눈동자만은 흔들림이 없었다.

"옥수는 왕비 마마를 배신하지 않았어요." 옥수는 조용히 이 말만을 내뱉고는 곧바로 시위들에게 끌려 나갔다.

나는 입술을 앙다문 채 옥수를 응시했다. 점점 더 멀어지는 그녀를 보며 마침내 입을 열었다. "멈춰라."

두 시위가 뒤돌아 멈춰 섰고, 옥수는 바닥에 쓰러져 입술을 깨문 채 처량하고 비통한 눈빛으로 나를 바라봤다. 나는 이 눈빛의 의미를 알고 있었다. 자신이 믿고 우러르던 사람에게 버림받았다는 비통함이자, 내가 전에 느껴본 적이 있는 무력감이었다. 지금 이 순간, 이 여리고 약하면서도 고집 센 계집아이를 보고 있자니 가슴속에 큰 물결이 일었다. 아무런 이유 없이, 나는 그저 이 아이를 믿었다.

"옥수는 아니다." 나는 시위를 돌아보며 담담히 말했다. "놓아줘라."

옥수가 불쑥 고개를 쳐들고는 눈물이 그렁그렁한 눈으로 나를 쳐다봤다. 두 시위는 어찌할 바를 몰라 서로 힐끔거리고만 있었다.

나는 천천히 앞으로 다가가 옥수에게 손을 내밀고는 직접 바닥에서 일으켜 세워줬다. 시위들은 난처한 기색으로 서로 쳐다보고는 어쩔 수 없다는 듯 절을 올리고 물러갔다. 그제야 옥수는 목 놓아 울기 시작하더니 눈물을 닦으면서 내 앞에 무릎을 꿇었다.

나는 옥수를 붙잡고 가볍게 어깨를 토닥이며 부드럽게 말했다. "옥수야, 나는 너를 믿는다."

옥수는 울음을 쏟느라 아무 말도 하지 못했다. 뒤에 있던 시녀들은 모두 고개를 숙인 채 가만히 서서 눈시울을 붉히며 흐느꼈다.

그날 밤, 노씨의 남편인 노 참군이 자신의 집에서 스스로 목숨을 끊었다. 옥중에서 모진 고문을 이기지 못한 노씨가 마침내 자신이 소기의 행적을 노 참군에게 알렸다고 자백했던 것이다. 노씨는 자신의 남편이 협박을 받아 그 자객의 배후에 있는 주모자를 위해 내응했으리라고는 생각지도 못했다.

동쪽 외곽 관도(官道)까지 도망친 자객들은 당경이 이끄는 군사들에게 포위되었다. 그들 자객 중 셋만 살아남고 나머지는 모두 필사적으로 싸우다 목숨을 잃었다.

송회은은 곧바로 영삭성을 봉쇄하고 빈틈없이 수색한 끝에 성남(城南) 상인 무리에 섞여 있던 중년의 문사(文士)를 붙잡았다.

그는 바로 서수를 따라 영삭에 온 감군부사(監軍副使)이자 병부 좌시랑인 두맹이었다.

처음 듣는 이름이 아니었다. 나이는 서른을 넘겼고, 용모가 추하며, 북방 명문 귀족 출신에 글재주가 뛰어날 뿐만 아니라 무예 실력까지 출중한 그는 우상 온종신이 직접 키운 애제자였다. 이토록 뛰어난 재사(才士)가 편협하고 괴팍한 성격과 시의에 맞지 않는 성미 탓에 권세가들과 어울리지 못하고 뭇사람의 웃음거리가 되곤 했다. 당시 명사들은 대부분 명마나 혈통 좋은 망아지, 백학, 명견을 길렀는데 그는 소를 좋아해 집안에 밭갈이 소를 10여 마리나 두었다. 게다가 종종 자신을 소에 빗대, 제 고집이 황소고집이란 뜻으로 스스로를 '우전(牛癲)'이라고 불렀다. 사소한 실수로 그에게 탄핵을 당한 관리가 수두룩했다. 아버지의 면전에서 대든 적도 적지 않았으나, 아버지는 우상의 체면을 생각해 이 별난 사람을 그냥 내버려두었다.

나는 아직도 시커먼 얼굴에 소매가 크고 품이 넓은 두루마기를 입고 늘 노기충천한 모습을 하고 있던 두 시랑을 기억한다. 그러나 그가 우상이 키운 암인(暗人)을 부추겨 조정 중신의 암살을 꾀할 줄은 꿈에도 생각하지 못했다.

암인은 어두운 그림자처럼 신비로운 존재였다. 숙부도 왕씨 가문에 목숨을 걸고 충성하는 암인 무리를 두고 있었다. 그들이 누구인지, 어디에 숨어 있는지 아무도 모르지만, 명령이 떨어지면 그들은 언제라도 그림자처럼 나타나 주인의 명을 수행한다.

어쩌면 강직하고 거리낌 없는 두 시랑이 암인의 우두머리일 수도 있다. 명망 높고 고고한 내 아버지는 황제의 조서를 제멋대로 바꿔 웃전을 기만할 수도 있는 사람이었고, 일세의 영웅 예장왕은 서슴없이 조정에 반기를 들 수 있는 사람이었다. 충의든 간녕(奸佞)이든, 나는 처음으로 이 세상에 절대적 충의와 간녕은 없음을 깨달았다. 결국은 '이긴 자가 왕이 되고 진 자는 역적이 되는 것'이 세상의 이치이리라. 사람은 누구나 피와 살로 된 몸뚱이를 가졌고, 누구나 사리사욕이 있으며, 칼날 아래서는 그 누구의 목숨도 유약하기 그지없다. 예를 들어

지금 두맹의 머리는 영삭성 앞에 걸려 있다.

두맹은 한때 조정에서 유창한 언변을 자랑했고, 암인을 그림자처럼 부렸으며, 평생 충성스럽고 용감하게 살다가 죽음으로써 온종신이 자신을 중용해준 은혜를 갚았다. 그러나 두맹의 그 좋은 머리도 어느 날 칼날 아래 잘릴 때는 사방에 피를 흩뿌릴 따름이었다.

소기는 송회은에게 두맹을 회유하라고 했으나, 두맹이 따르지 않자 더 권하지 않고 그의 목을 자르라 단호히 명했다. 자신을 위해 쓸 수 있다면 크나큰 은혜로 대하되, 자신을 위해 쓸 수 없다면 남은 길은 죽음뿐이었다. 아버지라면 그 재주를 아끼는 마음을 품을 수도 있겠으나 소기는 아니었다. 그는 후방에서 전략을 짜는 권신이자 웃으면서 사람을 죽이고 살릴 수 있는 장수였다. 서수를 죽이고 두맹을 처형한 칼끝은 이제 조정을 향했다. 하란씨를 패퇴시키고 서수가 그 자리에서 죽었으며, 끝까지 자백하지 않는 두맹마저 결국에는 성문 앞에 머리가 내걸렸다.

이어서 아버지의 두 번째 밀서가 당도했다.

경사에 다시 변고가 일어났다고 했다. 우상의 무리가 몸을 사리기는커녕, 형이 집행되는 날 놀랍게도 형장에서 온종신을 구해 가려고 했다는 것이다. 다행히 숙부 수하의 금군이 이들을 물리쳤으나, 황상의 명으로 처형을 감독하던 숙부는 자객에게 부상을 입었다. 온종신은 곧장 감옥으로 압송되었고, 다시금 변고가 생길까 두려워한 고모는 직접 옥사로 가 온종신에게 독주를 내렸다고 했다.

경사의 기괴하고 변화무쌍한 정세는 쌍방이 서로를 용납할 수 없는 지경에 이르렀다. 강남 건녕왕도 이미 칼을 뽑아 들고 조용히 선봉대군을 이동시켰다. 바로 이러한 때에 우상의 무리가 암인을 보내 예장왕을 암살하려고 한 것이다. 이 모든 것은 소기가 군사를 이끌고 남하할 좋은 구실이었다. 영삭 주둔군은 체계적 훈련을 받았고, 군위가 엄격하고 정연했으며, 모든 군수 물자를 갖추고 있었다. 소기는 변경을 지킬 군사 25만을 남겨두고, 사흘 뒤 15만 철기 정예군을 직접 이끌고 경사로 진격할 것이다.

나는 소기를 따라 성루에 올라 삼군(三軍)의 훈련을 사열했다.

소기군의 군위를 처음 보는 것이 아닌데도, 무기를 든 삼군이 일제히 고함을 지르고 말발굽 소리와 함께 사방으로 흙먼지가 피어오르며 지축이 웅웅 흔들리는 장면을 목도하니⋯⋯ 3년 전 조양문 위에서 그러했듯이 다시금 그 막강한 무력에 가슴이 벌벌 떨려왔다. 고개를 돌려 소기의 옆얼굴을 쳐다봤다. 검은 전포(戰袍)에 금사로 수놓인 반룡(蟠龍)이 석양빛에 찬란하게 빛나고 있었다.

지금의 소기는 이미 충분한 힘을 갖췄고 검 끝도 번쩍이는 빛을 발하고 있었다.

영삭의 광활한 하늘과 북방의 사막이 아득하기는 하나 소기의 막강한 무력과 웅대한 포부를 담기에는 부족한 듯했다.

밤이 되자 나는 옥수에게 행장을 꾸리고 대군을 따라 남하할 준비를 하라고 일렀다.

옥수는 처음으로 영삭을 떠나 멀리 가는지라, 군대를 따라 출정하는 것임에도 들뜨고 긴장한 모습이 역력했다.

옥수가 두껍고 무거운 옷가지를 잔뜩 챙긴 것을 보니 절로 웃음이 나왔다. "남쪽으로 갈수록 더 따뜻해진단다. 경사에 가면 두꺼운 옷을 입을 일이 없을 테니 이런 것들은 가져갈 필요가 없어."

그때 뒤에서 소기가 담담히 웃으며 말했다. "모두 가져가시오."

그가 내실로 성큼성큼 들어와 갑옷을 벗기도 전에 시녀들이 황망히 절을 올리고 물러났다.

나는 방긋 웃으며 그를 쳐다봤다. "당신은 모르는군요. 지금 경사에 있었다면 벌써 얇은 비단옷에 예상(霓裳, 무지개같이 아름다운 치마)을 나풀거리고 있을 거예요. 이렇게 투박하고 꼴사나운 옷을 입을 사람이 어디 있어요?"

소기는 말없이 나를 바라보기만 했다. 뭔가 불안한 느낌이 들었다. 그에게 다가가 흉갑을 풀면서 놀렸다. "왕부에 돌아와서도 평상복으로 갈아입지 않으시니, 온몸이 얼음장처럼 식어 있는 것이 참 편하신가 봅니다."

"집이 그리운 모양이군." 내 손을 붙잡은 그의 눈빛이 몹시도 그윽했다. "경사에 한시라도 빨리 돌아가고 싶은 것이오?"

순간 움찔해서 말없이 고개를 돌렸다. 가장 떠올리기 싫은 생각을 그가 한마디로 까발리니 일순 서글퍼져 억지로 웃어 보였다. "어차피 돌아가야 하잖아요. 그러고 보니 영삭을 떠나는 것이 조금 아쉽기는 하네요."

손을 뻗어 내 귀밑머리를 매만지는 그의 눈에 뭔가 편치 않은 기색이 서렸다. "전세가 조금 안정되면 그대를 데리고 경사로 돌아가겠소. 너무 오래 기다리게 하지는 않을 것이오."

가슴이 철렁 내려앉았다. 뒤로 한 발짝 물러나 그를 응시했다. "제가 함께 가는 것을 원치 않으시나요?"

"이번에는 안 되오." 그가 소매에서 서신 한 통을 꺼내 내 앞에 내밀었다. "좌상의 서신이오. 이제 보아도 되오."

어제는 밖에 나갔다 돌아오면 주겠다며 보여주지 않았던, 아버지가 보낸 그 가서였다.

순간 정신이 얼떨하고 가슴이 헛헛해 서신을 건네받고도 뜯어 볼 용기가 나지 않았다.

소기가 남정(南征)을 떠난다는 사실을 알았을 때, 나는 티끌만큼도 주저하지 않았고 전투의 위태로움에 대해서도 생각해본 적이 없었다. 그저 어떤 상황에서도 그와 함께하는 것이 당연하다고 생각했을 뿐이다. 하물며 경사에는 건녕왕 대군이 노리는 내 부모님과 친족들이 있었다. 이처럼 위태로운 때에 왕씨 가문의 여식으로서 나는 마땅히 내 가족과 생사고락을 같이하고 환란을 함께 나눠야 했다. 홀로 안전한 곳에 물러나 있을 수 없었다.

"경사로 돌아가겠어요." 냉랭하게 눈길을 들어 그와 눈을 맞췄다. "나 혼자 이곳에 둘 생각일랑 마세요."

그는 나를 보며 천천히 입을 열었다. "내일 아침, 그대는 낭야군으로 가야 하오."

"낭야요?" 잘못 들은 것인가? 소기는 분명 낭야라고 했다. 어째서 그가 우리 왕씨 가문의 고향을 입에 올리는 것이지?

"장공주께서는 이미 낭야로 떠나셨소." 소기가 가볍게 내 어깨에 손을 올리며 말했다. "당신은 장공주와 함께 가야 하오."

어머니가 지금 낭야로 가고 있다고? 생각지도 못한 소식에 얼이 빠졌다. 어렴풋이 뭔가가 생각나다가도 두려움과 불안함이 덮쳐왔다. 손에 쥔 얇디얇은 서신 한 통이 천근만근 무겁게 느껴졌다.

익숙한 비단 서찰을 뜯어 단숨에 읽어 내려갔다. 손에 힘이 빠지는 바람에 흰 서신이 손에서 빠져나가 한들한들 떨어져 내렸다.

소기는 한마디도 하지 않고 그저 내 어깨를 움켜쥔 채 묵묵히 나를 바라보기만 했다.

편지에 별다른 내용은 없었다. 그저 몸이 좀 불편한 어머니가 요양차 경사를 떠나 서고고와 함께 낭야로 향했으며, 먼 길을 홀로 가야 하는 어머니가 나를 몹시 그리워하니 어머니 곁을 지켜주기를 바란다는 내용이었다.

나는 손에 얼굴을 묻었다. 착잡한 심정과는 별개로 눈 녹은 물에 담갔다 꺼낸 것처럼 의문 한 점 없이 분명히 알 수 있었다.

어머니, 가엾은 내 어머니……. 이 일촉즉발의 상황에서 내 어머니의 처지를 신경 쓰는 사람이 아무도 없다니…… 딸인 나조차 어머니의 입장 따위는 까맣게 잊어버렸다. 사실 고관대작 가문의 규중 아녀자를 신경 쓸 자가 어디 있겠나. 이름조차 사람들의 기억에서 흐릿해진 지금, 어머니에게 남은 것은 장공주라는 존칭, 그도 아니면 좌상 진국공 부인이라는 신분뿐이었다.

궁 안에 연금된 그 연약한 천자는 비단 황상이 아니라 어머니의 피붙이였다. 어머니의 시가에 권위와 존엄을 빼앗긴 황실은 어머니가 자랑으로 여기는 가족이었다. 어머니는 황상의 하나뿐인 누이인 진민장공주였고, 그 몸속에는 황실의 고귀한 피가 흐르고 있었다. 어머니가 지금 같은 시기에 도피를 택했을 리는 없다. 어머니는 유약하고 선량하나 결코 나약하지 않았다.

그러니 작금의 낭야행은 누군가가 강제로 보낸 것이 분명했다. 아버지다. 어머니가 시가와 친족의 반목을 보지 못하게 하려고 억지로 멀리 보내버린 것이다.

그런 아버지를 인자하다 해야 할까, 아니면 잔인하다 해야 할까?

어머니가 몸이 불편하고 나를 몹시 그리워한다고 한 아버지의 말씀을 떠올리니 가슴이 무너져 내릴 것 같았다. 그 슬픔을 더는 참을 수 없어 뒤돌아 소기의 품에 안겨 눈물을 쏟았다.

나에게는 소기의 품이라도 있지만, 지금 이 순간 가여운 내 어머니 곁에는 피붙이 하나 없었다. 그저 서고고만이 외로운 어머니와 함께

할 뿐이었다.

소기는 내 등을 가볍게 토닥이기만 할 뿐, 슬픔에 찬 내 흐느낌을 막지 않았다. 그렇게 내가 그의 가슴에 깊숙이 얼굴을 묻은 채 눈물로 그의 옷깃을 적시도록 내버려두었다.

한참 뒤에야 소기가 부드러운 목소리로 탄식했다. "더 강해지시오. 그대 어머니를 뵈었을 때도 이처럼 울어서는 아니 될 것이오."

나는 목이 메어 그저 고개만 끄덕였다. 소기는 내 얼굴을 받쳐 들더니, 평소처럼 따스하고 부드럽게 위로하는 대신 내 양 어깨를 꽉 쥐고 단호한 어조로 말했다. "이곳에서는 내가 당신의 의지가 될 수 있으나, 낭야에 가면 당신이 다른 사람의 의지가 되어야 하오!"

"네, 알겠어요." 나는 애써 눈물을 참고는 입술을 깨물며 고개를 들었다. "내일 바로 길을 나설게요."

서로의 눈빛이 얽히고 한동안 정적이 흘렀다. 냉담하고 의연하던 소기의 눈빛이 점점 풀리면서 안타까움이 서렸다. 그리고 그보다 더 깊은 애정도 담겼다.

어제 그는 내가 편지를 뜯지 못하게 하고는, 시급한 군무까지 뒤로 미룬 채 미복 차림으로 변경 밖 초원으로 데려가 내가 영삭에 온 이래 가장 즐거운 하루를 보내게 해주었다. 사실 어제는 내 인생에서 가장 즐겁고 잊을 수 없는 하루이기도 했다.

그는 내일이면 이별해야 함을 알고 있었다. 그저 내가 하루 더 상심하는 것을 원치 않았을 뿐이다.

이별. 또 이별이다. 자담이 멀리 황릉으로 향할 때는 남은 날들이 모두 무채색으로 변한 것만 같았고, 그를 배웅하러 나가지도 못했다. 그러나 이번은 달랐다. 나는 이것이 그와 다시 만나기 위한 이별일 뿐이라고 스스로 되뇌었다. 혼례식 날 그렇게 떠난 것이 오히려 전화위

복이 되어, 이렇게 늦게 만난 것을 한탄하게 되었듯이 말이다.

붉은 촛불이 활활 타오르고 밤은 이미 깊었지만, 그와 한 마디라도 더 나누고 싶고 그의 얼굴을 한 번이라도 더 보고 싶었다. 하지만 소기는 억지로 나를 안아다 침상에 눕히고는 편히 자라고 재촉했다. 하는 수 없이 눈을 감기는 했으나 그의 옷소매를 꽉 잡고 놓아주지 않았다.

"금방 돌아오겠소." 그가 내 관자놀이에 다정하게 입 맞추며 아쉬움이 가득한 목소리로 말했다. "회은이 아직 서청(西廳)에서 기다리고 있소. 그를 보내고 나서 바로 오겠소."

나는 눈을 내리깔고 입을 꾹 다문 채 손가락으로 그의 옷깃에 수놓인 반룡 문양을 가볍게 덧그리고는 버럭 성을 냈다. "짐스러운 내가 없어지기만 학수고대하고 있죠!"

그가 나직이 웃었다. "당신처럼 사나운 여인은 전장에서 선봉에 서고도 남을인데 어찌 짐스러울 수 있겠소?"

나는 노기가 치솟아 그의 팔을 힘껏 꼬집었다. 소기는 내 손가락을 꽉 붙잡고는 거칠게 입을 맞췄다.

나는 베개에 엎드린 채 방금 전 거의 정신을 놓을 만큼 홀린 모습으로 가쁜 숨을 몰아쉬던 소기의 모습을 떠올렸다. 나도 모르게 키득키득 웃음이 나왔다. 그는 꼴사나운 모습으로 억지로 몸을 일으켜 황급히 떠나기 전, 내 귓가에 대고 성을 냈다. "이따가 가만두지 않겠소!"

문득 두 뺨이 화르르 달아올랐다. 불현듯 어젯밤 오두막에서 있었던 일을 떠올리니 뺨에 불이라도 붙은 듯 열이 올랐다.

베개 위에서 한참을 뒤척거려도 잠이 오지 않아 몸을 일으켰다가 탁자 앞 자수틀에 놓인 겉옷을 발견했다. 바느질이 끝나지 않은 그 옷을 보자 절로 한숨이 나왔다. 나는 어려서부터 여인네들의 일을 멀리

했다. 내 평생 바느질 따위를 할 일은 없다고 생각했다. 어머니의 강압에 못 이겨 배우기는 배웠으나 솜씨를 논하기도 부끄러운 수준이었다. 그날은 어떤 연유에선지 옥수가 낸 유치한 꾀에 귀가 솔깃해, 덜컥 옷감을 가져다 바느질을 시작해버렸다. 비록 거의 옥수가 다 만들었고 나는 옷섶과 옷깃의 문양만 수놓으면 되었지만, 그렇게 복잡한 반룡 문양을 수놓으려면 얼마나 자수틀을 붙잡고 있어야 할지 모를 일이었다.

나는 반쯤 수놓인 겉옷을 들어 한동안 멍하니 보고만 있다가, 다시 옷을 걸치고 등불을 밝히고는 한 땀 한 땀 수를 놓기 시작했다.

경루(更漏, 밤 동안의 시간을 알리는 물시계)의 소리가 들렸다. 어느 틈에 사경(四更)이 지난 것이다. 소기는 아직 돌아오지 않았으나 쏟아지는 졸음을 막을 길이 없었다. 베개에 엎어져 잠시 쉬었다가 다시 수를 놓아야지 하고 생각하다가 그만…….

흐릿한 의식 너머로 누군가 내 손에 들린 겉옷을 가져가는 것이 느껴졌다. 다급한 마음에 번뜩 정신을 차리니 눈앞에 소기가 있었다.

소기는 내가 깨어난 것을 보고, 그 겉옷을 빼앗아 보지도 않고 내던지더니 벌컥 성을 냈다. "편히 쉬라 했더니 또 무슨 말썽을 피우고 있는 것이오!"

나는 잠시 넋이 나가 있다가 용의 발 한쪽이 덜 수놓인 그 겉옷이 바닥에 내팽개쳐진 것을 보고 냅다 소리를 질렀다. "주워요!"

나는 두루마기를 가리키며 소리쳤다. "내가 밤새 수놓은 것을 함부로 바닥에 내던지다니, 앞으로 다시는 당신에게 옷을 지어주지 않을 거예요!"

"내 옷이라니……." 소기는 아연한 표정으로 고분고분 몸을 숙여 옷을 집어 들고는, 탁탁 털어서 펼쳐 보더니 멍하니 서 있기만 했다.

300

그 모습이 너무 웃겨 손에 집히는 대로 자수 베개 하나를 들어 그에게 던지면서 소리쳤다. "어쨌든 당신이 싫다니 그만둘래요."

그는 그저 웃으며 두루마기를 꼼꼼히 접어 베개 옆에 내려놓고는 정색을 하고 말했다. "그만둬도 상관없소. 이대로 입고 나가, 우리 아무가 수놓은 세 발 달린 반룡을 사람들에게 구경시켜주면 될 터이니."

나는 어이가 없어 그를 때리려고 손을 번쩍 들었다. 하지만 그는 웃으며 나를 끌어안고는 베개 위에 넘어뜨렸다. 그렇게…… 은구(銀鉤, 휘장을 거는 은으로 만든 고리)가 흔들리며 흰 휘장이 안개처럼 흩어져 내렸다.

휘장 밖에서 아침놀이 변경의 푸른 하늘을 밝혀왔다.

새벽에 일어나 내 손으로 소기의 의관을 정리해주었다. 소기의 키가 너무 큰 탓에 까치발을 딛고 나서야 속발관(束髮冠, 상투를 틀어 씌우는 관)을 씌울 수 있었다. 그는 내 허리를 휘감으며 나직이 웃었다. "당신과 혼인할 때는 아직 어린아이인 줄만 알았는데……."

뜻밖의 말에 멈칫한 나는 어쩐지 눈시울이 붉어져 탄식했다. "눈 깜짝할 사이 3년이 흘러 그때의 어린 계집아이도 어른이 되었죠."

"이번에는 너무 오래 기다리게 하지 않으리다." 그는 나를 꽉 끌어안으며 말을 이었다. "절벽 위에서 생사의 갈림길에 섰을 때도 그대와 나, 둘이서 함께 헤쳐 나왔소. 앞으로도 그대와 생사고락을 함께할 것이오. 아무, 잊지 마시오. 그날 그러했듯이, 평생 그리할 것이오."

그와 시선을 마주했다. 그의 눈빛은 마치 내 생의 모든 기쁨과 슬픔을 받아들이는 듯했다.

나는 웃으며 힘껏 고개를 끄덕이고는 아무 말도 하지 않았다. 그저 이별의 순간에 눈물을 보이지 않으려고 애썼다.

'그날 그러했듯이, 평생 그리할 것이오.' 이 순간 내 가슴에 새겨진

이 담담한 말은 평생 지워지지 않을 것이다.

소기는 자신의 심복인 송회은 장군을 보내 나를 낭야까지 호위하게 했다.

왕부를 나서면서 결코 걸음을 멈추고 뒤돌아보지도, 소기의 배웅을 받지도 않았다.

마차에 오르자 호위대가 길에 대열을 맞춰 섰다. 말이 질주하면서 길옆의 풍경이 뒤로 휙휙 멀어져갔다.

그제야 뒤를 돌아보며 하염없이 눈물을 흘렸다.

영삭에 오게 된 것은 내가 바라서가 아니었고, 이번에도 내 뜻과 상관없이 서둘러 영삭을 떠나야 했다.

올 때는 혈혈단신으로 생사를 알 수 없었으나, 떠나는 지금은 더이상 외롭거나 두렵지 않았다.

순식간에 3년이 흐르는 동안 내 운명도 오르내림을 거듭했으나, 먼 길을 돌아 결국에는 운명의 상대와 조우했다.

그는 아직 그곳에 있고 나도 아직 이곳에 있으나 서로 피한 적이 없으며, 다시는 서로를 놓치지 않을 것이다.

2부

황궁,

뒤집어지다

함정

5월, 경사에 있는 황상의 병세가 깊다. 태자가 대신 국사를 돌보고, 황후와 좌상이 태자를 보좌한다.

강남 건녕왕은 황실이 몰락하고 황권이 외척의 손에 떨어졌다며 뭇 왕들을 모은다. 함께 군사를 일으켜 근왕군(勤王軍)을 이끌고, 권력을 장악한 외척을 토벌하러 향한다. 이때 군대를 이끌고 남하한 예장왕 소기는 황후의 명을 받들어 '군주(君主) 주변의 간신을 없애기' 위해 강남 반군에 맞서 경사를 지킨다.

건녕왕이 10만 대군을 이끌고 북상하자 강남의 왕들이 잇달아 동참하니, 어느새 근왕군은 20만 대군을 헤아리게 된다.

예장왕은 안으로 반군에 맞서는 한편, 밖으로는 돌궐이 내란을 틈타 침범하지 않도록 진원장군(鎭遠將軍) 당경과 25만 대군을 영삭에 남겨둔 채 직접 철기군 15만을 이끌고 남하한다.

낭야까지는 길이 멀었다. 가능한 한 빨리 휘주를 지나친 다음, 동쪽에 있는 낭야로 향해야 했다.

휘주는 남북의 요충지로, 녹령관(鹿嶺關) 아래 강나루를 지키고 있다. 일단 장하를 건너 서남쪽으로 임양관을 나서면 별다른 어려움 없이 경사 근처에 이를 수 있고, 임양관에서 남쪽으로 초주(礎州)를 지나 다시 창수(滄水)를 건너면 강남에 이르게 된다.

동해에 있는 낭야에 이르려면, 강을 건너고 나서도 동쪽으로 세 개 군을 지나야 한다. 동쪽 귀퉁이에 자리한 낭야는 산수가 아름답고 들판이 비옥하며 바다와 가깝다. 또한 예(禮)와 문(文)을 숭상하여 예로부터 전쟁이 없는 귀한 땅이자 왕씨 가문의 토대가 된 곳이다.

쉬지도 않고 며칠 밤낮을 달린 끝에 저녁 무렵 영란관(永闌關)에 당도했다.

풍경이 점점 더 눈에 익었다. 영란관을 지나면 내가 3년이나 홀로 생활한 휘주가 나온다.

서쪽 하늘에 노을이 질 시각, 성까지는 아직도 10여 리나 남았으나 사람이고 말이고 지칠 대로 지쳐 더 이상 움직일 수가 없었다. 하여 마차를 들판에 있는 호숫가에 세웠다. 잠시 쉬며 정비한 뒤에 다시금 길을 재촉해야 어둠이 내리기 전에 휘주에 도착할 수 있을 터였다.

혼곤히 마차에 기대 있는데 온몸이 쑤시고 아팠다. 차라리 걷는 편이 나을 것 같았다. 마차에서 내려 옥수를 데리고 호수 쪽으로 걸음을 옮겼다.

둥그스름하던 옥수의 얼굴은 요 며칠 정신없이 달리는 마차에 시달린 데다 내 일상까지 돌보느라 어느새 살짝 갸름해졌다.

옥수의 얼굴을 보고 있자니 점점 더 안쓰러워져 웃으며 말했다. "휘주성에 당도하면 하룻밤 푹 쉴 수 있을 거야. 내가 머물던 행관(行館)에 좋은 술이 많이 남아 있으니, 오늘 밤 송 장군을 청해 함께 술을 마시자꾸나."

아직 어린아이처럼 순수한 옥수는 '좋은 술'이라는 말을 듣자마자 얼굴이 활짝 폈다. "왕비 마마께 감사드립니다. 소인, 지금 바로 가서 송 장군께 말씀을 전하겠습니다!"

"소장, 영광입니다." 느닷없이 뒤에서 들려오는 사내의 목소리에 깜짝 놀라 돌아보니, 송회은이 서 있었다.

"아, 어찌 장군도 여기 계십니까?" 옥수가 가슴을 토닥이며 온 뺨을 붉게 물들였다. 갑자기 나타난 송 장군 때문에 크게 놀란 모양이었다.

이 젊은 장군은 늘 그랬던 것처럼 정중하고 엄숙한 태도로 내게서 다섯 걸음 떨어진 곳에 칼을 들고 서 있었다. 그가 몸을 숙이며 말했다. "이곳은 황량하고 외진 곳입니다. 소장은 왕비 마마를 무사히 모시라는 명을 받았기에 감히 왕비 마마에게서 떨어질 수 없습니다."

나는 부드럽게 웃으며 말했다. "송 장군께서 오는 내내 고생하신데 감지덕지할 따름입니다."

그 말에 송회은은 잠시 거북한 기색을 보이다가 다시 숙연한 태도로 말했다. "여기서 성까지는 10여 리밖에 되지 않습니다. 이곳에 오래 머무는 것은 좋지 않으며, 서둘러 성으로 향하는 것이 옳을 것으로 사료됩니다."

나는 먼 곳에서 자리에 앉아 쉬고 있는 병사들을 돌아봤다. 그중에는 바쁘게 말을 먹이는 사람도 있었다. 마차를 타고 온 나도 이리 지치는데 저들은 얼마나 고될지…… 나는 낮게 탄식했다. "병사들이 너무 고생하는군요. 얼마 남지도 않았는데 지금 길을 서두르느니 좀 더 쉬게 하는 편이 좋겠어요."

그러나 송회은은 뜻을 굽히지 않았다. "저희는 명을 받잡고 왕비 마마를 호위하는 중입니다. 그저 왕비 마마께서 무탈하게 낭야에 이르기만을 바랄 뿐, 어찌 고생을 입에 올리겠습니까!"

나도 모르게 웃음을 터뜨렸다. 우스울 정도로 고집스러운 그와 더 입씨름을 하고 있을 수가 없어 내가 한발 물러나기로 했다. "좋아요.

그럼 출발하죠."

어둠이 점점 짙어지고 있었다. 호수 위에 인 바람이 들판 너머로 울창하게 우거진 숲을 스쳐 지나가며 쏴쏴 소리를 남겼다.

옥수가 황급히 참새 깃털로 만든 피풍을 내 어깨에 걸쳤다.

이 순간, 줄곧 말없이 우리 뒤를 따르던 송회은이 불쑥 말을 꺼냈다. "밤공기가 서늘하고 길이 험하니 왕비께서는 보중하십시오."

나는 그 자리에 우뚝 섰다. 가슴이 살짝 울렁거렸다.

나는 고개를 돌려 한 줄기 남은 저녁놀에 비친 그를 쳐다봤다. 훤칠하고 용맹하면서도 온화하고 예의 바른 이 젊은 장군은 처음부터 이상하게도 친근했다. 영삭에서는 잠깐씩 얼굴을 몇 번 보았을 뿐이고 요 며칠은 길을 재촉하느라 그의 생김새를 자세히 볼 겨를이 없었다. 그런데 이렇게 자세히 들여다보니 준수한 용모가 어딘지 낯이 익었다.

특히 의아한 것은 방금 전 그가 한 말이었다. 꼭 어디선가 들어본 적이 있는 듯했다.

내가 발을 멈추자, 송회은이 마치 강적을 마주한 듯 점점 얼굴을 굳히며 말없이 고개를 숙였다.

나는 눈썹을 올리며 웃고는 말투를 늘이며 물었다. "송 장군, 무척 낯이 익네요?"

그가 번쩍 고개를 들며 타는 듯한 눈빛으로 나를 응시했다. 그 눈빛이 기억 속에서 스쳐 지나갔다. 아주 오래전에도 누군가가 이 같은 눈빛으로 나를 본 적이 있는 것만 같은데…….

"당신이군요?" 내가 불쑥 소리쳤다. "대례를 치른 날 밤, 내 신방에 들이닥쳤던 사람이 바로 당신이군요?"

송회은은 단번에 두 뺨을 붉히고 기이한 눈빛을 번뜩이며 뭔가 말을 하려는 듯하다가 다시 입을 다물었다.

옥수는 영문을 모르겠다는 표정으로 우리를 쳐다봤고, 나는 깔깔
깔 웃음을 터뜨렸다. "이제 보니 당신이었어요."

송회은은 고개를 숙이고 잠시 잠자코 있더니, 결국 얼굴을 붉힌 채
로 미소를 지었다. "예, 바로 접니다. 그날 왕비께 큰 무례를 저질렀습
니다. 부디 용서해주시기 바랍니다."

한순간 감격이 휘몰아치며 내 인생을 송두리째 바꾼 그날 밤이 떠
올랐다. 혼례식장 앞에 서 있던, 그 젊고 혈기 왕성하며 안하무인이던
젊은 장수는 면전에서 호된 꾸지람을 듣고 바닥에 꿇어앉아 고개도
들지 못했더랬다. 그때는 소기가 몹시도 증오스러워 연유도 묻지 않
고 그의 부하에게 화풀이를 했었다. 뜻밖에도 오늘에 이르러 다시 예
전에 본 사람을 만나니, 지난 일과 그때의 감정이 떠올랐다.

"그날은 내가 결례를 범했어요. 오해 때문에 괜히 장군을 탓했습니
다." 고개를 기울이며 웃고는 다시금 이 과묵하고 근엄한 젊은 장군
을 쳐다보니 훨씬 친근하게 느껴졌다. 그러나 그는 갈수록 더 어색해
하며 고개를 들어 나를 쳐다보지도 못했다. "과한 말씀, 거두어주십시
오. 소장, 송구할 따름입니다."

그때 갑자기 옥수가 입을 가리며 웃음을 터뜨렸다. 그 웃음에 송회
은은 귀밑까지 새빨갛게 달아올랐다.

아직도 부끄럼을 타는 젊은이였다. 군대에서 오랜 시간을 보낸 탓
에 여인과 대화를 나누는 게 익숙하지 않은 것이었다.

나는 웃음을 꾹 참으며 정색했다. "왕야께서는 이미 군대를 이끌고
남하하셨겠군요. 지금쯤 어디에 이르셨을까요? 건녕왕의 선봉은 벌
써 창수를 건넜을 터인데 초주가 얼마나 더 버틸 수 있을지……."

송회은이 침음을 삼켰다. "왕야께서 거병하여 남하한다는 소식이

이미 북방 육진에 전해졌습니다. 북방은 중원에서 멀리 떨어져 있고 전란 탓에 고초를 많이 겪었으나, 요 몇 년 왕야께서 국경을 굳게 지킨 덕에 백성들은 편안히 지낼 수 있었습니다. 하여 북방 육진은 왕야를 신명처럼 모시고 조정보다 더 떠받듭니다. 이번에 왕야께서 거병하시니 각 주의 군수들이 모두 왕야를 따르고 모두가 성문을 활짝 열고 군량과 마초를 갖춘 채 대군이 오기를 삼가 기다리고 있습니다. 일단 휘주를 지나면 순조롭게 강을 건널 수 있습니다. 왕야는 매우 신속히 행군하시니 틀림없이 건녕왕보다 먼저 임양관에 당도하실 겁니다."

나는 미소를 지으며 고개를 끄덕였다. "휘주 자사 오겸은 내 아버지의 문하입니다. 그가 온 힘을 다해 거든다면 대군이 강을 건너는 것도 손바닥 뒤집듯 쉬울 거예요."

휘주성 밖에 당도했을 때는 이미 야심한 시각이었다.

송회은이 미리 사람을 보내 휘주 자사에게 알렸기에, 야심한 시각임에도 성문 위에 등불이 환히 밝혀져 있었다. 오겸은 휘주의 대소 관원들을 이끌고 성문을 나와 성대하고 정중하게 우리를 맞고는, 더할 나위 없이 극진하게 성안으로 안내했다.

나는 가만히 마차 안에 앉아 있었다. 발 사이로 보이는 풍경과 얼굴들은 여전했다. 그러나 지금의 나는 그 전의 담박하고 퇴폐적이던 기분을 완전히 떨쳐내고 전혀 딴사람이 되었다. 술에 절어 가무를 즐기고 풍경이나 감상하던 시절은 이미 먼 옛날이 되었다. 문득 금아가 떠올랐다. 금아는 지금 어디 있을까? 또 행관은 어찌 변했을까? 아직도 잊지 않고 정원의 해당화를 보살펴주는 사람이 있을까……

성문 안으로 들어선 마차는 시정으로 들어가지 않고 곧바로 관도를 나와 성 서쪽으로 향했다. 어렴풋이 역관으로 가는 길이 보였다.

뭔가 이상한 생각이 들어 마차를 세운 뒤 오겸을 불러 물었다. "왜 성안으로 가지 않습니까?"

오겸이 황급히 몸을 숙이며 미소를 지었다. "오는 길에 고생한 병사들을 위해 제가 역관에 술자리를 마련하였습니다. 먼저 송 장군과 병사들의 자리를 봐준 다음, 제가 직접 왕비를 행관까지 모시겠습니다. 길도 성 서쪽에서 행관에 이르는 길이 더 가깝습니다."

송회은이 곧바로 미간을 구기며 말했다. "소장은 왕비께서 계실 곳까지 따라갈 것이오. 왕비 마마 곁에서 한시도 떨어질 수 없소."

오겸이 멋쩍은 듯 웃었다. "장군께서 모르시는 바가 있습니다. 성 외곽의 행관은 예전에 왕비께서 머무르시던 곳으로, 다른 사람이 머무르기에 마땅하지 않습니다."

말인즉슨 송회은이 나를 따라 행관으로 가는 것은 예의에 어긋난다는 뜻이었다. 아니나 다를까 그 말에 송회은은 멈칫했다.

늘 순종적이고 자신을 낮추던 오겸이 오늘따라 이상하게 고집을 부리며 내 사람의 말을 되받아치기까지 했다.

점점 더 기분이 찜찜해져 곁눈으로 담담히 쳐다보다가 아무렇지도 않게 말했다. "오 대인의 성의를 따르지요. 마침 나도 대인과 송 장군을 행관으로 청해 숨겨둔 미주를 맛보여드리려 했습니다."

"왕비 마마의 후의에 감사드립니다!" 오겸이 굽실거리며 턱 아래 긴 수염이 떨리도록 웃고는 더욱 공손하게 말했다. "다만 이토록 많은 시위가 따르면 번잡할 수밖에 없는지라…… 왕비께서 편히 쉬시는데 방해가 되면 제가 왕야께 드릴 말씀이 없습니다."

오겸이 거듭 고집을 부렸다. 이 말은 나를 시위들과 떨어뜨리려는 뜻이 분명했다. 문득 가슴이 섬뜩해 송회은에게 시선을 던졌다.

그런데 송회은은 검을 들고 웃더니, 남들이 눈치채지 못하게 나와 눈빛을 나눈 뒤 큰 소리로 말했다. "별말씀을 다 하십니다. 왕비께서는 그저 고생하는 형제들을 아끼시는 마음에 연회를 베풀어 모두 함께 즐기고자 하실 뿐입니다. 이후의 잠자리에 대해서는, 객이야 자연히 주인께서 마련하신 대로 따를 뿐이지요."

"하지만 그것이……." 오겸이 머뭇머뭇 말을 이었다. "역관에 이미 술자리를 마련해두었는데……."

"휘주를 떠난 지 오래되어 성안의 번화한 모습이 몹시도 그립습니다." 나는 일부러 떠보며 두 사람을 향해 웃어 보였다. "하룻밤 쉬었다가 날이 밝는 대로 또 길을 나서야 하니, 지금 성안으로 들어가 송 장군에게도 훤히 불 밝혀진 우리 휘주의 술집을 보여주는 것이 좋을 듯합니다. 영삭보다 훨씬 더 시끌벅적하답니다."

허리를 숙이며 웃는 송회은과 눈이 마주칠 때 뭔가 통하는 것이 느껴졌다.

오겸이 일그러지는 표정을 감추지 못하며 억지웃음을 지었다. "왕비께서 고된 여정에 시달리셨으니 일찍 행관에 돌아가 쉬시지요."

"못 본 새 오 대인께서 많이 인색해지신 듯합니다." 나는 눈을 돌려 오겸을 향해 빙그레 웃으며 말했다. "나는 그저 성안을 거쳐 가려는 것뿐, 백성들을 번거롭게 하려는 것이 아닙니다. 이마저도 아니 된다는 말씀입니까?"

이에 오겸은 황망히 거듭 용서를 구했으나 그 눈빛은 시시각각 다른 말을 하고 있었다.

다시금 눈빛을 나눈 우리 두 사람은 이미 심상찮은 낌새를 눈치챘다.

손바닥에 축축한 땀이 배어났다. 어찌 이리 어리석단 말인가! 아버지의 문하라 하여 티끌만큼도 의심하지 않고 가벼이 믿다니…….

휘주에 변이 생겨 오겸이 다른 마음을 품었다면, 이미 그가 쳐놓은 함정에 걸어 들어왔으니 돌아가기에는 늦은 셈이었다.

아마 역참이고 행관이고 진즉에 병사들을 매복시켜두었을 것이다. 용맹하고 싸움에 능한 정예군이더라도 겨우 5백으로 휘주를 지키는 1만 군사를 상대할 수는 없었다.

다만 오겸이 배신하고 손을 쓸 생각이라면, 우리가 성안으로 들어가야 그 기회가 생길 것이다. 오겸은 성정이 몹시 신중하고 조심스러운 데다 우리에 대해서도 꺼리는 마음이 있었다. 어찌 됐든 나는 황실의 군주였고, 나를 지키는 5백 정예군도 예장왕을 따라 남북으로 종횡무진하며 전장을 누빈 용맹한 병사들이었으니 말이다.

오겸은 만반의 준비를 갖춰둔 곳에 이르기 전에는 본색을 드러내지 않을 터였다.

찰나의 순간 나는 나대로 이런저런 생각이 머릿속을 스쳤고, 오겸은 오겸대로 말없이 침음을 삼켰다.

"왕비께 이러한 아취(雅趣)가 있으시다니 응당 받들어야지요." 어두워진 오겸의 얼굴에 다시금 겸손한 미소가 떠올랐다. "왕비 마마, 가시지요."

순간 위태롭게 매달려 있던 가슴속의 돌덩이가 내려앉았다. 한시름 놓은 나는 송회은을 향해 고개를 끄덕이며 웃고는 뒤돌아 마차에 올랐다.

마차와 수행원들은 모두 방향을 틀어 성안으로 향했다.

발을 걷어 올려 성루를 돌아보니, 대낮처럼 환히 밝혀진 등불 아래로 순시를 도는 병사들의 모습이 희미하게 보였다.

행관으로 가는 길에 본 거리는 예나 다름없는 모습이었다. 하지만 마치 잔잔한 수면 아래로 기이한 것이 흐르는 듯, 자꾸만 뭔가 께름칙

한 느낌이 들었다. 원래 오겸이 데려온 친위 의장대는 백여 명 남짓에 불과했다. 그런데 마차가 성안의 관도로 향하고 나자, 오겸은 성안에 사람이 많고 어수선하므로 나를 안전하게 호위하기 위해 필요하다며 급히 대대(大隊)의 군사를 불러왔다.

매우 그럴싸한 이유였으나 그 말에 께름칙한 기분만 더 심해졌다. 느슨하던 휘주군의 기율을 감안했을 때, 사전에 준비해두지 않았다면 이토록 빨리 군사들을 불러올 수 없었을 것이다. 갑옷과 투구를 제대로 갖춘 군사들의 모습을 보니 일찌감치 무장하고 명을 기다리고 있었음이 분명했다. 오겸이 송회은과 다른 호위들을 먼저 역참으로 보내려고 애쓴 것도 유인책이 분명했다. 사전에 짜놓은 계략이 물거품이 되자 다시 군사들을 불러 모은 것이다. 아마 이 시각 행관에도 우리를 일망타진하기 위한 음모가 도사리고 있으리라 짐작되었다.

나는 주먹을 움켜쥐었다. 가슴이 터질 듯 쿵쾅거리고 온몸에 식은 땀이 흘렀다.

오라버니는 항상 말하길, 내가 기지가 넘치고 교활하다며 총명하고 약았다는 뜻의 '현(儇)'이라는 이름을 저버리지 않는다고 했다. 그러나 정말로 임기응변이 필요한 순간에 이르니 마음이 급해질수록 머리가 멍해졌다. 할 수만 있다면 머릿속에 든 꾀를 모조리 쥐어짜내고 싶었다. 중과부적인 데다 오겸이 만전의 태세까지 갖춰 기다리고 있었기 때문에 우리는 이미 불리한 상황에 빠져버렸다.

예전에 궁궐 화원에서 토끼 사냥을 할 때, 사납고 교활한 토끼가 매의 경계심을 풀기 위해 죽은 척하는 것을 본 적이 있다. 그러다 토끼가 무방비한 매를 있는 힘껏 걷어차면, 느닷없이 걷어차인 매는 대개 부상을 입었고 그 틈에 토끼는 달아나버렸다. 아버지는 약자가 강자를 이기고 적은 수로 많은 적을 상대하려면 어렵사리 겨우 이기는 수밖에 없다고 했다.

승부는 찰나에 나는 법, 이기면 살 것이요, 지면 죽을 것이다.

발 너머로 보이는 등불이 점점 더 많아졌다. 번화한 시정에 가까워진 것이 분명했다. 아무것도 모르는 거리의 백성들은 화려한 마차와 웅장한 의장대를 보고 피하기는커녕 앞다투어 몰려들어 구경했다. 마침 밤이 내린 휘주에서 가장 시끌벅적할 시간이었기에 거리의 주막은 사람들로 북적였다. 순간 뭔가가 퍼뜩 떠올랐다!

도망쳐서 숨으려면 인파 사이로 도망치는 것이 가장 쉬울 터였다.

불쑥 떠오른 생각에 나조차 깜짝 놀랐다.

점점 급해지는 말발굽 소리가 가슴 안에서도 울리는 듯 심장이 쿵쿵거리고 식은땀에 옷이 젖어들었다.

이것은 내가 생각할 수 있는 유일한 살길이었다. 설령 참혹한 대가를 치르더라도 선택의 여지가 없었다.

"멈추시오!" 갑자기 발 너머에서 옥수가 낭랑한 목소리로 마차를 세웠다.

바짝 긴장하고 있는데 옥수가 크게 외쳤다. "왕비께서 갑자기 몸이 불편하시다 하니 마차를 천천히 몰도록 하시오."

이 계집아이가 무슨 짓을 꾸미는가 싶어 미간을 찌푸리며 몸을 일으키는데, 옥수가 발을 반쯤 들어 올리더니 영리하게도 몸을 들이밀고는 나에게 눈을 깜빡이며 큰 소리로 외쳤다. "왕비 마마, 좀 어떠세요? 괜찮으신가요?"

나는 곧바로 옥수의 뜻을 알아차리고 목소리를 높였다. "머리가 좀 아프구나. 마차 속도를 늦추라고 해라."

"송 장군이 말씀을 전하라 했는데……." 옥수가 다급히 목소리를 낮추고는, 발을 반쯤 내리고 몸을 기울여 밖에서 안이 보이지 않게 가렸다. "잠시 뒤 사람이 많은 곳에서 기회를 봐 포위를 뚫을 것이니 놀라지 마시라 하였습니다."

이런, 그와 내가 같은 생각을 하고 있었을 줄이야! 옥수의 말이 놀라운 한편 기뻐, 가슴이 소란스레 울리고 뭔가로 꽉 조이는 듯 지끈거렸다.

"송 장군에게 포위를 뚫고 나가는 것이 중하니 무리하게 맞서지 말라고 전해라. 일단 살길을 마련한 뒤에 다시 기회를 봐 적을 제압하면 되느니." 나는 목에 걸고 있던 혈옥(血玉)을 옥수의 손바닥에 꼭 쥐여주면서 입을 귓가에 바짝 가져다 대고는 빠르게 속삭였다. "휘주 남쪽 외곽에 있는 남월장(攬月莊)은 지난날 숙부님께서 암인을 키우신 곳이다. 변고가 없다면 이것을 가지고 남월장을 찾아가면 된다. 이 위에 왕씨의 문장이……."

그때 밖에서 오겸이 다급하게 안의 상황을 물어왔다. 송회은도 뒤이어 마차 앞에 이르렀다.

나는 옥수를 밀어내며 이를 사리물었다. "오겸이 의심하지 않도록 조심해야 한다!"

갸름한 옥수의 얼굴에 핏기가 가시는 듯했지만 표정은 침착했다. 옥수가 말없이 고개를 끄덕이고 뒤돌아선 뒤, 마차의 발이 내려졌다.

밖에 있는 사람들의 반응은 살피지 못했지만, 평소와 다름없이 차분한 낭랑하고 앳된 목소리가 들려왔다. "왕비께서는 별 탈 없으십니다. 그저 먼 길을 오시느라 피곤하시니 서둘러 행관으로 향하라 하셨습니다. 이제 출발하시죠."

옥수가 무슨 수로 오겸의 눈을 피해 송회은에게 말을 전했을지 알 길이 없었다. 지금 상황에서 그런 것까지 살필 여력은 없었다. 그저 송회은이 기회를 잘 잡고 단번에 성공해, 어느 정도의 희생을 치르더라도 반드시 성 밖으로 사람을 내보내 소기에게 이 소식을 전하길 빌 따름이었다.

대대의 군사들이 마차를 철통같이 엄호하는 모습에 길가의 백성들이 너도나도 몰려들어 구경했다. 마차가 앞으로 향할수록 더 많은 사람들이 몰려드는 바람에 개미 새끼 한 마리 빠져나갈 틈조차 없어 보였다. 오겸은 직접 친위 의장대를 이끌며 앞에서 길을 열었고, 송회은과 정예군 5백은 내가 탄 마차 뒤를 바짝 따르고 있었다. 우리는 이미 길옆에 등불이 환히 밝혀지고 인파로 북적어는, 휘주성에서 가장 번화한 곳에 이르렀다.

손을 쓰려면 지금이 가장 좋을 텐데 밖에서는 아무런 조짐도 보이지 않았다. 마차에 가만히 앉아 있자니 초조하고 불안해서 견딜 수가 없었다. 가슴이 조마조마하고 손바닥에 땀이 찼다. 늦기 전에 손을 쓰지 않으면……. 바로 그 순간, 벽력같은 고함 소리가 들렸다.

"휘주 자사 오겸이 모반을 일으켰다. 예장왕 휘하의 효기장군(驍騎將軍)이 반란을 평정하라는 명을 받들어 오겸을 잡아들이겠다!"

마른하늘에 날벼락처럼 갑작스러운 외침이었다.

순식간에 상황이 급변했다. 철기군 5백은 눈 깜짝할 사이에 칼집에서 칼을 빼 들었다.

말 울음소리와 사람들이 웅성거리는 소리, 고함 소리, 비명 소리가 한데 엉겼다!

주변에 있던 호위병들이 상황을 파악하기도 전에 효기장군의 말발굽이 이르더니, 번뜩이는 검광이 어둠을 갈랐다.

들리는 것이라곤 혼비백산한 오겸의 외침뿐이었다. "여봐라, 어서 역당을 잡아라——."

아무것도 모르고 있던 시정의 백성들은 하나같이 대경실색해 울부짖으며 정신없이 달아났다. 수레와 말들이 오가던 번화한 거리는 삽시간에 피 튀기는 살육의 현장으로 바뀌었다. 평소 풍족한 환경에서 안일하게 지내던 휘주 수비군은 용맹한 철기군에 제대로 맞서보지도 못하고 잇달아 패퇴했다. 전투 대형조차 제대로 갖추지 못한 채 철기군의 말발굽 아래 시든 풀처럼 쓰러져갔다. 뒤를 따르던 대대의 수비군은 성안의 거리와 골목이 협소한 탓에 곧장 앞으로 달려올 수가 없었다. 게다가 허둥지둥 달아나는 백성들 탓에 대열이 흐트러져 전투에 낄 수도 없었다.

마차 주변에 가득하던 오겸의 친위 의장대도 어지럽게 뒤엉켜 도망치느라 나를 신경 쓸 겨를이 없었다. 옥수가 마차로 풀쩍 뛰어올라 내 앞을 가로막고 서더니 사시나무처럼 온몸을 바들바들 떨면서도 외쳤다. "왕비 마마, 무서워 마세요. 제가 여기 지키고 있으니까요!"

나는 휙 하고 옥수를 내 곁으로 끌어와 안고는 둘이서 꼭 붙어 있었다. 사방에 창칼이 부딪치는 소리와 지축을 흔드는 함성 소리가 가득했다. 나는 숨을 죽인 채 미동조차 하지 않았다. 머릿속이 텅 비고 부모님과 피붙이들, 그리고 소기의 모습이 자꾸만 눈앞을 스치고 지나갔다.

순간 다그닥다그닥 말발굽 소리가 점점 가까워졌다!

퍼뜩 고개를 드니 눈앞에 검광이 번뜩였다. 한 줄기 바람처럼 날쌔게 우리 앞에 이른 기병 하나가 칼로 마차의 발을 들어 올렸다.

송회은이었다! 피 칠갑을 한 채로 칼을 들고 선 그는 내게 몸을 숙이며 손을 뻗었다. "왕비 마마, 말에 오르십시오——."

내가 옥수를 잡아끌며 그에게 손을 뻗으려는 찰나, 쉭 하고 허공을 가르는 소리가 들리더니 뒤에서 날아온 화살 한 대가 송회은의 어깨를 스치고 날아갔다.

"조심하십시오!" 그가 나를 다시 마차로 휙 떠미는 순간, 말 앞으로 비 오듯 화살이 쏟아져 내렸다.

뒤쪽에 있던 대대의 수비군이 이미 당도한 것이었다. 궁수들이 쏜 화살이 우리를 향해 거침없이 쏟아져 내렸다.

방패 뒤로 몸을 숨긴 송회은은 다급히 말을 물렸다. 그의 뒤에 있던 철기군 중에는 화살에 맞아 말에서 떨어진 자도 있었다. 그러나 놀라거나 두려워 도망가는 이 하나 없이 질서정연하게 전투태세를 갖췄다.

대군이 이미 이르렀으니 더 지체했다가는 일이 틀어질 것이 분명했다. 내가 탄 마차로는 이미 대군의 화살 비가 쏟아지고 있었는데, 송회은은 적들의 공세가 조금이라도 주춤하다 싶으면 다시 말을 몰아 내 쪽으로 달려오려 했다. 이대로는 안 된다. 나는 마음을 굳히고 송회은에게 소리쳤다. "먼저 가세요!"

또 한 차례 화살 비가 하늘을 새까맣게 뒤덮고 사방으로 흩어졌던 친위병이 다시 몰려들었다. 그런데도 송회은은 한 손에 방패를 들고 다른 손으로는 말 앞으로 달려드는 친위병들을 베어 넘기며 한사코 마차 쪽으로 달려오려고 했다.

나는 마차 바퀴 앞에 떨어진 화살 한 대를 주워 화살촉을 목에 갖다 대며 결연히 외쳤다. "송회은, 명령이니 지금 당장 퇴각하세요! 더 지체해서는 안 됩니다!"

송회은은 뻣뻣이 굳어 말을 멈춰 세웠다. 히히힝——. 군마는 발굽을 들어 올리며 노성을 토해냈고, 피 칠갑을 한 장군은 매섭게 눈을 부릅떴다.

나는 고개를 쳐들고 성난 눈으로 그와 마주 봤다.

"존명(遵命)!" 단호히 두 글자를 토해낸 송회은이 곧장 말 머리를 돌려 뒤에 있던 철기군에게 명을 내리자, 철옹성처럼 견고한 전투태세의 5백 정예 기병이 일제히 말고삐를 당겼다. 이윽고 두두두 땅을 흔드는 말발굽 소리와 함께 철기군이 말 머리를 돌렸다. 5백 기병은 뿔뿔이 흩어져 도망치는 친위병들을 짓밟으며 복잡하게 얽힌 골목 깊은 곳으로 쏜살같이 달려갔다.

갑자기 온몸의 기운이 빠져 마차 문에 기댄 채 흐물흐물 바닥에 주저앉았다.

휘주는 방대한 성이었다. 포위를 뚫고 사방으로 흩어져 몸을 숨긴 5백 정예군은 호수에 흘러든 물방울이나 다름없었다. 아무리 오겸이라도 온 휘주를 다 뒤져가며 단시간에 그들을 찾아내는 것은 불가능한 일이었다. 하물며 성안에는 숙부님이 기른 암인까지 숨어 있었다. 오겸이 휘주 자사라 하더라도 천하에 퍼져 있는 왕씨의 눈과 귀가 되는 세력까지 어쩔 수는 없을 터였다.

항장 降將

    오겸은 나를 행관에 가두고, 안팎으로 감시할 군사들을 보내 조그마한 행관을 철통같이 지켰다.

    익숙한 뜰의 대청 안으로 발을 들이민 지금, 주변 풍경은 예나 다름이 없었다. 그러나 한때 이곳의 주인이었던 나는 포로 신세가 되어 버렸다.

    나는 가볍게 웃으며 태연히 자리에 앉아 오겸을 향해 손을 들어 보였다. "오 대인, 앉으시지요."

    오겸은 흥 하고 코웃음을 쳤으나, 흙빛으로 변한 얼굴에는 낭패한 기색이 역력했다. "대단한 예장왕비로군. 하마터면 노부(老夫)가 계략에 넘어갈 뻔했으니!"

    내가 눈썹을 치키며 웃자 오겸은 더욱 분을 참지 못하며 싸늘하게 말했다. "지난날의 정을 생각해 이곳에 잠시 머무르게 해줄 터이니 왕비께서는 처신을 잘하는 것이 좋을 것이오! 다시 한 번 사달을 일으킨다면 어찌 대할지 모르니 노부를 무례하다 탓하지 마시오!"

    "지난날의 정이라는 것도 모두 대인께서 아버님을 돕고 우리 왕씨 가문에 충심을 다한 덕에 생긴 것이 아니겠습니까? 더욱이 지금은 대인의 후한 대접까지 받고 있으니 송구할 따름입니다." 내가 성내지도 노여워하지도 않고 그저 미소를 지으며 바라보자 오겸의 얼굴이 시뻘겋게 달아올랐다.

"닥쳐라!" 그가 매섭게 일갈했다. "어엿한 학자인 내가 어쩔 수 없이 너희 왕씨 가문이 시키는 대로 따랐으나, 반평생을 나라의 관료로 힘을 쏟았는데도 출셋길은 요원하기만 했다! 네가 휘주에서 납치된 것은 원래 내 잘못이 아니다. 그런데도 내가 경사에 들어 죄를 청하자 좌상은 터무니없이 내게 분풀이를 했다. 어디 입에 담지 못할 말로 책망만 한 줄 아느냐? 내 녹봉까지 깎아 조정에서 얼굴을 들 수 없게 만들었다! 만약 우상께서 내 편에 서주시지 않았다면 천하를 제 입맛대로 주무르는 좌상이 이 자사 직도 내놓게 했겠지……."

오겸의 입에서 끊임없이 비난이 쏟아져 나왔으나 내 귀에 다른 소리는 제대로 들리지 않았다. 그저 아버지가 내가 납치당한 일로 화를 냈다는 말만 들려왔다. 아버지가? 진정 나를 걱정했을까? 지난날 내가 경사를 떠나 멀리 간다고 했을 때도 아버지는 만류하지 않았고, 휘주에서 납치당했을 때도 나를 구할 사람을 보내지 않았다. 소기에게 보낸 가서에서도 다정한 위로의 말은 한마디도 없었는데……. 어린 시절, 아버지는 아무리 바빠도 집에 돌아오면 날마다 오라버니와 나의 학업에 대해 물었다. 그때마다 오라버니는 늘 굳은 얼굴로 꾸중하면서 나는 몹시 칭찬했고, 툭하면 벗들이나 다른 관리들에게 자신의 금지옥엽을 자랑했더랬다. 내가 시집가기 전까지, 아버지는 세상에서 가장 자애로운 아버지였다.

지금까지도 나는 아버지가 자신이 직접 시집보낸 딸, 이 쓸모없는 장기짝을 잊어버린 줄로만 알았다. 이제 내 생사와 희비 따위는 아버지의 관심거리가 아니라고 생각했다. 이러나저러나 내게는 이미 다른 사람의 성씨가 붙여졌으니까…… 하지만…….

갑자기 눈이 시큰거려 얼굴을 돌리고 씁쓸한 심경을 감췄다.

오겸이 계속해서 조소를 흘렸다. "이제 왕비께서도 두려움이 뭔지 아셨소?"

나는 시선을 들어 천천히 미소 지으며 말했다. "나는 지금 몹시 기쁩니다……. 참으로 고맙습니다, 오 대인."

오겸은 눈을 부릅뜨며 살짝 멍한 표정을 짓더니 이내 비웃음을 흘렸다. "이제 보니 실성한 여인이었군."

"갖은 애를 써서 잡아 온 것이 실성한 여인이라니, 새 주인께서 보고 언짢아하실까 걱정이군." 나는 담담히 말을 이었다. "괜히 헛고생을 시켜드렸습니다."

오겸의 낯빛이 파리하게 질렸다. 속마음을 들킨 그는 노성을 내질렀다. "그때도 셋째 전하께서 너를 마음에 들어 하실지 모르겠군."

이 비열한 소인배가 자담을 입에 올리자 나는 곧바로 얼굴을 굳혔다. "전하는 너 따위가 입에 담을 분이 아니다."

오겸이 큰 소리로 웃어젖혔다. "세간에 예장왕비와 셋째 전하가 은밀히 정분을 나눈다는 말이 돌더니, 과연 헛소리가 아니었나 보군."

나는 오겸에게 싸늘한 시선을 보냈다. 나도 모르게 손톱이 손바닥을 파고들었다.

"왕비의 마음이 이미 왕야에게 있지 않다니 노부가 좋은 소식을 하나 알려드리지." 오만하게 웃는 오겸에게서는 지난날 느껴지던 문인의 기품을 찾아볼 수 없었다. "건녕왕의 대군이 이미 초주에 당도했다. 내 밀서를 받은 건녕왕께서는 친히 선봉대군을 이끌고 군사를 나눠 북상하셨다. 팽택(彭澤)을 경유해 초주를 돌아 장하 남안에 이르러 머잖아 강을 건너실 것이다."

손바닥에 통증이 느껴진 순간, 손톱은 이미 부러져 있었다.

"그럴 리가 없다!" 나는 목소리의 떨림을 들키지 않기 위해 느릿느릿 입을 열었다. "팽택은 지키기 쉬우나 공략하기는 어려운 곳인데 어찌 반군이 쉽게 무너뜨릴 수 있을까!"

오겸이 세상에서 가장 우스운 농담을 들었다는 듯 고개까지 젖히고 껄껄껄 웃어댔다. "왕비께서는 팽택 자사도 이미 거병했음을 모르는 것인가?"

갑자기 목구멍이 탁 막히는 것만 같아 한마디 대꾸도 하지 못했다. 커다란 손에 명치가 꽉 붙들린 기분이었다.

"일단 건녕왕께서 강을 건너 입성하신다면, 네 부군이 아무리 일세 영웅이라 하더라도 내가 있는 이 휘주 땅을 넘지 못할 것이다!" 오겸은 내 코앞까지 다가와 득의양양하게 뒷짐을 지며 웃었다. "그때 근왕군이 초주를 함락하고 곧바로 임양관을 공격해 황릉에서 셋째 전하를 모시고, 그 길로 경사로 쳐들어가 요망한 황후를 죽이고 간사한 재상까지 없앤 뒤 새로운 황제를 등극……"

철썩! 그가 말을 다 마치기 전에 뺨을 휘갈겨 그의 입을 막았다.

온 힘을 다해 휘갈긴 탓에 놀랄 만큼 큰 소리가 울리고 손목까지 저렸지만 통쾌한 마음을 금할 수 없었다.

오겸은 얼굴을 가리며 뒤로 한 발짝 물러났다. 나를 노려보며 온몸을 부들부들 떨면서 손을 높이 쳐들었지만 차마 때리지는 못했다.

"겨우 네 주제에 어디서 방자한 소리를 지껄이느냐!" 나는 소매를 떨치며 냉소했다. "썩 물러가지 못할까!"

오겸은 이를 부득부득 갈면서 행관을 지키는 수비군을 남기고 돌아갔다. 사방에 순시를 도는 병사들이 쫙 깔렸다.

나는 한참 동안 대청에 가만히 앉아 있었다. 온몸이 시리다 못해 뻣뻣이 곱아들었다.

"왕비 마마! 손에 피가 흐릅니다!" 옥수가 내지르는 비명 소리에 문득 정신이 들었다. 고개를 내려 보니 부러진 손톱에 손바닥이 찢겨 피가 방울방울 새어 나오는데도 아픈 줄 모르고 있었다. 옥수는 내 손을 받쳐 들고는 고개를 돌려 '여봐라, 여봐라!' 하고 외쳐댔다.

손에 난 상처를 뚫어지게 쳐다보는데 시뻘건 색이 자꾸만 눈을 찔렀다. 오겸이 한 말이 귓가를 맴돌며 떠나지 않았다. 정말로 그의 말처럼 된다면, 건녕왕이 친히 선봉대를 이끌고 휘주를 기습해 경사로 가는 길을 끊고 이 휘주성 아래 매복해 있다가 불시에 소기를 공격한다면⋯⋯. 소기가 건녕왕의 선봉대를 격퇴한다고 하더라도, 휘주에서 발이 묶인 시간만큼 경사에 계신 아버지의 목숨이 더 위태로워질 것이다. 삼면에서 공격을 받은 초주는 오래 버틸 수 없을 것이다. 일단 임양관이 함락되고 소기가 제때 당도하지 못한다면⋯⋯. 아버지, 고모, 숙부, 오라버니⋯⋯ 내 피붙이는 모두 목숨을 잃고 말 것이다!

식은땀이 흘러 입술을 꽉 깨물었으나 가슴속에 차오르는 한기를 막을 수는 없었다.

손발이 차디차게 식어갔고, 모든 두려움과 불안감이 한 가지 생각으로 귀결됐다. 그들이 내 피붙이에게 해를 끼치는 것을 두고 볼 수는 없어. 절대로 안 돼⋯⋯ 소기를 찾으러 가야 해! 그에게 내 가족을 구해달라고 해야 해!

나는 벌떡 일어나 옥수의 손을 뿌리치고는 미친 듯이 문 앞쪽으로 달려갔으나, 문 앞을 지키고 선 병사들에게 가로막히고 말았다.

옥수가 비명을 지르며 쫓아와 나를 꽉 끌어안았다. 발밑이 푹 꺼지고 눈앞이 깜깜해졌다. 반나절 동안 바짝 조여 있던 심장이 끝이 보이지 않는 나락으로 떨어지는 느낌이었다. 아련히 옥수의 목소리가 들리는 듯했으나 대꾸할 기운조차 없었다.

한참이 흐른 듯했다. 여인의 가느다란 흐느낌이 들리기에, 정신이 혼미한 와중에 어머니의 목소리인 줄로만 알았다.

"가여운 분 같으니, 이러니저러니 해도 아직 어린아이였군요." 연민에 잠긴 목소리가 귀에 익기는 했지만 어머니는 아니었다.

따스하고 부드러운 손이 내 이마에 덮여오자, 번쩍 눈을 뜨고는 그녀의 손목을 붙잡았다.

그녀는 깜짝 놀라 펄쩍 뛰다가 하마터면 뒤에 있는 옥수가 받쳐 든 약사발을 엎을 뻔했다.

"왕비 마마, 깨셨군요!" 옥수가 기쁨을 감추지 못하며 침상 앞으로 달려왔다. "왕비 마마, 오 부인께서 마마를 뵈러 오셨습니다."

머리가 깨질 것 같았다. 정신이 혼미해 바르작거리며 몸을 일으켜 그 부인을 잠깐 응시하고서야 정말로 오 부인임을 알았다.

옥수가 서둘러 나를 부축했다. "소인이 얼마나 놀랐는지 아셔요? 다행히 부인께서 바로 의원을 데려왔답니다. 의원 말이, 그렇지 않아도 풍한이 들었는데 순간 심화(心火)까지 든 것뿐 별 탈은 없다고 합니다. 아직도 열이 나시는 것 좀 보세요. 어서 자리에 누우세요."

오 부인은 멍하니 손을 꼰 채 나를 바라만 보다가 갑자기 꿇어앉아 오열했다. "이 늙은이가 죽어 마땅합니다. 왕비께 씻지 못할 죄를 지었습니다!"

오 부인의 희끗희끗한 귀밑머리를 보며, 문득 지난날 휘주에 있을 때 그녀가 나를 살뜰히 보살펴주던 일이 생각났다. 당시에는 그녀가 내게 잘 보이기 위해 어쩔 수 없이 아부하는 것이라 여겼다. 그런데 포로 신세가 된 내게도 여전히 충심을 다하는 것을 보니, 과연 사람 속은 어려움이 닥쳐야 알 수 있다는 말이 참인 모양이었다.

옥수더러 오 부인을 부축해주라고 했으나, 그녀는 한사코 뿌리치며 바닥에 엎드린 채 눈물을 흘리며 머리를 조아렸다.

나는 한숨을 내쉬며 자리에서 일어나 바닥에 내려서고는 맨발에 머리까지 산발한 채로 다가가 그녀를 부축했다. 그런데 살집이 있는 오 부인을 일으켜 세우려니 마음처럼 되지 않았다. 온몸의 맥이 풀리고 힘이 빠지면서 느른하게 그녀의 몸에 기대버렸다. 오 부인은 그런 나를 허겁지겁 품에 안았고, 나 또한 가볍게 그녀를 안았다. 포근하고 따스한 품에 안기니 옷자락에서 연한 향냄새가 풍겨와 문득 어머니 곁으로 돌아간 듯했다. 우리는 둘 다 아무 말도 하지 않았다. 그저 가만히 서로에게 기대 있었고, 옥수는 한쪽에 서서 눈물만 뚝뚝 흘렸다.

한참이 지난 뒤, 나는 살짝 그녀를 밀어내고는 부드럽게 말을 건넸다. "오 부인, 이 왕현, 부인께서 보여주신 정을 마음 깊이 새기고 평생 잊지 않겠어요. 밤이 늦었으니 그만 돌아가세요. 그리고 오 대인께서 언짢아하실 터이니 다시는 이곳을 찾지 마세요."

오 부인이 서글픈 표정으로 고개를 숙이며 말했다. "사실대로 고하자면, 저희 집 나리 몰래 찾아온 것이 맞습니다. 저희 나리는……."

"알고 있습니다." 나는 미소를 지으며 고개를 끄덕이고는, 옥수더러 나를 일으켜 세우고 오 부인도 부축해주라고 했다.

나는 한 발짝 물러나 오 부인에게 큰절을 올렸다.

당황해서 어쩔 줄 모르는 오 부인을 앞에 두고 고개를 들어 그녀를 똑바로 쳐다봤다. "환란을 당한 때에 도와주신 은혜는 언젠가 반드시 갚겠습니다."

오 부인은 또다시 눈물을 쏟으며 흐느끼고는 괴로운 표정으로 작별을 고했다. 나는 미소 짓고 고개를 끄덕이며 희끗희끗해진 그녀의 귀밑머리를 응시했다. 이렇게 헤어지고 나면 또 어떤 상황에서 다시 만나게 될까? 그녀에게 몸조심하라고 당부하려는데, 갑자기 방문 밖에서 나직이 재촉하는 목소리가 들렸다. "고모님, 늦었습니다. 고모부님께서 귀가하실 시각이 다 되었습니다!"

오 부인은 안색을 바꾸며 황급히 내게 절을 올리고는 곧 뒤돌아 나가려고 했다.

의아한 마음에 물었다. "밖에 있는 사람은 누굽니까?"

오 부인이 다급히 대답했다. "왕비 마마, 놀라지 마십시오. 제 조카입니다. 나리께서 저 애에게 행관을 지키라 했는데, 심성이 선하고 줄곧 왕야를 우러러온 아이랍니다. 결코 왕비 마마를 힘들게 하지 않을 것입니다. 제가 이미, 왕비 마마가 불편하시지 않도록 잘 돌봐드리라 신신당부해두었습니다. 이 늙은이가 무능하여 왕비 마마를 위해 겨우 이 정도밖에 해드리지 못합니다."

송구한 기색이 역력한 오 부인의 괴로운 얼굴을 보고 있는데, 순간 무언가가 번뜩 떠오르는 듯했다.

"오 부인의 조카라면, 혹시 부인께서 예전에 말씀하신 적이 있는 모……." 나는 미간을 찌푸리며 중얼거렸다. "모……."

"모연(牟連)!" 오 부인이 놀라며 기쁜 목소리로 말했다. "예, 바로 모연입니다. 왕비께서 저 철없는 아이를 기억하고 계셨군요!"

나는 빙그레 웃으며 겉옷을 걸치고는 오 부인을 직접 문밖까지 배웅했다.

과연 주변을 지키던 수위(守衛)들은 멀리 회랑 아래로 물러나 있었다. 체격이 우람한 청년 하나만 문 앞을 지키고 있다가, 우리가 나오는 것을 보고는 황망히 몸을 굽히고 고개를 숙였다. 나는 태연히 오 부인을 그의 곁으로 보내주고는 시선을 들어 자세히 살펴보다가 나도 모르게 실소를 터뜨렸다. 오 부인이 '철없는 아이'라고 한 그는 나보다도 나이가 많아 보였다. 기골이 장대하고 짙은 눈썹에 부리부리한 눈을 가진, 몹시 충직한 인상의 사내였다.

나는 모연이 오 부인을 모시고 멀어지는 것을 지켜보며 계속 문 앞에 서 있었다. 한참 만에 성큼성큼 돌아온 모연은 멀리서 나를 발견하고는 발을 멈춘 채 검을 잡고 몸을 숙였다. 나는 주변을 살피고는 그에게 살짝 고개를 끄덕였다. 모연은 약간 머뭇대다가 이내 가까이 다가와 예를 올렸다. "소장 모연이 왕비 마마를 뵙습니다."

주변의 수위병들은 여전히 여기저기를 오가며 순시를 돌고 있었지만, 나는 담담히 말했다. "방금 오 부인께서 물건을 놓고 가셨으니 따라 들어오세요."

말을 마치고는 곧바로 뒤돌아 방 안으로 향했다. 뒤에서 모연이 다급한 목소리로 '왕비 마마, 왕비 마마!' 하고 불렀으나, 내가 멈춰 서지 않자 어쩔 수 없이 따라 들어왔다.

발 뒤의 내실로 돌아 들어가자, 모연이 발 밖에 멈춰 서서 난처한 듯 입을 열었다. "소장, 감히 왕비 마마의 침소에 함부로 들어갈 수 없습니다."

나는 손목에 차고 있던 팔찌를 빼서 옥수에게 들려 내보냈다. 진주가 박힌 비취 봉황 팔찌였다. 발 너머로 모연이 팔찌를 건네받는 것이 보였다. 그는 고개를 숙이고 팔찌를 자세히 들여다보다가, 갑자기 얼굴색을 바꾸더니 벌겋게 달아오른 얼굴로 무릎을 꿇고 외쳤다. "아무래도 왕비께서 잘못 아신 듯합니다. 이 팔찌는 황가의 물건으로 값어치를 따질 수 없는 것이니 결코 고모님의 물건이 아닙니다."

나는 발 너머의 그에게 살짝 웃으며 말했다. "그런가요? 그렇다면 자당께 선물로 드리지요."

모연은 난처함을 감추지 못했다. "소장, 몸 둘 바를 모르겠습니다. 왕비 마마의 깊은 뜻을 저버려 송구하오나 부디 이것을 거두어 가소서."

나는 여전히 웃으며 말했다. "이것은 명소(明昭)황후께서 쓰시던 것으로 세상에 오직 하나뿐이라 그 값어치를 헤아릴 수가 없지요."

모연은 생각하고 자시고 할 것도 없이 노기가 깃든 목소리로 외쳤다. "왕비 마마, 거두어 가소서!"

모연의 강경한 얼굴을 보고 있자니 마음속에 한 줄기 빛이 번쩍거렸다.

"오 부인의 말씀이 틀리지 않았군요. 과연 모 장군은 하늘 아래 한 점 부끄러움이 없는 군자였어요." 나는 발을 걷고 나가 미소를 지으며 그의 앞에 섰다. 잠시 얼이 빠져 있다가 이내 눈빛을 반짝인 모연은 그제야 한숨 돌리며 서둘러 봉황 팔찌를 옥수에게 건넸다.

"소장, 과분한 칭찬에 송구할 따름입니다." 모연은 고개를 숙이며 예를 올리고는 나직하고 진지한 목소리로 말했다. "왕비께서는 걱정하지 마십시오. 소장, 비록 비천한 신분에 가진 힘도 미약하나 온 힘을 다해 왕비 마마를 지켜드리겠습니다."

"그래요?" 나는 미소를 짓다가 갑자기 낯빛을 굳혔다. "조정의 장수로서 나라를 위해 목숨을 바칠 생각은 하지 않고 오히려 반군에 가담했으니 이는 불충이요, 이미 오겸에게 의탁하였음에도 군령을 어기고 은밀히 나를 보호하니 이는 불의입니다. 어엿한 7척 남아가 훌륭한 재주만 헛되이 하는군요. 어째서 그대는 불충불의한 일을 행하는 것인가요?"

내 말이 끝나기도 전에 모연의 낯빛이 크게 변했다. 이마에 힘줄이 불거지고 거무스름한 얼굴이 시뻘겋게 달아올랐다.

깜짝 놀라 사색이 된 옥수는 내 말에 격노한 모연이 위험한 짓이라도 할까 봐 두려운 모양인지 자꾸만 내게 눈짓을 보냈다. 나는 그런 옥수를 못 본 척하며 모연을 싸늘하게 쳐다봤다. 고개를 숙인 채 손마디가 하얗게 변하도록 검 자루를 꽉 움켜쥔 모연은 온몸이 뻣뻣하게 굳은 듯했다.

엄동설한의 긴긴 밤처럼 한참 동안, 우리는 그렇게 마주하고 있었다.

이윽고 모연이 잇새로 한 자 한 자 나지막이 내뱉었다. "왕비 마마의 말씀이 옳습니다. 이 모연, 나라에 보은할 뜻을 품었으되 천인공노하게도 불충불의한 짓을 저질렀습니다. 그러나 저마다의 운명이 다른 법, 이미 돌아가기에는 늦어 소장도 선택의 여지가 없으니…… 왕비 마마의 용서를 구할 따름입니다!"

모연은 무표정 아래 자리한 난처한 기색을 더는 감추지 못했다. 그는 돌연 고개를 조아리고는 자리에서 일어나 뒤돌아서더니 성큼성큼 걸어 나갔다.

"운명은 하늘이 정하되 일은 사람이 하는 법, 진정 돌아가고자 한다면 언제 돌아가더라도 늦지 않습니다." 나는 그의 뒤통수를 향해 느긋하게 말했다.

순간 그가 멈칫하면서 발걸음을 늦췄다.

"예장왕은 인재를 몹시 아끼고 출신을 따지지 않습니다. 뛰어난 인재와 영웅은 서로를 아끼는 법이지요. 그대는 오겸에게 몸을 기탁한 지 여러 해가 지났음에도 지금까지 이룬 일이라곤 아무것도 없지 않습니까……" 나는 그가 반박할 여지조차 주지 않고 호되게 질책했다. "설마 10년간 무예를 닦고 전장에 발 한 번 디뎌보지 않았으면서 지금 동족상잔을 일으키겠다는 겁니까? 예전에 오 부인께서는 당신이 예장왕을 몹시 흠모하여 그의 수하가 되기를 간절히 바란다는 말을 하신 적이 있습니다. 이제 예장왕의 대군이 곧 성 아래에 이를 텐데 당신은 그와 적이 되려는 것인가요!"

한 발짝도 떼지 않고 바위처럼 굳어 있던 우람한 뒷모습은 내 마지막 말에 어깨가 흠칫 떨리는 듯했다.

이익으로도, 이치로도, 의로움으로도 그 마음을 움직일 수 없다면 나도 더 이상 어찌해볼 수 없을 터였다.

미동조차 하지 않는 뒷모습을 보고 있자니 손바닥에 땀이 고였다. 분명 마지막 기회는 이 사람에게 달려 있었다. 지금 그의 마음을 움직이지 못한다면 더 이상의 기회는 없을지도 몰랐다. 아버지는 늘 사람은 누구나 공략할 수 있는 약점이 있게 마련이라고 말했다. 나는 이 모연이라는 자에 대해서 아는 바가 거의 없었다. 하지만 그가 소기를 흠모하고 있으며, 오직 공을 세우고 나라를 지킬 생각뿐이지만 뜻을 펼칠 기회를 만나지 못해 괴로워한다는 사실은 알았다. 그 사실이 바로 유일하게 공략할 수 있는 그의 약점이었다.

나는 탄식했다. "부처가 될지 마귀가 될지, 취할지 버릴지는 생각 하나에 달려 있습니다."

철컹! 그가 너무 꽉 움켜쥐는 바람에 칼자루에 달린 구리 장식 같은 것이 부러졌다. 나는 그 소리에도 화들짝 놀랐다.

모연이 뒤돌아서며 흔들리는 눈빛으로 나를 뚫어지게 응시했다. 그의 목울대가 살짝 떨렸다.

팽팽하게 당겨진 활시위가 탁 하고 놓인 것처럼 긴장이 풀리면서 등줄기에 땀이 배어났다.

"내 말은 여기까지이니 모 장군께서 잘 생각해보시기 바랍니다."
나는 살짝 몸을 숙이고는 제자리에 멍하니 선 그를 남겨둔 채 뒤돌아서 발 뒤로 걸음을 옮겼다. 발 뒤로 돌아서자마자 가쁜 숨이 불안한 내 심정을 고스란히 까발릴까 봐 다급히 가슴을 쓸어내렸다.

한참 뒤에야 물러간다는 인사조차 잊은 모연의 무거운 발걸음 소리가 점점 멀어져갔다. 나는 병풍에 기대 그제야 길게 한숨을 내쉬며 옥수를 향해 빙긋이 웃었다. "어쩌면 살길이 생길 것 같구나."

옥수는 연신 가슴을 토닥이며 말했다. "놀라 죽는 줄 알았습니다. 왕비 마마…… 어찌 이리도 대담하십니까? 방금 전 그가 기분이 상했으면 어쩔 뻔했냐고요!"

나는 한숨을 내쉬며 말했다. "이미 사지에 몰렸으니 차라리 대담하게 승부수를 던지는 편이 낫지 않겠느냐?"

"그는…… 믿을 만한 사람일까요?" 옥수가 근심 어린 얼굴로 겁에 질려 말했다. "지금 송 장군은 살았는지 죽었는지 알 길이 없는 데다 이곳에는 수행하는 시녀를 다 합쳐도 십수 명의 여인뿐이고 밖에는 저렇게 많은 군사가 지키고 있는데……."

나는 아무 말도 하지 않았다. 방금 모연을 떠보며 설득할 때도 전혀 자신이 없어 손에 땀을 쥐지 않았던가. 모연은 나보다 나이도 많은 데다 아무래도 군사를 이끄는 자인데, 나같이 젊은 여인이 그를 압도하기가 어디 수월한 일이겠는가? 또 내 몇 마디 말로 그를 쉽게 흔들 수 있겠는가? 내가 믿는 것은 단 두 가지뿐이었다. 바로 흔들리는 그의 마음과, 소기의 혁혁한 위명이었다.

젊고 혈기 왕성하며 비천한 장수에게 아마도 예장왕이라는 이름은 이미 확고부동한 신화였을 것이다.

만약 그 전에 재물로 떠보았을 때 넘어왔다면, 그는 탐욕스럽고 안목이 좁은 사람일 테니 결코 믿을 수 없었을 것이다. 다행히 내 사람이 된다면, 인물됨이 단정하고 온화한 데다 마음 씀이 치밀하므로 분명히 귀한 인재가 될 터였다. 방금 그가 흔들리는 것을 보고 제때 멈췄기에 망정이지 조급하게 몰아붙였다면 오히려 반발심을 일으켜 일

333

을 망쳤을 것이다.

풍한으로 생긴 열이 다 가시지 않은 마당에 한바탕 가슴을 졸였더니 기진맥진하여 더는 버틸 수가 없었다. 옥수는 서둘러 나를 부축해 자리에 눕혔다. 그러고도 마음이 놓이지 않는지 이불을 두른 채 문밖을 지키겠다며 고집을 부렸다.

털썩! 자리에 눕자마자 정신이 몽롱해지는 와중에 말을 타고 쏜살같이 달려오는 인영을 보았다. 준수하고 우아한 소년은 비단옷을 걸친 채 화려한 말안장에 앉아 의기양양한 표정을 짓고 있었다. 오라버니였다. 오라버니는 고모가 하사한 대완국(大宛國. 한漢나라 때 중앙아시아의 동부 페르가나 지방에 있던 나라)의 명마가 몹시 마음에 드는 듯 한껏 들떠 멋지게 달려왔다. 그런데 아버지가 뒷짐을 진 채 냉담하게 말했다. "말을 길들이기는 쉬우나 사람을 길들이기는 어렵고, 사나운 말도 훌륭한 장수와 같은 법이다. 너는 사람을 길들이는 이치를 깨우쳤느냐?"

귓가에 어렴풋이 아버지의 물음이 들려왔다. "너는 사람을 길들이는 이치를 깨우쳤느냐?"

나는 너무 기분이 좋아 날아갈 것 같았다. 아버지 슬하에서 어리광을 피우던 시절로 돌아가 아직도 아버지의 옷자락을 끌어당기며 응석을 부릴 수 있을 것만 같았다.

"아무, 이제 깨우쳤습니다……." 나는 그렇게 중얼거리며 미소 짓고는 몸을 뒤집어 이불을 꽉 끌어안았다. 눈가에 열이 오르고 촉촉이 젖어드는 느낌이 들면서 까무룩 정신을 놓았다.

밤새 악몽에 시달렸다.

사경(四更)을 알리는 북소리와 함께, 군사들이 교대하는 소리가 어렴풋이 들려왔다. 나는 힘없이 얼굴을 베개에 묻고는 악몽이 남긴 환각을 애써 떨치려 했다.

그때 갑자기 방문을 확 젖히는 소리가 들리더니, 시녀들이 허겁지겁 방 안으로 들이닥치며 외쳤다. "옥수 낭자, 어서 일어나요. 사람들이 우리를 죽이러 왔어요. 어서 왕비 마마를 불러요, 어서요——."

나는 깜짝 놀라 자리에서 벌떡 일어나 겉옷을 끌어다 걸쳤다.

"왕비 마마, 어서 달아나셔야 해요! 반군들이 왔어요. 소인이 왕비 마마가 빠져나가실 수 있도록 지켜드릴게요!" 맨발로 달려온 옥수는 손에 촛대 하나를 든 채 다짜고짜 나를 끌어당기며 밖으로 내달리려고 했다. 시녀들은 혼비백산해서 옥수의 뒤를 따랐는데, 하나같이 머리를 풀어헤치고 있었다.

"다들 뭘 그리 허둥대는 것이냐!" 나는 매섭게 꾸짖으며 옥수의 손을 뿌리쳤다. "똑바로 서지 못할까!"

야단법석을 떨던 시녀들은 호된 질책에 깜짝 놀라 어찌할 바를 모른 채 그대로 멈춰 서서 몸을 움츠렸다. 밖에서는 정말로 창칼이 부딪치는 소리와 고함 소리가 들려왔다. 소리가 멀지 않은 것으로 보아 머잖아 이곳에 들이닥칠 터였다. 쿵쾅쿵쾅 정신없이 뛰는 가슴을 애써 진정시키며 서둘러 대책을 강구했다. 야심한 시각에 행관을 습격한 자는 나를 죽이러 온 사람이거나, 아니면 구하러 온 사람일 것이다. 오겸이 아니더라도 휘주성 안에 나를 죽이고자 하는 사람이 더 있을지도 몰랐다. 아군과 적군을 구분할 수 없는 상황에서 위험을 무릅쓸 수는 없었다.

곧장 발이 드리운 쪽으로 다가가 내다보니, 문 앞을 지키는 병사들은 모두 칼집에서 칼을 빼 들고 서 있었다. 나는 뒤돌아보며 시녀들에게 나지막이 말했다. "잠시 뒤에 변고가 생기면 혼란을 틈타 빠져나갈 것이다. 곡랑(曲廊)을 따라 서쪽 곁채에 이르러 난정을 거쳐 곡수교(曲水橋)와 유상대(流觴臺)를 지나면 바로 행관 측문이 나오는데, 이 길을 아는 사람은 거의 없다. 다들 내 말을 똑똑히 기억했느냐?"

그러나 말소리가 흩어지기도 전에 고함 소리가 이미 문 앞까지 당도했다. 낭패였다. 이토록 빨리 올 줄이야!

성을 빼앗다

문 앞에서 창칼이 부딪치는 소리와 군사들의 끔찍한 비명 소리가 끊이지 않는 가운데, 문밖에서 쾅 하는 굉음과 함께 화약 불빛이 번쩍였다. 이윽고 짙은 연기가 모락모락 피어오르고, 바위가 깨지고 나무가 쪼개지는 소리가 들리면서 땅이 거세게 흔들렸다.

"조심하세요!" 옥수가 내 몸을 덮쳤다. 매캐한 연기 탓에 연신 기침을 하느라 말도 안 나오고 한 치 앞을 분간할 수 없어 옥수만 꽉 붙들고 있었다.

그때 갑자기 사내의 목소리가 들려왔다. "속하 방계(龐癸), 군주를 뵙습니다!" 짙은 연기 속에서 귀신처럼 불쑥 다가온 인영이 내게 무릎을 꿇었다. 그는 나를 군주라 부르고 스스로를 '방계'라 하였다. 암인은 이름이 없다. 대신 각지 암인의 우두머리는 천간(天干, 육십갑자의 위 단위를 이루는 요소. 甲, 乙, 丙, 丁, 戊, 己, 庚, 辛, 壬, 癸)으로 조(組)를 이루고 지지(地支, 육십갑자의 아래 단위를 이루는 요소. 子, 丑, 寅, 卯, 辰, 巳, 午, 未, 申, 酉, 戌, 亥)를 호(號)로 썼기에 이 사람은 한편이 분명했다. 나는 놀란 가운데 몹시 기뻐 소리쳤다. "그대들이었군요!"

방계는 손에 검을 들고 말했다. "지체해서는 아니 됩니다. 송 장군이 밖에서 돕고 있으니 속하를 따라오십시오!"

나는 곧바로 방 밖으로 달려 나가, 짙은 연기와 어둠에 몸을 숨긴 채 암인이 트는 길을 따라 안뜰 입구로 내달렸다.

문밖을 지키던 수위병들은 철갑을 걸친 군사 백여 명과 뒤엉켜 교전을 벌였는데, 맨 앞에 송회은이 있었다.

우리 뒤쪽으로 불빛이 구불구불 이어지고 발걸음 소리에 땅이 울렸다. 대대의 추격병이 쫓아온 것이었다.

방계가 큰 소리로 외쳤다. "왕비 마마를 이미 구했으니 송 장군은 왕비 마마를 모시고 먼저 가시오. 우리가 뒤를 끊겠소!"

송회은은 말을 채찍질해 두터운 포위를 뛰어넘고는, 몸을 숙여 나를 말 등에 끌어 올리더니 힘껏 감싸 안고 밖으로 내달렸다. 그의 팔뚝에서 무언가 뜨거운 것이 전해져 옷자락이 젖었다. 다친 곳에서 시뻘건 피가 울컥울컥 새어 나오고 있었다. 나는 앞뒤 재지 않고 서둘러 상처 부위를 손으로 눌러 출혈을 막으려고 했다.

"괜찮습니다." 송회은은 다른 손을 들어 앞에서 찔러 들어오는 긴 창을 쳐내면서, 이를 악물고 숨을 헐떡이며 떨리는 목소리로 말했다. "왕비 마마의 손을 더럽히지 마십시오."

그 말에 가슴이 쩌릿쩌릿 아팠다. 이토록 훌륭한 사내대장부들이 나를 위해 목숨을 내걸고 피를 흘리는 것을 보니, 비록 그 창칼이 내 몸에 떨어지지는 않았으나 심장이 도려내지고 뼈가 끊어지는 것만 같아 당장에라도 멈추라고 외치고 싶었다.

"멈춰라──."

돌연 뒤쪽에서 고함 소리가 들렸다.

깜짝 놀라 돌아보니 모연이 칼을 든 채 말에 올라 10장 밖에 늠연히 서 있었다. 그 뒤로 전투태세를 갖춘 대대의 군사들이 활시위를 팽팽히 당기고 창을 든 채로 질서정연하게 늘어서 있었다. 손에 든 횃불이 하늘을 시뻘겋게 밝혔고, 번쩍이는 창칼과 갑옷 탓에 눈이 시렸다.

뒤에 앉아 있는 송회은의 숨결이 갑자기 가라앉았다. 그는 서서히 나를 감싸 안은 손에 힘을 주면서 검을 앞으로 빼어 들고는 정신을 집중해 방어 태세를 갖췄다.

방계 등이 재빨리 몰려와 선형진(扇形陣)을 펼치며 우리가 탄 말 앞을 가로막았다. 눈이 벌게져서 죽고 죽이던 양측 모두 잠시 손을 멈추고 서로 마주 섰다.

나는 바짝 긴장한 채 모연을 뚫어지게 바라봤다.

활활 타오르는 불빛에 비친 그의 얼굴이 반쯤은 선명하게, 또 반쯤은 흐릿하게 보였다. 짙은 화약 냄새와 송유(松油) 냄새가 가득한 가운데 은은한 피비린내가 밤바람에 실려 왔다.

송회은은 서서히 손을 내려 아무 기척도 없이 안장 옆에 걸어둔 조궁(雕弓, 무늬를 새긴 활)을 잡았다.

"이제 보니 같은 편인 것을 공연히 놀랐소." 모연이 담담히 입을 열더니 검을 들고 명을 내렸다. "보내줘라——."

그 말에 모두가 자신들의 귀를 의심했다. 내 뒤에 있던 송회은도 깜짝 놀랐으나, 나는 길게 한숨을 내쉬었다.

잠시 굳어 있던 문밖 수비군은 일제히 뒤로 물러나며, 칼을 칼자루에 집어넣고 창을 물리면서 한가운데에 길을 터줬다.

방계가 고개를 돌려 송회은과 눈빛을 나누는 것을 보고, 송회은에게 나지막이 속삭였다. "믿을 수 있는 사람입니다."

송회은은 살짝 고개를 끄덕이고는 모연을 향해 큰 소리로 외쳤다. "고맙소!"

모연도 고개를 끄덕이고는 팔을 휘두르며 말했다. "도중에 조심하시오."

그가 우리를 바라보았으나 어두운 탓에 표정이 잘 보이지 않았다. 하지만 나는 그가 무언가 하고 싶은 말이 있으나 망설이는 것이 느껴졌다.

그때였다. 갑자기 모연의 뒤쪽에서 누군가가 튀어나오더니 칼을 뽑아 우리를 가리켰다. "저들은 예장왕의 사람들이다. 왕비가 저들 손에 있다!"

예상치 못한 상황에 방계 등은 크게 놀랐다. 그런데 우리가 반응을 보이기도 전에 모연이 호되게 질책했다. "고얀 놈! 예장왕은 무슨, 눈이 삐었더냐!"

그 부장은 말고삐를 조이며 더 가까이 다가섰다. "모연, 네 이놈! 감히 사사로이 적을 놓아주려 하다니! 여봐라, 어서 이 역도를 잡아라!"

그러나 수비군은 하나같이 일말의 미동조차 없이 결연한 태도로 모연만 바라봤다.

모연은 싸늘히 고개를 기울이며 한마디도 하지 않았다. 늠연한 그 모습에서 거침없는 살기가 뿜어져 나왔다.

그 부장은 황급히 주변을 둘러보며 대경실색하여 외쳤다. "네놈들이…… 네놈들 모두 반란을 일으키려는 것이냐!"

그 순간 벽력같은 고함과 함께 모연이 칼을 뽑아 들어 내리치자, 그는 단말마의 비명을 지를 새도 없이 두 동강이 나 말 아래로 떨어졌다.

나 또한 모연이 모든 사람이 보는 앞에서 부장을 베리라고는 생각지도 못한 터라 순간 너무 놀라 말을 잇지 못했다. 모연은 잠깐 동안 피가 뚝뚝 떨어지는 검을 뚫어져라 응시하더니, 불쑥 고개를 들고는 우리에게 버럭 소리를 질렀다. "어서 가지 않고 뭘 하시오!"

송회은이 말고삐를 당기자 나는 그의 손을 잡으며 말했다. "잠깐만요."

모두의 눈빛이 서서히 내게로 모였다. 나는 숨을 깊이 들이쉬고는 큰 소리로 숙연히 외쳤다. "역적 오겸이 모반을 일으켜 조정을 거스르고 반역을 꾀했다. 모연은 대의멸친(大義滅親)하였으니 그 충심과 용기가 가상하다. 예장왕의 대군이 입성하여 휘주의 난을 평정하면 반드시 조정에 상소를 올려 그 공을 치하할 것이며, 반란을 평정하는 데 공을 세운 군사들에게도 모두 상을 내릴 것이다."

모연은 얼이 빠진 표정으로 가만히 나를 바라보기만 했다.

그렇게 서로 대치하는 상황에서 송회은이 갑자기 검을 들고 하늘을 가리키며 큰 소리로 외쳤다. "우리는 예장왕을 따르고 황실에 충성을 다할 것을 목숨 걸고 맹세한다. 황제 폐하 만세——."

"황제 폐하 만세!" 철기군과 방계 무리도 뒤이어 바닥에 꿇어앉으며 외쳤다.

사방의 수비군은 더 이상 머뭇거리지 않고 모두 바닥에 꿇어 엎드리며 소리 높여 만세를 외쳤다. 밤하늘에 메아리치는 만세 소리에 가슴이 울렁였다.

모연은 몸을 날려 말에서 뛰어내리더니, 잠시 고개를 숙인 채 잠자코 있다가 이내 무릎을 꿇으며 외쳤다. "황제 폐하 만세!"

지체해서는 아니 됐다. 오겸이 행관에서 일어난 변고를 알게 되면 기선을 잡을 기회를 잃게 된다.

송회은과 모연, 방계 등은 곧장 행관에서 계획을 세운 뒤 군사를 셋으로 나눠 실행했다.

모연은 수하의 수위군을 이끌고 성루 보초의 교대 시간을 틈타 북문을 야습하고, 군사를 나눠 수비가 약한 동문과 서문을 장악하기로 했다. 방계는 내 밀서를 가진 암인을 북문을 통해 성 밖으로 내보내 영삭에 있는 소기의 선봉대군에게 소식을 알리게 했다. 송회은은 혼란을 틈타 5백 정예 기병을 이끌고 자사부(刺史府)로 쳐들어가 오겸을 제압한 뒤, 다시 모연과 합류해 성 남쪽 군사 주둔지로 향해 병부(兵符)를 빼앗고 전 성의 수비군을 호령하기로 했다. 이와 동시에 방계가 수하 암인들을 이끌고 관고(官庫), 부고(府庫), 군영(軍營) 등 휘주의 주요 시설에 잠입해 성안 곳곳에 불을 지르며 예장왕이 성을 공략했다는 소문을 퍼뜨려 휘주의 군심을 흔들고 성 전체를 혼란에 빠뜨리기로 했다.

이미 흐릿하게 여명이 밝아오고 있었다. 오경(五更)이 막 지난 이때는 사람들이 잠에서 깨기 직전의, 가장 느슨해져 있는 시각이었다.

일격에 성공하든 전군이 몰살당하든, 기회는 단 한 번뿐이었다.

송 장군, 모연, 방계는 각자 군대를 정비하고 무장한 채 말에 올랐다.

송회은이 말고삐를 당기며 고개를 돌리더니 나를 향해 검을 쥔 채로 고개를 숙였다.

나는 젊고 의연한 그의 얼굴을 지그시 바라보고는 그들 세 사람에게 몸을 숙여 길게 절을 올렸다. "왕현, 이곳에서 세 분의 무사 귀환을 기다리겠습니다!"

시위 2백여 명이 남아 행관을 지켰다. 나는 옥수와 다른 시녀들을 데리고 지난 밤 교전 중에 부상당한 병사들을 보살폈다. 행관 안의 움직임은 일사불란했다. 시위들은 만전의 태세를 갖추고 성안에서 신호가 오기만 기다렸다. 나는 그제야 방으로 돌아가 서둘러 씻고 몸단장을 했다.

대략 향 두세 대를 태울 시간이 지났을 무렵 시위가 와서 고하길, 성안에 이미 불길이 치솟았다고 했다.

잰걸음으로 행관 뒷산에서 가장 높은 유상대에 올라가, 난간에 기대 성안을 굽어봤다.

먹구름과 짙은 안개로 뒤덮인 휘주는 이미 혼란에 휩싸여 있었다. 성안 곳곳에서 불길이 활활 타올라 하늘가에서 아침 햇살이 비추기도 전에 온 성을 새카만 연기로 휘감아버렸다. 먹구름이 무겁게 짓눌러오는 것으로 보아 아무래도 오늘 휘주성에 폭우가 쏟아질 것 같았다.

눈앞에 창칼을 든 병사와 군마가 어지러이 뒤섞이고 두려움에 질린 백성이 정신없이 도망치며 비명을 지르는 참혹한 광경이 아스라이 펼쳐졌다. 지금, 끔찍한 환란을 맞은 휘주성은 두려움과 혼란에 빠졌을 것이다. 단잠에서 놀라 깬 사람들이 목도한 광경은 내 눈앞에 펼쳐진 것과 다를 바 없는, 마지막 날이 닥친 세상과 같을 것이다.

잠시 후 북문 방향에서 울리는 호각 소리가 온 성에 메아리쳤다. 우리가 약속한 신호였다. 모연이 성공한 것이다.

하늘가의 먹구름이 점점 낮게 드리워졌고, 하늘빛은 여전히 컴컴한 밤처럼 어두웠다.

모연이 북문을 장악하면서 말을 달려 소식을 전하려던 암인은 순조롭게 성을 빠져나갔다. 나는 멀리 북쪽을 바라보다가 눈을 감고 어서 소기가 당도하기만을 마음속으로 빌었다.

방계가 올린 계책에 따라, 이 시각 기병 1백여 기가 성을 빠져나가 길을 따라 뭉게뭉게 낭연(狼煙, 변방에서 비상사태를 알릴 때 이리의 똥을 태워 올린 연기)을 피워 올리고 말꼬리에 나뭇가지를 매달아 성에서 1리 떨어진 곳을 오가며 내달려 사방에 흙먼지를 일으키고 있을 것이다. 예전부터 예장왕을 두려워하던 휘주성의 수비군은 소기가 직접 대군을 이끌고 온다는 소리에 이미 혼비백산해 있었다. 그 와중에 수비군은 북문이 뚫리고 성 밖에서 흙먼지와 연기가 뭉게뭉게 피어오르는 광경을 두 눈으로 직접 보게 되었다. 사방이 어둑어둑한 상황에서 멀리 내다봤을 때는 마치 천군만마가 쇄도하는 것처럼 보일 테니 진위를 따질 정신이 어디 있겠는가? 과연 반 시진도 되지 않아 동문과 서문에서 묵직한 호각 소리가 잇달아 들려왔다. 두 곳을 지키는 수비군은 싸워보지도 않고 스스로 무너져 모두 모연에게 사로잡혔다.

성안의 혼란스러운 상황은 갈수록 점입가경이었다. 활활 치솟는 불길에 하늘이 벌겋게 물들었고, 뭉게뭉게 피어오른 새카만 연기는 검은 뱀처럼 꿈틀거렸다.

이 시각 강 건너편에 있는 건녕왕도 휘주에 변고가 생겨 온 성이 화염에 휩싸인 채 검은 연기가 해를 가리는 광경을 목도했을 것이다.

과연 건녕왕은 소기의 대군이 성을 공격했다고 믿을까? 그 늙은 여우를 속여 넘기지 못해 그가 도강을 강행한다면 어찌해야 할까? 손바닥이고 등줄기고 식은땀이 줄줄 흘렀다. 이미 여러 번 생사의 위기를 겪고도 불길과 연기에 휩싸인 성을 마주하고 치열한 전투를 앞두니 밀려드는 두려움을 떨칠 수가 없었다.

문득 뒤에서 작게 흐느끼는 소리가 들렸다. 돌아보니 옥수가 하얗게 질려 눈물을 닦고 있었다.

"뭘 겁내는 것이냐?" 나는 얼굴을 굳히고는, 갑옷을 입고 칼을 든 호위들을 천천히 눈으로 훑으며 옥수에게 나직하게 말했다. "이곳에 담약한 자는 없다. 목숨을 내건 장졸들 모두가 진정한 용사이니, 그들과 생사를 함께할 수 있는 것을 네 영광으로 여겨야 한다."

시위들의 얼굴에 감격의 빛이 어렸다. 옥수는 땅바닥에 털썩 꿇어앉았다. "소인이 잘못했습니다."

사실 이러니저러니 해도 아직 열다섯밖에 안 된 아이였으니, 이만큼 버틴 것도 그 용기가 가상하다 할 만했다. 그런 옥수가 안쓰러워

나는 표정을 살짝 풀며 옥수를 일으켜주었다. "장졸들이 목숨을 걸고 적과 싸우는 이때, 그 누구의 눈물도 보고 싶지 않구나."

옥수가 눈물이 그렁그렁한 채 떨리는 목소리로 말했다. "소인, 무섭지 않습니다. 그저…… 그저 송 장군과 다른 분들의 안위가 걱정되어……."

둥그스름하고 반짝반짝 빛나는 옥수의 커다란 눈동자에는 걱정과 두려움이 가득했다. 순간 가슴이 소란스레 날뛰며 옥수의 마음을 어느 정도 알 것만 같았다. 만약 지금 전장에서 싸우고 있는 사람이 소기였다면 나 또한 이토록 침착하지는 못했으리라…….

문득 침착하면서도 세상을 내려다보는 소기의 눈빛이 아스라이 떠올랐다. 어떤 알 수 없는 힘이 내 안으로 스며들면서 정신이 맑아지는 듯했다.

나는 옥수를 똑바로 쳐다보며 결연히 말했다. "그들 모두 용맹한 전사이니 틀림없이 무사히 우리 곁으로 돌아올 것이다."

내 말이 채 끝나기도 전에 남쪽 성 밖에서 웅장한 호각 소리가 울려왔다. 하늘로 치솟은 그 소리는 아침 하늘을 갈랐고, 이어서 수많은 북소리가 일제히 울리며 지축을 흔들었다. 둥둥둥 세찬 울림 사이로 뿜어져 나온 살기가 천지를 뒤덮었다.

아마도 주둔군 병영을 차지한 송회은이 사전에 약속한 대로 강 건너 건녕왕에게 들려줄 심산으로 호각을 불고 북을 울린 것이리라.

높은 누대에 서 있는데 문득 두려움이 차올라 난간을 꽉 움켜쥐었다. 모든 일이 너무 순조롭게 흘러가는 것이 도무지 믿기지 않았다.

옥수는 예법 따위는 잊은 듯 내 옷소매를 붙잡으며 계속해서 물었다. "왕비 마마, 들어보세요! 저건 뭐죠? 저곳에서 무슨 일이 일어난 거죠?"

나는 입술을 앙다물 뿐 아무 말도 하지 못했다. 그들이 직접 승전보를 전해오기 전까지는 감히 망령되이 요행을 바랄 수 없었다.

고작 향 반 대를 태울 정도의 시간이 흘렀다. 그 시간이 견디기 힘들 정도로 너무나 길어 모든 믿음이 바닥나기 직전이었다.

"보고요——."

시위 하나가 날듯이 달려왔다. "휘주 자사 오겸을 죽였으며, 수장(守將)이 항복하였고, 사방의 성문을 모두 점령하였습니다. 송 장군과 모 장군이 이미 휘주 군정(軍政)을 장악했고, 방 대인이 군사를 이끌고 행관으로 돌아오고 계십니다!"

옥수가 펄쩍펄쩍 뛰며 기쁨에 겨워 소리쳤다. "천지신명이시여, 감사합니다! 감사합니다!"

뒤에 서 있던 시위들도 흥분한 기색을 고스란히 드러내며 기쁨에 겨운 환호성을 질렀다.

"잘되었구나. 마차를 준비해라. 성으로 들어가겠다." 나는 미소를 지으며 고개를 끄덕였다. 가슴속의 떨림이 목소리를 타고 새어 나오지 않도록 애써 흥분을 가라앉혔다.

그대로 뒤돌아 하늘을 올려다보고는 눈을 감은 채 방금 전 옥수가 한 말을 계속해서 되뇌었다. 당장에라도 바닥에 엎드려 하늘의 보살핌에 머리 숙여 감사하고 싶은 마음이었다.

방계가 행관으로 돌아올 때, 마침내 하늘에 구멍이라도 뚫린 듯 비가 억수같이 쏟아졌다.

나는 그가 꿇어앉아 절을 올리기 전에 직접 그를 부축해 일으켰다. 그리고 방계와 그의 뒤로 핏물과 빗물을 뒤집어쓴 채 서 있는 용맹한 병사들에게 미소 지으며 감사를 표했다.

방계는 투구를 내던지고 얼굴을 따라 흘러내리는 빗물을 쓱 닦아내고는, 큰 소리로 웃으며 말했다. "반평생을 암인으로 살다가 오늘 두 장군을 따라 적진을 누비며 마음껏 싸운 것은 속하 평생의 가장 큰 행운이었습니다!"

이토록 호탕하고 용맹한 사내대장부가 단지 암인인 까닭에 평생 밝은 하늘 아래서 재주를 펼칠 수 없다니! 나는 방계를 바라보며 미소를 지었다. "이 길로 나와 함께 경사로 가서 앞으로 예장왕을 따르라고 하면, 그대는 따르겠습니까?"

방계는 두 말 않고 바닥에 꿇어앉았다. "속하는 암인으로 일찍이 왕씨의 크나큰 은혜를 입고 충성을 다하기로 맹세한 몸, 죽는 날까지 주인을 바꿀 수는 없습니다."

그 말에 순간 어안이 벙벙해졌다. 안타깝고도 실망스러웠으나 이내 정신을 차리고 다시 물었다. "그렇다면 나를 따르는 것은 어떻습니까?"

"왕비 마마의 분부에 따를 뿐입니다!" 방계가 고개를 쳐들었다. 형형한 눈빛에 한 줄기 미소가 비쳤다.

방계와 그의 뒤로 바닥을 새카맣게 물들인 채 꿇어앉아 있는 암인들을 바라보다가 문득 깨달은 사실에 깜짝 놀랐다. 지난날 왕씨 가문은 아버지와 숙부가 각기 밝은 곳과 어두운 곳, 조정과 재야 양쪽에서 세력을 이끌었으나 지금은 내가 시대의 형국에 밀려 그들 앞에 서서 처음으로 윗대의 권위를 대신하고 있었다! 내가 이어받은 것은 눈앞에 꿇어앉은 자들의 생사와 운명뿐이 아니었다. 왕씨 가문에 대한 그들의 충심과 믿음까지 고스란히 내 몫이 되었다.

찰나의 순간 내 안으로 흘러 들어온 강대한 힘에 내면이 점차 단단해지는 듯했다.

마차와 수행하는 시위들이 성을 가로지르자 길가에 있던 백성들은 대경실색해 바삐 달아날 뿐, 누구 하나 어제처럼 둘러싸고 구경하지 않았다.

온 성이 삼엄한 경계 태세를 갖추고 있었다. 지난밤의 변란으로 이미 휘주성은 민심이 뒤숭숭해졌다. 부호들은 값나가는 것들을 모조리 싸 들고 성 밖으로 도망쳤고, 집을 버리고 멀리 도망갈 형편이 안 되는 백성들은 또다시 전쟁이 일어날 것에 대비해 다급히 곡식과 물품을 챙겼다.

길에서는 혼란을 틈타 백성을 괴롭히는 군사들을 적잖이 볼 수 있었다. 어제만 해도 화려하고 번화한 성이었던 휘주는 하룻밤 사이에 황량한 폐허로 변해버렸다.

나는 참혹한 광경을 더 보고 있기가 괴로워 그만 마차의 발을 내렸다.

마차가 자사부 앞에 이르렀다. 눈앞에 난장판이 펼쳐졌다.

대문 앞 돌계단에는 채 씻기지 않은 핏자국이 남아 있어 간밤의 치열한 혼전을 어렴풋이 짐작케 했다. 뜰 이곳저곳에 문서와 서책만 나뒹굴 뿐, 노복이나 시녀들은 그림자도 보이지 않았다. 곳곳에서 갑옷을 입고 칼을 찬 병사들이 물로 핏자국을 지우며 주변을 정리하고 있었다.

송회은이 휘주성의 대소 문무 신료들을 데리고 나를 맞이하러 나왔다. 모두 지난날 휘주에 머무를 때 본 적이 있는 자들이었다. 그 당시에 절기를 맞아 연회가 열릴 때면 늘 시인들이 맞아주었더랬다. 내가 지나가자 모두 고개를 숙였다. 아스라이 처음 휘주에 왔을 때의 광경이 떠올랐지만, 지금은 그때와 모든 것이 달라져 있었다.

갑옷도 벗지 않은 송회은은 팔뚝의 상처도 대충 싸매두었을 뿐이고, 눈에는 핏발이 가득 했지만 여전히 기백이 넘쳤다.

그는 간략하게 전황을 보고했다. 참혹한 상황에 대해서는 일언반구 언급하지 않고, 그저 오겸이 창황히 도망쳐 반군 무리에 섞여 들어가 자신이 직접 활로 쏘아 죽였다고만 했다. 또 건녕왕 쪽에서는 작은 배 10여 척을 보내 강을 따라 정탐할 뿐, 아직 별다른 움직임을 보이지 않고 있다고도 했다.

순식간에 머릿속이 복잡해지고 마음이 초조해졌다. 하지만 휘주의 대소 신료들을 앞에 두고 그런 내색을 할 수는 없는지라 아무렇지도 않은 척했다.

나는 민심을 안정시켜 날이 어두워지기 전에 성안의 소란을 잠재울 것, 휘주성의 방어를 강화해 언제라도 건녕왕의 대군을 막을 수 있도록 만전을 기할 것, 그리고 군량과 마초를 확보해 예장왕의 대군이 당도할 때까지 기다릴 것, 이 세 가지를 당부했다.

그런데 모연의 모습이 보이지 않았다. 송회은에게 물었더니, 난처한 기색을 보일 뿐 답하지 못했다.

다른 관료들을 모두 물린 다음, 내당으로 돌아가 미간을 찌푸린 채 송회은을 바라봤다.

그가 나지막이 답했다. "모 통령(統領)은 지금 오 부인의 거처에 있습니다."

그 말에 눈썹을 치켰다. 뭔가 불길한 예감이 든 찰나 송회은이 말을 이었다. "오겸이 죽었다는 소식에 오 부인이 자결했습니다."

모연은 자신의 손으로 오 부인의 시신을 납관하고 장사 지냈다.

그녀는 아무런 말도 남기지 않고, 믿을 수 없을 만큼 단호하게 세상을 떠났다. 오겸의 두 첩실은 하염없이 눈물을 흘리며 말했다. "부인께서는 혜심 아가씨를 저희에게 맡긴다고 하시고는 홀로 방으로 돌아가시더니 나리께서 평소에 차시던 칼로 목을 베어 자결하셨습니다."

규방 밖으로 나가본 적도 없는 여인이, 평생 만져본 적도 없는 검으로, 누구도 예상치 못한 이런 방식으로 부군을 따라 세상을 떴다.

나는 그녀의 빈소에 들지도, 그녀의 마지막 길을 배웅하러 가지도 않았다. 오 부인이 나를 보고 싶어 할 리 없을 테니까. 어제 오 부인이 돌아가기 전에 그녀에게 건넨 말이 귓가를 맴돌았다. '환란을 당한 때에 도와주신 은혜는 언젠가 반드시 갚겠습니다.'

그녀가 환란을 당한 나를 도와준 것이 가문의 참변을 불러왔다. 나는 그녀가 자랑스러워하는 친조카를 꾀어내 그녀의 남편을 배신하게 하고 결국 그녀의 남편을 죽음에 이르게 하는 것으로 그녀의 은혜를 갚았다.

"왕비 마마, 날이 벌써 어두워졌으니 나와서 뭘 좀 드셔요." 옥수가 문밖에서 작은 소리로 간청했다.

나는 창문 아래 우두커니 앉아 아무 말도 하지 않았다. 그저 북쪽 하늘가만 멍하니 바라보면서 스멀스멀 어스름이 깔리는 것을 지켜봤다. 누구도 만나고 싶지 않았고 아무 말도 하고 싶지 않았다. 나는 그저 가만히 방 안에 처박혀 있었다. 차마 모연을 보러 갈 용기도, 혜심이라는 아이를 보러 갈 용기도 나지 않았다. 오혜심은 울다 지쳐 여러 번 정신을 놓았고, 들보에 목을 매려다 미수에 그쳤으며, 지금은 미음조차 넘기지 못한 채 침상에 누워 있다고 했다.

옥수는 여전히 문밖에서 문을 열어달라고 애원하고 있었다. 나는 문 앞으로 걸어가 한동안 말없이 서 있다가 문을 열었다.

"오혜심이 있는 곳으로 안내해라." 내가 담담히 말하자 옥수는 얼빠진 표정으로 내 기색을 살피고는, 감히 막아서지 못하고 곧장 뒤돌아서 길을 안내했다.

규방 문안으로 들어서기도 전에 여인의 흐느낌과 함께 자기가 깨지는 소리가 들려왔다.

부인 하나가 황급히 맞으러 나왔다. 그녀는 흰 소복을 입은 채 청아하고 수려한 얼굴로 격에 맞게 예를 갖추고는, 자신이 안사람 조(曹)씨라고 했다.

여러 말 하고 싶지 않아 곧장 방 안으로 들어갔다. 파리한 안색의 가냘픈 소녀가 마침 시녀가 올린 죽 그릇을 거칠게 밀쳐내고 있었다.

나는 시녀에게서 죽 그릇을 건네받아, 오혜심의 침상 앞까지 걸어가 눈을 내리뜨며 그녀를 응시했다. 주위의 시녀들이 모두 바닥에 꿇어앉았다. 오혜심은 눈물을 글썽이며 고개를 들더니 너무 울어 발갛게 부어오른 두 눈에 의아함을 담았다.

"입을 벌려라." 나는 죽 한 숟가락을 떠서 그녀의 입가에 가져다 댔다.

두 눈을 크게 뜨고 나를 노려보는 오혜심을 향해 나는 냉랭하게 내뱉었다. "널 죽이려고 죽에 독을 넣었다."

오혜심은 흠칫 놀라 몸을 떨었다. 두 눈에 두려움이 가득했고 입술이 바들바들 떨렸다.

"네가 죽고자 하니 뜻대로 해주마." 나는 억지로 오혜심의 입술 사이에 숟가락을 밀어 넣었다.

소녀는 온몸을 바들바들 떨며 커다란 눈물방울을 뚝뚝 떨구었다. "누구시죠……."

나는 죽 그릇을 내려놓고 그녀의 두 눈을 똑바로 바라보며 천천히 입을 열었다. "나는 예장왕비다."

오혜심은 갑자기 두 눈을 번뜩 뜨면서 빽 소리를 질렀다. "네가 우리 부모님을 죽였구나!"

나는 그녀가 달려들어 내 옷깃을 붙잡는데도 피하지 않고 가만히 있었다. 오혜심의 손바닥이 뺨을 철썩 때리는 순간 눈앞이 흐려졌다.

뒤에 있던 옥수와 조씨가 달려와 막으려고 하기에 나는 손을 들어 그녀들을 막았다.

혜심은 눈앞에 뵈는 게 없는 듯 나와 드잡이하려고 달려들었다가 내게 손목이 잡혔다.

말 타고 활 쏘는 데 능숙한 내 완력은 보통 규방 여인들과는 비할 수 없었다. 그런데 이 여자아이는 가냘프고 연약한 데다 몸부림치는 힘도 약하기 짝이 없어 내게 손목을 잡히니 옴짝달싹하지 못했다.

"이 손찌검은 내가 네 어미에게 진 빚이다." 나는 그녀의 두 눈을 뚫어지게 쳐다보며 말했다. "복수하고 싶으냐? 그렇다면 일단 살아서 생각해보거라."

나는 오혜심을 놓아주고는 자리에서 일어나 소매를 떨치고 돌아나왔다.

내 뒤를 따라 나온 조씨는 뜰에 이르러 몸을 숙이며 말했다. "고맙습니다, 왕비 마마."

"혜심은 진정으로 죽으려는 것이 아니네. 앞으로 잘 살아갈 것이야." 나는 피로감에 한숨을 내쉬다가, 전에 옥수가 오혜심을 돌보는 사람이 모연의 부인이라고 한 말이 문득 생각났다. 나는 고개를 옆으로 돌려 그녀를 보며 물었다. "자네가 모 부인인가?"

조씨가 고개를 숙이고는 그렇다고 했다.

나는 순간 할 말을 찾지 못해 잠시 침묵하다가 말을 이었다. "모 장군은 어떠하신가?"

"왕비 마마의 관심에 감사드립니다. 바깥주인은 이미 병영으로 돌아가, 송 장군을 도와 성을 방어하는 군무를 임시로 맡고 있습니다." 낮고 부드러운 목소리로 솔직하고 거침없이 말하는 것이 보통 규방 여인 같지 않았다.

나는 고개를 끄덕이며 말했다. "모 장군과 부인이 고생이 많소."

조씨는 얼굴을 붉히며 뭔가 말을 하려는 듯 입술을 달싹이다가 이
내 입을 다물었다. 그 모습이 괴이쩍어 시선을 돌려 그녀를 지그시 쳐
다봤다. 조씨는 잠시 머뭇거리다가 결국 말을 꺼냈다.

"바깥주인은 그저 수위통령으로 직위와 신분이 비천하니 장군이라
는 칭호는 당치 않습니다."

그 말에 잠시 멍해진 나는 깜짝 놀라 물었다. "모연의 직위가 어찌
그리 비천할 수 있소? 그는 오 부인의 조카가 아니오?"

조씨는 난처한 듯 잠시 침묵하더니 이내 용기를 내서 말했다. "바
깥주인은 외가의 덕을 보지 않으려 했고, 고모부님도 관리로서의 명
성에 누가 될까 두려워……. 바깥주인은 헛되이 나라에 보은할 뜻만
품은 채 여러 해 동안 높은 자리에 오르지 못하였습니다. 이번에 고모
부님이 반군에 기탁할 때도 바깥주인은 사력을 다해 말렸습니다. 이
후 왕비께서 입성하시면서 바깥주인은 막다른 길에서 돌아서 큰 죄
를 짓지 않을 수 있었습니다. 소첩이 비록 어리석으나, 훌륭한 말은
그 재능을 알아보는 백낙(伯樂)을 만나야 하고 훌륭한 장수는 현명한
주군에게 기탁해야 함을 알고 있습니다. 부디 왕비께서 가문의 죄를
따지지 마시고 저희 바깥주인을 위해 좋은 말씀을 올려주십시오. 훌
륭한 장수가 나라에 보답할 길이 없어서야 되겠습니까!" 많은 말을
단숨에 내뱉은 조씨는 얼굴을 붉힌 채 내 앞에 무릎을 꿇고 절했다.
"소첩, 이 자리에서 왕비께 머리 숙여 감사를 표하나이다!"

이 말은 사심에서 나온 말이었다. 모연이 반역을 저지른 오겸에게
연루되어 투항한 장수로서 사람들의 멸시를 받을까 두려워, 그의 잘
못이 아님을 알리고 인정을 구하는 것이 분명하긴 한데…… 조씨의
입에서 나오는 말은 전혀 아첨 같지 않고 너무나 진실하고 정직하게

들렸다. 오라버니와 비슷한 나이에 담력과 식견이 사내 못지않은 것을 보니 절로 존경심이 일어 다급히 그녀를 일으켜 세웠다.

"모연에게 이토록 현명한 아내가 있는 것을 보니, 그는 훌륭한 장수일 뿐만 아니라 복장(福將)이겠군요." 그 말과 함께 눈썹을 치키며 웃는데 나도 모르게 그녀에게 친근감이 들었다. "이 왕현, 젊고 식견이 얕으니 모 부인께서 꺼리지 않으신다면 수시로 좋은 생각을 일러주시고 이곳의 일을 함께 상의해주십시오."

생각지도 못했던 말인지 조씨는 몹시 기뻐하며 다시금 절을 올렸다.

밤이 깊었으나 뒤척거리며 잠을 이루지 못했다.

송회은이 내게 한사코 행관에서 자사부로 거처를 옮기라고 한 탓에 오기는 했으나, 수비가 삼엄하고 안전하다 한들 눈만 감으면 오 부인이 생각나고 오혜심이 떠오르는데 어찌 편히 잘 수 있겠는가. 야심한 시각이었으나 도무지 잠이 오지 않아 아예 자리에서 일어나 옷을 걸치고 뜰로 나갔다.

먹물을 뿌려놓은 듯 깜깜한 밤하늘에는 달빛조차 보이지 않았다. 그저 은은한 불빛만이 하늘가를 조금 밝혀, 야간 경비를 서는 병사들이 성루를 순시하는 모습이 희미하게 보일 뿐이었다. 나는 밤교대를 서는 시녀 몇 명만 데리고 길을 나섰다. 몇 날 며칠 무서운 일을 겪느라 많이 놀라고 지친 옥수는 이미 방에 돌아가 단잠에 빠졌기에 굳이 부르지 않았다.

발길이 닿는 대로 안뜰 문 앞에 이르렀다. 뜻밖에도 바깥뜰은 대낮처럼 불이 밝혀져 있고, 아직도 군사와 관리들이 바삐 드나들고 있었다.

나는 소리 없이 편청(偏廳)에 이르러, 문 앞을 지키고 선 시위들에게 소리 내지 말라는 뜻을 전했다. 편청에 드니 장수 몇이 지도 앞에 모여 있는 것이 보였다. 그중에 송회은이 있었다. 송회은은 짙은 남색의 편포(便袍)를 입고 있었는데, 등불 아래서 보니 더욱 준수하고 수려했으며 언행이 침착하고 결연한 것이 얼핏 대장군의 풍모가 느껴졌다.

아마 소년 시절의 소기도 이처럼 기백이 넘치지 않았을까?

나는 문밖에서 한동안 가만히 서 있었다. 송회은은 장수들에게 방어 병력을 배치하는 임무를 하달하느라 미처 나를 발견하지 못했다. 기쁘면서도 안심이 되어 그만 돌아가려는 찰나, 뒤에서 놀란 누군가의 외침이 들렸다. "왕비 마마!"

돌아보니 송회은이 불쑥 머리를 쳐들고는 나를 뚫어져라 쳐다보고 있었다.

"시각이 늦었습니다. 급한 군무가 아니라면 여러분도 그만 돌아가 쉬시지요." 편청 안으로 든 나는 장수들을 향해 따뜻한 말을 건네며 미소 지었다.

송회은은 고개를 끄덕이며 웃더니 내 말대로 사람들을 물렸다.

내가 지도 앞으로 천천히 걸음을 옮기는 동안, 송회은은 얼마간의 거리를 유지한 채 말없이 내 뒤를 따랐다. 평소와 다름없이 정중하면서도 어색한 태도였다.

"다친 데는 어떻습니까?" 나는 미소 지으며 고개를 옆으로 돌렸다.

송회은이 고개를 숙이며 말했다. "괜찮습니다. 그저 찰과상이었습니다. 염려해주셔서 감사합니다."

점점 더 거북해지는 그의 안색에 절로 웃음이 터졌다. "회은, 어째서 나와 이야기할 때는 항상 무서운 적이라도 마주한 것처럼 구시는 겁니까?"

내가 건넨 우스갯소리에 깜짝 놀란 듯, 송회은은 잠시 얼빠진 표정을 짓더니 뜻밖에도 귀뿌리까지 붉혔다.

난처한 기색을 감추지 못하는 그를 보니 더 이상 농을 해서는 안 되겠기에, 고개를 돌리며 가볍게 헛기침하고는 정색을 했다. "지금의 정황으로 볼 때, 건녕왕이 먼저 강을 건널 것으로 보입니까?"

송회은이 약간 얼떨떨한 표정으로 잠시 멍하니 있다가 대답했다. "금일 휘주에 큰 혼란이 일고 사방에서 낭연이 치솟았습니다. 건녕왕은 원래 신중하고 의심이 많은 자이므로 이 같은 정황을 보고 경솔하게 강을 건너지는 못할 것입니다. 다만 시일이 지날수록 건녕왕의 의심이 깊어질 것이 걱정입니다."

나는 고개를 끄덕이며 말했다. "맞습니다. 정말로 대군이 이미 당도했다면 성을 지키기만 한 채 출전하지 않을 까닭이 없으니까요. 군사를 움직이지 않을수록 빈틈을 내보이는 셈이 될 테고, 머잖아 실상을 들키고 말겠지요."

"왕야께 소식이 전해졌으니 순조롭기만 하다면 닷새 안에 도착할 것입니다." 송회은이 미간을 잔뜩 찌푸리며 말을 이었다. "이 닷새를 넘기느냐가 관건입니다. 모연이 이미 계획에 따라 예장왕의 수기를 성루 곳곳에 꽂아두었으며, 주둔군 영지에 아궁이를 늘려 여러 곳에서 밥 짓는 연기를 올리고 밤낮으로 순찰을 돌며 대군이 입성한 것처럼 보이게 하고는 있으나…… 속하의 생각으로는 아무리 길어도 사흘이 한계입니다."

이미 그러리라 생각하고 있었기에 아무 말도 하지 않았다. 최악의 경우라도 서로 창칼을 겨누는 것 외에 무엇이 더 있겠는가!

"그렇다면 사흘 뒤에는 혼전을 피할 수 없겠군요?" 나는 숙연히 그를 바라봤다.

송회은이 의연히 고개를 끄덕였다. "적어도 이틀은 굳건히 지키며 건녕왕을 휘주성 밖에 둔 채 왕야께서 당도하시길 기다려야 합니다."

나는 미간을 찌푸리며 서서히 입을 열었다. "휘주의 병력으로는 중과부적이 분명할 터, 게다가 휘주 수비군은 여태껏 별일 없이 나랏밥 먹는 데 익숙해 게으르기 짝이 없고 훈련도 소홀히 해왔어요. 또한 민심이 동요하는 이때…… 억지로 모은다고 하더라도…… 이틀을 넘길 수 있을지 걱정이군요."

"막을 수 없더라도 막아야지요!" 번쩍 쳐든 송회은의 눈은 꽁꽁 언 얼음처럼 결연했다. "속하는 이미 전군에게, 일단 성이 함락되면 성에 불을 질러 온 성의 수비군과 남녀노소가 반군과 함께 뼈를 묻게 할 것이라는 말을 전했습니다!"

나는 너무 놀라 한동안 말을 잇지 못한 채 그를 바라보기만 했다.

송회은은 당당하게 나와 마주 보며 천천히 말했다. "그리하면 더 물러날 곳이 없으니, 결사의 각오로 목숨을 내걸고 싸울 수밖에 없을 겁니다!"

함께하다

휘주의 밤바람은 영삭보다 따스하고 부드러웠다. 5월의 깊은 밤, 옷 사이를 뚫고 들어오는 청량한 바람에 귀밑머리가 살랑였다.

나는 중정(中庭)에 선 채로 고개를 들어 하늘가를 바라보며 얕은 탄식을 내뱉었다. "교전이 벌어지면 이 성은 어찌 될지 모르겠습니다."

송회은은 잠시 침묵했다. "팽택 자사가 이미 거병해 반란을 일으켰고, 낭연이 동남 지방의 여러 군까지 이어졌습니다. 일단 적이 물길을 점령하면 낭야도 더 이상 태평할 수 없을 것입니다. 아직 낭야에 이르지 못하신 장공주께서 팽택에 전란이 일어났음을 알게 되신다면 계속 낭야로 가지는 못하실 것입니다."

나는 서글픔을 감추지 못하며 탄식했다. "어머니께서는 이미 경사로 돌아가시는 중일 것입니다. 어머니의 성정을 생각했을 때, 돌아가시는 것도 나쁘지 않을 거예요."

"설마 장공주께서 위태로운 경사의 상황을 모르신다는 말씀이십니까?" 미간을 찌푸리며 나를 쳐다보는 송회은의 표정에 걱정과 초조함이 엿보였다.

"경사가 위태롭기 때문에 돌아가시는 거랍니다." 나는 하릴없이 웃을 따름이었다. 아무리 아버지에 대한 원망이 깊더라도 수십 년을 부부로 살아온 정이 있었다. 아버지가 생사의 기로에 선 지금, 어머니는 아버지와 함께하려 할 것이다. 진민장공주가 진정으로 고집을 부리면 누가 막을 수 있겠는가…… 팽택의 난으로 풍전등화의 위기에 놓인 경사가 어머니의 진심을 이끌어냈을지도 모른다.

"어인 말씀이십니까?" 여전히 이해가 안 된다는 듯 송회은이 걱정스레 물었다.

하지만 다른 사람에게 집안일을 더 이야기하고 싶지 않아 담담히 웃으며 말했다. "어머니는 분명 경사로 돌아가고 계실 거예요. 내가 휘주에 남을 것처럼요."

"휘주에 남는다니?" 송회은이 갑자기 목소리를 높이더니, 경어를 쓰는 것조차 잊고 노성을 질렀다. "절대 안 됩니다!"

어둠 속에서 송회은의 날카로운 두 눈썹이 위로 치솟고 두 눈에 초조함과 걱정이 들어찼다.

그 눈빛에 가슴이 꽉 조여왔다. 경외심이나 공손함은 찾아볼 수 없고 감출 수 없는 열망만이 가득한 눈빛이었다. 그것은 신하가 군주를 대하는 눈빛이 아니라 사내가 여인을 보는 눈빛이었다.

송회은이 다급히 외쳤다. "휘주는 곧 일전을 치러야 합니다. 속하, 이미 방계에게 내일 아침 일찍 왕비 마마를 성 밖으로 호송해 북쪽으로 가서 왕야와 회합하라고 일러두었습니다. 무슨 일이 있어도 왕비 마마를 위태롭게 할 수는 없습니다!"

나는 고개를 돌리고 몸을 틀어 그의 뜨거운 눈빛을 피했으나 당황스러운 마음은 진정되지 않았다.

순간 두 사람 사이에 말이 없어졌다. 그저 밤바람이 옷자락을 펄럭이는 것만이 느껴졌다.

"장군은 성을 지키는 데만 전력을 다하시면 됩니다. 떠날지 남을지는 제가 알아서 하겠어요." 나는 마음을 가라앉히고 담담히 말했다.

송회은은 숨을 몰아쉬며 뭔가 말을 하려다가 갑자기 입을 꾹 다물었다.

나는 눈을 돌려 그를 지그시 바라봤다. "장군은 왕야를 따라 수많은 전투를 몸소 겪으면서, 전황이 위급하다 하여 전투를 앞두고 물러난 적이 있습니까?"

그가 미간을 찌푸리며 말했다. "장수는 전장에서 싸우다 죽는 것이 당연하지만, 왕비는 여인의 몸인데 어찌 같은 이치로 논할 수 있습니까!"

"그럼……." 나는 살며시 웃으며 말을 이었다. "만약 왕야께서 이곳에 계셨다면 그대들을 버리고 난을 피해 홀로 성을 빠져나가셨을까요?"

"그것도 상황이 다릅니다!" 송회은이 버럭 노성을 질렀다.

나는 미소 지으며 그를 똑바로 쳐다봤다. "다를 게 무엇입니까? 나는 예장왕비니 응당 예장왕의 수하 장졸들과 함께 움직여야지요."

송회은은 말없이 시선을 내리고 더 이상 나와 언쟁을 이어가지 않았다. 안뜰로 돌아가는 내내 송회은은 잠자코 내 뒤를 따르며 호송하더니, 문가에 이르러서는 발길을 멈추고 안으로 들어가는 나를 눈으로 배웅했다.

구불구불한 길을 따라 깊숙이 들어갈 때까지도 여전히 등 뒤의 눈빛이 따라오고 있음을 느낄 수 있었다. 결국 참다못해 발길을 멈추고 뒤돌아보니, 그 희미한 형체는 문가에 외로이 서서 옷자락을 펄럭이고 있었다. 말로는 표현할 수 없는 공허한 적막감과 고고함이 느껴지는 모습이었다.

날이 밝자마자 녹령관 밖으로 허실(虛實)을 정탐하러 갔던 군사가 돌아와 보고하기를, 건녕왕의 대군이 전선(戰船)을 만드는 데 박차를

360

가하고 있다고 했다. 그들은 새벽녘 작은 배 여러 척을 띄우고 강기슭에 접근해 우리 군을 염탐하다가 야간 순시를 도는 군사들에게 발각되었으며, 우리 군이 일제히 활을 쏘자 물러갔다고 했다.

모연은 이미 동서남북 사방의 성문을 봉쇄하고, 성안의 군사들과 백성들에게 식량을 비축하고 전투에 대비하라는 영을 내렸다. 그리고 대군을 소집해 녹령관에 주둔시킴으로써 누구도 남쪽으로 입성하지 못하게 했다. 녹령관은 오늘 정오에 봉쇄할 예정이었기에, 이 시각 관문 안팎은 관문이 봉쇄되기 전에 전쟁을 피해 입성하려는 근처 백성들과 수레들로 발 디딜 틈 없이 북적였다.

눈 깜짝할 사이에 이틀이 지났다. 건녕왕의 전선은 이미 강기슭에 전투 대형을 갖춘 채 늘어섰다. 날이 맑으면 맞은편 강기슭에서 휘날리는 군기(軍旗)를 어렴풋이 볼 수 있었다.

사흘째 되는 날, 강을 건너 염탐하던 작은 배들이 갑자기 늘어나더니 수시로 성루 쪽으로 화살을 날리고 고함을 지르면서 도발했다. 모연과 송회은은 번갈아 성루에서 당직을 서며, 반격은 물론이고 반응조차 보이지 말고 굳게 지키기만 하라고 엄명을 내렸다. 건녕왕이 설레발치며 떠보려고 할수록, 그가 우리 측의 허실을 파악하지 못해 확신이 없음을 드러낼 뿐이었다.

성루 분위기는 하 수상하고 성안 민심은 뒤숭숭했다.

백성들이 전란에 대비해 앞다투어 양식을 비축하는 통에 곡식을 다 팔아버린 성안 미곡상들은 잇달아 문을 닫았고, 먹을 것을 구할 수 없게 된 빈민들의 애타는 호소가 이어졌다. 휘주는 여러 해 동안 전란을 겪지 않았다. 그 탓에 관고에 쌓아둔 군량과 마초를 오랜 세월 제대로 조사하지도 않아 썩고 못 쓰게 된 것이 상당했다. 겨우 이 정도 양으로 얼마나 버틸 수 있을지…….

모든 것이 너무 혼란스러워 어디서부터 어떻게 대처해야 할지 갈피를 잡을 수 없었다. 어려서부터 보고 배운 것 중에는 병법도 적지 않았으나, 대부분이 궁궐과 조정에서 권력을 휘두르는 방법에 관한 것이었다. 이렇게 지극히 평범한 백성들의 먹고사는 문제는 들어본 적도 없는 딴 세상 이야기였다. 휘주의 대소 신료들은 무위도식이 몸에 밴 데다 시나 짓고 청담(淸談)을 나누는 데만 능할 뿐이라, 진정 군사를 부려야 할 때에 이르자 하나같이 쓸데없는 헛소리만 지껄여댔다.

한참 속수무책으로 애만 태우고 있을 때, 모 부인 조씨가 자신의 족형(族兄)을 포함해 비천한 출신의 하급 관리 일곱 명을 추천했다. 모두 여러 관청에서 오랜 세월 일한 청렴한 관리들로, 백성의 사정을 속속들이 꿰고 있고 근면 성실한 자들이었다. 그 덕분에 겨우 발등에 떨어진 불을 끌 수 있었다. 며칠 동안 모두가 눈도 제대로 붙이지 않고 관고와 부고를 하나하나 조사한 끝에, 군량과 마초가 군에 제대로 보급되었고 빈민 구제를 위한 곡창(穀倉)까지 따로 열 수 있었다. 성 안 민심이 조금씩 안정되었고 소란도 점점 잦아들었다.

이전에도 조정 관리들이 부패했고, 귀족 자제들이 용속하고 무능하다는 사실은 알고 있었다. 하나 이 정도일 줄은 몰랐다.

나는 이마를 짚으며 길게 탄식했다. 경사에 있는 오라버니를 떠올리니 어찌할 수 없는 무력감에 살짝 걱정이 되었다.

이미 날이 저물었다. 송회은의 예상대로라면 건녕왕의 인내심이 오늘 밤을 넘기기 어려울 것이었다.

나와 조씨가 서로를 잡아끌며 성루에 이른 때는 자정에 가까운 시각이었다. 오늘 밤의 휘주는 얼마 안 되는 별빛 사이로 달빛이 휘영청한 것이 무척이나 고즈넉했다.

성루 수비는 여느 때와 다름없이 조금의 흐트러짐도 없었다. 오히려 온 성이 바짝 긴장한 채 동서남북 사문(四門)의 수비군이 모두 경계를 게을리 하지 않고 전투태세를 갖추고 있었다.

송회은과 모연이 소식을 듣고 달려왔다. 갑옷을 입고 검을 찬 두 사람의 눈 속에는 핏발이 서 있었다.

조씨에 따르면, 모연이 이미 사흘째 귀가하지 않고 군영에서 당직을 섰다고 했다. 이 시각 성루에서 마주한 모연 부부는 목숨을 건 전투를 코앞에 두고도 차분히 서로를 응시한 채 아무 말도 하지 않았지만, 오가는 눈빛만으로도 이미 할 말을 다 한 듯했다.

그 모습에 가슴이 울렁여 미소를 머금고 돌아서서 송회은에게 말했다. "송 장군께서는 저를 좀 따라오시지요."

모씨 부부에게서 몇 장 떨어진 곳에 이르자, 나는 발을 멈추고 뒤돌아서 송회은을 보며 미소 지었다. "잠시 두 사람만의 시간을 갖도록 해주지요."

송회은은 미소를 머금은 채 말없이 나를 지그시 바라보다가 다시 시선을 살짝 떨궜다.

지난 사흘간 나는 일부러 송회은을 피해왔다. 날마다 중요한 일로 상의할 때가 아니면 절대로 그와 만나지 않았다. 간혹 잡다한 일로 그를 만나야 할 때는 옥수에게 중간에서 말을 전하게 했다. 옥수는 평소 송 장군의 말을 전할 때면 늘 싱글벙글 웃는 얼굴이더니, 송회은을 눈앞에 둔 지금은 고개를 숙인 채 내 뒤에 서서 제대로 쳐다보지도 못했다. 연정을 품은 젊은이들이 다 그렇듯이……

머잖아 전투가 벌어질 텐데도 눈앞의 모씨 부부와 옥수의 소녀다운 연정에 따스한 기운이 차올랐다.

송회은도 살며시 미소 지으며 멀리 강 위만 응시할 뿐이었다. 이 잠깐의 평온을 깨고 싶지 않은 듯 전투에 대해서는 일언반구 언급하지 않았다.

한참 만에 침묵을 깬 것은 옥수였다. "강 위에 안개가 끼었습니다. 왕비 마마, 옷을 더 걸치시겠어요?"

고개를 저으며 보니 과연 강 위에 물안개가 자욱이 피어올라 있었다. 마치 수면을 뒤덮은 젖빛의 경사(輕紗)가 바람에 하늘하늘 움직이는 것 같았다.

"두 시진 후면 강 위의 물안개가 가장 짙어질 것입니다." 나지막이 입을 연 송회은의 목소리에 스산함이 배어 있었다. "성을 공격하기 가장 좋은 때지요. 인시(寅時, 오전 3시에서 5시)를 지나도 적군의 습격이 없다면 또 하루를 버티는 셈입니다."

나는 속으로 몹시 놀랐지만 큰 소리로 웃으며 말했다. "이미 자시(子時)가 넘었으니 나흘째입니다. 왕야의 선봉대군이 우리에게 훨씬 더 가까워졌다는 말이지요. 어쩌면 내일 이 시각이면 원군이 도달할지도 모릅니다."

"지혜로운 자는 의심이 많고 용감한 자는 걱정이 적다지요." 그가 미소를 지으며 낮게 읊조렸다. "우리가 성문을 닫고 적과 싸우지 않은 것은 본래 시간을 끌기 위한 전략이었는데, 이번에 만난 적이 건녕왕이라 참으로 다행입니다. 나이가 많고 의심이 많은 자라 이 같은 상황을 보고 더 신중하게 생각할수록 뭔가 속임수가 있을 것이라 의심하겠지요."

나는 손뼉을 치며 웃고는 우스갯소리를 건넸다. "잘됐군요. 그가 젊은이들의 무모함을 배우지 말고 더욱 신중하고 침착하길 바랄 뿐이에요."

송회은과 나는 서로 마주 보며 웃었다.

364

방에 돌아온 뒤로는 잠들 수가 없었다. 경루 소리를 들으며 두 시진을 뜬눈으로 버텼다.

옥수에게 몇 번이나 시각을 물으며 자시 3각에서 인시 1각까지 세고 나니, 우리 두 사람 다 지칠 대로 지쳐 탁자에 엎드린 채로 어느새 잠이 들어버렸는데…… 경루 소리에 화들짝 놀라 깬 나는 옥수를 흔들어 깨우고는 숙직을 서던 시녀에게 시각을 물었다. 이럴 수가! 이미 묘시(卯時, 오전 5시부터 7시) 1각이었다!

정말로 하루를 더 버텼구나.

서서히 밝아오는 동녘 하늘을 바라보다가 멀리 성루의 등불을 보고는 다시금 가슴을 쓸어내렸다. 극심한 피로가 느껴졌다. 몇 날 며칠 제대로 잠을 이루지 못하다가 마음속의 커다란 돌덩이를 잠시 내려놓으니, 더 이상은 해일처럼 밀려드는 졸음을 막을 수가 없었다.

눈을 감기 전에 옥수에게 진시(辰時, 오전 7시부터 9시)가 지나면 바로 깨우라고 이르고는 대답이 들려오기도 전에 까무룩 잠이 들었다.

그렇게 꿈 한 번 꾸지 않고 죽은 듯이 단잠을 잤다.

비몽사몽간에 소기가 자신의 그 거들먹거리는 묵교를 타고 멀리서 느릿느릿 다가오는 것이 어렴풋이 보이는 듯했다. 묵교의 걸음이 어찌나 느린지…… 당장이라도 호되게 채찍질해 이 고집불통 말의 걸음을 재촉하고 싶었다.

"오셨습니다, 오셨어요! 왕야께서 오셨어요……." 꿈속인데도 누군가가 환호성을 질렀다.

그 소리에 웃으며 몸을 뒤집는데, 갑자기 나를 힘껏 흔드는 손길에 퍼뜩 잠에서 깼다. 옥수였다. 옥수는 정신없이 나를 흔들며 뭐라고 자꾸만 떠들어댔다. 정신을 못 차리고 있던 나는 잠시 뒤에야 그녀가 하는 말을 제대로 알아들었다. 옥수는 분명 '왕야께서 오셨다'고 했다.

곁에 있는 시녀들도 모두 기쁜 기색을 감추지 못했다. 문밖에서 시위들이 황급히 영접 나가는 발걸음 소리가 들려왔다. 정말 꿈이 아니었다.

나는 침상에서 뛰어내려 겉옷을 걸치고는, 허둥지둥 사리(絲履. 명주실로 만든 신)를 꿰어 신고 날듯이 문밖으로 달려갔다.

옷자락이 펄럭이고 긴 머리가 바람에 흩날렸다. 평소에는 이토록 길지 않았던 것 같은데, 어찌 아직도 이 가증스러운 회랑의 끝이 보이지 않는단 말인가! 수많은 눈동자가 나를 주시하는데도, 처음으로 몸가짐이나 예법 따위는 내팽개친 채 치맛자락을 들고 냅다 줄달음질쳤다. 할 수만 있다면 날개라도 달고 순식간에 그의 앞으로 날아가고 싶었다.

대문에 막 도착하니, 멀리 검은색 바탕에 금색 반룡이 번쩍이는 수기가 눈부신 햇살 아래 펄럭이는 것이 보였다.

예장왕의 수기였다. 저 깃발이 이르렀다는 것은 곧 정국대장군 소기가 친히 이르렀다는 뜻이다.

위용이 넘치는 그의 형체는 검은 군마 위에 우뚝하니 앉아 있었다. 정오의 햇살을 등지고 있는 모습이 꼭 천신(天神)처럼 보였다.

고개를 드니 정오의 눈부신 햇살이 눈에 들어왔다. 그러나 그 번쩍이는 햇빛보다 더 찬란한 것은 빛 한가운데 있는 말과 사람이었다.

흑철의 명광용린갑(明光龍鱗甲)과 검은색 사자 갈기를 가진 군마, 검은색 창의에 반짝이는 금빛 반룡은 바람을 타고 하늘로 솟아오르고 싶어 하는 듯했다. 그의 뒤로는 위풍당당한 군대가 질서정연하게 대열을 지어 서 있었다. 마치 끝이 보이지 않는 방패 벽이 눈앞에 넓게 늘어선 것 같기도 하고, 검은색 물결이 멀리서 꿀렁꿀렁 밀려오는 것 같기도 했다.

모두가 바닥에 꿇어 엎드려 일제히 '왕야를 뵈옵니다' 하고 외칠 때, 나는 산발한 머리로 홑옷만 걸친 채 그의 말 앞에 섰다.

아침저녁으로 오매불망 그리던 사람이 눈앞에 나타났는데도 나는 넋 나간 사람처럼 가만히 서 있을 뿐 아무 말도 할 수 없었다.

소기가 말을 달려 내 앞으로 오더니 손을 내밀었다.

나는 꿈속을 헤매는 것처럼 붕 뜬 걸음으로 그에게 다가갔다.

소기가 따스하고 억센 손으로 내 손을 붙잡더니 가볍게 힘을 줘서 나를 말 위로 끌어 올렸다. 눈부신 햇살 아래서 미소가 그려진 그의 얼굴을 똑바로 보니, 과연 소기였다. 내가 그토록 그리고, 한순간도 놓을 수 없었던 바로 그 사람이었다.

"내가 왔소." 소기의 미소는 따스하고 눈빛은 뜨거웠지만, 목소리는 나직하고 침착했다. 그 미소는 나만 볼 수 있고, 담담히 내뱉은 저 두 마디도 나만 들을 수 있는 말이었다. 소기는 닷새를 꼬박 쉬지 않고 달려 지금 당도한 것이었다. 그 닷새 동안 얼마나 고됐을지, 얼마나 속이 타들어갔을지, 전군의 장졸이 얼마나 쉴 새 없이 달려왔을지…… 두 눈으로 보지 않고도 능히 짐작할 수 있었다.

우리는 서로를 마주 봤다. 그 어떤 달콤한 말과 따스한 마음도 필요 없었다. 그가 왔으니, 그걸로 되었다.

예장왕의 선봉대군은 쏟아지는 햇빛을 밟고 위풍당당하게 입성했다.

수많은 눈길 속에서 소기와 나는 말 하나를 같이 탄 채, 환호성을 지르며 맞이하는 인파를 뚫고 성루로 내달리며 밀물처럼 몰려드는 사람들의 환호를 받았다. 우레와 같은 환호성을 지르는 삼군 장졸들의 사기는 하늘을 찔렀고, 온 성의 백성들은 바삐 뛰어다니며 서로 기쁨을 나눴다. 드높은 함성이 세찬 물결처럼 멀리 퍼져 나가 온 성에 메아리쳤다. 사람들이 이토록 열광하는 모습을 보는 것은 태어나서 처음이었다. 마치 절망의 늪에 빠졌던 사람들이 마침내 모두를 도탄에서 구해줄 신을 맞이하는 것만 같았다. 또한 예장왕의 명망이 이 정도임을 처음으로 목도하는 순간이기도 했다.

그리고 지금 이 순간 나는 예장왕비로서 그와 말 하나를 같이 타고 어깨를 나란히 한 채 만인의 우러름을 함께 받고 있었다.

마음에서 우러나온 진심 어린 이 환호성은 아무리 존귀한 황족이라도 쉽게 들을 수 있는 것이 아니었다.

이것은 바로 민심이었다.

눈앞의 광경에 가슴이 울렁거려 한참 동안 아무 말도 할 수 없었다.

성루를 떠나 다시 관아로 돌아오고 나서야 비로소 내가 긴 머리를 풀어헤치고 맨얼굴에 홑옷만 입은 채로 줄곧 소기의 품에 안겨 있었음을 깨달았다.

좌우 장수들은 물론이고 성 아래의 삼군 장졸들까지 모두 이런 내 꼴을 보았을 터인데…… 순식간에 두 뺨이 화르르 달아올라 쥐구멍을 찾고 싶은 심정이었다. 나는 뒤를 따르는 사람들의 눈빛을 감히 마주 볼 수 없어 황급히 고개를 숙였다.

"뭐 하는 것이오?" 소기가 의아한 듯 고개를 숙이며 물었다.

얼굴이 갈수록 뜨거워져 겨우 들릴락 말락 한 소리로 속삭였다. "당신 탓에 이런 꼴로 나왔잖아요."

뒤를 따르는 장수들과의 거리가 한 장 남짓밖에 되지 않는데, 소기는 큰 소리로 웃어젖히며 말했다. "성 하나도 통째로 빼앗을 만큼 통 큰 사람이 지금 부끄러움을 타는 것이오?"

뒤쪽에서 키득거리며 웃음을 참는 소리가 들려왔다. 나는 몹시도 무안하고 난처해서 더 이상 그와 시시덕거리지 못했다.

관아에 이르자마자 말 등에서 뛰어내려 뒤도 돌아보지 않고 내원으로 향했다. 내게 그런 무안을 준 소기가 얄미워 상대하고 싶지도 않았다.

서둘러 목욕을 한 뒤 옷을 갈아입고 몸단장을 마치고 나오니, 옥수가 왕야는 이곳에 들르지도 않고 군영으로 갔다고 아뢰었다.

나는 잠시 어리둥절하다가 이내 쓴웃음을 지었다. 그럼 그렇지. 소기에게 최우선은 당연히 군무였다. 밤낮을 가리지 않고 강행군을 이어온 것도 꼭 나를 위한 행동은 아니었다.

울적하게 화장대에 기대앉았다. 화가 나는 것도 아니고, 한숨이 나오는 것도 아니었다. 몇 날 며칠을 애태운 탓에 이미 몸과 마음이 지칠 대로 지친 상태에서 겨우 그를 만났으니 분명 기쁨만이 그득해야 할 텐데, 어쩐 일인지 씁쓸하고 허탈하기도 했다. 그가 없을 때도 홀로 잘 버텼기에 나 자신이 꽤나 굳센 줄로 착각했더랬다. 그런데 이제 그가 오고 나니 다시 원래의 모습으로 돌아가 영삭에서의 그 밤처럼 소기의 보호를 받고만 싶어졌다.

순식간에 기분이 가라앉아 쪽 찐 비녀와 장신구를 빼내고 나니 다시 졸음이 밀려왔다.

아닌 게 아니라 요 이틀 동안 몹시 힘들었던 것은 사실이다. 금탑(錦榻, 좁고 길며 높이가 낮은 침상)에 기대 잠깐 졸려다가 나도 모르게 다시 깊은 잠에 빠졌다.

정신이 가물가물한 가운데 누군가가 내게 이불을 덮어주는 것이 느껴졌다. 익숙한 사내의 숨결이 은근히 덮쳐왔다.

눈을 뜨고 싶지 않아 말없이 고개를 안쪽으로 돌렸다.

"나를 보고 싶지 않은 거요?" 그가 내 귀밑머리를 손가락으로 쓸어

내리며 부드럽고 나직하게 말했다. "아까 미친 듯이 내 앞으로 달려온 사람은 누구였던가?"

조금 전의 상황을 언급하니 문득 마음이 누그러져 눈을 뜨고는 가만히 그를 응시했다. 눈에는 핏발이 잔뜩 서고 짧게 자란 수염이 턱밑을 거뭇거뭇하게 덮었으며, 얼굴은 피로에 찌들어 있었다.

나는 더는 모질게 굴지 못하고 팔을 뻗어 그의 목을 감싸 안으며 나직이 물었다. "도대체 며칠이나 못 잔 거예요?"

소기는 웃기만 할 뿐 대답하지 않고 나를 끌어안았다.

"왕비, 이번 일은 참으로 잘하셨소." 그가 정색을 하고 나를 바라봤다. "본 왕은 몹시도 탄복했소이다."

순간 어리둥절해 있다가 내가 무슨 말을 꺼내기도 전에 소기가 갑자기 말머리를 돌리며 성난 얼굴로 말했다. "하지만 아무, 당신의 재주가 아무리 뛰어나다 해도 기껏 성 하나를 얻고자 당신의 안위를 걸 생각은 없소! 내가 어떤 위태로운 상황을 겪어보지 않았겠소? 설령 건녕왕이 휘주를 빼앗았더라도 나는 두려워하지 않았을 것이오." 이미 소기의 낯빛이나 목소리에 성난 기색이 가득했다. "당신은 휘주에서 빠져나갈 수도 있었는데 제멋대로 일을 벌여 성을 빼앗았소. …… 창칼에는 눈이 없음을 아시오? 만약 그날 조금이라도 일이 틀어졌다면, 내가 날개를 달고 날아왔더라도 당신의 시신조차 건지지 못했을 거란 말이오!"

이제 와 생각해보니 확실히 그날 밤은 몹시 위험했던지라 불현듯 간담이 서늘해졌지만 고집스럽게 외쳤다. "하지만 우리는 결국 이겼어요."

"이긴 것이 뭐 어떻단 말이오?" 소기가 버럭 성을 냈다. "이 소기, 이골이 날 정도로 전투를 겪으면서 얼마나 많은 승리를 거뒀는지 아시오? 기껏 휘주성 한 곳에서 이겼다고 뭐가 어떻게 된단 말이오? 하지만 만약 당신을 잃었다면, 나는 어디 가서 다시 왕현을 찾는단 말이오? 휘주 따위 열 개, 아니 백 개를 잃는다고 하더라도……."

소기는 나를 매섭게 쏘아보며 그다음 말을 잇지 못했다.

"잃는다고 하더라도 뭐요?" 그가 무슨 말을 하려는지 잘 알면서도 나지막이 물었다. 입가에 절로 웃음이 떠올랐다.

소기는 한참을 그렇게 노려보기만 하다가 속절없이 한숨을 내쉬었다. 그러고는 온몸이 바스러질 정도로 나를 꽉 끌어안으며 내 목 옆에 아래턱을 가볍게 갖다 댔다. "그러더라도…… 당신을 잃을 수는 없소."

이토록 달콤한 말이 소기의 입에서 나오다니, 쉽게 들을 수 없는 만큼 묵직한 무게가 느껴졌다.

나는 웃음을 터뜨리며 그의 어깨에 얼굴을 묻었지만 솟구치는 눈물을 주체할 수 없었다.

"오는 내내 당신에게 호된 채찍 맛을 보여주리라 다짐했소! 다시는 겁 없이 함부로 날뛰지 못하게 말이오." 그가 쓴웃음을 지으며 말을 이었다. "하지만 휘주에 가까워질수록 점점 더 두렵더이다……. 만약 당신에게 무슨 일이라도 생겼다면 온 성을 쑥대밭으로 만들고 건녕 왕의 전군을 몰살시켰을 것이오!"

나는 그의 옷깃을 잡아당기며 그저 웃기만 했다. 웃으면서도 몰래 그의 옷깃에 눈물을 닦아냈지만, 한번 터진 울음보는 마를 줄을 몰랐다.

그는 자신의 앞섶을 내려다보더니 어이가 없는 표정으로 말했다. "당신이라는 여인은 정말……."

방 안에 서서히 어둠이 들어찼고, 창밖은 이미 짙은 어둠에 휩싸여 있었다. 벌써 날이 저물었는지도 모르고 죽은 듯이 잠들었던 것이다.

소기의 얼굴은 지친 기색이 역력했다. 성에 도착하자마자 군무를 배치하고 성안 방어 태세를 정돈하느라 온종일 눈코 뜰 새 없이 바빴을 것이 분명했다.

나는 살며시 그를 껴안으며 말했다. "눈에 핏발이 가득해요. 한숨 주무세요."

소기는 미소를 지었다. "피곤하기는 하구려."

나는 급히 몸을 일으켜 침상 아래로 내려섰다. 시녀에게 뜨거운 물과 뜨거운 차를 가져오게 한 다음, 물에 적신 수건을 비틀어 짜 그에게 얼굴을 닦으라고 건네고는 웃으며 말했다. "신첩, 왕야께서 주무시도록 시중을 들겠나이다."

"왕비께서는 참으로 어지시오." 소기는 나른하게 웃으며 옷을 입은 채 자리에 누웠다.

나는 급히 그를 잡아당겼다. "갑옷을 입고 잠자리에 드는 사람이 어디 있어요?"

"성루의 병사들은 갑옷을 걸치고 있는데 규중이라고 어찌 옷을 벗을 수 있겠소?" 아직도 농을 할 기운이 있는지 소기는 나를 침상 위로 끌어당기며 부드럽게 말했다. "내 옆에 누워 있다가 반 시진 후에 깨워주시오."

나는 하는 수 없이 고개를 끄덕이고는 살며시 이불을 덮어주었다.

그러고는 그에게 말을 건네려는데 나직하고 느린 숨소리가 들려왔다. 그 짧은 사이 벌써 깊이 잠든 것이었다. 그의 얇은 입술 끝에는 아직도 미소가 걸려 있고 미간의 주름은 살짝 펴졌다. 내 허리에 단단히 두른 팔은 잠들고 나서도 풀리지 않았다. 나는 그가 깰까 봐 꼼짝달싹할 수 없었다. 그렇게 그의 품에 안긴 채로 소기의 얼굴을 지그시 바라봤다. 평생을 봐도 부족할 것만 같았다.

번뜩 눈을 뜨고 몸을 돌려 그를 깨우려던 나는 이미 내 곁이 텅 비어 있음을 깨달았다.

휘장 밖은 어느새 깊은 어둠에 잠겨 있었다. 소기가 언제 일어나 떠났는지도 모른 채 이 시각까지 단잠에 빠져 있었던 것이다.

거의 해가 떠 있는 시간 내내 자고 나니 머리가 개운해지고 기분도 상쾌해졌다. 저녁 식사를 마치고 가볍게 몸단장을 한 뒤, 창의 한 벌을 들고 성루로 향했다. 옥수는 가는 내내 시시덕거리며 나를 놀려댔다. 이 계집아이는 갈수록 못 하는 말이 없었다.

성루에 오르니 멀리 갑옷을 걸치고 검을 찬 그가 여러 장수를 거느리고 한밤중에도 순찰을 도는 것이 보였다.

나는 천천히 다가갔다. 그들의 논의를 방해할까 봐 서둘러 시위에게 아무 말 말라는 손짓을 해 보이고는 멀지 않은 곳에 가만히 서 있었다.

소기의 훤칠한 체구는 우람한 장수들 사이에서도 단연 돋보였다.

이 시각 등불을 훤히 밝힌 성루는 몹시도 분주해 보였다. 전선을 수리하는 인부들은 강기슭에서 정신없이 손을 놀리고 있었고, 성벽을 쌓는 군사들은 황급히 오가며 밤늦도록 작업에 매달렸다. 순시를 도는 병사들이 끊임없이 오갔고, 때때로 궁수들이 강 위로 불화살을 날려 불빛으로 적의 동정을 살폈다. 그런데 그 모습들이 마치 허장성세인 것처럼, 여태까지보다 훨씬 더 혼란스러워 보였다.

나는 미간을 찌푸리며 침음을 삼켰다. 한눈에 봐서는 도무지 그 연유를 알 수가 없었다. 생각에 잠겨 있는데 호탕한 목소리 하나가 이쪽을 향해 외쳤다. "거기 누구냐?"

깜짝 놀라 바라보니, 소기 곁에 있는 거칠고 호방한 장군이 나를 발견한 모양이었다.

내가 천천히 다가가자 장수들은 모두 흠칫 놀라 다급히 몸을 숙여 예를 갖췄다.

소기는 살짝 미소를 지으며 물었다. "어인 일이오?"

나는 손에 들고 있는 창의를 건네며 말없이 미소만 지었다.

소기는 창의를 건네받으며 부드러운 눈길을 보내면서도 덤덤히 말했다. "성루는 밤공기가 서늘하니 돌아가시오."

그때 그 거칠고 호방한 장군이 갑자기 껄껄 웃으며 나를 향해 포권례(抱拳禮, 주먹 쥔 손을 다른 손으로 감싸 모아 가슴 앞까지 끌어 올려 절함)를 갖췄다. "왕비 마마처럼 여리고 어여쁜 여인이 묘책을 써서 성을 함락시킬 줄은 몰랐습니다. 실로 여인 중에 호걸이십니다. 이 호(胡)가, 참으로 탄복했습니다!"

나는 잠시 얼이 빠졌다. 하지만 그가 건넨 호탕한 말이 참으로 재미있는지라 몸을 조금 숙여 반절을 하고는 웃으며 말했다. "호 장군께서는 칭찬이 과하십니다."

송회은과 모연은 서로 마주 보며 웃을 따름이었다.

소기는 뒷짐을 진 채 미소를 지으며 말했다. "이 사람은 정로장군(征虜將軍) 호광열(胡光烈)이오."

그때 누군가가 이어서 말했다. "이자는 헛소리를 잘하기 때문에 다들 망(莽)장군이라고 부르지요."

모두 껄껄 웃어젖히는 와중에 호광열은 머리만 긁적일 뿐 성내지 않았다. 보아하니 사석에서는 장수들 모두 소기와 농을 주고받는 게 익숙한 모양이었다. 그 모습이 몹시도 화기애애한 것이 친형제나 다름없어 보였다. 내키는 대로 웃고 떠드는 사람들의 모습에 모연도 예전처럼 거북하고 딱딱하게 굴지 않았다.

소기는 모연의 일처리가 매우 야무지다며, 이번에 휘주성을 빼앗은 데는 모연의 공이 지대했다고 칭찬을 아끼지 않았다. 모연은 황급히 겸양의 말을 건넸으나 나와 송회은, 방계 등도 그의 활약에 대해 칭송을 이어갔다.

호광열은 으흐흐 웃고는 다른 사람들을 향해 눈을 찡긋하며 말했다. "우리 왕야와 왕비 마마는 참으로 잘 어울리시지 않나!"

그 말에 나는 부끄러움을 감추지 못했고, 장수들은 하나같이 고개를 숙이고는 키득키득 웃음을 터뜨렸다.

소기도 하하 웃고는 이내 장수들에게 정색을 하고 말했다. "시간이 늦었으니 일단 다 돌아가서 쉬고, 교대로 야간 경비를 서면서 만일의 상황을 대비해 힘을 비축해두게. 결코 해이해져서는 아니 될 것이야!"

"예!" 장수들은 한목소리로 명을 받고는 곧바로 물러갔다.

밤바람이 쉭쉭 부는 가운데 소기는 내 손을 잡고 성루를 따라 걸었다.

나는 가만히 그에게 기대 출정도, 정벌도 없이 긴긴 세월 이대로 쭉 걸어가도 좋겠다고 생각했다.

"오늘 밤 휘주성에서 전투가 있겠지요?" 나는 발길을 멈추고 탄식했다.

옆으로 시선을 돌려 나를 보는 소기는 감탄의 기색을 감추지 않았다. "이런 장수의 재목을 썩혀야 하다니, 당신이 여인인 것이 애석할 따름이오."

"만약 여인이 아니었다면 어찌 당신과 만날 수 있었겠어요?" 나는 뒤돌아보며 활짝 웃었다. "당신이 이처럼 허장성세를 꾸미는데 당연히 미심쩍겠지요. 건녕왕이 신중하게 우리 군을 정탐한 지 여러 날이 지났으니 이제 곧 인내심이 바닥을 드러낼 거예요."

소기는 고개를 끄덕이며 웃고는 손을 들어 강기슭 남쪽을 가리켰다. "건녕왕은 연로하고 의심이 많은 데다, 내가 군사를 부릴 때 공격전에 능하고 평소에도 공격을 최선의 방어로 삼아왔음을 잘 알고 있소. 그런 그가 몇 날 며칠 정탐했는데도 내가 출전하지 않았으니, 틀림없이 내가 성에 없을 것이라 의심할 것이오. 게다가 사전에 말을 맞춘 것도 아닌데 공교롭게도 당신과 장수들이 적의 공격을 늦추기 위해 시간을 버는 계책을 써준 덕분에, 지금 내가 쓸 계책과 아귀가 딱 맞아떨어졌다오. 지난번까지 실(實)이었다면 지금은 허(虛)로, 허실이 뒤바뀐 셈이지. 내가 지금 일부러 적을 현혹하며 계속해서 허장성세를 꾸미는 것은, 건녕왕의 의심을 더욱 부추겨 내가 아직 입성하지 않았으며 지금의 휘주는 텅텅 비어 안심하고 공격해도 된다고 생각하게 만들기 위함이오. 내 짐작대로라면 오늘 인시, 강 위에 짙은 안개가 깔릴 때 건녕왕은 강을 건너 공격해올 것이오. 그때는 일단 그의 선봉이 뭍에 오르게 두고 대군의 절반이 강을 건너기를 기다렸다가 그 허리를 잘라……."

갑자기 눈앞이 환해져 그의 말을 이어받았다. "그때 그물을 거둬 고기를 끌어 올리면 독 안에 든 쥐를 잡는 셈일 테니, 과연 통쾌하기 짝이 없겠군요!"

소기가 큰 소리로 웃으며 말했다. "아무리 용맹한 노장이더라도 오늘 이 휘주성 아래 무릎 꿇릴 것이오!"

토벌 討伐

새벽녘 갑자기 세찬 바람이 일면서 번뜩이는 섬광이 먹구름을 갈랐다.

비가 억수같이 쏟아졌고 천둥이 쉼 없이 우르릉거렸다.

하늘에 구멍이라도 뚫린 듯 갑작스러운 폭우가 쏟아지는 바람에 온 휘주성이 밤낮을 분간할 수 없는 암흑천지로 바뀌었다.

그러나 미친 듯이 휘몰아치는 바람 소리에 관심을 가지는 사람도, 요란하게 울리는 천둥소리에 놀라는 사람도 없었다. 세찬 바람 소리도, 미친 듯이 쏟아지는 폭우도, 우르릉 쾅쾅 천둥소리도 성 아래 잔혹한 토벌 소리에 묻혀버렸다.

날이 밝기 전에 강을 건넌 건녕왕의 삼군 선봉 부대는 어둠을 틈타 강기슭에 올라 녹령관을 맹렬히 공격했다.

수 장 높이의 누선(樓船) 수십 척마다 함정이 몇 척씩 딸려 있었는데, 쇠밧줄로 얼기설기 얽어 하나로 연결한 그 모습이 철옹성을 방불케 했다.

적군은 오색 깃발을 휘날리고 북과 징을 요란하게 울리며, 바람을 타고 거친 파도를 가르며 강 위에서부터 맹렬한 기세로 공격해왔다.

북소리와 호각 소리는 갈수록 급해지고 또 높아졌으며, 천지를 뒤흔드는 함성과 쇠붙이끼리 부딪치는 소리가 어지럽게 뒤섞였다. 녹령관 밖으로 운제(雲梯, 성벽을 오르거나 정찰할 때 사용하는 공성용 사다리)가 거미줄처럼 깔렸고, 돌덩이가 메뚜기 떼처럼 새까맣게 공중을 날아다녔다. 공성에 나선 용맹한 군사들이 밀물처럼 끊임없이 쏟아져 들어왔다.

좌좌 쏟아지는 장대비의 기세는 갈수록 거세졌다. 비바람에 섞여 든 옅은 피비린내가 휘주성 성벽을 거칠게 씻어 내렸다.

소기를 따라 가장 높은 성루에 오르니, 강기슭과 녹령관 밖의 참혹한 전황이 한눈에 들어왔다.

장교 하나가 핏물로 얼룩진 전포를 휘날리며 세찬 비바람 사이로 말을 달려 보고했다. "왕야께 아룁니다. 적군의 기세가 맹렬하여 아군은 이미 녹령관 아래까지 물러났습니다!"

소기는 몸을 돌려 기린의(麒麟椅)에 앉고는 냉랭하게 물었다. "강 쪽 상황은 어떠한가?"

"선봉은 거의 다 뭍에 올랐고 주력 대군이 강을 건너기 시작했습니다."

"기다려라." 소기의 표정은 강바닥에 흐르는 물살처럼 차분했다.

잠시 후 또 다른 병사가 말을 타고 달려와 보고했다.

"왕야께 아룁니다. 적군이 이미 강 중간에 이르렀습니다."

"더 기다려라." 차분한 표정은 여전했으나 눈 속에 한 줄기 웃음이 스치고, 온몸에서 서서히 짙은 살기가 피어올랐다.

나는 그의 곁에 숙연히 앉아 있었다. 때는 분명 초여름인데 엄동설한의 한복판에 있는 것만 같았다. 천지를 가득 메운 스산한 기운에 온몸이 떨려왔다. 나는 탁자 위의 술주전자를 들어 앞에 놓인 호랑이 무늬 청옥잔에 독한 술을 따랐다. 그런데 술잔에 술을 다 따르기도 전에 누군가가 날듯이 뛰어 들어왔다.

"왕야께 아룁니다. 적군의 공세가 맹렬하며 대군이 모두 뭍에 올랐습니다. 정로장군은 이미 군사들을 이끌고 녹령관 안으로 퇴각했습니다!"

소기가 시선을 조금 올리는 순간, 마침 번쩍이는 섬광이 하늘을 가르고 떨어져 그의 눈에 들어찬 북풍한설을 비춰냈다. "좌우 양익에서 전해라! 뭍에 오른 대군을 끊어내고, 배를 빼앗고 반격하라!"

"존명!" 명을 받은 자는 그대로 말에 올라 날듯이 내달렸다.

소기는 검을 들고 일어났다. "후방 원군에게 전해라. 녹령관을 되찾고 성에 들어온 적군을 도륙하라!"

"소장, 명을 받듭니다!" 장수 하나가 명을 받고 떠났다.

좌우 장수들은 검을 쥔 채 숙연히 서 있었으나, 시린 빛을 내뿜는 갑옷과 병기는 당장이라도 전장으로 뛰어들 기세였다.

소기는 잔을 들어 한 번에 다 마시고는 그대로 술잔을 바닥에 내던졌다. "말을 준비해라. 출전한다!"

나는 말없이 성루에 서서, 소기가 창의를 휘날리며 멀어지는 모습을 눈으로 배웅했다.

이번 결전은 비가 그치고 바람이 멎고 구름이 물러가고 안개가 걷힌 뒤, 붉은 해가 점차 모습을 드러낼 때까지…… 석양이 핏빛으로 물들 때까지 계속될 것이다.

좌익군과 우익군은 성 밖 양측 산비탈에서 파죽지세로 달려 내려가 이제 막 뭍에 오른 건녕왕군을 공격했다. 적이 아직 대열을 정비하지 못한 틈을 타고 사방에서 맹렬한 기세로 짓쳐 들어가자, 창졸에 목숨을 잃은 적군의 시체가 산처럼 쌓여갔고 곳곳에서 피맺힌 비명 소리가 울려 퍼졌다. 이어서 측면에 매복해 있던 3천 궁수가 누선이 뱃머리를 돌려 회항할 수 없도록 누선을 움직이는 조타수를 겨냥해 화살을 날렸다. 이미 강을 건넌 대군은 강변에서 나아가지도 물러나지도 못한 채 혼란에 빠졌다. 크고 작은 전선이 모두 쇠밧줄로 이어져 있어 밀치락달치락하며 포위를 뚫다가 서로 충돌하는 바람에 배 위에 타고 있던 군사들은 강으로 떨어졌고, 이미 뭍에 오른 병사들은 철기군에 짓밟히고 강궁으로 쏘아 올린 화살에 맞아 죽어갔다. 삽시간에 온 천지에 죽고 죽이는 함성이 가득 찼으며, 핏물이 강을 이뤄 강가의 강물이 시뻘건 색으로 물들었다.

앞서 녹령관을 공격했던 선봉대는 내성 밖에서 가로막혀 맹공이 무효한 상황에서 후방 원군에 퇴로까지 차단당하자 순식간에 고립무원의 상태에 빠졌다.

녹령관 안으로 물러나 지키던 호광열의 부대는 소기가 직접 이끄는 후방 원군과 합세한 뒤, 방향을 바꿔 녹령관 밖으로 공격해 나갔다. 호광열은 맨 앞에 서서 후방 원군을 이끌고 성문을 뚫고 나가 긴 칼을 휘두르며 적군의 선봉대장들을 잇달아 베어 죽였다. 누구 하나 그를 막아내지 못했다.

오랜 세월 치병(治兵)한 건녕왕 휘하의 장수들은 하나같이 날쌔고 용감했다. 분명 매복에 당해 패색이 짙은데도 투항하지 않고 결사 항전을 이어갔다.

그때 적군의 주함(主艦)에서 우레와 같은 북소리가 들렸는데, 놀랍게도 건녕왕이 직접 뱃머리에 올라 북을 울리고 있었다. 이에 금갑(金甲)을 걸친 대장 하나가 커다란 도끼를 용맹무쌍하게 휘두르며 가까스로 혈로를 뚫더니, 사면초가에 빠진 장졸들을 이끌고 포위를 뚫고 나가 강변에 있는 전선 쪽으로 퇴각했다.

갑자기 적군의 사기가 치솟았다. 비분강개한 적들이 죽기를 각오하고 싸우자 전세가 역전될 것만 같았다.

그때 함박삭모(말 머리를 꾸미는 붉은 빛깔의 가는 털)를 단 백마를 타고 눈처럼 새하얀 은갑을 입은 자가 달려 나갔다. 송회은이었다. 송회은은 녹침창(綠沈槍)을 들고 적군을 쓸어버리며 그 금갑 입은 사나운 장수를 맞아 싸웠다. 뱃머리의 북소리가 하늘까지 가 닿았다. 건녕왕의 북소리는 갈수록 급해졌다.

이 모든 광경을 성루에서 보고 있자니 뼛속까지 벌벌 떨렸다. 선혈처럼 붉은 비, 피비린내가 진동하는 바람 냄새, 천지에 가득한 죽고 죽이는 함성 소리…… 이곳은 정녕 수라 지옥이란 말인가…….

그때 갑자기 묵직한 호각 소리가 울리며 성문이 활짝 열리고 깃발이 휘날리는데, 그 한가운데로 수기가 높이 들어 올려졌다.

소기가 말을 탄 채로 성 아래 서서 멀리 뱃머리에 선 건녕왕과 마주 보며, 시린 빛을 내뿜는 장검을 들어 강 남쪽 기슭을 가리켰다. 검 끝이 가리키는 곳에서 성난 말 울음소리가 길게 울리더니 좌우에서 일제히 외쳤다. "예장왕이 반군을 토벌하는 데 따르는 자는 살 것이요, 거스르는 자는 죽을 것이다——."

아군이 천지가 울릴 정도로 크게 소리치며 창칼을 높이 들고 일제히 함성을 질렀다.

예장왕의 수기가 바람에 펄럭이는 가운데 소기가 말에 박차를 가하고 달려 나가자, 뒤에 있던 친위 철기군이 방패와 쇄갑(鎖甲)으로 몸을 가린 채 그를 따라 적진 앞으로 나아갔다.

군홧발 소리가 자로 잰 듯 착착 울렸다. 그들이 한 걸음 내디딜 때마다 천지가 뒤흔들리는 듯했다. 창칼의 시린 빛은 비바람 속 컴컴한 일광을 압도했다.

적군의 기세가 금세 꺾이고, 건녕왕의 북소리도 잠시 멈칫했다가 곧 다시 울리기 시작했다. 누선 전함 위의 궁수들이 일제히 수기가 있는 곳을 조준했다. 허공을 새카맣게 뒤덮은 화살 비는 두터운 방패 벽 위로 후드득 떨어져 내렸다.

이 모든 장면을 성루에서 내려다보며 두려움에 휩싸였던 나는 이미 얼이 빠져 있었다. 온몸이 성난 파도에 휩쓸린 것만 같았다. 성 아래의 전황에 따라 하늘 위로 던져 올려졌다가 이내 심연으로 곤두박질치기를 반복하는…….

건녕왕 전선 위의 병사들이 큰 소리로 호통을 치며 도발해왔다. 소기더러 조정을 거스르고 반역을 저질렀다고 꾸짖는 소리는 북소리에 뒤섞여 유난히 귀를 찌르고 심기를 어지럽혔다. 전장의 적군은 점점 패퇴하였으나 여전히 용맹하고 완강했다. 전투가 교착 상태에 빠진 때, 소기와 친위 철기군은 이미 쏟아지는 화살 비를 무릅쓰고 적진 앞까지 전진한 상태였다.

한 차례의 화살 비가 잠시 멎고 다음번 화살 비가 허공을 가르기를 기다리는 찰나, 갑자기 소기가 활시위에 화살을 메겼다. 이윽고 화살 세 대가 잇달아 허공을 가르며 날아갔다.

화살이 이르는 곳에서 투두둑 소리가 들렸다. 그런데 화살은 진두에 선 적군의 대장군이 아니라 주함의 앞 돛에 걸린 세 개의 밧줄에 떨어졌다!

뱃머리에 있던 병사들이 놀라 비명을 지르는 가운데 갑자기 엄청난 굉음이 울렸다. 수백 근에 달하는 돛이 떨어져 내리면서 가로돛을 으스러뜨리고는 그대로 뱃머리로 떨어져, 용무늬를 조각하고 금칠을 해둔 뱃머리를 산산조각 내버렸다. 미처 피하지 못한 장졸들은 돛에 깔리거나 강으로 떨어졌다. 그런데 그 돛이 떨어진 곳은 바로 건녕왕이 북을 치던 곳이었다.

전함은 그 모양 그 꼴로 부서지고 대장군은 부서진 나무와 돛대에 깔려 생사를 알 수 없게 된 상황에 아연실색한 적군은 집중력이 흐트러졌다. 송회은과 접전을 벌이던 금갑의 대장은 그 광경에 놀라 순간 정신을 팔았다가 송회은이 갑자기 옆에서 찌른 창에 맞아 말 아래로 굴러 떨어졌다.

대세는 이미 기울었다. 강 위에서 위용을 뽐내던 전선 10여 척은 부상병과 남은 군사들을 버려둔 채 뱃머리를 돌려 강 남쪽 기슭으로 패주했다.

상황이 이에 이르니 적군은 군심이 무너져 더 이상 싸울 의지를 보이지 않았다.

누군가가 병기를 내던지며 외쳤다. "나는 예장왕에게 투항하겠소!" 순식간에 십수 명이 그에 동조해 도망치기 시작했다. 군사들을 이끌던 장수가 막아서기도 전에 백여 명이 무기를 내던지고 도망쳐 순식간에 대열이 무너져버렸다.

이번 전투로 건녕왕의 선봉대는 완전히 무너졌다. 절반이 넘는 병사가 소기에게 투항했으며, 끝끝내 항거한 자들은 모조리 도륙당했다. 적군이 피땀 흘려 만든 누선은 부서진 주함을 제외하고는 고스란히 아군의 손으로 넘어왔다. 우리는 손가락 하나 까딱하지 않고 도강할 수 있는 전선을 얻어 향후 수월하게 움직일 수 있게 되었다.

그러나 전장을 다 뒤져도 건녕왕의 시신은 찾을 수 없었다.

노회한 자이므로 전황이 불리하게 돌아가는 것을 보고 다른 자를 제 자리에 두고 자신은 부선으로 물러나 있었을지도 모른다. 선봉대군이 참패하자 곧바로 남은 수하들을 내팽개치고 군대를 이끌어 남쪽으로 도망쳤을 수도 있다.

밤이 되자 소기는 삼군을 위로하고 포상했다. 그리고 자사부에 연회를 마련해 장수들과 진탕 술을 마셨다.

뒤이어 10만 대군도 한밤중에 당도했다. 소기는 삼군에게 잠시 쉬면서 정돈하고 군량과 마초를 보충한 뒤 이튿날 강을 건너 남정을 떠난다고 전했다.

군사들에 대한 포상을 마치자마자 나는 술기운을 이기지 못하겠다는 핑계를 대며, 소기와 그의 수족 같은 수하들을 남겨두고 연회장에서 물러나겠다고 했다.

소기는 굳이 나를 만류하지 않았다. 그저 호방한 장수들이 싫은 것이냐고 넌지시 물었다.

나는 고개를 저으며 빙그레 웃었다. 이러니저러니 해도 창칼과 피, 술은 사내들에게 허락된 것이었다.

"부지불식간에 목란(木蘭) 흉내를 내고 부지불식간에……." 거기까지 말하고는 차마 뒷말을 잇지 못했다.

호광열이 다가와 소기를 붙잡고 술을 올렸는데, 취기가 오른 모습이 몹시 천진난만해 보였다. 소기가 이러지도 저러지도 못하는 사이, 나는 황급히 반절을 하고는 물러 나왔다.

잰걸음으로 관아를 나서는데 순간 아찔했다. 아직도 방금 전 충격에서 헤어나지 못했다. 하마터면 입 밖으로 내뱉을 뻔했던 뒷말에 나 스스로도 놀랐다. 어쩌다가 그런 해괴망측한 이름을 떠올리게 된 것인지…… 여치(呂雉). 하마터면 '부지불식간에 목란 흉내를 내고 부지불식간에 여치 흉내를 내었습니다'라고 말할 뻔했다.

울렁이는 마음을 가라앉히지 못하는 사이, 수레는 어느새 행관 앞에 멈춰 섰다.

날이 밝는 대로 대군은 남정을 나설 것이다. 이제 어떤 상황과 맞닥뜨릴지, 또 언제야 다시 돌아올 수 있을지 알 길이 없었다.

길고 긴 회랑을 느린 걸음으로 더듬었다. 무성한 꽃과 나무에 둘러싸여 한때 3년이나 홀로 지냈던 곳에 서니 격세지감이 들었다. 머리를 풀어헤치고 맨발로 술에 취해 꽃그늘에 눕는 걸 좋아하고, 한가할 때는 꽃에게 비밀 이야기를 속삭이고 근심스러울 때는 비에게 속내를 털어놓던 어린 군주는 온데간데없이 사라졌다.

서재로 돌아가 어렴풋이 금아와 함께 바둑을 두던 장면을 떠올렸다. 행관과 관아의 하녀와 관사(管事)들에게 일일이 물어보았으나, 하나같이 내가 납치되고 나서 금아도 자취를 감춰 그녀도 흉수에 당하지 않았는지 걱정된다고 할 뿐이었다.

금아, 그 어여쁜 아이가 정말로 목숨을 잃었단 말인가?

금아가 솜씨 좋게 나를 단장시켜주던 경대 앞에서, 밀려드는 서글픔에 잠시 넋을 놓았다. 차디찬 거울로 손을 뻗어 거울 속에 비친 여인을 만져보았다. 익숙하면서도 낯선 그 여인의 눈빛이 흐르는 곳에는 가없는 쓸쓸함만이 가득했다.

소기는 휘주로 달려오는 길에 경사에서 비밀리에 전한 보고를 받았는데, 확실히 어머니는 이미 경사로 돌아갔다고 했다. 소기는 자신이 여러 해 동안 지니고 있던 단검을 내게 주었다. 그리고 가장 뛰어난 여자 간자 중에서 충성스럽고 믿을 만한 자들로 몇을 골라 시녀로 위장시킨 뒤 내 곁을 지키게 했다. 이번 출정에서는 뜨거운 피로 은빛 칼날을 씻는 것을 보는 것도, 깊은 밤 군영을 대낮처럼 밝히는 등불을 보는 것도, 생사와 승패까지도 두 사람이 함께할 것이고 누구도 나머지 한 사람을 남겨두고 홀로 떠나지 않을 것이다.

관아로 돌아가니 장수들은 모두 돌아간 후였는데, 방계가 다급히 맞으러 나왔다. "왕비께서 밤중에 밖에 나가시어 왕야께서 많이 걱정하셨습니다."

나는 살며시 웃었다. "왕야께서는 쉬고 계시오?"

방계가 답했다. "연회를 마친 뒤 왕야께서는 술기운이 조금 올라 방으로 돌아가셨습니다."

"그대도 며칠 동안 수고가 많았으니 오늘 밤은 푹 쉬도록 하시오." 미소 지으며 고개를 끄덕이고는 안으로 걸음을 옮기려는데, 방계가 갑자기 한 걸음 다가와 목소리를 낮추고 말했다. "속하, 왕비께 아뢸 일이 있습니다."

내가 잠시 어리둥절하다가 몸을 틀어 바라보자 방계가 나지막이 속삭였다. "속하, 성 아래서 야간 순시를 돌다가 휘주의 전황이 담긴 밀서를 숨긴 시위를 붙잡았는데, 건녕왕이 보낸 간자로 의심되어 잡아뒀습니다."

양군이 서로 간자를 보내는 것은 흔히 있는 일이라 이상할 것이 없었다. 나는 미간을 찌푸리며 방계를 쳐다보고는 담담히 말했다. "시위라면 응당 송 장군에게 처분을 맡겨야 할 터인데 어찌 사사로이 사람을 잡아두었소?"

방계가 목소리를 한껏 낮추고는 머뭇거리며 말했다. "속하가 보니 밀서에 좌상 대인의 휘기(徽記, 가문을 상징하는 휘장)가 있었습니다."

"뭐요!" 깜짝 놀라 황급히 주변을 둘러본 나는 시종과의 거리가 상당함에 다시 정신을 차리고 다급히 캐물었다. "그자는 어디 있소? 뭔가 실토했소? 이 일을 아는 자가 더 있소?"

방계가 고개를 숙이며 말했다. "일이 심히 중대한지라 감히 떠벌릴 수 없어 그자를 독방에 가뒀고, 달리 이 사실을 아는 자는 없습니다.

그자가 자진하려는 것을 막았으며, 지금까지 아무것도 실토하지 않 았습니다."

그 말에 다소 안심한 나는 밀서의 행방을 물었다.

방계가 소매 속에서 죽관(竹管) 하나를 꺼내 두 손으로 내게 받쳤 다. 그 위의 봉랍은 이미 뜯겨 있고 관 속에는 극도로 얇은 종이 한 장 이 숨겨져 있었는데, 깨알같이 작은 해서체로 오겸이 변절했다가 죽 임을 당한 것부터 휘주의 전황까지 크고 작은 일이 모조리 적혀 있었 다. 서신 끝에 있는 주칠(朱漆) 휘기가 눈에 들어와 박혔다. 나는 불똥 이라도 튄 것처럼 손을 부들부들 떨었다. 의심할 나위 없이 아버지의 휘기가 분명했다!

얇디얇은 서신이 내 손 안에서 꼬깃꼬깃 구겨졌다. 손바닥에 땀이 고이기 시작했다.

나는 곧장 시종 몇을 데리고 서재로 향하면서 방계에게 그자를 데 려오라고 명했다.

이미 인기척이 느껴지지 않는 깊은 밤이었다. 서재 밖을 지키는 시 위들도 모두 물리고 희미한 촛불만 켜두었다. 방계가 직접 끌고 온 그 자는 온몸이 꽁꽁 묶이고 입에는 헝겊이 물려 있었다. 그는 놀라고 의 아한 눈으로 나를 바라볼 뿐 소리는 내지 못했다.

자세히 보니 놀랍게도 소기를 바로 곁에서 모시는 친위의 복색을 하고 있었다.

방계는 소리 없이 물러 나가며 방문을 가만히 닫았다.

나는 그자를 응시하며 천천히 입을 열었다. "나는 좌상의 여식, 상 양군주다."

그의 눈빛이 시시각각 변했다.

"네가 좌상의 사람이라면 내게 기탄없이 신분을 밝혀도 된다." 나는 그에게 밀서를 보여주며 말했다. "나는 이 서신을 왕야에게 바치지 않을 것이고, 네 신분을 밝히지도 않을 것이다."

그자는 한참 동안 고개를 숙인 채로 침음을 삼키더니 숨을 깊이 들이마시고는 이내 고개를 끄덕였다.

나는 서신을 촛불에 갖다 대 그것이 잿더미로 변한 것을 보고는 담담히 물었다. "너는 줄곧 예장왕의 친위대에 섞여 아버지를 위해 군의 상황을 정탐한 것이냐?"

그자가 고개를 끄덕였다.

"동료가 있느냐?" 나는 그를 응시하며 물었다.

그자는 단호하게 고개를 저었다. 눈빛이 흔들리는 것이 벌써 경계하기 시작한 듯했다.

나는 한동안 묵묵히 그를 바라보았다. 이토록 젊은데…….

"그대가 아버지에게 충성을 바친 것에 대해, 이 왕현, 이 자리에서 감사의 절을 올리오." 나는 고개를 숙이고 그에게 살짝 몸을 굽혀 절하고는 그대로 뒤돌아 문밖으로 나왔다.

방계는 가까이 다가와 아무 말도 하지 않고 그저 고개를 숙인 채 내 명을 기다렸다.

나는 입술 사이로 단 한 마디를 내뱉었다. "죽이시오."

휘주의 밤바람이 이토록 차갑게 느껴진 것은 처음이었다. 망연히 고개를 숙인 채 걷는데, 뭔가 보이지 않는 손이 내 심장을 꽉 움켜쥔 것만 같았다. 갈수록 세게 움켜쥐는 손길에 숨이 가빠와 나도 모르는 사이 발걸음이 빨라졌다.

이 세상에서 내 아버지, 좌상 대인을 나보다 잘 아는 사람은 없었다. 평생 관계(官界)에서 부침을 겪으며 수십 년 동안 권력을 독점한 아버지의 심계를 감히 내가 어찌 짐작이나 할 수 있을까! 아버지와 소기는 그저 기량이 엇비슷한 맹우일 뿐이며, 장인과 사위라는 명분으로 동맹의 실리를 취하고 있을 따름이었다. 이른바 맹우라는 것도 공동의 적에 대항하기 위해 잠시 손을 잡은 것에 불과했다.

아버지는 단 한 번도 진정으로 소기를 믿은 적이 없다. 마찬가지로 소기도 아버지를 믿은 적이 없거니와, 아버지를 부를 때도 늘 '좌상'이라고 할 뿐 '장인'이라고 표현한 적은 거의 없었다. 그해에 내가 혼례복을 입고 재상부 대문을 나서는 순간, 아버지는 무슨 생각을 했을까? 혹시 그때부터 이미 나를 가장 친밀하고 믿을 만한 딸이 아니라 그저 맞수의 아내로 여기기 시작한 것은 아닐까? 아버지는 나를 소기에게 시집보냈을 때부터 막강한 병력을 가진 사위를 경계하기 시작해, 그의 곁에 자신의 눈와 귀를 심어두었을 뿐만 아니라 나까지 멀리했다.

이번 출병은 태자를 옹립하고 왕씨 가문을 보호하기 위함이었으나, 소기에게는 군에만 한정된 자신의 세력을 조정까지 뻗칠 좋은 기회이기도 했다.

우리가 성공한다면, 예장왕은 우상 대신 아버지와 조정을 양분할 것이었다.

물론 아버지는 그리 될 줄을 잘 알고 있을 것이다. 하지만 태자를 황제로 만들기 위해서는 달리 방도가 없기 때문에 늑대를 끌어들이는 꼴임을 알면서도 소기의 힘을 빌릴 수밖에 없었다. 일단 소기가 각지의 근왕군을 물리쳐 태자가 순조롭게 황위에 오르면, 아버지는 소기의 세력이 점점 커져 그에게 대권을 넘기게 되는 상황이 오는 것을 결코 좌시하지 않을 것이다.

소기라고 어찌 그 사실을 모를까!

아버지가 소기의 친위 중에 자신의 눈과 귀를 심어놓은 것처럼, 소기 또한 경사의 동향을 빤히 꿰고 있을 것이다. 아버지에게 암인이 있듯이 소기에게도 간자가 있었다. 두 사람이 이처럼 암투를 벌인 것도 하루 이틀 된 일은 아닐 것이다.

언젠가 두 사람이 결국 적으로 돌아서면 나는 어찌해야 하는지 생각해보지 않은 것은 아니다.

한쪽은 낳아주신 아버지요, 다른 한쪽은 사랑하는 낭군인데, 둘 중어느 쪽이 더 중하다고 쉽사리 결정할 수 있는 사람이 어디 있을까! 누구를 선택하든 심장을 도려내는 아픔을 겪을 수밖에 없었다.

그러나 오늘 밤 내 눈으로 직접 밀서를 확인하고 그자를 만남으로써…… 마침내 모든 것이 내 눈앞에 명명백백히 펼쳐져 둘 중 하나를 선택할 수밖에 없는 상황에 직면했다.

놓아줄까? 아니면 죽일까? 아무것도 모르는 척할까? 아니면 그 누구도 이 일을 알지 못하도록 아예 없었던 일처럼 철저히 지워버릴까?

그 순간 18년 동안 내 몸속에서 흘렀던 피가 본능적으로 선택하게 만들었다.

나는 어느 쪽이 옳고 어느 쪽이 그른지 모른다. 그저 한쪽은 이미나의 과거지만 다른 한쪽은 나의 미래임을 알 뿐이었다.

내 핏속에는 이 권문세가가 대대로 쌓아온 냉혹함과 명석함이 흘렀다.

아버지는 자신의 두 손으로 나를 소기에게 보내기 전까지, 세상에서 가장 아름다운 모든 것을 내게 주었다. 그 아름다운 모든 것은 이미 풍진세상에 떨어져 내려 잿더미로 화해버렸다. 그때 나는 기꺼이, 일말의 머뭇거림도 없이 아버지가 가리키는 길로 발걸음을 내딛으면서…… 원망도, 후회도 하지 않았다. 그저 그 순간 영원히 치유될 수 없는, 버려졌다는 절망감이 마음속에 뿌리내렸을 뿐이다.

숱한 고난을 겪고 생사의 기로에 서보기도 하면서 마침내 인생이 얼마나 고달픈 것인지 깨달았다. 누구의 곁에 서야 비바람을 피하고 맑은 하늘을 가질 수 있을까? 지난날의 보호막이 사라진 지금, 어디에 몸을 의탁해야 할까?

아버지, 내가 충성을 바치는 것은 단 한 번뿐입니다.

3년 전 아버지의 뜻에 따라 충성을 바쳤으니, 이번에는 내 낭군의 곁에 서렵니다.

크고 건장한 형체가 길을 막았다. 검은색 반룡 무늬가 그려진 비단 두루마기의 밑단이 눈에 확 들어왔다.

어수선한 마음을 가눌 길이 없는지라, 고개를 숙인 채로 급한 발걸음을 멈추지 않고는 그대로 그의 품 안으로 뛰어들었다.

"저녁 내내 어디를 갔던 게요?" 진한 술 냄새를 풍기는 소기의 푹 잠긴 목소리에 옅은 노여움이 서려 있었다.

나는 고개를 들지 않고 그의 가슴에 얼굴을 파묻은 채, 이 마지막 부목(浮木)마저 잃을까 두려워 그를 꼭 껴안았다.

그가 손을 뻗어 내 얼굴을 어루만지며 부드럽게 물었다. "왜 그러시오?"

나는 아무 말도 할 수 없었다. 오랫동안 꾹꾹 눌러온 서글픔이 모두 목구멍에 걸려 숨이 막힐 지경이었다. 입 밖으로 꺼낼 수 없는 괴로운 심정이 말이 되지 못한 채 목구멍에 맺혔다.

"내가 술만 마시느라 저녁내 그대를 홀로 뒀다고 탓하는 것이오?" 소기가 미소를 지으며 농을 던지고는 내 얼굴을 들어 올렸다.

나는 내 눈 안에 자리한 슬픔을 그에게 들킬세라 두 눈을 질끈 감았다.

소기는 내가 심통을 부린다고 생각했는지, 나직하게 웃으며 나를 안아 들고는 성큼성큼 방 안으로 걸음을 옮겼다.

방 안에 이르러 시녀들이 모두 물러가자, 소기는 나를 침상에 내려놓더니 허리를 숙이고 빤히 바라봤다. "바보같이, 도대체 왜 그러는 거요?"

미소를 짜내보려고 애썼지만 도무지 마음속의 씁쓸함은 감출 길이 없었다.

그를 나를 응시하다가 웃음기를 거두고 말했다. "웃고 싶지 않을 때는 웃지 마시오……. 그대에게 무엇도 강요하지 않을 테니, 그대도 굳이 그런 식으로 원치 않는 표정까지 지어낼 필요 없소."

나는 급히 손바닥 안에 얼굴을 감췄다. 그에게 흉측한 웃음과 눈물을 보이고 싶지 않았다.

문득 아버지와 소기의 다른 점을 깨달았다. 아버지는 내게 어떤 일을 시키든 늘 당연하게 생각했지, 내가 원하는지 여부는 묻지 않았다. 하지만 소기는 정반대였다. 무슨 일이든 내가 기꺼이 원해서 하길 바랐다. 조금이라도 억지가 끼어 있거나 내켜 하지 않는 일을 하도록 내버려두지 않았다.

어쩌면 이번에야말로 내가 진심으로 원하는 길을 제대로 선택했는지도 모르겠다.

후회하든 후회하지 않든, 적어도 이번에는 나 스스로 선택했다.

소기는 말없이 나를 끌어안으며 아무것도 묻지 않았다. 그저 자신의 품 안에서 목 놓아 우는 나를 가만히 안아줄 따름이었다.

뭐가 그리도 슬펐는지 눈물이 멈추지 않았다. 어렴풋이 짐작되던 그 이유가 점차 또렷한 형체를 갖추더니 마침내 명확해졌다. 정말로 아버지를 배신했기 때문이다. 이제 나는 아버지를 잃었다. 다시는 그의 슬하에서 응석을 부리던 시절로 돌아갈 수 없게 된 것이다……

"무슨 일로 그리 상심한 것이오?" 소기가 묵직한 탄식을 내뱉으며 내 얼굴을 들어 올렸다. 그의 두 눈에 안타까움이 가득했다.

그의 손을 쥐는데 문득 두려움이 밀려왔다. "어느 날 내가 모든 것을 잃어 내게서 취할 것이 아무것도 없게 되더라도 지금처럼 나를 대해줄 건가요? 죽을 때까지 나와 함께해줄 건가요?"

그는 입은 다문 채 웃음기가 싹 가신 얼굴로 나를 지그시 바라봤다.

절로 쓴웃음이 나오고 가슴속이 얼어붙었다.

소기는 몸을 숙여오며 담담히 탄식했다. "내 눈에 당신은 원래부터 그저 내 여인일 뿐, 다른 무엇도 아니었소!"

이튿날, 구름 한 점 없이 푸른 하늘에 동풍이 크게 일었다. 찬란한 햇빛이 도도한 강물 위에 내려 거대한 금빛 용이 바람을 타고 파도를 가르는 것만 같았다.

천지간에 펼쳐진 장엄한 기상은 어제의 피비린내를 깨끗이 씻어냈다.

북소리가 울리는 가운데, 햇빛 아래 찬란히 빛나는 갑옷 차림의 삼군이 일제히 출발했다.

뱃머리에서 검은색 수기가 바람을 맞아 펄럭이는 것이 또렷이 보였다.

누선이 거대한 돛을 세우고는 파도를 가르며 나아갔다. 그렇게 한 척, 또 한 척, 잇달아 기세등등하게 강을 건넜다.

나와 소기는 나란히 뱃머리에 섰다. 세찬 강바람에 머리칼이 휘날려 헝클어졌다.

손을 들어 올리다가 소기의 손과 닿았다. 소기는 미소 띤 얼굴로 나를 응시하며 손을 뻗어 내 귀밑머리를 쓸어 올렸다.

"벼슬을 한다면 집금오(執金吾)에 올라야 하고, 아내를 맞는다면 응당 음려화(陰麗華)를 맞아야지(후한後漢 광무제光武帝 유수劉秀가 황제가 되기 전에 한 말로, 집금오는 경성의 치안을 맡은 관리였고 음려화는 당대의 미인이었음)." 눈썹을 치키며 웃는 소기는 의기양양했다. "소년 시절에 나는 광무황제(光武皇帝)를 몹시도 흠모하였고 이 같은 큰 뜻도 세웠다오."

소년 시절의 꿈은 이미 이루고도 남았다. 겨우 집금오가 다 무엇이란 말인가? 번왕의 지위도 그의 웅대한 포부를 잡아맬 수는 없을 것이다.

타는 듯한 그의 눈빛에 나는 잠시 불안을 느꼈으나 이내 미소를 머금고 탄식했다. "광렬황후(光烈皇后, 광무제의 두 번째 황후, 음려화)도 광무황제를 따를 수 있었으니 그 인생이 헛되지 않았지요. 그 옛날, 미녀를 데리고 천하를 평정한 영웅의 삶은 얼마나 통쾌했겠어요?"

소기가 큰 소리로 웃어젖혔다. "이번 원정에 당신이 함께해주니, 이 사실을 광무황제가 안다면 그 또한 나를 시기할 것이오!"

눈앞에는 도도한 강물이 흐르고 드넓은 천지가 펼쳐져 있었으나, 그의 눈에 담긴 호기는 이 장엄하고 화려한 강산조차 숨을 죽이게 만들었다.

천자가 거처하는 곳

5월, 건녕왕은 휘주에서 패퇴한 뒤 남은 군사들을 이끌고 서주(胥州) 승혜왕(承惠王)에게 의탁해 강평군왕(康平郡王), 저안후(儲安侯), 신원후(信遠侯), 무열후(武烈侯), 승덕후(承德侯), 정안후(靖安侯)와 회합했다. 예장왕의 대군은 삼관(三關)을 나서 사성(四城)을 빼앗고 중원 한복판으로 진격했다.

6월, 건녕왕 근왕군이 군사 25만을 집결시켜 세 길로 나눠 반격을 실시하자 초주가 위급함을 알려왔다. 예장왕은 팽택의 난을 평정하고 팽택 자사를 참했다. 이에 예장왕군을 두려워한 각 주와 군이 모두 항복했다.

7월 초사흘, 마침내 초주가 함락되었다. 무열후 휘하의 선봉은 파죽지세로 쳐들어가 경사로 가기 위해 반드시 거쳐야 할 길목을 끊었다.

7월 초닷새, 예장왕의·좌익대군이 황양도(黃壤道)를 기습해 나흘에 걸친 악전고투 끝에 무열후를 죽이고 그의 군대를 무너뜨렸다.

7월 초아흐레, 예장왕의 우익대군이 서록관(西麓關)을 함락하고 귀무곡(鬼霧谷)에 있는 강평군왕의 부하들을 매복 공격했다. 정로장군이 건녕왕의 후방 군영을 기습해 정안후와 신원후를 사로잡고 강평군왕에게 중상을 입혔다.

7월 열하루, 예장왕이 친히 중군(中軍)을 이끌고 신율군(新律郡)에 접근해 승혜왕의 대군과 맞닥뜨려 혈전을 벌였다. 병력을 나눠 빠져나온 건녕왕은 임양관 아래 군대를 주둔시켰다. 승혜왕은 크게 패해 홀로 성을 버리고 도망쳤으며, 살아남은 군사들은 무기를 버리고 투항했다. 예장왕은 군대를 이끌고 도망친 적을 추격했다.

7월 열닷새, 건녕왕군과 예장왕군은 경사로 들어서는 입구인 임양관 아래서 대치했다.

임양관은 경사에서 3백여 리밖에 떨어지지 않은 곳으로 경사의 마지막 장벽이었다.

임양관에 이른 다음 날, 척후병이 급히 말을 달려 소식을 전해왔다.

둘째 전하 자율이 궁에 불을 지르고 궁문에 매복해 있다가 무위장군을 습격한 뒤 금위군으로 변장해 황성을 빠져나갔으며, 그날 밤으로 황상의 밀지를 가지고 건녕왕군을 찾아갔다고 했다. 밀지에 이르길, 왕씨가 예장왕과 역모를 꾀하고 천자의 교서를 날조해 퇴위를 강요하여 황실이 백척간두에 섰으니 이에 황후 왕씨를 서인(庶人)으로 폐하며 저군 자담에게 즉위할 것을 명한다고 했다. 무위장군 왕허(王栩)는 암살당했다.

소식이 전해졌을 때, 나는 소기 곁에서 탁자 위에 봉긋이 쌓여 있는 문서와 군첩(軍帖)을 정리하느라 바삐 손을 놀리고 있었다.

자율이 궁에 불을 질렀다는 말을 들었을 때, 나는 손에 든 서신 뭉치를 내려놓는 것도 잊고 어안이 벙벙한 채로 뒤돌아서 고개를 들었다. 무위장군 왕허는 암살당했다는 말은 잘못 들은 것이라고 생각했다. 뭐라고 하는 거지? 내 숙부가, 궁궐을 통솔하는 무위장군 왕허가 죽었다고? 내가 망연히 시선을 돌려 소기를 바라보자 소기도 나를 지그시 바라봤다.

소식을 전한 병사는 아직도 바닥에 꿇어앉아 있었다. 소기는 고개도 돌리지 않고 입술을 굳힌 채 담담히 말했다. "알았으니 물러가라."

뻣뻣하게 서신 뭉치를 내려놓는데 그중 한 첩이 바닥으로 미끄러져 떨어졌다. 그것을 집어 들려고 느릿느릿 몸을 숙여 막 손을 내뻗는데 소기가 덥석 붙잡았다. 그러고는 자리에서 일어나 나를 끌어안았다. 내가 몸부림치며 빠져나가는 것을 허락하지 않겠다는 듯 소기는 두 팔에 힘을 꽉 주었다.

나는 멍하니 그를 바라보며 중얼거렸다. "사실일 리 없어요. 틀림없이 뭔가 잘못 안 걸 거예요. 숙부님이 어찌 돌아가실 수가…… 숙부님이……" 시원시원한 미소와 근사한 수염을 휘날리던 모습이 눈앞을 스치고 지나갔다. 어려서부터 나를 팔뚝 위에 앉히고 어여삐 여기던 그분이, 말도 태워주고 활 쏘는 법까지 직접 가르쳐준 숙부가 어찌 이 같은 때에 돌아가신단 말인가? 우리가 경사까지 겨우 수백 리만 남겨둔 곳에 왔는데, 마지막 한 발만 내딛으면 당도할 텐데!

"맞소. 무위장군이 난으로 목숨을 잃었소." 나를 응시하는 소기의 눈빛은 스산함 속에 미안하고 안타까운 기색을 담고 있었다. "결국 한 발 늦고 말았소!"

나는 발밑이 무너지는 듯한 기분에 힘없이 그에게 기댔다. 몸이 무너져 내리는데도 흐느낌 소리조차 낼 수 없었다.

소기는 나를 꽉 끌어안은 채 아무 말도 하지 않았다. 소기의 온몸이 뻣뻣하게 경직되었다.

한참이 흐른 뒤, 소기가 내 귓가에 대고 한 자 한 자 또박또박 말했다. "아무, 내 약속하리다. 자율의 머리를 무위장군의 제단에 바치겠소!"

자율…… 그 말에 나는 화들짝 놀랐다. 마치 온몸에 빙설을 뒤집어

쓴 것만 같았다. 어찌 자율이란 말인가?

태자 오라버니 자용, 둘째 전하 자율, 셋째 전하 자담…… 달라도 너무 다른 이 세 소년은 지난날 장장 10여 년에 걸쳐 길고도 달콤했던 궁궐 생활을 나와 함께한 사람들이다. 핏줄로 따지면 태자 오라버니가 나와 가장 가까웠고, 정분으로 따지면 자담이 가장 가까웠다. 그러나 자율은, 고독하고 말수가 적은 그 소년은 어느 누구와도 친하게 지내지 못했다.

태자는 신분이 존귀했고, 자담은 생모가 황상의 극진한 총애를 받았다. 그러나 자율은 신분이 미천한 궁녀의 소생인 데다 생모가 병으로 일찍 죽어 어려서부터 태후가 데려다 길렀다. 외할머니는 어려서부터 병약했던 자율을 몹시 가엾게 여기어 그가 성년이 될 때까지 살뜰히 돌보았다. 성년이 된 후로도 항상 시종이 한 발짝도 떨어지지 않고 곁에서 지켰으며, 침전에서는 사시사철 은은한 약 냄새가 풍겼다.

오라버니가 혼례를 올리던 그해, 자율이 큰 병을 앓았다. 그런데 병석에서 일어난 뒤로 자율은 어쩐 일인지 모두를 차갑게 대했고, 나에게조차 다시는 웃는 얼굴을 보여주지 않았다. 그 당시 나는 아직 어리고 철이 없어 자율 오라버니가 나와 놀고 싶어 하지 않는다고만 생각했는데……. 그해에는 끊임없이 슬픈 일이 생겼다. 올케가 혼인한 지 반년 만에 병으로 죽었고, 가을에는 외할머니가 돌아가셨으며, 오라버니도 경사를 떠나 강남으로 가야 했다.

태후가 세상을 뜨신 후로 자율은 더욱더 과묵하고 냉담해졌다. 온종일 바깥출입을 삼간 채 서책에만 파묻혀 지냈으며, 건강도 좋았다가 나빴다가 들쭉날쭉했다.

놀랍게도 그의 생김새가 잘 기억나지 않았다. 마지막으로 그를 본 것은 혼례를 올리기 전날 밤이었던 것 같다. 동화전(東華殿) 측문을 돌아 나온 자율은 낡은 고서 한 권을 들고 있었다. 소매가 넓은 청의(靑衣)를 입고 관건으로 머리를 묶은 채, 엷은 자색이 돌고 짙푸른 청록색을 띠는 목부용(木芙蓉) 나무 아래 서서 내게 담담히 웃어 보였다. 그 웃음은 마치 차디찬 심연을 스치고 지나가는 한 줄기 엷은 물결처럼 금세 다시 잔잔해졌더랬다.

밤새 손발이 얼음장처럼 차가워 계속 덜덜 떨었다. 소기의 품에 안겨 있었지만 도통 온기가 돌지 않았다.

소기는 옷을 걸치고 일어나더니 의원을 부르려고 했다.

나는 그의 손을 꽉 붙든 채 서글픈 미소를 지으며 고개를 저었다. "괜찮아요. 당신이 내 곁에 있어주면 곧 좋아질 거예요."

그의 눈빛은 내 눈동자를 통해 마음속 깊은 곳으로 들어와 모든 것을 꿰뚫어보는 것만 같았다. "슬플 때는 억지로 웃지 말고 우시오."

그러나 나는 끝내 울지 않았다. 그저 마음이 헛헛하고, 기운이 없고, 손끝부터 마음속까지 몹시 추울 따름이었다.

숙부님이 돌아가셨다. 나는 피붙이를 한 명 잃었지만 그의 마지막 얼굴조차 보지 못했다.

숙부님, 나를 몹시도 어여뻐하던 숙부님.

막사 안의 등불은 벌써 꺼져 사방이 어두컴컴했고, 밖에서 들려오는 까마귀 소리는 섬뜩한 기분을 불러일으켰다.

나는 소기의 품속에 가만히 누워 그의 몸에서 전해지는 유일한 온기를 취했다.

"어찌 자율이⋯⋯." 어둠 속에서 나는 망연히 눈을 부릅뜬 채 소기의 손을 꼭 붙잡았다.

소기는 깊이 잠든 모양인지 아무 대답도 하지 않았다.

자율이 숙부를 해치다니, 도저히 믿을 수 없었다. 그 섬세하고 고독하던 소년도 황권을 둘러싼 이 죽고 죽이는 싸움판에 끼어들다니, 어찌 이런 일이 있을 수 있을까? 어쩌면 오래전부터 이 같은 결과를 예상하고 있었으나 정말로 이런 날이 닥쳤을 때 이토록 처참하리라고는 생각지 못했을 수도 있다.

자율도 이럴진대, 그는 어떠할까? 내가 가장 생각하고 싶지 않은 한 사람, 그는 또 어떠할까?

온몸에 한기가 들어차 차마 눈을 감을 수 없었다. 눈을 감자마자 자담이 보일까 봐, 온몸이 피범벅인 숙부를 뵐까 봐 두려웠다.

나는 소기가 이미 잠들었든 아니든 그에게 내 어린 시절과 숙부, 그리고 흐릿한 기억 속의 자율에 대해 들려줬다.

그런데 갑자기 그가 몸을 뒤집어 내 위에 올라타더니 그윽한 눈빛으로 말했다. "옛사람들일 뿐이오. 황자니 공주니 모두 당신과는 상관없는 사람들이오!"

그는 내가 무슨 말을 할 새도 없이 그대로 몸을 숙여 입을 맞춰왔다. 맞닿은 입술 사이로 뜨거운 호흡이 뒤엉키며 눈앞의 어둠을 조금씩 몰아냈다.

자다가 소스라치며 깨기를 반복했다. 그때마다 소기가 옆에서 꼭 끌어안아줬다.

어둠 속에서 우리는 가만히 서로에게 기대고 있었다. 둘 사이에 오가는 말은 없었지만 천 마디 말보다 더 큰 위로가 되었다.

자율이 황궁을 빠져나가면서 가지고 간 황상의 밀지는 건녕왕의 출병에 명분을 제공했고, 우리에게는 미처 손쓸 수 없는 일격을 가했다.

그러나 이미 격전을 앞둔 상황에서 성지(聖旨) 하나가 어찌 소기의 발길을 막을 수 있겠는가? 승자는 왕이 되고 패자는 역적이 되는 것이 지당한 이치일 터.

천하에 명을 내려 역적을 토벌하고 황제를 위해 충성을 바치라고 해봐야, 천하의 군사 중 절반 이상을 소기가 장악하고 있었다. 대담히 황실을 좇아 소기에 대항한 주군(州郡) 중에도 이미 패할 곳은 다 패하고 투항할 곳도 다 투항했다. 승혜왕과 건녕왕, 두 노장만 남아 죽기를 각오하고 완강히 맞서고 있을 뿐이었다. 나머지 얼마 안 되는 번진(藩鎭)의 군대는 황실의 기운이 이미 기울어 소기에 맞서는 것은 당랑거철(螳螂拒轍)이라 생각하고, 차라리 명철보신(明哲保身)을 위해 수수방관하는 상황이었다.

저군은 멀리 황릉에 몸이 묶인 채로 사람들의 감시를 받고 있으니, 제위를 자담에게 넘기는 것은 터무니없는 소리에 불과했다. 어쩌면 이것은 황상의 마지막 발악이었을지도 모른다. 죽어도 고모가 원하는 대로 흘러가게 두지는 않겠다는, 태자의 황위가 굳건하도록 내버려두지 않겠다는 뜻이었을 수도 있다.

조강지처와 자신의 피를 이어받은 아들이건만, 제왕가의 반목은 결국 이 같은 말로를 맞이했다.

고모는 온갖 경우를 다 생각해보았을 테지만 엉뚱하게도 자율이 튀어나올 줄은 예상하지 못했다. 이 밀지가 전해지면 훗날 태자의 제위에 씻을 수 없는 오점으로 남을 것이다. 설령 훗날 영명한 군주가 되어 태평성세를 이룬다고 해도 티 하나 없이 영예로운 황제가 될 수는 없을 것이다.

그러나 밀지가 있더라도 건녕왕 군대의 패배를 되돌릴 수는 없었다.

8월 초사흘, 내 열아홉 번째 생일을 열흘 앞둔 날, 소기는 임양관을 대파했다.

건녕왕은 일곱 군데나 중상을 입고도 필사적으로 싸웠으나 결국 전장에서 목숨을 잃었다.

자율과 승혜왕은 5만이 채 되지 않는 나머지 군사를 이끌고 강을 따라 도망쳤고, 남쪽으로 내려가 건장왕(建章王)에게 의탁했다.

소기는 건녕왕의 시신을 후히 장사 지내고 그 휘하의 투항한 장수들에게 영구를 옮기게 했으며, 삼군에 애도를 명했다.

이 충성스럽고 용맹한 친왕(親王)은 자신의 목숨으로 황족의 마지막 존엄을 지켰다.

소기는 적의 존경을 얻을 수 있는 것은 군인으로서 가장 큰 영예라고 했다.

나는 군인의 영예가 무엇인지 모르나, 적을 존경할 수 있는 장군은 틀림없이 천하 사람들의 존경을 얻으리라는 것은 알았다.

이튿날 대군은 거침없이 진군해 경사에서 40리 떨어진 곳에 진을 쳤다.

고모는 소기에게 의지(懿旨)를 내려, 군대를 이끌고 입조해 알현할 수 없으니 군대를 3백 리 밖으로 물리라고 명했다. 그러나 소기는 '후궁은 정사에 간섭할 수 없으니 의지가 육군에 이르지 않는다'는 이유로 의지를 받기를 거부했다.

그렇게 이틀 동안 대치하다가 아버지가 나서서 고모를 설득하고 소기에게 머리를 숙여 타협했다.

8월 초여드레, 조양문에서 군영까지 40리에 이르는 용도(甬道) 전체에 정화수를 뿌리고 그 위에 황사(黃沙)를 깔았다. 그리고 금위군이 그 길을 따라 의장을 배치하고 모절(旄節)을 든 채로 시립했으며, 일반 백성은 이 길을 비켜 가게 했다. 태자가 직접 문무백관을 이끌고 조양문을 나서서 예장왕을 교영(郊迎, 성문 밖에까지 나가서 맞이하는 것으로 존경과 장중함을 드러냄)하여 경사에 드니, 왕공(王公) 이하 관원들은

402

모두 길가에서 무릎을 꿇고 맞이했다.

철기 정예군 3천 기가 다시금 위풍당당하게 조양문 안으로 들어섰다.

길을 따라 수기가 높이 휘날렸고, 깃발의 휘장이 펄럭였다. 깃발이 지나는 곳마다 백관이 고개를 숙였다.

소기는 전장의 먼지를 뒤집어쓴 갑옷을 벗고 친왕의 복색을 갖춘 채 입조했다. 나는 직접 그에게 아홉 가지 문양이 들어간 구장복(九章服)에 똬리를 튼 용이 수놓인 비단 조복을 입히고, 용무늬가 있는 통천관(通天冠)을 씌워주고, 섬뜩한 시린 빛을 발하는 그 낡은 장검 대신 칠성휘월검(七星輝月劍)을 채워줬다. 나도 대례를 치르고 나서 처음으로 왕비의 조복으로 갈아입었다. 붉은색 옷에 자색 인끈을 매고, 금은보화로 장식한 구전(九鈿)을 머리에 쓰고, 쌍옥패를 달았다. 그리고 난거를 타고 의장을 거느린 채 그의 말을 따라 천궐(天闕) 문턱을 넘었다.

일신에 갑옷을 걸쳤다가 이제는 조복을 입은 채로, 변경의 드넓은 하늘에서 구중천(九重天)에 있는 궁궐까지, 소기는 마침내 그 한 걸음을 내딛었다. 난거 안에서 그의 우뚝한 형체를 응시하던 나는, 일세의 영웅이라 불리던 그 대장군이 오늘부터 진정으로 그 권세가 천하를 뒤덮는 예장왕이 되었음을 깨달았다.

그날 성루 위에서 저 멀리 늠름하게 개선하던 소기를 바라볼 때는 그 위풍당당한 군위에 질려 감히 똑바로 쳐다보지도 못했더랬다.

그랬던 내가 이제는 예장왕비가 되어 그와 나란히 구중궁궐 안으로 들어서고 있었다.

이 지고지상의 황성은 내가 태어나고 자란 곳이었다. 그 시절 나는 화려한 속세가 궁금해 늘 이 천궐에서 목을 빼고 두리번거렸더랬다.

그때는 언젠가 내가 정복자의 모습으로 만인을 내려다보며 이 높디
높은 궁문을 넘을 줄 상상도 못 했다.

태자 오라버니는 금관을 쓰고 황포를 입고 있었는데, 예나 다름없이
거만하고 유연한 모습이었다. 그 뒤에는 자색 포복(袍服)을 입고 옥대를
찬 아버지가 기품 있게 서 있었다. 오라버니까지 은청광록대부(銀青光祿
大夫)의 복색을 하고 더욱 수려해진 풍채를 자랑하고 있었다.

내 피붙이들은 이러한 상황에서, 이처럼 성대하고 장중한 방식으
로 나와 마주했다.

아버지는 나와 눈빛이 마주치는 순간 옅은 미소를 내비쳤다. 귀밑
의 은빛 머리칼이 햇빛 아래서 은은히 빛났다. 떨어져 있는 사이, 아
버지의 귀밑머리는 전보다 더 새어 있었다.

소기는 어전에서 10장 떨어진 곳에 이르자 말에서 내렸고, 나도 난
거에서 내려 천천히 그의 뒤로 걸어갔다. 걸음을 내딛을 때마다 아버지
에게 더 가까워진 것 같으면서도 어쩐 일인지 더 멀어진 것도 같았다.

경사의 8월 햇빛은 눈부시게 밝아 자꾸만 눈이 시려왔다. 번쩍이
는 빛 가운데서 보니 주변의 모든 것이 실제가 아닌 것 같았다.

"소신, 늦게 당도하여 전하를 놀라게 하였으니 벌을 내려주소서!"
소기는 낭랑한 목소리로 말하며 당당하게 한쪽 무릎을 꿇었으나 고
개는 숙이지 않았다.

나도 그를 따라 꿇어앉되, 아버지와 오라버니가 있는 쪽을 향해 털
썩 꿇어앉았다.

"예장왕이 애써서 큰 공을 세웠소!" 태자는 앞으로 한 걸음 나와 소
기를 일으켜 세웠다.

넓은 아량이 돋보이는 의례적 찬사의 말이 태자 오라버니의 입에

서 흘러나왔다. 장중하기는 하되 딱딱하기 그지없었다. 나는 고개를 숙이고 시선을 내리깐 채 몰래 빙긋이 웃었다. 문득 가슴속에 따스한 기운이 차올랐다. 이 말을 외우기까지 태자 오라버니는 얼마나 연습을 거듭했을까? 태자 오라버니는 이런 상투적인 말이라면 딱 질색인 사람이었다. 이 순간의 태자 오라버니는 저군으로서의 위의(威儀)를 갖추고 있었으나, 그 눈에서는 여전히 이런 것 따위는 전혀 아랑곳하지 않는 기색이 엿보였다.

자색 포복의 밑단이 눈에 들어와 불쑥 고개를 들었더니 아버지가 이미 눈앞까지 와 있었다.

오랜 시간 꾹꾹 눌러왔던 쓰린 아픔이 조수에 제방이 터지듯 갑작스럽게 쏟아져 나왔다.

"아버지……." 나지막이 아버지를 부르는데, 아버지는 살며시 고개를 숙이며 여러 신료들을 이끌고 예를 표했다.

소기는 번왕이고 나는 그의 왕비였기 때문에, 신분으로 따지면 내가 아버지보다 높았다.

그렇더라도 나는 아버지 앞에 무릎을 꿇었다.

"왕비께서는 예를 거두시지요." 따스한 두 손을 내밀어 나를 힘차게 일으켜 세우는 아버지의 표정은 담담했으나 손의 떨림은 감추지 못했다.

소기는 아버지에게 자질(子姪)의 예를 갖췄으나, 여러 신료들 앞에서는 여전히 아버지를 '좌상 대인'이라고 불렀다.

아버지의 어깨 너머로 호방하게 웃고 있는 오라버니가 보였다. 오라버니는 가만히 나를 바라보다가 시선을 소기에게로 옮겼는데, 기쁜 것인지 걱정스러운 것인지 알 수 없는 눈빛을 보였다.

온갖 슬픈 감정이 가슴속에 들끓어, 입술을 가볍게 다문 채로 고개를 들고 오라버니를 향해 미소를 지었다.

태자는 문무백관을 이끌고 금전(金殿)에 올랐고, 소기와 아버지는 각각 좌측과 우측으로 나뉘어 섰다.

나는 내시가 이끄는 대로 편전으로 가 기다렸다. 금실로 꿴 옥으로 만든 주렴을 사이에 두고 멀리 붉은색 섬돌 아래 대소 신료들이 꿇어앉아 있고, 병이 깊은 황상을 고모가 직접 부축하고 어전에 드는 것이 보였다.

용포를 걸친 채 비쩍 마른 몸으로 비틀거리며 걷는 그 노인은 한창 원기 왕성할 때의 늠름한 기개를 뿜내던 내 기억 속의 황상과 판이하게 달랐다.

황상의 곁에서 봉황관을 쓴 채 황후의 조복을 입은 고모는 감히 우러러볼 수 없을 정도로 고귀해 보였다. 고모의 모습은 잘 보이지 않았으나, 고모가 입은 주홍색 조복에 수놓인 복잡한 문장과 화려한 복색은 몹시도 눈부셨다. 고모는 여전히 강한 사람이었다. 그녀는 사람들 앞에서 영원히 눈부신 빛을 발하며 티끌만큼의 연약함도 내보이지 않을 것이다. 이 금전에서 패자와 승자로 자리한 두 사내 중 한 사람은 그녀의 남편이었고, 다른 한 사람은 그녀의 아들이었다. 늙어버린 그 황제는 그녀와 오랜 세월 해로한 사람이었다. 그는 그녀 홀로 남은 삶을 처량하게 살아가도록 남겨둔 채, 혼자서만 인생의 끝자락에 이르러버렸다.

내가 주렴 뒤에서 묵묵히 고모를 응시하고 있을 때, 내 뒤에 말없이 시립한 궁녀들 또한 휘장 뒤에서 조용히 나를 살폈을 것이다. 이 바다처럼 깊은 궁궐 안에서 얼마나 많은 눈이 보고 있을 것이며, 요동치는 조정에서는 또 얼마나 많은 사람들이 우리를 보고 있을까? 혼란이 끊이지 않는 세상에서는 또 얼마나 많은 이들이 우리를 지켜보고 있을지 모를 노릇이었다.

황상은 이미 말을 할 수 없는 지경인지라, 태자가 감국(監國, 황제 부재 시 태자 등이 임시로 국사를 처리함)으로서 조서를 내려 반란을 평정한 공신들에게 상과 관직을 내렸다.

좌상은 태사(太師)에 추가로 봉해졌고, 예장왕은 태위(太尉)에 추가로 봉해졌으며, 송회은 등 무장들은 관직이 세 등급 올랐고 모연도 관직이 올랐다.

둘째 황자 자율과 건녕왕, 승혜왕을 필두로 한 반당은 황제의 조서를 날조하고 황위를 가로채려 한 죄로 폐서인되었고, 나머지 도당에게는 모두 반역죄가 씌었다.

조정 신료들의 만세 소리가 구중궁궐에 울려 퍼졌다.

아버지와 소기는 서로 마주 보고 서 있었다. 아무 말이 없는 가운데 보이지 않는 물살이 급하게 흘렀다.

나는 가만히 눈을 감았다. 궁문 옥계를 흘러내리는 세찬 기세의 선혈이 보이는 것 같았다.

황위 계승을 둘러싼 목숨을 건 싸움이 마침내 끝이 났다.

그 과정에서 죽어간 이들은 이제 흙먼지가 되어 휘황찬란한 천자의 위엄 아래 영원히 묻힐 것이다.

모든 일이 마무리된 후, 황상과 고모는 내전으로 물러나고 백관은 줄지어 밖으로 나왔다.

소기는 아버지에게 다가갔다. 금전에서 담소를 나누는 두 사람의 모습은 마치 어질고 효성스러운 장인과 사위처럼 보였다. 오라버니는 소기와 피상적인 대화를 나누기 싫은 듯 몸을 숙여 예를 표하고 물러갔다.

나는 그길로 쫓아 나가 오라버니를 부르고 함께 집으로 돌아가 어머니를 뵙고 싶었지만…… 끝내 자리를 뜨지 못했다.

이곳에 다시 돌아온 지금, 더 이상은 내키는 대로 행동할 수 없었다. 상양군주는 아무런 근심 걱정 없이 부모님한테 달려가 응석을 부릴 수 있지만, 예장왕비는 예장왕 곁에 바짝 붙어 있어야 하며 어떠한 실수도 저질러서는 안 된다.

오라버니가 대전에서 점점 멀어지는 것을 지켜보다가 망연히 시선을 떨군 채 내 손끝만 뚫어져라 쳐다봤다.

정신이 흐릿해지는 가운데 다시금 혼례식 날이 떠올랐다. 반짝반짝 빛나는 화려한 비단옷을 걸치고 높은 자리에 그림처럼 단정히 앉아, 다른 사람들이 모든 것을 좌지우지하는 것을 가만히 지켜보기만 하면서 티 하나 없는 옥으로 빚은 인형처럼 말도 못 하고 움직이지도 못하던 그날이…….

"황후께서 예장왕비를 들라 하십니다."

뒤에서 높고 가는 소리가 울려 돌아보니, 황갈색 비단옷을 입은 내시가 문 앞에 공손히 시립해 있었다.

고모를 곁에서 오랫동안 모신 설공공(薛公公)이었다.

그가 허리를 굽히며 만면에 웃음을 띤 채 말했다. "못 뵌 지 한참 되었는데, 왕비께서는 이 노복을 알아보시겠는지요?"

고모가 퇴청하자마자 나를 불렀으나 나는 어떤 얼굴로 고모를 봬야 할지 몰라, 순간 심란한 마음을 가눌 길이 없어 억지로 웃어 보였다. "설공공, 참으로 오랜만이오."

"왕비 마마, 중궁으로 걸음을 옮기시지요." 설공공은 나를 이끌고 중궁으로 향했다.

회랑과 전각은 물론이고 화원에 핀 꽃이며 푸른 나무까지도 지난날과 다름이 없건만……. 나는 차마 주변을 둘러볼 수 없어 고개를 떨궜다.

소양전 앞은 하나도 변한 것이 없었다.

걸음을 멈추고 잠시 그 자리에 못 박힌 듯 서 있다가, 시녀들을 밖에 남겨둔 채 홀로 천천히 걸음을 옮겼다.

예전에 소양전에 드나들 때는 한 번도 내시가 아뢴 적이 없었다. 오늘도 소양전 앞을 지키는 시위는 나를 보더니 공손히 절을 한 뒤 물러갔다.

"황후 마마께 아룁니다. 예장왕비가 알현을 청합니다." 설공공이 문 앞에 꿇어앉았다.

내전에서 패옥이 부딪치는 소리가 들리더니 급한 발걸음 소리가 이어졌다. 익숙한 향내는 순식간에 나를 지난날로 이끌었다.

"아무니?" 병풍을 돌아 잰걸음으로 달려오는 고모는 조복도 갈아입지 않은 채로 발까지 헛디딜 정도로 서둘렀다.

마침내 가까이 다가온 고모를 똑바로 볼 수 있게 된 나는 너무 놀라 꼼짝도 하지 못했다.

짙은 분으로도 이미 고모의 이마와 눈꼬리에 내린 주름을 감출 수 없었다. 올해 원소절(元宵節, 음력 정월 보름날)에 경사에 돌아왔을 때도 뵈었었는데, 겨우 반년 사이 고모는 10년은 늙은 듯했다.

나는 겨우 몇 걸음 떨어지지 않은 곳에 서 있었으나 고모는 흐릿한 눈빛을 던질 뿐이었다.

"아무가 온 것이냐?" 고모는 여전히 온화하고 점잖은 미소를 지으며 눈을 가늘게 뜨고 나를 똑바로 보려고 애썼다.

나는 황망히 달려가 고모를 부축했다. "고모, 저예요!"

바로 그 순간, 등 뒤에서 서늘한 빛이 번뜩였다.

검광, 살기, 위험, 이 모든 것은 더 이상 내게 낯설지 않았다.

"조심하세요——." 나는 그대로 고모를 덮쳐 옆으로 밀었다.

거의 동시에 그 황갈색 그림자가 눈앞에 닥치더니, 칼을 들어 우리를 향해 휘둘렀다. "요망한 황후야, 목숨을 내놓아라!"

고모를 밀어 넘어뜨리고 나서 나도 그 옆에 나동그라졌다.

번뜩이는 칼날이 허공을 베고 떨어지는 그 짧은 순간, 나는 고모의 몸 위로 내 몸을 겹쳐 고모를 감쌌다.

시린 검광에 눈앞이 하얘지고 팔에 살짝 한기가 들었다. 사방에서 날카로운 비명을 지르는 궁녀들로 소양전 앞은 혼란에 휩싸였다.

고개를 들자 설공공의 흉악한 얼굴이 보였다. 허여멀건 둥근 얼굴이 무섭게 일그러져 있었다. 그가 쥔 단도는 간발의 차이로 나를 비켜갔다.

옥수가 뒤에서 죽기 살기로 설공공을 잡아끌고 있었다. 옥수는 칼을 쥔 그의 팔을 껴안고는 있는 힘껏 팔꿈치를 물어뜯었다.

나는 죽을힘을 다해 고모를 끌어당겨 앞뒤 재지 않고 그대로 문 쪽으로 내달렸다. 소양전 앞을 지키는 시위와 내 시녀들이 이미 소리를 듣고 달려오고 있었다.

그러나 소양전 계단은 너무나 길었다. 시위들과의 거리가 얼마 남지 않은 지점에서, 긴 치마에 발이 걸린 고모가 갑자기 휘청거렸다.

고모가 잡아당기는 힘에 나까지 균형을 잃어 두 사람이 한꺼번에 넘어져 나뒹굴었다. 고모는 계속해서 비명을 질렀다. "여봐라——."

두꺼운 조복 아래로 허리 사이에서 뭔가 단단하고 차가운 것이 배기는 순간, 갑자기 그 단검이 떠올랐다!

등 뒤에서 처참한 비명 소리가 들렸다. 사내의 것도, 여인의 것도 아닌 날카로운 목소리가 노호를 내지르며 가까이 다가오고 있었다.

나는 이를 악문 채 칼을 뽑아 들고는 가까스로 몸을 일으켰다. 저멀리 옥수가 몸뚱이 절반에 피를 뒤집어쓴 채 필사적으로 설공공의 다리를 껴안고 있었다.

설공공은 몸을 돌려 칼을 들어 올리더니 다시 옥수를 향해 휘두르느라 무방비하게 등을 내보이고 있었다.

나는 두 손에 검을 쥐고 달려가 예리하게 벼려진 그 5촌짜리 칼날에 온 힘을 실었다.

칼날은 손잡이까지 박혀 들어갔다. 생살을 가르고 들어가는 둔탁한 소리가 귓가에 또렷이 들려왔다. 휙 단검을 빼내자 새빨간 피가 치솟더니 눈앞에 흩뿌려졌다.

설공공은 뻣뻣하게 굳은 채로 뒤돌아 나를 노려보면서 천천히 칼을 들어 올렸다.

순간 휙 하고 인영이 움직이는 듯하더니, 시위 하나가 비호처럼 몸을 날려 그가 쥔 칼을 멀리 차냈다. 그리고 순식간에 사방을 포위한 창이 그를 옴짝달싹 못 하게 바닥에 짓눌렀다!

설공공의 둥그스름하고 허여멀건 얼굴은 금세 잿빛으로 변했고, 입가에서는 선혈이 솟구쳤다. 죽음을 앞둔 그는 미친 듯이 웃으며 외쳤다. "황상, 이 노복, 어찌 이리 무능한지요!"

나는 온몸의 기운이 빠졌지만 단검을 쥔 손의 힘만은 풀지 않았다. 그제야 옷 사이로 식은땀이 배어 나왔다.

찰나의 순간, 검광과 살육, 생사…… 모든 것이 굳어졌다.

"아무, 아무야!" 고모는 바닥에 엎드린 채 부들부들 떨면서 내게 손을 뻗어왔다.

나는 서둘러 몸을 숙여 고모를 부축하다가 나도 떨고 있음을 깨달왔다. 한순간 다리에 힘이 풀리면서 고모 옆에 꿇어 엎드렸다.

"다친 데는 없니?" 고모는 얼른 나를 껴안으며 다급히 내 몸을 더듬어보다가 피투성이가 되어 미끌미끌한 손을 만지고는 화들짝 놀라 비명을 질렀다.

"고모, 무서워 마세요. 전 괜찮아요. 아무렇지도 않아요⋯⋯." 나는 힘껏 고모를 껴안았다가 뼈만 앙상하게 남은 몸에 깜짝 놀랐다.

고모는 생기 없는 두 눈으로 잠시 나를 응시하다가 크게 숨을 돌리며 말했다. "그래, 괜찮구나. 우리 모두 무사하구나."

"황후 마마께 아룁니다. 자객 설도안(薛道安)을 이미 죽였습니다!" 소양전 앞을 지키는 시위가 바닥에 꿇어앉아 아뢰었다.

고모는 일순 딱딱하게 굳었다가 갑자기 격분해서 외쳤다. "쓸모없는 것들! 하나같이 쓸모없는 것들뿐이구나! 너희를 어디에 쓰겠느냐! 모두 죽여라! 죽여!"

시위들과 궁녀들은 벌벌 떨며 바닥에 꿇어 엎드린 채 감히 앞으로 다가오지 못했다.

돌아보니 옥수가 피범벅이 되어 바닥에 쓰러져 있었다. 황급히 태의를 불러오게 하고, 시위들에게 주변에 한패가 있는지 조사하라고 명했다.

중상을 입고 혼절한 옥수 외에도 궁인 두 명이 가벼운 부상을 입었고, 고모가 가장 신임하고 고모를 바로 곁에서 모시던 여관(女官) 료고고(廖姑姑)는 목에 칼을 맞아 숨이 멎은 채로 피가 흥건하게 고인 바닥에 쓰러져 있었다.

나는 사방을 둘러보며 애써 마음을 가라앉히고는 그 자리에 있는 사람들을 향해 엄한 기색으로 말했다. "곧장 금군 수위를 동궁에 보내 태자 전하를 삼엄히 경호하고, 소양전에 시위를 늘려라. 예장왕과 좌상에게 지금 당장 중궁에 들어 황후 마마를 알현하라고 전해라. 오늘 일어난 일은 결코 밖으로 전해져서는 아니 된다. 만약 조금이라도 말이 새어 나간다면 소양전 사람은 모조리 목을 벨 것이다!"

대립

　고모는 부축을 받으며 내전으로 들었고, 나는 궁녀들의 시중을 받아 옷을 갈아입고 몸을 씻었다. 내시들은 소양전 안에 낭자한 핏자국을 서둘러 지워냈다.

　옥수의 상처를 살펴보니, 다친 어깨에서 피가 많이 흐르기는 했으나 목숨이 위태로운 지경은 아니었다.

　궁인들이 내 겉옷을 벗기면서 팔뚝을 건드리자 끔찍한 통증이 느껴졌다. 방금 전에 가까스로 피한 줄로만 알았던 칼날에 왼쪽 팔이 베인 것이었다. 다행히 상처는 깊지 않았다.

　고모는 쪽 찐 머리가 다 흘러내리고 얼굴은 하얗게 질렸으며, 금인(金印)과 자색 인끈으로 장식된 화려한 조복도 핏자국으로 얼룩져 있었다. 그런데도 옷을 갈아입히고 핏자국을 씻어내려는 궁녀들의 손길을 거부하고 침상에 웅크린 채 무슨 말인가를 중얼거리기만 했다. 궁녀들이 놀란 마음을 진정시키는 탕약을 올렸으나, 고모는 손으로 쳐서 엎어버렸다. "나가, 모두 나가! 너희 아랫것들이 하나같이 나를 해칠 생각을 품고 있지만 어림도 없다!"

　상처를 싸매는 궁녀를 재촉해 서둘러 치료를 마친 뒤, 황급히 달려가 고모를 두 팔로 안았다. 가슴속이 문드러지는 것만 같았다. "고모,

무서워 마세요. 아무가 여기 있으니 누구도 고모를 해칠 수 없어요!"

고모는 덜덜 떨리는 손으로 내 얼굴을 어루만졌다. 얼음처럼 차디찬 손이었다. "정말 너로구나, 우리 아무로구나……. 아무는 나를 원망하지 않을 거야……."

"고모도 참, 또 그런 농담을 하시네요." 하마터면 눈물이 쏟아질 뻔해 얼른 웃음을 띠었다. "옷이 다 더러워졌으니 일단 바꿔 입으시는 게 어떠세요?"

이번에는 고모도 더 이상 몸부림치지 않았다. 궁녀들이 겉옷을 벗기고 얼굴을 닦아내는 대로 내버려둔 채, 그저 나만 지그시 바라보며 미소를 띠다가도 이내 처량한 표정을 지었다. 그런 고모의 눈빛에 숨이 막혀 나도 모르게 고개를 옆으로 돌리고는 처량한 기분을 속으로 삼켰다.

그때 문득 고모가 물었다. "고모를 원망하니?"

갑작스런 물음에 멍하니 고개를 돌려 고모의 초췌한 얼굴을 바라보는데 만감이 한꺼번에 차올랐다.

그녀는 내가 자라는 것을 지켜봤으며, 나를 자신이 낳은 아이처럼 사랑하고 아낀 내 친고모였다. 하지만 나를 장기짝으로 삼아 자기 손으로 밀어내고, 나를 속이고 또 버린 사람이기도 했다. 예전에 홀로 그 모진 상황을 견뎌내야 했던 서글픈 시간에는 어쩌면 그녀를 원망했을 수도 있다. 그때는 그녀를 황후로 대해야 할지 친고모로 대해야 할지 알 수 없었다.

그러나 칼날이 고모 쪽으로 향하는 순간, 나는 나도 모르게 고모를 감쌌다. 일말의 머뭇거림도 없이 말이다. 지금의 처량하고 초췌한 모습을 보고 있자니 수많은 칼날로 가슴을 도려내는 것만 같아 그 어떤 원망의 마음도 품을 수 없었다.

나는 고모의 앙상한 어깨를 잡고 흐트러진 머리를 살며시 다듬고
는 부드럽게 말을 건넸다. "고모는 아무를 가장 예뻐하셨는데 아무가
어찌 고모를 원망하겠어요? 머잖아 태자 오라버니가 제위에 오르면
고모는 이제 만백성이 우러르는 태후이자 세상에서 가장 존귀한 어
머니가 될 터이니, 마땅히 기뻐하셔야죠."

고모의 얼굴에 창백한 미소가 떠오르고 흐릿한 두 눈에 광채가 피
어올랐다. 고모는 나를 보며 살포시 웃었다. "그래, 내 아들이 곧 황제
가 될 것이다. 나는 내 아들이 용상에 앉아 만세에 칭송받는 영명한
황제가 되는 것을 지켜볼 것이다!"

나는 고모의 눈이 얼마나 보이는지 알 수 없어 조심스럽게 그녀의
눈을 살펴보았다.

"하지만 그는 나를 원망하지, 그들 모두 나를 원망해!" 고모가 갑자
기 바들바들 떨면서 내 손을 꽉 붙잡았다. 눈가에 팬 깊은 주름이 계
속해서 떨렸다. "그는 죽음을 앞두고도 빌지 않고 나를 만나려 하지도
않았어! 또 그 사람도 마찬가지야. 평생 내게 빚을 져놓고 나를 폐출
시키려 하고 자객까지 보냈어! 내 배 아파 낳은 아들조차 나를 미워
하지! 내가 뭘 그리 잘못했어! 이토록 오랜 세월 동안 기억해주고 참
고 양보했는데 뭘 더 얼마나 하란 말이야……."

고모는 돌연 깔깔 웃음을 터뜨렸다가 다시 흐느껴 울면서 나를 꼭
붙잡고 놓아주지 않았다. 고모는 절망에 젖은 처절한 눈빛을 하고는
손톱이 내 팔뚝을 파고들 정도로 세게 붙잡았다.

주변의 궁녀들이 황망히 달려와 고모를 붙잡았다. 나는 너무 놀라
어찌할 바를 모르고 있었다. 고모가 횡설수설 내뱉은 말들을 이해할
수 없었다.

어떤 말로 달래도 고모는 진정하기는커녕 더욱 정신 나간 사람처

럼 행동했다. 태의를 기다리며 속을 바짝바짝 태우고 있는데, 어린 궁녀 하나가 쭈뼛쭈뼛 달려 나와 작은 병 하나를 받쳐 올리며 냉큼 말했다. "왕비 마마, 소인, 전에 료고고가 황후 마마께 이 약을 드리는 것을 본 적이 있습니다. 황후께서 이런 모습을 보이실 때마다 이 옥병에 담긴 약을 드셨습니다."

겨우 열네댓 살이나 되었을까 싶은 어린 궁녀는 생김새가 어여쁘고 아직 앳된 티가 남아 있었다. 나는 미간을 찌푸리며 약병을 건네받아 향긋한 푸른색 단약 몇 알을 쏟아냈다.

고모는 불안과 초조가 극에 달해 고래고래 소리를 지르기 시작했다. 나조차 알아보지 못하는 듯했다.

내가 환약 한 알을 그 어린 궁녀에게 건네자, 그녀는 무릎을 꿇은 채로 다가와 일말의 망설임도 없이 꿀꺽 삼켰다.

궁녀 하나가 잰걸음으로 달려 들어왔다. "왕비께 아룁니다. 예장왕과 좌상께서 소양전 앞에 당도하셨습니다."

"밖에서 기다리시라고 해라!" 고모가 정신이 나가 횡설수설하는데 어찌 사람을 알현할 수 있겠는가! 나는 더 이상 주저할 새가 없어 고모에게 그 단약을 먹였다.

몇 번의 몸부림 끝에 정말로 광증이 점차 가라앉았다. 고모는 나른한 표정을 지으며 이내 깊은 잠에 빠져들었다.

여위고 파리한 기색으로 잠든 얼굴을 보고 있자니 가슴이 뻥 뚫린 것처럼 아파왔다.

몸을 일으키려다가 문득 베개 아래로 삐져나온 손수건 귀퉁이를 발견했다. 다시 고개를 들어 보니 고모의 이마에 식은땀이 송골송골 맺혀 있었다. 한숨을 내쉬며 손수건을 빼내 땀을 닦으려는데, 뭔가 촉감이 이상했다. 주름이 잡히고 색이 바랜 것이 몹시도 오래된 듯 보였으며, 희미하게 옅은 먹물 자국이 남아 있었다.

펼쳐 보니 담묵으로 작게 쓰인 글자가 눈에 들어왔다. '그대와 내가 거문고와 비파를 함께 타니 이 얼마나 좋은가!'

가슴이 철렁 내려앉았다. 필체에서 눈을 떼지 않고 자세히 들여다 봤다. 웅건하고 강직하며 수려하면서도 기세가 드높은 이런 필체를 써낼 수 있는 사람은 세상에 오직 한 사람뿐이었다. 서체로 한 시대를 제패하고 조정 안팎에 이름을 날렸으며, 위로는 세도가부터 아래로 는 선비에 이르기까지 앞다투어 그가 만들어낸 '온체(溫體)'를 따라 하게 만든 그 사람!

하마터면 그 이름이 입 밖으로 튀어나올 뻔했다. 역모 죄로 고모가 직접 내린 독주를 마시고 옥중에서 눈을 감은 우상 대인, 온종신!

외전(外殿)을 나서자마자 아버지와 소기의 모습이 보였다. 순간 긴 장이 풀려 더 이상 버틸 수가 없었다.

"아무!" 두 사람의 입에서 동시에 내 이름이 튀어나왔다. 소기는 아 버지보다 한발 앞서 쏜살같이 달려와 내 어깨를 움켜쥐고는 다급히 물었다. "다쳤소?"

그 자리에 못 박힌 듯 멈춰 선 아버지는 내밀었던 손을 천천히 내 렸다.

그 모습을 보니 가슴이 아릿해져, 다른 것은 생각할 겨를도 없이 몸을 빼내 아버지 앞으로 달려 나갔다. 아버지는 한숨을 내쉬며 나를 품에 안았는데…… 그 품은 마치 어머니 뱃속에서부터 가지고 온 기 억처럼 너무 따스하고 익숙했다.

"무탈하면 되었다." 아버지는 내 등을 가볍게 토닥였다. 나는 입술 을 깨물며 애써 눈물을 삼켰다. 기억 속의 그 너른 어깨가 아닌, 눈에 띄게 앙상해진 아버지의 어깨가 고스란히 느껴졌다.

"계속 이렇게 응석을 부리면 네 남편이 철없다 여기지 않겠느냐."
아버지는 미소 지으며 나를 가볍게 밀어냈다.

소기도 웃으며 말했다. "아무는 예전부터 울보였습니다. 아무래도
장인어른께서 너무 귀애하신 듯합니다."

아버지는 껄껄 웃고는 변명도 없이 그저 내 이마를 살짝 두드리며
말했다. "보아라, 이 아비까지 흠이 잡히지 않았느냐."

담소를 나누는 두 사람의 정다운 모습은 부자지간처럼 가까워 보
였다. 하나 두 사람이 그저 내 앞에서 손발을 맞추고 있는 것뿐임을
어찌 모르겠는가……

나는 좌상의 딸이자 예장왕의 아내로, 두 사람이 약속이나 한 것처럼
웃음으로 지키고자 하는 사람이었다. 설령 이 묵계가 아주 짧은 순간에
한정된 것이라 할지라도, 나는 세상에서 가장 운이 좋은 여인이었다.

내시가 암살을 시도한 일에 대해서는 두 사람 다 대충 알고 있었
다. 내가 전후 상황을 자세히 설명하자 아버지와 소기는 서로 매서운
눈빛을 주고받았다.

소양전 앞의 핏자국은 이미 깨끗이 지워지고 없었지만, 음습하고
스산한 기운은 아직 남아 있었다.

나는 아버지의 표정을 살피며 걱정스레 말했다. "고모가 다치시지
는 않았는데 많이 놀라신 탓에 상태가 심상치 않아요."

말 대신 미간을 잔뜩 찌푸린 아버지의 눈빛에 근심이 깊어졌다. 소
기도 미간을 찡그리며 물었다. "심상치 않다니, 무슨 말이오?"

"정신이 온전치 못하신 듯하고……." 나는 머뭇머뭇 말을 잇지 못
하고 시선을 돌려 아버지를 바라봤다. "횡설수설하시다가 약을 드시
고는 잠드셨어요."

"고모가 횡설수설하는 것을 다른 사람이 들었느냐?" 아버지가 매서운 표정과 말투로 추궁했다.

아버지는 고모가 무슨 말을 했느냐고 묻지 않고 다른 사람이 들었느냐고 물었다. 이 말은 곧 아버지가 고모의 상태를 알고 있다는 뜻이었다.

그 손수건을 소매 속에 감추고 시선을 내리깐 채 침착하게 말했다. "저 말고 다른 사람은 없었어요. 그나마도 말소리가 정확하지 않아 저도 잘 못 알아들었어요."

아버지는 안심한 듯 길게 한숨을 내쉬었다. "황후께서 며칠 동안 몹시 분주하셨는데 그 와중에 놀라기까지 하셨으니 정신이 온전할 수 없었겠지. 별일 없을 것이다."

나는 잠자코 고개를 끄덕였지만, 순간 목이 메고 가슴에 한겨울 찬 바람이 들어찼다.

소기가 미간을 구기며 말했다. "자객이 황후를 오래 모시던 내시라고 했소?"

내가 말을 꺼내기도 전에 아버지가 냉랭하게 말했다. "설도안, 그 종놈은 이미 몇 달 전에 진선사(盡善司)로 보내졌었다."

"어쩌다가요?" 나는 깜짝 놀랐다. 진선사는 잘못을 저질러 주인에게 내쫓긴 노복들을 가둬두고 가장 힘들고 비천한 잡일을 시키는 곳이었다. 그런데 그 설도안은 10년이 넘도록 고모를 모시면서 줄곧 총애를 받았고, 내가 지난번에 입궁했을 때도 소양전에서 일을 맡아보고 있었다.

"그자는 전에 황후 마마의 뜻을 어기고 사사로이 건원전(乾元殿)에 들어갔다. 당시에는 그가 총애를 믿고 제멋대로 군다고만 여겼는데, 마땅히 장형(杖刑)으로 다스렸어야 했거늘……."

아버지의 미간에 주름이 깊게 패었다. "황후께서 마음이 여리신 탓에, 그가 지난 10년 동안 모신 공을 생각해 진선사로 보내는 것으로 일을 매듭지었지. 그런데 그놈이 황상의 사람이었을 줄이야! 10년이나 정체를 숨기고 있었다니, 그 저의가 악독하기 그지없구나!"

나는 놀라운 한편 의아해 물었다. "진선사로 보내진 사람이 어찌 사사로이 도망쳐 제게 거짓 의지를 전할 수 있었을까요?"

아버지의 얼굴이 흙빛으로 변했다. "소양전은 평소 경비가 삼엄하니 손쓸 기회를 찾지 못하고 기회만 엿보다가, 궁 안 사정에 어두운 네가 돌아오니 거짓 구실을 만들어 당당히 내전으로 들어간 것이다."

소기가 낮게 읊조렸다. "진선사를 빠져나와 옷을 갈아입고 품속에 칼을 감춘 채 황궁 시위의 순찰을 피한 것은…… 혼자 힘으로는 불가능했을 터, 필시 뒤에서 도운 자가 있을 것이오."

"옳은 말이에요. 한패가 태자에게 해로운 짓을 할까 봐 이미 동궁 수위를 늘리라 명했어요." 나는 아버지를 바라보며 초조하게 말했다. "궁에는 사람이 많고 번잡한데, 아직도 황실에 충정을 바치는 오랜 궁인과 내시들이 황궁 곳곳에 숨어 있으니 언젠가 큰 후환이 될 거예요."

"설령 잘못 죽이는 한이 있더라도 실수로 놓쳐서는 안 되오. 한 놈이라도 놓쳤다가는 후환을 가늠할 수 없을 것이오." 소기가 냉정하고 근엄한 표정으로 아버지에게 말했다. "이 사위가 봤을 때, 이 일은 금위군부터 황실 노복까지 관련된 자가 매우 많으니, 반드시 한 사람도 빠짐없이 조사해 패거리를 모조리 색출해야 한다고 봅니다."

순간 멈칫한 나는 곧 소기의 뜻을 알아차렸다. 소기는 어떠한 기회도 허투루 흘려보내지 않는 사람이었다.

나는 그와 눈빛을 나누고는 약속이라도 한 것처럼 아버지를 돌아봤다.

아버지는 아무 내색도 하지 않았지만 그윽한 눈빛으로 담담히 말했다. "그럴 필요까지는 없소. 황궁 시위는 모두 고르고 고른 충성스럽고 용맹한 자들이오. 간혹 물을 흐리는 미꾸라지가 있으나 우려할 정도는 아니라오."

소기의 눈빛이 날카롭게 빛났다. "장인어른의 말씀도 일리가 있으나 황후와 태자 마마의 안위는 곧 종묘사직의 안위와 관련돼 있으니 일말의 소홀함도 있어서는 아니 되지 않습니까!"

"현서(賢婿, 사위에 대한 존칭)의 말씀도 옳으나, 기왕지사 궁에서 일어난 일이니 황후께서 결단을 내리시도록 주청을 올림이 옳을 듯하오." 아버지는 자애롭게 웃었으나 말속에는 조금의 빈틈도 없었다. 소기의 거침없는 기세도 아버지의 교활한 말재간 앞에서는 힘을 잃는 듯했다. 조정과 궁궐은 선혈이 흐르지 않는 전장이었다. 이곳에서의 우열을 가린다면, 당연히 소기가 아버지보다 한 수 아래였다.

"외숙부, 그 말씀은 틀리셨소!" 그때 갑자기 소양전 밖에서 목소리가 들려왔다.

태자 오라버니가 시위들에 둘러싸인 채 황급히 들어섰는데, 뜻밖에도 칼집에서 꺼낸 보검을 들고 있었다.

우리 세 사람 모두 깜짝 놀라 황급히 허리를 숙여 예를 행했다.

"외숙부, 어찌 그리 조심성이 없으시오? 외숙부는 다른 반당의 무리가 없다고 확신하시오? 모후 곁에 있는 사람조차 믿을 수 없는데 누가 있어 동궁의 안전을 지켜준단 말이오?" 태자는 노기등등하게 검을 쳐들고는 아버지에게 잇달아 물음을 쏟아냈다.

"소신이 잘못했나이다." 아버지는 노여우면서도 어찌할 방도가 없어 그리 대답했다. 게다가 소양전에 가득 들어찬 시위를 앞두고는 더 더욱 화를 누를 수밖에 없었다.

태자가 좌우를 둘러보며 득의양양한 표정으로 다시 말을 이으려고 할 때, 나는 태자를 냉랭히 쏘아보았다. 태자는 잠시 멈칫하다가 자기도 나를 노려보았지만, 목소리의 기세는 조금 누그러져 있었다. "예장왕의 말씀이 옳소. 이 노복들 중에 도통 믿을 만한 자가 없으니, 간사한 자들이 동궁에 발을 들일 수 없도록 내가 다시금 일일이 조사해야겠소!"

소기가 슬며시 미소를 지었다. "전하, 영명하십니다. 지금 동궁의 안전은 곧 천하 안정의 근본입니다."

연신 고개를 끄덕인 태자는 득의양양해서 소기의 말을 그대로 이어받아 쉴 새 없이 지껄여댔다.

나는 자줏빛으로 변한 아버지의 얼굴을 보며 속으로 탄식을 내뱉을 수밖에 없었다. 태자 오라버니는 어려서부터 고집이 세서 고모가 늘 엄하게 대했다. 황상은 그보다 더해 수시로 태자를 꾸짖었다. 궁녀와 내시를 빼고는 그의 생각에 찬동하는 사람이 극히 드물었다. 그런 태자에게 지금 소기가 힘을 실어주고 있었다. 예장왕 같은 위인도 자신을 따른다는 생각에, 태자는 이미 소기를 자신의 지기쯤으로 여기고 있는지도 몰랐다.

아버지는 더 참지 못하고 마침내 버럭 성을 냈다. "전하께서는 염려하실 것 없습니다. 금군이 동궁을 안전하게 지켜드릴 것입니다."

이에 태자가 지지 않고 외쳤다. "금군이 쓸모가 있었다면 그 골골대던 자율이 어찌 도망칠 수 있었겠소?"

이 말에 모두의 얼굴이 사색이 되었다. 심지어 그 말을 한 태자 자신조차 깜짝 놀라 다음 말을 잇지 못했다.

자율은 숙부를 암살하고 도망친 것이었다. 숙부의 죽음은 모두가 입에 올리기를 꺼리는 가슴 아픈 일이었는데, 태자는 입에서 나오는 대로 쉽게도 그 일을 꺼내 물었다.

아버지의 눈가에 가볍게 경련이 일었다. 이는 아버지가 격노할 조짐이었다.

아버지는 내가 말릴 새도 없이 한 발짝 내딛더니 그대로 태자를 향해 손을 날렸다.

짝 소리에 그 자리에 있던 사람들 모두 목석처럼 굳어버렸다. 소기도 깜짝 놀랐고, 시위들은 어찌할 줄 몰라 멍청히 서 있기만 했다. 태자가 황궁에서 모욕을 당했다. 아랫사람인 좌상이 윗사람인 태자를 능멸했으니 마땅히 그 자리에서 붙잡아야 했으나, 누구 하나 움직이지 않았다.

챙가당! 태자가 손에서 보검을 떨어뜨리고는 뺨을 감싼 채 떨리는 목소리로 말했다. "외숙부, 그대가, 그대가…… 어찌……."

아버지는 노여움에 수염까지 부들부들 떨면서 태자를 성난 눈으로 노려봤다.

"전하, 노여움을 푸소서!"

"아버지, 노여움을 푸세요!"

나와 소기의 입에서 동시에 같은 말이 튀어나왔다. 소기는 한 발짝 앞으로 나가 태자를 막아섰고, 나는 황급히 아버지를 잡아당겼다. 소기가 손을 휘저어 시위들을 모두 물리고 나니 순식간에 우리 네 사람만이 남았다.

아버지는 노여움에 소매를 털고는 탄식했다. "언제쯤 저군다운 모습을 보일 것이냐!"

소기는 땅에 떨어진 보검을 집어 칼집에 꽂고는 말했다. "장인어른, 한 말씀 올리겠습니다. 막 벼린 보검은 날카롭기는 하지만 전장에서 다듬어야 제대로 쓸 수 있습니다. 비록 전하께서 젊으시나 언젠가는 천하를 다스리실 것입니다. 황상께서 병으로 몸져누워 태자께서 감국을 맡으신 지금이 전하의 능력을 갈고닦으실 때입니다. 그런 연유로 전하께서 근심하시는 바에 일리가 없지 않으니, 장인어른께서 다시 한 번 생각해보심이 옳을 듯합니다." 겉으로는 아버지께 올리는 간언이었으나 실은 태자더러 들으라고 하는 말이었고, 정리(情理)로 보아도 반박할 수 없는 말이었다.

태자는 감격에 겨운 눈으로 소기를 올려다봤다.

그러나 아버지는 코웃음을 치고는 눈빛을 바꾸며 소기를 똑바로 노려봤다. 소기는 침착해 보였으나 눈빛은 점점 날카로워졌다. 두 사람은 이미 일촉즉발의 상황이었다.

그 모습을 보고 있자니 가슴이 쩌릿하고 어느 틈엔가 손바닥에 땀이 배어났다.

팽팽한 긴장감이 감도는 이때, 두 사람을 번갈아 쳐다보던 태자는 마침내 뭔가 깨달은 듯했으나 겁에 질린 표정으로 소기를 바라봤다.

이에 아버지가 낯빛을 바꾸고 냉랭하게 노려보자 더욱 질겁해 어쩔 줄을 몰라 했다.

늘 아버지를 두려워하던 그였다. 한데 오늘은 자객 때문에 놀라서 그랬는지, 아니면 감국의 자리에 올라 뵈는 게 없었는지 평소와 전혀 다른 모습으로 아버지의 분노를 사 여러 사람 앞에서 저군으로서의 체면을 잃고 말았다.

나는 태자의 딱한 모습을 더 두고 볼 수가 없어 빠져나갈 길을 마련해주었다. "황후께서 많이 놀라셨으니 전하께서는 안으로 들어가 보세요."

그런데 뜻밖에도 아버지는 다시금 벽력같이 꾸짖었다. "황후께서는 더 쉬셔야 하니, 괜한 헛소리로 놀라시게 하지 말고 어서 동궁으로 돌아가라!"

태자는 불쑥 고개를 들더니 벌겋게 달아오른 얼굴로 아버지께 말대꾸했다. "내가 언제 헛소리를 했다는 겁니까? 외숙부가 보기에 내가 하는 소리는 죄다 틀린 말로 여인네에 불과한 아무보다도 못합니까? 오늘 모후께서 하마터면 큰일을 당할 뻔하셨고 다음에는 내 차례일지도 모릅니다! 내가 예장왕의 군사를 궁으로 불러와 나를 지켜달라고 하는 게 무엇이 잘못이란 말입니까? 저군으로서 목숨조차 지키지 못한다면 황제는 되어 무엇 한답니까?"

"닥쳐라!" 노기충천한 아버지가 외쳤다.

태자를 말리려던 나는 소기의 눈빛에 소리 없이 뒤로 물러났다.

"나는 기어이 말해야겠습니다!" 태자는 열이 오른 얼굴로 끝끝내 맞섰다. "예장왕은 들으라. 감국태자의 이름으로 명하노니, 지금 당장 군사를 이끌고 입궁해 역당을 철저히 조사하고 황실을 보호하라!"

"신, 명을 받드나이다." 소기가 한쪽 무릎을 꿇었다.

내전에서 기침 소리가 들려왔다. 고모가 놀라 깬 모양이었다.

아버지는 태자를 지그시 바라보다가 다시 소기에게로 눈을 돌리더니, 마지막으로 나를 바라보았다. 아버지의 표정은 점점 참담해졌고, 두 눈에 가득 찼던 노여움은 이내 실망과 후회로 바뀌었다.

이곳에 있는 세 사람은 이미 모두 그의 대척점에 서 있었다. 그가 쥐고 있던 가장 든든한 패이자, 줄곧 쓸모없는 것으로 여겨지던 태자마저 소기에게 돌아서버렸다.

아버지는 잠시 넋을 잃고 서 있다가 연거푸 낮게 웃었다. "좋습니다. 영명하신 전하, 이처럼 현명한 신하를 얻으셨으니 노신은 이만 물러가겠습니다!"

궁에서 나왔을 때는 이미 어둠이 내린 뒤였다. 소기는 말을 타고 앞서 갔고, 나는 홀로 난거를 탔다. 대례를 치른 뒤 처음 왕부로 돌아가는 길이었으나, 가는 내내 우리는 아무 말도 나누지 않았다. 난거는 점점 궁문에서 멀어졌다. 나는 몹시도 피로해 맥없이 눈을 감았다. 그제야 팔의 상처가 아프기 시작하고, 혼란스럽던 장면들이 눈앞을 스치고 지나갔다. 가슴속에 둔통이 일었으나, 이미 슬픔과 기쁨을 분간할 수 없었다.

난거가 칙명으로 세운 예장왕부에 도착했다. 혼례를 치른 다음 날 분연히 떠난 뒤로는 다시 발을 들인 적이 없었다.

난거의 발이 들어 올려졌다. 뜻밖에도 소기가 난거 앞에 서서 내게 손을 내밀며 담담히 웃어 보였다. "집에 왔소."

그 두 마디에 순간 멍해졌다.

그렇다. 이곳은 집이었다. 우리 두 사람의 집.

멀리 붉은 문에 걸린 금색 편액을 보니, 금칠로 크게 쓰인 '예장왕부' 네 글자가 어렴풋이 보였다. 문 안쪽은 대낮처럼 환하게 등불이 밝혀져 있고, 왕부의 하인들과 시녀들은 진즉에 문 앞에 마중 나와 꿇어앉아 있었다.

소기가 친히 난거에서 내리는 나를 부축해주다가 무심코 팔에 난 상처를 건드렸다. 나는 소리 없이 살짝 몸을 웅크렸다.

소기가 걸음을 멈추고 나를 바라보며 미간을 살짝 찌푸리고는 무슨 말인가 하려고 할 때, 흰옷을 나풀거리는 아름다운 시녀들이 문안에서 줄줄이 나와 천천히 우리 쪽으로 걸어왔다.

영문을 모르는 나와 소기가 놀라 서로 얼굴만 쳐다보고 있을 때, 맨 끝에 있던 미희(美姬) 두 명이 사람들을 가르고 나왔다. 하나는 붉은 옷을 입고, 다른 하나는 푸른 치마를 입은 채로 우리에게 가볍게 절을 하고는 다른 미희들과 함께 좌우로 갈라져 늘어섰다.

그리고 밝은 빛이 눈부시게 비치는 곳에서 장신에 호리호리한 몸으로 넓은 소매가 달린 백의를 입은 채 아름다운 시녀들에게 둘러싸인 오라버니가 천천히 걸어 나왔다. 이제 막 떠올라 나뭇가지에 걸린 달무리가 오라버니 뒤에서 휘영청 빛나고 있었다.

오라버니는 우리를 향해 슬며시 미소 짓고는 옷자락을 휘날리며 걸어왔다. 그 모습은 마치 벌을 받고 인간 세계로 쫓겨 내려온 신선 같았다.

소기는 웃음을 터뜨렸고, 마침 정신을 차린 나도 엉겁결에 소리쳤다. "오라버니! 오라버니가 어찌 여기 있는 거야?"

오라버니는 먼저 소기와 인사를 나누고는 내게 농을 던지며 웃었다. "누이와 매부가 돌아온 것을 특별히 마중 나왔지."

나는 오라버니 뒤로 펼쳐진 화려한 광경을 바라보았다. 지금까지는 오라버니를 만나면 슬픔과 기쁨이 뒤엉켜 만감이 교차할 줄 알았는데, 눈앞에 펼쳐진 광경을 보고 있자니 그저 어이가 없을 따름이었다. "우리를 마중하는 데 꼭 이렇게까지 할 필요는……."

이토록 화려하게 꾸민 꼴이라니, 예전 같았으면 틀림없이 한 소리 했을 테지만 소기가 옆에 있는데 오라버니 체면을 깎을 수는 없는 노릇이라 쓴웃음을 짓고 말았다. "참 성대하기는 하네."

소기도 웃으며 말했다. "수고하셨소이다."

오라버니는 내 비웃음을 못 들은 체하며 소기를 향해 웃었다. "아무는 어려서부터 응석받이로 자라 까다롭기가 이루 말할 수 없을 정도입니다. 왕부의 하인들이 아무의 성향을 모를까 걱정되어 특별히 우리 집 시녀들을 데려와 정리하게 했습니다. 왕부 안의 모든 것은 네 평소 습관대로 안배해두었다. 어떠냐? 마음에 드느냐?" 오라버니는 소기에게 냉랭한 표정으로 말하다가, 마지막 말은 웃으며 내게 건넸다. 지극히 아끼는 마음이 담긴 그 눈빛이 몹시도 따스하여…… 나는 순간 멍해져버렸다. 가슴이 뭉클해지고 눈에 열기가 차올랐다.

소기는 차분히 오라버니에게 감사 인사를 한 뒤 왕부 안으로 청했으나, 오라버니는 담담히 사양했다.

"오늘은 번잡하니 그만두죠. 후일 집에 자리를 마련해 모여도 늦지 않습니다."

소기는 오라버니의 태도를 신경 쓰지 않는 듯 살짝 몸을 숙였다.

나는 오라버니가 여전히 소기에게 적의를 품고 있음을 알았다. 하나 어찌할 수 없는 일인지라 그저 소기를 향해 웃으며 말했다. "오라버니를 배웅하고 오겠어요."

오라버니의 마차가 멀지 않은 곳에 세워져 있었기에 우리는 나란히 걸음을 옮겼다. 멀리 떨어져서 첩들이 뒤를 따랐다.

나는 할 말이 산더미 같았으나 무슨 말부터 꺼내야 할지 몰라 고개만 숙이고 있는데, 오라버니가 낮게 탄식했다. "그가 네 낭군이 맞더냐?"

그 옛날 했던 농을 오라버니는 아직까지 기억하고 있었고 나 또한 잊지 않았다. 오라버니는 '홍란성이 움직이니 장차 낭군을 만날 것'이라고 했었다.

"아무래도 오라버니가 점을 잘 친 것 같아." 나는 잠시 가만히 있다가 가벼운 웃음을 터뜨렸다.

오라버니는 발을 멈추고 나를 응시했다. "정말이냐?"

달빛에 오라버니의 얼굴이 옥처럼 희게 빛났고, 새카만 눈동자에 내 모습이 비쳤다. 늘 입가에 담담히 걸려 있던 호방한 미소가 숙연해졌다.

"정말이야." 나는 태연히 오라버니와 시선을 맞추며 작지만 단호하게 대답했다.

오라버니는 오랫동안 나를 응시하다가 결국 후련하게 웃었다. "잘
되었구나."

나는 더 이상 참지 못하고 오라버니의 목을 끌어안았다. "오라버니!"

오라버니도 나를 끌어안고는 웃으며 탄식했다. "더 야위었구나!"

어릴 적에 나는 툭하면 까치발을 딛고 오라버니 목에 매달려, 어째
서 오라버니는 이렇게 키가 큰 것이냐고 타박을 했었다. 이제는 나도
그 키 작던 꼬맹이가 아니지만, 여전히 발돋움을 해야만 오라버니 목
에 매달릴 수 있다는 사실에…… 마치 아무것도 변하지 않았고, 어린
시절과 다를 바 없는 것만 같았다.

"어머니는 어떠셔?" 고개를 들고 물었다. "내가 경사에 돌아온 건
아셔? 내일 날이 밝자마자 어머니를 뵈러 갈…… 아니, 그냥 지금 바
로 오라버니와 함께 갈래!"

어머니를 생각하니 다른 무엇도 떠오르지 않았다. 집에 돌아가고
싶다는 생각이 이토록 강하게 든 것은 처음이었다. 날개라도 달고 당
장 어머니에게로 날아가고 싶었다.

그러나 오라버니가 고개를 돌리는 바람에 표정을 읽을 수 없었다.
오라버니는 잠시 가만히 있다가 대답했다. "어머니는 집에 안 계시다."

청천벽력이었다. 그런데 오라버니는 미소를 지었다. "어머니는 번
잡한 재상부가 싫으시다며 자안사(慈安寺)로 거처를 옮겨 마음을 가라
앉히고 계시다. 오늘은 늦었으니 내일 오라비와 함께 어머니를 뵈러
가자꾸나."

"그것도 나쁘지 않지." 억지로 입꼬리를 끌어 올렸으나 가슴은 심
연으로 떨어져 내렸다. 오라버니는 별일 아니라는 듯 가볍게 이야기
했지만, 지금 자안사로 피해 있는 어머니의 마음이 썩어 문드러졌으

리라는 것을 어찌 모를 수 있겠는가……

짙은 눈썹을 잔뜩 일그러뜨리고 조심스럽게 내 왼팔을 들어 상처를 살피는 소기의 양미간에 옅은 분노가 서렸다.

나는 소리 한 번 내지 못하고, 그가 직접 약을 바르고 상처를 싸매는 동안 묵묵히 팔만 내밀고 있었다.

여러 번 해본 듯 몹시 익숙한 동작이었다. 하나 과하게 주는 힘 때문에 아픈 것은 어쩔 수가 없어 자꾸만 헉하고 숨을 들이켜게 되었다.

"이제야 아픈 것을 알겠소?" 소기가 무뚝뚝한 표정으로 말했다. "영웅 행세를 하니 좀 대단하게 느껴졌소?"

나는 잠자코 그의 꾸지람을 듣고만 있었다. 자꾸만 꾸짖는 통에 얼굴을 못 들 지경인데, 예장왕은 도통 화를 가라앉히려 하지 않았다.

"그만 좀 해요. 내일 이어서 욕해도 되잖아요……." 느른하게 침상에 누우며 미소를 머금고 눈을 흘겼다. "피곤하단 말이에요."

소기는 나를 노려봤지만 딱히 어찌할 수 없는 노릇이라 그저 냉랭하게 몸을 돌렸다.

등불을 끄고 침상 휘장을 내릴 때까지도 소기는 나와 말을 하지 않았다.

눈을 뜨고 어둠 사이로 겹겹이 드리워진 침상 휘장을 보니, 그 위에 수놓인 난봉합환도(鸞鳳合歡圖)가 희미하게 보였다. 허공에 감도는 달콤한 향이 물처럼 서서히 배어들었다. 눈앞의 모든 것이 언젠가 본 적이 있는 것처럼 익숙했다. 어렴풋이 다시 혼례식 날 밤으로 돌아간 기분이 들었다. 홀로 붉은 혼례복에 휘감긴 채 붉은 비단에 화려한 수가 놓인 침상에 덩그러니 누워 옷 입은 그대로 날이 밝을 때까지 잠을 잤더랬다. 그리고 이튿날 날이 밝자마자 뒤도 돌아보지 않고 재상부로 돌아가서, 다시는 이곳으로 걸음하지 않았고 눈길 한 번 주지 않았다. 이 웅장하고 호화로운 왕부는 소기가 처음 번왕에 봉해졌을 때 황상의 명으로 지어졌다. 그러나 정작 소기는 오랜 세월 변경을 지키느라 이곳에 오래 머무른 적이 없었다. 그런고로 지어진 지 한참이 지난 지금도 여전히 새집처럼 칠 하나 벗겨지지 않았고 장식도 새것처럼 멀쩡했다. 앞으로 나와 소기는 바로 이곳에서 한평생을 보낼 것이다.

"소기······." 나는 문득 한숨을 내쉬며 작게 그를 불렀다. 소기가 응하고 대답했으나, 무슨 말을 해야 할지 몰라 잠시 입을 다물었다가 몸을 돌리고는 말했다. "아무것도 아니에요."

그때 갑자기 소기가 나를 끌어안았다. 뜨거운 그의 체온이 얇은 비단옷을 뚫고 전해졌다. 그가 내 귓가에 나직이 속삭였다. "알고 있소."

나는 몸을 돌려 그의 가슴에 뺨을 갖다 대고는 묵직하게 울리는 그의 심장 소리에 귀를 기울였다.

"다친 곳은 아직 아프오?" 소기는 혹 상처를 건드릴까 조심하며 내 몸을 자신의 품 안에 가뒀다.

나는 웃으며 고개를 저었다. 이미 약을 바른 상처는 정말 별로 아프지 않았지만, 가슴속에서는 은근한 통증이 일었다.

그는 무언가 말하려다가 가볍게 내 이마에 입을 맞추고는 들릴 듯 말 듯 낮게 탄식했다. "그만 주무시오."

말을 하려다 마는 그 꺼림함에 담긴 뜻을 어찌 모르겠는가······. 그런데도 나는 참고 또 참다가 결국은 말을 꺼냈다. "아버지는 늙으셨고 고모는 아프셔요······. 이러나저러나 그들이 내 피붙이라는 사실은 변함이 없어요."

소기는 한참을 말없이 나를 꽉 끌어안고 있기만 했다. 단단히 얽힌 열 손가락에서 나도 그의 마음이 얼마나 무거운지 느낄 수 있었다. 또 그 자신도 어찌할 도리가 없음을 읽을 수 있었다.

새벽에 눈을 뜨니 소기는 이미 입조한 뒤였다. 소기는 언제나 매우 이른 시각에 일어났고, 한 번도 시끄러운 소리로 나를 깨운 적이 없었다.

나는 아침 일찍 옥수를 보러 갔다. 이미 왕부로 보내진 옥수는 아직도 정신을 못 차리고 있었다. 영삭에서 휘주, 다시 경사까지 오는 동안 옥수는 줄곧 내 곁을 지켰고 생사가 달린 위급한 순간에 나를 위해 목숨을 내던지고 싸웠다. 만약 옥수가 죽기 살기로 설도안을 붙잡지 않았다면 나도 그 칼을 피하지 못했으리라. 나는 초췌해진 옥수의 잠든 얼굴을 들여다보며 속으로 말을 건넸다. '옥수야, 네가 목숨 걸고 나를 지켜준 은혜에 대한 보답으로 가장 좋은 것들을 너에게 모두 주마.'

만약 옥수가 깨어났을 때 곁에 송회은이 있는 것을 본다면 틀림없이 기뻐 어쩔 줄 모를 것이다. 하지만 송회은은 며칠 전에 조용히 군사들을 이끌고 황릉으로 향했기에 시일이 좀 지나야 돌아올 터였다.

나는 창문 아래 서서 서글프게 황릉 쪽으로 시선을 던졌다. 만감이 어지럽게 뒤얽혔다. 한동안은 자담에게 별일이 없을 것이다.

임양관을 무너뜨린 날, 소기는 송회은에게 군사를 이끌고 황릉으로 가 금군이 연금해놓은 자담을 데리고 가라고 명했다.

고모는 자담을 눈엣가시로 여겼기에, 나는 고모가 후환을 없애기 위해 자담에게 손을 쓸까 봐 한시도 마음을 놓은 적이 없었다. 다행히 이런저런 걱정이 많은 고모는 태자에게 형제를 죽였다는 오명을 씌우고 싶지 않아 오랫동안 손을 쓰지 못했다. 이제 자담은 소기의 손안에 떨어져 소기가 고모에게 맞서는 데 쓰일 장기짝이 되었으니, 적어도 지금 소기가 자담을 해칠 일은 없을 것이다.

송회은이 떠나기 전, 나는 옥수를 통해 그에게 말을 전했다. '어린 시절 황릉의 길가에 난 한 포기를 심어두었소. 이번에 황릉으로 가는 길에, 괜찮으시다면 그 난이 시들지 않도록 나 대신 물을 주고 돌봐주시오.'

옥수는 송 장군이 그 말을 다 듣고는 한 마디 대꾸도 없이 그대로 떠났다고 했다.

그 오만한 자에게는 침묵이 곧 최선의 응낙일 터.

"왕비께 아룁니다. 장공주를 모시는 서 부인께서 뵙기를 청합니다." 시녀 하나가 들어와 아뢰었다.

서고고가 왔다고? 나는 놀라움과 반가움에 화장을 정리할 새도 없이 그대로 달려 나갔다.

청의를 입고 쪽을 찐 우아한 자태의 서고고가 대청 앞에 미소를 머금고 서 있다가 멀리서 내가 뛰어오는 것을 보고는 몸을 숙여 절을 올렸다. "소인, 왕비 마마를 뵙습니다."

황급히 그녀를 일으켜 세웠지만 순간 가슴이 벅차 말을 잇지 못했다. 서고고의 눈에도 눈물이 그렁그렁 맺혔다. 귀밑머리에 엷게 서리가 내린 것을 보고 그간 서고고도 많이 늙었음을 깨달았다.

과연 모녀가 한마음이라더니. 오늘 자안사에 가야겠다고 생각하고 있었는데 어머니가 나를 데려오라고 서고고를 보냈다.

나는 곧장 마차를 준비하라 이르고, 오라버니를 기다릴 새도 없이 서둘러 옷을 갈아입고 몸단장을 했다. 내가 무척 잘 지낸다는 것을 어머니에게 보여주려면 화사하게 차려입어야 했다. 그래야만 어머니가 안심할 테니.

작비 昨非

자안사는 원래 성조황제(聖祖皇帝)가 선덕태후(宣德太后)의 자애로운 은혜를 기리기 위해 지은 곳으로, 인적이 드문 깊은 산속에 자리하고 있었다. 자안사에 이르는 길에는 고목들이 울창한 숲을 이루고 있고 불당의 향냄새가 감돌았다.

나는 3백 년 된 고찰의 높디높은 돌계단 앞에서 걸음을 멈추고는 잠시 넋을 놓고 서 있었다. 순간 그 불문(佛門)에 들 용기가 나지 않았다.

황상과 어머니는 이복 남매였으나, 어려서부터 함께 자라 한배에서 난 친동기간보다 서로에 대한 정이 깊었다. 혼례식 날 변고가 생겨 내가 멀리 휘주로 떠난 지 얼마 지나지 않아, 아버지가 황상의 퇴위를 종용하여 황실과 반목하였다. 가엾은 내 어머니는 고귀한 공주로 태어나 평생 아무 근심 걱정 없이 고관대작 가문의 규방에서만 지내왔다. 원래대로라면 늘그막에 이른 지금 마땅히 손주를 안아보는 즐거움을 누려야 할 테지만, 잇달아 터지는 변고로 저 높은 하늘 세상에서 풍진세상으로 떨어져 내리고 말았다.

나는 그 순간 어머니가 얼마나 아팠을지 누구보다 잘 알았다. 수십 년을 공경하고 은애한 남편이 어느 날 갑자기 자신의 피붙이와 죽고 죽이는 싸움을 벌여 위풍당당한 황실을 권신의 꼭두각시로 전락시킨 것을 어찌 받아들일 수 있겠는가······.

크나큰 경사, 깊디깊은 궁궐 어디에도 그녀의 몸 둘 곳 하나 없었다. 세상에서 떨어진 이 작은 사찰만이 어머니에게 평온을 줄 수 있었다.

한 걸음 한 걸음 돌계단을 디디며 불문 안으로 들어섰다. 한적한 오솔길이 굽이굽이 나 있고, 치자 꽃밭과 잘 어울리는 뜰이 노란 꽃 무리 뒤에서 고즈넉이 모습을 드러냈다.

자물쇠도 걸지 않고 닫아두기만 한 나무 문 앞에 서서 가만히 바라보다가 이내 손을 들어 문을 밀었다. 고작 나무 문 하나가 천근만근 무겁게 느껴졌다.

끼익 소리를 내며 문이 열린 사이로, 머리가 희끗희끗하고 나뭇가지처럼 앙상하게 마른 채로 청의를 걸친 인영이 눈물에 가려 흐릿해진 내 시야로 들어왔다.

나는 그대로 문 앞에서 얼어버렸다. 어머니가 어찌 저런 모습이란 말인가······. 올해 경사를 떠날 때만 하더라도 어머니는 삼단 같은 흑발을 지닌, 겨우 서른 즈음으로밖에 보이지 않는 우아하고 고귀한 여인이었는데, 지금은 흰머리가 가득해 누가 봐도 노인으로 여길 지경이었다.

"마침내 돌아왔구나." 어머니는 처마 아래 대나무 의자에 앉아 부드럽게 웃었다. 그 표정은 호수처럼 잔잔했으나, 눈에는 반짝이는 눈물이 고여 있었다.

나는 얼떨하여 갑자기 말문이 막혔다. 그렇게 단 한 마디도 하지 못한 채 그저 멍하니 어머니를 바라봤다.

어머니가 내게 손을 내밀며 부드럽게 말했다. "이리 오너라. 어미에게로 와봐."

서고고가 뒤에서 나지막이 걱정스러운 말투로 말했다. "공주께서는 다리가 불편하십니다."

몹시도 작은 정원이었으나, 한참을 걸은 느낌이 들 때쯤에야 겨우 어머니의 옷자락에 닿을 수 있었다. 갈포(葛布)로 지은 어머니의 청의에서 익숙한 지난날의 난초 향과 두약 향이 아닌, 진한 단목(檀木) 향이 풍겨왔다. 문득 뭔가 보이지 않는 막이 나와 어머니를 멀리 떼놓는 것 같아 두렵고 당혹스러웠다. 나는 그대로 땅바닥에 무릎을 꿇은 채 어머니의 무릎에 얼굴을 깊숙이 묻고는 하염없이 눈물을 쏟았다.

어머니는 부드러우면서도 차디찬 손으로 힘겹게 나를 일으키고는 가볍게 탄식했다. "네가 돌아온 것을 봤으니 이제 나도 더는 걱정할 것이 없구나."

"있어요!" 나는 불쑥 고개를 쳐들고 눈물로 흐려진 눈으로 어머니를 바라봤다. "아직도 어머니께서 걱정하실 일이 얼마나 많은데요. 오라버니는 아직 새장가를 들지 않았고, 나도 혼인한 지 얼마 되지 않았잖아요. 그리고 아버지도…… 누가 어머니더러 걱정할 게 없대요? 우리에게 더는 미련이 없다고요? 제가 그 말을 믿을 줄 아세요!" 오는 내내 수많은 말을 생각해뒀었다. 어떻게 어머니를 설득할지, 어떻게 달래서 집으로 모시고 돌아갈지 다 생각해두었단 말이다. 그런데 어머니를 보고 나니 그 모든 생각이 다 부질없었음을 깨달았다.

"아무야……." 눈을 떨구시는 어머니의 입가에 잘게 경련이 일었다. "장공주 된 몸으로, 평생 나약하고 쓸모없이 살더니 결국 너까지 실망시키는구나."

나는 어머니를 껴안고는 필사적으로 고개를 저었다. 눈물이 비처럼 쏟아져 내렸다. "아무가 잘못했어요. 어머니 곁을 떠나서는 안 되는 거였어요!"

이 순간이 되어서야 내가 얼마나 이기적이었는지 깨달았다. 하필이면 내가 집을 떠난 지난 3년 동안, 어머니는 가장 외롭고 힘든 시간을 보냈다. 그런데도 나는 집에서 무슨 일이 벌어지는지 관심을 끊은 채 멀리 휘주에 숨어 있었다. 그저 당연히 부모님은 영원히 그 자리에서 나를 기다리고 있을 테고, 아무 때고 내가 돌아가기만 하면 두 팔을 활짝 벌리고 나를 맞아줄 것이라고 생각했다.

"어머니, 우리 그만 집에 돌아가요. 네?" 나는 서둘러 눈물을 닦아내며 애써 웃음을 지었다. "산속은 너무 춥고 멀어요. 저는 어머니가 여기 계시는 것이 싫어요! 저랑 돌아가요. 아버지와 오라버니도 집에서 어머니를 기다리고 있어요!"

어머니의 미소가 흐려졌다. "집이라…… 나는 오래전부터 집이 없었는걸……."

나는 머리를 세게 얻어맞은 것 같았다. 어머니의 입에서 이토록 절망적인 말이 나오리라고는 생각지도 못했다.

"너는 이미 혼인을 했고 네 오라비 아숙(阿夙)도 첩실을 두지 않았니……." 어머니는 눈을 떨구고는 처연히 웃었다. "재상부는 너희 왕씨들의 집이다. 나는 황실 여인이니 응당 궁으로 돌아가야겠지. 하나 지금 궁은…… 내가 무슨 낯으로 황상을 뵐 수 있겠니? 무슨 낯으로 지하에 계신 태후 마마와 선황제, 역대 조상님들을 뵐 수 있겠니?"

어머니의 물음에 나는 꿀 먹은 벙어리처럼 말문이 막혔다. 커다란 바윗덩어리가 가슴을 꽉 막아버린 것만 같았다. 나는 중얼중얼 말을 이었다. "아버지도 태자를 등극시키기 위해 그러신 거예요. 태자 전하만 보위에 오르고 나면 모든 다툼도 다 멎을 것이고……." 거기까지 말하고 더는 말을 이어갈 수 없었다. 나조차 믿지 못할 말로 차마 어머니를 속일 수는 없는 노릇 아닌가……. 아무래도 어머니는 소기와 아버지 사이의 갈등까지는, 그리고 아버지가 이미 태자와 반목하고 있다는 사실까지는 모르는 듯했다.

"태자는 구실에 불과해." 먼 곳을 응시하는 그윽한 눈빛에 깊이를 가늠할 수 없는 슬픔과 처량함이 깃들었다. "너는 아직 네 아버지를 모르는구나. 네 아버지는 오랜 세월 이날이 오기만을 기다리셨다."

아버지에게 정말로 찬위(纂位)의 뜻이 있다고 하더라도 놀라지 않았을 것이나, 어머니가 진즉에 모든 것을 꿰뚫어보고 있었을 줄은 몰랐다.

어머니는 애달프고 아스라한 미소를 지으며 나직이 말했다. "네 아버지 평생의 소원은, 다시는 어떠한 굴욕도 당하지 않도록 황실 위에 군림하는 것이었다."

"아버지께서 정말로…… 그 자리를 바라시는 건가요?" 나는 입술을 깨물었다. 그 대역무도한 두 글자는 끝내 입 밖으로 꺼낼 수 없었다.

그런데 어머니는 고개를 저었다. "그 자리가 중요한 게 아니야. 그저 황실 위에 서고 싶은 것뿐이지."

황실 위에 서고 싶은데 용상은 원하지 않는다니……. 나는 놀란 눈으로 어머니를 바라봤다. 도대체 어머니는 무슨 말이 하고 싶은 걸까?

"자부심 하나로 평생을 살아온 네 아버지가 단 하나 마음에 걸려 한 일이 바로 나와의 혼인이었다." 어머니는 눈을 감고 불안하게 떨리는 목소리로 말을 이어갔지만, 내 귀에는 천둥의 울림이나 다름없었다.

어머니는 한(韓)씨에 대해 들어본 적이 있느냐고 물었다. 알고 있었다. 한씨는 아버지의 유일한 시첩으로 내가 태어나기 전에 병으로 죽었다고 했다.

"그녀는 병으로 죽은 것이 아니야." 어머니가 실낱같은 목소리로 말했다. "태후께서 백릉(白綾, 흰 비단)을 내려 네 아버지가 보는 앞에서 목 졸라 죽였단다."

나는 화등잔만 해진 눈으로 어머니를 바라봤다. 너무 놀라 아무 말도 나오지 않았다.

"네 아버지가 진심으로 좋아한 여인은 죽마고우였던 그 한씨였단다……. 그 당시 누구나 네 아버지더러 훌륭한 인재라며 공주를 배필로 맞을 만하다고 했지만, 정작 네 아버지는 원치 않으셨다. 혼례를 올리고 나서, 나와 네 아버지도 원래는 서로를 몹시 공경하고 아꼈다. 하지만 두 해가 지나 아숙이 돌을 넘겼을 때, 네 아버지가 한씨가 아이를 가졌다며 첩실로 맞고 싶다고 하시더구나. 알고 보니 그 두 해 동안 네 아버지는 한씨를 바깥에 숨겨두었던 게야. 나는 화를 참을 수 없어 그길로 궁으로 돌아가 모후께 울며 하소연했단다. 그날 밤 모후는 궁에 집안 연회를 마련하시더니, 네 아버지에게 한씨를 데리고 입궁해 내게 사죄하라고 했다. 원래는 모후도 화해를 권할 생각이셨으나, 분위기가 무르익자 갑자기 두 사람을 꾸짖으시더니 난데없이 백릉을 내리셨다. 그렇게 네 아버지와 나, 그리고 태자와 태자비도 있는 자리에서…… 한씨를 목 졸라 죽이셨지……." 어머니의 목소리가 한없이 떨렸다. 나는 어머니의 손을 꼭 잡았다가 내가 어머니보다 더 심하게 떨고 있음을 깨달았다.

얼마나 끔찍한 광경이었을까……. 나는 내 기억 속의 존귀하고 자애롭던 외할머니가 그토록 잔혹한 짓을 저질렀다는 사실을, 서로를 은애하던 부모님이 실은 서로를 증오했다는 사실을 믿을 수도, 상상할 수도 없었다.

"그 당시 네 아버지는 대전에 꿇어앉아 끊임없이 모후에게 머리를 조아리고 내게 사정했다. 네 고모도 꿇어앉아 빌었지. 하지만 다 늦어 버렸어. 목에 백릉이 걸리자 한씨는 너무 놀라 사지를 늘어뜨린 채 꼼짝도 못 했고, 양쪽에서 시위 두 사람에게 붙잡힌 채로 작게 몸을 한

번 들썩이고는 그대로……. 너무 놀란 나는 정신이 혼미해졌지. 그렇게 칼날처럼 시린 네 아버지의 눈빛을 마주하며 정신을 잃고 말았다."

회랑 아래서 바람이 불어왔다. 나와 어머니는 한동안 말을 잃은 채로 나뭇가지가 바람결에 흔들리는 소리만 듣고 있었다.

"그 후에는요?" 나는 차마 떨어지지 않는 입을 벌리고 물었다.

어머니는 한참을 넋 놓고 있다가 느릿느릿 말을 이었다. "그 일이 있고 나서는 그에게 몹시도 미안했던지라, 다시는 공주랍시고 오만하게 굴지 않고 무슨 일이든 다 양보하고 참았다. 네 아버지도 다시는 한씨를 입에 올리지 않고 그때부터 공명에만 사활을 걸어 관작이 날로 높아졌지……. 그렇게 몇 년이 흐르고 네가 태어났다. 너를 낳을 때는 저승 문턱까지 갔었어. 그 후로는 나를 대하는 것도 한결 나아졌고, 특히나 너는 불면 꺼질까 쥐면 터질까 애지중지했단다……. 그래서 세월이 흘러 그도 다 잊었겠거니 생각했다. 이숙이 혼인하던 그해까지는 그렇게 생각했지……."

어머니는 참담한 표정으로 한동안 말을 잇지 못했다.

오라버니는 내가 열두 살 때 혼인하였다. 온 경사를 떠들썩하게 만들었던 그 화려한 혼례에 대해 어렴풋이 기억하고 있었다.

"나는 종실 여인 중에서 신분이며 재능과 용모가 모두 이숙에게 어울리는 아이를 고르려고 했지만, 네 아버지는 일언지하에 반대하셨다. 그 까닭을 물으니, 현숙한 아내를 맞으면 그뿐 신분을 따질 필요가 없다고 하셨다. 네 아버지가 어떤 사람인지 내가 어찌 모를 것이며, 내 어찌 그 말을 참으로 믿을 수 있었겠니……. 우리가 한 치의 양보도 없이 다투고 있을 때, 이숙은 제 마음에 드는 여인을 골랐다. 바로 환밀(桓宓)이었어."

나는 화들짝 놀랐다. 올케가 오라버니가 직접 고른 여인이었다니!

어린 내 기억에 올케는 거문고에 능하고 시문도 견줄 자가 없는 재녀(才女)였다. 재색이 뛰어나지는 않았으나 가냘프고 우아했으며, 차갑고 말이 없어 웃는 모습을 본 적이 드물었다. 어렴풋하게나마 어머니가 올케를 그다지 좋아하지 않았고 오라버니도 별로 정이 깊어 보이지 않았던 기억이 났다. 혼례를 올리고 얼마 지나지 않아 오라버니가 멀리 강남으로 떠난 뒤로 올케는 바깥출입을 삼갔고, 가끔 한 서린 거문고 소리가 들려올 따름이었다. 그로부터 반년이 지나 풍한이 든 올케는 오라버니가 강남에서 돌아오기도 전에 세상을 뜨고 말았다. 오라버니는 올케가 살아 있을 때는 멀리했으면서 그녀가 죽고 나니 몇 년이 지나도록 새장가를 들지 않을 정도로 오랫동안 침울해했다. 여태까지 나는 오라버니가 자신의 뜻과 상관없이 아버지의 강요로 혼인했고, 올케가 죽은 후로 그랬던 것도 죄책감 때문이라고만 생각했다.

어머니는 천천히 말을 이었다. "아숙도 처음에는 환밀이 자율의 배필로 뽑혀 정비에 책봉될 날이 머지않았음을 몰랐단다."

"자율 오라버니요?" 진심으로 놀랐다. 등줄기에서 한기가 쫙쫙 솟았다. 먼지가 폭폭 쌓인 지난 일들이 어머니의 입에서 흘러나오자, 모두에게 얽히고설킨 은원이 있었는데 아둔하게도 나는 지난 10여 년 동안 아무것도 모르고 있었음을 깨달았다.

"나는 아숙이 환밀과 혼인하는 것을 원치 않았으나 네 아버지는 두말없이 허락하셨다. 바로 이튿날 입궁한 네 아버지는 네 고모를 만나, 둘째 황자의 비로 다른 이를 뽑고 환밀을 아숙과 혼인시켜달라고 했다. 그 옛날 그 일이 있은 후로, 나는 단 두 번 네 아버지와 언쟁을 벌였다. 한 번은 네 혼사로, 그리고 또 한 번은 아숙의 일로." 어머니는 고개를 숙이고 쓰게 웃었다. "그날 나는 처음으로 네 아버지의 포악하고 사나운 모습을 보았고, 마침내 그의 입에서 나온 진심을 듣게 되었단다……"

"아버지가 뭐라고 하셨는데요?" 나는 어머니에게 시선을 둔 채로
물었다.

어머니는 한번 웃더니 말했다. "네 아버지는, 평생 황실의 기세에
눌려 살았는데 아숙이 자신과 같은 길을 걷는 꼴은 결코 두고 볼 수
없다고 하셨다. 아숙이 마음에 둔 여인이 황자비면 어떠냐고, 자신이
빼앗아 아숙에게 주면 그만이라면서…… 우리 왕씨 가문의 장자가
황자보다 못할 것이 없다고 하셨다."

자안사를 나설 때, 곧장 절 문을 나서 돌계단을 내려오고 나서야
걸음을 멈추고 뒤를 돌아봤다. 사찰에 울리는 종소리가 산속 깊이 아
스라이 퍼져 나갔다.

운무가 산길을 가렸다. 불문(佛門) 하나가 수십 년 동안 이어진 은
원과 애증을 가로막았다. 나는 결국 어머니를 설득하지 못했다. 어머
니는 이미 내가 열아홉 살이 되면 머리를 깎고 불가에 귀의하기로 마
음을 정한 상태였다.

어머니는 내 생일이 머지않았다며 한 번 더 내 생일을 축하해주겠다
고 했다. 만약 어머니가 말해주지 않았다면 나는 곧 내 생일이라는 사
실도 잊을 뻔했다. 며칠만 지나면 나는 이제 열아홉 살이 된다…… 이
제 겨우 열아홉인데, 어찌하여 내 속은 이리도 황량하단 말인가…….

아직도 살날이 많이 남았는데 앞으로 10년, 20년, 30년, 자꾸만 세
월이 흘러 어머니처럼 백발이 성성할 때에 이르면 또 어떤 상황에 맞
닥뜨릴지 감히 상상이 되지 않았다.

발밑으로는 휘황찬란한 세상이 펼쳐지고, 등 뒤로는 푸른 등이 빛
나는 오랜 사찰이 버티고 서 있었다. 그 사이에 산바람에 옷자락이 펄

력이는 대로 망연히 서 있었다. 매서운 추위가 가슴속을 얼렸다.

서고고는 산 아래까지 나를 배웅했다. 난거가 출발하려고 할 때, 갑자기 서고고가 발 앞으로 달려들어 눈물을 머금고 말했다. "군주, 군주조차 공주 마마를 설득하지 못하시는 건가요? 공주 마마는…… 진정으로 출가하시려는 건가요?"

"나도 모르겠어." 나는 하염없이 고개를 흔들며 잠시 멍해 있다가 낮게 잠긴 목소리로 말했다. "어쩌면…… 어머니를 설득할 수 있는 사람이 딱 한 명 있을 거야."

서고고는 맥없이 손을 내리고는 더 이상 아무 말도 하지 않았다.

나는 그녀를 바라보며 억지로 입꼬리를 끌어 올렸다. "아버지를 설득해볼게. 어쩌면 되돌릴 수 있을지도 모르니까."

"좌상 어른이 여러 번 찾아오셨으나 공주께서는 만나지도 않으셨어요." 서고고가 어두운 기색으로 고개를 가로저었다.

"만나시게 될 거야." 담담히 웃었지만 가슴이 뭉그러질 것만 같았다. 지금까지는 생일날이 되면 번거로운 허례허식이 싫어 어떻게든 빠져나갈 궁리만 했더랬다. 하지만 이번이 어쩌면 부모님과 함께 보내는 마지막 생일일지도 모른다는 생각이 들었다.

돌아가는 내내 반쯤 넋이 나가 있어 언제 왕부에 이른지도 모르고 있었다.

시녀들이 겉옷을 바꿔 입히고 차를 내오고 화장을 고치는 와중에도 목각 인형처럼 잠자코 있었다. 말도 하고 싶지 않았고, 손가락 하나 까딱하고 싶지 않았다.

"왕비 마마, 옥수 낭자가 정신을 차렸습니다."

그 말에도 멍하니 넋을 놓고만 있었다.

시녀들이 연달아 몇 번이나 말하고 나서야 정신을 차렸다. 옥수,

옥수가 깨어났다고 했다.

옥수는 깨어나자마자 왕비께서는 무사하시냐고 물었다고 했다.

옥수는 나를 보자마자 억지로 몸을 일으키려 애쓰며 자꾸만 자신이 무능하다고 자책했다. 나는 그런 옥수를 말없이 꼭 끌어안았다. 억지로 가슴속에 꾹꾹 눌러뒀던 쓰라린 슬픔이 갑자기 파도처럼 덮쳐왔다.

옥수는 잠시 어리둥절해 있다가 살그머니 손을 내밀어 내 어깨에 둘렀다. 그러고는 휘주에서의 그 밤처럼 가만히 나와 서로 기댔다.

며칠 동안 황궁과 왕부의 일을 비롯해 이런저런 잡다한 일들로 바쁜 나날을 보내는 가운데, 소기도 샛별을 보며 나가 밤이 깊어서야 돌아왔다. 소기와 아버지의 갈등은 갈수록 깊어졌다.

태자는 오래전부터 아버지의 그늘에서 벗어나고자 했기에, 소기라는 맹우가 생긴 뒤로는 제멋대로 활개를 치기 시작했다. 고모가 병으로 누워 있는 틈에 궁 안 금위군을 소기의 사람들로 싹 바꾸는 한편, 반당을 조사한다는 구실로 궁에서 잔뼈가 굵은 오랜 궁인들과 내시들을 대거 밀어냈다. 아버지는 태자의 배은망덕함에 분을 삭이지 못해 갈수록 조정에서 태자를 견제했다. 또 사사건건 소기를 억압하면서 두 사람과 팽팽히 맞섰다.

거의 날마다 궁 안에서 아버지를 볼 수 있었으나, 어머니의 말을 떠올리고 아버지가 한 일들을 떠올리면…… 아버지를 마주할 수 없었다. 도저히 믿기지가 않았다.

나는 아버지를 볼 수 있기를 바라면서도 멀리서 아버지가 보이면 자리를 피해버렸다. 아버지 곁에는 늘 시종이 따랐고, 어쩌다가 아버지와 둘만 있게 되더라도 묻고 싶은 말은 가슴속에 가득한데 한 마디도 꺼낼 수가 없었다.

부모님 사이의 지난 은원을 소기에게 말할 수도 없는 노릇이었다. 밤마다 소기 몰래 뒤척이며 혼자서만 끙끙 앓았고, 낮에는 궁 안 일로 바빠 겨우 며칠 만에 지칠 대로 지쳐버렸다.

그렇지 않아도 힘겹게 버티던 고모는 이번 일을 겪고 나서 병세가 더욱 심각해졌다. 정신은 차렸으나 시시때때로 의식이 희미해졌고 제정신이 아닌 듯했다.

혼란스럽고 다사다난한 시간이었다. 끊임없이 변고가 터졌고, 집 이고 나라고 조정이고 바람 잘 날이 없었으며, 건원전에 누워 계신 황 상은 한 줄기 숨만 붙어 있었다. 이런 때에 고모마저 병으로 몸져눕는 바람에 후궁은 갑자기 주인을 잃었다. 비빈들은 하나같이 나약하고 별 볼 일 없어, 후궁의 대소사는 회임 중인 태자비 사완여의 어깨 위로 떨어졌다. 고모는 곧장 나를 궁으로 불러, 태자비를 도와 궁 안의 일을 대신 맡으라고 명했다. 갑자기 이토록이나 큰 황궁에서 서로 의 지할 사람이 우리 셋뿐이게 되었다.

어려서부터 고모와 가까이 지낸 나는 고모가 별말 하지 않아도 금 세 그 뜻을 이해했지만, 완여 언니는 어떻게 해야 할지 몰라 늘 머뭇 거렸고 그나마도 고모의 뜻에 어긋나게 처리했다.

하루는 완여 언니가 없는 자리에서 고모가 힘없이 금탑에 기대 나 를 바라보며 탄식했다. "어째서 너는 내 딸이 아닌 것이냐?"

"고모가 병 때문에 이상해지셨나 봐요." 나는 사근사근히 말하며 웃었다. "저는 당연히 왕씨의 딸이죠."

"그러니?" 고모는 눈길을 들어 올렸다. 암담한 눈동자 속에 날카로 운 빛이 맴돌았다.

순간 두려움이 차올라 멍하니 고모의 눈을 마주 보았으나, 고모는 맥없이 눈을 감고는 소리 없이 탄식했다.

태자와 소기의 사이가 갈수록 가까워짐을 고모는 알고 있었다. 소기의 세력이 황궁 안으로 들어왔음도 알고 있었다. 지금 고모는 태자가 알아서 정무를 돌보도록 이미 손을 놨고 더 이상 동궁을 단속하지 않았다. 소기에게도 거듭 양보하며 정말로 그의 수중에 있는 병력이 두렵고, 자담의 존재가 두려운 듯한 모습을 보였다. 그러나 내가 알고 있는 고모는 결코 쉽게 고개를 숙일 사람이 아니었다. 고모는 나를 불러들여 나와 완여 언니에게 궁 안 일을 맡기면서도, 절대로 우리끼리 일을 처리하도록 두지 않았다. 우리 곁에는 늘 우리의 일거수일투족을 감시하는 사람이 붙어 있었다. 고모는 한 번도 완여 언니를 믿은 적이 없었다. 고모에게 완여 언니는 시종일관 사씨 가문 사람이었다. 그리고 나는, 당연히 소기의 사람이었다.

고모가 우리 두 사람을 곁에 두면서 얼마만큼 믿고, 또 얼마만큼 경계하는지에 대해서는 차마 깊이 생각해보지 못했다. 가끔은 나 스스로도 고모에 대한 마음에서 얼마만큼이 진심이고, 또 얼마만큼이 경계심인지 묻곤 했다.

예전부터 나는 고모의 깊은 눈 속에 숨겨진 생각을 읽을 수가 없었다. 그리고 고모도 종종 무슨 생각에 잠긴 표정으로 나를, 완여 언니를, 태자를…… 그리고 주변의 모든 사람을 바라봤다.

고모는 사람들 앞에서는 여전히 더할 나위 없이 강인한 모습을 보였지만, 깊은 잠에 빠졌을 때는 자기도 모르게 내 손을 꽉 붙잡았다.

태의는 고모의 병이 마음의 병이므로 약과 침으로 고칠 수 있는 것이 아니라고 했다.

나는 고모가 없는 기운까지 짜내 억지로 병석에서 몸을 일으킨 것임을 알았다. 고모는 어머니와 달랐다. 고모는 아직도 걱정할 것이 너무 많아 자리보전한 채로 있을 수가 없었다.

고모가 위태롭게 버티는 것을 지켜보자니 억장이 무너졌다. 고모는 자신의 일생 중 3할은 가문에, 3할은 태자에게, 그리고 또 3할은 누군지 모를 어떤 이에게 바쳤고 겨우 1할만을 자신에게 할애했을 것이다.

황상께 남은 날도 많지 않을 것이다. 고모는 날마다 황상의 용태를 물었다. 모든 것이 다 평안하다고 하면 무심한 표정으로 아무 말 안 했고, 병세가 중해졌다고 하면 또 몹시 울적해했다.

내 앞에서 고모는 속내를 숨기지 않고 시시때때로 황상에 대한 원망을 드러냈다. 그러나 정말로 황상이 삶의 끝자락에 이르면 고모도 생에 대한 의지가 더 줄어들 것만 같았다.

사랑하든 증오하든, 그 사람은 이미 고모의 일생에 녹아들어버린 것을 어찌하겠는가…….

그날 이후 나는 고모가 깊은 잠에 빠졌을 때 그 손수건을 살그머니 원래 자리에 넣어두었다. 그 손수건만이 고모에게 남은 헛된 꿈이라면 그 꿈에 취해 있게 두는 것이 나으리라.

이 구중궁궐에서 가장 신분이 고귀하면서도 가장 혈연관계가 가까운 세 여인은 제 나름의 시름을 품은 채, 그 누구도 다른 이를 온전히 믿지 않았다.

나와 완여 언니는 여러 해 동안 서로에게 소원했다. 한때 친자매처럼 가까웠던 우리지만, 갈 길이 달라진 지금은 스스럼없이 어울리던 그 시절로 다시 돌아갈 수 없게 되었다. 황궁에서의 세월은 사람을 더 빨리 나이 들게 하는지라, 이미 슬하에 딸 하나를 둔 완여 언니의 용모는 여전히 그림처럼 아름다웠지만 통통하게 살이 올라 예전의 가

녀림은 찾아볼 수 없었다. 다정다감하던 눈빛도 어둡게 그늘져 있었다. 연꽃 같던 그 여인이 사라진 자리에는 냉담하기 그지없는 부인이 자리했다. 고모가 자신을 어떻게 대하든, 완여 언니는 조금도 개의치 않았다. 태자가 조정에서 무엇을 하든, 그 또한 관심 밖이었다. 단지 두 살배기 딸과 곧 태어날 아이에 대해 이야기할 때만, 창백한 얼굴에 그나마 광채가 어렸다.

그 이름은, 나도 완여 언니도 입에 올리지 않았다.

혼례를 앞둔 내게 완여 언니는 눈물 젖은 눈으로 물었다. 정말로 자담을 잊을 수 있느냐고……. 그때까지만 해도 완여 언니는 아름답고 다감했으며, 천진난만하게 두 죽마고우의 사랑이 아름다운 결실을 맺기를 바랐다.

우리는 둘 다 명문가에서 태어나 한때 세상의 총애란 총애는 모두 받았고, 둘 다 피할 수 없는 운명 탓에 누군가와 혼례를 올렸다. 다만 나는 소기를 만났고, 완여 언니는 깊은 황궁 구석에 처박혀 태자가 첩들에 둘러싸여 날마다 희희낙락하는 꼴을 두 눈 멀쩡히 뜨고 지켜보면서도 태자비로서의 품위를 지키며 하루가 다르게 말을 잃어갔다. 비참한 현실을 바꾸려 처음에는 많이도 애썼으나 세월이 흐를수록 점차 무뎌졌다. 재주가 아무리 뛰어난 사람이라도 어제고 오늘이고 변함없는 황궁의 적막함 앞에서는 무너질 수밖에 없었다.

완여 언니와 동궁 경정(瓊庭)의 회랑 아래 가만히 마주 앉아, 술을 데워두고 시를 논하던 지난 시절을 웃으며 추억했다. 완여 언니는 무릎에 앉힌 딸을 품에 안으며, 한없이 긴 인생에 걱정거리 하나쯤은 있어야 한다고 했다. 신분도 변하고 은애의 마음도 변하지만 아이만은, 나와 피가 이어진 아이만은 온전히 내게 속한 존재라고 했다. 겉보기에만 화려한 것들은 모두 오래가지 않는다. 오직 어머니, 세상에서 가장 존귀한 이 신분만이 어떠한 권세로도 뛰어넘을 수 없는 것이다.

완여 언니는 담담히 웃었다. "아무, 너도 어머니가 되면 알 수 있을 거야."

나는 멍하니 웃으며 어머니를 떠올리고, 고모를 떠올리고, 또 완여 언니를 떠올렸다. 이 화려한 황궁은 나에게 찬란하게 빛나는 아름다운 시절을 추억케 할 뿐이지만, 세 사람에게는 평생의 슬픔과 근심이 자리한 곳이었다.

내 생일을 며칠 남겨두고, 송회은이 황릉에서 돌아와 명을 이행한 결과를 보고했다.

소기는 자담을 황릉에서 멀지 않은 신이오(辛夷塢)에 연금하고, 무장한 군사들에게 겹겹이 에워싸고 감시하게 했다.

송회은은 나를 만나러 오지는 않았으면서 조용히 옥수를 살피러 갔다.

방 안에 들어서자마자 웃음꽃이 활짝 피어 시녀를 재촉하는 옥수의 낭랑한 목소리를 들을 수 있었다. "조금만 더 옮겨, 조금만 더."

"무슨 일로 이렇게 기분이 좋은 것이냐?" 나는 미소를 머금고 문 앞에 서서 물었다. 침상 머리에 기대 팔을 휘두르며 시녀에게 무언가를 시키는 모습이 상처가 많이 나은 듯 보였다.

고개를 돌려 나를 본 옥수는 금세 얼굴을 발갛게 물들이며 두 눈을 반짝였다. "왕비 마마, 방금 송 장군이 들렀어요!"

옥수는 상처를 치료하고 몸을 보하는 귀한 보양품이 잔뜩 쌓인 곳을 가리켰다. 모두 송회은이 보내온 것이었다. 나는 속으로 실소를 터뜨렸다. 도무지 운치라고는 모르는 자가 아닐 수 없었다. 이런 속된 물건을 좋아하는 사람에게 보내다니……

좋아서 얼굴이 홍시처럼 붉어진 옥수를 보며, 나는 일부러 놀려댔다. "이런 게 다 무어라고? 왕부 안에 널리고 널린 것들이라 귀할 것도 없는데."

옥수가 노여움을 감추지 못하고 입술을 깨무는 것을 보고는 빙긋이 웃으며 말했다. "다만, 그 마음은 참으로 귀하구나!"

옥수의 어여쁜 얼굴이 순식간에 새빨갛게 달아올랐다. 아름다운 머릿결이 얼굴 옆으로 부드럽게 늘어지는 모습이 그렇게 사랑스럽고 수줍어 보일 수가 없었다. 나는 손을 들어 옥수의 귀밑머리를 쓸어 올리며 웃었다. "어째서 단장도 하지 않은 모습으로 그를 만난 거니?"

옥수가 살짝 눈길을 내리며 작게 속삭였다. "송 장군은 안으로 들지 않고 사람을 시켜 물건만 들였어요."

조금 의외였다. 옥수는 이미 자리에서 일어나 방 밖에서 손님을 맞을 수 있을 정도로 회복한 상태였다. 병문안을 오면서 안으로 들지는 않는다……. 그 속을 헤아리고 있는데, 옥수가 눈을 들어 수줍게 웃으며 말했다. "저 꽃도 보내면서 해가 드는 곳에 두라고 당부하기까지 했어요."

"꽃?" 고개를 돌려 보니 방금 전 옥수가 시녀를 시켜 이리저리 옮기라고 한 것은 바로…… 난이었다.

나는 자리에서 일어나 천천히 탁자 앞으로 걸음을 옮겼다. 평범한 남색 도자기 화분에 조그마한 혜란(蕙蘭) 한 포기가 심겨 있었다. 청록색 꽃받침에 가느다랗게 뻗은 잎까지, 함치르르 윤이 흐르는 완벽한 자태를 뽐냈다.

"송 장군은 특별히 신이오에서 가져왔다는 말도 했어요." 수줍은 미소가 담긴 목소리는 꿀처럼 달콤했다.

오랫동안 그 난을 응시하고 있자니 세찬 파도가 치듯 가슴속이 울렁였다. 한참 만에야 아무렇지 않은 듯 평온하게 말을 꺼냈다. "참 좋은 꽃이로구나."

'어린 시절 황릉의 길가에 난 한 포기를 심어두었소. 이번에 황릉으로 가는 길에, 괜찮으시다면 그 난이 시들지 않도록 나 대신 물을 주고 돌봐주시오.'

옥수더러 송 장군에게 이 말을 전해달라고 했더니, 정말로 그는 나무랄 데 없이 온전하게 이 난을 돌봐주었다.

송회은, 그에게 어찌 감사해야 하고, 또 그 마음을 어찌 갚아줘야 할까……

다급한 발걸음

나는 별생각 없이 송회은이 옥수를 문병한 일을 소기에게 전했다.

"옥수가 비록 그 신분은 미천하나 충직하고 지조가 있는 여인이기는 하지. 다만 그 인품과 용모가……." 소기가 낮게 읊조렸다. "과연 회은과 어울리겠소?"

나는 소기의 눈빛을 피해 뒤돌아서며 살짝 웃었다. "신분이 뭐 문제겠어요. 두 사람이 서로 좋아한다면 어울리고 말고 할 게 뭐 있나요?"

"회은은 수많은 부하 중에서 내가 가장 중히 여기는 자요." 소기가 격앙된 표정으로 웃었다. "나를 따라 전장을 누비느라 수하들 대부분이 아내를 들이지 못했소. 이제 경사로 돌아왔으니 그들이 다 꽃처럼 아름다운 반려를 맞이하길 바란다오. 회은의 인품과 재주라면 앞길이 창창할 터이니 그의 눈에 든 여인도 복이 있는 셈이겠지."

나는 소기에게 시선을 돌리며 웃는 듯 마는 듯한 표정으로 말했다. "이제 보니 당신도 이처럼 세속적인 생각을 할 줄 아는 사람이었군요."

소기는 웃기만 할 뿐 답하지 않으며 나를 무릎 위로 끌어당겼다. "맞소. 세속의 사람이니 세속의 생각에 따라야지. 만약 내가 그 옛날의 교위에 불과했다면 상양군주께서 내게 시집오려 했겠소?"

나는 웃음을 거두고 지그시 그를 바라보았다. 물론 그의 말은 그르

453

지 않지만 어쩐지 씁쓸한 기분이 들었다.

그는 내 낯빛이 변한 것을 보고 웃으며 말했다. "역시 여인에게는 사실을 말하면 안 된다는 말이 옳았군…… 내가 말주변이 없어 실언한 셈 칠 테니 왕비 마음대로 처분을 내리시오."

소기의 농에도 나는 웃음 한 조각 띠지 못하고 시선을 내린 채 잠시 넋을 놓고 있다가 나직하게 말했다. "당신 말이 맞아요. 이제야 나는 그 누구도 우리를 속이지 않았음을 깨달았어요. 그저 진실을 듣지 않으려 두 귀를 막고 진정한 속세를 보지 않으려 두 눈을 꼭 감은 채, 눈만 감고 있으면 여전히 저 높은 하늘 세계에 살게 되는 줄 알았을 따름이죠."

"우리?" 소기가 미간을 구겼다.

나는 고개를 끄덕이며 담담히 웃었다. "나, 어머니, 오라버니…… 금지옥엽, 권문세가 사람이라면 누구나요."

소기는 바닥을 알 수 없는 그윽한 눈빛으로 나를 똑바로 쳐다보며 부드럽게 말을 이었다. "당신은 이미 아니오."

나는 가만히 그의 어깨에 기댄 채 아무 말도 하지 않았다.

"요 며칠 계속 기분이 좋지 않더군." 소기가 옅은 탄식을 내뱉으며 내 긴 머리에 손가락을 집어넣어 머리카락 사이로 미끄러뜨렸다.

나는 살짝 눈을 감고는 나른하게 웃었다. "아무 관심도 없는 줄 알았더니……."

그가 웃으며 말했다. "당신이 말하고 싶지 않다면 묻지 않소. 계집 아이들은 다 제 나름의 근심이 있는 법이니."

그를 찰싹 때리며 따졌다. "누구더러 계집아이라는 거예요?"

"겨우 열아홉이라……." 연신 고개를 저은 소기는 웃으며 탄식했다. "늙은 낭군에 어린 아내라니, 속만 태울 따름이지."

"그래봐야 당신도 이제 이립을 넘겼을 뿐인데 어디서 늙은 티를 내는 거예요?" 어처구니가 없어진 나는 우울했던 기분도 다 떨치고 그와 한데 엉켜 장난질을 했다.

방 안 가득 훈훈한 기운이 감돌았다. 유리 등불의 그림자가 이리저리 흔들렸고, 그림 병풍에 두 사람의 그림자가 비쳤다.

이틀 뒤 송회은이 나를 찾아왔다. 나는 궁의를 입고 왕부 본채에서 그를 맞았다.

평범한 포복을 걸친 송회은은 내가 이토록 장중한 차림으로 맞을 줄은 몰랐던 듯 다소 불안한 기색을 내비쳤다.

시녀들이 차를 내오자 나는 살짝 찻잔을 덮고는 담담히 웃었다. "송 장군, 앉으세요. 굳이 격식을 차릴 필요는 없습니다."

송회은은 묵묵히 자리에 앉아 말을 하지도, 차를 마시지도 않았다. 그의 낯빛은 몹시도 근엄하고 진중했다.

"장군께서 찾아오시다니, 무슨 일이라도 있으십니까?" 나는 미소를 머금고 그를 쳐다봤다.

"그렇습니다." 송회은은 시원스럽게 답했다. "소장, 청할 것이 있습니다."

나는 고개를 끄덕였다. "말씀하시지요."

송회은은 자리에서 일어나 내 앞에 무릎을 꿇으며, 고저 없이 침착한 목소리로 말했다. "소장, 감히 옥수 낭자를 아내로 맞고자 하니 왕비께서 허락해주시길 청합니다."

나는 말없이 눈을 내리뜨고 그를 자세히 들여다봤다. 송회은은 무표정한 얼굴로 얇은 입술을 한일자로 꾹 다물고는, 시선을 내려 한옥(漢玉)으로 조각한 벽돌 바닥에 구멍이라도 뚫을 기세로 눈길 한 번 돌리지 않고 응시했다. 지금의 표정만 보면 이 젊은 사내가 혼인을 청하는 것이 아니라 만전의 태세를 갖추고 한바탕 악전고투를 치르러 가는 것이라 생각될 지경이었다.

나는 한참 동안 말없이 그를 쳐다봤고, 송회은도 미동조차 없이 그 자리에 그대로 꿇어앉아 있었다.

"그 말, 진심이오?" 불쑥 말을 꺼내 담담히 물었다.

그는 흐트러짐 없는 자세로 반듯이 꿇어앉아 고개도 들지 않고 답했다. "그렇습니다."

"기꺼이 원해서 청하는 것이고 원망도 후회도 없소?" 한 자 한 자 느릿느릿 물었다.

"그렇습니다." 송회은이 낭랑하게 답했다.

"이후로 다른 데 마음 쓰지 않고 옥수에게 온 마음을 쏟을 테요?" 나는 숙연히 마지막 물음을 던졌다.

그는 잠시 침묵하다가 잇새로 단호한 한 마디를 내보냈다. "그렇습니다!"

세 번의 물음에 세 번의 긍정으로 할 말은 다 한 셈이었다. 그의 마음을 진즉에 알고 있었으면서도 그에게 옥수와 혼인할 것인지 거절할 것이지, 양단간에 택일하라고 했다.

옥수는 내 측근이기에 그녀와 혼인한다는 것은 곧 나의 아군이 되는 것이기도 했다. 앞으로는 소기가 가장 아끼는 부하이자 나의 심복이 될 테니 공적으로든 사적으로든, 군에서든 조정에서든 누구도 그에게 맞설 수 없을 것이다. 바꾸어 말해, 헛된 생각을 버리고 앞으로는 나를 주인으로만 보고 충성을 바치며 옥수에게 잘 대해주라는 뜻이었다. 송회은의 야심과 포부로 봤을 때, 결코 전공(戰功)을 세우는 데 만족하지 않고 틀림없이 조정에 들고자 할 것이다. 그리고 조정에 드는 가장 좋은 방법은 바로 뒷배를 보아주는 권세가와 함께하는 것이었다.

이는 그의 청에 대한 윤허이자 우리 두 사람 사이의 맹약이었다.

그는 권세와 공명을 원하니, 내가 그의 뒷배를 보아줄 것이다. 그가 어여쁜 반려를 원하니, 옥수를 그에게 줄 것이다.

그 대신 나는 내 곁에 더 많은 사람이 모이길 바란다. 방계, 모연, 옥수뿐만 아니라 더 많은 이가 모이길…… 권세의 정점에 이르렀을 때는 자신의 세력을 확고히 쥐고 있어야만 소용돌이의 한복판에서 굳건히 버틸 수 있다.

옥수는 자신이 언젠가 당당히 송회은의 정실(正室)이 되리라고는 꿈에도 생각지 못했을 것이다.

옥수는 내게 자신의 목숨과 충성을 바쳤기에, 나는 옥수가 가장 원하는 모든 것으로 보답할 것이다. 그녀에게 신분과 명예와 지위를 줄 것이고, 꿈에도 그리던 사내를 낭군으로 맞이하게 해줄 것이다. 그러나 그 사내의 마음만은 줄 수가 없었다.

그것은 내가 어찌할 수 없으며, 다른 누구도 마음대로 할 수 없는 일이었다. 그녀 스스로 얻으려 노력하되, 얻으면 다행이요, 얻지 못해도 팔자려니 해야 할 터…….

이는 공평한 거래였다. 그들은 나의 장기짝이 되었고, 나도 그들이 원하는 것을 주었다.

나는 고모에게 책봉과 사혼을 청하여 허락을 받았다. 내가 직접 조서에 인장을 찍는 것을 보며 고모는 감격스러운 표정으로 미소를 지었다.

나는 고모의 미소에 감춰진 감탄이 무슨 뜻인지 알았다. 예전에 나는 고모가 내 운명을 휘두른다고 증오했는데, 지금 나도 일말의 망설임도 없이 다른 사람의 운명을 비틀고 있었다.

내가 허리를 숙이며 물러가겠다고 하자 고모는 담담히 물었다. "아무야, 가책을 느끼니?"

나는 시선을 내리고 잠시 침음을 삼킨 뒤, 고모에게 반문했다. "그때 저에게 사혼을 내리신 것에 고모는 가책을 느끼시나요?"

고모가 웃으며 답했다. "지금까지도 가책을 느낀단다."

나는 눈길을 들어 고모를 똑바로 쳐다보며 담담히 말했다. "저는 아무런 가책도 느끼지 않아요."

성지가 내려졌다. 예장왕이 옥수가 목숨을 바쳐 주인을 구한 공에 깊이 감사하여 특별히 의매(義妹)로 맞아 소옥수(蕭玉岫)라는 이름을 내리고, 현의부인(顯義夫人)에 책봉하여 영원장군(寧遠將軍) 송회은과 혼인시킨다는 내용이었다. 그리고 송회은을 우위장군(右衛將軍), 숙의백(肅毅伯)에 봉하고 영토 70리를 내렸다.

모든 일이 순조롭게 흘러가고 숨 돌릴 틈 없이 바쁜 나날 속에 어느덧 내 생일을 하루 앞둔 날이 되었다.

오라버니가 자안사에 가는 길에 나를 데리러 왔다. 오라버니 혼자 온 것을 보고 아버지에 대해 물었지만, 오라버니는 대답하지 않았다.

원래는 오라버니가 나서서 어머니를 모시러 자안사에 함께 가자고 어렵사리 아버지를 설득했는데, 어쩐 일인지 아버지는 그림자도 내비치지 않았다. 나는 자신이 한 말조차 지키지 않는 아버지 때문에 분통이 터졌지만, 소기 앞이라 차마 언짢은 기색을 내보이지 못했다.

난거가 출발한 지 얼마 되지 않은 것 같은데 벌써 산 아래에 이르렀다. 나는 난거가 흔들리는 대로 기우뚱거리며 가만히 앉아 있었다. 생각할수록 화가 나고 우스워 절로 웃음이 터졌지만, 그 웃음 끝에는 눈물이 맺혔다.

"멈춰라." 나는 수레를 세운 뒤 발을 걷고 밖으로 나와, 오라버니가 탄 말 앞으로 달려갔다. "말을 줘!"

오라버니는 깜짝 놀라 말에서 뛰어내리고는 나를 잡고 말렸다. "왜 그래?"

"놔!" 나는 오라버니를 밀치며 싸늘하게 외쳤다. "아버지에게 따져야겠어."

"도대체 뭐 하는 거야?" 오라버니는 나를 붙잡고는 미간을 일그러뜨리며 목소리를 낮췄다.

나는 오라버니의 손을 떨쳐낼 수 없어 고개를 들고 빤히 쳐다봤다. 갑자기 오라버니의 얼굴이 너무나 낯설고 아득했다. 아무리 놀랄 일이 생겨도 오라버니는 늘 빈틈없는 모습만 보였고, 시종일관 미소를 띠었다. 그래서 오라버니는 무슨 일이 생겨도 결코 진심을 드러내지 않을 것만 같았는데…… "오라버니한테도 묻고 싶어. 우리 지금 뭐 하려는 거야?" 나는 오라버니를 쳐다보며 자조 섞인 웃음을 지었다.

오라버니는 낯빛을 바꾸며 좌우를 돌아보더니 손을 들어 나를 제지하려고 했다.

나는 있는 힘껏 오라버니의 손을 뿌리치고 냉랭하게 말을 이었다. "얼마나 더 아무 일 없는 척할 건데? 부모님이 서로 미워하고 등을 돌렸는데, 우리는 신나게 생일 준비나 하면서 내일 저녁 왕부에서 잔치를 열고 밤새도록 가무를 즐기며 억지로 기쁜 척하다가, 어머니가 속세를 버리고 불문에 귀의하는 걸 두 눈 뜨고……" 내 말이 채 끝나기도 전에 오라버니가 말에 올라타 나를 확 끌어 올렸다.

"닥치고 따라와." 오라버니가 내게 이토록 사납게 말한 것도 처음이었고, 이토록 격분한 모습을 보인 것도 처음이었다. 오라버니는 그대로 말을 달려 당황한 시종들을 남겨둔 채 나를 데리고 숲 속 오솔길로 내달렸다.

오라버니는 말에서 훌쩍 뛰어내리더니 천천히 개울가로 걸어갔다. 한 마디 말도 없는 오라버니의 뒷모습은 몹시 쓸쓸해 보였다.

방금 전까지만 하더라도 심중에 뜨거운 불길이 치솟는 것 같더니 지금은 차디찬 재만 남은 모습이었다. 나는 오라버니 곁으로 다가가 말없이 발밑에 흐르는 물만 응시했다. 바닥이 비칠 듯 맑고 눈부시게 반짝이는 물결 사이로 옷자락을 펄럭이는 두 사람의 모습이 어렴풋이 비쳤다.

"아무야……." 오라버니가 담담히 입을 열었다. "이미 다 알고 있는 사실을 굳이 입 밖으로 꺼낼 필요가 있니?"

나는 쓰게 웃었다. "속은 썩어 문드러지는데도 평온하고 고귀한 왕후장상의 집안인 척해야 해?"

오라버니는 고개를 돌리지도, 대답하지도 않았다. 그 모습에 더욱 슬퍼져 숨이 막힐 지경이었다. "오라버니, 언제 우리 가족이 이렇게 변한 거야? 설마 지금까지의 모든 것이 다 거짓이었어? 서로를 극진히 아끼던 부부도, 자식을 끔찍이 사랑하던 부모도 다 허상이었냐고?"

오라버니는 내 물음에는 답하지 않았으나 어깨를 미미하게 떨었다.

"아버지가 그런 사람일 리 없어……." 나는 힘없이 입술을 깨물었다. 속이 뒤죽박죽이라 무슨 말부터 꺼내야 할지 몰랐다.

"네가 생각하기에 아버지는 어떤 사람이어야 하고, 어머니는 또 어떤 사람이어야 하니?" 오라버니가 싸늘한 목소리로 불쑥 물었다. "네 말대로 두 분도 보통 사람일 뿐이야."

나는 얼떨떨한 표정으로 오라버니를 바라봤지만, 오라버니는 텅 빈 눈빛으로 흐르는 물만 응시했다. "아무야, 가슴에 손을 얹고 생각해봐. 너와 나는 부모님에 대해 얼마나 알고 있니?"

차디찬 물속에 처박힌 기분이었다. 자식인 우리는 부모님에 대해 얼마나 알고 있었나? 어머니가 이야기해주기 전까지 나는 단 한 번도 두 분에게 어떤 사정이 있는지 생각해보지 않았다. 그저 아버지는 날 때부터 그런 모습이어야 한다고 생각했다.

"젊은 시절 치기를 부린 적이 없는 사람이 어디 있겠니? 세월이 흐른 뒤에 후인들이 우리를 어찌 볼지 그 누가 알 수 있겠어?" 오라버니는 서글프게 웃었다. "설령 부모님이 잘못하신 일이 있더라도, 그건 다 지난 일이야."

"지난 일이라고?" 나는 얼굴을 일그러뜨리며 웃었다. 정말로 다 지난 일이라면 수십 년에 걸친 이 원망은 다 무엇이란 말인가?

오라버니가 고개를 돌리고 나를 바라봤다. "정말로 두 분이 서로를 미워한다고 생각하니?"

나는 한참을 머뭇거리다가 탄식했다. "어머니는 원한이라고 생각하셔……. 하지만 아버지가 그렇게 속 좁은 소인배일 리가 없어. 만약 아버지가 벌인 모든 일이 다 원한 때문이라면……." 나는 더 이상 말을 잇지 못했다. 그 뒷말은 나조차 듣고 싶지 않을뿐더러 절대로 믿을 수가 없었으니까!

나를 바라보는 오라버니의 눈 속에 엷은 애상(哀傷)이 떠올랐다. "어머니는 줄곧 아버지의 포부를 이해하지 못하셨어. 아버지에 대한 죄책감을 떨치지 못하시고 모든 것을 다 원한 탓으로 돌리셨지."

나는 고개를 홱 쳐들며 오라버니를 쳐다봤다. "그건 누가 한 말이야?"

"아버지." 가만히 나를 쳐다보는 오라버니의 눈이 부옇게 흐려지는 듯했다. 아버지는 어머니의 마음을 다 알고 있었던 것이다. 그런데 유일하게 아버지의 괴로움을 알고 그를 이해해준 사람은 어머니도 나도 아니라, 평소 세상만사를 우습게 여기던 오라버니였다.

"지난 수십 년 동안 그 누가 아버지의 괴로움을 알아주었겠니?" 오라버니의 목소리가 점점 잦아들며 쓸쓸한 표정이 떠올랐다. "나와 아버지가 몹시 취했던 일을 기억하니?"

물론 기억한다. 아버지와 오라버니가 함께 거나하게 취한 그날은 올케가 죽은 지 얼마 지나지 않은 때였다.

"그날 밤, 아버지께서는 많은 말씀을 하셨다……." 오라버니는 눈을 감고 천천히 말을 이었다. "나와 환밀의 일로 몹시 후회하고 괴로워하셨어. 아버지는 젊은 시절 방종했던 일을 말씀하시며 어머니께 면목이 없다고도 하셨어……. 그때는 아버지도 오만하고 호방하셔서 다른 사람에게 휘둘리는 삶을 몹시도 증오하셨다. 권문세가라 해도 황실에 휘둘릴 수밖에 없고 평생 자유롭지 못하다는 사실에 괴로워하셨지. 왕씨 가문이 대대로 황실에 충정을 바쳐 수백 년간 한결같이 총애를 받았다지만, 그 뒤에 감춰진 고달픔과 쓰라린 속을 그 누가 알겠니? 아버지는 선조들보다 더 멀리까지 생각하셨다. 그리하여 다른 사람 아래 서는 것도 마다치 않으시고, 기필코 가장 높은 자리에 올라나는 새도 떨어뜨릴 만큼 가문의 권세를 높이리라, 황실조차 다시는 왕씨 가문의 명맥을 좌지우지하지 못하게 하리라 다짐하셨다."

차디찬 얼음물을 뒤집어쓴 것만 같았다.

그렇지. 이래야 내 아버지지. 아버지가 품었을 포부라면 이 정도는 돼야지.

아버지 같은 사람에게 그깟 사사로운 정이 무에 대수일까! 원하는 바를 이루기 위해 아버지는 이미 너무 많은 것을 버렸다. 나와 오라버니조차 아버지의 손에 떠밀려 되돌아갈 수 없는 길에 들어서지 않았던가!

한참을 침묵하다가 결국 참지 못하고 물었다. "오라버니가 올케와 혼인한 것은, 정말로 원해서였어?"

"그래." 오라버니는 일말의 망설임도 없이 대답했다.

그러나 나는 그 말을 믿을 수 없었다. "아버지께서 억지로 황자비를 뺏어 오라버니에게 준 것은 당시 환(桓)씨 가문의 병권이 탐났기 때문 아냐?"

어쩌면 어머니는 아버지가 억지로 자율의 정비를 뺏어 오라버니와 혼인시킨 것은 황실에 자신의 위세를 보여 지난날의 치욕을 씻기 위함이었다고 생각할지도 몰랐다.

오라버니는 잠시 침묵하다가 담담히 말했다. "물론 아버지께서는 환씨 가문의 병권을 탐내셨지만, 그렇다고 내게 혼인을 강요하지는 않으셨어……. 환밀과 혼인한 것은 내가 원한 일이었다."

나는 말문이 막혔다. 당시 올케를 대하던 오라버니의 냉담한 태도, 늘 우울하게 지내다 갑작스럽게 세상을 떠난 올케, 그 후 빠르게 쇠락한 환씨 가문을 떠올리니 너무나 슬프고 참혹할 따름이었다.

오라버니는 오랫동안 말없이 아스라한 표정만 지었다. 마치 지난 일을 떠올리는 듯.

우리는 둘 다 그대로 입을 다물었다. 케케묵은 지난 일을 더 들추고 싶지 않았다. 다리 밑으로 졸졸졸 흐르는 개울물에 때때로 하늘을 나는 새가 비치고 낙엽이 소리 없이 떨어져 내렸다.

어쨌든 모든 은원은 이미 흘러간 시간 속에 묻혔다. 지금 이 순간을 살아가는 사람들은 앞으로 더 많은 시련을 겪게 될 것이다.

"돌아가자. 어머니께서 기다리고 계실 거야." 나는 오라버니의 손을 잡으며 미소로 그의 실의를 달랬다.

올 때만 하더라도 날이 아직 밝았는데, 오라버니와 숲 속 개울가에서 시간 가는 줄 모르고 반나절이나 머무르는 동안 어느새 어스름이 깔렸다.

마차 시종은 감히 우리를 따라와 방해하지 못하고 그 자리에서 한없이 기다리고 있었다. 막 출발하려는데 갑자기 뒤쪽 관도에서 급한 말발굽 소리가 들려왔다.

우리를 찾아온 사람을 보고 나와 오라버니는 잠시 얼떨해하다가 곧 마주 보며 웃었다. 우리가 늦도록 돌아오지도 않고 사람을 보내 말을 전하지도 않으니, 걱정이 된 아버지가 몸소 찾으러 온 것이었다.

어째서 이리 늦도록 아직 산에 오르지 않았느냐는 물음에, 나와 오라버니는 답할 말을 찾지 못하고 서로만 힐끔거렸다.

아버지는 눈썹을 치키며 나를 보았다. 다급한 마음에 아무 말이나 툭 튀어나왔다. "오라버니가 저를 개울가에 데리고 가 노느라……."

오라버니는 변명 한 마디 못 한 채 쓴웃음만 지었다.

"철없는 것!" 아버지는 오라버니를 힐끗 노려보더니 역정을 내지도 않고 미간만 찌푸렸다. "네 어머니가 애타게 기다리고 있겠구나."

나와 오라버니는 눈빛이 마주치는 순간 곧 알아차렸다. 애타게 기다리는 사람은 어머니가 아니라 아버지 자신임을…….

"방금 개울가에서 풍한이 들어 머리가 좀 아프네요." 나는 아버지에게 애교를 부리며 말했다. "아버지께서 직접 오셨으니 산에는 오르지 않을래요. 오라버니가 날 좀 바래다줘."

나는 아버지가 무슨 말을 하기도 전에 뒤돌아서 시위의 말을 빼앗아 그대로 내달렸다. 오라버니는 웬일로 아버지의 눈치를 보지 않고 말채찍을 휘두르며 날듯이 쫓아왔다.

"어머니가 돌아오기를 바라시는 게 뻔한데 말씀을 안 하시니, 두 분이서 왜 저렇게 서로 어깃장을 놓으시는 건지 도무지 모르겠어!"

나는 깊이 탄식했다.

오라버니는 웃음을 참지 못하겠는지 하하하 웃기 시작했다.

"웃겨?" 나는 오라버니를 흘겨봤다. 짜증이 나는데 어쩔 도리가 없었다. "예전에는 몰랐는데 이제 보니 부모님이고 오라버니고 다 좀 꼬였어!"

그래도 웃음을 거두지 않던 오라버니는 한참을 키득거리고 나서야 웃음기를 거두고 부드럽게 말했다. "우리가 변한 게 아니라 네가 어른이 된 거지."

순간 가슴이 소란스러워졌다. 나는 얼떨떨해 오라버니의 말에 아무런 대꾸도 하지 못했다.

"아무, 넌 이제 다 컸어. 또 변했고." 오라버니가 미소를 지으며 탄식했다.

나는 오라버니를 돌아보며 물었다. "내가 변했어?"

"네가 점점 누군가를 닮아간다는 생각이 안 드니?" 오라버니는 눈썹을 치키며 미소를 머금고 나를 흘겨봤다.

잠깐 멍해 있던 나는 오라버니가 말하는 사람이 소기임을 퍼뜩 깨달았다.

"혼인하면 낭군을 따르는 법⋯⋯. 무장과 혼인했으니 사나운 여인이 되는 게 당연하지." 나는 웃는 듯 마는 듯 오라버니를 쳐다보다가, 갑자기 오라버니가 타고 있는 말을 향해 채찍을 휘둘렀다. "어디 앞으로도 날 괴롭히는지 두고 볼 거야!"

느닷없이 채찍에 얻어맞은 말이 미친 듯이 날뛰자, 엉겁결에 당한 오라버니는 말을 진정시키려고 황급히 고삐를 잡아당겼다.

미친 듯이 질주하는 말과 그 위에서 허둥대는 오라버니를 보며 웃음을 터뜨렸다.

문득 고개를 돌려 구름에 휩싸인 깊은 산을 바라봤다. 아버지는 절 문에 당도하셨으려나…….

이튿날의 생일 잔치는 예장왕부에 차려졌다.

원래는 일가친척이나 모이는 가족 연회로 생각했는데 성대하기가 이를 데 없었다. 가족 외에도 경사의 왕공 대신과 명문세족이 모조리 운집해 성대한 궁중 연회를 방불케 했다.

이는 모두 소기의 생각이었다. 원래 떠들썩한 자리나 실속 없이 겉치레만 화려한 것을 싫어하는 그가 내 생일이라고 한껏 힘을 준 모양이다. 다른 사람 눈에는 하늘을 찌르는 예장왕의 권세를 과시하고 예장왕비의 존귀함과 영총(榮寵, 임금의 은총)을 자랑하는 것으로 보일지도 모르지만, 나만은 알고 있었다. 소기는 그저 혼례식 날 내게 진 빚을 이렇게라도 갚고 싶을 뿐이라는 것을 말이다.

어머니는 궁의를 입고 높이 쪽을 찐 채로 아버지 옆에 미소를 머금고 앉아 있었다. 비록 아버지를 보는 눈빛이나 표정은 여전히 냉담했지만 대화를 거부하지는 않았다.

오라버니는 애첩 둘을 데리고 참석했으나, 아버지 앞이라 풍류남아로서의 면모는 일절 내보이지 않았다.

태자 오라버니는 아버지를 보고 조금 난처한 기색을 보였다. 하지만 완여 언니가 데려온 두 사람의 딸은 이제 막 걷기를 배우는 모양인지 아장아장 걷는 깜찍한 모습으로 연회에 자리한 모든 이들의 시선을 사로잡았다.

오라버니가 생일을 맞은 것은 아무인데 저 꼬맹이에게 밀렸다며 낄낄거리자 어머니가 말했다. "아무가 어렸을 때는 훨씬 더 예쁨을 받았단다. 앞으로 우리 외손녀도 제 어미와 똑 닮을지 모르겠구나."

나는 순간 얼굴을 붉혔고, 아버지와 소기는 말없이 웃기만 했다.

부모님과 이야기를 나누고 있을 때, 완여 언니가 딸을 안고 와 축하 인사를 건넸다. 내가 아이를 안아보려고 손을 뻗었더니, 아이는 까르르 웃으며 소기에게만 가려고 했다.

소기는 어쩔 줄을 몰라 안지도 못하고 피하지도 못한 채 넋을 놓고 있었다. 그 꼬맹이는 소기의 목을 끌어안더니 그대로 소기의 얼굴에 입술을 갖다 대 대장군을 아연실색케 했다.

사람들은 소기의 곤란해하는 모습에 하나같이 웃음을 터뜨렸고, 태자는 웃느라 허리가 꺾일 지경이었다. 유모가 아이를 데려가고 나서야 소기는 겨우 곤경에서 벗어날 수 있었다.

단 하나 아쉬운 것은 고모가 오지 못했다는 점이다. 며칠 전까지만 하더라도 괜찮아졌다고 했는데, 하필이면 오늘 몸이 좋지 않아 태자더러 대신 선물을 전해주라고 했다.

대청은 대낮처럼 불이 밝혀져 있었다. 나는 주변을 둘러보며 한 사람 한 사람을 가만히 바라봤다. 이들이 나의 가족이자 지극히 사랑하는 피붙이로 존재할 시간은 지금 이 순간뿐이었다.

오늘 밤에는 같이 술잔을 기울이고 담소를 나누는 장인과 사위며 형제들이지만, 머잖아 조정으로 자리를 옮기면 음으로 양으로 서로 죽이지 못해 안달을 할 것이다. 하지만 이제 나는 많은 것을 바라지 않는다. 그저 오늘 밤 이렇게 짧게나마 정다운 시간을 가진 것만으로도 이루 말할 수 없이 기뻤다.

이 순간 예장왕도, 좌상도, 장공주도 잊고…… 그저 내 남편과 부모님만 기억하면, 그것으로 족했다.

가장 행복한 시간은 늘 금세 지나가는 법……. 눈 깜짝할 사이에 깊은 밤이 찾아들어 연회가 끝났다. 사람들은 돌아가고 눈앞에 가득하던 화려한 것들이 모두 사라졌다.

살짝 술기운이 오른 나는 부모님과 오라버니를 배웅하고 나서, 온몸이 구름 위에 둥실 떠 있는 기분으로 소기의 품에 안겨 방으로 돌아온 것이 어렴풋하게 기억날 뿐이었다.

소기가 내 옷을 벗겨주는데도 온몸에 기운이 하나도 없어 느른하게 그의 목에 팔을 두르며 웃었다. "이제 보니 당신은 어린애를 무서워했군요."

"내가 무서워하는 것은 이 계집아이지!" 소기가 어이없는 웃음을 지었다.

반쯤 취한 상태로 손을 뻗어 그의 얼굴과 머리카락을 어루만지고는 웃으며 탄식했다. "만약 당신과 똑 닮은 아이가 있다면 어떤 모습일까요?"

그가 내게 팔을 두르며 정색을 하고 생각하더니 한숨을 내쉬었다. "만약 여자아이인데 나와 똑 닮았다면 시집가기는 글렀을 거요."

나는 그의 품에 엎드려 느른하게 웃었다. 여태까지는 특별히 아이를 좋아하지 않았는데 오늘은 조금 궁금하기도 했다. 만약 우리와 똑 닮은 아이가 있다면 얼마나 신기할까?

그런 생각을 하며 서서히 잠이 든 나는 밤새 꿈도 꾸지 않고 단잠을 잤다.

사경(四更)쯤 되었을 때 퍼뜩 잠에서 깨 둘러보니 사방은 고요에 잠겨 있었다. 뒤척이다 소기를 건드린 모양인지 소기는 곧 나를 끌어안고 가볍게 등을 토닥였다. 깊은 잠에 빠진 부드러우면서도 의연한 얼굴을 바라보고 있자니 가슴속이 몽글몽글해지고 참 좋은 밤이라는 생각이 들었다. 문득 솟구쳐 오르는 정에 멍하니 고개를 들어 손끝으로 소기의 얇은 입술을 어루만졌다. 이윽고 잠에서 깬 소기는 눈을 감은 채로 손만 내 속옷 속에 집어넣어 내 등의 살결을 따라 손길을 내리며 내 지분거림에 응했다.

오경(五更) 무렵 날이 점점 밝아왔다. 소기도 일어나 입조해야 할 시간이었다.

나는 깊이 잠든 척 그의 가슴에 엎드려 꼼짝도 하지 않았다. 소기는 내가 깰까 봐 조심스럽게 팔을 들어 올렸다. 나는 참지 못하고 웃음을 터뜨리며 그를 꽉 끌어안았다.

소기는 지금 일어나지 않으면 입조 시간에 늦을 것을 뻔히 알면서도 다시 고개를 숙이고 입을 맞춰왔다. 그렇게 서로 뒤엉켜 있는데, 갑자기 밖에서 다급한 발걸음 소리가 들리더니 누군가 방문을 두드렸다.

"왕야께 아룁니다. 궁에서 온 사람이 뵙기를 청합니다."

소기가 곧바로 몸을 뒤집으며 일어났고 나 또한 깜짝 놀랐다. 큰일이 난 것이 아니고서야 시위가 이토록 무엄한 짓을 저지를 리 없었다.

"궁에 무슨 일이 있느냐?" 소기가 외쳤다.

궁에서 왔다는 자가 벌벌 떨며 답했다. "금일 새벽 사경, 황상께서 붕어하셨습니다."

황궁에서 정변이 일어나다

방금 전까지만 하더라도 구름에 휩싸인 듯 포근하고 행복하던 기분이 순식간에 저 깊은 심연 얼음골에 처박혔다.

황상께서 적어도 이번 겨울은 버티리라고 어의가 말을 전한 것이 바로 이틀 전인데, 이게 어찌 된 일일까?

이미 병이 깊고 꼭두각시 신세로 전락했어도 여전히 하늘이 낳은 지고지상한 천자였다. 황상이 살아 있는 한 어느 누구도 섣불리 경거망동하지 못해 각지의 세력들이 미묘한 균형을 유지할 터였다.

그런데 내 생일날 밤, 이제 막 잔치가 끝나 아직도 환희가 가시지 않은 이때, 황상께서 갑자기 세상을 떠날 줄 누가 알았으랴!

소기는 곧바로 궁궐 친위군에 동궁을 삼엄히 지키고 누구도 황궁을 드나들 수 없도록 궁문을 닫을 것이며, 황상 곁의 시종과 태의원의 관련자들을 모두 옥에 가두고 빈틈없이 감시할 것을 명했다. 또 수도 교외 행원(行轅, 임시 군영)에 주둔 중인 10만 대군에게 경사 사대문을 철통같이 지키고, 입성 명령이 떨어질 때까지 대기하라고 명했다. 나는 황급히 옷을 입고 단장을 했다. 순간 온몸이 뻣뻣이 굳어 뒤돌아서는데 눈앞이 깜깜해져 하마터면 그대로 쓰러질 뻔했다.

소기가 재빨리 나를 부축했다. "아무!"

"괜찮아요……." 나는 똑바로 서려고 안간힘을 썼으나 가슴이 울렁거리고 눈앞이 흐릿했다.

"당신은 왕부에 남으시오." 소기는 억지로 나를 침상에 눕히고는 깊이 가라앉은 목소리로 말했다. "나는 당장 입궁해 뭔가 알게 되는 대로 곧 그대에게 알려주겠소."

이미 갑옷을 걸치고 검까지 찬 소기는 온몸에서 스산한 기운을 뿜어냈다. 차디찬 철갑에 닿자 더욱 몸서리가 쳐졌다. 나는 벌벌 떨리는 목소리로 말했다. "만약 아버지께서 손을 쓰신 거라면, 당신……."

마주친 소기의 눈에 일순 연민의 빛이 떠올랐다가 이내 베일 듯한 살기만이 남았다. "지금은 어떻게 된 상황인지 모르나, 누구도 경솔하게 움직이지 않기를 바라오!"

나는 슬픈 눈길로 그를 바라보며 한 마디 사정도 하지 못한 채 아랫입술을 힘껏 깨물었다. 그는 깊이를 가늠할 수 없는 그윽한 눈빛으로 나를 바라봤다. 눈빛이 마주친 것은 순간이었으나, 둘 다 영원처럼 긴 괴로움을 느꼈다.

결국 소기는 돌아서서 성큼성큼 문밖으로 나갈 때까지 고개 한 번 돌리지 않았다.

멀어져가는 그의 위엄 있는 뒷모습을 바라보며 힘없이 문가에 기대선 채 소리 없는 쓴웃음을 지었다. 속이 갈기갈기 찢기는 듯한 웃음을…….

그러나 슬퍼하고 있을 시간 따위는 없었다.

나는 방계를 불러 곧장 사람들을 데리고 진국공부로 가라고 명하며, 경사의 상황을 알아보라고 했다. 정말로 아버지가 황상의 붕어에 관련이 있다면, 이 시각 필시 만전의 태세를 갖추고 소기와 결전을 준비 중일 터였다.

아버지일까? 정말로 더는 기다릴 수 없어 당장에라도 황상을 죽이고 그 자리에 앉고 싶었던 걸까? 믿고 싶지는 않았으나, 이 무시무시한 생각을 쉽게 부정할 수도 없었다. 가슴이 세차게 울렁거리며 식은 땀이 솟고 심장이 반으로 쪼개지는 듯했다.

한쪽은 같은 피가 흐르는 아버지요, 다른 한쪽은 생사를 함께하기로 한 낭군이었다. 둘 중 어느 쪽이 더 아플지, 내 어찌 알 수 있겠는가······.

얼마 지나지도 않아 방계가 말을 달려 와 보고했다. 좌상은 친히 금군 수위를 이끌고 입궁했으며, 경사 근처의 요지들은 이미 대군이 지키고 있고, 호광열이 철기군 3천을 이끌고 진국공부로 향했다는 것이다.

나는 순간 휘청하며 의자에 털썩 주저앉았다. 귓가가 윙윙 울리고 날카로운 칼날이 가슴을 뚫고 지나간 것만 같았다.

이런 날이 오리라고는 알고 있었으나 이토록 빨리 올 줄은 몰랐다.

하긴 이르거나 늦거나 무슨 차이가 있을까······. 닥칠 일은 어차피 닥치는 것을······.

나는 느릿느릿 몸을 일으키며 방계에게 말했다. "수레를 준비하세요. 궁으로 갈 테니 따르세요."

멀리 궁문 밖에 삼엄하게 늘어선 군대는 온 황성을 철통같이 둘러쌌다.

아직 꺼지지 않은 불빛이 차츰 모습을 드러내는 아침 햇살을 비춰, 무기며 갑옷이 시린 빛을 발했다. 궁성 동쪽 정문은 이미 소기가 장악하고 남문과 서문은 여전히 아버지가 장악한 채, 양군이 성 아래 군사를 주둔시키고 삼엄하게 대치 중이었다. 사방에서 일촉즉발의 긴장감이 흘렀다. 손끝 하나라도 잘못 움직이면 그 즉시 황성 전체가 피바다로 변할 것임을 알기에 어느 누구도 섣불리 움직이지 못했다.

수레는 곧장 앞으로 내달렸다. 궁문 밖에 이르자 누군가가 수레를 막아섰다.

일신에 검은색 철갑을 걸친 송회은이 검을 들고 난거 앞에 서서 얼음장 같은 얼굴로 말했다. "왕비께서는 이만 멈추소서."

"궁 안 상황은 어떻습니까?" 나는 침착하게 물었다.

송회은은 잠시 머뭇거리다가 묵직한 목소리로 답했다. "좌상께서 한발 앞서 동궁에 이르러 태자 마마를 인질로 잡아 왕야와 대치하고 계십니다."

"정말로 좌상이 손을 쓴 겁니까?" 목소리에 힘이 빠졌고 손바닥에서 식은땀이 배어났다.

송회은은 눈을 들어 나를 바라봤다. "속하는 아는 바가 없습니다. 그저 좌상께서 확실히 왕야보다 한발 앞서셨다는 사실만 알 뿐입니다."

나는 가슴의 지끈거림을 꾹 참으며 입술을 깨물었다. "황후께서는 지금 어디 계십니까?"

"건원전에 계십니다." 송회은이 가라앉은 목소리로 답했다. "건원전도 좌상이 포위하고 있어 내부의 상황이 어떤지는 알 수 없습니다."

"건원전이라……." 나는 시선을 떨구며 침음을 삼켰다. 복잡하게 뒤엉켰던 생각이 점차 하나로 모아졌다. 마치 눈에 보이지 않을 정도로 가느다란 실 한 가닥이 모든 것을 하나로 꿰면서 멀리 저 끝이 가리키는 방향이 어디인지 점차 보이는 듯했다.

나는 시선을 들어 앞을 바라보고는, 송회은에게 빙긋 웃으며 천천히 입을 열었다. "길을 내주시오."

송회은이 한 발짝 앞으로 나서며 말했다. "아니 됩니다!"

"무엇이 아니 된단 말입니까?" 나는 서늘한 눈길을 보냈다. "지금 건원전에 발을 들일 수 있는 사람은 오직 나뿐이거늘."

"왕비께서 위험을 무릅쓰시게 둘 수는 없습니다!" 그는 말고삐를 잡고는 내 수레 앞을 가로막았다. "왕비께서 제 시신을 밟고 가시지 않는 한, 오늘 궁문 안으로는 한 발짝도 들이실 수 없습니다!"

나는 담담히 웃었다. "회은, 나는 그대의 시신을 밟고 가지 않을 것이나 금일 좌상이나 왕아 중 그 누구에게라도 변고가 생긴다면 그대가 내 시신을 가지고 돌아가야 할 겁니다."

송회은이 고개를 번쩍 쳐들고 몹시 놀란 표정으로 나를 지그시 응시했다.

나는 손목을 뒤집어 소매 안에 있던 단검을 꺼내 들었다. 칼날에 비친 눈썹이 차게 빛났다.

송회은은 내 눈빛에 한 발 한 발 뒤로 물러났으나 여전히 말고삐를 꽉 쥐고 놓지 않았다.

나는 고개를 돌려 궁문을 바라보고는 더 이상 그에게 시선을 두지 않은 채 서늘하게 명했다. "출발해라."

난거가 천천히 앞으로 나아가자 뜻밖에도 송회은은 말고삐를 꽉 붙잡은 채 난거를 따랐다. 난거의 발을 뚫고 들어온 그의 눈빛은 한시도 내게서 떨어지지 않았다. 나는 차마 그 모습을 두고 볼 수 없어 발을 사이에 두고 나지막이 말했다. "이러니저러니 해도 나는 엄연히 왕씨니 목숨이 위태로울 일은 없을 것입니다. …… 그대의 뜻은 잘 알았으니 이만 손을 놓으세요."

마침내 고삐를 놓은 송회은은 길옆에 목석같이 선 채로 궁문 안으로 들어서는 수레를 눈으로 배웅했다.

궁 안은 이미 아수라장이었다. 궁녀고 내시고 황상의 거애(擧哀, 상제가 머리를 풀고 슬피 울어 초상이 난 것을 알림) 준비도 제대로 하지 않은 채 숨을 자는 숨고 도망칠 자는 도망쳤으며, 혼비백산해 정신없이 내달리는 사람들이 여기저기서 보였다. 지난날의 휘황찬란하고 장엄하던 궁궐 전각은 난장판이 된 지 오래였다. 마치 폭풍우가 몰아치기 직전의 위태로운 광경을 보는 듯했다.

아버지와 소기의 군대는 각기 전각을 차지하고 대치 중이었기에 곳곳에 무장한 채 명령을 기다리는 군사들이 가득했다.

날은 이미 밝았는데 높이 솟은 건원전은 짙은 운무에 휩싸여 오싹한 분위기를 자아냈다.

도대체 그 삼엄하던 대전 어디에 어떤 진실이 숨겨져 있는지는 모르나, 어딘가에서 착오가 생긴 것이 분명하고 무언가 잘못된 것이 틀림없었다.

황제 시해라는 대역무도한 죄를 무릅쓰고 지금 같은 시기에 갑자기 반란을 일으키다니, 아버지가 어찌 이리도 어리석은 짓을 한단 말인가? 세력이든, 포진이든, 명망이든 어느 것 하나 아버지는 소기에게 밀릴 것이 없었다. 다만 군사력만큼은, 정말로 죽기 살기로 무력을 겨루는 상황이라면 아버지는 결코 소기의 상대가 아니었다. 이 한 수는 둘 다 죽을 수밖에 없는 패착이란 말이다!

무기를 든 병사들이 건원전 앞에 새까맣게 늘어서 있었다. 중무장한 채로 대열을 갖춘 군사들은 대전을 겹겹이 에워싸고 있었다. 금군 시위들의 검은 이미 칼집을 벗어난 상태라, 누구라도 건원전 안으로 발을 들이고자 한다면 그 자리에서 피를 뿌리게 될 터였다.

금군 통령 두 사람이 군사를 이끌고 대전 앞을 지키고 있었다. 아버지의 모습은 보이지 않았다.

나는 고개를 들어 건원전 정문을 바라보며 소매를 떨치고 앞으로 나아갔다. 나를 알아본 두 통령은 나를 막아서기 위해 앞으로 나서려 했으나, 나는 서늘한 시선으로 그들을 훑고는 계속해서 천천히 걸음을 옮겼다. 내 눈빛에 질린 두 사람은 나를 억지로 붙잡지 못하고, 내 뒤를 따르던 시종만 막아섰다.

나는 한 걸음 한 걸음 건원전의 옥계를 올랐다.

챙 소리와 함께 번뜩이는 장검 두 자루가 눈앞에서 교차하며 가는 길을 막아섰다.

"예장왕비 왕현이 황후 마마 뵙기를 청합니다." 나는 무릎을 꿇고 눈길을 내린 채로 황후께 아뢰길 잠자코 기다렸다.

옥계의 차가운 기운이 살갗을 파고들었다. 시간이 한참 흐른 뒤에 대전 안쪽에서 내시의 가늘고 날카로운 소리가 들려왔다. "황후께서 들라 하십니다——."

넓고 탁 트인 대전에는 이미 흰 휘장들이 드리워져 있었다. 어디서 찬바람이 불어오는 것인지 어두컴컴한 대전 안에 드리워진 흰 휘장들이 바람결에 펄럭펄럭 나부꼈다.

나는 대전을 가로지르며 상복을 입은 궁인들을 지나쳤다. 모두 생기 없는 꼭두각시처럼 아무 소리도 내지 않고 바닥에 꿇어 엎드려 있었다. 오랜 세월 이 제왕의 침전 안에 감도는, 어린 시절부터 내가 두려워하던 그 냄새가 이곳을 떠나지 않으려는 역대 제왕들의 망령처럼 처마며 기둥이며 탁자며 대전 안 여기저기를 배회하면서 엄숙하고 음습한 기운을 내뿜었다.

밝은 황색 휘장과 구룡(九龍) 병풍 뒤에는 용 조각과 봉황 그림으로 장식된 으리으리한 용상이 놓여 있다.

이 묵직하게 드리워진 휘장 뒤에 누워 있는 황상은 차디찬 시신이

자 숙연한 묘호(廟號)가 되어 있었다. 이제 내게 웃어줄 수도, 다시는 말을 건넬 수도 없게 되었다.

소복을 입은 고모는 병풍 앞에 서서 먹처럼 새카만 긴 머리를 등 뒤로 늘어뜨리고 있었다. 고모는 천천히 고개를 돌렸다. 눈가에만 엷게 붉은 기가 보일 뿐 죽은 사람처럼 파리한 낯빛은 살아 있는 사람이라기보다 망령에 가까웠다.

"아무는 착한 아이구나." 고모가 나를 향해 우아하게 웃었다. "고모를 찾아오는 이는 너뿐이구나."

나는 멍하니 고모를 바라보다가 천천히 시선을 용상으로 옮겼다.

"사람이 죽으면 애증도 다 사라져 아무것도 남지 않는 것일까?" 고모는 고개를 모로 틀며 서늘한 미소를 머금었다.

"황상께서는 이미 붕어하셨어요. 고모는 너무 상심하지 마셔요." 나는 고모를 보며 말했지만, 그 얼굴에서는 슬픈 기색 한 점 찾을 수 없었다.

고모의 얼굴에는 미소가 떠올랐고 목소리는 부드러웠다. 그 웃음은 몹시도 차갑고 괴이했다. "드디어 떠났으니 이제 더는 나를 원망하지 않겠지."

발끝부터 차오른 한기가 온몸을 야금야금 삼켰다. 나는 뻣뻣이 굳은 채로 몸을 돌려 용상을 향해 걸어갔다.

"섰거라." 고모가 말했다. "아무야, 어디를 가려는 것이냐?"

나는 고개를 돌리지 않고 냉랭하게 말했다. "황상을 뵈러 가요. 제…… 고모부를 뵈러 가요."

고모의 목소리에서 냉기가 뚝뚝 흘렀다. "황상께서는 이미 세상을 뜨셨으니 더는 귀찮게 하지 말거라."

나는 숨을 깊이 들이마시며 주먹을 움켜쥐었다. "황상께서는 어찌

가셨습니까?"

"알고 싶으냐?" 고모는 느릿느릿 내 곁에 이르러 나를 빤히 쳐다보며, 웃는 듯 마는 듯한 표정으로 말했다. "어쩌면 이미 알고 있지 않니?"

나는 휘청거리며 뒷걸음질 쳤다. 더는 이 두렵고 비통한 심정을 가눌 길이 없어 물었다. "정말로 고모가 한 짓이에요?"

고모가 한 발짝 앞으로 다가와 내 두 눈을 뚫어져라 바라보았다. "내가 뭘?"

더 이상 아무 말도 할 수 없었다. 고모의 미소를 보고 있자니 갑자기 구역질이 나고 차디찬 손이 폐부를 비틀어대는 것만 같았다. 고모였다. 고모가 황상을 죽이고 이 패착을 둠으로써 아버지와 소기가 서로 칼을 맞대게 끌어들인 것이었다. 눈앞이 캄캄해지면서 갑자기 온 세상이 흔들리고 비틀리기 시작했다. 나는 급히 몸을 숙이고 입을 막아 가슴속의 울렁임을 억눌렀다.

고모가 손을 뻗어 내 턱을 들어 올리고는 미친 사람처럼 열이 오른 눈으로 내 눈을 마주 봤다. "내가 잘못했니? 두 눈 시퍼렇게 뜨고 너희가 융아의 황위를 뺏는 것을 지켜봤어야 할까? 너희가 나를 사지로 몰아가는 걸 지켜봤어야 했느냐는 말이다!"

식은땀이 멈추지 않았다. 이를 사리물고 꾹 참았다. 아무 말도 나오지 않았다.

고모가 증오에 차 외쳤다. "가문을 위해 내 일생을 바쳤어. 이제 내게 남은 거라곤 이 아들 하나뿐인데, 너희가 내 아들의 황위를 빼앗아 가려고 했어! 융아가 아무리 못났어도 내 아들이야! 누구도 융아의 황위를 뺏을 수는 없어!"

마침내 제대로 숨을 쉴 수 있게 된 나는 고모의 손을 뿌리치며 떨리는 목소리로 말했다. "그 사람은 고모의 친오라버니예요! 아버지는 줄곧 고모를 믿고 지켜드리며 오랜 세월 태자를 보필했는데…… 고모는 소기를 상대하려고 아버지까지 속였다고요!" 온몸이 벌벌 떨리고 분노와 슬픔이 극에 달했다. 어려서부터 우러러온 고모가 이 순간에는 악귀처럼 보였다. "고모는 황상을 시해한 죄를 소기에게 덮어씌우고, 아버지가 태자를 보호하기 위해 군사를 내도록 속였어요. 아버지와 소기가 서로를 향해 칼을 겨누게 만들어 둘 다 무너뜨리려고 한 거예요. 한 번에 적들을 일망타진하려고……. 그렇지 않나요?"

나는 깊이 잠긴 목소리로 한 발 한 발 고모에게 다가갔고, 고모는 그만큼 뒷걸음질 쳤다.

고모는 내가 자신에게 이토록 사납게 구는 것을 믿을 수 없다는 듯이 하얗게 질린 채 멍하니 바라보았다.

"고모가 아버지를 배신하고 왕씨 가문을 배신한 거예요." 나는 고모의 두 눈을 응시하며 한 자 한 자 또박또박 내뱉었다.

"아니야!" 고모가 비명을 지르며 갑자기 밀치는 바람에, 나는 차디찬 구룡 옥벽(玉璧) 병풍에 등이 닿을 때까지 휘청거리며 뒤로 물러섰다.

고모는 미친 사람처럼 웃다가 새된 목소리로 다급하게 외쳤다. "다 오라버니 탓이야! 오라버니는 융아가 못나서 태자의 신분이면서도 소기 손에 놀아난다고 미워했어. 오라버니는 융아가 무능해서 왕씨 가문을 도울 수도 없고, 황위에 앉더라도 천하를 지키지 못할 거라고 했어……. 오라버니가 있는 한, 융아는 영원히 꼭두각시 노릇을 해야 할 거야. 제 부황보다 훨씬 더 한심하게 살게 될 거라고! 융아는 너무 어리석어서 소기가 자신을 도와줄 거라고 생각하지. 어리석은 녀석……. 그 녀석은 너희가 하나같이 뒤에서 자신을 어떻게 할 계략을 꾸미는 것도 모르고 있어! 나만이, 이 모후만이 태자를 지켜줄 수 있는데…… 어리석게도 이 모후를 믿지 않다니……."

고모의 표정이 흐려졌다. 방금 전까지만 해도 이를 부득부득 갈더니 갑자기 사납게 패악을 부리다가, 또 금세 자식을 아끼는 자애로운 어머니의 모습으로 돌변했다.

나는 옥벽 병풍에 기대 가까스로 버텼으나 몸의 온기가 한 줌씩 빠져나갔다.

미쳤다. 고모는 정말로 미쳐버렸다. 이 황실이 멀쩡하던 고모를 실성할 때까지 몰아붙인 것이다.

갑자기 동궁 쪽에서 뭔가가 무너지는 듯한 굉음이 들려왔다. 이어서 천군만마의 함성 소리가 밀물처럼 황궁을 휩쓸었다.

동궁이었다. 아버지와 소기가…… 결국 칼을 맞대게 되었다.

나는 귓가에 쟁쟁히 울리는 창칼 부딪치는 소리를 들으며 눈을 감아버렸다. 온몸이 돌처럼 딱딱하게 굳었다.

"황후께 아룁니다!" 통령 하나가 대전으로 뛰어 들어와 다급히 고했다. "예장왕이 동궁으로 공격해 들어갔습니다!"

"그러하냐?" 고모는 고개를 돌려 대전 밖을 바라보면서 입가에 서늘한 미소를 머금었다. "꽤 오래 버텼군. 좌상의 군대가 내 예상보다 대단한 모양이야……. 너의 그 잘난 남편이 아니라면 누가 네 아버지를 누를 수 있겠니?"

아버지가 이끄는 금군만으로 어찌 예장왕의 철기를 막을 수 있겠는가! 그들이 동궁을 지키는 것은 그야말로 달걀로 바위를 치는 격이었다. 지금의 동궁은 필시 시체가 산을 이루고 피가 강을 이루었으리라……

나는 시선을 들며 웃었다. "맞아요. 소기가 움직였으니 아버지는 결코 소기를 막을 수 없어요. 황후 마마도 마찬가지일 테고요."

고모는 크게 웃음을 터뜨렸다. "어리석은 것, 너는 참으로 네 남편이 세상에 맞수가 없는 영웅인 줄 아느냐?"

고모는 손을 들어 동궁 쪽을 가리켰다. "애야, 저기를 보려무나!"

전각 밖을 내다보니, 짙은 연기와 불길이 동궁 쪽에서 치솟고 있었다. 거침없이 타오르는 새빨간 불길은 이 구중궁궐의 하늘을 붉게 물들였다.

"내가 설마 소기가 갈 때까지 융아를 동궁에 내버려두었겠니?" 고개를 쳐들고 미소 짓는 고모의 모습은 몹시도 우아했다. "동궁에는 진즉에 군사들을 매복시켜두었다. 일단 좌상의 군대가 패하고 예장왕이 동궁으로 쳐들어가면 벽 사이 비밀 통로에 매복한 군사 3천이 네 영웅을 맞을 것이다. 아무리 그가 일당백의 장수라도 쏟아지는 화살비를 막을 수는 없을 것이고, 그때는 동궁을 태운 불길이 그까지 집어삼킬 것이다!"

내 앞에서 정신 나간 사람처럼 눈물을 쏟는 이 여인은, 남편이자 황제를 죽이고 친오라버니와 그의 사위가 서로를 향해 칼날을 겨누게 만든 이 여인은, 내가 어려서부터 늘 우러르고 좋아해온 고모이자 천하 백성의 어머니인 황후였다.

나는 낯선 얼굴을 보듯 고모를 지그시 응시했다.

불길은 점점 더 거세게 타올랐다. 건원전에서도 대들보가 무너지는 소리가 들리는 듯했고, 비명을 지르며 달아나는 궁인들의 소리가 희미하게 들려왔다. 밖은 이미 불바다로 변했고 사방에 피비린내가 진동했지만, 높디높은 곳에 자리한 이 건원전은 쥐 죽은 듯이 괴괴하기만 했다.

밖에 있는 금군 수위뿐만 아니라 뻣뻣하게 굳은 채로 용상을 차지하고 있는 시신도 이 대전을 함께 지켰다.

황상이 붕어한 지금, 시신이 채 식기도 전에 침전으로 뛰어들어 감히 무례를 범하는 자는 극악무도하게도 황제를 시해했다는 죄를 뒤집어쓰게 될 것이다. 소기의 군사들이 점점 압박해와 이 건원전 주변을 개미 새끼 한 마리 빠져나갈 수 없도록 둘러쌌으나, 소기의 명령 없이 한 발짝도 안으로 들이지 않았다. 금군 수위는 건원전 밖으로 물러나, 칼집에서 칼을 빼 들고 활시위를 당긴 채로 명령이 떨어지기만 기다렸다. 이제 양군에 명령이 떨어지기만 하면 천궐은 피바다가 될 터였다.

나는 웃으며 말했다. "고모는 아버지와 내 남편을 일거에 쓸어버릴 생각만 하시느라, 저를 어쩌실지는 생각해두셨나 모르겠네요."

냉담하던 고모의 눈빛이 일순 사나우면서도 연민이 뒤섞인 복잡한 기색을 띠었다. 어렴풋이 지난날의 부드럽고 친근하던 고모로 돌아간 듯했다.

"왕현이 스스로 죽을 길을 찾아들었으니, 황후께서는 만족하십니까?" 내가 웃으며 바라보자 고모의 안색이 점점 바뀌며 악랄함 속에 한 줄기 비통함을 드러냈다.

고모는 천천히 뒤돌아서더니 한참이 지나고서야 평온하면서 부드러운 목소리로 나직이 말했다. "네가 자라지 않았다면 얼마나 좋았을까……. 눈을 뭉쳐놓은 인형 같던 예전의 어린 아무는 아무리 귀애해도 부족하기만 하였거늘……."

나는 입술을 깨문 채 한 마디도 하지 않았다.

"하지만 이미 커버린 너는 내 말을 듣지 않는구나……. 그날 네게 나를 원망하느냐고 물었는데도 너는 진심을 말하지 않았지." 고모는 길게 탄식하고는 조용히 말했다. "네가 날 원망함을 알고 있다. 어찌 원망하지 않을 수 있을까! 수십 년 동안, 나도 원망했다. 하루도 원망하지 않은 날이 없었어!"

나는 입술만 달싹일 뿐 차마 말을 꺼내지 못했다. 뺨이 차디차게 얼어붙었다. 언제부턴지 눈물을 비 오듯 쏟고 있었다.

고모의 입에서 쏟아져 나온 '원망'이란 말이, 고스란히 드러낸 가슴 속의 모든 상처를 피가 뚝뚝 떨어지는 생살 그대로 나에게 던진 것만 같았다.

나는 더 듣고 있을 수 없어 떨리는 목소리로 말했다. "고모, 제가 할 말은 하나뿐이에요. …… 아무는 한 번도 고모를 원망한 적이 없어요."

뒤돌아선 고모의 얼굴에 감격이 흘렀고 입가에 잘게 경련이 일었다. 고모는 갑자기 나를 품에 안으며 온몸을 부들부들 떨었다.

나는 고모의 앙상한 어깨에 얼굴을 묻은 채 눈물을 쏟았다.

흰 휘장이 바람에 펄럭펄럭 휘날리는 음습한 내전에서, 나와 고모는 서로를 감싸 안고 울었다. 몇 년 전까지도 고모는 내가 아무리 울며 떼를 써도 이처럼 부드럽게 나를 껴안고는, 그저 다정한 목소리로 나지막이 달래주셨더랬다.

이 따스하고 익숙한 품이 무력한 나를 안아주는 것은, 어쩌면 이번이 마지막일지도 몰랐다.

한참 후에야 고모는 나를 놓아주고, 그대로 뒤돌아 다시는 내게 눈길을 주지 않았다.

고모는 뻣뻣하게 굳은 채로 어깨를 살짝 구부렸다. "여봐라, 예장 왕비를 붙잡아라."

건원전 시종들은 목석처럼 휘장 뒤에 가만히 서 있을 뿐, 어느 누구도 고모의 명에 응답하지 않았다.

"여봐라!" 고모는 깜짝 놀라 격앙된 목소리로 호통 쳤다. "황궁 시위는 어디 있느냐?"

그 말에 문밖 시위가 답하더니, 이윽고 칼집에서 칼이 빠져나오는 소리가 스르릉 들리고 군홧발 소리가 저벅저벅 내전으로 향했다.

나는 손을 들어 두 손을 마주 쳤다. 짝! 짝! 짝! 낭랑하게 세 번 울린 손뼉 소리가 적막한 침전에 메아리쳤다.

병풍 안, 휘장 밖, 회랑 기둥 아래서…… 흙으로 빚은 인형처럼 잠자코 있던 궁인 사이에서 인영 몇이 불쑥 튀어나와 귀신처럼 기척도 없이 우리 주위로 다가왔다.

시위가 다가서기도 전에 시녀 두 명이 허리를 굽힌 채 칼을 들고 앞으로 달려 나와, 좌우에서 각각 고모의 어깨를 잡고 고모의 목에 칼 끝을 들이댔다. 나머지도 각자 자리를 잡고 내 앞을 빈틈없이 막아섰는데, 모두 시린 빛을 내뿜는 잘 벼려진 단검을 쥐고 있었다.

검을 들고 안으로 들어서던 시위들은 그 광경에 깜짝 놀라 문 앞에서 얼어붙었다.

"네가……." 고모는 온몸을 부들부들 떨며 핏기가 다 가신 얼굴로 나를 노려볼 뿐 더는 말을 잇지 못했다.

건원전 밖에 있던 금군 통령은 안에서 들리는 기척에 번뜩거리는 검을 든 채로 뛰어들었다.

나는 냉랭하게 앞으로 나서 매섭게 외쳤다. "무엄하다! 황상께서 붕어하셨는데 감히 너희들이 검을 들고 침전에 뛰어들다니, 진실로 모반이라도 일으키려는 것이냐!"

격분한 고모는 거세게 몸부림치며 목에 들이대진 칼날도 겁내지 않고 목소리를 높였다. "어서 예장왕비를 붙잡아라!"

두 통령은 아연실색했다. 황후가 내 손에 있으니 이러지도 저러지도 못한 채 파랗게 질린 얼굴로 서로를 마주 봤다.

"쓸모없는 것들, 멍하니 서서 뭣들 하는 게야!" 고모가 분노를 터뜨렸다. "어서 손을 쓰지 않고!"

시위들이 뻣뻣이 굳어 머뭇거리는 사이로 통령 하나가 이를 악물고 앞으로 나서 검을 빼 들려다가, 고개를 돌려 훑어보는 내 시선에 석상처럼 굳었다.

"내게 검을 들려는 자가 누구냐!" 나는 의연히 내전 안 사람들을 둘러봤다.

화들짝 놀란 그자는 얼굴이 파랗게 질려 검을 반 정도 뽑은 상태로 더 이상 움직이지 못했다.

나는 숙연히 외쳤다. "검을 들고 황상의 침전에 뛰어든 것은 죽을 죄니 법에 따라 응당 구족을 멸해야 할 터! 예장왕의 대군이 이미 황궁을 포위했다. 너희가 잘못을 깨닫고 공을 세워 속죄한다면, 이 왕현이 자리에서 약속하건대, 결코 너희들에게 죄를 묻지 않을 것이다!"

이처럼 대치하고 있을 때, 내전 밖에서 일사불란한 군홧발 소리가 땅을 울리며 수많은 병사들이 이곳을 향해 다가왔다. 누군가의 고함 소리가 들렸다. "예장왕께서 명을 받들어 반란을 평정하니, 저항하는 자가 있으면 누구를 막론하고 죽여라!"

시위들은 번뜩이는 칼날이 황후의 목에 겨눠진 상황에 밖에서는 대병력이 자신들을 노려오자, 전세가 완전히 역전되었음을 깨달았다. 좌측에 선 자가 마침내 검을 내던지고 바닥에 털썩 꿇어 엎드리자 나머지 시위들도 더는 머뭇거리지 않고 줄줄이 머리를 숙이며 꿇어앉았다.

"쓸모없는 것들, 하나같이 쓸모없는 것들뿐이야!" 고모는 절망적으로 욕을 퍼붓고는 갑자기 몸부림을 치며 실성한 것처럼 칼날을 향해 몸을 날렸다. 시녀들이 황망히 칼을 거두고 고모를 단단히 붙잡았다. 나는 통령 둘에게 지금 당장 건원전 앞의 군대를 물리라고 명한 뒤, 시녀들에게는 동궁으로 달려가 황후가 이미 죄를 시인하고 붙잡혔으니 절대로 좌상을 해하지 말라는 말을 소기에게 전하라고 명했다.

고모는 쉬지 않고 욕설을 내뱉었다. 긴 머리를 어지럽게 휘날리는 모습에서 지난날의 기품은 찾아볼 수 없었다.

나는 천천히 고모 앞으로 걸어가 지그시 쳐다보며 말했다. "고모가 졌어요." 이어 자그맣게 내뱉었다. "이긴 자가 왕이 되고 진 자는 역적이 되는 것은 치욕스러울 것이 없어요……. 하지만 지더라도 고귀하게 져야죠."

고모는 흠칫 몸을 떨더니 나를 똑바로 응시했다. 순식간에 눈빛이 흐릿해지는 것이 또 시간을 거슬러 과거의 어느 때를 보는 듯했다. 내가 아홉 살 때, 오라버니와 바둑을 두다가 진 일로 화를 내고 억지를 부리려고 하자 고모가 그런 말을 했었다. '이기고 짐에도 기개가 있어야 한다. 지더라도 고귀하게 져야지.'

전혀 모르는 사람을 보듯이 나를 바라보는 고모의 눈빛이 점점 어둠에 잠겼다.

한참 뒤에 고모는 쓰게 웃으며 말했다. "그래. 이긴 자가 왕이 되고 진 자는 역적이 되는 법이지……. 평생 자부심을 가지고 살아왔는데, 네 손에 질 줄이야!"

고모의 흐트러진 머리를 정리해주려고 뻗었던 손이 허공에서 멎었다. 그나마 남아 있던 티끌만큼의 온정이 무참히 우그러졌다. 나는 고개를 모로 돌리고 더 이상 고모에게 시선을 두지 않은 채 무심하게 말했다. "적어도 남에게 지지는 않았잖아요."

고모가 갑자기 웃음을 터뜨렸다. 그렇게 사람들에게 붙들려 대전을 나갈 때까지도 그 웃음소리는 오랫동안 음침하고 적막한 건원전 안에서 메아리쳤다.

고모가 자객에게 당할 뻔한 그날, 곁을 지키던 시녀는 자객에게 죽임을 당했고 고모는 놀라 정신을 잃었다. 나는 잔당들이 다시금 고모를 해칠 것에 대비해, 곧바로 나를 따르던 시녀 몇을 고모 곁에 남겨뒀다. 그들은 소기가 가장 뛰어난 간자 중에서 직접 뽑은 자들로, 시녀의 신분으로 나를 따라다니며 혹시 모를 위험으로부터 나를 지켰다.

처음에 그녀들을 남겨둔 것은 단순히 고모를 보호하기 위함이었다. 그러나 궁궐 내부의 숙청이 끝난 뒤에도 나는 그녀들을 왕부로 불러들이지 않았다. 당시 오랜 궁인 중 상당수가 조사를 받고 궁 밖으로 쫓겨난 탓에 궁마다 새로운 사람을 들인 터라, 고모는 소양전에 섞여 들어온 이 시녀들에게 별다른 관심을 두지 않았다. 나는 긴박한 상황이 아니면 절대로 신분을 드러내지 말 것이며, 나 외에는 누구의 명도 따를 필요가 없다고 말해두었다.

나 자신조차 언제부터 고모를 방비하기 시작했는지 알 수 없었다. 어쩌면 끊임없이 나를 시험하는 고모 탓일 수도, 나에 대한 고모의 경계심 탓일 수도, 그도 아니면 원래부터 내 안에 있던 의심과 불안 탓일 수도 있다.

"속하가 늦어 왕비를 놀라게 해드렸습니다!" 방계가 사람들을 이끌고 건원전 안으로 뛰어 들어왔다. "예장왕의 군대가 이미 건원전 수비를 대신 맡았고, 왕야와 태자 전하는 지금 동궁에서 이쪽으로 오고 계십니다."

나는 방계를 바라보며 떨리는 목소리로 입을 열었다. "좌상은?"

"좌상께서는 무사하십니다. 왕숙(王夙) 대인께서 잠시 금군을 맡으셨고, 호 장군이 명에 따라 진국공부를 지킬 뿐 부 안으로는 한 걸음도 들이지 않았습니다." 방계가 목소리를 낮췄다. 놀라움과 기쁨이 담긴 목소리였다. "왕비 마마, 걱정하지 않으셔도 됩니다. 동궁의 불은 왕야께서 상대의 계책을 미리 알고 역이용한 것입니다. 양측 군대 모

487

두 별다른 해를 입지 않았습니다. 경사 각지에서도 이상한 움직임이 포착되지 않았고 모든 것이 평안합니다!"

모든 것이 평안하다는 이 짧은 말이 선계의 음악 소리보다 더 아름답게 들렸다.

눈앞의 모든 것이 점점 흐릿해지고 빙글빙글 돌기 시작했다. 그제야 온몸에 배어난 식은땀으로 흠뻑 젖은 옷이 서늘하게 몸에 달라붙어 뼛속까지 시려왔다.

누군가 앞으로 나와 나를 부축하고는 의자에 앉히려고 했다. 막 한 발을 내딛는데 허공을 밟은 듯 발밑이 쑥 꺼지고 세상이 빙글 돌았다.

당황한 시녀들이 '왕비 마마!'를 연발하며 '여봐라! 여봐라!' 하고 외쳐댔다.

점점 정신이 돌아왔다. 그저 잠깐 어지러웠던 것뿐인데 다 별것도 아닌 일에 호들갑을 떠는 것 같았다.

다행히 아버지는 그저 군사를 이끌고 입궁만 했을 뿐 경솔하게 일을 벌이지 않았다. 만약 경사의 금군이 정말로 호광열의 호분군(虎賁軍)과 창칼을 맞댔다면, 양군 모두 크게 상해 돌이킬 수 없는 일이 벌어졌을 것이다. 고모는 소기를 잡을 더할 나위 없이 완벽한 계략을 세웠다고 생각했겠지만, 소기가 아니라 자신이 잡힐 줄은 몰랐다. 고모를 배신한 자가 누군지 대충 알 것 같았다. 고모가 온 힘을 다해 지킨 자신의 아들이, 이 순간 소기의 옆에서 위풍당당한 승자의 모습을 자랑하는 꼴을 보게 된다면, 고모는 어떤 심정이 들까?

동궁을 불태운 것은 사람들의 눈과 귀를 속이기 위한 연극일 뿐이었다. 그러나 그것이 이 위태로운 황궁의 변란을 숨기고 유리 궁궐을 잿더미로 만들고는, 예장왕이 동궁을 호위하고 반란을 평정했다는 공을 이루어주었다.

"왕비는 침전 안에 계시느냐?" 멀리 건원전 밖에서 소기의 목소리가 들려왔다. 평소의 침착함은 느낄 수 없는 초조한 목소리였다.

나는 그가 이런 내 모습을 볼까 봐 당황스러워, 서둘러 시녀를 짚고 억지로 의자에서 몸을 일으켰다. 그런데 몸을 움직이자마자 갑작스럽게 들이닥친 통증에 온몸이 갈기갈기 찢기는 듯하더니, 다리 사이에서 뭔가 뜨거운 것이 새어 나오는 것 같았는데……. 곁에 선 시녀는 미끄러지듯 힘없이 바닥으로 주저앉는 나를 붙들지 못했고…… 이어서 더 큰 통증이 덮쳐왔다. 이를 악물고 참고 있는데, 그 뜨거운 것이 두 다리를 타고 흘러내리는 것이 느껴졌다.

이게 어찌 된 일이지? 나는 바닥으로 고꾸라지며 부들부들 떨리는 손으로 치맛단을 들었다. 이럴 수가! 시뻘건 피였다!

침전 문이 열린 곳으로 소기가 일신에 빛나는 갑옷을 걸친 채 성큼성큼 들어섰다.

"아무──." 소기가 멈칫했다. 순식간에 그의 눈빛이 내 몸 어딘가에서 굳어졌다.

나는 두려움에 질린 시선을 들어 그를 쳐다봤다. 지금 이 난감한 상황을 어찌 설명하지? 도대체 뭐가 어떻게 된 거지……. 나는 분명 다치지 않았는데 뜬금없이 피를 흘리다니…….

소기의 낯빛이 확 변했다. 시뻘건 피를 바라보던 눈빛이 내 얼굴로 향했을 때 보인 것은 경악에 찬 괴로움이었다.

"태의를 불러라. 어서 태의를 들라 해라!" 다급히 나를 끌어안은 소기는 목소리까지 떨었다.

나는 애써 웃으며, 나는 괜찮으니 무서워하지 말라고 소기에게 말하려고 했다. 그런데 입을 벌렸는데도 소리가 나오지 않았다. 그의 품에 기대 있는데 온몸에 차츰 한기가 들고 눈앞이 점점 희미해졌다.

요절 夭折

윤력(胤曆) 2년 9월, 성종(成宗)이 건원전에서 붕어했다.

천하가 깊이 애도하는 가운데 황상의 재궁(梓宮, 왕이나 왕비 등의 관)을 숭덕전(崇德殿)에 모시니, 왕공 백관이 명부(命婦, 봉작을 받은 부인을 통틀어 이르는 말)를 데리고 천극문(天極門) 밖에 모여 상복을 입고 슬피 통곡하며 조석으로 조문했다.

이튿날 태자 자융이 즉위하고 예장왕 소기, 진국공 왕린(王藺), 윤덕후(允德侯) 고옹(顧雍)이 명을 받들어 정무를 보좌한다는 유조(遺詔)를 반포했다. 닷새 후 용여(龍輿, 임금이 타는 수레)를 받들어 출궁하여 재궁을 경릉(景陵)에 안장하고, 천하에 애조(哀詔, 황실의 상사喪事를 알리는 조서)를 반포하고, 존호(尊號), 시호(諡號), 묘호(廟號)를 올리고 교묘(郊廟)와 사직(社稷)에 삼가 아뢰었다.

오랜 세월이 흐른 뒤, 사서에 남은 것은 이러한 단 몇 줄짜리 글뿐일 것이다. 모든 황위 계승의 이면에 존재하는 진실이, 사관의 훌륭한 문필 덕에 위태롭고 피비린내 나는 사실은 다 지워진 채 태평성세를 칭송하는 글줄만 남는 것처럼 말이다.

그러나 나는 끔찍했던 이날의 진실을 결코 잊지 못할 것이고……
더욱이 이날 우리 아이를 잃었다는 사실은 영원히 잊지 못할 것이다.

서고고가 눈물에 젖은 눈으로 내게 그 사실을 알릴 때까지도, 나는 아직 정신이 흐릿하여 입안으로 흘러 들어온 약이 참으로 쓰다는 생각만 했다. 홀연히 서고고에게서 '유산'이라는 말을 들은 듯하였으나, 나는 여전히 정신을 차리지 못한 채 멍하니 사방을 둘러보며 소기의 모습만 찾았다.

서고고는 흉한 쇠붙이는 핏빛과 상충하는지라 나에게 이롭지 않으니 왕야는 안으로 들어올 수 없다고 했다. 서고고의 말이 끝나기도 전에 발 밖에서 병풍이 부서지고 발이 내동댕이쳐지는 소리가 들리더니 놀란 비명 소리가 난무했다. 소기는 막아서는 사람들을 밀치며 하얗게 질린 채 내실로 뛰어들었다. 서고고가 다급히 막아서며 불길하니 안으로 들어서는 안 된다고 하자, 소기가 버럭 소리를 질렀다. "터무니없는 소리! 모두 썩 꺼지지 못할까!"

이토록 노기충천한 모습의 소기는 처음 보았다. 눈앞의 모든 것을 잿더미로 불살라버릴 듯 노한 모습에 누구도 감히 거역하지 못했고, 서고고도 벌벌 떨며 물러갔다. 소기는 침상 앞으로 다가와 몸을 숙이고 꿇어앉더니, 얼굴을 내 베개 옆에 깊이 묻고는 한참 동안 말없이 가만히 있었다.

서고고의 말이 귓가에 맴돌며 어찌 된 상황인지 서서히 이해가 되었으나 차마 믿을 수가……

"정말인가요?" 가냘픈 목소리로 물었다. 대답은 하지 않고 그저 고개를 들어 나를 보는 소기의 눈이 붉게 충혈되었다. 평소에는 희로애락을 얼굴에 드러내지 않는 소기가, 지금은 괴롭고 미안한 마음을 그대로 내보이고 있었다. 그의 눈빛이 내 눈에 비쳤다. 방금 전의 소식이 한칼에 심장을 꿰뚫어 악 소리를 지를 틈도 없었다고 한다면, 지금은 셀 수 없이 많은 가느다란 바늘이 심장을 콕콕 쑤셔대 까무러칠 정도로 아픈데도 말이 나오지 않았다.

나는 묵묵히 소기의 손을 붙잡아 내 뺨에 갖다 댔다. 나도 모르게 흘러나온 눈물이 그의 손바닥에 떨어졌다.

"강토를 넓히고 전장을 누비며 적군을 섬멸했으면서도 여인 하나와 아이는 지키지 못했소." 부서질 듯 낮고 미약한 목소리였다. 그를 위로해주고 싶었으나 말문이 열리지 않았다. 그저 사방팔방에서 밀어닥치는 한기를 함께 막으려 묵묵히 마주 건 열 손가락에 힘을 주며 서로에게 용기를 전할 밖에…….

우리 두 사람이 미처 깨닫지 못하는 사이 조용히 찾아온 이 아이는 우리가 남정을 떠나 성을 공격해 빼앗고 천궐에 이를 때까지도 함께했다. 그토록 위험천만하던 때에도 우리와 함께했으면서 이제 와 소리 없이 떠나버렸다. 태의 말이 아직 두 달도 안 됐을 것이라고 했는데……. 우리는 아이의 존재조차 몰랐고, 아이의 존재를 안 것은 영원히 잃은 뒤였다.

나는 이틀 동안 정신을 놓고 있었으며, 그사이 하혈이 그치지 않아 목숨까지 위태로울 뻔했다.

소기는 지난 이틀 동안 어머니가 잠도 자지 않고 쉬지도 않으며 물한 모금 입에 대지 않은 채 줄곧 내 곁을 지키다가, 두 시진 전에 더는 버틸 수 없을 지경이 되고 나서야 강제로 재상부로 보내졌다고 했다. 소기는 나를 부축해 직접 약을 떠먹였다. 이루 말할 수 없을 정도로 쓴 약이었지만 마음속의 쓰라림만은 못했다. 겨우 이틀 만에 극락에서 지옥으로 떨어졌다. 악몽을 꾸는 것 같았다. 아직도 생일날 다 함께 기쁨을 나누던 기억이 생생한데, 눈 깜짝할 사이 황상이 붕어하고 고모가 역모를 일으켰으며 아버지와 소기가 칼을 맞댔고, 나는 아이까지 잃었다. 삶과 죽음, 진실과 거짓 사이에서 정신을 차릴 수가 없었다. 어쩌면 정말로 한바탕 악몽인지도 몰랐다. 그러나 눈을 감으면 아직도 그 음산한 용상이 보이고, 시린 빛을 발하는 창칼로 무장한 군사들이 보이고, 고모의 처절한 웃음소리가 귓가에 맴돌고, 고모가 있는 힘껏 나를 병풍으로 밀치던 장면은 더욱 또렷이 기억나……

소기는 태자가 막아서는데도 기어코 고모를 냉궁에 유폐했다. 고모가 황상을 시해한 사실을 아는 건원전의 태의와 시중드는 궁인들은 모조리 죽임을 당했다. 그날 소기에게 패한 아버지는 진국공부에 연금되었고, 오라버니가 임시로 금군을 맡았다. 송회은은 모든 궁문을 봉쇄하고 황후 도당을 소탕했다. 날이 저물 무렵 경사의 대세는 이미 정해졌다.

오라버니가 나서서 극구 말린 덕에 아버지가 출병을 늦춰, 호광열이 급히 군사를 돌려 경사의 요지를 지키고 궁 밖의 형세를 장악할 수 있었다. 그렇지 않았더라면 심각한 상황이 벌어졌을 것이다. 아버지는 자신의 친누이이자 수십 년 된 맹우인 고모를 믿는 우를 범했다. 만약 태자의 등극을 기다렸다면, 조정에 뿌리내린 왕씨의 세력으로 보아 머지않아 아버지가 서서히 소기를 꺾을 수 있었을 것이다. 그러나 야심에 차 소기를 무고한 고모는 아버지를 배신했을 뿐만 아니라, 아버지와 고모 자신을 물러날 길 없는 벼랑 끝으로 몰아세웠다. 평생 전장을 누빈 소기를 상대로 군사를 일으켜 황제를 바꾸려 하다니, 어찌 이리 무모할 수가……. 결국 소기가 이길 수밖에 없는 싸움이었다.

한평생 총기가 넘치던 아버지는 결국 자신이 가장 믿은 맹우의 손에 쓰러졌다.

모든 경우를 다 따져봤을 고모는 자신이 배 아파 낳은 아들이 일말의 주저함도 없이 자신을 배신하는 경우는 생각하지 못했다.

이튿날 태자는 태화전(太華殿)에서 모든 신료를 앞에 두고 선황의 유조를 읽고는 정식으로 황위를 계승했다. 유조에서는 예장왕 소기, 진국공 왕린, 윤덕후 고옹이 황제를 도와 정무를 돌보라고 명했다. 반란에 관여한 금위군, 내시, 궁인은 수백 명에 이르렀으며 이들 모두 역적의 도당으로 몰려 죽임을 당했다. 나머지 문무 신료 가운데 태자가 황위에 오르는 데 공이 있는 자는 모두 관직이 오르고 무수한 하사품을 받았다.

피비린내 나는 황궁의 변고는 이처럼 담백한 글줄로 스리슬쩍 지워져 역사서에 아무런 흔적도 남기지 않았다.

고모의 배신을 알게 된 아버지가 모두의 외면 속에 고립무원에 빠져 절망한 채 항복했을 때의 심정은 감히 상상할 수도 없거니와 상상하고 싶지도 않았다. 자부심 강한 아버지는 차라리 죽으면 죽었지 치욕을 감내하지는 않을 사람이었다. 그러나 만약 아버지가 정말 자진이라도 한다면, 그야말로 가문의 명예를 땅에 떨어뜨리는 짓이 될 터였다. 아무리 화가 나고 절망스러워도 아버지는 살아야 했다. 그리고 아무리 이름뿐인 감투라도, 그 난처하고도 무력한 재상 자리에 앉아 다른 사람이 건네는 선의의 동정과 악독한 조소를 감내해야만 했다. 이것이야말로 아버지에게 내려진 가장 잔인한 벌이었다.

10월 초닷새, 대길(大吉)을 맞아 새 황제의 등극식이 태화전에서 거행되었다.

태자는 황제의 초복을 입고 동궁을 나섰다. 어장(御仗, 임금이 거동할 때 호위하는 병정)이 앞에서 길을 이끌고 수레가 뒤를 따랐으며, 왕공백관이 태화문 밖에 꿇어앉아 맞았다.

상중이라 예악은 생략하고, 계단 아래서 명편(鳴鞭, 황제의 의장용 채찍)만 세 번 내리쳤다. 예부 상서가 책서(冊書. 책봉하는 조서)를 받들어 무릎을 꿇고 나아가니 예장왕 소기, 진국공 왕린, 윤덕후 고용이 뭇 신료를 이끌고 삼궤구고두례(三跪九叩頭禮, 세 번 바닥에 무릎을 꿇고 한 번 꿇을 때마다 세 번씩 머리를 조아리는 의식)를 행했다.

길종(吉鐘)이 길게 울리자 붉은 섬돌 아래서 백관이 고개를 숙였다.

새 황제가 등극하여 황후 왕씨를 태황후로 높이고, 태자비를 황후로 책봉한다는 조서를 내렸다.

새 황제의 등극례가 거행될 때, 나는 어머니와 함께 경사 외곽에 있는 행궁인 탕천궁(湯泉宮)에서 요양을 하고 있었다. 이제 막 병상에서 일어난 옥수는 만사 제쳐두고 따라와 내 시중을 들었다.

이 일로 어머니도 한참이나 몸져누웠다. 황상에, 아버지에, 내 일까지 겹치자 어머니는 충격을 이기지 못하고 집안에 틀어박힌 채 온종일 눈물만 흘렸다. 나는 유산한 뒤로 줄곧 병상에 누워 있었는데, 몸이 나아졌다가도 다시 안 좋아졌고 밤마다 악몽에 시달렸다. 태의는 내게, 마음을 다스리지 못하면 아무리 영약을 써도 소용이 없을 것이라고 했다. 어머니를 따라 탕천궁에 가는 것이 지난날 멀리 휘주로 도망친 것처럼 또다시 나약하게 도피하는 것임을 알았다. 그러나 나는 진정으로 너무 지쳤다. 몸도 마음도 무너지기 직전이었다. 어머니의 병도 걱정이었지만, 날마다 피 말리는 다툼 속에 있는 것이 지긋지긋했다. 경사에 하루라도 더 있다가는 숨이 막힐 것만 같았다.

탕천궁으로 향하는 날, 소기는 번잡한 일들을 잠시 미뤄두고 친히 우리를 행궁까지 호위했다. 떠날 때도 걱정을 금할 수 없는 듯 거듭 당부의 말을 남겼다.

행궁으로 와서 온갖 다툼과 은원에서 멀어지니 시간도 고요해진 것만 같았다.

그저 날마다 어머니와 차를 마시고, 바둑을 두고, 이런저런 수다를 떨고, 어린 시절 재밌었던 일을 이야기하며 보냈다. 심지어 내가 가장 못하는 '여인들의 일거리'를 어머니에게 다시 배우기 시작했다. 그 가슴 아픈 일들에 대해서는 우리 둘 다 입을 다물었다. 아버지와 오라버니가 종종 우리를 보러 왔다. 아버지는 며칠 묵어가기도 했지만, 어머니는 시종일관 모르는 사람 대하듯 냉담했다. 소기는 매번 황망히 왔다가 급히 돌아가, 얼마나 바쁘고 고단한 생활을 하고 있는지 능히 짐작할 수 있었다. 그러나 일단 행궁에 올 때면 시종을 데려오지 않을뿐더러 정무에 관한 보고도 받지 않았다. 소기는 사흘에 한 번씩 태의에게서 내 용태를 보고받았으나, 언제 왕부로 돌아오느냐고는 따져 묻지 않았다.

새 황제가 등극한 뒤, 태후는 병이 깊어 영안궁(永安宮)에 은거했다. 아버지는 여전히 일인지하 만인지상의 자리에 있었으나 칭병(稱病)하고 두문불출했다. 오라버니도 강하군왕(江夏郡王), 영상서사(領尙書事)에 봉해졌다. 겉으로 보기에 왕씨는 여전히 영광을 누리는 듯했고, 심지어 권위가 더 높아진 듯했다. 그러나 금군은 이미 소기의 손아귀로 넘어갔고, 아버지가 조정에 심어둔 측근과 제자들은 삭탈관직당하거나 소기의 밑으로 들어갔으며, 친척 자제들은 자신들도 연루될까 봐 모두 전전긍긍하며 언행을 삼갔다. 거의 2백 년 동안 호족 세가의 우두머리였던 왕씨 가문은 제왕(諸王)의 반란 이래로 가장 큰 좌절을 겪게 되었다. 왕씨의 참패로 모든 세가는 두려움에 빠졌다. 예장왕이 양분되어 있던 조정 권력을 홀로 독점하자, 한족(寒族) 관리들과 무장들의 사기는 하늘 높이 치솟았다.

멀리 행궁에 머물고 있는데도 들려오는 풍문을 막을 수는 없었다. 혹

자는 왕씨가 이 일로 완전히 무너졌다고 했고, 혹자는 예장왕의 기반이 아직 미약하니 왕씨가 다시 권력을 잡을 날이 올지도 모른다고 했다. 이러나저러나 황상의 몸에 흐르는 피의 절반은 왕씨의 것이고, 태후도 왕씨이니 말이다. 또 누군가는 예장왕비도 왕씨 가문 출신이니, 그녀가 있는 한 예장왕이 왕씨의 씨를 말리지는 못할 것이라고 했다.

물론 황상과 태후가 있었으나 태후는 이미 조정에 영향을 미칠 수 없게 되었고, 예장왕의 꼭두각시에 불과한 황상은 더 말할 것도 없음을 대부분 알고 있었다. 나는 왕씨와 권력의 정점에 선 자의 마지막 끈으로 여겨졌다. 경사는 진즉부터 나에 관한 소문으로 들끓었다.

누군가는 소기와 왕씨의 혼인은 이미 아무런 가치가 없으니 내가 곧 폐비될 것이라고 했다. 또 누군가는 왕비가 총애를 잃어 예장왕이 냉대한 지 오래되었다고도 했다. 예장왕 부부가 실은 서로 깊이 은애하는 사이라고 말하는 사람도 있었으나, 많은 이들은 내가 등극식에도 모습을 보이지 않고 가장 미묘한 때에 경사를 떠난 것은 틀림없이 좋지 않은 징조라고 생각했다.

나는 궁중과 조정이 세가 있음과 없음에 따라 금세 태도를 바꾼다는 것을 어려서부터 알고 있었다. 권력 투쟁 끝에 세를 잃은 가문은 과거에 얼마나 위세를 떨쳤든 금세 만인에게 짓밟히고 손가락질을 당한다는 사실을 말이다.

소기는 내게 무엇도 약속하지 않았으나, 나는 그가 이미 내 피붙이들을 지키기 위해 할 수 있는 모든 일을 했음을 알고 있었다.

가을이 깊어 여기저기 단풍이 들 무렵, 태의는 내 몸이 점차 회복되고 있다고 했다. 이제 나도 돌아가서 내가 감당해야 할 모든 것을 마주할 때가 되었다.

저녁노을이 질 무렵 왕부에 도착했다. 옷을 갈아입고 주변 정리를 마칠 때까지도 소기는 돌아오지 않았다.

조금씩 애가 타기 시작했다. 방에 들어앉았으나 신경은 온통 문밖에 쏠려 있었다. 발걸음 소리가 가까워질 때마다 한껏 들떴다가 실망하기를 몇 번이나 했는지…… 문득 지금 내 꼴이 몹시도 우스웠다. 떨어져 있을 때는 그립다는 생각조차 않다가 이제 와서 보고 싶어 안달복달하다니…….

잠시 넋 놓고 있는데 다시금 익숙한 발걸음 소리가 들렸다. 이번에는 틀림없었다. 소기였다.

나는 손에 든 서책을 내던지고 겉옷을 걸칠 새도 없이 문밖으로 달려 나갔다. 시녀들이 다급히 쫓아왔다가 이내 문 앞을 향해 꿇어 엎드렸다. 문이 열린 곳에서 고관(高冠)을 쓰고 왕포(王袍)를 입은 소기가 바람도 불지 않는데 넓은 소매를 펄럭이며 빠른 걸음으로 문안으로 들어섰다. 그 거침없는 발걸음은 이미 왕의 것이었다. 나는 발걸음을 멈추고 멍하니 그를 바라보았다. 겨우 며칠 만에 보는 것인데도 그 사이 많이 변한 것 같았다.

"아무." 작게 나를 부르는 그의 눈빛이 일순 흐릿해졌다.

숱한 눈동자가 지켜보는 가운데, 나는 단정하고 정숙한 왕비의 모습을 내던지고 그의 품에 뛰어들었다. 소기는 아무 말 없이 나를 번쩍 안아들고는 그대로 내실로 향해 아무도 없는 곳에 이르자마자 미친 듯이 입을 맞추기 시작했다. 이마에서 시작된 입맞춤은 눈썹 꼬리, 뺨, 목을 거쳐 마지막에는 입술에 이르러 한동안 떨어지지 않았다.

등불이 흔들거리고 유리 빛이 빙글거리는 사이로 그와 마주 보고 있으니, 시간도 이 순간 영원 속에 침잠한 듯했다. 우리 둘 다 괜한 말로 이 순간의 고요를 깨뜨리고 싶지 않았다.

그는 내 이마에 가볍게 턱을 대고 두 눈을 살짝 감은 채로 나지막이 탄식했다. "당신이 나를 원망하는 줄 알았소. 영영 당신을 잃은 줄로만 알았지……."

나는 시선을 들어 가만히 웃으며 그의 그윽한 눈을 들여다봤다.

"그래서 생각했소. 아무가 다시 한 번 나를 용서해주기만 한다면, 앞으로는 무슨 일이든 다 들어줄 것이라고. 그저 아무가 괜찮기만 하다면……."

그는 더 이상 말을 잇지 못했다. 그 눈빛은 잃었던 것을 다시 얻었다는 벅찬 기쁨을 내비치는 듯도 했고, 절망에 가까운 두려움을 보이는 듯도 했다. 칼날 같던 사람이 어찌 이리 약해졌을까……. 나는 따스한 그의 품에 기대 눈을 감고 미소를 지었다. 그 난리를 겪고 나서야 무엇이 귀한지 깨달았다. 이제 와 무엇을 바라겠는가? 내가 얻지 못했던 것이 어디 있으며, 잃어보지 않은 것이 어디 있는가? 세상에서 가장 아름다운 것부터 가장 추악한 것까지, 가장 진귀한 것부터 가장 비통한 것까지 모두 가졌었고 또 모두 잃어봤다. 금지옥엽이니 명문세족이니, 화려해 보이는 모든 것이 흩어지고 나니 손에 남은 것은 '정(情)'뿐이었다. 부모님과의 혈육의 정, 남매간의 정, 그리고 소기의 이 떠나지도 포기하지도 않는 참된 정이 남아 있었다. 가장 굳건할 것이라 여긴 것은 일격에 부서져버렸는데, 가장 약해야 할 것은 여전히 내 손안에 남아 있었다.

경사에 돌아온 지 사흘째 되던 날, 궁에서 기쁜 소식이 전해졌다. 사 황후가 여위고 약한 사내아이를 낳았다는 소식이었다. 황상의 적장자였다. 난리를 겪은 궁궐이 새로운 생명의 탄생으로 다시금 기쁨과 활력을 되찾았고, 오랫동안 궁궐을 뒤덮었던 짙은 안개도 점점 흩어지는 듯했다. 예법에 따라 내외명부와 삼품 이상 신료의 부인은 사흘 뒤에 입궁해 황자의 탄생을 경하해야 했다.

그러나 뒤이어 급히 전해진 소식에 따르면, 황후가 병으로 쓰러지고 어린 황자도 몹시 허약해 태의가 소양전 문턱이 닳도록 드나든다고 했다. 그리하여 닷새 후에야 내외명부에게 하례를 올리러 입궁하라는 말이 전해졌다.

그날 나와 윤덕후 부인은 내외명부를 이끌고 입궁해 황후를 알현하기로 했다. 멀리 역대 황후들의 침소인 중궁이 보였다. 어려서부터 익숙한, 고모가 30여 년을 보낸 소양전으로 발을 들였다. 이 말없는 궁문은 선대 주인을 보내고 새로운 황후를 맞이했다. 만약 이 화려한 기둥과 대들보도 보고 듣고 생각할 수 있다면, 무엇을 기억할까……. 조복으로 성장을 갖춘 수십 명의 내외명부는 이미 소양전 밖에 모였고, 윤덕후 부인도 이미 당도해 나 한 사람을 기다리고 있었다. 멀리서 내 수레가 이른 것을 본 태감(太監)이 큰 소리로 내가 당도했음을 알리자, 부인들이 일제히 입을 다물었다. 시녀가 발을 들어 올리자 나는 쏟아지는 눈빛을 받으며 천천히 몸을 일으켜 난거에서 내렸다. 궁금함, 호기심, 비웃음, 두려움……. 온갖 말을 쏟아내는 눈빛들이 노골적으로, 또는 힐끔거리며 내 얼굴을 쓸었다. 나는 턱을 살짝 들고 곁눈조차 주지 않은 채 태연히 걸음을 옮겼다. 내가 지나는 곳마다 제후의 정실과 이품 이하 내명부가 모두 앞섶을 여미고 시선을 내린 채 고개를 숙여 예를 올리고는 공손히 한쪽으로 물러났다.

그러나 밖으로 나온 것은 중궁의 여관뿐이었다. 여관은 황후 대신 하례를 받고는 황후께서 병으로 누워 계시다고 전했다. 어린 황자도 얼굴을 보여주기 위해 데리고 나오지 않았다. 내외명부는 서로를 힐끔거리다가, 하는 수 없이 예법에 따라 하례를 올리고 선물을 바치고 축언을 했다. 예상되던 기쁨과 시끌벅적함 대신 이루 말할 수 없이 무겁고 답답한 기운이 소양전을 짓눌렀다.

사람들이 순서대로 물러나고 있을 때, 여관의 말이 들렸다. "예장 왕비는 잠시 걸음을 멈추시지요. 황후께서 왕비에게 들라 하십니다." 나는 여관을 따라 내전으로 들어섰다. 겹겹이 드리워진 휘장 안으로 들어서자마자 단봉조양(丹鳳朝陽, 붉은 봉황이 해를 향해 있는, 동양화의 한 화제) 병풍 뒤에서 끊어질 듯 미약한 부름이 들려왔다.

"아무, 아무!" 흰옷을 입고 산발한 채로 완여 언니가 궁녀의 부축을 받으며 나왔다. 몇 달 못 본 사이 완여 언니는 바람 한 줄기에도 휙 날아가버릴, 의지할 데 없는 마른 잎처럼 병약하고 창백한 모습으로 변해 있었다. 황망히 앞으로 나아가 완여 언니를 부축하려는데, 내가 그녀의 소매에 닿기도 전에 완여 언니가 내 앞에 무릎을 꿇는 것이 아닌가! 완여 언니는 긴 머리를 땅바닥에 흩뜨린 채 백지장처럼 파리한 얼굴로 내 손을 잡았다. "아무, 내 아이를 살려줘!"

"황후 마마!" 나는 너무 놀라 완여 언니의 팔을 부축했지만, 그녀는 꼼짝도 하지 않았다. 완여 언니는 바르르 떨며 눈물을 쏟았다. "제발 내 아기를 구해줘. 어린 황자를 구해줘! 저들이 내 아기를 죽이려고 해! 누구도 내 말을 믿지 않아, 황상조차 믿어주지 않아……. 아무, 부탁이야! 제발 내 아기를 구해줘. 저들이 해치지 못하게……."

"그럴 리가 없어. 누가 감히 어린 황자를 해치겠어? 봐, 아기는 이렇게 잘 있잖아?" 나는 어찌할 바를 몰라 몸을 숙여 그녀를 안아주며 부드럽게 달래는 한편 여관에게 아이를 데려오라고 눈짓을 했다. 방금 전 외전에서는 미처 자세히 보지 못했으나, 황색 비단으로 둘러싼 작디작은 강보를 건네받으니 너무나 작고 부드러웠다. 갑자기 손이 툭 떨어질 듯 무거워지고 가슴이 지끈거려 차마 아이의 얼굴을 들여다볼 수 없었다.

바로 그때, 앙— 하고 아기가 울음을 터뜨렸다. 소리가 어찌나 작고 약한지 새끼 고양이의 울음소리보다 약한 것 같았다. 완여 언니가 아이를 받아 토닥토닥 얼렀으나, 아이는 그 조그만 얼굴이 새빨갛게 달아오르고 작은 입술에 퍼런 기가 돌 때까지 울어댔다. 다급한 마음에 나도 모르게 손을 뻗어 아이를 만지려 하자 완여 언니가 고개를 번쩍 쳐들며 사납게 외쳤다. "만지지 마!" 완여 언니는 경계하듯 나를 노려보며 재빨리 뒤로 물러났다. 언니의 표정은 순식간에 사납게 돌변했다. 어쩔 수 없이 완여 언니에게서 좀 떨어진 곳까지 물러나 부드럽게 달래보았다. 한참 동안 놀라움과 의심이 오락가락하는 눈빛으로 나를 보고 있던 언니는 서서히 흥분을 가라앉혔으나, 여전히 온몸을 벌벌 떨며 눈물이 그렁그렁한 눈으로 품속의 아이를 꽉 껴안고 있었다.

나는 서둘러 태의를 불러오라 하고는 중궁 여관을 불러 추궁했다. 내시와 여관도 당황해서 어쩔 줄 몰라 하며, 황자가 아픈 뒤로 황후의 의심이 깊어져 누구도 황자를 데려가지 못하게 하고 외부인은 황자 근처에 얼씬도 못 하게 한다고 했다. 그리고 덧붙이길, 황자가 어젯밤부터 계속 울음을 그치지 않았는데, 태의가 처방해준 약을 먹여도 나아지는 기미가 없고 밤중에는 더 심하게 보챘다고 했다. 여관이 머뭇거리며 말했다. "황후께서는 계속 누군가가 어린 황자를 해치려 한다고……"

순간 가슴이 쿵 내려앉았다. "그 말을 황상께서도 알고 계시느냐?"

여관이 냉큼 대답했다. "폐하도 알고 계십니다. 다만…… 다만 황후께서 걱정이 지나치시다고, 허튼소리 하지 말라 하셨습니다."

들어본즉 전날 밤 완여 언니가 누군가 황자를 죽이려 하는 악몽을 꿨는데 꿈에서 깨자마자 황자가 보채는 소리가 들렸고, 그래서 누군 가 황자를 해치려 한다고 의심하기 시작한 것이었다. 당연히 아무도 그 말을 믿지 않았다. 태의조차 갓난아이는 원래 약하기 마련이며 황자는 무탈하다고 했다. 완여 언니는 자신이 꾼 악몽을 직접 들려주며 애처로운 표정으로 자기 말을 믿어달라고 했다. 그 초췌한 얼굴을 보고 있자니 가슴이 미어질 것 같았다. 완여 언니는 조심스럽게 그 작은 강보를 내게 건넸다. "아무, 안아보렴. 아주 순해……. 살짝 안아. 놀라게 하지 말고."

갓 태어난 아기는 이렇게 작고 여리구나……. 조그마한 얼굴에서 어렴풋이 부모를 닮은 구석들이 보였다. 손도, 발도, 얼굴도 너무 작아 차마 만질 수가 없었다. 내 품에 안긴 아기는 더 이상 보챌 기운도 없어 보였으나, 뭐가 그리 억울한지 조그만 얼굴을 찌푸린 채 울음을 그치지 않았다. 나도 모르게 눈물이 새어 나왔다. 무슨 연유에서인지 가슴이 쩌릿쩌릿하고 너무 사랑스러우면서도 미안해서, 아이의 속상한 마음을 달랠 수만 있다면 무슨 짓이라도 하고 싶은 심정이었다. 그 순간 완여 언니의 마음이 이해되기 시작했다. 이런 것이 어미의 마음이구나……. 적어도 완여 언니는 이 아이를 위해 가슴 아파하고 걱정할 기회라도 있지만, 나는 그런 기회조차 가져보지 못했다.

금세 태의가 달려와 어린 황자를 살펴보더니 두렵고 당혹스러운 표정을 지었다. 태의는 한동안 침음만 삼키다가 말하길, 황자는 무탈하나 선천적으로 허약한 체질을 타고난 것으로 보인다고 했다. 황후가 거듭 추궁하자 태의는 두려움을 감추지 못하며 말했다. "소신이 감히 짐작건대, 어린 황자께서 뭔가에 놀라신 적이 있는 것으로 보입니다……." 말을 마친 태의는 바닥에 엎드린 채 감히 고개를 들지 못했고, 나와 완여 언니는 하얗게 질려 서로의 얼굴만 쳐다봤다. 소양전 궁인은 모두 황후의 심복들이었다. 온종일 궁녀들과 유모가 정성을 다해 조심조심 황자를 돌봤고, 외부인은 황자 근처에 접근한 적도 없었다. 아이가 놀랄 일이 있었다니, 도무지 믿을 수가 없는 말이었다.

"설마 저주란 말이냐?!" 완여 언니가 엉겁결에 뱉어낸 '저주'라는 말에 나까지 낯빛이 바뀌었다. 궁에 있는 사람이라면 누구나 '저주'가 얼마나 엄청난 결과를 불러오는지 알았다. 황후는 곧바로 후궁을 샅샅이 조사하라 명했다. 모든 비빈궁의 여관을 잡아다 심문하고, 조금이라도 의심스러운 점이 있으면 무조건 고문을 가하라고 했다.

나는 황자 곁에 있는 사람들을 일일이 조사했으나 의심스러운 점을 발견하지 못했다. 유모부터 궁녀까지 모두 완여 언니를 오랫동안 모신 자들이었다. 특히나 나이 든 마마(嬤嬤) 두 사람은 지난날 사 귀비를 모신 심복들이었다. 완여 언니가 동궁에 들어 태자비가 되자 사 귀비가 완여 언니를 모시라고 보낸 사람들로, 굳이 따지자면 완여 언니 가문에 충심을 바치는 사람들이었다.

천천히 걸음을 옮겨 창문가에 이른 나는 문득 걸음을 멈췄다. 속세와는 인연이 없는 듯 선녀 같은 사 귀비 마마의 청아한 모습이 떠오르더니 이내 소매가 넓은 청삼(靑衫)을 걸치고 늘 침착한 모습을 보인, 그녀와 비슷한 또 다른 누군가의 모습으로 바뀌었다. 참으로 오랫동안 잊고 지냈는데, 이 순간 떠오른 그의 모습에 손끝에서부터 한기가 올라왔다.

"혜언." 나는 호위 시녀의 우두머리인 윤혜언(尹慧言)을 나직이 불렀다. "너는 오늘 밤부터 시위로 변장해 소양전에 머물면서 다른 이들이 모르게…… 어린 황자 곁에 있는 사람들을 자세히 살펴라. 특히 마마두 사람에게서 눈을 떼지 말거라."

소양전을 나서 왕부로 돌아가는 내내 불안한 마음을 가눌 길이 없었다. 혜언이 정말로 무언가를 찾아낼까 봐, 그것이 내가 가장 원치 않는 결과일까 봐 혜언을 소양전에 남겨둔 것이 후회되었다.

서재 문 앞에서 잠시 걸음을 멈추고 어지러운 마음을 가라앉힌 뒤에야 문을 열고 안으로 들어섰다. 탁자에 고개를 파묻고 작은 산을 이룬 문서를 처리하는 데 집중하고 있던 소기는 고개를 들어 나를 보고서야 잔뜩 찡그렸던 미간을 폈다. 나는 혜언을 남겨두고 왔다는 이야기는 생략한 채 어린 황자의 일을 중요한 이야기만 골라 간략히 들려주었다. 두 마마에 대해서도 따로 말하지 않았다. 잠자코 듣고 있던 소기는 깊이를 가늠할 수 없는 눈빛으로 담담히 말했다. "어린 황자가 걱정이군."

나는 탄식하며 말했다. "당신은 아직 그 아이를 보지 못했죠? 그토록 작고 여린 아이라니, 정말이지 너무 가여웠어요……. 황실에 태어난 것이 그 아이에게 행운인지 불행인지 모르겠네요." 소기는 대답하지 않았다. 괜한 실언으로 그의 아픈 곳을 건드린 것을 깨닫고는 나 역시 입을 다물었다.

소기는 부드러우면서도 측은한 눈빛으로 나를 가만히 안았다. 아무 말도 하지 않았으나 우리는 서로의 마음을 다 알고 있었다.

저녁 식사를 마치고 소기는 평소처럼 내가 약을 먹는 것을 지켜보려고 기다렸다. 그는 기어코 내가 약사발의 약을 다 들이켜는 것을 보고서야 흡족해했다. 도저히 넘기지 못할 만큼 쓴 약이라 늘 투덜댔지만 소기를 속여 넘길 수가 없었다. 시녀들이 막 약을 올리려고 할 때, 누군가가 와서 보고를 올렸다. 나는 그 틈에 슬그머니 약을 화분에 쏟아버렸다. 그런데 약 찌꺼기를 다 숨기기도 전에 소기가 방으로 돌아오는 바람에 딱 들키고 말았다.

도둑이 제 발 저린다고 혀를 쏙 빼며 웃었다. "이 약은 너무 써서 못 마시겠어요. 태의도 이제는 많이 좋아져서 약을 먹을 필요가 없다고 했단 말이에요!"

"그래도 아니 되오." 소기가 무표정한 얼굴로 고개를 돌려 시녀에게 분부했다. "다시 가서 약을 달여 오너라."

소기가 너무 진지하고 엄하게 나오자 나도 살짝 기분이 상해 고집을 부렸다. "안 마신다면 안 마셔요!"

"아니 되오!" 소기가 더욱 표정을 굳혔다.

나는 얼김에 외쳤다. "난 어린아이가 아니니, 내 일에 상관 마요!"

그러자 소기가 홱 하고 나를 잡아당기더니 몸을 숙여 거칠게 입을 맞추기 시작했다. 소기는 점점 더 깊이 입을 맞추며 내가 더 이상 버둥거리지 못하고 느른하게 늘어질 때까지 한참 동안 내 입술을 탐했다.

"상관하지 말라고?" 웃는 듯 마는 듯한 표정으로 나를 쳐다보는 소기의 눈에는 아직도 노기가 남아 있었다. "당신이 일흔이 되든 여든이 되든, 평생 상관할 것이오!" 순간 어처구니가 없었지만 마음속은 한없이 달콤했다. 시녀가 다시 약사발을 바치니 하는 수 없이 마시기는 했지만, 도무지 참을 수가 없어 물었다. "도대체 이 약이 무엇이기에 날마다 마셔야 하는 거예요?"

소기가 웃으며 말했다. "몸을 보하는 약일 뿐이오. 당신은 몸이 너무 약하니 토실토실 살이 오르기 전까지는 날마다 마셔야 하오."

나는 끔찍해서 비명을 질렀다. "나를 피 말려 죽일 셈이죠!"

미간에 서린 한기

며칠이 지났으나 혜언은 아무것도 발견하지 못했다. 나도 내가 너무 의심이 깊었던 것이 아닌가 하는 생각이 들었다. 어쩌면 황자는 정말로 타고난 체질이 허약한 것뿐인지도 몰랐다. 그러나 완여 언니는 꿋꿋하게 육궁(六宮)을 샅샅이 조사해 궁 안 사람들을 불안에 떨게 했다. 총애를 받는 후궁들이 잇달아 황상에게 울면서 하소연했으나 황상도 어쩔 도리가 없었다.

하루는 집에 돌아가 아버지를 뵙고 진국공부를 나서려는데, 누군가 황급히 달려와 고했다. 황후가 건원전에서 난동을 피우며 황상에게 위비(衛妃)를 죽이라고 성화를 부리고 있다는 것이었다. 급히 건원전으로 달려갔다. 들어본즉 황후에게 원한을 품은 위비가 '갓난아이는 원래 약하기 마련이라 요절해도 그다지 놀랄 일이 아닌데 황후가 괜한 수선을 피운다'고 뒷말을 했는데, 그 말을 누군가가 황후에게 일러바쳤고, 이에 격분한 황후가 황자를 저주한 것이 위비라고 단정 짓는 바람에 이 사달이 난 것이었다. 예전부터 위비를 총애한 황상은 이 말을 듣고도 그저 가볍게 몇 마디 나무라고 말았다. 이에 더욱 격분한 황후는 기어코 위비를 죽이려 들었다.

격노한 완여 언니에게서는 평상시의 모습을 찾아볼 수가 없었고,

누구도 그녀를 말리지 못했다. 결국 내가 가고 나서야 가까스로 그녀를 달랠 수 있었다.

황상도 완여 언니를 달래고 일을 매듭지으려고 잠시 위비를 냉궁에 가뒀다. 겨우 황후를 달래 소양전으로 돌려보낸 뒤, 나와 황상은 마주 보며 쓴웃음을 짓고는 거대하고 적막한 건원전에 앉아 한숨을 내뱉었다.

"황제 폐하⋯⋯." 내가 막 말을 꺼내자마자 그가 말을 끊었다. "다른 사람도 없는데 무슨 황제고 왕비야. 예전처럼 불러."

예전에는 그를 자융 오라버니라고 불렀더랬다. 어느덧 많은 세월이 흘렀다. 이처럼 한자리에 앉아 그와 말다운 말을 나눠본 것이 언젠지 기억도 나지 않을 정도였다. 이제야 겨우 말을 나눌 수 있는 사람을 만난 듯, 그는 쉴 새 없이 하소연을 늘어놓기 시작했다. 답답하고 재미없는 황제 노릇에 대해 끊임없이 불만을 토로했다. 황위에 오른 지 얼마 되지 않아 조정에는 처리해야 할 일이 산더미처럼 쌓여 있고, 강남의 반군을 소탕해야 하는데 아직까지 군사를 못 보낸 상황에서부터 후궁의 일까지 바람 잘 날이 없다고 했다. 나는 턱을 괸 채 건성으로 듣고 있었지만 속으로는 화가 치밀었다. 대부분의 국사를 혼자 처리하는 소기도 힘들다는 말 한 마디 한 적이 없는데, 기껏해야 황제 흉내나 내고 있는 사람이 이토록 불평불만에 차 있다니⋯⋯.

"아무!" 갑자기 귀청이 떨어질 듯 크게 부르는 소리에 깜짝 놀라 얼이 빠진 표정으로 답했다. "왜 그래?"

"내가 하는 말을 듣고 있는 거야?" 자융 오라버니는 불쾌해 죽겠다는 표정으로 나를 노려봤다.

나는 얼떨떨해져 어물어물 대꾸했다. "듣고 있어. 방금 어사(御史)

가 온종일 오라버니를 귀찮게 한다고 했지?"

그는 한동안 말없이 나를 뚫어져라 쳐다보았다. 평소와 달리 불평을 쏟아내지는 않았지만 표정은 점점 어두워졌다. "됐어. 나중에 다시 얘기하자······. 그만 가봐."

나도 좀 지친 데다 순간 딱히 할 말이 없어 그냥 자리에서 일어나 예를 행하고는 물러나려 했다. 문 앞까지 물러나 뒤돌아서는데 뒤에서 나직한 목소리가 들렸다. "방금 짐은, 어른이 되지 않았으면 얼마나 좋았을까 하고 말했다."

걸음을 멈추고 돌아보니, 홀로 대전을 차지한 젊은 제왕은 어깨를 축 늘어뜨리고 있었다. 황색 용포 탓에 그렇잖아도 어두운 표정이 더욱 위축되어 보여, 꼭 아무도 거들떠보지 않는 아이 같았다.

혜언을 그만 불러들일까 생각하고 있을 때, 드디어 혜언이 소양전 안 '저주'의 진상을 밝혀냈다.

과연 완여 언니의 직감이 틀리지 않았다. 아마도 모자의 마음이 통한 것일 테고, 내가 괜한 의심을 한 것이 아님도 증명되었다. 바로 완여 언니를 가장 오래 모신 두 마마가 유모와 궁녀들이 잠든 밤을 틈타 갑자기 황자를 놀라게 하고 자꾸만 보채게 만들다 보니, 오랫동안 편히 자지 못한 아기가 점점 지치고 쇠약해졌던 것이다. 어쩐지 황자의 음식과 옷에서는 아무런 문제도 찾을 수 없더라니, 갓난아기를 괴롭히는 가장 간단한 방법이 잠을 못 자게 하는 것인 줄 누가 알았으랴! 가여운 황자는 몇 날 며칠 동안 하루도 편히 잠든 적이 없었던 것이다. 나는 그녀들이 이토록 아무런 흔적도 남지 않는 은밀하고도 교묘한 방법을 생각해냈다는 데 놀라움을 금치 못했다. 혜언조차 며칠을 꼬박 지켜본 끝에야 꼬리를 밟을 수 있을 정도였다.

게다가 연로하고 자애로운 두 마마가 이토록 악랄한 마음을 지녔을 줄이야!

은밀히 이루어진 고문 끝에 두 마마는 결국 죄를 실토했다. 그녀들은 처음부터 끝까지 사 귀비의 사람들이었다. 이들이 지난날 동궁으로 보내져 태자비를 모시게 된 것은 언젠가를 대비하기 위한 사 귀비의 한 수였다. 고모의 힘이 너무 강한 탓에 차마 고모와는 맞설 수 없었던 사 귀비는 자신의 조카딸을 이용해서 고모의 유일한 약점인 태자를 잡으려고 했던 것이다. 그러나 사 귀비는 이 수의 끝을 보지 못한 채 병으로 세상을 뜨고 말았다. 동궁에 남은 두 마마는 그 후로도 셋째 황자를 도와 황위를 되찾아줄 방법만 고민했다. 태자에게는 손을 쓸 수 없었기에 두 사람은 황실의 후손을 끊기로 결심했다. 태자가 후손이 없으면 황위는 자연히 자담에게로 넘어갈 수밖에 없었기 때문이다. 일찍이 동궁의 후궁들은 대부분 아이가 없었다. 하나 있던 황자는 어린 나이에 죽었고, 무사히 자란 아이들은 모두 공주였다. 지금 와서 생각해보니, 이는 모두 그녀들이 중간에서 수작을 부린 탓인 것 같았다.

사 귀비, 그 담묵으로 그린 듯 부드럽고 아름답던 여인이, 죽을 때까지 참고 삼키기만 하며 싸우지 않던 여인이…… 이토록 깊은 심계를 지녔을 줄이야…….

이제야 알 듯했다. 만약 정말로 사 귀비가 심계와 수완이 전혀 없는 사람이었다면, 어찌 고모가 막강한 권세를 휘두르는 와중에도 굳건히 버티며 여러 해 동안 한결같이 총애를 받을 수 있었겠는가! 어쩌면 이 황궁에 깨끗한 사람은 단 한 명도 없을 것이다. 만에 하나 있더라도 자담같이 광명 천지를 활보할 수 없는 신세로 전락했거나, 더한 경우 이름 없는 원혼이 되어 영원히 궁성 뒤로 사라졌을 것이다.

　두려움에 몸서리치면서도 이 일을 꾸민 주모자가 자담이 아니라는 사실에 안도했다. 나는 자담마저 이 피비린내가 진동하고 어두컴컴한 정쟁에 휘말릴까 봐 너무 두려웠다. 이 일로 가장 큰 충격을 받은 사람은 바로 완여 언니였다. 이토록 잔혹한 음모를 꾸미고 자신을 배신한 자들이 자신의 친고모와 가장 믿었던 측근이었으니 말이다.

　두 마마는 그 자리에서 장형을 당해 죽었다. 그러나 배후에서 이 일을 꾸민 자가 사 귀비였음을 밝히면 필연코 자담과 사씨 가문 전체가 연루될 수밖에 없었다. 결국 완여 언니는 울분을 참고 또 참은 끝에 결국 자담 모자에 대한 분노와 미움을 삼켰다. 그 대신 위비를 희생양으로 삼아 그녀에게 스스로 목매 죽으라고 했다.

　나는 진상을 밝혀내 어린 황자를 보호하는 한편, 진상을 감춰 자담을 지켰다. 그러나 그 탓에 또 다른 무고한 여인이 목숨을 잃었다. 사람을 살리고 죽이는 일이 모두 내 손에서 이루어졌다. 어쩌면 오라버니의 말이 맞는지도 모른다. 나는 확실히 소기를 닮아가고 있었다.

　그 일이 있은 후, 마침내 완여 언니도 변해버렸다. 언니는 점점 더 '황후'다워졌다. 후궁을 가차 없이 다스리기 시작해, 조금이라도 총애를 얻는 비빈이 있으면 곧바로 깎아내리고 질책했다. 평범한 궁인이 황상에게 불려가 시침을 들면, 이튿날 반드시 약을 내렸다. 황상과 완여 언니 사이의 갈등과 원망의 골은 갈수록 깊어져, 황후 폐위를 거론하는 지경까지 간 적도 한두 번이 아니었다. 그리하여 머지않아 조정에 사 황후의 투기가 심하고 박덕(薄德)하다는 말이 돌기에 이르렀다.

다시 원소절이 찾아와 궁 안에서 원소절 야연(夜宴) 준비를 시작했을 때, 소기는 강남 반군 토벌을 준비하고 있었다.

그날 우리는 함께 입궁했다. 소기는 남정을 결의하려고 어서방(御書房)으로 갔고, 나는 궁중 연회의 잡다한 일을 상의하기 위해 소양전으로 향했다.

소양전으로 발을 들이자마자, 궁인들이 바닥에 꿇어앉은 여인을 좌우에서 붙잡고 억지로 탕약을 먹이는 광경이 눈에 들어왔다. 사 황후는 싸늘한 눈빛으로 한쪽에 앉아, 표정 하나 없는 얼굴로 그 모습을 지켜봤다. 완여 언니가 후궁을 가혹하게 다스린다는 사실은 진즉부터 알고 있었으나, 시침 든 궁인에게 억지로 약을 먹이는 장면을 내 눈으로 직접 본 것은 처음이었다. 완여 언니는 반쯤 넋이 나간 나를 보고는 담담히 웃으며 자리에서 일어나 내게로 다가왔다. 꿇어앉았던 여인은 좌우에 붙은 궁인들을 홱 뿌리치더니 약사발을 바닥에 엎어버리고 황후의 발밑에 달려들어 애걸복걸했다. 그러나 완여 언니는 그녀에게 눈길 한 번 주지 않고 소매를 흔들어 그 여인을 끌고 나가게 했다.

약사발에서 쏟아진 약이 구불구불 바닥으로 흐르면서 씁쓰레한 약 냄새가 퍼졌다. 그런데…… 이상하게도 약 냄새가 너무나 익숙했다.

완여 언니가 내게 말을 걸었지만, 나는 멍하니 그녀의 얼굴을 쳐다보기만 했다. 머릿속이 텅 비어 그녀가 무슨 말을 하는지 알아들을 수가 없었다.

"아무?" 완여 언니는 의아한 표정으로 나를 불렀다. "왜 그래? 얼굴빛이 왜 이리 창백한 거야? 혹시 방금 그 비자(婢子, 여자 종) 때문에 놀란 거야?"

나는 애써 웃어 보이며, 갑자기 몸이 좀 불편하다는 핑계를 대고는 황급히 물러 나왔다.

소양전을 나선 나는 소기를 기다릴 새도 없이 얼이 빠진 채로 왕부로 돌아왔다.

전에 왕부에 있는 의원에게 내가 복용하는 탕약에 대해 물었더니, 그저 몸을 보하는 평범한 약이라고만 했다. 나도 그에 대해 더 깊이 생각해보지 않았다. 그런데 오늘 소양전에서 맡은 그 약의 씁쓰름한 냄새는 내가 매일 마시는 탕약과 똑같았다. 이런 냄새를 잘못 기억할 리가 없었다.

방문 밖에서 급한 발걸음 소리가 들리더니, 소기가 황급히 내실로 들어서며 대뜸 이름부터 불렀다. "아무——."

급히 달려온 모양인지 소기의 이마에는 송골송골 땀이 맺혀 있다. "황후께서 말씀하시길 당신이 갑자기 몸이 불편하다고 했다는데, 어찌 된 일이오? 태의를 불러 진맥을 받아보았소?"

"별일 아니에요." 나는 담담히 웃으며 고개를 돌려 탁자 위에 놓인 그 탕약을 바라봤다. "방금 약을 달여 오게 했으니 마시고 나면 괜찮아질 거예요."

소기는 그 탕약에 눈길조차 주지 않고 곧바로 말했다. "이 약은 아니 되오. 여봐라, 태의를 불러라!"

"이 약이 왜 안 되나요?" 나는 그를 쳐다보며 여전히 미소를 지은 채로 말했다. "하루도 빠짐없이 마시게 했잖아요. 좋은 약이 아니던가요?"

소기는 순간 멈칫하더니 나를 뚫어져라 쳐다봤다. 그의 눈빛이 살짝 변해 있었다. 소기의 표정을 보니 어찌 된 일인지 대충 알 것 같아 오히려 마음이 차분해졌다. 나는 약사발을 들어 탕약을 들여다보며 말했다. "정녕 그런 것이었군요?"

소기는 대답 없이 두 입술을 날카로운 칼날처럼 꽉 다물었다.

나는 웃으며 약사발을 들어 올렸다가 그대로 손을 놓았다. 약사발이 바닥에 떨어지면서 사방으로 약이 튀었고, 자기 사발은 산산이 부서졌다. 나는 웃음을 터뜨렸다. 이 모든 것이 너무 우스워 도저히 참을 수가 없었기에 온몸이 벌벌 떨리도록 웃어젖혔다. 소기가 나를 부르며 뭐라고 한 것 같았지만, 내 웃음소리에 묻혀 그의 말소리가 제대로 들리지 않았다. 그가 갑자기 나를 자신의 품으로 잡아당기더니 꽉 끌어안았다. 나는 물에 빠진 사람처럼 있는 힘껏 몸부림쳤다. 절망감이 극에 달해 그가 내 몸에 손끝 하나 대는 것조차 참을 수 없었다. 내가 아무리 발로 차고 때려도 소기는 손을 놓지 않았다. 몸부림치는 사이 비녀가 떨어지면서 풀어헤쳐진 긴 머리가 그의 가슴팍 위로 가닥가닥 흩어졌다. 그 모습이 마치 얼기설기 얽힌 애증처럼 아무리 애써도 깊이 빠져들 이 운명에서 도망칠 수가 없을 것만 같았다.

나는 더 이상 발악할 기운이 없어 생기라곤 없는 인형처럼 그의 팔뚝에 늘어졌다. 한기가 슬금슬금 살갗을 타고 올랐다. 셀 수 없이 많은 차디찬 촉수가 가슴속에서 촘촘히 자라나 온몸을 뒤덮을 정도로 기어올라, 뻥 뚫린 가슴만 남긴 채 밝은 해도 볼 수 없게끔 칭칭 휘감아버린 것 같았다. 분노도, 슬픔도, 그 무엇도 없이 그저 휑뎅그렁한 정적만이 남았다.

소기가 내게 먹인 것이 이런 약이었구나⋯⋯.

소기는 다시 내가 그의 자식을 가지는 것을, 자기 자식의 몸에 왕씨의 피가 흐르는 것을, 내 가문이 다시금 '외척'이 될 기회를 잡는 것을 원치 않는구나. 아무리 깊은 부부의 정도, 생사고락을 함께하기로 한 맹세도, 결국 모든 것의 위에 자리한 그 눈부신 권세를 당해낼 수는 없었다. 소기는 두렵고 초조한 기색으로 자꾸만 나를 부르며 입을 벙긋거렸다. 뭔가 아주 많은 말을 한 것 같았지만 내 귀에는 한 마디도 들어오지 않았다. 갑자기 세상이 쥐 죽은 듯 고요해지고 주변의 모든 것이 우중충한 색을 덧입은 듯했다. 그의 얼굴이 눈앞에서 오락가락하며 점점 희미해졌는데…… 아스라이 그의 품과 체온이 느껴지고 나지막한 부름이 들려왔다.

나는 깨고 싶지 않았다. 이대로 계속 눈을 감고 있고만 싶었다. 다시금 입안으로 약이 흘러 들어왔는데 씁쓰름하면서도 달콤한…… 약, 순간 몸을 부르르 떨며 나도 모르게 발버둥 쳤다. 그러나 두 팔에 단단히 붙잡혀 옴짝달싹할 수 없었다. 한 모금 한 모금 약이 목구멍을 타고 넘는데도 저항할 수 없었다. 결국 무의미한 몸부림을 포기하고 나니 눈가에서 눈물이 굴러 떨어졌다.

소기는 약사발을 내려놓고 내 입가에 남은 약을 살며시 닦아냈다. 몹시도 부드럽고 세심한 손길이었다. 눈을 떠서 그를 쳐다보았다. 그리고 엷은 미소를 지은 채 끊어질 듯 가느다란 목소리로 말했다. "이제 왕야께서는 만족하십니까?"

그의 손이 내 입가에서 굳어졌고 두 눈은 나를 응시했다.

나는 웃으며 말했다. "왕씨의 피가 흐르는 자손이 싫다면 휴서 한장 내어주고 깨끗한 신분의 다른 여인을 아내로 맞으면 될 것을, 구태여 이런 번거로운 일을 벌일 까닭이 있습니까!"

그의 동공이 갑자기 수축하면서 서늘한 한기가 뻗어져 나오는 사이로 숨길 수 없는 고통을 내비쳤다. "당신의 눈에는 내가 그토록 형편없는 사람이었소?"

나는 웃음을 지우지 않으며 말을 이었다. "왕야는 일세의 영웅이시지요. 소첩이 제멋대로 왕야를 평생 의지할 낭군으로 생각했습니다."

"아무, 그 입 닥치시오!" 소기는 주먹을 꽉 쥐며 한참 동안 나를 응시했다. 미간에 서렸던 노여움은 점차 참담함으로 바뀌어갔다. "이 세상에서 내가 지극히 사랑하는 사람은 당신 하나뿐인데, 이제 당신마저 나를 원수 보듯 하는구려." 무서울 정도로 잠겨버린 목소리에 나또한 가슴이 찢어지는 것 같았다.

무슨 말이 더 필요할까? 이미 모든 것이 너무 늦어버린 것을……. 얼기설기 얽혔던 이번 생의 애증도 이미 한 줌 재가 되어버렸다.

탕천궁에서 경사로 돌아온 어머니는 집 문턱조차 넘지 않고 곧장 자안사로 향했다. 이번에야말로 어머니가 진정으로 절망했음을 깨달았다. 사그라진 재처럼 절망하는 것이 어떤 기분인지, 이제는 나도 알았다.

자죽(紫竹) 별원(別院)의 겨울철 안개는 푸른 기와와 긴 대나무, 흰 담벼락과 시든 풀에 처량한 색을 덧입혔다. 어머니와 회랑 아래 마주앉아 모락모락 피어오르는 차향에 둘러싸여 있는데, 멀리 경당(經堂)에서 범패(梵唄. 석가여래를 찬미하는 노래)가 나직이 울렸다. 찰나의 순간 마음이 공(空)해져 온갖 속세의 번뇌가 연기로 화해 흩어졌다. 어머니는 염주를 돌리며 실낱같은 탄식을 뱉었다. "이 어미는 날마다 부처님 앞에서 너희 남매의 복을 빈단다. 이제 아숙은 세상 물정을 잘 아니 걱정할 것이 없지만, 우리 아무는 마음이 놓이지 않는구나."

곧 땅거미가 지려 하고 어머니가 또 잔소리를 시작하려는 기미를 보이자 냉큼 일어나 작별 인사를 했는데, 어머니는 절밥을 먹고 가고 붙잡았다. 솔직한 말로 이 절의 밥은 너무 맛이 없어서 나는 쓰게 웃으며 핑계를 둘러댔다.

서고고가 웃으며 말을 받았다. "왕부에서 왕비 마마를 기다리는 사람이 있으니까요. 다들 예장왕 부부가 정이 깊다고 하던데, 오늘 보니 과연 그 말이 허언이 아니었군요. 소인이 생각하기에, 공주께서는 더이상 붙잡지 않으시는 것이 좋을 듯합니다." 어머니는 서고고와 마주보며 웃었다. 나 또한 쩌릿쩌릿한 가슴의 통증을 억누르며 말없이 엷게 웃을 수밖에 도리가 없었다.

다른 사람이 보기에 나와 소기는 여전히 정다운 한 쌍이었다. 내가 어찌 어머니에게 내 괴로운 심사를 밝힐 수 있겠는가⋯⋯. 그날 이후로 소기는 잠자리를 서재로 옮겼고, 날마다 이른 아침에 나가 밤이 깊어서야 돌아왔다. 한 지붕을 이고 살면서도 얼굴을 못 본 지가 벌써 며칠째였다. 나는 그를 보러 가지 않았고, 그도 나를 보러 오지 않았다. 영삭에서 처음 만났을 때도 우리는 둘 다 자존심을 세웠으나, 결국 먼저 고개를 숙인 사람은 소기였는데⋯⋯. 순간 코끝이 시큰해져 하마터면 어머니 앞에서 꼴사나운 모습을 보일 뻔했다.

어머니에게 작별을 고하고 길을 나서자 서고고가 배웅을 나왔다. 서고고는 이런저런 일상적인 당부를 전하면서 몇 번이나 뭔가 말을 하려다 머뭇거렸다. 나는 서고고를 향해 웃으며 말했다. "서고고, 어째서 어머니 성정을 닮아가는 거야? 예전에는 잔소리라면 질색을 했으면서." 나를 바라보던 눈 속에 갑자기 눈물이 맺히더니 서고고가 몸을 숙이며 말했다. "소인, 드릴 말씀이 있습니다. 외람됨을 알고 있사오나 왕비께서 아셔야 할 일이기에 감히 말씀드리겠습니다!"

나는 서둘러 그녀를 일으켰다. 평소 같지 않은 정중한 모습에 적잖이 놀라 말했다. "서고고, 서고고는 내가 어릴 때부터 지금까지 지켜봤잖아. 비록 신분이 다르나 항상 서고고를 손윗사람으로 여겼어. 무슨 말이든 상관없으니 그냥 해도 돼."

서고고가 고개를 들고는 그윽한 눈빛으로 말문을 열었다. "지난 수십 년간 공주 마마와 재상 어른의 관계가 어그러지는 것을 지켜보니,

517

이 세상에서 가장 오래가기 힘든 것이 '은애'라는 두 글자더군요. 지금 왕비와 왕야께서는 서로 정이 깊을 때라 후사 걱정은 하지 않으시는 듯합니다. 그러나 앞으로 왕비 마마의 몸이 원래대로 회복되지 않아 아이를 낳을 수 없게 되신다면…… 왕야께서는 머지않아 서출 자식을 보시게 될 것입니다. 그때가 되면 어미는 자식에 의해 그 귀함과 천함이 나뉘니 또 다른 한씨가 생겨나지 않겠습니까! 하오니 왕비께서는 미리 방비를 하심이 옳을 듯하옵니다!"

엄동설한의 산사에서 서고고의 말을 듣고 있자니 얼음 굴에 처박힌 듯 오싹한 한기가 덮쳤다.

나는 번뜩 고개를 돌렸다. 가슴이 거세게 오르내렸다. 사나운 파도가 몰아치는 가슴을 애써 진정시키며 한참 만에야 목소리를 가다듬었다. "원래대로 회복되지 않는다니, 똑바로 말해봐." 서고고는 깜짝 놀라 멍한 표정을 짓고는 어찌 대답해야 할지 모르는 듯 나를 빤히 쳐다보기만 했다. 나는 벌벌 떨리는 목소리를 더 이상 감출 수 없었다. "아이를 낳을 수 없다니, 그건 또 무슨 말이야?" 서고고의 낯빛이 자꾸만 바뀌고 말소리가 끊겼다. "왕비 마마…… 마마께서는……."

"내가 어떻기에? 다들 도대체 뭘 숨기고 있는 거야?" 나는 서고고를 똑바로 쳐다봤다. 가슴이 점점 지끈거렸다. 꼭 모두가 알고 있는 사실을 나 혼자만 모르는 것 같았다.

서고고가 갑자기 입을 막더니 후회가 가득한 낯빛으로 흐느꼈다. "소인, 죽어 마땅합니다! 소인이 쓸데없는 소리를 했습니다!"

"기왕 말을 꺼냈으니 알아듣게 말해줘." 나는 웃으며 말했다. 쓸쓸하고 서글픈 마음을 달랠 길이 없었으나, 그래도 웃고 싶었다. 도대체 얼마나 말 못 할 비밀이 숨어 있는지 알고 싶었다.

서고고는 바닥에 털썩 무릎을 꿇었다. 서고고가 흐느끼며 더듬더

듬 뱉은 말은 그야말로 청천벽력이었다. 나는 순간 정신이 나가 그 자리에서 굳어버렸다. 서고고의 말은 이러했다. "그날 왕비께서는 유산을 하시고도 하혈이 그치지 않아 목숨이 위태로웠습니다. 태의가 전심을 다해 치료를 한 덕에 겨우 목숨은 건지셨으나 이미 병이 뿌리를 내리고 말았지요. 그리하여 앞으로 다시 회임을 하게 되더라도 아이를 지키기 어려울 뿐만 아니라, 다시 유산이라도 하는 날에는 진실로 큰일이 벌어질 것이라 하옵니다."

무슨 정신으로 왕부까지 왔는지 모를 일이었다.

오만 가지 생각이 들쭉날쭉 일었으나, 가슴속은 텅텅 비어 기쁨도 슬픔도 남아 있지 않았다. 한편으로는 갑작스러운 비보를 접했고, 또 한편으로는 절망의 끝에서 다시금 생을 얻었다. 아직도 아이를 낳아 기르는 것이 어떤 일인지는 잘 모르겠으나, 아이를 낳을 수 없다는 것이 한 여인에게 무엇을 의미하는지는 알고 있었다. 소기는 이미 다 알고 있으면서도 내게 사실을 말해주지 않았다. 설마 평생 숨길 수 있다고 생각한 걸까? 내가 평생 모른 채로 살면 괴롭고 슬플 일이 없으리라고 생각한 걸까? 어리석기는……. 날마다 억지로 웃어가며 나를 달래 약을 먹일 정도로 어리석고, 내게 오해를 받으면서도 변명 한 마디 하지 않을 만큼 어리석은 사내……. 그때 내가 무슨 말을 했더라? 지금 와서 생각해보니 한 마디 한 마디가 가슴을 후벼 파고 뼈에 사무치는 아픔을 주었을 것이며, 고심에 고심을 거듭한 그의 마음을 갈기 갈기 찢어놓았을 것이다. 그는 나를 지극히 사랑하는 유일한 사람으로 보고 진심을 주었는데, 고난을 함께해야 할 때 나는 그를 온전히 믿어주지 못했다.

언제부터 흐른 눈물인지 얼굴은 온통 눈물범벅이었다.

수레가 왕부에 도착했을 때는 날이 이미 어둑어둑해진 뒤였다. 나는 눈물이 채 마르지 않은 꼴사나운 모습으로 서재를 향해 내달렸다. 속으로는 그저 소기가 아직도 내게 화가 나 있는지, 내 어리석음을 용서해줄지…… 그런 생각만 들었다.

뒤쪽 회랑으로 들어가자마자 맞은편에서 다가오는 궁의 차림의 여인을 발견했다. 새카맣게 윤기가 흐르는 머리에 가느다란 허리 하며 반짝이는 눈동자와 새하얀 이를 가진 여인을 보고 있자니 눈앞이 환해지는 듯했다. 나는 얼이 빠진 채로 자세히 쳐다보고 나서야 지금은 현의부인 소옥수가 된 옥수를 알아봤다. 이렇게 차려입으니 영 딴사람이 된 듯하여 놀랍고도 기쁜 마음에 외쳤다. "옥수로구나!"

옥수가 부끄러움에 얼굴을 붉히며 고개를 숙이고는 나지막이 속삭였다. "송…… 장군께서 얼마 전 경사로 돌아와 금일 입궁하여 감사 인사를 드린 뒤, 왕야와 왕비께도 감사 인사를 드리려고 함께 왔습니다."

순간 어찌 된 일인지 깨달았다. 옥수가 봉작을 받고 송회은과의 사혼이 내려지자마자 궁에 변란이 일어났고, 그 뒤로도 잇달아 변고가 터지는 바람에 입궁하여 감사 인사를 할 기회가 없었던 것이다. 내가 병상에 있을 때는 마침 경사의 상황이 가장 미묘할 때라, 송회은은 명을 받아 신이오로 향해 자담을 감시하고 사씨와 황족의 움직임을 경계했다. 이제 모든 일이 다 정리되어 국상도 마치고 송회은도 경사로 돌아왔으니, 두 사람의 혼례식도 머지않은 것 같았다. 내가 서둘러 옥수에게 축하 인사를 건네자, 옥수는 부끄러움에 두 뺨이 저녁놀처럼 물들었다. 이처럼 아름다운 한 쌍이 곧 부부의 연을 맺는다고 생각하니, 가슴속에 들어찼던 슬픔도 어느새 잦아들고 조금이나마 따스한 기분이 찾아들었다.

옥수는 송회은과 소기가 서재에서 공무를 논하는지라 안으로 들기 난처해, 이곳에서 나를 기다리고 있었다고 했다. 부끄러운 기색으로 송회은에 대해 이런저런 이야기를 하는 모습에서 소녀다운 애교가 고스란히 드러났다. 미소를 머금고 나란히 걷고 있는데, 옥수가 말했다. "이번에 돌아올 때도 난을 가져다주었어요. 이번에 가져온 난초는 지난번 것보다 훨씬 더 아름답기는 한데 잎이 꺾였지 뭐예요. 참 세심하지 못하다니까요."

순간 화들짝 놀라 가슴이 세차게 두근거렸다. 자담에게 일이 생긴 것이 분명했다! 생각해보니 송회은이 옥수를 통해 내게 말을 전한 것이 이틀 전이었다. 나는 울적하고 착잡한 마음에 손님을 만나려 하지 않았고, 옥수는 그 안에 담긴 오묘한 뜻을 몰랐으니 큰일이 벌어졌음도 모르고 있었던 것이다.

이윽고 송회은이 나를 찾아와 옥수와 시종들을 모두 물리고 나서야 사건의 전말을 알려주었다. 며칠 전 역도의 잔당이 신이오를 급습해 자담을 빼내 가려고 하였다. 비록 뜻을 이루지는 못했으나 이 일로 소기와 황상은 몹시 노했다. 소기는 철저히 조사하라는 명을 내리고 무장한 수비군을 증파하는 한편, 자담을 감금했다. 이러나저러나 다행이었다. 적어도 자담의 목숨이 위태로울 일은 없으니 말이다. 하지만 선황을 따르는 무리가 이토록 완고하여 아직까지도 황위를 되찾을 생각을 하고 있다는 사실이 놀라웠다. 그러나 그들은 황위를 되찾지도 못할 것이고, 오히려 자담을 더 위험한 지경으로 몰고 갈 것이다.

송회은을 보내고 안절부절못하며 한참 동안 침음만 삼키다가 어느새 서재 문 앞에 이르렀으나, 안으로 들어설 수 없어 머뭇거렸다. 하필이면 잔당의 동태가 심상치 않아 자담이 시비에 휘말린 이때, 내가 소기에게 그때 일을 해명하고 화해를 청한다면 내게 다른 목적이 있다 의심하지 않을까? 원래 있던 응어리도 풀리지 않았는데, 괜히 불난 데 부채질을 했다가는 앞으로 무슨 말을 하더라도 내 말을 믿어주지 않을 것이다. 머뭇머뭇 발걸음을 떼지 못한 채 회랑 아래를 한동안 배회했다. 촛불에 비친 소기의 그림자가 창에 어려 밝아졌다 어두워졌다 하는 것을 멀리서 지켜보기만 할 뿐, 끝내 서재 문을 열고 들어갈 용기를 내지 못했다. 결국 밤이 깊어 정적이 내리고 등불이 꺼질 때까지도 그 자리에서 망설이고만 있었다.

나는 잠시 멍하니 있다가 하는 수 없이 뒤돌아 그 자리를 떠났다.

밤새 뒤척거리다가 날이 채 밝기도 전에 깨고 나니 더 잠이 오지 않았다. 소기도 일어나 입조했겠거니 생각하며 옷을 걸치고 일어나 간단히 씻은 다음, 단장도 하지 않고 산발한 채로 방문을 나섰다.

한겨울의 새벽, 옅은 안개와 서리가 뜰 앞 회랑에 자욱했다. 은여우의 털로 만든 피풍을 걸쳤음에도 한기가 얼굴을 덮쳐와 뱉은 숨이 곧 서리가 되는 것으로 보아 며칠 뒤에는 눈이 내릴 듯했다. 이렇게 일찍 일어난 것은 참으로 오랜만이었다. 예전에 어머니는 이른 새벽부터 일어나 단정히 몸단장을 하고 아버지와 함께 아침을 들고는 대문을 나서는 아버지를 배웅했더랬다. 하지만 나는 혼인하고 3년 동안 독수공방하면서 게으름을 피우고 늦잠을 자는 나날에 익숙해져 버렸다. 더욱이 소기는 내가 일찍 일어나도록 내버려두지 않았다. 이제 와서 생각해보니 그는 하나부터 열까지 내게 양보하고 애지중지 아껴주었는데, 나는 그를 위해 뭔가를 한 적이 거의 없는 것만 같아……

뜰 앞에 이르자마자 조복을 입고 왕관을 쓴 채 서재를 나서는 소기의 모습이 보였다. 냉담하고 근엄한 낯빛에 이른 아침부터 미간을 살짝 찌푸린 것이 근심이 많은 듯했다. 나는 회랑 아래 발을 멈추고 가만히 그를 바라보기만 할 뿐 아무 소리도 내지 않았다. 소기는 내 코 앞까지 이르고 나서야 불쑥 고개를 들어 나를 쳐다봤다.

뜻밖의 상황에 놀란 듯 소기는 나를 지그시 바라보았다. 눈 속에 분명 온기가 스치고 지나갔지만 얼굴은 변함없이 냉담했다. "어찌 이리 일찍 깬 것이오?"

나는 한숨을 내쉬고는 아무 대답도 하지 않고 묵묵히 그의 앞으로 걸어가, 보일 듯 말 듯 주름이 잡힌 옷섶을 매만졌다. 손가락으로 느릿느릿 그 반룡 무늬 조복을 어루만지고는 손바닥을 그의 가슴팍에 살짝 갖다 댔다. 소기는 미동도 없이 서서 잠자코 나를 쳐다보았다. 나도 가만히 눈길을 내렸다. 손바닥 아래서 차분히 뛰는 심장이 느껴지자 갑자기 가슴이 시려 그간의 모든 실의가 소리 없는 탄식이 되어 흘렀다. 그가 따스한 손바닥으로 내 손등을 감싸고는 한참 만에 나직이 말했다. "밖이 차니 어서 방으로 돌아가시오." 이 몇 마디에 담긴 온기에 일순 눈시울이 뜨거워져 서둘러 고개를 돌리고는 살짝 끄덕였다. 그가 뭔가 말을 하려고 할 때, 시종이 재촉하는 소리가 들렸다. "왕야, 늦었습니다. 아무래도 조회에 늦을 듯합니다."

나는 황급히 몸을 빼며 시선을 들어 도리 없는 웃음을 짓고는 작게 속삭였다. "일찍 돌아오세요."

소기는 고개를 끄덕였다. 눈 속에 따스한 기운이 그득 차올랐고 입가에 살짝 미소가 걸렸으나, 그저 손을 뻗어 내가 걸친 피풍을 더 꽉 싸매고는 서둘러 자리를 떴다.

반나절 동안 계속 소기 생각만 했다. 조회를 마치고 나면 왕부로 돌아올 것을 떠올리고는 서둘러 점심을 준비하라고 일렀다.

그러나 오시(午時, 오전 11시에서 오후 1시)가 지난 지 한참인데도 소기가 돌아올 기미는 보이지 않았다. 무료함을 달래며 기다리고 있는

데, 시녀 하나가 총총히 달려오더니 우위장군이 뵙기를 청한다고 아뢰었다. 놀랍고도 의아해 서둘러 정청(政廳)으로 나갔더니, 전신에 갑옷을 걸치고 검을 찬 송회은이 성큼성큼 들어서고 있었다.

나는 깜짝 놀라 걸음을 멈췄다. 가슴이 바짝 죄어들어 다급히 물었다. "무슨 일인가요? 왕야는요?"

"왕비 마마, 심려 놓으소서. 왕야께서는 지금 궁에 계십니다. 소장은 왕부와 경사의 요지를 지키라는 명을 받았으니, 왕비께서는 잠시 왕부를 벗어나지 마십시오!" 송회은이 가라앉은 목소리로 보고하며, 스산함이 들어찬 얼굴로 주위를 물려달라는 눈짓을 보냈다.

서둘러 주위를 물리자 송회은이 앞으로 한 발짝 다가오며 나직이 속삭였다. "두 시진 전에 황상께서 궁에서 낙마하시어 부상을 당하셨습니다."

탁고 託孤

　우리는 모두 잔당을 과소평가했다. 아무리 숙청하고 또 숙청해도 여전히 선황에게 충심을 바치는 잔당이 궁 안에 숨어 있었다.

　금일 조회 때까지만 해도 황상은 무탈했다. 그런데 소기가 조회를 마치고 왕부로 돌아오는 길에 궁으로부터 황상이 낙마하여 중상을 입었다는 급보가 전해졌다.

　서역(西域)에서 진상한 삽로(颯露) 명마가 바로 오늘 궁에 도착했고, 조회를 마친 황상은 신바람이 나서 그 말을 타보러 갔다. 주위에 있던 궁인들이 황상의 말 타는 모습을 지켜보았는데, 달릴수록 점점 더 빨라졌다. 처음에는 누구도 수상한 낌새를 알아차리지 못했으나, 갑자기 이 말이 놀라 울며 울타리를 박차고 뛰어나가더니 미친 듯이 내달려 내시 몇을 들이받았고 황상은 비명을 질렀다. 주위에서 달려들어 막아서기도 전에 놀란 말이 갑자기 높은 누대에서 뛰어내렸고, 황상은 공중에서 뒤집어져 땅에 떨어졌다. 이 모든 일이 순식간에 일어났다.

　송회은이 당시 상황을 다시금 설명하는 것을 듣고 있는데도 온몸이 차디차게 식어 제대로 서 있을 수가 없었다.

　소기는 황급히 궁으로 돌아가 궁문을 닫아걸었다. 금군을 모아 궁문을 지키게 하고는 의심이 가는 궁인들을 모조리 가뒀다. 얼마 지나지 않아 내금위가 말을 돌보던 내시 하나가 독을 먹고 자진한 것을 발견했다.

소기는 반당이 혼란을 틈타 일을 벌일 것에 대비했다. 우선 송회은에게 군사들을 이끌어 경사의 요지를 장악하고 친히 왕부를 지키며 반당의 암살 기도에 방비하라고 했다. 또 나에게는 왕부 바깥으로 한 발짝도 나가지 말라고 전했다.

집 안에 있으면서도 애가 타서 좌불안석이었다. 상황은 예측할 수 없는 이상한 방향으로 흘러가고 있었다. 궁 안에 있는 소기는 위험하지 않을까? 부상을 입었다는 황상의 용태는 어떠할까? 아마 소기도 급변하는 상황을 예측할 수 없고 길흉을 점칠 수 없어 부득불 내 발길을 왕부에 묶어두고 경솔히 입궁하지 못하게 한 것이리라.

무서운 생각들이 머릿속을 맴돌아 생각할수록 가슴이 찌부러지는 것 같았다. 천군만마 사이에서도 천신과 같이 늠름한 그 모습에 익숙해졌고, 그가 하지 못할 일도 없고 이기지 못할 적도 없다고 믿었으며, 그러면 영원히 쓰러지지 않을 것임을 믿었다. 그러나 그가 위태로운 지경에 빠지면 어찌할지에 대해서는 한 번도 생각해보지 않았다. 이토록 긴 시간이 지나도록 나는 그에게 기대고 무언가를 받는 데만 익숙했지, 그도 평범한 사람일 뿐이라는 사실은 망각해 그를 이해하고 포용하고 지지하려고 한 적은 별로 없었다.

정신이 흐릿하고 가슴이 울렁거릴 때, 문밖에서 다급한 발소리가 들려왔다.

문을 열고 나가니 송회은이 큰 걸음으로 달려오고 있었다. "왕야께서 사람을 보내 전하시길, 왕비께서는 속히 입궁하라십니다!"

궁 안 경비는 몹시 삼엄했다. 백여 보마다 순라를 도는 금군 무리가 보였고, 궁문은 모두 금군에 의해 봉쇄돼 있었다. 뭔가 일이 터지기 직전의 긴장감은 있었으나 변란의 기미는 보이지 않았다. 소기가 이미 궁 안 정세를 장악한 것으로 보였다.

건원전 앞은 시위들로 빽빽했고, 의관(醫官)들이 바쁘게 들락거리고 있었다. 서쪽으로 기우는 해가 건원전 앞 옥계를 핏빛으로 물들였다. 거대한 침전 안에 궁인이며 내시 등이 숨을 죽이고 바닥을 검게 뒤덮은 채 꿇어 엎드려 있었고, 조정 중신들은 모두 한자리에 모여 있었다. 아버지와 와병한 지 오래된 윤덕후까지 보였고, 오라버니도 두 손을 아래로 떨어뜨린 채 아버지 뒤에 서 있었다. 대소 신료들 앞에 뒷짐을 진 채 선 소기는 냉엄한 얼굴로 온몸에서 스산한 기운을 뿜어내고 있었다.

그의 모습을 보자마자 반나절 동안 졸이던 가슴이 마침내 흐물흐물 풀어졌으나, 이내 건원전에 흐르는 음산하고 스산한 기운에 둘러싸여 손발이 차디차게 식어갔다.

나는 천천히 대전으로 발을 옮기며 대전 안을 가득 채운 문무 대신을 둘러봤으나 여인은 나뿐이었다. 모든 사람의 눈이 내게로 쏠렸다. 나는 소기와 아버지, 윤덕후에게 예를 행했다. 아버지는 희게 질린 얼굴로 한 마디도 하지 않았고, 윤덕후는 부축을 받고 서서 끊임없이 가쁜 숨을 몰아쉬었다. 나를 지그시 응시하는 소기의 표정을 읽을 수가 없었다. 소기는 숙연히 말문을 열었다. "황후께서 소양전에서 왕비를 기다리고 있소."

나는 흠칫 놀라 멍하니 물었다. "황후께서 소첩을 찾으신다고요?"

소기의 눈빛은 그윽했으나 그의 입에서 나오는 말은 뼛속까지 시릴 정도로 냉혹했다. "황상께서 이미 유조를 읽으셨소. 어린 황자께서 즉위하시면 황후가 정무에 간섭할 것은 불 보듯 뻔한 일이라, 사 황후에게 순절(殉節)을 명하셨소."

벼락이라도 떨어진 것처럼 귓가에 윙윙 소리가 번졌다. 숨이 가슴 속에서 막혀 한참이 지나도 숨을 쉴 수가 없었다. 자용 오라버니는 며칠 전만 해도 내게 불평불만을 늘어놓았고, 완여 언니는 어린 황자의 복을 빌기 위해 자안사로 어머니를 뵈러 가기로 했는데……. 황자는, 아직 너무 어리고 말을 떼지도 못해 어머니라고 불러본 적도 없는 황자는 이제 영원히 부모를 잃는 것인가…….

"황후께서는 예장왕비를 만나고 나서 순절하겠다고 했소." 귓가에 들려온 소기의 목소리가 문득 너무 낯설고 아득했다. 갑자기 정신이 아득해지고 몸이 벌벌 떨려 한 마디도 내뱉을 수 없었다.

말없이 나를 바라보는 소기의 미간에 옅은 그림자가 드리워졌다. 나는 그를 보았다가 아버지에게로 시선을 돌렸다가 다시 건원전을 가득 메운 중신들의 얼굴을 훑어보았다.

일단 어린 황자가 즉위하면 태후가 조정에 나오게 되고, 그러면 사씨 가문은 다시금 외척의 우두머리가 될 터였다. 게다가 사씨의 손안에는 아직 자담이 있었고, 선황에게 충성하며 자담을 정통 황위 계승자로 여기는 잔당이 여전히 남아 있었다. 만약 이를 빌미로 사씨 가문이 재기를 노린다면 황궁과 조정은 다시금 피비린내 나는 정쟁에 휘말릴 텐데, 소기든 아버지든 이런 상황이 벌어지는 것을 좌시할 리 없었다.

완여 언니의 순절은 이미 정해졌다.

다리에 힘이 풀려 궁녀의 부축을 받고서야 소양전 안에 한 걸음 한 걸음 발을 디딜 수 있었다.

궁 안의 등불이 막 켜졌고 옥 주렴이 살짝살짝 흔들렸다. 소양전 밖에서 바람이 불어 들었다. 갓난아기의 가냘픈 울음소리에 창자가

528

끊어지는 듯했다.

3척짜리 백릉, 황금 칼집에 든 은장도, 옥잔에 담긴 독주가 황색 비단과 어우러져 문양이 새겨진 황금쟁반에 놓여 있었다. 제왕가는 무슨 대단한 은혜와 자비라도 베푸는 양, 죽음도 이토록 화려하고 그럴듯하게 꾸미는구나.

소복을 입고 머리를 풀어헤친 사 황후는 강보에 싸인 갓난아기를 안은 채 몸을 숙여 입을 맞추면서 아이에게서 눈을 떼지 못했다. 내전 문 앞에 서서 그 참담한 광경을 보고 있자니 안으로 들어설 힘조차 나지 않았다.

완여 언니는 고개를 돌려 나를 보고는 창백하고 흐릿한 미소를 지었다. "한참 기다렸어."

나는 서서히 걸음을 옮겼다. 아무 말도 할 수가 없어 그저 묵묵히 그녀를 바라보기만 하면서…… 눈앞에 선 이 죄 없는 여인은 내 낭군과 아버지 때문에 죽어야 하는데, 나는 그것을 막기는커녕 내 손으로 그녀를 보내야 했다.

"아이가 또 우네. 네가 좀 달래봐." 완여 언니는 미간을 찌푸리며 탄식하고는 그 작은 강보를 내 품에 안겼다.

이 가여운 아이는 태어나자마자 온갖 고초를 겪어 어의조차 오래 못 살 것이라 했는데, 이토록 굳세게 버틸 줄은 누구도 생각지 못했다. 그런데 아이의 아버지와 어머니는 이제 이 핏덩이를 남겨두고 세상을 떠날 것이다.

아이를 안은 채로 고개를 쳐들었는데도 눈물이 쏟아져 내려 아이의 얼굴로 떨어졌다. 그러자 아이는 거짓말처럼 울음을 그치고는 호기심 어린 작은 손을 내밀어 눈물을 닦아주려는 듯 내 얼굴을 만졌다. 그 모습에 완여 언니는 웃었다. 순식간에 얼굴에 옅은 광채가 서리면서 예전처럼 평온하고 아름다운 얼굴로 변해가 문득 소녀 시절의 그녀로 돌아간 듯했다. "이것 봐. 아이가 널 좋아하나 봐!"

나는 차마 더는 볼 수 없어 고개를 돌렸다.

"아무." 완여 언니가 조용히 나를 불렀다. 솜털처럼 보드라운 목소리였다. "앞으로 네가 내 대신 아이가 크는 것을 지켜봐줘. 내 대신 말도 가르치고 글도 가르치고, 다른 사람들이 괴롭히지 못하게…… 내 딸도 말이야. 앞으로 황제가 되든 공주가 되든, 아니면 일개 평민으로 살든 그저 잘 살아가게만 해줘. 평범하고 별 볼 일 없더라도 오래오래 살 수 있게만 해줘."

한 마디 한 마디가 날카로운 비수가 되어 온몸을 찔러왔다.

나를 바라보던 완여 언니는 천진난만하던 옛날처럼 갑자기 고개를 모로 기울이며 웃었지만 그 눈빛은 이루 말할 수 없이 처량했다. "네가 내 말을 들어주면 나도 그들이 원하는 대로 순절하겠어."

나는 더 이상 버틸 수 없어 그녀 앞에 두 무릎을 털썩 꿇고는 떨리는 목소리로 말했다. "오늘부터 두 아이는 내 아이야. 내가 낳은 것처럼 지키고 아끼면서 어떤 억울한 일도 당하지 않게 하겠어."

"고마워, 아무." 완여 언니도 꿇어앉아 눈물 젖은 눈으로 아이를 바라보면서 가냘프게 내뱉었다. "어쩌면 인과응보겠지. 너무 많은 사람을 해쳐서 이제 내 차례가 된 거야…… 이것도 나쁘지 않아. 더는 아이가 어떤 고초도 겪지 않게 모든 업보를 내가 짊어지고 갈 거야." 응애——. 갑자기 아이가 울음을 터뜨리고는 완여 언니 쪽으로 고개를 돌렸다. 눈동자가 새카맣게 반짝이는 것이, 마치 제 어미가 하는 말을 알아들은 듯했다.

완여 언니는 벌떡 일어나더니 뒤로 몇 걸음 물러나서 처연히 웃었다. "데려가! 내가 죽는 모습을 보이지 말고!"

나는 이를 악문 채로 품 안의 아이를 꽉 안고는 그녀에게 깊이 절하면서 마음속으로 마지막 인사를 나눴다. '완여 언니, 황천길이 멀테니 부디 몸조심해.'

소양전을 나서서 한 걸음 한 걸음 옥계를 내려오는데, 뒤에서 내시가 날카롭고 가는 목소리로 길게 외치는 소리가 들렸다. "황후 마마께서 승하하셨다 ——."

나는 멍하니 전각을 지나쳤다. 소양전에서 건원전까지 오는 동안, 질질 끌리는 비단 치맛단이 황제의 계단과 황후의 계단을 구불구불 지나치며 바스락바스락 소리를 냈다.

세상에 적막이 내렸다. 얼굴에 불어닥치는 찬바람에 어깨에 걸쳐진 피사(帔紗, 옛날 부녀자가 걸치던 어깨걸이)가 나부꼈다. 바람은 너무 매섭고 마음도 차디차게 식었다. 품에 안은 작은 아이만이 그나마 내게 일말의 온기를 나눠줬다.

내 품 안에서 잔뜩 웅크리고 있는, 이 새끼 고양이처럼 연약한 아이는 고달픈 인생이 이미 시작되었음을 아직 모르고 있었다.

나는 천천히 대전으로 들어가, 쏟아지는 눈빛들을 지나 소기에게로 걸어갔다. 구룡 옥벽 병풍 앞에 서서 넓은 소매 옷을 입고 높은 관을 쓴 채 위엄을 떨치고 있는 소기는 이 대전과 하나가 된 듯하여 순간 그야말로 이곳의 주인이라는 착각이 들었다.

나는 아이를 안은 채로 그를 바라보며 천천히 몸을 굽혀 고개를 숙이고는 무심히 말했다. "황후께서 승하하셨습니다."

순간 건원전에 서늘한 정적이 내렸다.

"황상께 전하를 보여드리시지요." 정적이 내린 대전 한편에 서 있던 아버지가 돌연 나직이 말했다. 아버지의 수염이 미세하게 떨리고 있었다. 아버지는 순식간에 많이 늙은 듯했다.

소기가 말없이 고개를 끄덕이고는 내 품에 안긴 아이를 들여다봤다. 냉엄한 얼굴에 한 줄기 연민이 스치는 듯했다.

나는 묵묵히 휘장을 지나쳐 아이를 안은 채로 그 거대한 용상으로 다가가 침상 곁에 꿇어앉았다. "황제 폐하, 아무가 어린 전하를 모시고 폐하를 뵈러 왔어요." 숨이 곧 끊어질 것처럼 보이는 젊은 제왕은 미약한 탄식을 뱉으며 침상 옆으로 손을 내려 힘겹게 손짓했다. 침상 옆으로 다가가 강보에 싸인 아이를 베개 옆에 내려놓았다. 황상의 얼굴은 창백했고 눈 밑이 거무죽죽했으며 입술은 핏기 하나 찾아볼 수 없었다. 그는 말을 할 수 없는 듯 한동안 나를 뚫어져라 쳐다보기만 하다가, 갑자기 눈을 깜빡이더니 기괴한 미소를 지었다.

찰나의 순간, 세월이 거꾸로 흘러 그 오만 방자하고 무례하던 태자 오라버니가 보이는 듯했다. 툭하면 자담과 날 놀려대고, 못된 짓을 하고 나면 내게 눈을 깜빡이며 교활하고 득의양양한 웃음을 짓던 그였는데……. 갑자기 눈물이 솟구쳐 떨리는 목소리로 그를 불렀다. "자융 오라버니." 입을 헤벌쭉 벌리고 웃는 그는 예나 다름없이 그 무엇도 신경 쓰지 않는 타태한 모습이었다. 동공이 점점 흩어지는 눈이 불현듯 빛을 반짝였다.

나는 그가 잘 볼 수 있게 아이를 더 가까이 데려갔다. "자융 오라버니, 좀 봐봐. 어린 전하가 어찌나 오라버니를 닮았는지. 나중에 크면 틀림없이 장난기 많은 어린 황제가……."

갑자기 목이 메어 말을 잇지 못하고 있는데, 자융 오라버니가 웃음소리를 내며 미약한 목소리로 한 마디 내뱉었다. "가여운 것."

"말이 뛰어내릴 때는 꼭 나는 것 같았어…… 날아올라서……." 그는 더듬거리며 말을 이었다. 숨은 곧 끊어질 듯 가늘었지만 눈빛은 전에 없이 빛났다. 나는 상태가 좋아진 줄 알고 순간 기쁨을 참을 수 없어 급히 고개를 돌리고 어의를 부르려고 했다. 그런데 그때 자융 오라버니의 몸이 뻣뻣이 굳더니, 천장만 뚫어져라 쳐다보며 흥분한 듯 얼굴에 홍조를 띠었다. "날아올라서 궁문을 보았어. 조금만 더 가면 날아서…… 밖으로 날아갈 수……." 곧 목소리가 멎더니 그대로 숨이 끊어졌다.

건원전에 다시금 또 다른 제왕의 죽음을 알리는 희고 검은 휘장이 내걸렸다.

1년도 채 되지 않아 궁에 애도의 종소리가 길게 울렸다. 두 제왕이 잇달아 붕어했다. 사 황후는 선제를 따라 순절하여 효열명정황후(孝烈明貞皇后)라는 존호와 시호가 올려졌으며 황제의 능에 함께 안장되었다.

하룻밤 사이에 황제와 황후가 잇달아 세상을 떴다. 살아 있을 때 서로를 원망하며 평생 시끄럽게 다투던 두 사람은, 죽고 나서 그 서늘한 황릉으로 옮겨 가 다시는 헤어지지 않고 함께하게 되었다.

그날 밤 영안궁에서 다시금 비보가 전해졌다. 황상의 붕어 소식을 전해 들은 태후가 중풍을 맞고 혼절했다는 것이었다.

내가 도착했을 때, 고모는 이미 말을 할 수 없는 상태로 가만히 침상에 누워만 있었다. 고모의 눈빛은 혼탁했고, 내가 어떤 말을 해도 아무 반응을 보이지 않았다. 지난번 황궁의 변란 이후로 고모는 영안궁에 틀어박혀 누구도 만나지 않았다. 고모는 나를 증오했고, 자신을 배신한 친아들은 더욱 증오했다. 황상이 영안궁에 발을 들일 때마다 고모는 차디찬 말투로 내쫓았다. 더욱이 나는 영안궁 문안에 발도 들이지 못한 채 멀리 궁전 밖에서만 고모를 뵐 뿐이었다. 몇 달 사이 고모는 곱절로 늙었다. 귀밑머리가 하얗게 새고 등이 굽어 서서히 노인이 되어갔다. 그랬는데 황상의 붕어는 마지막 버팀목마저 빼앗아 간 셈이었다. 고모에게는 최후의 일격이나 다름없었다.

내가 '고모! 고모!' 하고 계속해서 불렀으나, 고모는 멍하니 저 멀리 어딘가를 바라볼 뿐이었다. 고모는 텅 빈 눈빛으로 끊임없이 중얼중얼 읊조렸다.

누구도 고모가 반복해서 읊조리는 말을 알아듣지 못했지만 나는 알 수 있었다.

'그대와 내가 거문고와 비파를 함께 타니 이 얼마나 좋은가!'

나라가 세워진 이래 황후가 순장된 선례가 단 한 번도 없었기에, 사 황후의 급작스러운 순절은 조정 안팎을 뒤흔들었다.

상황이 워낙 위급했던 터라, 소기와 아버지는 묵은 원한을 내려두고 다시금 손을 잡았다. 소기는 연로하고 범속한 고옹과 나머지 중신들을 협박해 사 황후가 순절을 하게 했다. 아버지는 고모가 중풍에 쓰러졌다는 소식이 밖으로 새어 나가지 않도록 해 밖에서는 그저 태후가 너무 상심해 쓰러진 줄로만 알았다. 황후가 죽었으니 어린 황자는 태후가 돌볼 수밖에 없었다. 일단 황자가 즉위하면 태황태후가 수렴청정을 할 테고, 이는 곧 왕씨가 다시금 황실을 장악한다는 것을 뜻했다.

종실의 노신들과 사씨 가문을 필두로 한 선황의 잔당은 왕씨 세력이 꺾이고 소기의 세력이 아직 자리를 잡지 못한 틈에 먼저 손을 써서 황상을 제거하려 했다. 그러면 황위는 자연히 어린 황자나 자담에게로 넘어갈 것으로 생각했기 때문이다. 그들은 황후와 자담이라는 두 개의 패를 쥐고 있는 자신들이 조정을 장악할 것을 믿어 의심치 않았으나, 그들의 머리 위에 일찌감치 걸려 있던 차디찬 장검이

황후의 머리까지도 일말의 망설임 없이 벨 수 있으리라고는 생각지
못했다.

그날 선황을 제대로 보필하지 못한 궁인들을 비롯해 태복사에서
말을 길들이는 관리의 몸종까지 모두 옥에 갇혀 고문을 당했다. 얼마
지나지 않아 누군가가 선황을 해친 주모자를 자백했다. 바로 시종일
관 자담을 다음 황제로 추대하고자 애쓰던 종실 노신의 우두머리, 경
성후(敬誠侯) 사위(謝緯)였다. 황제를 시해한 죄는 구족을 멸하는 중죄
였으므로, 한때 왕씨와 어깨를 견주던 명문가는 이렇게 사서에서 모
습을 감췄다.

사씨 가문이 무너지는 것을 보면서, 권문세가의 지난 영광이 더 이
상 엉망진창으로 망가진 저 밑바닥을 감출 수는 없음을 확실히 깨달
았다. 어떤 자들은 영원히 휘황찬란하던 지난날에만 머물며 눈앞에
불어닥친 비바람을 똑바로 보려 하지 않는다. 어쩌면 이것이 문벌가
의 비애일 것이다. 작금의 천하는 이미 지난날의 천하가 아니었다. 소
기는 아버지와 달리 공맹의 도를 좇지 않았다. 그가 믿는 것은 이긴
자가 왕이 되고 진 자는 역적이 된다는 진리지, 충후(忠厚)니 인덕(仁
德)이니 하는 것들이 아니었다. 장수의 공명은 숱한 병졸들의 희생을
바탕으로 이루어지는 것이라, 어쩌면 소기는 언젠가 제 손에 쥔 장검
으로 새로운 나라를 세우고 산을 이룬 시체와 바다를 이룬 피를 밟으
며 강력한 황가를 다시 이룰지도 모른다.

조정의 삼대 수보(首輔)와 영안궁 태후, 그리고 소기가 거느린 강력
한 군대 앞에서, 원래는 입장을 정하지 못한 채 자담을 다음 황제로
추대하려던 노신들은 잇달아 생각을 바꿔 어린 황자가 즉위하는 것
이 당연한 이치라고 외쳐댔다.

황제와 황후가 승하하니 천하가 모두 애도했다.

지난번 흰 천도 아직 바꾸지 않은 궁은 다시금 검은 휘장을 내걸었다. 황제와 황후를 황릉에 안장하는 날, 텅 빈 건원전에서 걸음을 멈춘 나는 더 이상 눈물을 보이지 않았다. 죽은 자들을 잇달아 떠나보내고 나니, 마침내 가슴이 충분히 단단해졌다. 어린 시절을 함께 보낸 자융 오라버니와 완여 언니를 기억의 심연으로 보낸 뒤, 내 마음에 남은 이름은 선제와 명정황후뿐이었다.

새로운 황제의 등극식은 한 달 뒤에 거행되었다.

대전의 금빛 찬란한 거대한 용교의(龍交椅) 뒤에 발이 드리워졌다. 궁녀들은 태황태후를 부축해 대전에 올라 발을 내렸고, 나는 어린 황제를 안고 고모 옆에 앉았다.

섭정왕 신분의 소기는 붉은 섬돌 위에 서 있었다. 검을 찬 채로 대전에 들어 황제 앞에서도 무릎을 꿇지 않았다. 문무 신료들은 삼궤구고두례를 행하고 금전(金殿)이 쩌렁쩌렁 울리도록 만세를 외쳤다.

저 붉은 섬돌 아래 있는 사람들은 어쩌면 자신들이 무릎을 꿇고 엎드려 절하는 사람이 이 작은 아이인지 일인지하 만인지상의 섭정왕인지, 누가 이 구중궁궐의 진정한 주인인지를 생각하고 있을 것이다.

나는 희미한 발 너머로 세 발짝 떨어진 곳에 있는 그를 바라봤다. 소기는 찬란한 금빛의 구룡 무늬가 수놓인 검은색 조복을 입고, 하늘을 찌를 듯 높이 솟은 왕관을 쓰고, 번쩍이는 검을 찬 채 붉은 섬돌 아래 있는 신하들을 내려다보고 있었다. 선이 선명한 옆얼굴에 문득 모든 것을 깔보는 듯한 미소가 떠올랐다. 소기는 무심코 고개를 돌려 주렴을 사이에 두고 내 눈을 마주했다.

나는 그의 검에 얼마나 많은 사람들의 피가 묻었는지, 그가 얼마나 많은 시체를 밟고 이 자리에 섰는지 알고 있다. 내 두 손도 더 이상 깨끗하지 않은 것처럼 말이다. 자고로 이긴 자는 왕이 되고 진 자는 역적이 되는 것이 진리다. 이 권력의 정점에서는 항상 누군가가 쓰러지고 또 누군가가 우뚝 서는 법이다. 지금 이 순간 나는 금전의 가장 높은 곳에서 발밑에 엎드린 대소 신료들을 내려다보고 있고, 패배한 완여 언니와 경성후는 이미 황천길에 올라 황위의 제물이 되었다.

지금 이 자리의 승자가 소기이고 그 옆에 선 여인이 나라는 사실이 진심으로 다행스러웠다.

모든 것이 정리되고 경사의 음습하고 한랭한 겨울도 마침내 지나갔다.

어린 황상을 돌보기 위해 나는 어쩔 수 없이 종종 궁에 남아 밤새 아이 곁을 지켰다. 어쩌면 정말로 모자의 마음이 이어진 탓인지 완여 언니가 죽은 뒤로 이 가여운 아이는 몇 날 며칠을 울고 보챘다. 유모가 아무리 달래도 소용이 없었다. 그나마 내가 안았을 때만 조금 진정하는 듯했다. 아이는 내게서 떨어지려 하지 않았다. 먹을 때나 잠잘 때나 항상 곁을 지켜야 했기에 밤새 잠을 못 자는 날이 하루 이틀이 아니었다.

어린 황제를 대신해 홀로 정사를 돌봐야 하는 소기는 눈코 뜰 새 없이 바빠졌다. 조정 계파가 교체되었고 정세가 미묘해졌다. 문벌가의 세력은 계속해서 약화됐고, 한미한 가문 출신들이 대거 발탁되었다. 그러나 한족에서 인재를 뽑아내는 것은 하루아침에 될 일이 아니었다. 게다가 나라를 다스리는 일도 전장만 누빈 무인들이 할 수 있는 일이 아니었기에 여전히 문벌가의 세력이 필요했다. 번다한 일이 끊이지 않았고 우리 두 사람 다 각자의 일로 바빴기에 마음속의 응어리를 풀 기회가 없었다. 조회에 들 때마다 나는 발을 사이에 두고 묵묵히 그의 모습을 응시했고, 소기의 눈빛도 무심코 나를 스쳐 지나갔다.

초봄의 따스한 햇살이 어원(御苑) 푸른 나무의 시린 가지를 비치니 유난히도 따사로워 보였다. 오랜만에 날이 좋아 나와 유모는 정아(靜兒)를 안고 어원을 산책했다.

황실의 법도에 따르면 아이가 태어난 지 한 달이 되었을 때 부황이 이름을 하사하는데, 정아는 아버지에게서 이름을 받을 기회가 없었다. 내사(內史)가 태황태후에게 물었으나 고모는 여전히 '그대와 내가 거문고와 비파를 함께 타니 이 얼마나 좋은가!' 하는 말만 웅얼거릴 뿐이라, 그냥 내 마음대로 정(靜)이라고 지어버렸다.

요즘 들어 겨우 유모와 자는 습관을 들인 정아는 이제 더 이상 밤낮없이 나한테만 달라붙지 않는지라 그만 왕부로 돌아가도 될 듯했다. 오랫동안 궁에 머물렀더니 영 마음이 편치 않았다.

유모가 아이를 안으면서 갑자기 기쁨에 차 외쳤다. "이것 보세요. 황상께서 웃으셔요."

그 말에 들여다보니 아이는 새카맣게 빛나는 눈을 가늘게 뜨며 정말로 작은 입을 활짝 벌리고 나를 향해 웃고 있었다. 갑자기 마음속에 따스한 기운이 가득 들어찼다. 이 순진무구한 웃음을 보고 있자니 눈을 떼기가 싫었다.

"웃으니 참 어여쁘구나." 한껏 기분이 좋아져 아이를 건네받아 고개를 드니, 유모와 시녀들이 내 뒤를 향해 꿇어앉아 예를 행하고 있었다. 돌아보니 소기가 난각(暖閣) 회랑 아래 서서 담담히 웃고 있었다. 시종 하나 없이 그 자리에 얼마나 오래 서서, 얼마나 오래 지켜봤는지 알 수 없을뿐더러 여태 그가 온 줄도 모르고 있었다. 나는 멍하니 그를 바라보았다. 그의 부드러운 눈빛에 빠져든 나는 일순 할 말을 잃었다. 소기는 평상시의 무뚝뚝하고 근엄한 표정 대신 따스하고 다정한 표정을 지으며 천천히 다가왔다. 유모가 얼른 아이를 안고는 다른 궁인들을 데리고 소리 없이 물러갔다.

"당신이 이토록 즐거워하는 모습은 오랜만에 보는군." 소기가 나를 보며 부드러운 목소리로 말을 건넸지만 말투에 약간의 울적함이 서려 있었다.

나는 고개를 숙이고는 신경 쓰지 않는 체하며 웃었다. "왕야께서 오랫동안 관심을 두지 않으셨던 것뿐이지요."

"그런 것인가?" 그는 웃는 듯 마는 듯한 표정으로 나를 바라봤다. "왕비의 그 말씀에는 어쩐지 원망이 섞인 듯하오."

순간 얼굴이 달아올랐다. 한동안 그와 농을 주고받지 않았더니 어찌 반응해야 할지 몰라 당혹스러웠다.

"나와 좀 걸읍시다." 소기가 빙긋이 웃으며 내 손을 잡고는 다짜고짜 어원 안쪽으로 향했다.

숲길은 그윽했고, 뜰 안 누각은 조용하고 쓸쓸했다. 새들이 이따금 텅 빈 나뭇가지 사이를 스치고 지나갔으며, 짹짹짹짹 울음소리가 숲 사이에 맴돌았다. 발밑에서 바짝 마른 잎들이 바스락바스락 소리를 내며 부서졌다. 우리는 나란히 손을 잡고 걷기만 할 뿐 괜한 말로 이 고즈넉함을 깨지 않았다.

손가락을 마주 걸어 내 손을 꼭 잡은 소기의 손바닥에서 무척이나 따스한 기운이 전해졌다. 마음속에서는 만감이 교차했다. 손을 잡고 함께 걸었던 수많은 지난날이 눈앞을 스치고 지나갔다. 지금 이 순간은 그 어떤 말도 필요가 없었다.

"어젯밤에는 잘 잤소? 아이에게 시달리지는 않았소?" 소기가 평소와 다름없이 일상적인 화제로 말문을 열었다. 나는 살짝 웃었다. "정아가 얼마나 순해졌는데요. 이제는 그다지 보채지도 않아요. 요즘은 유모와 자는 데도 익숙해지고 있어요."

"그런데 왜 그리도 피곤해 뵈는 것이오?" 그가 마주 건 손가락에 더 힘을 주며 나를 가까이 끌어당겼다.

나는 눈을 내리뜨고 잠시 침묵하다가 종내 용기를 내서 말을 꺼냈다. "밤새 잠 못 들게 하는 사람이 있어서요."

소기가 발을 멈추고 눈빛을 빛내며 나를 바라봤다.

"그 사람을 생각할 때마다 근심 걱정이 들어 어찌해야 좋을지 모르겠어요." 나는 미간을 찌푸리며 탄식했다.

그의 따스한 눈빛은 바라보는 사람을 녹일 듯 타올랐다. "연유가 무엇이오?"

나는 입술을 깨물며 말했다. "그의 잘못이 아닌 일로 그를 탓한 적이 있어서 몹시도 미안하거든요……. 아직도 나를 원망하고 있는지도 모르고요."

소기가 갑자기 웃음을 터뜨렸다. 눈썹 꼬리고 눈 속이고 웃음이 가득했다. "바보 같기는, 보기도 아까운 당신을 누가 원망한단 말이오!"

일순 으스스 느껴지던 한기가 눈 녹듯 사라지고 따스한 봄기운이 차올랐다. 나는 고개를 들고 웃으며 그를 바라봤다. 기분 좋게 웃어젖히는 그를 보고 있자니 불현듯 장난기가 동해, 갑자기 정색을 하고 말했다. "아버지는 정말로 나를 원망하시지 않을까요?"

소기의 웃음이 그대로 굳어졌다. 찰나의 표정이 너무 우스워 더는 참지 못하고 깔깔깔 웃음을 터뜨렸다. 돌연 허리가 홱 당겨지는가 싶더니 이내 소기의 품에 안겼다. 부끄럽다 못해 노여웠던지 가늘게 뜬 두 눈에 가슴 철렁한 노기가 일렁였다. 나는 입술을 깨물며 살짝 웃고는 고개를 들고 겁 없이 그 눈을 마주 봤다. 소기가 내게로 몸을 숙였다. 얇은 입술이 거의 내 입술에 닿을 듯 말 듯한 거리까지 다가왔으나 그저 가볍게 뺨을 쓸며 뜨거운 숨결로 귓가를 간질였다. 온몸이 나른해지며 저지할 기력이 없어 살며시 눈을 감고 그의 입술을 맞이하려는데…… 어인 일인지 한참이 지나도 아무런 움직임이 없었다. 이상한 마음에 살짝 눈을 뜨니, 소기가 웃는 듯 마는 듯한 표정으로 나를 흘겨보며 말했다. "뭘 기다리는 것이오?"

난감하기 이를 데 없어 거칠게 그를 밀쳐냈지만 소기는 나를 더 세게 끌어안았다. 돌연 소기의 입술이 내 귓가와 목, 귀밑머리 사이로 떨어졌다.

나는 눈을 감고 그의 가슴팍에 엎드려 있다가 결국 오랫동안 속에 담아둔 말을 꺼냈다. "만약 내가 정말로 아이를 낳을 수 없다면 다른 첩실을 들이실 건가요?"

소기가 갑자기 팔에 힘을 주며 나를 더 꽉 끌어안았다. "내가 영삭에서 했던 약속을 당신이 잊었다면 다시 한 번 들려주리다!"

"잊은 적 없어요." 나는 눈을 들어 그를 응시했다. 나도 모르게 목소리가 떨렸다. "하지만…… 만약에 내가 앞으로……."

"그럴 리 없소!" 소기가 사나운 목소리로 내 말을 끊었다. 불길이 타오르는 듯한 눈빛은 티끌만큼의 의심도 허락지 않았다. "이 넓은 세상에 당신을 고칠 방법 하나 없겠소! 중원, 막북(漠北, 고비 사막 이북 지역), 남방, 아무리 험한 곳이라도 다 뒤져서 세상에 있는 영약이란 영약은 모조리 가져다주겠소!"

"만약 영원히 찾지 못하면요?" 나는 눈물을 머금고 그를 응시했다. "늙어 죽을 때까지도 찾지 못하면요…… 후회하지 않을 건가요?"

"만약 그리 된다면 내 운명이라 여기겠소." 소기는 흔들림 없이 굳건한 눈빛으로 길게 탄식하며 말했다. "평생 수많은 목숨을 거뒀으니 일생토록 외롭게 살아야 한다고 해도 당연한 인과응보였을 거요. 그런데 하늘이 당신 같은 사람을 내게 주었으니…… 이 소기, 이번 생에 어찌 이런 복을 받았는지, 설령 하늘이 다른 모든 것을 거둬 간다 해도 우리에게는 적어도 서로가 있을 거요! 먼 훗날 내가 늙고 어리석어질 때, 적어도 당신이 나와 함께 늙어갈 테니, 그것만으로도 이번 생에 여한은 없소."

그것만으로도 소기는 이번 생에 여한이 없고 나 또한 여한이 없다.

나는 멍하니 그의 눈썹과 눈, 귀밑머리, 그리고 또 이곳저곳을 바라봤다. 어느 곳 하나 이번 생에서 내가 사랑하지 않은 곳이 없었다. 가슴속의 따스한 기운이 점점 맹렬해져 어느덧 환한 불꽃으로 화하더니 우리 둘 사이의 의심과 슬픔을 태워버렸다.

눈물이 끊임없이 흘러 얼굴을 적셨다. 나는 천천히 미소를 지었다. "이번 생을 함께하자고 했었지요. 이제부터는 후회해서 번복하면 안 돼요. 내가 투기를 하고 몹쓸 병이 들었고 자식도 없어, 칠거지악 중세 가지 죄악을 저질렀어도 절대로 마음을 바꾸면 안 돼요."

소기는 감격을 감추지 못한 채 말없이 나를 응시하다가 문득 내 손을 움켜쥐었다. 눈앞에 시린 빛이 스쳤다. 그의 움직임을 똑바로 보기도 전에 검은 이미 칼집으로 돌아가 있었다. 손이 살짝 아파 고개를 숙여 보니 아주 작은 상처에서 빨간 핏방울이 새어 나오고 있었다.

소기의 손바닥에 난 상처에서도 선혈이 쏟아져 나오고 있었다. 소기는 곧바로 나와 열 손가락을 마주 걸었다. 손바닥이 맞닿으며 우리 두 사람의 피가 한데 섞여 흘렀다.

소기가 숙연한 표정으로 나를 바라보며 느릿느릿 말을 이었다. "내 아이는 반드시 왕현에게서 나올 것이다. 설령 영원히 자식을 보지 못하더라도 생이 끝날 때까지 다른 여인을 아내로 맞지 않을 것이다. 피로써 맹세하며 하늘과 땅이 이를 지켜보리라!"

(하권에 계속)

제왕업(상)

2019년 11월 22일 초판 1쇄 발행
지은이 · 메이위저
옮긴이 · 정주은
펴낸이 · 김상현, 최세현 | 경영고문 · 박시형

책임편집 · 김형필, 조아라, 양수인 | 디자인 · 임동렬 | 교정 · 김좌근
마케팅 · 임지윤, 양근모, 권금숙, 양봉호, 최의범, 조히라, 유미정
경영지원 · 김현우, 문경국 | 해외기획 · 우정민, 배혜림 | 디지털콘텐츠 · 김명래

펴낸곳 · ㈜쌤앤파커스 | 출판신고 · 2006년 9월 25일 제406-2006-000210호
주소 · 서울시 마포구 월드컵북로 396 누리꿈스퀘어 비즈니스타워 18층
전화 · 02-6712-9800 | 팩스 · 02-6712-9810 | 이메일 · info@smpk.kr

ⓒ 메이위저 (저작권자와 맺은 특약에 따라 검인을 생략합니다)
ISBN 978-89-6570-934-3 (04820)
ISBN 978-89-6570-933-6 (세트)

쌤앤파커스(Sam&Parkers)는 독자 여러분의 책에 관한 아이디어와 원고 투고를 설레는 마음으로 기다리고 있습니다. 책으로 엮기를 원하는 아이디어가 있으신 분은 이메일 book@smpk.kr로 간단한 개요와 취지, 연락처 등을 보내주세요. 머뭇거리지 말고 문을 두드리세요. 길이 열립니다.